WATERSHIP
DOWN

토끼와 토끼의 생태에 대해서는 로널드 록클리 씨의 훌륭한 저서『토끼의 사생활』(The Private Life of the Rabbit)의 덕을 많이 보았다. 1년생 토끼들의 이주라든가 턱 취샘을 누르는 행동, 펠릿 섭기, 마을 크기에 비해 토끼 수가 많아질 때의 결과, 수정된 태아를 체내로 흡수하는 현상, 담비와 싸우는 수토끼의 능력 등 토끼에 대해 좀 더 자세히 알고 싶은 분은 이 토끼 연구의 결정판을 보기 바란다.

WATERSHIP DOWN

워터십 다운

리처드 애덤스 지음

햇살과나무꾼 옮김

사□계절

너트행어 농장은 이 책에 나오는 다른 장소들과 마찬가지로
실제로 존재하는 곳이다.
하지만 케인 씨 부부와 딸 루시, 농장 일꾼들은 만들어 낸 인물이며
내가 아는 어떤 사람과도 전혀 닮지 않았음을 밝혀 둔다.

1960년대 당시 아직 어렸던 딸 줄리엣과 로자먼드는 아이들이 엄마에게 먹을 것을 조르듯이 이야기해 달라고 졸랐다. 그때마다 나는 기꺼이 이야기를 들려주곤 했다. 아이들은 특히 자동차를 타고 갈 때 이야기 듣는 것을 좋아했다.

어느 날 오후 런던에서 스트랫퍼드온에이번으로 가는 길에 아이들이 '지금까지 누구도 하지 않은' 길고 재미있는 이야기를 해 달라고 했다.

어떤 이유에서인지 맨처음 머리에 떠오른 것은 트로이의 여자 예언자 카산드라였다. 카산드라는 늘 진실을 예언하지만 아폴론의 저주를 받은 탓에 아무도 믿어 주지 않는다. 카산드라가 아가멤논의 궁전 담벽이 피로 물들어 있는 것을 보았다고 해도 믿어 주는 사람이 없었다. 비슷하게 파이버도 마을 근처 들판이 피로 물들어 있는 영상을 본다. 하

6

지만 족장 토끼인 스레아라뿐 아니라 형제인 헤이즐마저도 파이버의 말을 믿어 주지 않아 그 예언은 묵살되고 만다. 나는 파이버의 형 헤이즐이 전쟁 당시 우리 부대 지휘관과 비슷하다고 상상했다. 그 지휘관은 겸손하고 온화한 사람이었으며, 예리하고 현명한 정신을 가지고 있어서 어떤 일을 해야 하는지 정확히 알고 권위 있게 그 일을 완수해 낼 줄 알았다. 헤이즐이 매력적인 이유는 조용하고 겸손하고 분별 있기 때문일 것이다. 헤이즐의 지도력은 상식에 기반한다. 그런 지도력으로 폭력을 휘두르거나 괴롭히지 않고도 자신을 따르는 토끼들에게 존경과 신뢰를 받는다. 그다음에는 당연히 강인한 투사인 영웅, 그러니까 빅윅이 등장하는데, 빅윅은 얼마쯤 시간이 지나고 나서야 헤이즐의 지도력을 인정한다.

이 세 토끼는 각자 자기 상황에 밀려 모험에 나서게 된다. 이야기가 진행되면서 조연들이 필요했다. 이야기꾼이자 발 빠른 댄더라이언이나, 총명하지만 조금 소심하고 위험한 일은 남에게 떠넘기는 블랙베리는 어렵지 않게 떠올릴 수 있었다.

파이버는 카우슬립네 마을에 숨겨진 무서운 진실을 알고 있었지만, 빅윅이 덫에 걸리고 나서야 다들 그 말을 믿어 준다. 토끼들이 워터십 다운에 도착하자 정찰을 해 줄 친구가 필요했고, 그렇게 해서 키하르가 등장했다(키하르는 말투가 재미있는 외국인으로, 전쟁 때 만난 노르웨이 레지스탕스를 떠올리며 만들어 낸 인물이다).

그리고 운드워트는? 음, 이야기에는 무시무시한 악당이 필요한 법이다. 몇 년 전 리젠트 파크의 야외 극장에서 열성적인 젊은이들이 연극을 공연했는데, 공연에 앞서 운드워트 역을 맡은 덩치 큰 멋진 젊은이가 운드워트란 인물을 어떻게 연기해야 하냐고 물었다. 나는 운드워트가 상냥함이나 온정이라고는 눈곱만큼도 없는 토끼라고 말해 주었다. 그러자 그 젊은이는 "네, 알겠어요. 히틀러보다 나쁜 놈이라고요?" 하고 말했다.

아침에 아이들을 학교에 태워다 주면서 이 토끼들 이야기를 계속 들려주었다. 이야기가 끝나자 줄리엣이 말했다.

"이대로 끝내긴 너무 아까워요, 아빠. 그 이야기를 써 보세요."

처음에는 시간이 많이 걸릴 것 같아 쓰지 않으려고 했다. 하지만 딸들은 끈덕지게 졸라 댔다. 어느 날 밤 잠자리에 들기 전에 나는 읽던 책을 내던지며 "진짜 시시하군. 내가 써도 이보다는 잘 쓰겠다."고 투덜거렸다. 그러자 줄리엣이 냉큼 "그러니까 얘기만 들려주지 마시고 한번 써 보세요." 했다. 그렇게 해서 나는 날마다 저녁을 먹고 나서 토끼 이야기를 쓰기 시작했다.

나는 이야기를 써 나가는 족족 아이들에게 읽어 주었고, 아이들은 좋은 의견을 내놓기도 하고 자동차에서 들려준 이야기에서 어떤 부분이 빠졌다고 일러 주기도 했다. 이를 테면 아이들은 익살꾼 블루벨이 빠졌다고 일러 주었고, 그래서 블루벨이 뒤늦게 등장하게 되었다.

그즈음 나는 유명한 박물학자이며 『토끼의 사생활』을 쓴 로널드 록클리 씨를 만났다. 록클리 씨처럼 토끼를 잘 아는 사람도 없을 것이다. 록클리 씨는 정말이지 토끼처럼 생각할 수 있을 정도였다. 나와 함께 오래도록 시골길을 산책하면서 훌륭한 제안을 내놓기도 했다. 이를테면 록클리 씨는 토끼들의 너트행어 농장 침입 사건에 대해 세세한 것까지 완벽하게 머릿속에 담고 있었다. 나는 그 덕분에 이 흥미진진한 사건을 쓸 수 있었다.

이야기를 다 쓰자 고맙게도 친구가 원고를 타자로 쳐 주었다. 막상 그러고 나니 어떻게 해서라도 출판하고 싶어졌다. 하지만 소박한 양장본을 몇 부 찍어서 딸들에게 선물하는 것 이상은 바라지도 않았다.

그렇게 해서 재미있는 일이 시작되었다. 나는 이 출판사에서 저 출판사로, 이 에이전시에서 저 에이전시로 돌아다녔다. 하지만 유명한 출판사 네 곳과 저작권 에이전시 세 곳에서 내 책은 퇴짜를 맞았다. 이유는 결국 똑같았다. "나이가 찬 아이들은 토끼 이야기라서 유치하다고 싫어할 테고, 어린아이들은 어른 책처럼 쓰여 있어서 어렵다고 싫어한다."는 이유였다. 하지만 나는 이렇게 생각했다.

'누가 어린이 책이라고 했나? 이 책은 어린이부터 어른까지 모두 읽을 수 있는데.'

이렇게 실망스러운 일도 있었지만 나는 내 책에 대한 확신을 잃지 않았다. 줄리엣과 로자먼드 같은 어린아이들도 내 책을 전혀 어려움 없이 받아들였기 때문이다. 그래서 나는 단 한 글자도 바꾸지 않고 계속 문을 두드렸다.

그러던 어느 날 나는 1881년에 처음 나왔다가 재출간된 리처드 제프리스의 『숲의 마법』에 관한 평을 '스펙테이터'지에서 보았다. 『숲의 마법』을 좋아하는 출판업자라면 내 소설도 나쁘게 보지 않을 거라는 생각이 들었다. 그 출판업자가 바로 렉스 콜링스이다. 나는 렉스에게 연락해서 원고를 읽어 달라고 부탁했다. 며칠 뒤 렉스는 나더러 점심을 같이하자고 했다. 그는 자리에 앉자마자 "당신 책이 마음에 드니까 출판하고 싶소."라고 했다. 렉스와 나는 금방 친해졌다. 이 책의 제목을 지은 사람도 바로 렉스였다.

렉스가 찍은 부수는 많지 않았다. 내 기억이 맞다면 고작 2,500부였다. 렉스는 돈이 많지 않아 책을 많이 찍지는 못했지만, 주요 언론사 편집자에게 빠짐없이 리뷰용 책을 보냈다.

작가가 가장 바라는 것은 바로 작품 평이다. 에드워드 블리셴이 쓴 작품 평 가운데 첫 문장이 생각난다.

"기쁨으로 떨리는 가슴을 안고 위대한 걸작이 출현했음을 알린다."

훗날 내 여동생은 독자 편지가 올 때마다 '기쁨으로 떨리는 가슴' 운운하며 놀려 대곤 했다. 열렬한 젊은 독자가 가고 난 뒤에도 여동생은 "그 사람, 기쁨으로 부들부들 떨고 있지 않았어?" 하고 놀렸다.

어쨌든 이 책은 단지 발행 부수가 적다는 이유로 렉스와 내 바람만큼 출판계에서 주목받지 못했다. 하지만 마법 같은 일이 일어나 모든 것을 바꾸어 버렸다. 1972~1973년 겨울, 뉴욕 맥밀런 출판사에서 신인 작가를 발굴하기로 이름난 코니 클로센을 영국으로 보냈다. 코니가 이 책을 미국으로 가져가자 맥밀런사에서 많은 부수를 찍었다. 이 미국판이 영국 퍼핀북의 설립자인 케이 웨브의 눈에 띄었다. 그래서 조금은 이상하게도 이 책은 영국으로 되돌아가 1973년에 퍼핀북에서 출판되었다. 1974년에 펭귄판이 나오고, 1976년에 존 로렌스가 삽화를 그린 호화로운 책이 출판되었다. 그 뒤로 이 책은 절판된 적이 없으며 수많은 언어로 번역, 출간되었다.

당연한 말이지만 이 책은 우리 가족 모두에게 영향을 주었다. '두 여자아이'는 이제 어른이 되어 결혼을 했으며, 내게 여섯 명의 손자를 안겨 주었다. 손자들이 말은 안 해서 자랑스러워하는지 어쩐지 모르지만, 이 책 덕분에 나는 카네기상을 받고 여왕님과 오찬도 했다. 그리고 이 작품은 20여 개 언어로 번역되기까지 했다. 세계 각지에서 독자들이 편지를 보내 오는데, 나는 그때마다 꼬박꼬박 답장을 한다. 독자 편지에 답장을 하지 않는 작가는 편지를 받을 자격이 없다. 나 역시 인간인지라 여러분이 이 글을 읽는 지금 이 순간에도, 어디서 누군가 이 책을 읽고 있을 거라고 생각하면 행복하기 그지없다.

리처드 애덤스

🐰 토끼어 사전

난	'맛있는', '먹기에 좋은'이라는 뜻.
니-프리스	낮 열두 시. 한낮.
닐드로-하인	'검정지빠귀의 노래'라는 뜻. 암토끼 이름.
라	대개 접미사로 쓰며 왕자나 지도자, 족장 토끼를 뜻한다.
루	어떤 낱말에 덧붙여서 그 말보다 더 작은 개념이나 친애의 뜻을 나타내는 접미사.
말리	암토끼. '어머니'라는 뜻도 있다.
므사이언	우리는 그들을 만났다.
바이어	배설물을 누다.
밥-스톤스	토끼들의 전통 놀이로, 작은 돌멩이나 막대기 조각 따위를 가지고 한다. 기본적으로 '홀수냐, 짝수냐'와 같은 종류의 단순한 도박이다.
산	공포 때문에 멍해지거나 미치거나 최면에 걸린 듯한 상태. '얼간이 같은', '비탄에 젖은', '절망적인' 상태를 뜻하기도 한다.
슬라이	털.
슬라일리	털머리. 빅윅의 토끼 이름.
실프	바깥, 곧 땅속이 아닌 곳.
실플레이	먹이를 먹으러 땅 위로 나가는 일.
아우슬라	힘세고 영리한 토끼들을 뽑아 만든 통치 집단.
아우슬라파	장로회 경찰로, 에프라파에만 있는 말.
에프라파	운드워트 장군이 세운 토끼 마을.
엘릴	토끼의 적.
엘-어라이라	토끼족 전설 속의 영웅. 천의 적을 가진 왕자라는 뜻.
엠블리어	여우 냄새같이 고약한 냄새를 풍긴다는 뜻.
요나	고슴도치.

우 엠블리어	'재수 없는', '망할', '빌어먹을'이라는 뜻.
우 흐라이어	천의 적. 여우, 담비, 족제비, 고양이, 인간 등 토끼의 적을 말한다.
인레	달 또는 달이 뜨는 시각. 추상적인 의미로 어둠, 죽음, 공포를 뜻하기도 한다.
존	'끝났다' 또는 '끝장이다'라는 말로, 끔찍한 파국을 뜻한다.
크릭사	에프라파의 중심부로, 두 승마길이 만나는 지점에 있다.
티수딘낭	나뭇잎의 움직임이라는 뜻. 암토끼 이름.
푸 인레	달이 뜬 이후.
프리스	토끼들이 신으로 의인화한 태양.
프리스라	'태양신' 또는 '하느님'이라는 뜻으로, 인간의 언어로는 '아이고, 맙소사!'쯤 되는 토끼의 감탄사.
플레이	풀 따위의 먹이.
플레이라	양상추 같은 맛있는 먹이.
하이젠슬라이	이슬처럼 빛나는 털이라는 뜻. 암토끼 이름.
홈바	여우.
흐라이루	'작은 천', 파이버의 토끼 이름.
흐라이어	'많다' 또는 '천(千)', '다수'라는 뜻.
흐라카	똥이나 오줌 같은 배설물.
흐루두두	트랙터 또는 자동차 종류.
흘라오	민들레나 엉겅퀴 꽃받침처럼 물기가 고이는 오목한 곳. 핍킨의 토끼 이름.
흘라오-루	'꼬마 흘라오'란 뜻으로, 핍킨을 친근하게 부르는 애칭.
흘레시	굴이나 마을 없이 땅 위에서 사는 토끼. 트인 땅에서 사는 떠돌이 토끼. 복수형은 흘레실.

차례

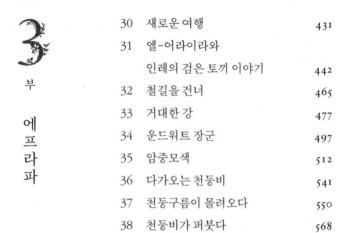

3부

에
프
라
파

4

부

헤
이
즐
ㅣ
라

1부

여행

1

팻말

합창: 그대는 왜 그렇게 소리를 질러 대오, 끔찍한 환영이라도 보았소?
카산드라: 집 안에 죽음의 냄새와 피비린내가 진동해요.
합창: 무슨 소리? 제단에 바친 제물 냄새일 뿐이오.
카산드라: 무덤에서 새어 나온 입김 같은 악취예요.

아이스킬로스, 〈아가멤논〉

앵초꽃은 지고 있었다. 숲 가장자리 쪽의 개명아주와 떡갈나무 뿌리 틈새에 시들어 가는 앵초꽃이 드문드문 남아 있을 뿐이었다. 비탈을 따라 내려가면 삭은 울타리가 뻗어 있고 그 너머로 가시나무 덤불이 무성한 도랑이 있었다. 울타리 아래로 뻗은 들판은 온통 토끼 굴투성이였다. 군데군데 풀 한 포기 없는 곳도 있고 곳곳에 마른 똥 무더기가 널려 있어 기껏해야 개쑥갓이나 자랄 성싶은 땅이었다. 거기서 100미터쯤 떨어진 비탈 끝자락에는 폭 1미터 남짓한 개울이 흘렀는데, 그나마 미나리아재비, 양갓냉이, 푸른 개불알풀 따위로 반쯤 막혀 있었다. 개울에 놓인 굴다리 위

로 마찻길이 나 있었다. 마찻길을 따라 맞은편 비탈을 올라
가면 가시나무 산울타리에 빗장을 지른 문이 있었다. 그 문
밖으로는 좁은 길이 나 있었다.

5월 석양은 구름을 붉게 물들였다. 땅거미가 지려면 반
시간은 더 있어야 했다. 마른 비탈에 토끼들이 점점이 흩어
져 있었다. 굴 가까이에서 변변치 못한 풀을 뜯어 우물거리
는 토끼도 있고, 다른 토끼들이 못 보고 지나친 민들레나
구륜앵초를 찾아 좀 더 멀리 뛰어나간 토끼도 있었다. 여기
저기 개밋둑 위에 곤추앉아 귀를 쫑긋 세우고 바람결을 따
라 코를 벌름대며 사방을 할끔거리는 토끼도 있었다. 그러
나 숲 주변에서 줄곧 지빠귀가 울어 대는 것으로 보아 위험
한 기미는 보이지 않았다. 훤히 내다보이는 시냇가 쪽도 고
요하고 텅 비어 있었다. 토끼 마을은 평화로웠다.

지빠귀가 노래하는 야생 버찌나무 근처 도랑둑에는 작은
굴들이 가시나무 덤불 속에 숨어 있었다. 그중 한 굴 입구
에는 초록 잎 사이로 들이비치는 저녁 햇살 속에서 토끼 두
마리가 나란히 앉아 있었다. 이윽고 둘 중에 몸집이 큰 토
끼가 굴을 나와 가시나무 덤불에 몸을 숨긴 채 도랑둑을 따
라가다가 도랑으로 뛰어내려 다시 들판 위로 올라갔다. 잠
시 뒤 작은 토끼도 큰 토끼 뒤를 쫓아갔다.

앞서 온 토끼는 양지바른 곳에 멈춰 서서 뒷다리로 재빨
리 귀를 긁적거렸다. 이 토끼는 1년생인 데다 아직 몸무게
도 덜 찼지만, 대개의 '변두리 출신'과 달리 찌든 티가 나
지 않았다. 변두리 출신이란 귀족 계급도 아니고 몸집이 유

22

달리 크거나 힘이 세지도 않은 한 살 미만의 평범한 토끼를 말한다. 이 토끼들은 나이 찬 토끼들의 지배를 받으며, 마을 외곽 지역, 대개는 허허벌판에서 제 나름대로 살아간다. 이 토끼는 몸 돌보는 법을 터득한 듯했다. 몸통을 곧추세우고 앉아 주위를 둘러보며 앞발로 콧등을 비벼 대는 품이 영리하고 활기차 보였다. 토끼는 모든 것이 안전하다는 확신이 섰는지 귀를 뒤로 늘어뜨리고 풀을 뜯기 시작했다.

뒤따라온 토끼는 왠지 불안해 보였다. 이 토끼는 몸집이 작았는데, 눈을 동그랗게 뜨고 고개를 들어 주변을 할끔거리는 모양을 보면 조심성이 많다기보다 줄곧 신경이 곤두서 있는 듯했다. 그 토끼는 줄곧 코를 실룩거리다가 뒤에서 땅벌 한 마리가 윙윙거리며 엉겅퀴꽃 위로 날아들자 흠칫 놀라 튀어 오르며 몸을 홱 틀었다. 그 바람에 근처에 있던 토끼 두 마리까지 덩달아 놀라 굴로 허둥지둥 내빼려다가, 그중 귀 끝이 검은 토끼가 튀어 오른 토끼를 알아보고는 다시 풀을 뜯었다.

귀 끝이 검은 토끼가 말했다.

"뭐야, 파이버 녀석이잖아. 또 금파리한테 놀랐나 보군. 벅손, 아까 무슨 말 하다가 말았지?"

벅손이 되물었다.

"파이버? 무슨 이름이 그래?"

"한배 형제 중에서 다섯째로 태어났대. 막내라서 몸집도 가장 작아. 여태껏 아무한테도 안 잡아먹힌 게 신통하다니까. 인간들 눈에도 안 띄고 여우조차 신경 쓰지 않을 녀석이야. 그래도 위험한 데를 피해 다니는 걸 보면 용하다니까."*

작은 토끼는 긴 뒷다리로 풀쩍풀쩍 뛰어 앞장선 토끼한테 다가갔다.

"헤이즐, 조금만 더 가 보자. 오늘 저녁엔 어쩐지 마을 분위기가 이상해. 딱 꼬집어 말할 수는 없지만. 시내까지 내려가 볼까?"

"좋아, 그럼 구름앵초잎 찾아 줘. 너만큼 잘 찾는 녀석도 없잖아."

헤이즐은 풀밭 위에 그림자를 늘어뜨리며 앞장서서 비탈을 내려갔다. 두 토끼는 시냇가에 이르러 마찻길에 난 바큇자국 옆에서 풀을 뜯으며 돌아다녔다.

파이버는 금세 원하던 것을 찾아냈다. 구름앵초는 토끼들이 아주 좋아하는 먹이로, 보통 5월 말께면 토끼 마을에는 거의 남아 있지 않았다. 파이버가 찾아낸 구름앵초는 꽃도 피우지 못했고 잎사귀가 납작하게 퍼진 탓에 키 큰 풀에 가려져 있었다. 둘이서 막 구름앵초를 뜯어 먹으려는데, 덩치 큰 토끼 두 마리가 건너편에서 뛰어왔다. 그중 한 토끼가 말했다.

* 토끼는 넷까지 셀 수 있다. 넷을 넘으면 무조건 '흐라이어'라고 하는데, '흐라이어'는 토끼어로 '많다' 또는 '천(千)'이라는 뜻이다. '흐라이어' 앞에 '우'를 붙인 '우 흐라이어'는 '천의 적'이라는 뜻으로, 토끼들이 여우, 담비, 족제비, 고양이, 올빼미, 인간 등 적을 통칭해서 쓰는 말이다(때로는 '엘릴'이라는 말을 쓰기도 한다). 파이버의 토끼 이름이 '작은 흐라이어'를 뜻하는 '흐라이루'인 걸 보면, 파이버의 한배 형제는 다섯 마리가 넘었을 것이다. 한배에서 나온 새끼 돼지 중에서 가장 어린 돼지를 '런트'라 부르는 것과 비슷하다.

24

"구룡앵초 아냐? 잘됐군. 우리한테 주고 썩 꺼져. 어서!"

파이버가 머뭇거리자 덩치 큰 토끼는 또 윽박질렀다.

"내 말 안 들려?"

헤이즐이 말했다.

"토드플랙스, 이건 파이버가 찾아낸 거란 말이야!"

토드플랙스가 대뜸 말을 받았다.

"먹는 건 우리지. 구룡앵초는 아우슬라* 거야. 그것도 몰라? 모르면 당장 가르쳐 주지."

파이버는 벌써 돌아서 가고 있었다. 헤이즐은 굴다리 근처에서 겨우 파이버를 따라잡았다.

헤이즐이 말했다.

"이런 일은 이제 지긋지긋해. 만날 똑같아. '내 발톱을 봐, 구룡앵초는 내 거야.', '내 이빨을 보란 말이야, 이 굴도 내 거야.' 하는 식이잖아. 아우슬라에 들어가면 난 정말 변두리 출신한테 잘해 줄 거야."

파이버가 대꾸했다.

"그래도 넌 아우슬라에 들어가는 꿈이라도 꿀 수 있지. 넌 벌써 몸무게가 늘고 있잖아. 난 평생 지금의 너만큼도

---

* 아우슬라 토끼 마을에는 대개 2년생이나 2년생이 넘은 토끼들 가운데 힘세고 영리한 토끼 집단인 아우슬라가 있다. 아우슬라는 족장 토끼와 족장의 부인 토끼 측근에서 권력을 휘두르는 집단으로 마을에 따라 성격이 다르다. 어떤 마을에서는 쌈질 잘하는 패거리가 아우슬라가 되기도 하고, 어떤 마을에서는 영리한 토끼로 이루어진 정찰대나 채소밭 약탈대가 아우슬라가 되기도 한다. 재미있는 이야기를 잘하는 토끼나 앞일을 예언하는 능력을 가진 토끼, 또는 직관이 뛰어난 토끼가 아우슬라 지위에 오르는 경우도 있다. 샌들포드 마을의 아우슬라는 성격상 호전적인 축에 속했다(나중에 보면 그다지 호전적이지도 않다는 것이 판명되지만).

못 될걸."

"내가 널 혼자 내버려 둘 거라고 생각하는 건 아니지? 하지만 솔직히 가끔은 아주 여길 뜨고 싶을 때가 있어. 에이, 이제 그딴 건 잊어버리고 재미있게 놀자. 좋은 수가 있다…… 우리, 시내를 건너가 볼까? 저쪽으로 가면 토끼들도 얼마 없어서 조용할 거야. 위험할 것 같아? 그럼 관두고."

말투로 보아 헤이즐은 파이버가 자기보다 더 지혜롭다고 생각하는 듯했다. 파이버의 대답도 헤이즐의 그런 태도를 당연하게 받아들이는 투였다.

"아니, 안전해. 위험한 낌새가 느껴지면 얼른 말해 줄게. 그렇지만 여기서 느껴지는 건 딱히 위험은 아니지만, 뭐랄까…… 아, 모르겠어……. 천둥이 칠 때처럼 숨 막히게 짓눌리는 느낌이 들어. 그게 뭔진 모르겠지만 자꾸 신경 쓰여. 어쨌든 시내를 건너가 보자."

둘은 굴다리를 건너갔다. 시냇가에는 풀이 축축하고 빽빽하게 나 있어서 마른땅을 찾아 건너편 비탈로 올라갔다. 앞쪽으로 해가 지고 있어서 비탈에 그늘이 졌다. 헤이즐은 볕이 드는 따뜻한 자리를 찾아 오솔길 가까이까지 올라갔다. 빗장 지른 문 가까이에 갔을 때, 헤이즐은 눈이 휘둥그레져서 멈춰 섰다.

"파이버, 저게 뭘까? 저것 좀 봐!"

바로 몇 발짝 앞에 땅이 파헤쳐져 있었다. 풀밭엔 흙더미 두 무더기가 쌓여 있었다. 목재 방부용 기름과 페인트 냄새가 코를 찌르는 육중한 기둥 두 개가 산울타리의 호랑가시나무만큼 높이 솟아 있고, 두 기둥에 박힌 널빤지가 들판에 긴 그림자를 드리우고 있었다. 한쪽 기둥 주변엔 망치와 못 서너 개가 뒹굴고 있었다.

두 토끼는 기둥 쪽으로 폴짝폴짝 뛰어가 맞은편 쐐기 덤불 속에 웅크리고 앉았다. 그러고는 풀밭 어딘가에 버려진 담배꽁초 냄새에 코를 찡그렸다. 갑자기 파이버가 부들부들 떨며 몸을 사렸다.

"아악, 헤이즐! 바로 여기서 온 느낌이었어! 이제 알겠어. 너무 나쁜 일이야! 아주 끔찍한 일이…… 점점 다가오고 있어."

파이버는 겁에 질려 훌쩍거리기 시작했다.

"어떤 일인데? 아니, 그게 무슨 소리야? 위험하지 않다고 했잖아."

파이버는 측은한 목소리로 대답했다.

"나도 뭔지는 몰라. 지금 당장은 위험하지 않아. 하지만 곧 닥쳐올 거야……. 점점 다가오고 있다고. 헤이즐, 저것 봐! 들판이 온통 피바다야!"

"바보같이 굴지 마. 그냥 노을빛이잖아. 야, 파이버, 그딴 소리 하지 마. 나까지 무서워지잖아."

파이버는 쐐기풀 속에서 몸을 떨며 울어 댔다. 헤이즐은 파이버를 달래면서 파이버가 무엇 때문에 제정신이 아닌지 생각해 보았다. 정말 무섭다면 왜 분별 있는 토끼답게 안전한 곳으로 피하지 않을까? 그러나 파이버는 정확히 설명해 주기는커녕 점점 더 고통스러워했다. 마침내 헤이즐이 입을 열었다.

"파이버, 여기 앉아서 울고 있으면 안 돼. 어쨌든 날도 어두워지는데 굴로 돌아가야지."

파이버는 훌쩍이며 말했다.

"굴로 돌아가자고? 굴로도 찾아올 거야……. 찾아온단 말이야! 정말 온 들판이 피로 물든다니까……."

헤이즐은 단호했다.

"이제 그만 해. 널 좀 끌고 가야겠다. 뭣 땜에 이러는지 모르지만 이젠 돌아갈 시간이야."

헤이즐은 파이버를 끌고 들판을 달려 내려가 시내를 건너 소가 물 마시러 오는 여울목에 이르렀다. 거기서부터는 시간이 오래 걸렸다. 초여름 저녁의 적막이 사방을 에워싸자 파이버는 공포로 얼어붙어 제대로 움직이지도 못했다. 그런 파이버를 간신히 도랑까지 끌고 돌아왔더니 이제는 굴속으로 들어가지 않겠다고 버티는 통에 거의 밀어 넣다시피 했다.

해가 맞은쪽 비탈 뒤로 넘어갔다. 바람이 차가워지고 빗방울이 흩뿌리더니 한 시간도 안 돼 사방이 캄캄해졌다. 하늘을 물들이던 빛깔은 모두 사라졌다. 문 옆에 있는 커다란 팻말만이 어둠 속에서도 자기만은 사라지지 않고 건재하다는 듯 바람에 삐걱거리고 있었다. 그렇지만 그곳에는 새하얀 바탕에 칼자국처럼 또렷이 새겨진 검은 글자를 읽어 줄 사람 하나 지나가지 않았다. 팻말에는 다음과 같이 쓰여 있었다.

최상급 7,300평 택지를 포함한 목 좋은 이 부지는 버크셔주 뉴버리의 서치 앤드 마틴 주식회사에서 신식 고급 주택 지구로 개발할 예정임.

2
족장 토끼

음흉한 정치가는 중압감과 고뇌에 가득 차서
짙은 밤안개같이 스멀스멀 떠돌며,
머물지도 않고 떠나지도 않았다.

헨리 바우젠, 〈세계〉

헤이즐은 어둡고 따뜻한 굴속에서 마구 발버둥을 치다가
퍼뜩 눈을 떴다. 뭔가가 헤이즐을 공격하고 있었다. 담비나
족제비 냄새는 나지 않았다. 본능적으로 달아나야 한다는
생각은 들지 않았다. 정신을 차리고 보니 곁에는 파이버밖
에 없었다. 파이버가 헤이즐의 몸 위로 기어오르고 있었다.
겁에 질려 철조망을 기어오르는 토끼처럼 파이버가 발톱으
로 헤이즐의 몸을 쥐어뜯고 있었다.

"파이버! 야, 파이버! 일어나, 이 멍청아! 나야, 헤이즐.
이러다 다치겠다. 어서 일어나!"

헤이즐이 내리누르자 파이버는 허우적대다가 깨어났다.

"아, 헤이즐! 꿈이었구나. 끔찍한 꿈이었어. 너도 있었어. 우리가 아주 크고 깊은 강물 위로 떠내려가는데 큰 널빤지 위에 올라타 있는 거야……. 들판에서 본 그 널빤지처럼 새하얀 판에 검은 줄이 마구 그어져 있는 널빤지였어. 다른 토끼도 있었어……. 수토끼도 있고 암토끼도 있고. 그런데 잘 보니까 그 널빤지가 뼈다귀와 철사로 돼 있는 거야. 내가 막 비명을 지르니까 네가 '헤엄쳐, 모두 헤엄쳐!' 하고 외쳤어. 그러고 나서 나는 도랑둑에 있는 굴에서 널 끌어내야겠다며 너를 찾아 사방을 헤매고 있었어. 하지만 막상 찾아내니까 넌 '족장 토끼는 혼자 가야 해.' 하면서 캄캄한 도랑창을 타고 떠내려가는 거야."

"후유, 너 땜에 갈비뼈가 욱신거려. 도랑창 좋아하네! 잠꼬대 좀 그만해. 이제 잠 좀 자자, 응?"

"헤이즐! ……위험해. 재앙이 닥쳐올 거야. 재앙은 사라지지 않았어. 바로 여기 우리 주변을 맴돌고 있어. 잊어버리고 잠이나 자라고? 안 돼, 더 늦기 전에 도망쳐야 돼."

"도망을 쳐? 여기서? 이 마을에서 말이야?"

"응, 그것도 당장. 어디로 가든 상관없어."

"너랑 나만?"

"아니, 모두 다."

"마을 토끼가 모두 다? 말도 안 돼. 아무도 따라오지 않을 거야. 너더러 정신 나갔다고 할걸."

"그러면 여기 앉아서 재앙을 맞고 말 거야. 헤이즐, 내 말 들어. 정말이지 큰 재앙이 닥치니까 어서 떠나야 해."

"그럼 족장님을 찾아뵙고 네가 직접 말하는 게 좋겠다. 내가 말해도 되고. 하지만 족장님은 달가워하지 않으실걸."

헤이즐은 앞장서서 비탈을 내려가 가시나무 덤불 울타리 쪽으로 올라갔다. 헤이즐은 파이버의 말을 믿고 싶지 않았지만, 가볍게 넘겨 버리기도 찜찜했다.

토끼어로 '니-프리스', 곧 낮 열두 시가 조금 지난 시간이었다. 토끼들은 모두 땅속에서 잠잘 시간이었다. 헤이즐과 파이버는 땅 위를 조금 걷다가 모래땅에 입을 쩍 벌리고 있는 굴로 들어가 이리저리 굴길을 헤집고 내려갔다. 둘은 마침내 숲으로 10미터쯤 들어간 지점인, 떡갈나무 뿌리 아래에 난 굴길로 들어섰다. 거기서 덩치 큰 아우슬라 토끼가 길을 막아섰다. 그 토끼는 특이하게도 머리 꼭대기에 털이 텁수룩이 나 있어 마치 모자를 쓴 것처럼 괴상했다. 토끼어로 '슬라일리'라는 이름이 붙은 것은 그 때문이었다. 슬라일리는 '털머리'란 뜻으로, 인간의 언어로는 '빅윅'이다.

빅윅은 어둑한 나무뿌리 사이에서 코를 벌름거리며 물었다.

"헤이즐이냐? 헤이즐 맞지? 너, 여기서 뭐 하는 거야? 그것도 이런 시간에?"

빅윅은 뒷전에서 기다리고 있는 파이버는 본 척도 하지 않았다.

헤이즐이 말했다.

"우린 족장님을 만나러 왔어. 빅윅, 아주 중요한 일이야. 만나게 해 줄 수 있어?"

빅윅이 말했다.

"우리라니? 쟤도 족장님을 만난단 말이야?"

"응, 꼭 만나야 돼. 빅윅, 날 믿어. 내가 언제 이렇게 부탁한 적 있어? 한 번이라도 족장님을 만나겠다고 한 적이 있냐고."

"좋아, 헤이즐. 널 봐서 여쭤보지. 된통 혼날지도 모르지만. 넌 분별 있는 녀석이라고 말씀드릴게. 어쨌든 족장님도 널 기억하셔야 할 텐데. 이젠 워낙 연로하셔서 말이야. 여기서 기다려, 알았지?"

빅윅은 굴길을 조금 더 내려가 커다란 속굴 앞에서 멈춰 섰다. 뭐라고 몇 마디 오가더니 안으로 들어오라는 허락이 떨어진 듯했다. 두 토끼는 조용히 기다렸지만, 파이버는 줄곧 안절부절못했다.

족장 토끼의 칭호는 '마가목 족장'이라는 뜻의 '스레아라'*이다. 족장의 이름은 마을 주변에 딱 한 그루밖에 없는 마가목에서 따온 것이다. 족장 토끼는 한창때 힘이 셌을 뿐 아니라, 충동적인 보통 토끼들과는 달리 분별 있고 초연한 태도로 처신해서 끝내는 족장의 지위까지 올랐다. 족장이 쉽사리 흔들리지 않는다는 사실은 널리 알려져 있었다. 무시무시한 점액종증이 퍼졌을 때도 끝까지 냉정을 잃지 않고 병색이 보인다 싶은 토끼들을 무자비하게 내쫓았다. 이 때문에 일부에서는 냉혹하다는 비난을 퍼붓기도 했다. 그

---

* 스레아라 '스레아'는 마가목이라는 뜻. '라(rah)'는 대개 접미사로 쓰여 왕자나 지도자, 족장 토끼를 뜻한다. -옮긴이

는 다 같이 그곳을 뜨자는 의견을 묵살하고 병든 토끼를 완전히 격리시켜 마을 토끼가 몰살당하는 것을 막았다. 어떤 골치 아픈 담비가 나타났을 때도 그 담비를 꿩 사육장으로 유인하여 목숨을 걸고 사육사의 총부리 앞까지 몰고 가기도 했다. 빅윅의 말마따나 족장은 이제 늙어 가고 있었지만 아직 총기는 시들지 않았다.

헤이즐과 파이버가 안으로 들어서자 족장은 두 토끼를 정중하게 맞았다. 토드플랙스 같은 아우슬라라면 거드름을 피우며 작은 토끼들을 위협했겠지만 스레아라는 그럴 필요가 없었다.

"여어, 월넛. 월넛이 맞지?"

헤이즐이 대답했다.

"헤이즐입니다."

"아, 헤이즐. 그렇지. 찾아와 줘서 고맙네. 자네 모친을 잘 알지. 그리고 거기 있는 자네 친구……."

"제 동생입니다."

"음, 그래, 자네 동생."

스레아라의 말투에는 '더는 내 말을 정정하지 말게.'라는 뜻이 은근히 담겨 있었다.

"자, 편히들 앉게. 양상추 좀 먹겠나?"

족장 토끼의 양상추는 아우슬라들이 800미터쯤 떨어진 농가 밭에서 훔쳐 온 것이었다. 변두리 토끼들은 양상추를 구경할 기회조차 거의 없었다.

헤이즐은 작은 이파리 한 잎을 뜯어 얌전하게 우물거렸

다. 파이버는 사양하고 눈을 깜빡거리며 안쓰럽게 몸을 실룩였다.

족장 토끼가 천천히 말문을 열었다.

"그래, 요즘은 어떻게 지내고 있는가? 내가 도와줄 일이 뭔지 말해 보게."

헤이즐은 머뭇거리며 대답했다.

"네, 저…… 다름이 아니라, 제 동생, 여기 있는 파이버 때문입니다. 이 아이는 가끔 불길한 일이 다가오는 것을 예언할 때가 있습니다. 저도 여러 번 보았습니다. 작년 가을에 홍수가 올 것도 미리 알았고, 철사 덫이 숨겨진 곳도 곧잘 찾아냅니다. 그런데 지금 마을에 큰 위험이 닥쳐올 것 같은 예감이 든다는 겁니다."

"큰 위험이라. 흠, 알겠네. 심히 걱정스럽군."

족장은 전혀 걱정스럽지 않은 표정으로 말했다.

"그렇다면 어떤 위험이 닥쳐온다는 겐가?"

족장은 파이버를 바라보았다. 파이버가 우물쭈물 대답했다.

"모, 모르겠습니다. 다, 다만 불길한 일입니다. 아주 나, 나쁜…… 대, 대단히 무서운 일입니다."

족장은 잠시 다음 말을 기다렸다가 정중하게 물었다.

"흐음, 그렇다면 어떤 조치를 취해야 한다고 생각하나?"

파이버는 기다렸다는 듯이 대답했다.

"떠나야 합니다. 떠나는 겁니다. 우리 모두 다, 지금 당장 말입니다. 스레아라 님, 우린 떠나야 합니다."

족장은 다시 기다렸다. 그러고는 지극히 사려 깊은 목소리로 말했다.

"글쎄, 그렇게는 못 하네! 상당히 황당한 주문이군. 그렇지 않은가? 자넨 어떻게 생각하나?"

"저, 족장님, 제 동생은 이런 예감에 대해 머리로 생각하지 않습니다. 이해하실지 모르겠지만 그저 느낄 따름입니다. 저희가 어떻게 해야 할지 결정을 내리실 분은 족장님밖에 없습니다."

"허허, 그렇게 말해 줘서 고맙네. 나도 그랬으면 좋겠네. 하지만 이보게들, 잠시만 이 문제를 생각해 보세. 지금은 5월 아닌가? 다들 바쁠 때이고 대부분 즐겁게 지내고 있네. 이 일대에는 엘릴*도 없고. 뭐, 그렇게 보고를 받고 있지. 전염병도 없고 날씨도 좋고. 한데 여기 있는 자네 동생의 예감이 불길하니까 우리 모두 위험을 무릅쓰고 어딘지도 모를 곳을 찾아 정처 없이 떠나자고 하란 말이지, 응? 마을 토끼들이 뭐라고 할 것 같나? 다들 좋아할 것 같나?"

파이버가 불쑥 끼어들었다.

"족장님께서 말씀하신다면 다들 따를 겁니다."

스레아라가 말했다.

"그렇게 얘기해 주니 고맙군. 글쎄, 그럴지도 모르지, 어쩌면 말이야. 하지만 좀 더 신중히 생각해 봐야겠네. 아주 중대한 문제니까. 그러고 나서……."

파이버는 조바심이 나서 족장의 말을 끊었다.

---

* 엘릴 토끼어로 적이라는 뜻.

36

"시간이 없습니다, 스레아라 님. 철사 덫이 목을 죄어드는 것처럼 위험이 느껴진단 말이에요. 철사 덫이……. 헤이즐, 살려 줘!"

파이버는 비명을 지르며 모랫바닥에 나뒹굴더니 덫에 걸린 것처럼 미친 듯이 발버둥 쳤다. 헤이즐이 재빨리 앞발로 파이버를 누르자 차츰 발작이 가라앉았다.

헤이즐이 말했다.

"정말 죄송합니다, 족장님. 가끔 이럴 때가 있습니다. 곧 괜찮아질 거예요."

"쯧쯧, 안됐네, 쯧쯧쯧……. 집에 가서 쉬는 게 좋겠군. 그래, 이제 그만 데리고 가게. 찾아와 줘서 정말 고마웠네, 월넛. 아주 즐거웠어. 오늘 들은 이야기는 신중하게 고려해 볼 테니 마음 푹 놓게. 빅윅, 자네는 잠깐 기다리게!"

헤이즐과 파이버가 풀이 죽어 스레아라의 굴을 나서는데, 날카로워진 족장의 목소리가 울리고 "네, 족장님!", "아니오, 족장님!" 하는 빅윅의 짧은 대답이 간간이 섞여 들려왔다.

빅윅은 호되게 야단을 맞고 있었다.

3
헤이즐의 결단

나는 무엇 때문에 이곳에 누워 있는가? ……
우리는 마치 조용한 여가를 즐길 기회를 잡은 사람처럼 이곳에
누워 있다. …… 나는 조금 더 늙기를 기다리고 있는 것일까?

크세노폰, 〈소아시아 원정기〉

"그런데 헤이즐, 설마 족장님이 정말로 네 말을 따를 거라고 생각한 건 아니지? 넌 어떻게 생각했어?"

이튿날 저녁, 헤이즐과 파이버는 숲 바깥으로 나가 두 친구와 함께 풀을 뜯고 있었다. 그중 한 토끼는 블랙베리로 전날 저녁 파이버 때문에 깜짝 놀랐던 귀 끝이 검은 토끼였다. 블랙베리는 헤이즐이 들려주는 팻말 이야기를 열심히 듣고 있었다. 헤이즐은 지금까지의 경험으로 보아 토끼가 굴길과 틈새에 표시를 남기는 것처럼 인간도 전갈이나 신호를 전달하려고 그런 것을 여기저기 세워 놓는 게 분명하다고 했다. 그러자 다른 한 친구인 댄더라이언이 스레아라

38

가 파이버의 경고에 귀 기울이지 않았다는 이야기 쪽으로 말머리를 돌린 것이다.

헤이즐이 대답했다.

"나도 내가 뭘 기대했는지 모르겠어. 족장님을 가까이서 본 것도 처음이었는걸. 어쨌든 이런 생각이 들었어. '족장님이 우리 말을 귀담아듣지 않더라도 나중에 우리더러 아무 소리 안 했다고 원망하지는 못하겠지.' 하고 말이야."

"그럼 정말로 무서운 일이 일어난다는 거야?"

"응, 확실해. 난 여태까지 파이버를 지켜봐 왔잖아."

블랙베리가 뭐라고 대꾸하려는 순간, 웬 토끼가 개명아주 덤불을 소란스럽게 헤치며 숲을 빠져나와 가시나무 덤불 속으로 뛰어들더니 도랑을 힘차게 건너왔다. 빅윅이었다.

헤이즐이 물었다.

"야, 빅윅, 지금 비번이야?"

"비번이지. 앞으로도 계속 비번일 거야."

"무슨 소리야?"

"아우슬라를 떠났다, 이 말씀이야."

"설마 우리 때문은 아니겠지?"

"잘 알아맞히는데. 스레아라는 자기 생각에 말도 안 되는 사소한 일 가지고 니-프리스에 깨우면 여간 짜증을 부리는 게 아냐. 하여튼 남의 속 긁는 데는 소질이 있다니까. 보통 토끼들 같았으면, 그럴 땐 입 꾹 다물고 족장 비위 맞출 궁리나 하겠지만, 난 그런 짓엔 젬병이잖아. 그래서 나한텐 아우슬라의 특권 같은 거 대수롭지도 않고 강한 토끼는 마을을 떠나도 잘살 수 있다고 큰소리쳤지. 스레아라는 경솔하게 굴지 말고 잘 생각하라고 했지만 난 돌아가지 않아. 양상추 도둑질이나 다니며 사는 게 뭐 신나는 일이라고. 굴을 지키는 것도 마찬가지고. 속이 다 후련하다!"

파이버가 조용히 말했다.

"머지않아 아무도 양상추를 훔치지 못하게 될 거야."

빅윅은 그제야 작은 토끼를 알아보고 알은체를 했다.

"어? 너구나, 파이버. 안 그래도 널 찾던 참이었어. 네가 족장한테 한 이야기를 생각해 봤거든. 사실대로 말해 줘. 젠체하려고 그런 엄청난 거짓말을 꾸며 낸 거야, 아니면 진짜야?"

"틀림없는 사실이야! 나도 사실이 아니면 좋겠어."

"그럼 넌 이 마을을 떠날 거야?"

거침없이 핵심을 찌르는 빅윅의 질문에 다들 흠칫 놀랐다.

댄더라이언이 중얼거렸다.

"마을을 떠나다니? 프리스라!*"

블랙베리는 귀를 실룩이며 빅윅을 뚫어지게 쳐다보더니 헤이즐을 쳐다보았다.

빅윅의 질문에 대답한 것은 헤이즐이었다. 헤이즐은 신중하게 말했다.

"파이버랑 나는 오늘 밤에 떠나. 정확히 어디로 가야 할

---

* 프리스라 '태양신' 또는 '하느님'이라는 뜻으로, 인간의 언어로는 '아이고, 맙소사!'쯤 되는 토끼의 감탄사. '프리스'는 토끼들이 신으로 의인화한 태양을 말한다.

지는 몰라. 하지만 함께 갈 생각이 있다면 누구든 끼워 줄 거야."

빅윅이 말했다.

"좋아, 그렇다면 나도 끼워 줘."

사실 헤이즐은 아우슬라 토끼가 당장 따라나서리라고는 생각도 못했다. 위급한 상황이 닥치면 빅윅이 분명 도움이 되겠지만 같이 잘 지낼 수 있을까 하는 생각이 머리를 스쳤다. 빅윅은 헤이즐 같은 변두리 출신의 명령은커녕 부탁도 순순히 들어주지 않을 게 뻔했다.

'하지만 아우슬라였다 해도 상관없어. 일단 마을을 떠나면 제멋대로 하게 내버려 두지는 않을 거야. 그러지 않을 바엔 뭐 하러 마을을 떠나?'

헤이즐은 속으로는 그렇게 생각하면서도 이렇게 대답했다.

"좋아, 네가 함께 간다면 기쁘지."

그러고는 다른 토끼들을 둘러보았다. 모두 눈을 크게 뜨고 빅윅과 헤이즐을 주시하고 있었다. 블랙베리가 먼저 입을 열었다.

"나도 가겠어. 파이버, 난 딱히 네 말을 믿고 가겠다는 건 아니야. 암튼 우리 마을에는 수토끼가 너무 많아서 아우슬라가 아니면 재미도 못 보잖아. 우스운 건, 넌 마을에 눌러앉는 걸 두려워하지만 난 떠나기가 겁난다는 거야. 이쪽엔 여우, 저쪽엔 족제비, 그 한복판엔 파이버라……. 에이, 걱정하면 뭐 하나!"

블랙베리는 애써 두려움을 감추려고 오이풀을 한 잎 뜯어 천천히 씹었다. 블랙베리는 본능적으로 마을 저 바깥 낯선 세계에서 펼쳐질 온갖 위험을 느끼고 있었다.

헤이즐이 말했다.

"파이버 말대로라면 모두 이곳을 떠나야 돼. 그러니까 지금부터 떠나기 전까지 되도록이면 많은 토끼들한테 떠나자고 설득하자."

그러자 빅윅이 재빨리 말을 받았다.

"아우슬라에도 솔깃해할 친구가 한둘쯤 있어. 얘기가 잘되면 오늘 밤 출발할 때 날 따라올 거야. 하지만 파이버를 믿고 오는 건 아니야. 그 친구들도 나처럼 불만이 많은 아랫것들이지. 누구든 파이버 말을 직접 들어야 납득이 갈 거야. 난 파이버를 믿어. 파이버는 어떤 계시를 받은 게 틀림없어. 난 그런 걸 믿거든. 왜 스레아라가 파이버 말을 듣고도 납득을 못 했는지 도무지 이해가 안 가."

헤이즐이 대답했다.

"스레아라 님은 당신이 생각하지 못한 의견은 무조건 싫어하기 때문이야. 이제 더 이상 족장님한테 신경 쓸 필요 없어. 같이 갈 토끼들을 모아서 푸 인레*에 여기서 다시 모이자. 그러고는 바로 출발하는 거야. 더 지체할 순 없어. 뭔지는 모르지만 위험이 시시각각 다가오고 있어. 게다가 네가 아우슬라 토끼들을 끌어모으려 하는 걸 스레아라 님이

---

* 푸 인레 달이 뜨고 난 뒤의 시각.

알면 달가워하지 않을 거야. 홀리 대장도 마찬가지고. 우리 같은 어중이떠중이가 떠나는 거야 상관하지 않겠지만 널 잃고 싶진 않을 거야. 빅웍, 내가 너라면 상대를 가려서 말하겠어."

4

출발

'푸 인례'란 '달이 뜨고 난 뒤'라는 뜻이다. 물론 토끼한
테는 정확한 시간관념이나 시간 엄수라는 관념이 없다. 그
런 면에서 토끼는 어떤 목적을 위해서 모이는 데만도 며칠
씩 걸리고, 일을 시작하려면 그보다 더 오랜 시간이 걸리는
원시인과 비슷하다. 원시인들은 그들 사이에 텔레파시 같
은 감정이 흘러 일을 시작할 때가 되었음을 누구나 알 정도
로 무르익어야 다 같이 행동에 들어갈 수 있다.

9월에 제비를 본 적이 있는가. 제비들은 전깃줄에 모여
앉아 재재거리며, 혼자 또는 여럿이 그루터기만 남은 빈 들
판에 잠깐 내려앉았다가 돌아오곤 한다. 그러면서 노랗게

물든 길가에는 점점 더 긴 제비 줄이 이어진다. 흥분이 고조되는 가운데 수백 마리의 제비가 한데 모이고 섞여 무리를 이루고, 이 무리들이 어수선하고 무질서하게 모여들어 거대한 제비 군단을 이룬다. 한복판은 빽빽하고 언저리는 들쭉날쭉한 이 제비 군단은 구름처럼, 파도처럼 흩어졌다가 뭉치기를 되풀이한다. 그러다 어느 순간 모두는 아니지만 대다수 제비들이 마침내 때가 왔음을 깨닫는다. 이렇게 제비들이 출발하면, 많은 희생자가 따를 남쪽으로의 대장정이 다시금 시작되는 것이다.

이런 광경을 지켜보노라면 어떤 흐름이 새 떼를 뭉치게 하여 의식적인 생각이나 의지 없이 행동으로 몰아가는 것을 알 수 있다. (물론 이것은 자신을 집단의 일부로 여기고 하나의 개체로서 자신을 의식하는 데에는 크게 마음 쓰지 않는 생물들한테 일어나는 일이다.) 그러한 광경 속에서 제1차 십자군을 안티오크로 내몰고 나그네쥐를 바다로 떼 지어 뛰어들게 하는 보이지 않는 어떤 힘이 느껴진다.

달이 뜨고 한 시간쯤 뒤, 한밤중이 되려면 아직 먼 시간에 헤이즐과 파이버는 가시나무 덤불 속 굴을 빠져나와 도랑 속을 살금살금 걸어갔다. 그들 곁에는 파이버의 친구 홀라오, 즉 핍킨도 있었다. '홀라오'는 민들레나 엉겅퀴 꽃밭침처럼 물기가 고이는 오목한 곳을 뜻한다. 핍킨 역시 몸집이 작고 겁이 많았다. 그래서 헤이즐과 파이버는 핍킨에게 함께 가자고 설득하느라 마을에서 보내는 마지막 시간을 거의 다 써 버렸다. 핍킨은 마지못해 가겠다고 했다. 지금도 핍킨은 마을을 떠나면 변을 당할까 봐 잔뜩 긴장하고 있었다. 그래서 위험을 피하려면 헤이즐 꽁무니에 딱 붙어 다니면서 시키는 대로 하는 게 최고라고 마음먹고 있었다.

세 토끼가 도랑 속에 있을 때 머리 위쪽에서 움직이는 소리가 났다. 헤이즐은 재빨리 위를 올려다보았다.

헤이즐이 물었다.

"누구? 댄더라이언?"

"아니, 호크빗이야."

토끼 한 마리가 도랑가에서 고개를 내밀고 있었다. 호크빗은 둔중한 소리를 내며 도랑으로 뛰어내렸다.

"헤이즐, 나 생각나니? 지난겨울 눈이 엄청 많이 왔을 때 같은 굴에 있었잖아. 댄더라이언이 그러는데, 너 오늘 밤에 여길 떠난다면서? 나도 따라갈래."

헤이즐은 호크빗이 누군지 알 것 같았다. 굼뜨고 머리 나쁜 토끼와 함께 닷새 동안이나 굴에 갇혀 있느라고 몹시 지겨웠던 기억이 떠올랐다. 그러나 지금은 좋고 싫고를 따질 때가 아니었다. 빅윅이 아우슬라 토끼 한두 마리쯤은 어떻게 설득할 수 있을지 모르지만, 어차피 함께 떠날 토끼들은 대부분 아우슬라 출신이 아닐 것이다. 괴로운 삶 속에서 무슨 뾰족한 수가 없을까 궁리하던 변두리 출신들만 모일 것이다. 헤이즐이 이런저런 생각을 하고 있을 때 댄더라이언이 나타났다.

댄더라이언이 말했다.

"어서 떠나는 게 좋겠어. 아무래도 사태가 심상치 않아.

호크빗을 설득해서 이리로 모이라고 하고선 다른 친구들한테 말하러 가려는데 토드플랙스 놈이 뒤따라오지 뭐야. 대체 무슨 일을 꾸미는 거냐고 묻더군. 마을을 떠나고 싶은 토끼가 있는지 알아보러 가는 길이라고 말해 줘도 믿지 않을 것 같았어. 그런데 놈이 버럭 화를 내며 스레아라 님을 배신할 음모를 꾸미고 있는 게 아니냐고 의심하는 거야. 솔직히 간담이 서늘했어. 그래서 호크빗만 데려오고 다른 토끼는 포기했어."

헤이즐이 말했다.

"괜찮아. 그 녀석 성격에 널 때려눕히고 나서 묻지 않은 것만도 다행이지. 그래도 조금만 더 기다려 보자. 블랙베리가 곧 오기로 했거든."

시간이 흘렀다. 토끼들이 말없이 웅크리고 있는 동안 달그림자가 북쪽 들판으로 기울었다. 이윽고 헤이즐이 기다리다 지쳐서 블랙베리의 굴로 찾아가려고 비탈을 뛰어 내려가려던 순간, 블랙베리가 토끼 세 마리를 데리고 굴을 나서는 것이 보였다. 헤이즐이 잘 아는 벅손도 있었다. 헤이즐은 반가웠다. 벅손은 튼실해서 몸무게만 차면 틀림없이 아우슬라에 들어갈 만한 친구였다.

헤이즐은 마음속으로 생각했다.

'하지만 성질이 좀 급한 것 같군. 아니면 암토끼를 놓고 싸우다가 형편없이 깨져서 혼쭐이 났는지도 모르지. 어쨌든 됐어. 저 친구랑 빅윅이 있으면 싸움이 벌어진다 해도 큰 걱정은 없겠지.'

다른 두 토끼는 모르는 토끼였다. 블랙베리가 스피드웰과 에이콘이라고 이름을 일러 주었는데도 도무지 생각나지 않았다. 그도 그럴 것이 두 토끼는 비쩍 마른 6개월생들로 구박과 괄시에 너무나 익숙해진, 찌들고 경계하는 표정을 가진 전형적인 변두리 출신이었다. 스피드웰과 에이콘은 파이버를 신기하다는 듯이 쳐다보았다. 블랙베리의 이야기를 듣고 파이버가 운명을 예언하는 시를 좔좔 읊어 대리라 생각했던 것이다. 하지만 파이버는 오히려 다른 토끼들보다 더 정상적이고 침착해 보였다. 떠나는 것이 확실해지자 중압감에서 벗어난 것이다.

시간은 서서히 흘렀다. 블랙베리는 괜히 풀고사리 풀숲으로 올라갔다가 다시 도랑둑으로 되돌아왔다. 조바심이 나서 별것 아닌 일에도 화들짝 놀라 튀어나가고 싶은 기분이었다. 헤이즐과 파이버는 도랑에 남아 어둠 속에서 풀을 뜯는 둥 마는 둥 하고 있었다. 마침내 헤이즐의 귀에 기다리던 소리가 들려왔다. 토끼 한 마리가, 아니 두 마리인가가 숲에서 다가오고 있었다.

잠시 뒤 빅윅이 도랑 안으로 들어왔다. 그 뒤에는 1년생쯤 되는 덩치 크고 팔팔해 보이는 토끼가 따라왔다. 그 토끼는 온몸이 잿빛 털로 뒤덮여 있어서 마을에서 모르는 토끼가 없었다. 이 토끼가 말없이 앉아 몸을 긁자 잿빛 털이 달빛을 받아 은빛으로 빛났다. 그는 스레아라의 조카 실버로 아우슬라에 들어간 지 한 달쯤 된 토끼였다.

헤이즐은 빅윅이 실버만 데려온 것에 안도의 숨을 내쉬

었다. 실버는 과묵하고 정직한 토끼로 아직 아우슬라들 사이에서 발을 못 붙이고 있었다. 처음에 빅윅이 아우슬라 토끼에게 말해 보겠다고 했을 때 헤이즐은 두 가지 마음이었다. 마을을 벗어나면 위험에 부닥칠 게 뻔하니까 뛰어난 전사 몇 마리쯤은 필요했다. 게다가 파이버 말대로 마을에 당장 위기가 닥쳐온다면 함께 떠나겠다는 토끼는 누구라도 환영해야 마땅했다. 하지만 한편으로는 굳이 토드플랙스 같은 토끼를 끌어들여 고생할 게 뭐 있냐는 생각도 들었다.

'나중에 어디에 정착을 하게 되든, 핍킨하고 파이버가 홀로 설 수 있을 때까진 얻어맞거나 구박받지 않게 지켜 줘야지. 하지만 빅윅도 나처럼 해 줄까?'

그런 생각에 빠져 있는데 빅윅이 말을 걸어왔다.

"실버 알지? 아우슬라에서 어린 놈 몇한테 많이 시달렸나 봐. 털 색깔이 이상하다는 둥 스레아라 덕분에 아우슬라에 들어왔다는 둥 하고 말이야. 다른 친구도 더 데려올 생각이었는데, 아우슬라들은 거의가 지금 생활에 만족하고 있는 것 같더라고."

빅윅은 주위를 둘러보았다.

"이런 이런, 여기도 몇 안 모였잖아? 정말 이대로 밀고 나가도 괜찮을까?"

실버가 뭔가 할 말이 있는 눈치였는데 갑자기 위쪽 덤불에서 투두두둑 발소리가 나더니, 숲 쪽에서 토끼 세 마리가 나타나 도랑둑으로 다가왔다. 확실한 목적이 있는 듯 똑바로 달려오는 모습이 좀 전에 무턱대고 다가오던 토끼들과는 딴판이었다. 가장 덩치 큰 토끼가 앞장서고 나머지 두 마리는 명령에 따르듯이 뒤따라왔다. 헤이즐은 그 토끼들이 자기네 패가 아니라는 것을 알아차리고 깜짝 놀라 몸을 곧추세웠다.

"헤이즐, 저들이 온 건……."

파이버가 헤이즐의 귀에 대고 소곤거리다가 입을 다물었다. 빅윅은 세 토끼 쪽으로 고개를 돌리고 코를 벌름거리며 노려보았다. 토끼들은 대뜸 빅윅에게 다가왔다.

앞장선 토끼가 물었다.

"슬라일리?"

빅윅이 되받았다.

"나를 잘 알고 있겠지, 홀리. 나도 너를 잘 알아. 도대체 무슨 일이야?"

"널 체포하겠다."

"체포? 무슨 소리야? 뭣 때문에?"

"유언비어를 퍼뜨리고 반란을 부추긴 혐의다. 실버, 너도 체포한다. 오늘 저녁 토드플랙스한테 보고도 하지 않고 일을 동료에게 떠넘긴 죄목이다. 둘 다 따라와!"

빅윅은 그 자리에서 홀리한테 덤벼들어 할퀴고 걷어찼다. 홀리 대장은 맞서 싸웠다. 뒤따라온 두 토끼도 바짝 다가서서 싸움판에 끼어들어 빅윅을 때려눕힐 기회를 엿보고 있었다. 그때 도랑둑에 있던 벅손이 싸움판 한가운데로 불쑥 뛰어들어 수비대원 하나를 뒷발로 걷어차 버리고 다른 한 마리와 맞붙었다. 다음 순간 댄더라이언도 벅손의 발길질에 나가떨어진 수비대원을 덮쳤다. 수비대원 토끼 두 마리는 정신이 들자 잽싸게 주위를 살피더니 둑 위로 뛰어 올라가 숲으로 내뺐다. 홀리 대장은 가까스로 빅윅을 떼 내고는 성난 토끼가 으레 그러듯이 엉덩이를 땅에 대고 앉아 앞발을 맞부딪치며 으르렁거렸다. 홀리가 뭐라고 말하려는데 헤이즐이 나섰다.

헤이즐은 조용한 목소리로 단호하게 말했다.

"꺼져. 안 그러면 죽여 버리겠다."

홀리가 되받았다.

"그게 무슨 뜻인지 알고 하는 소리냐? 난 아우슬라 대장이다. 그건 알고 있겠지?"

헤이즐이 다시 을러멨다.

"꺼져, 죽고 싶지 않으면."

홀리가 내뱉었다.

"죽는 건 네놈들이야."

그러고는 더 이상 군말 없이 둔덕으로 올라가 숲속으로 사라졌다.

댄더라이언의 어깨에서 피가 흐르고 있었다. 댄더라이언은 잠깐 상처를 핥다가 헤이즐을 돌아보며 말했다.

"놈들은 금세 다시 올 거야. 아우슬라들을 부르러 간 거야. 당장 대책을 세워야 돼."

파이버가 말했다.

"당장 떠나야 돼."

헤이즐이 대답했다.

"그래, 이젠 떠날 때가 됐어. 시내를 따라가자. 시냇가만 따라가면 서로 흩어지지 않을 거야."

"충고 한마디 하자면……."

빅윅이 말을 꺼내자 헤이즐이 말허리를 잘랐다.

"여기서 더 꾸물거리다가는 그 충고 들을 일도 없게 돼."

헤이즐은 파이버와 나란히 앞장서서 도랑을 나와 비탈을 내려갔다. 소수의 토끼 무리는 순식간에 어스름한 달빛 속으로 사라졌다.

5
숲에서

이 젊은 토끼들은 …… 살아남기 위해서 떠나야 한다.
젊은 토끼들은 야성적이고 자유로운 곳에서 ……
때로는 몇 킬로미터나 헤매면서 ……
적절한 환경을 찾아낼 때까지 떠돌아다닌다.

R. M. 록클리, 〈토끼의 사생활〉

달이 기울 무렵 토끼들은 들판을 지나 숲으로 들어갔다. 지금까지 토끼들은 뿔뿔이 흩어졌다 모이기를 되풀이하며 용케 서로 헤어지지 않고 시냇가를 따라 800미터도 넘는 거리를 지나왔다. 헤이즐은 마을에서 이렇게 멀리까지 와 본 토끼는 없을 거라고 생각하면서도, 이쯤이면 완전히 마음을 놓아도 되는지 확신이 서지 않았다. 혹시 추적자의 발소리가 아닌가 하고 몇 번이나 긴장하며 가다 보니 어느 순간 시냇물이 시커먼 나무들 사이로 사라지고 있었다.

토끼는 원래 나무가 우거진 숲을 꺼린다. 그런 숲은 햇빛도 안 들고 축축한 데다 뜯을 풀도 없고 덤불 속에 적이 도사리고 있을 것 같아 불안한 것이다. 헤이즐도 눈앞에 있는 숲이 반갑지 않았다. 하지만 이런 곳이라면 흘리 대장도 추적을 계속할지 말지 망설일 게 틀림없었다. 게다가 들판을 이리저리 헤매다가는 마을로 되돌아가 버릴 수도 있으므로 차라리 시내를 계속 따라가는 편이 안전했다. 그래서 빅윅하고 상의도 하지 않고 곧장 숲으로 들어가기로 했다. 모두 따라 주리라고 믿었다.

헤이즐은 생각했다.

'별 탈 없이 시내를 따라 숲을 빠져나가기만 하면 완전히 마을에서 벗어나게 될 거야. 그러고 나서 적당한 곳을 찾아 잠시 쉬어야지. 아직은 다들 괜찮아 보여. 하지만 파이버랑 핍킨은 머잖아 나가떨어질 것 같아.'

숲에 들어선 순간 사방에서 온갖 소리가 밀려들었다. 잎사귀와 이끼에서 축축한 냄새가 나고, 사방에서 물이 참방대는 소리가 조그맣게 들려왔다. 숲으로 들어가자마자 시내는 작은 폭포처럼 웅덩이로 떨어지고 있어, 그 소리가 주위의 나무에 부딪쳐 메아리치고 있었다. 머리 위에선 나무에 앉은 새들이 부스럭거렸고, 밤바람에 나뭇잎이 수런거렸다. 여기저기서 삭정이가 부러지는 소리가 났다. 어디선가 그보다 더 불길한, 정체를 알 수 없는 소리가 들려왔다. 뭔가 움직이는 소리였다.

토끼에게 낯선 것은 무조건 위험한 것이다. 위험하다 싶으면 토끼는 흠칫 놀랐다가 후닥닥 달아난다. 헤이즐 일행은 줄곧 깜짝깜짝 놀란 탓에 기진맥진할 지경이었다. 도대체 이 소리의 정체는 무엇일까? 이 막막한 데서 토끼들이 어디로 도망칠 수 있을까?

토끼들은 서로 바싹 다가붙었다. 나아가는 속도가 점점 느려졌다. 얼마 못 가서 물길을 놓치는 바람에 도망자처럼 달빛이 비치는 곳을 살금살금 지나 덤불에 이르자 멈춰 서서 눈을 동그랗게 뜨고 귀를 쫑긋 세웠다. 달은 이제 낮게 떠 있어서, 한결 노래진 달빛이 나무들 사이로 비스듬히 쏟아져 들어오고 있었다.

헤이즐은 호랑가시나무 아래 수북이 쌓인 낙엽 더미에 서서 풀고사리와 분홍바늘꽃 사이로 난 오솔길을 바라보았다. 산들바람에 풀고사리들이 살며시 흔들리고 있었지만, 오솔길에는 떡갈나무 아래로 해묵은 도토리만 흩어져 있을 뿐이었다. 저 고사리 덤불 속에는 뭐가 있을까? 저 모퉁이를 돌아가면 무엇이 도사리고 있을까? 이 안전한 호랑가시나무 은신처를 떠나 오솔길로 나간다면 어떻게 될까? 헤이즐은 곁에 있는 댄더라이언을 돌아보았다.

"넌 여기서 기다려. 저 모퉁이에 무사히 도착하면 발을 구를게. 혹시 무슨 일이 생기면 다른 토끼들을 데리고 도망쳐."

헤이즐은 대답도 듣지 않고 뛰어나가 오솔길로 내려갔다. 그리고 몇 초 뒤 떡갈나무 아래까지 갔다. 헤이즐은 거기서 잠시 멈춰 서서 주위를 살핀 뒤 길모퉁이까지 달렸다. 모퉁이를 돌아가도 길은 변화가 없었다. 어두워지는 달빛 속에 좁은 길이 완만하게 내려가 시커먼 너도밤나무 숲으로 사라지고 있었다.

헤이즐이 발을 구르고 조금 있으려니 어느 틈엔가 댄더라이언이 고사리 덤불 속에 있는 헤이즐 곁에 와 있었다. 헤이즐은 공포와 긴장이 엄습하는 가운데서도 댄더라이언이 대단히 발 빠른 친구라는 생각이 들었다. 그 거리를 눈 깜짝할 사이에 달려온 것이다.

댄더라이언이 속삭였다.

"훌륭해, 우릴 위해 목숨을 걸다니. 엘-어라이라* 같은데?"

헤이즐은 친근한 눈빛으로 댄더라이언을 힐끗 쳐다보았다. 그렇게 진심 어린 칭찬을 들으니 힘이 솟았다.

토끼들에게 엘-어라이라 또는 엘릴-흐라이어-라는 영국 사람에게는 로빈 후드, 미국 흑인에게는 존 헨리와 같은 존재이다. 리머스 아저씨**라면 엘-어라이라를 알고 있을 것이다. 엘-어라이라의 모험 가운데 몇 가지는 '토끼 형님'의 모험과 같기 때문이다. 그러고 보면 오디세우스도 이 토끼 영웅한테서 한두 가지 계략쯤은 빌렸을지도 모른다. 엘-어라이라는 아주 옛날부터 살아왔으며, 어떤 적이라도 책략을 써서 속여 넘길 수 있었으니까.

한번은 엘-어라이라가 집으로 돌아가는 길에 굶주린 커

---

* 엘-어라이라 토끼족의 전설 속 영웅. 천의 적을 가진 왕자라는 뜻으로, '엘릴-흐라이어-라'라고도 불린다.

** 리머스 아저씨 J. C. 해리스가 흑인 민화를 소재로 쓴 이야기나 노래에 나오는 미국 남부의 늙은 흑인 이야기꾼. 한 백인 소년에게 '토끼 형님'이나 '여우 형님' 같은 이야기를 들려준다. -옮긴이

다란 민물꼬치고기가 사는 강을 만났다고 한다. 엘-어라이라는 앞발로 털을 훑어 내어 진흙으로 만든 토끼에 골고루 붙여서 강물에 띄워 보냈다. 민물꼬치고기는 쏜살같이 덤벼들어 진흙 토끼를 덥석 물어뜯다가 곧 내뱉었다. 잠시 뒤 진흙 토끼가 강가로 떠내려오자, 엘-어라이라는 그것을 건져 올려 조금 기다렸다가 다시 강으로 밀어 넣었다. 이런 일이 한 시간 동안 되풀이되자, 민물꼬치고기는 진흙 토끼를 거들떠보지도 않았다. 엘-어라이라는 같은 짓을 다섯 번이나 거듭한 뒤 강을 건너 집으로 돌아갔다.

토끼들 사이에서는 엘-어라이라가 날씨를 마음대로 바꿀 수 있다는 이야기도 있다. 바람이나 이슬이나 안개는 토끼의 친구이자 적에 대항하는 무기이니까.

빅윅이 웅크리고 앉아 헐떡대는 토끼들 틈에서 나와 말했다.

"헤이즐, 여기서 좀 쉬자. 적당한 곳은 아니지만 파이버하고 이 조막만 한 친구가 녹초가 됐어. 쉬지 않으면 더 이상 못 갈 거야."

사실은 모두 지쳐 있었다. 토끼는 대개 정착 생활을 하며, 절대로 한 번에 100미터 이상 달리는 일이 없다. 몇 달씩 땅 위에서 먹고 자는 경우에도 위험한 순간에 도망칠 수 있는 은신처를 늘 가까이에 두고 있다. 토끼에게는 자연스러운 동작이 두 가지 있는데, 하나는 여름날 저녁이면 마을 앞에 나가 팔짝팔짝 뛰어다니는 동작이고, 또 하나는 번개같이 굴에 숨는 동작이다. 이런 동작들은 누구나 본 적이 있을 것이다. 하지만 꾸준히 타박타박 걸어다니는 토끼란 상상하기 힘들다. 토끼는 애초에 그렇게 할 수 있는 동물이 아니다. 이따금 젊은 토끼들이 새로운 보금자리를 찾아 몇 킬로미터씩 여행하기도 하지만, 결코 좋아서 하는 일은 아니다.

헤이즐 일행은 그날 밤 난생처음으로 토끼로서는 전혀 자연스럽지 않은 행동만 골라서 했다. 이를테면 뿔뿔이 흩어질 때도 있지만 되도록 무리 지어 다니려고 애썼다. 또 깡충깡충 뛰는 것과 달리는 것의 중간 속도를 일정하게 유지하려고 애썼는데, 그것은 몹시 힘든 일이었다. 게다가 숲속에 들어서면서부터 극심한 불안에 시달렸다. 몇몇은 '산' 상태에 빠졌다. 그것은 공포에 질리거나 기진한 토끼가 무감각한 마비 상태에 빠져 족제비나 인간 같은 적이 다가와도 도망치지 않고 그저 멍하니 바라보고만 있는 상태를 말한다. 핍킨은 풀고사리 아래 앉아 귀를 축 늘어뜨린 채 덜덜 떨고 있었다. 게다가 한쪽 앞발을 어색하게 앞으로 내밀고 애처롭게 핥고 있었다. 파이버의 상태도 크게 다르지 않았다. 아직은 명랑해 보였지만 지친 기색이 뚜렷했다. 순간 헤이즐은 적이 나타나도 달아날 힘이 없는 상태에서 훤히 트인 곳을 돌아다니는 것보다는 지금 이곳에서 쉬는 편이 더 안전하다는 사실을 깨달았다. 하지만 먹을 풀도 없고 안전한 굴도 없는 곳에서 가만히 앉아 있다 보면, 모든 문제들이 마음을 파고들 터였다. 그리고 그렇게 두려움이 점점 커지면 뿔뿔이 흩어지거나 마을로 돌아가려고 들기 십상이다. 헤이즐은 좋은 생각이 떠올랐다.

"그래, 좋아. 여기서 쉬어 가자. 이 고사리 덤불 속으로 들어가자. 야, 댄더라이언, 이야기 하나 들려줘. 너, 이야기 잘하잖아? 핍킨이 어서 이야기를 듣고 싶대."

댄더라이언은 핍킨을 힐끗 보고 나서 헤이즐의 속내를 알아차렸다. 풀도 없는 황량한 숲, 날이 새기 전에 멀리서 돌아오는 부엉이 소리, 근처 어디선가 풍겨 오는 역한 동물 냄새. 그 모든 것이 주는 두려움을 애써 누르며 댄더라이언 은 이야기를 시작했다.

6

엘-어라이라의 축복 이야기

왜 그는 나를 잔인하다고 생각할까,
아니, 배신당했다고 생각하는 걸까?
나는 그로 하여금 세계가 만들어지기 이전에 존재했던 것을
사랑하게 하고 싶다.

W. B. 예이츠, 〈젊지만 늙은 여자〉

"옛날에 프리스 님이 이 세계를 만들었어. 별도 모두 프리스 님이 만든 것이고, 이 세계도 그 별 가운데 하나인 거지. 프리스 님은 자기 똥을 하늘에 흩뿌려 별을 만들었어. 그래서 이 세상에는 나무랑 풀이 그토록 울창하게 자라는 거야. 프리스 님은 강물도 흐르게 하지. 강물은 하늘을 지나는 프리스 님을 따라가다가 프리스 님이 하늘을 떠나면 밤새도록 찾아다녀. 프리스 님은 온갖 짐승과 새도 만들었는데, 처음에는 모두 똑같았어. 참새랑 황조롱이가 친구였고, 똑같이 씨앗과 파리를 먹었어. 여우랑 토끼도 친구였고, 똑같이 풀을 먹었지. 풀도 파리도 넉넉했어. 세상은 이

제 막 만들어졌고, 하루 종일 프리스 님이 환하고 따뜻하게
비춰 주셨거든. 그 무렵에 살던 짐승들 가운데 엘-어라이
라가 있었는데, 많은 부인을 거느렸어. 셀 수 없이 많은 부
인들이 프리스 님조차 셀 수 없을 정도로 아기를 많이 낳았
고, 그 아기들은 풀과 민들레와 양상추와 토끼풀을 먹었어.
엘-어라이라는 그 모든 토끼들의 아버지였지."

(빅윅이 감탄스럽다는 듯이 그르렁거렸다.)

댄더라이언은 이야기를 계속했다.

"그런데 얼마 안 있어 풀이 모자라게 되자, 토끼들은 온
갖 곳을 돌아다니며 아기를 낳고 닥치는 대로 풀을 뜯었지.

그러자 프리스 님이 엘-어라이라한테 말했어.

'토끼의 왕자여, 그대가 토끼족을 다스리지 못하면 내가
직접 다스리겠노라. 내 말을 새겨들으라.'

그런데 엘-어라이라는 귀담아듣지 않고 이렇게 대꾸
했어.

'우리 토끼들은 세상에서 가장 강합니다. 어떤 종족보다
도 빨리 새끼를 낳아 기르고 많이 먹으니까요. 이것은 토끼
족이 프리스 님을 깊이 사랑한다는 증거입니다. 온갖 짐승
가운데 프리스 님이 비춰 주는 온기와 빛을 가장 민감하게
받아들이는 건 바로 우리 토끼족이니까요. 프리스 님, 토끼
족이 얼마나 훌륭한지 알아주시고, 우리의 아름다운 생활
을 존중해 주셔야 합니다.'

프리스 님은 그 자리에서 엘-어라이라를 죽일 수도 있었
지. 하지만 엘-어라이라를 조롱하고 갖고 놀고 싶어서 살

려 두기로 했어. 프리스 님은 당신이 가진 위대한 힘이 아니라 술수를 써서 엘-어라이라의 기를 꺾어 놓을 셈이었지. 그래서 프리스 님은 대향연을 벌여 향연장에 오는 모든 짐승과 새들에게 선물을 준다고 발표했지. 그 선물이란 바로 각 동물을 남과 다르게 만들어 준다는 거였어. 그러자 온갖 생물이 향연장으로 모여들었어. 하지만 프리스 님은 동물들이 저마다 다른 시각에 도착하게 해 놓았어. 그러고는 지빠귀가 오면 아름다운 노래를 선물하고, 소가 오면 날카로운 뿔과 다른 짐승이 두려워할 힘을 주었지. 그렇게 여우, 담비, 족제비가 차례대로 찾아왔어. 프리스 님은 이 동물들한테는 교활함과 사나움과 엘-어라이라의 자손을 잡아 죽여 먹이로 삼고 싶은 욕망을 주었지. 그래서 여우, 담비, 족제비는 토끼를 죽이고 싶다는 욕망으로 가득 차서 향연장을 떠났어.

그동안 엘-어라이라는 춤을 추고 짝짓기를 하면서, 프리스 님의 향연장에 가면 근사한 선물을 받을 거라고 자랑하고 다녔어. 그러다가 나중에야 향연장으로 출발했지. 엘-어라이라는 향연장으로 가는 도중에 보드라운 모래 언덕에서 잠시 쉬어 가기로 했어. 언덕에서 쉬고 있는데 검은 칼새 한 마리가 '뉴스! 뉴스! 뉴스!' 하고 소리치며 날아왔어.

사실 칼새는 그날부터 '뉴스'라는 말만 지껄이게 되었지. 엘-어라이라는 칼새를 불러 물었어.

'무슨 뉴스냐?'

칼새가 대답했지.

'아, 엘-어라이라! 내가 당신이 아니라서 다행이에요. 프리스 님이 여우랑 족제비한테는 교활함과 날카로운 이빨을, 또 고양이한테는 소리 나지 않는 발과 어둠 속에서도 볼 수 있는 눈을 주셨답니다. 그들은 프리스 님의 향연장에서 나오자마자 당신 자손을 닥치는 대로 잡아먹으려고 혈안이 되었답니다.'

칼새는 그렇게 말하고 쏜살같이 언덕 너머로 날아가 버렸어. 바로 그때 프리스 님의 목소리가 들렸어.

'엘-어라이라, 어디 있느냐? 모두 선물을 받고 돌아갔는데 엘-어라이라만 보이지 않으니 내 몸소 찾아 나섰노라.'

그제야 엘-어라이라는 프리스 님이 얼마나 지략이 뛰어난가를 깨닫고 겁을 먹었어. 그러고는 곧 프리스 님이 여우와 족제비를 데리고 올 거라고 짐작하고 돌아서서 언덕에 구덩이를 파기 시작했어. 얼마 파지도 못했는데 프리스 님이 홀로 언덕에 나타났지. 프리스 님이 보니까 엘-어라이라가 엉덩이만 쑥 내민 채 구덩이에 처박혀 모래 가루를 마구 날리며 정신없이 구덩이를 파고 있었어. 프리스 님이 우렁찬 소리로 말했지.

'혹시 엘-어라이라를 못 봤는가? 내가 선물을 주려고 엘-어라이라를 찾고 있노라.'

엘-어라이라는 구덩이에서 나오지 않고 대답했어.

'아니오. 보지 못했습니다. 엘-어라이라는 지금 멀리 있습니다. 못 올 겁니다.'

그러자 프리스 님이 말했어.

'그렇다면 그대가 그 구덩이에서 나오라. 엘-어라이라 대신 그대에게 축복을 내리겠노라.'

엘-어라이라가 대답했어.

'안 됩니다. 저는 바쁩니다. 여우와 족제비가 쫓아오고 있습니다. 저한테 축복을 내리시려거든 엉덩이에 내려 주십시오. 엉덩이는 구덩이 밖에 나와 있으니까요.'"

이 이야기는 어느 토끼나 알고 있었다. 토끼 마을 안으로 찬바람이 들이쳐 굴길이 얼음처럼 차갑게 젖어 드는 겨울 밤이나, 여름 저녁 산사나무꽃과 동물 썩는 냄새를 달콤하게 풍기는 딱총나무꽃 아래 풀밭에서 곧잘 들을 수 있는 이야기였다. 하지만 댄더라이언이 얼마나 실감나게 이야기했던지 핍킨까지도 피로와 공포를 잊고 토끼족의 위대한 불멸성을 떠올렸다. 그 자리에 있는 토끼는 모두 프리스 님에게 건방지게 굴면서도 용케 벌을 받지 않은 엘-어라이라가 되어 있었다.

댄더라이언이 이야기를 계속했다.

"그러자 프리스 님은 여우와 족제비가 쫓아온다고 생각하면서도 끝까지 포기하지 않는 엘-어라이라가 마음에 들었어. 그래서 이렇게 말했어.

'좋다. 구덩이 밖에 나와 있는 그대의 엉덩이에 축복을 내리겠노라. 엉덩이여, 언제나 튼튼하라. 재빨리 위험을 알아차리고 냉큼 도망쳐서 주인의 생명을 구하라. 그리 될지어다!'

프리스 님이 말을 마치자마자 엘-어라이라의 꼬리가 새

하얘지더니 별처럼 빛났어. 뒷다리도 길고 탄탄해져서 힘차게 발을 구르자 풀 줄기에 붙어 있던 딱정벌레까지 굴러 떨어졌지. 엘-어라이라는 구덩이에서 나와 이 세상의 어떤 동물보다 빨리 언덕을 내달렸어. 프리스 님은 그 뒤에 대고 소리쳤어.

'엘-어라이라여, 그대의 종족이 이 세상을 지배할 수는 없다. 내가 허락하지 않을 테니까. 천의 적을 가진 왕자여, 온 세상이 너의 적이 되리니, 그대를 잡으면 반드시 죽이려 들 것이다. 하지만 그대의 적들은 굴 파기의 명수이자 예민한 귀의 소유자이며, 달리기의 명수요, 재빨리 위험을 알아차리는 그대를 잡기가 쉽지 않으리라. 영특하고 계략에 밝은 자가 되어라. 그러면 그대의 일족은 멸망하지 않으리라.'

그제야 엘-어라이라는 프리스 님이 자기를 놀리기는커녕 오히려 친구로 여긴다는 사실을 깨달았어. 그래서 날마다 프리스 님이 하루 일과를 마치고 붉게 물드는 하늘에서 조용하고 편안하게 쉴 때면 엘-어라이라도, 그 자손들도, 그 자손의 자손들도 굴에서 나와 프리스 님 앞에서 풀을 뜯고 뛰어놀지. 프리스 님은 언제나 토끼족의 친구이며, 토끼족이 결코 멸망하지 않으리라고 약속해 주셨으니까."

7
오소리와 강

그는 도덕적 용기란 아주 드물다고 생각했던 터라
그런 것은 새벽 두 시의 용기, 곧 돌발적인 용기라고 말했다.

나폴레옹 보나파르트

댄더라이언이 이야기를 끝내자, 바람이 불어오는 쪽에 있던 에이콘이 흠칫 몸을 곧추세우더니 귀를 쫑긋하고 코를 벌름거렸다. 처음 맡아 보는 지독한 냄새가 점점 더 심해지더니 잠시 뒤 가까이에서 뭔가 둔하게 움직이는 소리가 들렸다. 별안간 흰 바탕에 검은 줄무늬가 있는 길쭉한 개의 머리통 비슷한 것이 길 건너편 풀고사리 덤불 사이로 나타났다. 그것은 턱을 일그러뜨린 채 주둥이가 땅에 닿도록 고개를 숙이고 있었다. 그 뒤로 크고 튼튼한 발과 검은 털이 부스스한 몸뚱이가 얼핏 보였다. 잔인하고 교활해 보이는 두 눈이 토끼들을 살폈다. 길쭉한 머리통은 어둑한 숲을 천천히 두리번거리더니, 무시무시한 눈초리로 토끼들을 쏘아보았다. 입을 짝 벌리자 머리통의 흰 줄무늬처럼 하얀 이빨이 번쩍거렸다. 그동안 토끼들은 계속 가만히 있었다. 그러다 길 쪽에 있던 빅윅이 살금살금 일행에게 다가왔다.

빅윅은 토끼들 사이를 지나가면서 속삭였다.

"오소리야. 위험할 수도 있고 위험하지 않을 수도 있지만, 모험은 하고 싶지 않아. 도망가자."

모두 빅윅을 따라 풀고사리를 헤치고 나왔다. 방금 빠져나온 길과 나란히 난 길이 또 하나 나타났다. 빅윅은 그 길로 들어서자마자 내달리기 시작했다. 댄더라이언이 곧 빅윅을 따라잡았다. 두 토끼는 나란히 털가시나무 숲으로 사라졌다. 헤이즐과 나머지 토끼들도 힘껏 뒤쫓아 갔다. 핍킨도 발은 아팠지만 공포에 질려 절뚝절뚝 뒤따라갔다.

헤이즐은 털가시나무 숲을 빠져나와 길을 따라 모퉁이를 돌았다. 하지만 거기서 별안간 멈춰 서더니 그 자리에 주저앉고 말았다. 바로 앞에는 빅윅과 댄더라이언이 깎아지른 듯이 높은 둔덕가에서 멍하니 앞만 바라보고 있었고, 그 밑으로는 물이 흐르고 있었다. 그것은 엔본이라는 작은 강이었다. 엔본강은 폭이 3~4미터쯤 되었는데, 해마다 이맘때쯤이면 봄비 때문에 강물이 70~80센티미터쯤 불어나 있었다. 토끼들로서는 상상도 못할 만큼 큰 강이었다. 달이 거의 기울어 이젠 더 깜깜해졌지만, 희미하게 반짝이며 흐르는 강물도 보이고, 강 건너에 가느다란 띠 모양으로 늘어선 개암나무와 오리나무도 어렴풋이 보였다. 그 너머 어디선가 물떼새 한 마리가 서너 차례 울다가 이내 잠잠해졌다.

뒤따라온 토끼들도 둔덕에 멈춰 서서 말없이 물을 내려다보았다. 싸늘한 바람이 불어오자 몸을 덜덜 떨어 대는 토끼들도 있었다.

이윽고 빅윅이 입을 열었다.

"헤이즐, 이거 뜻밖의 반가운 선물인데. 혹시 너, 우리를 숲으로 끌어들일 때부터 이렇게 될 줄 알고 있었던 거 아냐?"

헤이즐은 빅윅이 골칫거리가 되리라는 걸 깨닫고 머리가 지끈거렸다. 빅윅은 분명히 겁쟁이는 아니었다. 하지만 앞이 명확히 보이고 목표가 확실해야만 흔들리지 않는 성격이었다. 빅윅은 위험보다도 우왕좌왕하는 걸 더 못 견뎌 했다. 빅윅은 혼란스러우면 화부터 냈다. 어제 빅윅은 파이버의 경고를 듣고 혼란스러워하다가 홧김에 스레아라에게 대들고 아우슬라를 나왔다. 그러고는 마을을 떠날까 말까 망설이고 있던 차에 홀리 대장이 덜컥 싸움을 걸어온 것을 구실 삼아 미련 없이 마을을 떠났던 것이다. 하지만 이제 강을 눈앞에 두고 빅윅은 또다시 흔들리고 있었다. 어떻게든 확신을 심어 주지 않으면 아무래도 말썽이 날 것 같았다. 헤이즐은 스레아라의 다분히 책략적인 정중한 태도를 떠올렸다.

헤이즐이 말했다.

"네가 없었으면 우린 지금 어떻게 되었을까? 그 동물은 뭐였지? 우리를 죽이려 했을까?"

68

빅윅이 대답했다.

"오소리야. 아우슬라에서 들은 적이 있어. 사실 위험하진 않아. 달리고 있는 토끼는 못 잡거든. 그리고 오소리가 다가오면 냄새로 금방 알 수 있어. 웃기는 놈들이야. 토끼들이 머리 꼭대기에서 놀아도 가만히 있는다더군. 하지만 피하는 게 최고야. 굴속에서 새끼 토끼를 파내고, 다친 토끼를 보면 죽이니까. 천의 적 가운데 하나지. 냄새로 알아야 했지만, 사실 나도 냄새는 처음 맡아 봤거든."

블랙베리가 부르르 진저리를 치며 말했다.

"여기 오기 전에 누군가를 죽였어. 입가에 피가 묻어 있었거든."

빅윅이 말했다.

"쥐나 꿩 새끼였겠지. 우리한테는 다행이야. 그렇지 않았다면 날쌔게 덤벼들었을지도 몰라. 다행히 우린 잘해 냈어. 정말로 잘 피했다고."

파이버가 핍킨과 함께 절룩거리면서 다가왔다. 두 토끼도 강을 보고 눈이 휘둥그레져서 우뚝 멈춰 섰다.

헤이즐이 물었다.

"파이버, 이제 어떻게 하면 좋을까?"

파이버는 강을 내려다보며 귀를 실룩거렸다.

"건너야지. 그런데 헤이즐, 난 헤엄을 못 칠 것 같아. 완전히 녹초가 됐어. 핍킨은 나보다 훨씬 더 지쳤고."

빅윅이 소리쳤다.

"건너? 건넌다고? 누가 건너? 뭐 하러 강을 건너려고 하지? 그렇게 황당한 소린 처음 들어 본다."

모든 야생 동물이 그렇듯이 토끼도 어쩔 수 없는 상황에서는 헤엄을 친다. 심지어 필요할 때마다 헤엄치는 토끼도 있다. 숲가에 사는 토끼가 건너편 들판의 풀을 뜯으려고 시내를 헤엄쳐 건넌다는 사실은 잘 알려져 있다. 하지만 대개의 토끼는 헤엄치기를 꺼린다. 더구나 지칠 대로 지친 토끼가 엔본강을 헤엄쳐 건너는 것은 분명 무리였다.

스피드웰이 말했다.

"나도 저 강에 뛰어들고 싶지 않아."

호크빗이 물었다.

"강둑을 따라가면 안 돼?"

헤이즐은 파이버가 강을 건너야 한다고 하면, 강을 건너는 것이 위험을 피하는 길이라고 생각했다. 하지만 다른 친구들을 어떻게 설득할 수 있을까? 헤이즐은 할 말을 골똘히 생각하다가 문득 마음이 밝아지는 것을 느꼈다. 대체 무엇 때문일까? 냄새? 소리? 다음 순간 헤이즐은 알아차렸다. 강 건너에서 종다리 한 마리가 지저귀면서 하늘로 날아올랐던 것이다. 이제 아침이었다. 지빠귀 한 마리가 한두 차례 낮고 느릿하게 울더니, 잇따라 산비둘기도 울기 시작했다. 얼마 안 있어 어슴푸레한 새벽빛 속에서 숲을 끼고 흐르는 강이 보였다. 강 건너편은 탁 트인 들판이었다.

8

강을 건너다

그러나 백인 대장은 …… 헤엄칠 수 있는 사람은 먼저 뛰어내려
육지로 올라가라고 명령했다. 그리고 나머지 사람들은 판자 쪽이나
부서진 뱃조각에 매달려 육지로 나가라고 명령했다.
이렇게 해서 우리는 모두 무사히 육지로 올라오게 되었다.

〈사도행전〉 27장

모래흙 강둑은 높이가 족히 2미터는 되었다. 눈앞을 막
아선 강은 상류였고, 왼쪽으로 하류가 흘렀다. 날이 밝아지
면서 흰털발제비 서너 마리가 강 위를 쏜살같이 날아 건너
편 들판으로 가는 걸 보니, 발밑 가파른 경사면에 제비들의
둥지가 있는 게 분명했다. 잠시 뒤 흰털발제비 한 마리가
먹이를 물고 돌아와 토끼들 바로 아래쪽으로 모습을 감추
자, 새끼들이 삐삐 울어 대는 소리가 들려왔다. 강둑은 상
류 쪽으로도 하류 쪽으로도 그다지 길게 뻗어 있지 않았다.
상류 쪽으로는 숲과 강 사이로 풀로 뒤덮인 내리막길이 나
있었다. 그 길을 따라 강은 끝 간 데 없이 유유히 흐르고 있

었다. 강에는 얕은 여울이나 나무다리 하나 보이지 않았다. 발 아래쪽 강물은 깊고 잔잔했다. 왼쪽 강둑은 비스듬히 낮아져 오리나무 숲으로 이어졌는데, 그 숲에서 자갈에 부딪쳐 졸졸 흐르는 물소리가 들려왔다. 물길을 가로지른 가시철조망도 얼핏 보였다. 토끼들은 그 가시철조망이 고향 마을 앞 시내에서 본 것 같은 철망일 거라고 생각했다.

헤이즐은 상류 쪽 길을 바라보며 말했다.

"저기 풀이 있다. 먹으러 가자."

토끼들은 둔덕을 기어 내려가 물가에서 풀을 뜯기 시작했다. 강가에는 덜 자란 보랏빛 부처꽃과 개망초 풀숲이 있었는데, 꽃이 피려면 두 달은 더 있어야 했다. 꽃이 핀 것은 철 이른 꼬리조팝나무 네댓 그루와 머위 한 무더기뿐이었다. 등 뒤 강둑 경사면에는 흰털발제비 구멍이 빽빽이 뚫려 있었다. 강둑 아래 좁다란 강기슭에는 잔가지, 똥, 새털, 깨진 알, 죽은 새끼 한두 마리 등 흰털발제비 구멍에서 나온 쓰레기들이 뒹굴고 있었다. 흰털발제비들은 이제 떼 지어 강 위로 날아다녔다.

헤이즐은 파이버 곁으로 다가가 풀을 뜯으면서 파이버를 일행과 떨어진 쪽으로 슬그머니 몰아갔다. 그러고는 근처에 있는 갈대밭에 얼추 몸을 숨기고 말을 꺼냈다.

"파이버, 정말 강을 건너야 하는 거야? 강둑을 따라가는 게 어때?"

"안 돼, 우린 강을 건너서 저 들판으로 가야 돼. 그리고 그 너머까지. 난 우리가 찾아가야 할 곳을 알아. 그곳은…… 높고 한적한 마른땅이야. 사방이 훤히 내다보이고 소리도 들리는 곳, 인간이 거의 찾아오지 않는 곳이야. 그런 곳이라면 찾아갈 가치가 있잖아?"

"그럼, 물론 있지. 하지만 그런 곳이 정말 있을까?"

"강 근처에는 없어. 그건 말 안 해도 알잖아. 하지만 강을 건너면 다시 높은 곳으로 가야 돼. 우린 높은 곳에서 살아야 해…… 사방이 탁 트인 꼭대기에서."

"하지만 다들 더 이상 멀리 가지 않겠다고 할 것 같아. 게다가 그런 말을 하는 너부터도 지쳐서 헤엄을 못 치겠다며?"

"난 좀 쉬고 나면 괜찮을 거야. 문제는 핍킨이야. 아무래도 다친 것 같아. 어쩜 한나절은 여기서 쉬어야 할지도 모르겠어."

"좋아, 가서 의논해 보자. 쉬자는 데 반대하진 않겠지. 하지만 강을 건너는 건 싫어할걸. 뭔가에 겁을 먹고 놀라서 뛰어든다면 또 모를까."

두 토끼가 돌아오자 곧 빅윅이 길가 덤불에서 나와 헤이즐에게 말했다.

"어디 갔나 찾아다녔어. 지금 떠나려고?"

헤이즐이 단호하게 말했다.

"아니, 니-프리스까지 여기 있어야 돼. 좀 쉬고 나면 강을 건너 저 들판에 갈 수 있을 거야."

빅윅이 뭐라고 대꾸하려는데 블랙베리가 끼어들었다.

"빅윅, 네가 저쪽 들판으로 건너가서 한 바퀴 둘러보고

73

오지 그러니. 이 숲이 멀리 뻗어 있지 않을 수도 있잖아. 강 건너편에선 잘 보일 거야. 그럼 어느 쪽으로 가는 게 좋을지 알 수 있잖아."

빅윅이 퉁명스럽게 대꾸했다.

"알았어. 그런대로 일리가 있군. 너희들이 원한다면 이까짓 엠블리어* 강쯤 골백번이라도 건널 수 있어. 분부만 내린다면 기꺼이."

빅윅은 조금도 망설이지 않고 두 발짝 만에 강으로 뛰어들어 참방참방 걷다가 잔잔하고 깊은 물 속으로 들어갔다. 빅윅은 모두가 지켜보는 가운데 꽃이 핀 현삼 풀숲까지 헤엄쳐 가서, 그 질긴 줄거리 하나를 이빨로 꽉 물고 물 위로 몸을 끌어올렸다. 그리고 몸을 부르르 떨어 물기를 털어 내고는 오리나무 덤불로 날쌔게 뛰어갔다. 이내 개암나무 사이로 들판을 달리는 빅윅의 모습이 보였다.

헤이즐이 실버에게 말했다.

"저 친구가 있어서 다행이야."

헤이즐은 쓴웃음을 지으며 다시 스레아라를 떠올렸다.

"우리한테 필요한 정보는 뭐든지 알아내 주는 녀석이야. 아, 저 봐, 벌써 돌아오잖아."

빅윅은 들판을 달려오고 있었다. 홀리 대장과 싸운 이후로 그렇게 흥분한 모습은 처음이었다. 빅윅은 곤두박질치듯 강으로 뛰어들어, 잔잔한 갈색 수면에 화살촉 모양의 물결을 그리며 첨벙첨벙 헤엄쳐 건너왔다. 빅윅은 강기슭에

* **엠블리어** 여우 냄새같이 고약한 냄새를 풍긴다는 뜻.

홀쩍 올라서자마자 소리쳤다.

"야, 헤이즐, 내가 너라면 니-프리스까지 기다리지 않을 거야. 당장 출발하지. 너도 그래야 할걸."

헤이즐이 물었다.

"왜 그래?"

"숲에 커다란 개가 돌아다녀."

헤이즐은 움찔했다.

"뭐라고? 그걸 어떻게 알았어?"

"저 들판에선 숲이 강 쪽으로 내리뻗은 게 보여. 그중에 는 나무 없이 탁 트인 곳도 있는데, 개가 빈터를 지나가고 있지 않겠어? 사슬을 끌고 다니는 걸 보니 도망쳐 나온 게 분명해. 오소리 냄새를 쫓고 있는지도 모르지만, 지금쯤 그 오소리는 땅속에 있을 거야. 그놈이 숲을 헤집고 돌아다니 다 우리 냄새를 맡으면 어떻게 될 거 같냐? 이슬까지 덮여 있잖아. 자, 어서 강을 건너자."

헤이즐은 난감했다. 눈앞엔 물에 흠뻑 젖고도 끄떡없이 결의의 화신처럼 강을 건너자고 고집하는 빅윅이 서 있었 다. 그리고 바로 곁에서는 파이버가 말없이 몸만 실룩거리 고 있었다. 블랙베리는 빅윅은 안중에도 없이 헤이즐만 뚫 어지게 바라보며 지시를 기다리고 있었다. 헤이즐은 모래 밭에 웅크리고 있는 핍킨을 돌아보았다. 그렇게 겁에 질려 무기력하게 떨고 있는 토끼는 본 적이 없었다. 그때 숲에서 흥분한 듯 짖어 대는 개 소리가 들렸다. 곧이어 어치가 아 우성치기 시작했다.

헤이즐은 아찔한 현기증을 느끼며 말했다.

"그럼 넌 가. 누구든 가고 싶으면 가. 난 파이버랑 픕킨이 강을 건널 수 있을 때까지 기다리겠어."

빅윅이 소리쳤다.

"이런 바보 멍청이! 모두 죽일 작정이군! 우리는……."

헤이즐이 말을 잘랐다.

"발 구르지 마. 개가 듣겠다. 그럼 좋은 의견이라도 있어?"

"의견? 이 판국에 의견이고 뭐고 어딨어. 헤엄칠 수 있는 놈은 헤엄치는 거지. 나머지는 여기 남아서 요행을 바라는 수밖에. 개가 오지 않을 수도 있으니까."

"그럴 순 없어. 픕킨은 내가 끌어들였으니까 내가 책임져야 해."

"하지만 네가 파이버도 끌어들인 건 아니잖아? 파이버가 널 끌어들인 거지."

헤이즐은 그제야 깨달았다. 빅윅이 성을 내고는 있지만 제 속셈만 차리려고 서두르는 게 아니며, 빅윅 자신은 그다지 겁먹고 있지 않다는 사실을. 내키진 않았지만 헤이즐은 감탄할 수밖에 없었다. 헤이즐은 주위를 두리번거리며 블랙베리를 찾았다. 블랙베리는 강 위쪽, 자갈이 많은 모래톱에 서 있었다. 블랙베리는 젖은 자갈에 앞발을 반쯤 묻고 물가에 있는 납작하고 판판한 물체의 냄새를 맡고 있었다. 나뭇조각 같았다.

헤이즐이 불렀다.

"블랙베리, 잠깐 이리 와 볼래?"

블랙베리는 고개를 들며 자갈에서 발을 빼내고 달려와 다급하게 말했다.

"헤이즐, 저건 나무 판이야. 마을 위에 있던 널빤지하고 같은 거야. 기억나지? 분명히 강물에 떠내려왔을 거야. 그렇다면 물에 뜬다는 소리야. 파이버와 픽킨을 태워서 강에 띄울 수 있지 않을까? 그러면 강을 건널 수 있을지도 몰라. 이해돼?"

헤이즐은 무슨 말인지 전혀 알아듣지 못했다. 블랙베리의 잠꼬대 같은 소리를 들으니, 위험하고 당혹스러운 상황이라는 그물이 한층 더 숨통을 조여 오는 듯했다. 성화를 부리는 빅윅, 두려움에 떠는 픽킨, 점점 다가오는 개, 그것만으로는 부족하다는 듯이 가장 똑똑한 토끼마저 머리가 이상해지고 만 것이다. 헤이즐은 절망감을 느꼈다.

흥분한 목소리가 헤이즐의 귓전을 때렸다.

"프리스라! 그래, 알겠어! 서둘러, 헤이즐! 꾸물거리지 마! 어서 픽킨을 데려와!"

파이버였다.

그러자 블랙베리가 멍하니 있는 픽킨을 을러메어 일으켜서 몇 미터 떨어진 모래톱까지 절뚝절뚝 걸어가게 했다. 대황잎보다 조금 클까 말까 한 나뭇조각은 물가에 살짝 걸쳐 있었다. 블랙베리가 픽킨을 끌다시피 해서 널빤지에 태웠다. 픽킨이 덜덜 떨면서 몸을 웅크리자 파이버가 올라탔다.

블랙베리가 물었다.

"누가 힘이 세지? 빅윅! 실버! 밀어!"

아무도 그 말을 따르지 않았다. 모두 얼떨떨하고 미심쩍어하며 웅크리고 앉아만 있었다. 블랙베리가 널빤지 밑에 코를 박고 들어 올려 밀자 널빤지가 기우뚱거렸다. 핍킨은 비명을 지르고, 파이버는 발톱을 세워 바닥에 찰싹 달라붙었다. 널빤지는 곧 수평을 되찾아 꼼짝 않고 웅크린 토끼 두 마리를 태우고 1~2미터쯤 떠내려갔다. 나무 판이 서서히 빙그르르 돌자, 두 토끼는 친구들이 눈이 휘둥그레져서 자기들을 바라보고 있는 것을 알아차렸다.

댄더라이언이 말했다.

"프리스라! 물 위에 떠 있잖아! 왜 가라앉지 않지?"

블랙베리가 말했다.

"쟤들은 물에 뜨는 나무 판 위에 앉아 있는 거야, 알겠어? 이제 우리는 헤엄쳐서 건너자. 헤이즐, 출발할까?"

지난 몇 분 동안 헤이즐은 그야말로 갈피를 못 잡고 있었다. 빅윅의 비웃는 듯한 성화에 어찌할 바를 몰라 하다가 그저 파이버와 핍킨과 생사를 함께하겠다고 큰소리만 쳤다. 지금도 어찌 된 영문인지 모르겠지만, 블랙베리가 자기한테 지도자다운 모습을 바란다는 것만은 알 수 있었다. 헤이즐은 퍼뜩 정신을 차렸다.

"헤엄쳐, 모두 헤엄쳐."

헤이즐은 친구들이 물속으로 들어가는 모습을 지켜보았다. 댄더라이언은 달음박질하듯이 빠르고 수월하게 헤엄을 쳤다. 실버는 역시 힘이 좋았다. 다른 토끼들도 그럭저럭 헤엄쳐 갔다. 친구들이 하나둘씩 건너편 기슭에 닿는 것을 보고 헤이즐도 강물로 뛰어들었다. 차가운 물이 순식간에 털 속으로 스며들었다. 숨이 가빠지고, 머리를 물속에 넣을 때마다 강바닥의 자갈 위로 흐르는 물소리가 희미하게 들려왔다. 헤이즐은 고개를 물 밖으로 내밀고 어설프게 물을 헤치면서 현삼 풀숲 쪽으로 갔다. 헤이즐은 기슭에 기어오른 뒤 오리나무 숲속에 있는 친구들을 둘러보고 물었다.

"빅윅은?"

블랙베리가 이빨을 덜덜 떨면서 대답했다.

"네 뒤에."

빅윅은 아직도 강 건너편에서, 널빤지에 머리를 들이대고 뒷발로 힘껏 물을 차면서 널빤지를 밀고 있었다.

"가만히 있어."

빅윅은 숨 막히는 듯 재빨리 말하고는 가라앉았다. 그러고는 다시 떠올라 머리로 널빤지 뒤쪽을 밀었다. 그 상태에서 뒷발로 물을 차며 힘겹게 나아가자, 널빤지는 기우뚱거리면서 서서히 강을 건너 이쪽 기슭에 닿았다. 파이버가 핍킨을 땅 위로 밀어 내려 주자, 빅윅이 숨을 몰아쉬며 덜덜 떨면서 두 토끼 옆으로 올라와 말했다.

"블랙베리가 하는 걸 보니까 어떻게 해야 할지 금방 알겠던데. 하지만 막상 물속에서 밀려니까 힘들더라. 빨리 해가 떴으면 좋겠다. 으, 춥다. 자, 가자."

토끼들은 서둘러 오리나무 숲을 지나 들판으로 올라가 산울타리에 숨었다. 그때까지도 개는 나타나지 않았다. 다른 토끼들은 블랙베리가 멧목을 발견했다는 사실을 이해하지도 못했고 금방 잊어버렸다. 하지만 파이버는 산울타리의 인목 줄기에 기대고 있는 블랙베리한테 다가가 말을 걸었다.

"네가 핍킨하고 나를 구해 주었어. 핍킨은 어찌 된 영문인지 전혀 모르는 눈치지만 난 알아."

블랙베리가 대답했다.

"그래, 그건 정말 기발한 생각이었어. 꼭 기억해 두자. 언젠가 요긴하게 쓸 일이 있을지 모르니까."

9
까마귀와 콩밭

아름답게 피는 콩꽃도
지저귀는 지빠귀도
그리고 5월도 6월도!

로버트 브라우닝, 〈취향〉

해가 떠올랐는데도 토끼들은 여전히 가시나무 덤불 속
에서 쉬고 있었다. 몇 마리는 빽빽한 나무줄기 사이에서 옹
송그린 채 잠들어 있었다. 위험한 줄 알면서도 너무 고단
한 나머지 운을 하늘에 맡기는 수밖에 없었다. 헤이즐은 잠
든 친구들을 들여다보면서 아까 강을 마주하고 섰을 때 못
지않은 불안을 느꼈다. 이 산울타리는 훤히 트인 들판에 서
있기 때문에 하루 종일 있을 만한 곳이 못 되었다. 그렇다
면 대체 어디로 가야 하는가? 주변을 더 살펴 둘 필요가 있
었다. 남쪽에서 산들바람이 불어오자, 헤이즐은 비교적 안
전하게 바람 냄새를 맡을 만한 자리를 찾아 산울타리를 따

라갔다. 높은 데서 불어오는 바람 냄새를 맡아 보면 뭔가 알 수 있을지도 모른다.

헤이즐은 소들이 지나다니는 산울타리 틈새에 멈춰 섰다. 비탈 위쪽 들판에서 풀을 뜯는 소들이 보였다. 헤이즐은 조심스레 들판으로 나아가 엉겅퀴 풀숲에 몸을 숨기고 바람 냄새를 맡기 시작했다. 산울타리의 산사나무 냄새와 지독한 소똥 냄새에서 벗어나자, 가시나무 덤불 속에 웅크리고 있을 때부터 코로 흘러들던 냄새가 확실해졌다. 바람 속에는 오직 한 가지 냄새밖에 없었다. 강하고 신선하고 달콤한 향기가 진동했다. 싱그러운 냄새였다. 위험도 전혀 느껴지지 않았다. 그런데 대체 무슨 냄새인데 이렇게 진할까? 훤히 트인 벌판에서 불어오는 남풍인데도 어째서 다른 냄새는 전혀 없을까? 냄새의 원인은 가까이에 있는 게 분명했다. 헤이즐은 친구 하나를 보내서 확인시켜 볼까 생각했다. 댄더라이언이라면 산토끼 못지않게 빨리 들판 꼭대기까지 갔다 올 수 있을 것이다. 하지만 헤이즐은 모험심과 장난기가 발동했다. 자기가 없어진 것을 누가 알아차리기 전에 직접 나가서 뉴스거리를 갖고 돌아올 수 있을 것 같았다. 그러면 빅윅도 생각하는 바가 있겠지.

헤이즐은 풀밭으로 사뿐히 뛰어올라 암소한테 다가갔다. 암소들은 일제히 고개를 들고 헤이즐을 쳐다보다가 곧 다시 풀을 뜯었다. 커다란 검은 새 한 마리가 소 떼 바로 뒤에서 푸드득푸드득 날기도 하고, 땅 위로 내려와 파닥파닥 뛰어다니기도 했다. 커다란 떼까마귀같이 생겼지만 무리 지어 다니는 떼까마귀답지 않게 혼자였다. 그 새는 왜 그러는지 알 수 없지만 초록빛이 도는 튼튼한 부리로 땅을 쿡쿡 쪼아 대고 있었다. 공교롭게도 헤이즐은 까마귀를 본 적이 없었다. 그래서 새가 부리로 두더지를 쪼아 죽여 얕은 굴길 밖으로 끌어내려고 두더지 자취를 쫓아가고 있는 줄은 꿈에도 몰랐다. 그런 줄 알았다면 그 새를 '매가 아닌 동물', 곧 굴뚝새와 꿩의 중간쯤인 새라고 가볍게 넘겨 버리고 그대로 비탈을 올라가지는 않았을 것이다.

낯선 향기는 이제 점점 더 강해져 비탈 너머에서 파도처럼 세차게 덮쳐 왔다. 마치 지중해의 오렌지 향기가 처음 온 여행자를 사로잡듯이. 헤이즐은 마음을 홀딱 빼앗겨 들판 꼭대기까지 내달렸다. 꼭대기쯤에 산울타리가 또 하나 있고, 그 너머로는 꽃이 활짝 핀 넓은 콩밭이 남풍에 살랑거리고 있었다.

헤이즐은 바로 앞에 웅크리고 앉아 휘둥그레진 눈으로 숲을 바라보았다. 숲에는 하얗고 까만 꽃송이가 매달린 청록색 나무들이 가지런히 늘어서 있었다. 이런 식물은 본 적이 없었다. 밀이나 보리는 알고 있었고, 순무밭에도 들어가 본 일이 있었다. 눈앞에 있는 식물은 그런 것하고는 전혀 달랐지만, 왠지 마음에 들었고 도움이 될 것 같았다. 사실 이 식물은 토끼가 먹을 수 있는 것은 아니었다. 그것은 냄새로 알 수 있었다. 그러나 그 식물들 속에 숨어서 맘껏 안전하게 쉴 수도 있고, 그 안에서 돌아다니기도 쉬울 것 같았다. 헤이즐은 당장 친구들을 콩밭으로 데려와 저녁때까지 쉬어야겠다고 생각하고 친구들이 있는 곳으로 돌아왔다. 빅윅과 실버는 깨어 있었지만 나머지는 여전히 불안하게 선잠을 자고 있었다.

헤이즐이 물었다.

"안 잤어, 실버?"

실버가 대답했다.

"너무 위험해서 말이야. 나도 자고 싶은 마음은 굴뚝같지만, 모두 자 버리면 누가 오는지 어떻게 알겠어?"

"그래. 그래서 마음 놓고 실컷 잘 수 있는 데를 찾아냈어."

"굴이야?"

"아니, 굴은 아냐. 향긋한 나무들이 있는 넓은 밭이라서 쉬고 있는 모습도 냄새도 들키지 않을 거야. 이리 나와서 냄새 좀 맡아 봐."

빅윅과 실버는 헤이즐 말대로 했다.

빅윅은 멀리서 콩 줄기가 살랑거리는 소리에 귀를 쫑긋하며 물었다.

"너, 저 식물을 보았다고 했지?"

"응, 꼭대기 산울타리 너머에 있어. 인간들이 흐루두두*를 데리고 나타나기 전에 다 같이 떠나자. 안 그러면 다들 놀라서 뿔뿔이 흩어지고 말 거야."

실버가 친구들을 깨워 들판으로 나가자고 구슬렀다.

"바로 코앞이라니까."

---

* **흐루두두** 트랙터 또는 자동차 종류.

84

몇 번이나 다짐을 두자 그제야 모두 마지못해 잠이 덜 깬 걸음으로 비트적비트적 따라나섰다.

　토끼들은 띄엄띄엄 흩어져 비탈을 올라갔다. 실버와 빅윅이 앞장서고 헤이즐과 벅손이 조금 뒤에 따라갔다. 다른 토끼들은 2~3미터쯤 깡충깡충 뛰어가다가 멈춰 서서 풀을 뜯기도 하고 볕이 잘 드는 따뜻한 풀밭에 똥을 누기도 하며 느릿느릿 나아갔다. 맨 앞에 선 실버가 들판 꼭대기에 거의 다다랐을 무렵 별안간 비탈 아래서 날카로운 비명 소리가 났다. 그것은 토끼가 도움을 구하거나 적을 위협할 때 내는 소리가 아니라 공포에 사로잡혔을 때 내는 소리였다. 유달리 몸집이 작은 데다 지친 기색이 뚜렷한 파이버와 핍킨이 까마귀의 습격을 받고 만 것이다. 까마귀는 땅에 닿을 듯이 낮게 날아와서 느닷없이 커다란 부리로 파이버를 쪼았지만, 파이버는 가까스로 몸을 피했다. 그러자 까마귀는 풀숲을 총총 뛰어다니며 무시무시한 부리로 두 토끼를 공격했다. 까마귀가 눈을 노리자 핍킨이 알아차리고 무성한 풀숲에 머리를 처박고 숨으려 했다. 비명을 지른 것은 바로 핍킨이었다.

　헤이즐은 단숨에 비탈 아래로 뛰어 내려갔다. 어떻게 막아야 할지는 몰랐다. 까마귀가 헤이즐을 모른 체했다면 헤이즐도 어쩔 도리가 없었을 것이다. 그러나 헤이즐이 돌진해 오자 까마귀는 그쪽으로 공격의 화살을 돌렸다. 헤이즐은 까마귀를 피해 멈춰 섰다. 뒤를 돌아보니 빅윅이 저 위에서 뛰어 내려오고 있었다. 까마귀는 다시 방향을 바꿔 빅윅에게 달려들었지만 빗나가고 말았다. 까마귀의 부리가 자갈돌에 부딪쳐 마치 개똥지빠귀가 달팽이를 돌멩이에 패대기치는 듯한 소리가 났다. 빅윅에 이어 실버가 나타나자 까마귀는 다시 기운을 차리고 실버를 정면으로 마주 보았다. 실버가 겁을 집어먹고 멈칫거리자, 까마귀는 춤을 추듯 커다란 검은 날개를 소름 끼치게 푸드덕거렸다. 까마귀가 부리로 실버를 막 쪼려는 순간 빅윅이 뒤에서 덮쳐 쓰러뜨렸다. 성난 까마귀는 까악까악 울면서 비틀비틀 풀밭을 가로질러 갔다.

빅윅이 외쳤다.

"계속 공격해! 뒤에서 덮쳐! 이놈들은 겁쟁이야. 힘없는 토끼만 공격한단 말이야!"

그러나 까마귀는 이미 힘없이 느릿느릿 날갯짓하며 낮게 날아서 도망치고 있었다. 그러고는 산울타리를 넘어 강 건너 숲으로 사라졌다. 침묵이 흐르는 가운데 소가 풀을 뜯으며 다가오는 소리가 들려왔다.

빅윅은 상스러운 아우슬라 유행가를 흥얼거리며 어슬렁어슬렁 핍킨한테 다가갔다.

호이, 호이, 우 엠블리어 흐라이어,
므사이언 울레 흐라카 바이어.*

---

* 호이, 호이, 망할 놈의 천의 적,
  우리가 잠깐 똥 누고 있을 때도 나타난다네.

86

빅윅이 말했다.

"흘라오-루*, 이리 와. 이제 고개를 내밀어도 돼. 대단한 날이다, 안 그래?"

빅윅이 돌아서 가자 핍킨도 끙끙대며 따라갔다. 헤이즐은 핍킨이 다친 것 같다던 파이버 말이 떠올랐다. 뒤처져 절룩거리며 비탈을 오르는 핍킨을 보니 정말 어딘가 부상을 입은 것 같았다. 핍킨은 왼쪽 앞발을 디디려다가 퍼뜩 쳐들기를 되풀이하며 세 다리로 뒤뚱뒤뚱 뛰어왔다.

헤이즐은 생각했다.

'안전한 곳에 자리 잡는 대로 살펴봐야겠다. 가엾은 녀석, 저래서는 얼마 가지 못할 거야.'

언덕마루에 올라서니 벅손은 벌써 콩밭으로 들어가고 있었다. 헤이즐은 산울타리를 지나 좁다란 풀밭을 가로질러 갔다. 두 줄로 늘어선 콩 줄기 사이로 어둑어둑한 고랑이 눈앞에 길게 뻗어 있었다. 흙은 부드럽고 푸슬푸슬했다. 콩 잎사귀가 드리운 그늘 아래엔 현호색, 겨자풀, 별봄맞이꽃, 오월초 등 밭에서 흔히 볼 수 있는 잡초들이 돋아나 있었다. 콩 줄기가 바람에 흔들릴 때마다 갈색 흙과 하얀 자갈과 잡초 위에서 햇살이 어른어른 춤을 추었다. 이 모든 움직임 속에서도 불안한 기미는 전혀 없었다. 온 숲이 들썩이는데도 콩 잎사귀가 살랑거리는 소리만이 조용히 들려오고 있었다. 죽 늘어선 콩 줄기 사이로 벅손의 뒷모습이 저만치

---

* **흘라오-루** '꼬마 흘라오'란 뜻으로, 흘라오(핍킨의 토끼 이름)를 친근하게 부르는 애칭.

87

보이자 헤이즐도 밭으로 들어갔다.

잠시 뒤 일행 모두 구덩이처럼 움푹 파인 곳에 모였다. 사방엔 콩 줄기들이 가지런히 줄지어 서서 하늘을 가려 주고 냄새를 감춰 주고 적의 접근을 막아 주었다. 그곳은 땅속 못지않게 안전했다. 게다가 시들한 풀과 민들레가 군데군데 있어서 부족하나마 허기를 채울 수도 있었다.

헤이즐이 말했다.

"여기서라면 하루 종일 잘 수 있겠다. 하지만 누구 하나는 깨어 있어야 될 거야. 내가 먼저 할게. 흘라오-루, 네 발 좀 보자. 뭐가 박힌 것 같은데."

왼쪽으로 가로누워 헐떡이던 핍킨은 돌아누우면서 아픈 발을 내밀었다. 헤이즐은 굵은 털이 촘촘히 나 있는 발(토끼는 발바닥에 굳은살이 없다)을 찬찬히 들여다보았다. 짐작대로 가시가 박혀 있었다. 피가 조금 나고 살이 찢겨 있었다.

헤이즐이 말했다.

"흘라오, 큰 가시가 박혀 있어. 이러니 뛰지 못한 게 당연하지. 빼내야 해."

가시 뽑기는 쉽지 않았다. 핍킨은 발이 몹시 민감해져서 헤이즐의 혀가 닿기만 해도 얼굴을 찡그리며 자꾸만 발을 뺐다. 헤이즐은 침착하게 한참 동안 씨름한 끝에 간신히 가시를 이빨로 꽉 물 수 있었다. 가시가 쑥 빠지며 상처에서 피가 나왔다. 가시가 어찌나 길고 굵었던지 곁에 있던 호크빗이 스피드웰을 깨워 보여 주기까지 했다.

스피드웰은 조약돌 위에 올려놓은 가시에 코를 킁킁거리며 말했다.

　　"굉장하다, 핍킨! 이런 거 서너 개만 더 모아 봐. 그걸로 널빤지를 만들어 파이버를 깜짝 놀라게 해 줄 수도 있겠다. 이런 게 박혀 있는 줄 알았으면 네가 그 오소리 눈을 찌르는 건데."

　　헤이즐이 말했다.

　　"흘라오, 상처를 핥아. 아픈 게 멎을 때까지 핥고 나서자."

10

도로와 공유지

겁쟁이가 대답했다. "그들은 …… 저 험한 곳을 올라갔습니다."
그러나 그가 말했다. "가면 갈수록 더 큰 위험에 부닥치는 법이오.
그래서 우리는 돌아서서 되돌아갈 참이오."

존 버니언, 〈천로역정〉

얼마 뒤에 헤이즐은 벅손을 깨웠다. 그러고는 땅을 파서
얕은 잠자리를 만들고 거기서 잤다. 토끼들은 그날 내내 교
대로 불침번을 섰다. 토끼는 문명화된 인간이 잃어버린 감
지 능력 같은 것으로 시간의 흐름을 가늠한다. 시계도 책도
없는 동물들은 자연의 온갖 양태를 민감하게 느낌으로써
시간이나 날씨를 알아낸다. 동물들의 놀라운 이주 여행을
보면 알 수 있듯이 방향을 알아내는 것도 마찬가지이다. 흙
의 온도와 습도, 햇빛의 각도, 미풍에 흔들리는 콩 줄기의
방향, 땅 위로 흐르는 대기의 방향과 세기의 변화. 불침번
을 서는 토끼는 이 모든 것을 감지하고 있었다.

해가 저물 무렵 헤이즐은 잠에서 깨어났다. 사방이 조용한 가운데 에이콘이 하얀 부싯돌 사이에서 귀를 쫑긋 세우고 냄새를 맡고 있는 것이 보였다. 햇살이 엷어지고 바람이 그쳐서 콩 줄기의 흔들림도 멎어 있었다. 조금 떨어진 곳에 핍킨이 쓰러져 자고 있었다. 누런 줄무늬가 있는 검은 송장벌레가 핍킨의 배에 나 있는 하얀 털 위를 기어가다가 잠시 멈추더니 구부러진 짧은 더듬이를 흔들고는 다시 기어갔다. 헤이즐은 불현듯 불안감에 휩싸였다. 송장벌레는 죽은 동물을 파먹고 거기에 알도 낳기 때문이다. 송장벌레는 뾰족뒤쥐나 둥지에서 떨어진 새끼 새 같은 작은 동물의 시체 밑을 파고 알을 깐 다음 흙을 덮는다. 설마 핍킨이 자다가 죽어 버린 건 아니겠지? 헤이즐은 벌떡 일어났다. 에이콘이 깜짝 놀라 헤이즐을 돌아보았고, 핍킨도 몸을 뒤척이며 눈을 떴다. 송장벌레는 잽싸게 자갈 위로 달아나고 있었다.

헤이즐이 물었다.

"발은 좀 어때?"

핍킨은 발을 땅에 디뎌 보더니 일어섰다.

"한결 나아졌어. 이제 너희랑 똑같이 걸을 수 있을 것 같아. 나를 버려 두고 가진 않겠지?"

헤이즐은 핍킨의 귀 뒤를 코로 비벼 댔다.

"우리는 누구도 내버려 두고 떠나지 않아. 네가 남게 되면 나도 남을 거야. 하지만 흘라오-루, 다음부턴 가시 같은 것에 찔리지 않도록 조심해. 긴 여행을 해야 될지도 모르니까."

그때 토끼들이 모두 기겁해서 벌떡 일어났다. 가까이에서 총소리가 들판을 울린 것이다. 딱새 한 마리가 날카로운 소리를 지르며 날아올랐다. 총소리는 상자 속에서 굴러다니는 자갈처럼 물결치듯 메아리쳐 왔다. 강 건너 숲에선 꿩이 날갯짓하며 나뭇가지를 흔드는 소리가 요란하게 들려왔다. 순간 토끼들은 있지도 않은 굴을 찾아 본능적으로 콩 줄기 사이로 뿔뿔이 흩어졌다.

헤이즐은 밭 가장자리에서 멈칫 섰다. 주위를 둘러보니 아무도 없었다. 벌벌 떨면서 다음 총소리를 기다렸지만 아무 소리도 들리지 않았다. 다음 순간 규칙적인 인간의 발소리가 땅을 울리며, 아침에 토끼들이 지나왔던 들판 꼭대기 너머로 멀어져 갔다. 그때 실버가 콩 줄기를 헤치고 나타났다.

"아까 그 까마귀나 잡아갔으면 좋겠다, 그렇지?"

헤이즐이 대답했다.

"멍청하게 이 밭에서 뛰쳐나간 녀석이나 없었으면 좋겠다. 모두 흩어져 버렸어. 어떻게 찾지?"

실버가 말했다.

"나도 모르겠어. 아까 있던 곳으로 돌아가는 게 낫겠다. 금방 모일 거야."

하지만 토끼들이 모두 밭 한가운데 있는 구덩이로 돌아오기까지는 한참 걸렸다. 헤이즐은 동료들을 기다리면서 굴도 없이 낯선 땅을 헤매는 자기들의 처지가 얼마나 위험한지 뼈저리게 느꼈다. 오소리, 개, 까마귀, 사냥꾼을 피

한 것은 운이 좋았기 때문이다. 이 행운이 언제까지 계속될까? 어딘지는 모르지만 파이버가 말한 높은 데까지 과연 갈 수 있을까?

헤이즐은 생각했다.

'난 웬만큼 마른 둔덕이면 어디에서든 살 수 있어. 풀이 조금 있고, 총을 가진 인간만 없다면. 그런 곳을 한시라도 빨리 찾아야 해.'

맨 마지막으로 호크빗이 되돌아오자 바로 출발했다. 헤이즐은 밭에서 주의 깊게 바깥을 살핀 뒤 산울타리로 뛰어들어갔다. 멈춰 서서 바람 냄새를 맡아 보니 저녁 이슬과 산사나무와 소똥 냄새밖에 나지 않아 마음이 놓였다. 헤이즐은 앞장서서 목초지인 바로 옆 들판으로 들어갔다. 여기서부터는 다들 토끼 굴이 가까이에 있는 것처럼 한가로이 풀을 뜯으면서 나아갔다.

들판을 절반쯤 지났을 때, 헤이즐은 저만치 있는 산울타리 뒤쪽에서 흐루두두 한 대가 엄청난 속도로 다가오는 것을 알아차렸다. 그 흐루두두는 고향의 앵초 숲 근처에서 이따금 보았던 농장 트랙터보다는 덜 시끄럽고 크기도 작았다. 흐루두두는 지나가면서 자연광이 아닌 이상한 섬광을 뿜어 댔다. 겨울 호랑가시나무보다 더 화사하고 번쩍거리는 빛이었다. 조금 있으니까 가솔린과 배기가스 냄새가 났다. 헤이즐은 눈이 휘둥그레져서 코를 벌름거렸다. 어떻게 그토록 빠르고 거침없이 들판을 달릴 수 있는지 이해할 수 없었다. 다시 돌아올까? 우리보다 더 빨리 달려와서 우릴 붙잡지는 않을까?

헤이즐이 멈춰 서서 어떻게 할지 궁리하고 있는데 빅윅이 다가왔다.

"그렇다면 도로가 있다는 얘기야. 저걸 보면 놀랄 녀석들도 있겠다."

헤이즐은 팻말 옆에 있던 오솔길을 떠올리며 물었다.

"도로? 그걸 어떻게 알아?"

"도로가 없으면 흐루두두가 어떻게 저렇게 빨리 달릴 수 있겠어? 게다가 이 냄새 모르겠어?"

이젠 공기 중에 미지근한 타르 냄새가 진동하고 있었다.

헤이즐은 조금 부루퉁하게 말했다.

"이런 냄새는 처음이니까."

빅윅이 말했다.

"아, 그렇지. 넌 스레아라한테 바칠 양상추를 훔치러 다녀 보지 않았겠구나. 그러니 도로가 뭔지 모르는 게 당연하지. 밤에 도로 근처에 얼씬거리지만 않으면 전혀 위험하지 않아. 그러지 않으면 도로도 엘릴이 되겠지만."

헤이즐이 말했다.

"아무래도 너한테 한 수 배워야겠는데? 너하고 내가 앞장서고 다른 친구들한테는 뒤따라오라고 하자."

두 토끼는 달려가서 살그머니 울타리를 빠져나갔다. 헤이즐은 도로를 보고 기겁을 했다. 순간적으로 또 다른 강, 강둑을 끼고 유유히 흘러가는 검은 강인 줄 알았다. 그러나 다시 보니 타르 속에 자갈이 박혀 있고 거미 한 마리가 기어 다니고 있었다.

헤이즐은 타르와 기름 냄새가 섞인 낯설고 강렬한 냄새를 맡으며 말했다.

"하지만 이건 자연스럽지가 못해. 이건 뭐지? 어떻게 여기에 생겨난 거지?"

빅윅이 말했다.

"인간이 만든 거야. 인간이 도로를 만들어 놓으면 흐루두두가 그 위로 달리지. 우리보다 더 빨리. 우리보다 빨리 달리는 건 흐루두두밖에 없어."

"그럼 위험하겠네? 흐루두두가 우릴 잡을 수도 있을까?"

"아니, 아무래도 그 점이 이상해. 우리가 다가가도 전혀 알아차리지 못해. 자, 보여 줄게."

빅윅이 비탈을 깡충깡충 내려가 도로 가장자리에 웅크리고 있을 때, 다른 토끼들도 하나둘씩 울타리에 도착했다. 도로 모퉁이에서 다시 자동차가 달려오는 소리가 들렸다. 헤이즐과 실버는 잔뜩 긴장하고 지켜보았다. 자동차는 초록색과 흰색을 번쩍이면서 나타나 빅윅 쪽으로 쌩 달려들었다. 한순간 온 세상이 굉음과 공포에 휩싸였다. 자동차는 사라졌고, 울타리 쪽으로 휙 불어닥친 바람에 빅윅의 털이 흩날리고 있었다. 빅윅은 비탈을 뛰어올라 눈이 휘둥그레져 있는 토끼들에게 돌아왔다.

빅윅이 말했다.

"봤지? 우리를 해치진 않아. 사실 흐루두두는 살아 있는 게 아닌 것 같아. 확실하지는 않지만 말이야."

지난번 강가에서처럼 블랙베리는 혼자서 도로에 내려가 있었다. 블랙베리는 헤이즐과 길모퉁이 중간쯤 되는 도롯가에 어정쩡하게 서서 도로 한복판으로 코를 돌리고 냄새를 맡고 있었다. 그러다가 흠칫 놀라며 다시 안전한 비탈쪽으로 황급히 되돌아왔다.

헤이즐이 물었다.

"무슨 일이야?"

블랙베리가 대답하지 않자, 헤이즐과 빅윅은 도롯가를 따라 블랙베리 곁으로 깡충깡충 뛰어갔다. 블랙베리는 고양이가 불쾌한 것을 만났을 때 그렇게 하듯이 입을 오물거리며 입가를 핥고 있었다.

블랙베리가 나직하게 말했다.

"빅윅, 넌 이게 위험하지 않다고 했지? 하지만 이건 분명히 위험해."

도로 한복판에 짓뭉개진 피투성이 갈색 가시와 하얀 털뭉치가 있고, 그 언저리에 작고 검은 발과 주둥이가 짜부라져 있었다. 파리가 들끓고 여기저기서 뾰족한 자갈이 살을 뚫고 비죽이 나와 있었다.

블랙베리가 말했다.

"요나*야. 요나가 무슨 나쁜 짓을 한다는 거야? 딱정벌레나 달팽이를 먹을 뿐이잖아. 게다가 요나를 잡아먹는 동물도 없고."

* 요나 고슴도치를 두고 하는 말.

96

빅윅이 말했다.

"밤에 나온 게 분명해."

"그야 물론이지. 요나는 항상 밤에 사냥하니까. 낮에 보이는 요나는 다 죽은 놈뿐이잖아."

"알아. 하지만 내 말 들어 봐. 밤이 되면 흐루두두는 프리스 님보다 더 밝은 빛을 비춘다고. 그 빛으로 생물을 유인하지. 그 빛을 받으면 어디로 가야 할지 몰라 우왕좌왕하게 돼. 그러다 보면 흐루두두가 다가와 찌부러뜨려 버려. 아우슬라에서는 그렇게 배웠어. 하지만 시험해 볼 생각은 없어."

헤이즐이 말했다.

"곧 어두워질 거야. 이제 그만 가자. 이 도로는 우리한테 좋을 게 없는 것 같아. 도로가 어떤 건지 알았으니까 빨리 떠나고 싶어."

달이 뜰 무렵 토끼들은 뉴타운 교회 묘지를 빠져나갔다. 잔디밭과 길 아래로 작은 시내가 흐르고 있었다. 토끼들은 언덕 하나를 넘어 뉴타운 공유지에 이르렀다. 그곳은 가시금작화와 자작나무가 무성한 토탄 지대로, 목초지를 지나온 토끼들에겐 낯설고 위험한 땅으로 보였다. 나무도 풀도 흙도, 모든 것이 낯설었다. 앞이 겨우 1미터 정도밖에 보이지 않아 토끼들은 빽빽한 히스 덤불숲에서 머뭇거렸다. 털이 이슬에 흠뻑 젖었다. 곳곳에 땅이 갈라지거나 움푹 파인 곳에 검은 토탄이 드러나 있었는데, 거기에는 물이 괴어 있고 뾰족한 하얀 돌들이 달빛에 빛나고 있었다. 어떤 돌은

97

비둘기 머리통만 하고, 어떤 돌은 토끼 머리통만 했다. 이런 구덩이가 나타날 때마다 토끼들은 옹기종기 모여서 헤이즐이나 빅윅이 구덩이 바깥으로 올라가 길을 찾기를 기다리곤 했다. 억센 히스를 헤치고 나아가다 보면 곳곳에서 딱정벌레, 거미, 작은 도마뱀 들이 허둥지둥 내뺐다. 한번은 벅손이 뱀을 건드렸는데, 뱀은 벅손의 앞발 사이를 홱 후려치고 빠져나가더니 자작나무 밑동에 난 구멍으로 사라졌다.

이곳은 식물도 낯설기 그지없었다. 갈고리 모양의 꽃이 핀 분홍빛 송이풀, 습지 아스포델, 밤이면 선모로 뒤덮인 이파리를 쩍 벌리고 있는 *끈끈이주걱*이 있었다. 식물이 무성하게 자라는 이곳은 쥐 죽은 듯이 고요했다. 토끼들의 걸음은 점점 처졌고, 토탄 구덩이에서 미적거리는 시간도 길어졌다. 히스 덤불숲에선 아무 소리도 안 났지만, 바람이 탁 트인 공유지를 지나오며 먼 곳의 소리까지 실어 왔다. 수탉 울음소리가 들려왔다. 개가 컹컹 짖으며 달리자 주인이 야단치는 소리도 들렸다. 작은 올빼미가 '빼액빼액' 하고 울자 들쥐나 뾰족뒤쥐 같은 것이 찍찍거리고 울었다. 어떤 소리든 위험하게만 느껴졌다.

그날 밤 늦게 달이 질 무렵 헤이즐은 일행과 함께 토탄 구덩이에 웅크린 채 위쪽을 올려다보았다. 구덩이 바깥으로 올라가서 전방을 살펴볼까 하고 있는데 뒤에서 기척이 났다. 돌아보니 바로 뒤에 호크빗이 있었다. 어쩐지 쭈뼛거리며 눈치를 보는 것 같아 헤이즐은 순간적으로 호크빗이 병에 걸렸거나 독이라도 먹은 게 아닌가 싶어 유심히 살펴보았다.

호크빗은 헤이즐과 눈을 마주치지 않으려고 검게 그늘진 구덩이 벽을 바라보며 말했다.

"저, 헤이즐, 나는…… 아니, 우린 말이야…… 그러니까, 생각해 봤는데…… 이런 식으론 더 이상 못 가겠어."

호크빗은 입을 다물었다. 이제 보니 에이콘과 스피드웰도 따라와서 헤이즐의 대답을 기다리고 있었다. 잠시 침묵이 흘렀다.

스피드웰이 말했다.

"계속해, 호크빗. 내가 말할까?"

호크빗은 어쭙잖게 잘난 척하며 말했다.

"아니, 우린 이제 넌더리가 나."

헤이즐이 대답했다.

"나도 그래. 어서 쉴 곳을 찾았으면 좋겠어. 그때 가서 푹 쉬자."

스피드웰이 말했다.

"우린 지금 그만두고 싶어. 여기까지 온 것도 바보짓이었던 것 같아."

에이콘이 말했다.

"가면 갈수록 나빠지기만 하잖아. 우린 지금 어디로 가는 거지? 우리 가운데 누군가 영원히 달리기를 멈추기 전에 도착하긴 하는 거야?"

헤이즐이 말했다.

"이런 데 있다 보니 불안한 거야. 나도 맘에 들지 않지만, 언젠가 여기서 벗어날 수 있겠지."

호크빗은 꿍꿍이가 있는 표정으로 말했다.

"우리를 어디로 데려가야 할지 너도 모르지? 도로가 뭔지도 몰랐잖아. 우리 앞에 뭐가 있는지도 모르고."

헤이즐이 말했다.

"이봐, 너희들이 원하는 걸 말해야 나도 내 생각을 말하지."

에이콘이 말했다.

"우린 돌아가고 싶어. 파이버가 틀린 것 같아."

헤이즐이 대꾸했다.

"여태까지 온 길이 얼만데 어떻게 다시 돌아간다는 거야? 설령 무사히 돌아간다 해도 아우슬라 대장한테 부상을 입힌 죄로 죽음을 당할걸? 제발 말이 되는 소리를 해."

스피드웰이 말했다.

"홀리 대장한테 상처를 입힌 건 우리가 아냐."

"너희도 그 자리에 있었어. 블랙베리를 따라왔잖아. 그들이 기억 못 할 것 같아? 게다가……."

파이버가 빅윅을 데리고 다가오는 바람에 헤이즐은 말을 멈추었다.

파이버가 말했다.

"헤이즐, 잠깐 나랑 같이 위로 올라갈래? 중요한 일이야."

빅윅이 가발 같은 털에 가려진 눈으로 나머지 토끼들을

노려보며 말했다.

"네가 갔다 올 동안 난 이 친구들한테 할 얘기가 좀 있어. 호크빗, 세수 좀 하지 그래? 꼭 덫에 남아 있는 쥐 꼬리 꼬락서닌데. 그리고 너, 스피드웰……."

헤이즐은 그다음 말을 듣지 않고 파이버를 따라갔다. 토탄 덩어리와 울퉁불퉁한 토탄층을 기어오르자 선반 모양으로 튀어나와 있는 곳이 나왔다. 자갈흙에 풀이 듬성듬성 나 있었다. 파이버는 위로 나가는 길을 발견하자마자 아까 헤이즐이 올려다보고 있던 둔덕으로 올라갔다. 둔덕은 바람에 흔들리는 히스보다 1미터 높게 솟아 있고, 앞이 훤히 트인 꼭대기에는 풀이 나 있었다. 파이버와 헤이즐은 둔덕 위로 올라가 웅크리고 앉았다. 오른쪽에는 옅은 구름에 싸인 노르스름한 달이 멀리 소나무 숲 위에 걸려 있었다. 두 토끼는 쓸쓸한 황야가 펼쳐진 남쪽을 바라보았다. 헤이즐은 파이버가 말을 꺼내기를 기다렸지만 파이버는 잠자코 있었다.

마침내 헤이즐이 물었다.

"나한테 하고 싶은 얘기가 뭐야?"

파이버한테서 아무 대답이 없자 헤이즐은 말문이 막혔다. 밑에서 빅윅의 말소리가 희미하게 들려왔다.

"에이콘, 그 개같이 축 처진 귀하며 추레한 얼굴하며, 너 같은 놈한텐 산지기 덫도 아깝겠다. 내가 시간만 있다면……."

달은 구름을 빠져나와 히스 덤불숲을 훤히 비추고 있었지만, 헤이즐도 파이버도 둔덕마루에서 움직이지 않았다. 파이버는 공유지 너머 먼 곳을 바라보고 있었다. 6킬로미터 앞 남쪽 지평선을 등지고 높이 230미터쯤 되는 구릉 지대가 펼쳐져 있었다. 그 꼭대기에 코팅턴 숲의 너도밤나무들이 히스 덤불숲에 부는 바람보다 더 세찬 바람에 흔들리고 있었다.

갑자기 파이버가 입을 열었다.

"저기야! 저기가 우리가 살 곳이야. 인간이 오지 않는 높은 언덕들. 바람이 소리를 실어다 주고, 땅은 헛간의 짚처럼 말라 있어. 저기서 살아야 해. 저리로 가야 돼."

헤이즐은 아득히 멀리 보이는 구릉 지대를 바라보았다. 저기까지 가는 것은 도저히 불가능하다. 지금 할 수 있는 일이라곤 히스 덤불숲을 빠져나가, 어딘가 조용한 들판이나 여태껏 살아왔던 잡목림 둔덕 같은 데로 가는 것이 고작이다. 파이버가 다른 토끼 앞에서 이런 터무니없는 생각을 말하지 않은 게 천만다행이었다. 그렇지 않아도 골치 아픈 마당에 말이다. 지금 당장 그 생각을 포기하도록 설득하기만 하면 아무 문제 없이 넘어갈 것이다. 아직 핍킨한테 말하지 않았으면 좋으련만.

헤이즐이 말했다.

"파이버, 저렇게 멀리까진 못 갈 것 같아. 지금도 모두 겁먹고 지쳐 있잖아. 당장 필요한 건 빨리 안전한 곳을 찾는 일이야. 그리고 난 불가능한 일을 해서 실패하기보다는 가능한 일을 잘해 내고 싶어."

파이버는 헤이즐의 말을 듣지 않고 골똘히 생각에 빠져 있는 듯했다. 이윽고 파이버는 혼잣말을 하듯 말했다.

"저 언덕들과 우리 사이에는 짙은 안개가 가로막고 있어. 앞이 보이지 않겠지만 저 안개를 헤치고 나가야 돼. 어쨌든 안개 속으로 들어가야 해."

헤이즐이 물었다.

"안개라니? 그게 무슨 말이야?"

파이버가 속삭이듯이 말했다.

"뭔가 알 수 없는 시련이 우릴 기다리고 있어. 엘릴은 아니야. 그건 뭐랄까, 안개 같은 거야. 우릴 속여 길을 잃게 하는 안개 말이야."

주위에 안개 같은 건 없었다. 5월 밤은 맑고 상쾌했다. 헤이즐이 잠자코 있자 잠시 뒤 파이버가 감정 없는 목소리로 느릿느릿 말했다.

"하지만 우리는 가야 해. 저 언덕 지대에 닿을 때까지."

목소리가 가라앉으면서 꿈꾸는 듯한 소리가 되었다.

"저 언덕 지대에 닿을 때까지. 지나온 길로 되돌아가는 토끼는 재난을 만날 거야. 그 길은…… 안전하지 않아. 그 길은…… 안 돼……."

파이버는 부들부들 떨면서 한두 번 뒷발질을 하더니 이내 잠잠해졌다.

밑에서는 빅윅의 이야기가 다 끝나 가고 있는 듯했다.

"그럼 됐냐? 이 두더지 같은 놈들, 똥칠할 놈들, 양 피나 빨아 먹는 이 같은 놈들아, 당장 내 눈앞에서 꺼져 버려. 안 그러면……."

거기서부터 잘 알아들을 수 없었다.

헤이즐은 한 번 더 흐릿한 언덕들을 바라보았다. 그때 파이버가 꼼지락거리며 뭐라고 중얼거렸다. 헤이즐은 앞발로 파이버를 살짝 누르고 파이버의 어깨에 코를 비볐다.

　　파이버는 움찔하며 말했다.

　　"헤이즐, 내가 무슨 말을 했지? 도무지 기억이 안 나. 내가 너한테 얘기하고 싶었던 건⋯⋯."

　　헤이즐이 말을 잘랐다.

　　"신경 쓰지 마. 내려가자. 이제 떠나야 할 시간이야. 앞으로도 아까처럼 이상한 기분이 들면 나한테만 털어놔. 내가 보살펴 줄게."

11
힘겨운 전진

그러고 나서 버만 경은 …… 늪지와 벌판과 깊은 계곡,
말을 끌고 다닐 수 있는 곳이라면 어디든지 나아갔다. ……
수도 없이 수렁에 처박혔다. 길을 알 수 없었지만
미친 듯이 숲을 헤치고 앞으로 나아갔다. ……
그리고 마침내 아름다운 녹색 길을 만났다.

맬러리, 〈아서 왕의 죽음〉

헤이즐과 파이버가 구덩이 아래로 내려와 보니, 블랙베
리가 토탄 위에 웅크리고는 갈색 사초 몇 줄거리를 우물거
리면서 기다리고 있었다.

헤이즐이 물었다.

"무슨 일 있었어? 다들 어디 있어?"

블랙베리가 대답했다.

"저기. 한바탕 난리가 났었어. 빅윅이 호크빗하고 스피드
웰한테 말을 듣지 않으면 갈가리 찢어 놓겠다고 으름장을
놨어. 그러자 호크빗이 도대체 누가 대장인지 알고 싶다고
대들다가 빅윅한테 물어뜯겼지. 참 고약한 문제 같아. 대체

누가 대장이지? 너야, 빅윅이야?"

"몰라. 하지만 빅윅이 가장 힘이 센 건 확실해. 어쨌든 호크빗을 물어뜯을 것까지는 없었는데. 어차피 돌아가고 싶어도 못 돌아가니까. 호크빗도 다른 친구들도 잠깐만 서로 얘기를 나눌 수 있었다면 그걸 알았을 텐데. 그런데 빅윅이 그렇게 몰아세웠으니 그 친구들은 이제 빅윅 때문에 어쩔 수 없이 가야 한다고 생각할 거야. 계속 나아가는 수밖에 없기 때문에 계속 가야 한다는 걸 깨닫길 바랐는데. 이렇게 수도 적은데 우리끼리 명령을 내리고 물어뜯고 하다니. 맙소사! 가뜩이나 골칫거리와 위험 천지인데!"

세 토끼는 구덩이 저 끝으로 갔다. 금작화 밑에서 빅윅과 실버와 벅손이 이야기하고 있었다. 핍킨과 댄더라이언은 그 곁에서 작은 풀 잎사귀를 뜯는 척하고 있었다. 조금 떨어진 곳에서 에이콘이 호들갑스럽게 호크빗의 목을 핥아주고, 스피드웰은 그것을 물끄러미 바라보고 있었다.

에이콘은 일부러 큰 소리로 말했다.

"가엾은 녀석, 좀 가만히 있어. 피라도 좀 닦아 내자고. 자, 가만있어!"

호크빗은 과장스레 얼굴을 찌푸리며 뒷걸음질 쳤다. 헤이즐이 다가가자 모두 기대에 찬 눈빛으로 바라보았다.

헤이즐이 말했다.

"문제가 좀 있었다는 건 알지만 어떻게든 잊는 게 최고야. 여긴 불편한 곳이지만 곧 빠져나갈 수 있어."

댄더라이언이 물었다.

"정말 그렇게 생각해?"

헤이즐은 어떻게든 되겠지 하는 심정으로 대답했다.

"지금 날 따라오면 해 뜰 때까지는 여기서 빠져나가게 해 줄게."

말은 그렇게 하면서도 헤이즐은 속으로 이렇게 생각했다.

'그게 안 되면 다들 나를 갈기갈기 찢어 버리려고 들겠지. 그래 봤자 별수 없겠지만.'

헤이즐은 다시 토탄 구덩이에서 기어 나왔다. 모두 헤이즐을 따라나섰다. 두렵고 고단하기 짝이 없는 여행이 다시 시작되었다. 위험한 기미가 느껴지면 깜짝깜짝 놀라며 걸음을 멈추곤 했다. 한번은 흰올빼미가 소리 없이 머리 위로 스쳐 지나갔다. 어찌나 낮게 날던지 사냥감을 노리는 그 검은 눈과 헤이즐의 눈이 마주쳤다. 하지만 흰올빼미는 사냥할 생각이 없었는지, 아니면 덮치기에는 헤이즐이 너무 크다고 생각했는지 히스 덤불숲 너머로 사라졌다. 헤이즐은 잠시 걸음을 멈추고 기다렸지만 흰올빼미는 돌아오지 않았다. 한번은 댄더라이언이 담비 냄새가 난다고 하자 모두 몰려들어 소곤거리며 땅바닥에다 코를 대고 냄새를 맡는 소동이 벌어지기도 했다. 다행히 냄새가 오래된 것이어서 곧 다시 행군을 시작했다. 토끼들은 드문드문 흩어져서 불규칙한 속도로 다니기 때문에 이런 키 작은 덤불숲은 나무숲보다 나아가는 속도가 더 느렸다. 실제이든 착각이든 뭔가움직이는 소리가 날 때마다 누군가가 발을 굴러 경고하면, 모두 그 자리에 붙박인 듯 멈춰 섰다. 그런 일이 끊임없이 되풀이되었다. 길이 너무 어두워서 헤이즐은 자기가 앞장서고 있는 건지 빅윅이나 실버가 앞서가고 있는 건지 알 수가 없었다. 한번은 앞쪽에서 정체 모를 소리를 듣고 한동안 꼼짝 않고 서 있기도 했다. 소리는 금방 그쳤다. 이윽고 헤이즐이 조심스럽게 나아가다 보니 실버가 그 소리에 놀라 오리새 덤불 뒤에 숨어 있었다. 모두 길을 몰라 헤매면서 힘들게 걷느라 녹초가 되었다. 핍킨은 악몽 같은 그 밤길 내내 헤이즐 곁에 꼭 붙어서 떨어지려고 하지 않았다. 다른 토끼들은 물웅덩이에 떠다니는 나뭇잎처럼 멀어졌다가 다시 다가오곤 했지만, 핍킨은 결코 헤이즐 곁을 떠나지 않았다. 어느덧 헤이즐은 핍킨을 북돋아 주어야 한다는 의무감 하나로 버텨 나가고 있었다.

"흘라오-루, 이제 다 왔어. 이제 다 왔다고."

헤이즐은 끝없이 그렇게 중얼거리다가 문득 아무 의미 없는 말을 되풀이하고 있다는 걸 깨달았다. 핍킨한테 하는 말도, 자신한테 하는 말도 아니었다. 졸면서 잠꼬대를 했거나 아니면 그 비슷한 상태에서 한 말이었다.

마침내 헤이즐은 첫새벽을 보았다. 마치 낯선 토끼 굴을 헤매다가 저 끝 모퉁이에서 희미한 빛이 새어 들어오는 것을 발견한 기분이었다. 그와 동시에 노랑턱멧새가 지저귀기 시작했다. 헤이즐은 패전 장군의 심정을 알 것 같았다. 부하들은 대체 어디에 있는가? 멀리 있지 않아야 할 텐데. 멀리 있으면 어쩌지? 모두 다 그렇다면? 나는 친구들을 어디로 이끌고 온 걸까? 이제 어찌해야 하나? 지금 이 순간에 적이 나타난다면? 헤이즐은 이런 의문에 아무런 대답도 할 수 없었고, 생각을 쥐어짜 낼 기운도 없었다. 등 뒤에서 핍킨이 아침 이슬에 젖어 떨고 있었다. 헤이즐은 돌아서서 핍킨을 코로 문질러 주었다. 달리 할 일이 아무것도 남아 있지 않아서 마침 곁에 있는 부하를 배려하고 보살펴 주는 패장처럼.

사방이 점점 밝아졌다. 오래지 않아 헤이즐은 몇 걸음 앞에서 풀 한 포기 나지 않은 자갈길을 발견했다. 헤이즐은 히스 덤불숲에서 절름거리며 나와 자갈길에 앉아서 몸을 부르르 떨어 물기를 털어 냈다. 이제 파이버가 말한 구릉지대가 뚜렷이 보였다. 곧 비가 쏟아질 것 같은 날씨 때문에 회청색 언덕들은 훨씬 가깝게 보였다. 가파른 비탈에 점점이 흩어져 있는 가시금작화 수풀이나 지지러진 주목까지 보였다. 헤이즐이 언덕 지대를 물끄러미 바라보고 있는데 길 아래쪽에서 흥분한 목소리가 들려왔다.

"해냈잖아! 그 친구는 해낼 거라고 했지?"

소리 나는 쪽을 돌아보니 블랙베리가 서 있었다. 꾀죄죄하고 지칠 대로 지쳐 있었지만 분명 블랙베리였다. 잇따라 히스 덤불숲에서 에이콘, 스피드웰, 벅손이 나타났다. 네 토끼 모두 똑바로 헤이즐을 보고 있었다. 헤이즐은 어리둥절해졌다. 토끼들이 다가오자 헤이즐은 그제야 친구들이 자기를 보고 있는 게 아니라 그 너머에 눈길을 주고 있음을 알아차렸다. 헤이즐은 뒤를 돌아보았다. 자갈길은 아래쪽에 있는 길쭉한 자작나무와 마가목 숲으로 이어지고 있었다. 숲 너머에는 성긴 산울타리가 있고, 그 너머로 두 잡목림 사이에 푸른 들판이 펼쳐져 있었다. 마침내 공유지를 빠져나온 것이다.

블랙베리는 자갈길의 물웅덩이를 에돌아 다가오며 말했다.

"야아, 헤이즐! 난 사실 너무 피곤하고 지쳐서 네가 제대로 알고나 가는 건가 의심까지 했어. 네가 히스 덤불숲에서 자꾸만 '이제 다 왔어.'라고 할 때마다 부아가 치밀었어. 거짓말하는 줄 알았거든. 내가 한 수 배워야겠는걸. 프리스라, 너야말로 족장 토끼야!"

벅손이 말했다.

"훌륭해, 헤이즐! 굉장해!"

헤이즐은 무슨 말을 해야 좋을지 몰랐다. 헤이즐이 잠자코 바라만 보고 있자 에이콘이 말했다.

"자, 가자! 누가 맨 먼저 들판에 도착하는지 내기할래? 난 아직 달릴 수 있어."

에이콘은 주춤주춤 비탈을 내려가다가 헤이즐이 멈추라고 발을 구르자 곧 멈춰 섰다.

"다른 친구들은 어디 있어? 댄더라이언은? 빅윅은?"

바로 그때 댄더라이언이 히스 덤불숲에서 나와 길에 앉아서 들판을 바라보았다. 뒤따라 호크빗이, 그다음으로는 파이버가 나타났다. 파이버는 눈앞의 들판을 바라보았다. 헤이즐이 그 모습을 지켜보고 있는데, 벅손이 헤이즐더러 비탈 기슭을 보라고 했다.

"헤이즐, 저기 봐. 실버랑 빅윅이 저기까지 내려가 있어.

우리를 기다리고 있다고."

키 작은 가시금작화 수풀을 배경으로 실버의 옅은 잿빛 몸은 또렷이 보였지만, 빅윅은 그쪽으로 달려가고 나서야 볼 수 있었다.

빅윅이 말했다.

"훌륭해, 헤이즐. 모두 다 왔어. 우리 함께 저 들판으로 가자!"

잠시 뒤 토끼들은 자작나무 숲으로 들어갔다. 해가 떠올라 고사리와 잔가지에 맺힌 아침 이슬을 초록빛과 붉은빛으로 물들일 무렵, 토끼들은 산울타리를 넘고 얕은 도랑을 건너 풀이 무성한 목초지로 들어갔다.

12

들판에서 만난 낯선 토끼

그렇다고 해도, 토끼 수가 지나치게 많은 번식지에서조차
젊은 토끼가 편안하고 잘 마른 거처를 찾아들면 받아 준다. ……
게다가 능력이 뛰어나면 지위까지 베풀어 준다.

R. M. 록클리, 〈토끼의 사생활〉

공포와 근심에 마음 졸이던 시간이 막을 내렸다! 낮게 드리워진 구름이, 마음을 무디게 하고 행복했던 기억을 까마득한 옛일로 만들어 버리던 구름이 마침내 걷혔다! 이 기분은 틀림없이 거의 모든 생물이 알고 있는 기쁨일 것이다.

여기 벌을 기다리는 한 소년이 있다. 그런데 뜻밖에도 자기 잘못을 아무에게도 들키지 않거나 용서받는다면, 세상은 금세 화사한 색깔을 되찾고 즐거운 희망으로 가득 차게 된다. 한 병사가 전쟁터에서 무거운 마음으로 부상이나 죽음을 기다리고 있다. 그런데 별안간 운명이 바뀐다. 전쟁이 끝났다는 뉴스가 전해진다! 모든 사람들이 일제히 노래

를 부른다. 드디어 고향에 돌아갈 수 있게 된 것이다! 밭에서 참새들이 황조롱이가 무서워 움츠리고 있다. 그러다 적이 가 버리면, 참새들은 산울타리 위로 날아올라 까불대고, 재잘거리고, 좋아하는 가지에 맘껏 앉는다. 혹독한 겨울이 온 세상을 거머쥐는 시기가 오면 고원에 사는 산토끼들은 추위로 머리가 둔해지고 무기력해져서 점점 얼어붙은 눈과 정적에 침몰되어 간다. 그런데 누구 하나 꿈에도 생각하지 않았을 때에, 눈석임물이 졸졸 흐르고, 벌거벗은 보리수 꼭대기에서 뱁새가 소리 높이 지저귀고, 향긋한 흙냄새가 풍겨 온다. 그러자 토끼들은 따뜻한 산들바람 속에서 깡충깡충 뛰어다닌다. 절망과 체념은 안개 걷히듯 사라지고, 토끼들이 웅크리고 있던 적막한 곳, 갈라진 땅 틈새처럼 황량한 곳은 피어나는 장미꽃처럼 활짝 열려 언덕으로, 하늘로 뻗어 간다.

지친 토끼들은 근처 잡목림가에서 잠깐 놀러 나온 것처럼 느긋하게 풀을 뜯으며 햇볕을 쬐었다. 히스 덤불숲과 한 치 앞도 보이지 않던 어둠의 기억은 아침 햇살에 눈 녹듯이 사라졌다. 빅윅과 호크빗은 키 큰 풀숲 사이를 뛰어다니며 술래잡기를 했다. 스피드웰이 풀밭 한가운데를 흐르는 시내를 건너뛰자, 에이콘이 그 뒤를 쫓아 건너다 물에 빠지고 말았다. 에이콘이 시내에서 기어 나와 마른 떡갈잎 더미에서 털을 말리는 동안 실버는 에이콘을 놀려 댔다. 해가 높이 떠오르고 그림자가 짧아지고 이슬이 마르자, 대부분의 토끼들은 햇살이 어른거리는 도랑가의 야생 파슬리 그늘로 어슬렁어슬렁 되돌아왔다. 개울가의 야생 벚나무 밑에서는 헤이즐과 파이버가 댄더라이언과 함께 도란거리고 있었다. 하얀 벚꽃이 풀밭 위로 나풀나풀 떨어지고 토끼들 몸에도 점점이 흰 얼룩을 그렸다. 10미터쯤 위의 가지에서 개똥지빠귀가 "체리 듀, 체리 듀, 니 딥, 니 딥, 니 딥." 하고 노래하고 있었다.

댄더라이언이 나른하게 말했다.

"헤이즐, 여기 참 괜찮지 않냐? 어서 비탈들을 살펴보는 게 좋겠다. 실은 딱히 급한 마음이 드는 건 아니지만 말이야. 하지만 좀 있으면 비가 올 것 같기도 하거든."

파이버는 무슨 말인가 할 듯하다가 귀를 흔들고는 민들레를 뜯었다.

헤이즐이 대답했다.

"저 숲가의 비탈이 좋을 것 같다. 파이버, 네 생각은 어때? 지금 갈까, 아니면 좀 더 있다 갈까?"

파이버는 머뭇거리다가 대답했다.

"너 좋을 대로 해, 헤이즐."

빅윅이 말했다.

"정식으로 굴을 팔 필요는 없겠지? 그런 일은 암토끼들 일이지 우리 일은 아니잖아."

헤이즐이 말했다.

"그래도 한두 개쯤은 파 두는 게 좋지 않을까? 만일의 경우에 숨을 곳은 있어야지. 저 잡목림으로 올라가서 살펴보자. 시간이 좀 걸리더라도 꼭 여기다 싶은 곳을 찾아 파는 게 좋겠어. 두 번 일하는 건 귀찮으니까."

빅윅이 말했다.

"그래, 그래야지. 너희들은 잡목림으로 가고, 난 실버랑 벅손을 데리고 들판 저 너머로 가 볼게. 지세도 알고 싶고, 위험한 게 없는지 확인해 둬야 하니까."

세 토끼가 시냇가를 떠나자, 헤이즐은 나머지 토끼들을 데리고 들판을 지나 숲 가장자리로 갔다. 토끼들은 붉은 끈끈이대나물꽃이나 동자꽃 수풀을 헤치며 비탈 아래를 천천히 돌아보았다. 이따금 누군가가 자갈이 많은 곳을 파기도 하고, 나무숲이나 견과류 식물 덤불 속으로 용감히 뛰어 들어가 발이 푹푹 빠지는 부엽토 속을 돌아다니기도 했다. 이렇게 한동안 조용히 주변을 살피며 돌아다닌 끝에 발아래 들판이 넓게 펼쳐진 곳에 다다랐다. 토끼들이 와 있는 숲도, 건너편 숲도 곡선을 그리며 시내에서 멀어졌다. 멀리 농장 지붕도 보였다. 헤이즐이 멈춰 서자 모두 그 주위에 모였다.

헤이즐이 말했다.

"어디에 굴을 파든 큰 차이는 없을 것 같아. 내가 보기엔 다 괜찮아. 엘릴의 흔적이 전혀 없어. 냄새도 발자국도 똥도. 그게 이상하긴 하지만, 어쩌면 우리가 살던 마을이 딴 마을보다 엘릴이 많았는지도 몰라. 어쨌든 여기쯤이면 괜찮을 것 같아. 지금부터 할 일을 말해 줄게. 저 두 숲 사이로 조금 들어가서 저 떡갈나무 근처에 굴을 파자. 하얀 별꽃무더기 바로 옆에 말이야. 농장이 멀리 있지만, 더 가까워

봐야 득 될 것도 없어. 게다가 맞은편 숲이 아주 가까이 있으니 겨울에도 나무가 바람을 막아 주겠지."

블랙베리가 말했다.

"훌륭해. 봐, 구름이 끼고 있어. 해 지기 전에 비가 오더라도 우린 안전한 곳에 있겠지. 그럼 시작하자. 어, 저기 봐! 저 아래 빅윅이 돌아오고 있어. 실버하고 벅손도 같이."

세 토끼는 시내 둔덕을 내려오고 있었는데, 아직 헤이즐 일행이 있는 줄은 모르고 있었다. 빅윅 일행은 그대로 헤이즐 일행 아래를 지나쳐 두 잡목림 사이에 낀 좁은 들판으로 들어가고 있었다. 에이콘이 비탈 중턱까지 내려가 부르자, 그제야 세 토끼도 방향을 바꿔 도랑으로 다가왔다.

빅윅이 말했다.

"헤이즐, 여긴 별문제 없을 것 같아. 농장은 한참 떨어져 있고, 그 중간의 들판에는 엘릴의 흔적이 전혀 없어. 다만 인간이 다니는 길이 하나, 아니 사실은 몇 개 있는데…… 자주 지나다니는 것 같아. 냄새도 오래되지 않은 데다 인간이 입에 물고 태우다 버린 그 작고 하얀 막대기가 떨어져 있었어. 하지만 그게 오히려 좋지 않을까? 다른 엘릴은 인간이 무서워서 안 올 테니까 우린 인간들만 조심하면 되잖아."

파이버가 물었다.

"인간이 뭣 땜에 지나다닌다고 생각해?"

빅윅이 대답했다.

"인간이 하는 짓을 누가 알겠어? 소나 양을 몰고 들판으로 나온 걸지도 모르고 잡목림에 나무를 베러 오는 걸지도 모르지. 그게 어떻다는 거지? 인간은 담비나 여우보다 피하기가 쉬워."

헤이즐이 말했다.

"그래, 됐다. 빅윅, 많이도 알아 왔구나. 그것도 중요한 것만. 우리는 저쪽 둔덕에 굴을 파려던 참이었어. 어서 굴을 파자. 곧 비가 올 것 같아."

수토끼는 스스로 본격적인 굴 파기를 하지 않는다. 설령 그런 경우가 있다 해도 아주 드물다. 굴 파기는 암토끼의 일로 새끼를 낳을 때가 되면 본능적으로 새끼 키울 굴을 파기 시작한다. 수토끼는 그것을 거들어 줄 뿐이다. 무리에서 떨어진 수토끼는 쓸 만한 굴을 찾다가 없으면 피난처로 쓸 얕은 굴을 파기도 하지만, 그 일에 그다지 열심히 달려들진 않는다.

토끼들은 아침 내내 느긋하게 쉬엄쉬엄 굴을 팠다. 떡갈나무 양쪽의 비탈은 풀도 없고 자갈 섞인 푸석푸석한 흙으로 이루어진 땅이었다. 몇 번인가 잘못 파서 다시 자리를 골라 땅을 파곤 했지만, 니-프리스까지는 그럭저럭 굴 세 개를 만들었다. 헤이즐은 작업을 지켜보며 여기저기서 일을 거들기도 하고 격려해 주었다. 이따금 살짝 빠져나와 들판을 둘러보며 위험이 없는지 확인하기도 했다. 파이버만 혼자 떨어져 있었다. 파이버는 굴 파기도 거들지 않고 개울가에 웅크리고 있었다. 초조하게 왔다 갔다 하기도 하고, 이따금 풀을 뜯고 있다가 숲속에서 무슨 소리가 났는지 흠칫 놀라 튀어 오르기도 했다. 헤이즐은 한두 번 말을 걸어 보았다가 파이버가 대꾸도 하지 않자 그냥 내버려 두는 것이 상책이라고 생각했다. 그래서 그다음부터는 파이버한테 다가가지 않고 굴 파기 작업에만 관심 있다는 듯이 비탈만 바라보았다.

니-프리스가 지나고 조금 있으려니까 하늘이 구름으로 뒤덮여 주위가 어둑어둑해졌다. 토끼들은 서쪽에서 몰려오는 비 냄새를 맡았다. 가시나무 가지 사이를 왔다 갔다 하며 "하이 호, 하이 호, 이끼를 더 가져와." 하고 노래하던 파란 뱁새는 공중 곡예를 그만두고 숲으로 날아갔다. 헤이즐은 빅윅의 굴과 댄더라이언의 굴을 잇는 굴길을 만들까 말까 고민하고 있다가, 가까운 데서 누군가 발을 굴러 경고하는 것을 느꼈다. 헤이즐은 재빨리 돌아보았다. 발을 구른 건 파이버였다. 파이버는 들판을 뚫어지게 바라보고 있었다.

건너편 잡목림 바깥에서 좀 떨어진 풀숲 옆에 한 토끼가 앉아서 헤이즐 일행을 빤히 쳐다보고 있었다. 귀를 쫑긋 세우고 있는 모습을 보면, 눈과 귀와 코를 총동원해서 헤이즐 일행을 살피고 있는 게 분명했다. 헤이즐은 뒷다리로 일어나서 잠시 그대로 있다가 도로 앉았다. 낯선 토끼는 꿈쩍도 하지 않았다. 서너 친구가 뒤에서 다가오는데도 헤이즐은 그 토끼한테서 눈길을 떼지 않았다. 헤이즐이 물었다.

"블랙베리니?"

핍킨이 대답했다.

"블랙베리는 굴에 있어."

"그럼 데려와."

그때까지도 낯선 토끼는 움직이지 않았다. 바람이 불자 헤이즐과 낯선 토끼 사이에 있는 움푹 파인 땅에서 키 큰 풀이 물결치듯 흔들렸다. 뒤에서 블랙베리의 목소리가 들렸다.

"날 찾았어, 헤이즐?"

헤이즐이 대답했다.

"저 토끼랑 이야기하러 가 볼 거야. 같이 가 줬으면 해서."

핍킨이 물었다.

"나도 가도 돼?"

"아니, 흘라오-루. 저 친구한테 겁주고 싶진 않아. 셋은 너무 많아."

비탈을 내려가는 헤이즐과 블랙베리에게 벅손이 말했다.

"조심해, 혼자가 아닐지도 모르니까."

시내에는 토끼 굴의 굴길만큼 좁은 곳이 몇 군데 있었다. 두 토끼는 그리로 뛰어넘어 건너편 비탈로 올라갔다.

헤이즐이 말했다.

"마음 편히 가져. 함정인 것 같진 않아. 만일 함정이라면 잽싸게 도망치지, 뭐."

두 토끼가 다가가도 상대 토끼는 여전히 움직이지 않은 채 헤이즐과 블랙베리를 빤히 바라보고 있었다. 가까이서 보니 상대는 덩치도 좋고 미끈하고 훤하게 생긴 토끼였다.

털은 윤기가 자르르 흐르고, 발톱이나 이빨도 더없이 튼튼했다. 그런데도 이 토끼는 공격적으로 보이지 않았다. 그렇기는커녕 헤이즐과 블랙베리를 기다리는 태도에서 기묘하면서도 상당히 부자연스러운 유순함이 느껴졌다. 두 토끼는 조금 거리를 두고 서서 상대를 보았다.

블랙베리가 작은 소리로 속닥였다.

"위험한 놈 같진 않아. 괜찮다면 내가 먼저 가 볼까?"

헤이즐이 대답했다.

"같이 가자."

그때 상대 토끼가 먼저 다가왔다. 그 토끼와 헤이즐은 코를 맞대고 냄새를 맡으면서 조용히 서로를 탐색했다. 낯선 토끼한테서 특이한 냄새가 났지만, 결코 불쾌한 냄새는 아니었다. 이 토끼는 잘 먹고, 건강하고, 조금은 게으름을 피우며 살아온 듯했다. 헤이즐이 살아 본 적도 없는 풍요롭고 부유한 마을 출신 같았다. 낯선 토끼한테선 귀족티가 났다. 그 토끼가 커다란 갈색 눈을 블랙베리에게 돌리자, 헤이즐은 자기가 초라한 떠돌이이자 부랑자 패거리의 대장일 뿐이라는 사실을 깨달았다. 헤이즐은 먼저 말을 걸지 않을 작정이었다. 그러나 상대의 침묵에 기가 눌려 얼떨결에 말을 붙이고 말았다.

"우린 히스 덤불숲 너머에서 왔어."

상대는 대답하지 않았지만, 눈빛에 적의는 없었다. 그 태도에는 묘하게도 음울한 구석이 있었다.

헤이즐은 잠시 사이를 두고 나서 물었다.

"넌 여기 살아?"

상대 토끼가 대답했다.

"응. 너희가 오는 걸 봤어."

헤이즐은 단호하게 말했다.

"우리도 여기서 살 작정이야."

상대는 덤덤하게 듣고만 있더니 이렇게 대답했다.

"뭐 어때? 우리도 그럴 줄 알았어. 하지만 편안히 살려면 너희만으로는 수가 너무 적은 거 아냐?"

헤이즐은 당황하고 말았다. 이 낯선 토끼는 헤이즐 일행이 여기서 지낼 작정이라는데도 전혀 걱정되지 않는 모양이었다. 이 토끼네 마을은 얼마나 클까? 어디 있을까? 대체 몇 놈이나 잡목림에 숨어서 우리를 지켜보고 있는 걸까? 공격을 해 올까? 상대의 태도에서는 아무것도 알아낼 수 없었다. 상대는 무심하다 못해 지루해하는 듯도 했지만, 더할 나위 없이 우호적이었다. 나른한 분위기, 커다란 몸집, 잘생기고 단정한 외모, 갖고 싶은 건 다 가지고 있으며, 누가 새로 왔다고 해도 별로 신경 쓰지 않는 느긋한 태도, 이 모든 것들 때문에 헤이즐은 난생처음 겪어 보는 문제에 맞닥뜨리게 되었다. 설령 그것이 속임수라 해도 헤이즐로서는 알 길이 없었다. 헤이즐은 어찌 됐든 먼저 터놓고 이야기하기로 마음먹었다.

"우리를 지킬 정도는 돼. 적을 만들고 싶진 않지만 누구라도 우리 앞길을 막는다면……."

상대는 부드럽게 말을 가로막았다.

"흥분하지 마. 우린 너희를 환영해. 지금 돌아갈 거면 나도 같이 갈게. 네가 괜찮다면."

낯선 토끼는 비탈을 내려가기 시작했다. 헤이즐과 블랙베리는 잠깐 서로를 쳐다보다가 이내 그 뒤를 좇아 함께 내려갔다. 낯선 토끼는 서두르지도 않고 태평스러웠다. 들판을 지날 때도 헤이즐 일행만큼 조심하지 않는 듯했다. 헤이즐은 더욱더 어리둥절했다. 헤이즐 일행이 한 마리 대 흐라이어*로 덤벼들어 자기를 죽일지도 모른다는 걱정 따위는 아예 없는 게 틀림없었다. 혼자 몸으로 수상쩍은 떠돌이 패거리한테 오다니, 어떤 이득이 있다고 이런 위험을 무릅쓰는지 도무지 짐작할 수 없었다. 저렇게 크고 튼실한 몸과 윤기 나는 털이 있으니 이빨이나 발톱 따위는 두렵지 않은가 보다 하는 씁쓸한 생각만 들었다.

헤이즐 일행이 도랑으로 돌아와 보니, 친구들은 한데 모여서 세 토끼가 다가오는 것을 지켜보고 있었다. 헤이즐은 그 앞에 섰지만 무슨 말을 해야 할지 알 수 없었다. 낯선 토끼가 이 자리에 없다면 지금까지의 일을 자세히 들려주었을 것이다. 블랙베리와 함께 낯선 토끼를 여기까지 몰고 온 거라면, 이 녀석을 잘 지키라고 빅윅이나 실버한테 넘겨주었을 것이다. 그러나 당사자가 옆에 앉아 헤이즐 일행을 묵묵히 바라보면서 먼저 말을 꺼내기를 예의 바르게 기다리고 있었다. 헤이즐로서는 감당할 수 없는 상황이었다. 긴장된 침묵을 깨뜨린 것은 빅윅이었다. 빅윅은 늘 그렇듯이 솔

* 흐라이어 다수라는 뜻.

직하고 무뚝뚝하게 나왔다.

"이건 누구야, 헤이즐? 왜 따라온 거야?"

헤이즐이 대답했다.

"몰라. 스스로 온 거야."

솔직한 대답으로 들리기를 바랐지만 바보스럽게 느껴졌다.

빅윅은 비아냥 섞인 투로 말했다.

"그럼 본인한테 묻는 게 낫겠군."

빅윅은 낯선 토끼한테 다가가 헤이즐이 그랬듯이 냄새를 맡았다. 빅윅 역시 갈피를 못 잡은 듯이 쭈뼛거리는 걸 보면 분명 빅윅도 풍족함을 느끼게 해 주는 독특한 냄새에 감동한 모양이었다. 하지만 빅윅은 이내 거칠고 퉁명스럽게 물었다.

"넌 누구고, 바라는 게 뭐야?"

상대방이 말했다.

"난 카우슬립이야. 바라는 건 없어. 너흰 멀리서 왔다며?"

빅윅이 말했다.

"아마 그럴걸. 우릴 만만히 보지 말라고."

"물론 그렇겠지."

카우슬립은 예의상 차마 말은 못 하겠다는 듯이 진흙투성이 토끼들을 둘러보고 나서 말했다.

"하지만 사나운 날씨를 막긴 어려울걸. 곧 비가 올 텐데 굴도 완성되지 않았잖아."

카우슬립은 다음 질문을 기다리는 표정으로 빅윅을 보았다. 빅윅은 당황한 것 같았다. 빅윅도 헤이즐처럼 상황 파악이 잘 안 되는 게 분명했다. 침묵이 흐르는 가운데 바람이 거세져 가는 소리만 들렸다. 머리 위에서 떡갈나무 가지가 삐걱거리며 흔들리기 시작했다. 파이버가 불쑥 앞으로 나왔다.

"무슨 말을 하는지 모르겠어. 서로 분명히 해 두는 게 가장 좋아. 널 믿어도 돼? 여기에는 토끼가 많아? 우린 이런 게 궁금해."

카우슬립은 지금까지와 마찬가지로 파이버의 긴장된 태도를 보고도 별로 신경 쓰지 않는 듯했다. 카우슬립은 앞발로 귀 뒤를 쓰다듬고 나서 대답했다.

"너희는 쓸데없이 당황하고 있는 것 같아. 하지만 질문에 대답하라면 하지. 우릴 믿어도 돼. 우리는 너희를 쫓아내고 싶지 않아. 여긴 토끼 마을이 있어. 만족스러울 만큼 크진 않지만 말이야. 우리가 뭐 하러 너희를 해치겠어? 여긴 풀도 많은데, 안 그래?"

상대의 태도가 이상하고 애매했지만 이치에 맞는 말이라서 헤이즐은 부끄러움을 느꼈다.

헤이즐이 말했다.

"우린 여러 차례 위험을 겪었어. 그래서 새로운 것은 뭐든 위험하게 느껴져. 어쨌거나 넌 우리가 너희 암토끼를 빼앗거나 너희를 굴에서 쫓아낼까 봐 걱정되지 않아?"

카우슬립은 진지하게 듣고 나서 대답했다.

"음, 굴 이야기가 나왔으니 말인데 나도 그 얘길 하고 싶었어. 너희 굴은 별로 깊지도 않고 아늑하지도 않을 것 같은데? 너희들은 바람이 들어오지 않게끔 굴을 팠다지만 지금 이 바람은 여느 때 부는 바람과 달라. 남쪽에서 비를 몰고 오는 바람이지. 여기서는 대개 서풍이 불기 때문에 이 상태로는 굴로 바람이 들이칠 거야. 우리 마을에는 빈 굴이 많으니까 너희가 오겠다면 언제든지 환영할 거야. 괜찮다면 그만 가 볼게. 비는 딱 질색이라서 말이야. 우리 마을은 맞은편 숲 모퉁이를 돌아가면 있어."

카우슬립은 비탈을 내려가 시내를 건너갔다. 헤이즐 일행은 카우슬립이 건너편 잡목림 둔덕으로 올라가 풀고사리 속으로 사라지는 것을 지켜보았다. 빗방울이 떡갈잎을 후드득 두드리더니 토끼들의 분홍빛 귓속 피부를 때렸다.

벅손이 말했다.

"허우대도 좋고 멋진 친구 같지 않아? 고생이란 걸 통 모르고 살아온 친구 같아."

실버가 물었다.

"헤이즐, 어떻게 하면 좋을까? 그 친구 말이 정말일까? 이 굴은 뭐, 비를 피할 수는 있겠지만 그뿐이야. 게다가 굴 하나에 모두 들어갈 수 없으니까 흩어져 있어야 돼."

헤이즐이 말했다.

"우선 굴을 연결하자. 굴길을 만들면서 그 친구가 한 말에 대해 얘기해 보았으면 해. 파이버, 빅윅, 블랙베리, 나랑 같이 하지 않을래? 나머지는 각자 좋을 대로 짝지어서 해."

완성된 굴은 얕고 좁고 울퉁불퉁해서 토끼 두 마리가 지나가기에도 비좁았다. 네 토끼는 콩꼬투리 안의 콩처럼 줄지어 앉았다. 헤이즐은 자기들이 얼마나 많은 것을 버리고 왔는지 새삼 깨달았다. 예전 마을의 굴이나 굴길은 오랫동안 써 왔기 때문에 평탄하고 안정감 있고 아늑했다. 거치적거리는 뿌리도, 울퉁불퉁한 모퉁이도 없었다. 어디나 토끼 냄새가, 맡고 있으면 누구나 든든하고 안전한 느낌이 드는 저 위대한 불멸의 토끼 종족 냄새가 배어 있었다. 오랜 세월에 걸쳐 수많은 암토끼들과 그 짝들이 힘든 작업은 다 해 놓았다. 잘못된 데는 모두 고쳤고, 확실히 안전한 것만 사용하고 있었다. 빗물이 금방 빠지고, 한겨울 바람도 속굴까지 들이치지는 않았다. 헤이즐 일행 가운데 굴 파기를 해 본 토끼는 아무도 없었다. 그래서 토끼들이 아침 내내 일한 결과는 보잘것없었고, 이제 그들 앞에는 쾌적함과는 거리가 먼 조잡한 은신처가 만들어져 있었다.

날이 궂으면 거주지의 결점이 확실히 드러난다. 좁은 장소일 경우에는 더욱 그렇다. 집 안에 갇혀 빈둥거리다 보면 온갖 거슬리는 점과 불편한 점이 고스란히 느껴진다. 빅윅은 늘 그렇듯이 활기차게 굴을 연결하기 시작했다. 하지만 헤이즐은 굴 입구로 나가 앉아, 두 잡목림 사이의 작은 골짜기에 소리 없이 부슬부슬 내리는 비를 바라보며 생각에 잠겼다. 코앞에서는 풀잎과 고사리 잎사귀들이 일제히 고개를 숙이고 물방울을 떨구며 반짝이고 있었다. 떡갈나무의 해묵은 낙엽 냄새가 짙게 풍겨 왔다. 공기가 차가워졌다. 들판을 바라보니 아침에 앉아서 이야기를 나누던 개울가의 벚나무는 꽃잎이 볼품없이 흠뻑 젖어 있었다. 헤이즐이 비 오는 풍경을 바라보는 동안, 카우슬립이 말한 대로 바람이 서서히 서풍으로 바뀌어 비가 굴 입구로 들이쳤다.

헤이즐은 일행이 있는 데로 돌아왔다. 빗줄기가 후드득 듣는 소리가 작지만 또렷이 들려왔다. 들판도 숲도 빗줄기에 가려 아련해졌다. 풀잎과 나뭇잎에 붙어 있는 벌레들도 잠잠했다. 개똥지빠귀가 울고 있을 법도 한데 소리는 들리지 않았다. 헤이즐 일행은 흙투성이가 된 채 바람이 몰아치는 좁은 굴속에서 웅크리고 있었다. 비바람을 피할 수 없었다. 다들 불쾌한 기분으로 비가 그치기를 기다렸다.

헤이즐이 말했다.

"블랙베리, 아까 그 친구 어떻게 생각해? 그 마을로 가는 건 어떨 것 같아?"

블랙베리가 대답했다.

"글쎄, 내 생각은 이래. 일단 믿어 보지 않고서는 그 녀석이 믿을 만한 놈인지 아닌지 알 수 없어. 친절한 것 같긴 해. 하지만 만약 우리 같은 떠돌이가 두려워서 속일 생각이라면 우선 말 잘하는 놈을 보내 자기네 굴로 유인해서 공격하려 들지 않을까? 우리를 죽이고 싶어 하는지도 모르지. 그런데 한편으로 생각해 보면 카우슬립이 말한 대로 풀은 얼마든지 있어. 또 우리가 자기네를 쫓아내거나 암토끼를 빼앗을까 봐 두려워한다고 치자. 하지만 이 마을 토끼가 모두 카우슬립처럼 덩치가 크고 튼실하다면 우리 같은 토끼들을

127

겁낼 까닭이 전혀 없지. 이 마을 토끼들은 분명 우리가 오는 것을 보고 있었어. 그때 우리는 지쳐 있었다고. 그럼 공격하기 딱 좋은 기회 아냐? 굴을 파려고 흩어져 있었을 때도 좋은 기회였고. 그런데도 공격하지 않았어. 이렇게 따져 보면 이 마을 토끼들은 분명 우리한테 호의적이야. 딱 한 가지 이해가 안 되는 점은 있어. 우리를 자기네 마을로 불러들여서 과연 무엇을 얻을 수 있는 걸까?"

빅윅이 긴 앞니 사이로 숨을 훅 내뱉어 수염에 묻은 진흙을 털며 말했다.

"멍청이들은 손쉬운 먹잇감이라서 엘릴들을 끌어들이기 마련이지. 우리도 이곳 생활을 완전히 익힐 때까지는 멍청이나 마찬가지야. 그러니까 녀석들은 우리한테 여기서 사는 법을 가르쳐 주는 편이 오히려 안전할 거라고 생각하는지도 몰라. 난 모르겠어, 포기야. 하지만 직접 가서 부딪쳐 보는 것도 두렵진 않아. 녀석들이 정말로 속임수를 쓰려 한다면 나도 몇 가지 보여 주지. 여기보다 편한 곳에서 잘 수만 있다면 무슨 짓이든지 하겠어. 어제 오후부터 죽 못 잤잖아."

"파이버 넌 어떻게 생각해?"

"난 그 토끼하고도 이 마을하고도 관계를 맺지 말아야 한다고 생각해. 당장 여기를 떠나야 해. 이렇게 떠들고 있어 봤자 득 될 게 없어."

헤이즐은 춥고 몸이 축축해서 짜증이 났다. 여지껏 파이버를 믿고 의지해 왔는데, 정말로 도움이 되어 주어야 할 지금 모두를 실망시키는 말만 하고 있었다. 블랙베리의 논리는 빈틈이 없었고, 빅윅도 정상적인 토끼라면 누구나 납득할 수 있는 이야기를 했다. 그런데 정작 파이버는 뜬구름 잡는 헛소리만 하고 있었다. 헤이즐은 파이버가 몸집이 왜소하다는 사실과 모두 불안한 때를 보내느라 지쳐 있다는 사실을 애써 떠올렸다. 그때 굴 안쪽 흙이 무너지기 시작했다. 흙이 와르르 내려앉으며 실버의 머리와 앞발이 나타났다.

실버가 쾌활하게 말했다.

"자, 봐. 네가 하라는 대로 했어. 벅손은 굴 옆을 뚫었어. 그런데 말이야, 그 녀석 어떻게 할 거야? 카우패트, 아니…… 카우슬립이었나? 녀석네 마을에 갈 거야, 말 거야? 설마 그 녀석이 무서워서 여기 웅크리고 있는 건 아니겠지? 녀석이 우릴 어떻게 생각하겠어?"

댄더라이언이 실버의 어깨 너머에서 나타나 대답했다.

"내가 가르쳐 주지. 놈이 거짓말을 했다면 우리가 겁이 나서 오지 못할 거라고 짐작하겠지. 하지만 정말이었다면 우릴 의심 많고 소심한 겁쟁이라고 생각할 거야. 이 들판에서 살 작정이라면 언젠가는 그 녀석들하고 부딪쳐야 해. 여기서 우물쭈물거리며 용기가 없어서 못 찾아간다는 건 도저히 참을 수 없어."

실버가 말했다.

"거기에 토끼가 얼마나 많은지는 모르지만 우리도 수가 많아. 어쨌든 난 피하자는 의견엔 반대야. 대체 언제부터 토끼가 엘릴이 된 거지? 카우슬립이란 녀석도 주저 없이 우리한테 왔잖아?"

헤이즐이 말했다.

"알았어. 내 생각도 같아. 너희도 그렇게 생각하는지 궁금했을 뿐이야. 빅윅하고 내가 먼저 가 보고 와서 보고할까?"

실버가 말했다.

"아니, 다 같이 가자. 어차피 갈 거면 우리가 겁먹지 않았다는 걸 보여 주자고. 어때, 댄더라이언?"

"네 말이 맞아."

헤이즐이 말했다.

"그럼 당장 가자. 다른 친구들도 데리고 날 따라와."

늦은 오후라 밖은 어둑어둑했다. 빗물이 눈으로 흘러들고 엉덩이를 적셨다. 헤이즐은 모여드는 친구들을 관찰했다. 기민하고 머리가 좋은 블랙베리는 먼저 좌우를 살피고 나서 도랑을 건넜다. 빅윅은 전투를 기대하고 신이 나 있었다. 실버는 침착하고 믿음직스러웠다. 뛰어난 이야기꾼 댄더라이언은 빨리 가고 싶어서 저 혼자 도랑을 깡충 건너 들판으로 뛰어나가다가 멈춰 서서 다른 친구들을 기다렸다. 가장 분별 있고 듬직해 보이는 건 벅손이었다. 핍킨은 두리번거리며 헤이즐을 찾더니 곁에 와서 기다렸다. 에이콘과 호크빗과 스피드웰도 지나치게 힘든 상황만 아니면 괜찮은 동료였다. 마지막으로 파이버가 서리 맞은 참새처럼 풀이 죽어 마지못해 따라왔다. 헤이즐이 굴에서 돌아서는 순간, 서쪽 구름이 살짝 갈라지며 물기를 머금은 연한 금빛 햇살이 눈부시게 비쳤다.

헤이즐은 생각했다.

'오, 엘-어라이라! 우리가 만나러 가는 건 토끼입니다. 당신은 저희를 아시는 것처럼 그들도 아십니다. 부디 제가 하는 일이 옳은 일이기를.'

헤이즐이 큰 소리로 말했다.

"자, 기운 내, 파이버! 다들 너를 기다리고 있잖아. 이렇게 쫄딱 젖어 가면서 말이야!"

흠뻑 젖은 뒤영벌 한 마리가 엉겅퀴꽃 위에 기어올라 잠시 날개를 떨더니 들판으로 날아갔다. 헤이즐은 은빛으로 빛나는 풀밭 위에 시커먼 발자국을 남기며 그 뒤를 따랐다.

13
환대

오후에 그들은 어떤 나라에 이르렀다.
그곳은 늘 오후 같았다.
해안 전체에 나른한 공기가 가라앉아 있었다.
지루한 꿈을 꾸고 있는 사람의 숨결처럼.

테니슨, 〈로터스를 먹는 사람들〉

건너편 숲 모퉁이는 뾰족한 곳 같았다. 모퉁이를 돌자 도랑도 숲도 안쪽으로 다시 굽어 들어가 있어서 들판은 둔덕으로 빙 둘러싸인 꼴이었다. 카우슬립이 자기네 마을로 돌아갈 때 왜 숲속으로 들어갔는지 이제 이해가 되었다. 카우슬립은 헤이즐 일행의 굴과 자기네 굴 중간에 있는 좁다란 숲을 지나 일직선으로 달려간 것이다. 실제로 모퉁이를 돌고 나서 주위를 둘러보니 카우슬립이 어떻게 왔는지 금방 알 수 있었다. 덤불 속에서 나와 울타리 아래를 지나 들판을 지나간 흔적이 또렷이 남아 있었다. 들판 맞은편 둔덕에는 맨땅에 뚫린 시커먼 토끼 굴이 뚜렷이 보였다. 그렇게 눈에 잘 띄는 토끼 마을은 처음이었다.

빅윅이 말했다.

"세상에! 이 근처에서는 저기에 토끼 마을이 있다는 걸 다들 알겠군! 풀밭에 난 토끼 발자국 좀 봐! 저 친구들 아침마다 개똥지빠귀처럼 지저귀진 않을까?"

블랙베리가 말했다.

"숨어 살지 않아도 될 만큼 안전한가 봐. 그러고 보면 우리 마을도 눈에 잘 띄는 편이었어."

"그래. 하지만 이 정도는 아니었어! 어떤 굴은 흐루두두 두 마리가 나란히 들어갈 수 있을 만큼 넓잖아."

댄더라이언이 말했다.

"우리도 들어갈 수 있겠네. 난 축축해서 죽겠어."

헤이즐 일행이 다가가자 커다란 토끼 두 마리가 도랑가에 나타나 재빨리 그들을 살펴보고는 둔덕으로 사라졌다. 얼마 안 돼 다른 토끼 두 마리가 굴에서 나와 헤이즐 일행을 기다렸다. 이 두 토끼도 털에 윤기가 흐르고 몸집이 유난히 컸다.

헤이즐이 말했다.

"카우슬립이라는 친구가 우리한테 쉴 곳을 주겠다고 했어. 카우슬립이 우리를 만나러 온 건 알고 있겠지?"

두 토끼는 머리와 앞발로 춤추는 듯한 이상한 동작을 했다. 헤이즐 일행이 아는 의례적인 동작은 헤이즐과 카우슬립이 만났을 때 나눈 냄새 맡기 동작이나 구애 동작밖에 없었다. 그래서 당황스럽고 불편했다. 상대방은 춤추는 듯한 동작을 멈추고 인사나 답례를 기다리는 눈치였다. 하지만 헤이즐 일행이 잠자코 있자 한 토끼가 말했다.

"카우슬립은 큰 굴에 있어. 안내할까?"

헤이즐이 물었다.

"몇이나 데리고 가도 돼?"

다른 한 토끼가 깜짝 놀라며 대답했다.

"그야 전부 다지. 바깥에서 비 맞고 싶진 않겠지?"

헤이즐은 자기와 한두 마리만 족장 토끼 굴을 안내받고, 나머지는 다른 곳으로 안내될 거라고 짐작했다. 족장이 누 군지는 모르지만 수행원도 없이 나타난 카우슬립은 아닐 것이다. 헤이즐은 일행이 흩어질까 봐 두려웠다. 그런데 땅 속 마을에 헤이즐 일행이 모두 들어갈 만큼 넓은 곳이 있다 는 걸 알고 깜짝 놀랐다. 헤이즐은 빨리 보고 싶은 마음에 굴로 들어가는 순서를 세세히 정할 겨를도 없었다. 그래도 핍킨만은 바로 뒤에 따라오게 했다.

'이번만이라도 핍킨한테 힘을 줘야지. 앞쪽이 공격을 받 는다 해도 핍킨 하나 정도는 보호해 줄 수 있을 거야.'

빅윅한테는 뒤쪽을 부탁했다.

"말썽이 나면 친구들을 데리고 도망쳐."

헤이즐은 그렇게 말하고 안내를 받으며 굴들 가운데 하 나로 들어갔다.

굴길은 넓고 고른 데다 잘 말라 있었다. 거기서부터 사방 으로 길이 뻗어 나가는 걸 보니 이 길이 큰길임이 분명했 다. 안내하는 토끼의 걸음이 빨라서 헤이즐은 냄새 맡을 겨를도 없었다. 헤이즐은 어느 순간 걸음을 멈추었다. 탁 트인 공간에 다다른 것이다. 앞쪽도 양옆에도 흙이 없음을 수염으로 감지했다. 앞쪽에는 공기가 풍부했고, 머리 위에는 상당히 큰 공간이 있었다. 그리고 바로 곁에 토끼가 대여섯 마리 있었다. 땅속에 세 방향으로 트인 공간이 있으리라고는 생각도 못 했다. 헤이즐은 잽싸게 물러나다가 핍킨과 부딪쳤다.

'이런, 멍청하게! 왜 뒤에 실버를 세우지 않았을까?'

그때 카우슬립의 목소리가 들렸다. 헤이즐은 깜짝 놀라서 펄쩍 뛰었다. 소리가 꽤 먼 곳에서 들려왔기 때문이다. 이 굴은 엄청나게 큰 게 분명했다.

카우슬립이 말했다.

"헤이즐? 잘 왔어. 친구들도 모두 와 줘서 기뻐."

인간은 용감하고 경험이 풍부한 맹인이 아닌 이상 캄캄한 어둠에 둘러싸인 낯선 곳에서 알아낼 수 있는 것이 별로 없다. 하지만 토끼는 그렇지 않다. 평생의 절반은 캄캄하거나 침침한 땅속에서 지내기 때문에 촉각, 후각, 청각이 시각 못지않게, 아니 그 이상으로 많은 것을 알려 준다. 헤이즐은 이제 자기가 어떤 곳에 있는지를 훤하게 알 수 있었다. 지금 당장 이곳을 떠나 여섯 달 뒤에 돌아온다 해도 확실히 알아볼 수 있을 것 같았다. 헤이즐은 엄청나게 큰 굴입구에 서 있었다. 굴 바닥은 모래가 깔린 단단한 맨땅으로, 건조하고 따뜻했다. 천장에는 나무뿌리 몇 줄기가 지나가고 있었는데, 이 넓은 공간을 지탱하고 있는 것은 바로 그 나무뿌리들이었다. 굴속에는 엄청나게 많은 토끼들이 있었다. 헤이즐이 이끄는 무리보다 훨씬 많았다. 어느 토끼나 카우슬립과 마찬가지로 풍족한 냄새를 풍겼다.

카우슬립은 굴 맨 안쪽에 있었다. 헤이즐은 카우슬립이 대답을 기다리고 있음을 깨달았다. 친구들이 하나씩 입구로 들어오면서 흙이 긁히는 소리와 발을 끄는 소리가 요란하게 들려왔다. 헤이즐은 격식을 제대로 갖추어야 할지 어쩔지 난감했다. 자기를 족장으로 소개해야 할지 말지도 알 수 없었다. 이런 일에 대해서는 경험이 전혀 없었다. 스레아라라면 틀림없이 완벽한 수완을 발휘할 것이다. 헤이즐은 쩔쩔매는 모습을 보여 줘서 친구들을 실망시키고 싶지 않았다. 생각 끝에 헤이즐은 솔직하고 친근하게 나가는 것이 가장 낫겠다고 결론 내렸다. 어차피 이 마을에 정착하게 되면 이곳 토끼들한테 우리도 그들 못지않게 훌륭한 토끼라는 것쯤은 충분히 보여 줄 수 있다. 처음부터 건방지게 굴어 말썽을 일으킬 필요는 없다.

헤이즐이 말했다.

"비바람을 피하게 돼서 기뻐. 토끼라면 누구나 그렇듯이 우리도 무리 지어 있을 때가 가장 행복해. 카우슬립, 아까 들판에서 만났을 때 너희 마을이 별로 크지 않다고 했지? 하지만 둔덕에 난 굴 수로 보자면, 여긴 크고 훌륭한 마을인 것 같아."

헤이즐이 인사를 마칠 때 빅윅이 막 굴로 들어섰다. 이로써 일행이 모두 모였다. 마을 토끼들은 헤이즐의 인사말에

조금 당황한 눈치였다. 무엇 때문인지는 모르지만 마을이
크다고 칭찬한 것이 적절하지 않은 모양이었다. 그렇다면
마을 토끼 수가 그리 많지 않은 걸까? 병이 돌았던 걸까?
하지만 그런 냄새도 기미도 전혀 없었다. 이 마을 토끼는
지금까지 본 토끼들 가운데 가장 크고 건강했다. 그렇다면
이렇게 말없이 안절부절못하는 것은 헤이즐이 한 말과는
관계가 없는 걸까? 어쩌면 단순히 헤이즐이 말주변이 없는
걸 보고 자기들의 세련된 말솜씨에 미치지 못한다고 생각
하는지도 모른다.

헤이즐은 생각했다.

'상관없어. 어젯밤부터 나한텐 행운이 따르고 있으니까.
고난을 훌륭하게 넘기지 못했다면 여기까지 오지도 못했을
거야. 저들이 우리를 이해해야 돼. 어쨌든 우리를 싫어하지
는 않는 것 같아.'

연설은 더 이상 없었다. 토끼들에게도 나름대로 관습과
형식이 있지만, 인간을 기준으로 보면 거의 없는 편이고 아
주 짧다. 헤이즐이 인간이었다면 동료를 하나씩 소개시켰
을 것이고, 주인 쪽에서도 한 명씩 나서서 손님을 맡아 접
대했을 것이다. 그러나 큰 굴에서는 다른 상황이 펼쳐졌다.
토끼들은 자연스럽게 섞여 들었다. 토끼들은 인간처럼, 때
로는 개나 고양이처럼 단지 말을 하기 위해 마음에도 없는
말을 하지 않았다. 그렇다고 해서 의사소통을 안 한 것은
아니다. 단지 말이라는 수단을 통해서 의사소통을 하지 않
을 뿐이었다. 새로 온 토끼와 원래 있던 토끼들은 큰 굴 여

기저기서 나름대로의 방식과 나름대로의 시간만큼 서로에게 익숙해져 가고 있었다. 상대의 냄새와 움직임, 숨쉬는 방식, 긁는 방법, 심장 고동이나 맥박의 느낌 등을 알아 가고 있었다. 이런 것들은 말하지 않고도 이루어지는 토끼들의 이야깃거리나 토론거리였다. 비슷한 모임을 갖는 인간과 비교했을 때, 토끼는 저마다 화제를 좇으면서도 전체의 흐름에 훨씬 민감하다.

얼마 뒤 모든 토끼들은 이 모임이 불쾌해지거나 싸움 때문에 깨지진 않으리라는 것을 느꼈다. 전쟁은 양쪽 세력이 팽팽한 균형을 이룬 상태에서 시작되어 서서히 이쪽저쪽으로 힘이 기울다가 마침내 어느 한쪽으로 확실히 기울게 되면서 끝난다. 이와 마찬가지로 어둠 속의 이 토끼들도 처음에는 머뭇머뭇 다가가거나, 말없이 있거나, 가만히 멈춰 있거나, 어떤 몸짓을 하거나, 나란히 웅크리고 있는 등 조심스럽게 서로를 평가하다가, 지구가 돌면서 여름철로 접어들듯이 서로 좋아하고 인정하는 따뜻하고 밝은 상태로 옮아가서, 마침내는 두려워할 게 없다고 모두가 확신하게 되었다. 핍킨은 헤이즐과 조금 떨어진 곳에서 자기 등뼈쯤은 뚝딱 분질러 버릴 수 있을 만큼 덩치 큰 두 토끼 사이에 태연히 웅크리고 있었다. 벅손과 카우슬립은 장난스럽게 쌈질을 했다. 새끼 고양이처럼 달려들어 물다가 홱 떨어지더니 짐짓 엄숙한 표정으로 귀 털을 가다듬었다. 파이버만 혼자 떨어져 있었다. 병이 났거나 몹시 의기소침해 보여서 마을 토끼들도 본능적으로 파이버를 피했다.

헤이즐은 실버의 머리와 앞발이 흙을 뚫고 불쑥 튀어나왔던 장면을 떠올리면서 이 모임도 무사히 고비를 넘겼다는 사실을 깨달았다. 그러자 마음이 훈훈해지고 긴장이 풀렸다. 헤이즐은 이미 큰 굴 끝에서 저쪽 끝까지 돌아다닌 다음 두 토끼한테 바짝 다가붙었다. 카우슬립 못지않게 큰 암토끼와 수토끼였다. 두 토끼가 바로 옆 굴길로 천천히 들어가자 헤이즐도 그 뒤를 따라 점점 더 깊이 들어갔다. 세 토끼는 마침내 땅속 깊이 있는 작은 굴에 이르렀다. 그 굴은 두 토끼의 것이 분명했다. 제집인 양 스스럼없이 들어가 앉는 것이나 헤이즐이 따라 들어가도 아무 말 하지 않는 걸 보면. 세 토끼는 잠시 말없이 앉아 있었다. 들뜬 기분이 서서히 가라앉았다.

마침내 헤이즐이 물었다.

"카우슬립이 족장 토끼야?"

상대방이 되물었다.

"넌 족장 토끼야?"

헤이즐은 대답하기가 난처했다. 그렇다고 하면 이 친구들은 앞으로 헤이즐을 족장 토끼라 부를 텐데, 빅윅이나 실버가 뭐라고 하겠는가. 그래서 여느 때처럼 솔직하게 나가기로 했다.

헤이즐은 말했다.

"우린 전부 몇 마리 안 돼. 재난을 피하려고 서둘러 마을에서 도망쳐 나왔지. 족장 토끼와 대부분의 토끼들은 마을에 남았어. 내가 친구들을 이끌고 오긴 했지만, 내가 족장 토끼라고 하면 친구들이 어떻게 생각할지 모르겠어."

헤이즐은 생각했다.

'이젠 질문을 해 대겠지. 왜 마을을 떠났는가? 왜 나머지 토끼들은 오지 않았나? 무엇이 무서워서 도망쳤느냐? 그럼 뭐라고 대답하지?'

하지만 상대방은 헤이즐의 말에는 관심이 없는 게 분명했다. 아니면 무슨 이유가 있어서 질문을 안 하는지도 몰랐다.

상대방이 말했다.

"우린 족장 토끼가 따로 없어. 오늘 오후에 카우슬립이 너희를 만나러 가자고 제안했어. 그래서 카우슬립이 간 것뿐이야."

"그럼 엘릴이 나타나면 어떻게 할지는 누가 결정하지? 굴 파기라든가 원정대를 보내는 건 또 어떻게 하고?"

"아아, 우린 말이야, 그딴 일은 절대 안 해. 엘릴은 이곳에 얼씬도 하지 않아. 지난겨울에 홈바*가 한 마리 왔지만, 인간이 들판을 지나가다가 총으로 쏘아 죽였어."

헤이즐은 눈이 휘둥그레졌다.

"인간은 홈바를 쏘지 않았을 텐데……."

"글쎄, 어쨌든 그 인간은 홈바를 쏴 죽였어. 인간은 올빼미도 죽이는걸. 그러니 굴을 팔 필요가 없지. 우리 마을 토끼가 굴을 파는 건 본 적이 없어. 비어 있는 굴도 많거든. 쥐가 굴에 들어와 살기도 하지만, 그것도 인간이 처치해 줘.

* 홈바 여우를 일컫는 말.

먹을 걸 구하러 멀리 갈 필요도 없어. 여기엔 어느 곳보다 맛있는 먹이가 많으니까. 네 친구들도 여기서 지내면 행복할 거야."

그런데 그렇게 말하는 당사자는 정작 행복해 보이지 않아서, 헤이즐은 다시 어리둥절했다.

"그 인간은 어디에……."

헤이즐이 말을 꺼내려고 하자 상대가 말을 잘랐다.

"내 이름은 스트로베리야. 이쪽은 내 아내 닐드로-하인* 이고. 빈 굴들 가운데 가장 좋은 굴이 바로 이 근처에 있어. 한번 둘러봐. 네 친구들이 거기서 살고 싶다고 할지도 모르니까. 우리 큰 굴, 멋지지 않니? 마을 토끼가 모두 땅속에서 한데 모일 수 있는 굴은 별로 없을 거야. 천장이 온통 나무 뿌리로 되어 있어. 게다가 땅 위의 나무가 빗물이 스며드는 걸 막아 주고. 그 나무가 살아 있는 게 신기하지만, 암튼 살아 있어."

헤이즐은 스트로베리가 질문을 막으려고 일부러 수다를 떨고 있는 게 아닐까 싶었다. 기분 나쁘기도 하고 어리둥절하기도 했다.

헤이즐은 생각했다.

'상관없어. 우리도 이 녀석들처럼 몸집이 커지면 잘살 수 있어. 이 주변에는 좋은 먹이가 있는 게 분명해. 이 녀석 부인도 미인이군. 이 마을엔 아름다운 암토끼가 더 있을지도 몰라.'

* 닐드로-하인 검정지빠귀의 노래라는 뜻.

스트로베리가 굴을 나가자 헤이즐도 뒤따라 또 다른 굴 길로 들어갔다. 그 길은 숲 바로 밑의 더 깊은 곳으로 나 있 었다. 이 마을은 정말 감탄스러울 정도였다. 위쪽 입구로 통하는 굴길을 지나갈 때면 밤이 되어도 그칠 줄 모르는 빗 소리가 들려왔다. 벌써 몇 시간째 계속 비가 내리는데도 땅 속 깊은 굴길이나 지나가는 도중에 본 많은 굴에는 습기나 냉기가 전혀 없었다. 헤이즐이 살던 마을보다 훨씬 더 배수 도 잘되고 공기도 잘 통했다. 여기저기에서 토끼들이 돌아 다니고 있었다. 도중에 에이콘을 만났는데 에이콘도 헤이 즐처럼 마을을 돌아보고 있는 것 같았다.

에이콘이 스쳐 지나가면서 헤이즐에게 말했다.

"다들 친절하지 않냐? 이런 곳에 오게 될 줄은 꿈에도 생 각 못했어. 헤이즐, 넌 정말 똑똑해."

스트로베리는 에이콘의 말이 끝날 때까지 점잖게 기다리 고 있었다. 스트로베리도 에이콘의 말을 들었을 거라고 생 각하니 헤이즐은 무척 기뻤다.

쥐 냄새가 확 풍기는 굴들을 피해 에돌아간 끝에 갱도 같 은 곳이 나왔다. 몹시 가파르게 뚫려 있는 굴길로 하늘이 보였다. 보통 굴길은 활처럼 굽은 모양으로 나 있지만, 이 굴길은 곧게 뚫려 있어서 굴 입구로 밤하늘을 등지고 있는 나뭇잎들이 보였다. 그 굴의 한쪽 벽이 볼록 튀어나와 있는 데 뭔가 딱딱한 것으로 만들어져 있었다. 헤이즐은 뭔가 하 고 냄새를 맡아 보았다.

스트로베리가 물었다.

"뭔지 몰라? 벽돌이야. 인간이 집이나 헛간을 만드는 데
쓰는 돌이지. 옛날엔 우물이었는데 지금은 메워졌어. 이젠
인간이 쓰지 않는다는 얘기지. 저 벽은 우물의 바깥면이었
어. 이쪽 흙벽은 아주 평평한데, 그건 벽 뒤의 흙 속에 인간
이 만든 물건이 들어 있기 때문이야. 뭐가 들어 있는지는
잘 모르지만."

헤이즐이 말했다.

"뭔가 붙어 있구나, 이 벽에는. 아, 돌이 박혀 있어! 뭣에
쓰는 걸까?"

스트로베리가 물었다.

"그거 맘에 들어?"

헤이즐은 그 돌들을 의아스럽게 생각했다. 돌은 모두 같
은 크기로, 일정한 간격을 두고 흙 속에 박혀 있었다. 도무
지 어찌 된 영문인지 알 수 없었다.

헤이즐은 한 번 더 물었다.

"이게 뭐야?"

스트로베리가 대답했다.

"엘-어라이라야. 꽤 오래전에 라버넘이란 토끼가 만든 거
야. 다른 것들도 있지만 이게 가장 훌륭해. 와 볼 만하지?"

헤이즐은 당혹스럽기 짝이 없었다. 여태까지 라버넘이란
식물은 본 적도 없는 데다, 라버넘이란 토끼어로 '독나무'
라는 뜻이었다. 어떻게 토끼 이름에 '독'이라는 말이 들어
갈 수 있단 말인가. 게다가 어떻게 이런 돌 따위가 엘-어라
이라란 말인가. 스트로베리가 말하는 엘-어라이라란 정확

히 무엇일까? 헤이즐은 혼란스러웠다.

"잘 모르겠어."

스트로베리가 설명했다.

"이런 걸 '형상'이라고 해. 한 번도 본 적 없어? 벽에 박힌 이 돌들은 바로 엘-어라이라의 '형상'이야. 왕의 양상추를 훔치는 장면이지. 이제 알겠어?"

헤이즐은 블랙베리가 엔본강 근처에서 널빤지 이야기를 한 이후로 이렇게 어리둥절한 적은 처음이었다. 이까짓 돌이 엘-어라이라와 무슨 상관이 있단 말인가. 그건 스트로베리가 제 꼬리를 떡갈나무라고 우기는 것과 마찬가지였다. 헤이즐은 다시 냄새를 맡고 앞발을 벽에 대 보았다.

스트로베리가 말했다.

"조심, 조심. 부서질지도 몰라. 부수면 안 돼. 지금은 몰라도 돼. 나중에 또 올 수 있을 거야."

"하지만 어디에……."

헤이즐이 말하려 하자 스트로베리가 다시 가로막았다.

"아참, 배고프겠다. 나도 배고파. 아마 밤새도록 비가 오겠지만, 여기 땅속에도 먹을 게 있어. 식사를 하고 나서 큰 굴에서 자면 돼. 아니면 내 굴도 괜찮고. 아까 올 때보다 빨리 돌아갈 수 있어. 지름길이 있거든. 사실 그 굴길은……."

스트로베리는 돌아가는 길에 쉴 새 없이 지껄여 댔다. 헤이즐은 문득 '어디에'라는 질문만 나오면 스트로베리가 기를 쓰고 말을 막는 것 같다는 생각이 들었다. 그래서 정말 그런지 확인해 보기로 했다. 잠시 뒤 스트로베리가 "이제

큰 굴에 거의 다 왔어. 다른 굴길로 해서 온 거야." 하고는
잠시 말을 멈추었다. 그 틈을 타서 헤이즐이 물었다.

"그런데 어디에……."

그 말이 떨어지기가 무섭게 스트로베리는 옆길로 뛰어
들어가 소리쳤다.

"킹컵 있어? 너, 큰 굴로 올래?"

아무 응답이 없었다.

스트로베리는 되돌아와서 다시 길을 안내하며 말했다.

"이상하네? 이맘때쯤이면 보통 저기에 있는데. 난 가끔
킹컵한테 들르거든."

헤이즐은 잠시 발길을 늦추고 코와 수염으로 재빨리 주
위를 살폈다. 그쪽 입구는 천장에서 떨어진 지 하루쯤 되는
부드러운 흙으로 덮여 있었다. 거기에는 스트로베리의 발
자국만 뚜렷이 나 있을 뿐 아무것도 없었다.

14
"11월의 나무들처럼"

큰 굴은 아까만큼 북적대지는 않았다. 헤이즐과 스트로베리가 큰 굴로 돌아와 맨 처음 마주친 건 닐드로-하인이었다. 닐드로-하인은 아름다운 암토끼 서너 마리와 함께 도란거리며 먹이를 먹고 있는 것 같았다. 채소 냄새가 풍겼다. 이 땅속에도 스레아라의 양상추 같은 먹이가 있는 게 분명했다. 헤이즐은 닐드로-하인한테 말을 걸려고 걸음을 멈추었다. 그러자 닐드로-하인이 라버넘의 엘-어라이라가 있는 우물 굴에 가 보았느냐고 물었다.

헤이즐이 대답했다.

"네, 가 보긴 했어요. 하지만 잘 모르겠더군요. 저는 벽

에 박힌 돌보다 당신이랑 당신 친구들이 더 훌륭한 것 같아
요."

이렇게 말하고 있는데 어느 틈엔가 카우슬립이 와 있었
다. 스트로베리가 카우슬립에게 속삭이는 소리가 들렸다.
스트로베리가 "형상 근처엔 안 갔어." 하고 말하자 잠시
뒤 카우슬립이 "뭐, 그런 건 아무래도 상관없어." 하고 대
답했다.

헤이즐은 갑자기 피로가 확 몰려오며 침울해졌다. 카우
슬립의 윤기 있고 살집 좋은 어깨 너머로 블랙베리의 목소
리가 들리자, 헤이즐은 블랙베리한테 다가가서 조그맣게
말했다.

"풀밭으로 나가자. 같이 가겠다면 누구든지 데려와."

그때 카우슬립이 헤이즐을 돌아보며 말했다.

"뭔가 먹고 싶겠구나. 우리가 저장해 둔 게 있는데."

헤이즐이 말했다.

"지금 실플레이*하러 가려던 참인데."

카우슬립은 당연하다는 투로 말했다.

"비가 너무 많아 와. 우리가 먹을 걸 줄게."

헤이즐은 단호하게 말했다.

"이 일로 옥신각신하긴 싫지만 우리는 실플레이를 해야
돼. 그런 것에 익숙하니까 비가 와도 상관없어."

카우슬립은 순간 당황한 것 같았다. 그러더니 곧 소리 내
어 웃었다.

* 실플레이 먹이를 먹으러 땅 위로 나가는 일.

동물은 웃음이라는 것을 모른다. 개나 코끼리는 좀 알고 있을지도 모르지만. 그 웃음이 헤이즐과 블랙베리에게 던진 효과는 컸다. 헤이즐은 카우슬립이 무슨 병에라도 걸린 줄 알았다. 블랙베리는 분명히 카우슬립이 공격해 올 거라고 생각하고 뒷걸음질 쳤다. 카우슬립은 말도 없이 줄곧 기분 나쁘게 웃었다. 헤이즐과 블랙베리는 담비라도 만난 것처럼 휙 돌아서서 가장 가까운 굴길로 허겁지겁 뛰어들었다. 얼마 안 가서 핍킨과 마주쳤다. 몸집이 작은 핍킨이 일단 두 토끼가 지나가도록 길을 터 주고는 돌아서서 뒤따라왔다.

비는 여전히 줄기차게 내리고 있었다. 사방이 깜깜했고, 5월치고는 꽤 추웠다. 세 토끼가 풀밭에 웅크리고 풀을 뜯는 동안 빗물이 털을 타고 줄줄 흘러내렸다.

블랙베리가 말했다.

"맙소사! 너 정말로 실플레이하고 싶었던 거야? 이건 끔찍해! 난 뭐라도 좋으니 저 친구들이 주는 먹이를 먹고 한잠 자려던 참이었어. 대체 왜 그런 거야?"

헤이즐이 대답했다.

"몰라. 갑자기 너희들과 함께 밖으로 나가야 한다는 느낌이 들었어. 파이버가 뭐 때문에 괴로워하는지 알아. 나중엔 괜찮아지겠지만. 아무튼 이 마을 토끼들은 분명히 이상해. 이 친구들이 벽에 돌을 박아 둔다는 거 알아?"

"뭘 한다고?"

헤이즐이 설명했다. 블랙베리도 헤이즐만큼이나 놀랐다.

블랙베리가 말했다.

"나도 알려 줄 게 있어. 빅윅 말이 틀리지 않았어. 저 친구들은 정말로 새처럼 노래를 해. 아까 베토니라는 토끼의 굴에 가 봤어. 부인이 아기 토끼들을 데리고 있었는데, 가을에 울새가 우는 소리를 내고 있었어. 아기를 재우는 거래. 정말 기분이 묘했어."

헤이즐이 물었다.

"흘라오-루, 넌 그 친구들을 어떻게 생각해?"

핍킨이 말했다.

"다들 상냥하고 친절해. 하지만 내가 받은 느낌은 뭐랄까, 어쩐지 모두 굉장히 슬퍼 보여. 그렇게 몸집이 크고 힘세고 이렇게 훌륭한 마을도 있는데, 왜 그런지 모르겠어. 여기 토끼들을 보면 11월의 나무가 떠올라. 나도 바보 같은 생각인 줄 알아. 헤이즐 네가 데려온 곳이니까 틀림없이 안전하고 좋은 곳이겠지."

헤이즐이 말했다.

"아니, 바보 같은 생각이 아니야. 이제 와서 생각해 보니까 확실히 네 말이 맞아. 다들 뭔가 걱정거리가 있는 것 같아."

블랙베리가 말했다.

"어쨌든 왜 토끼 수가 적은지 모르겠어. 꼭 마을이 텅 빈 것 같아. 무슨 문제가 있어서 슬퍼하는지도 몰라."

"말을 안 해 주니 알 수가 없지. 하지만 여기 머무를 작정이라면 그 친구들과 잘 지내야 해. 덩치가 너무 커서 싸울 수도 없잖아. 싸움 걸고 싶지도 않지만."

핍킨이 말했다.

"이곳 토끼들은 싸움을 못하는 것 같아, 헤이즐. 몸집은 크지만 쌈꾼 같지는 않아. 빅윅이나 실버하곤 달라."

헤이즐이 말했다.

"흘라오-루, 참 많은 걸 알아냈구나. 빗줄기가 더 거세지는 것도 알고 있어? 난 한동안 괜찮을 만큼 먹었어. 자, 들어가자. 이번 일은 당분간 우리끼리만 알고 있자."

블랙베리가 말했다.

"잠 좀 자야겠다. 하루 밤낮을 못 잤더니 금방이라도 쓰러질 것 같아."

세 토끼는 나올 때와는 다른 입구로 들어가 곧바로 빈 굴을 찾아서 서로 바싹 붙어 지친 몸의 온기를 나누며 잠들었다.

헤이즐은 눈을 뜨자마자 냄새로 아침임을 알았다. 해가 떠오른 지 한참 지난 시간이었다. 사과나무꽃 향기가 진하게 풍겨 왔다. 미나리아재비와 말 냄새도 살짝 났다. 이런 냄새 속에 다른 냄새도 섞여 있었다. 헤이즐은 불안해하면서도 한동안 무슨 냄새인지 알 수 없었다. 위험한 냄새, 불쾌한 냄새, 절대로 자연의 것이 아닌 냄새가 바로 바깥에서 풍겨 왔다. 연기 냄새, 뭔가가 타는 냄새였다. 그러자 빅윅이 어제 정찰하러 갔다가 풀숲에서 작고 하얀 막대기를 봤다고 한 말이 생각났다. 바로 그거였다. 인간이 밖에서 돌아다니고 있었다. 그 때문에 잠을 깬 게 틀림없었다.

헤이즐은 기분 좋은 안도감에 젖어 따뜻하고 어두운 굴에 누웠다. 나는 인간 냄새를 맡을 수 있다. 하지만 인간은 내 냄새를 맡지 못한다. 인간들이 맡을 수 있는 건 자기들이 내뿜는 불쾌한 연기 냄새뿐이다. 헤이즐은 우물 굴에 있던 형상을 생각하다가 풋잠이 들었다. 꿈속에서 엘-어라이라가 나타나, 그 모든 것이 자신의 계략이라고, 라버넘으로 모습을 바꿔 벽에 돌을 박아 넣고 스트로베리가 거기에 관심을 갖는 사이에 닐드로-하인과 사귀고 있었다고 말했다.

핍킨이 몸을 뒤척이며 잠꼬대를 했다.

"사인 레이 난, 말리?"*

헤이즐은 핍킨이 어릴 적 꿈을 꾸고 있는 듯싶어 안쓰러워하며 편히 잘 수 있게 옆으로 비켜 주었다. 그때 토끼 하나가 바로 근처 굴길로 내려오는 소리가 들렸다. 누군지 모르지만 그 토끼는 괴상한 소리를 지르며 발을 구르고 있었다. 그 소리는 블랙베리 말대로 새의 노랫소리와 크게 다르지 않았다. 그 토끼가 가까이 다가오자 무슨 말인지 알아들을 수 있었다.

"플레이라!** 플레이라!"

스트로베리의 목소리였다. 핍킨과 블랙베리는 발을 구르는 소리에 눈을 떴다. 가늘고 낯선 스트로베리의 목소리만 듣고는 본능적으로 깨어날 수 없었던 것이다. 헤이즐은 굴을 살짝 빠져나와 굴길로 들어갔다. 그 순간 뒷다리로 부지

* 개쑥갓 맛있어, 엄마?
** 플레이라 맛있는 음식.

런히 단단한 흙바닥을 구르고 있는 스트로베리와 마주쳤다.

헤이즐이 말했다.

"우리 어머니가 늘 하시는 말씀이, 말처럼 뛰어다녔다간 천장이 무너진댔어. 왜 땅속에서 발을 쿵쿵 구르는 거지?"

스트로베리가 대답했다.

"모두 깨우려고. 비가 거의 밤새도록 내렸잖아. 우린 날씨가 나쁘면 보통 아침까지 내처 자. 하지만 이젠 날이 개었어."

"그렇다고 다 깨워?"

"인간은 가 버렸고, 카우슬립이랑 내 생각엔 플레이라를 오랫동안 내버려 두면 안 될 것 같아서. 빨리 가져오지 않으면 쥐나 떼까마귀가 몰려올 텐데, 난 쥐하고 싸우는 거 싫단 말이야. 너희처럼 모험심 많은 토끼한테는 예삿일이겠지만 말이야."

"무슨 말인지 모르겠어."

"그럼 나랑 같이 가. 난 닐드로-하인을 데리러 가려던 참이었어. 우린 지금 아기가 없으니까 내 아내도 나중에 따라올 거야."

다른 토끼들도 굴길을 따라 나가고 있었다. 스트로베리는 몇몇 토끼들에게 새 친구들을 들판으로 데려갈 거라고 몇 번이나 기쁘게 말했다. 헤이즐은 자기가 스트로베리를 마음에 들어 한다는 사실을 깨달았다. 어제는 몹시 피곤하고 혼란스러워 제대로 판단할 겨를이 없었다. 하지만 푹 자고 일어나서 보니 스트로베리가 정말로 악의 없고 친절한 토끼라는 것을 알 수 있었다. 스트로베리는 아름다운 부인 닐드로-하인에게 감동적일 만큼 애정을 쏟고 있었다. 게다가 성격이 활달하고 즐거움을 제대로 누릴 줄 아는 토끼였다.

5월의 아침 들판으로 나가자마자 스트로베리는 다람쥐처럼 명랑하게 도랑을 뛰어넘어 키 큰 풀숲으로 폴짝폴짝 뛰어 들어갔다. 어젯밤 헤이즐이 찜찜해했던 태도는 싹 사라진 듯했다. 헤이즐은 예전에 고향에서 가시나무 덤불에 가려진 굴을 나설 때처럼 입구에 멈춰 서서 골짜기를 바라보았다.

잡목림 뒤로 해가 떠올라 벌판에 나무 그림자가 남서쪽으로 길게 뻗어 있었다. 젖은 풀이 반짝거리고, 근처 개암나무는 실바람에 가지가 흔들릴 때마다 무지갯빛으로 반짝반짝 빛났다. 시냇물이 불어나서 물소리가 어제보다 세차고 거침없어진 것을 느낄 수 있었다. 잡목림과 시내 사이의 비탈엔 연보랏빛 황새냉이가 자라 있었는데, 잡초 속에 띄엄띄엄 돋아난 황새냉이는 납작하게 퍼진 잎 위에 가냘픈 줄기를 세워 꽃을 피우고 있었다. 바람은 이제 잠잠해졌고, 양쪽 숲 사이에서 긴 햇살을 받고 있는 작은 골짜기도 쥐 죽은 듯 고요했다. 물웅덩이 위로 새털이 내려앉듯, 이 완벽한 정적 위로 뻐꾸기 울음소리가 살며시 내려앉았다.

카우슬립이 헤이즐 뒤에서 말했다.

"여긴 아주 안전해. 너희는 실플레이 때 주위를 잘 살피는 버릇이 들었겠지만 여기선 그냥 나가도 돼."

헤이즐은 자기 방식을 바꾸거나 카우슬립의 지시에 따

를 생각은 없었다. 하지만 누가 강요하는 것도 아니었고 하찮은 일로 다툴 필요도 없었다. 헤이즐은 도랑을 깡충깡충 뛰어 넘어가 둔덕에서 다시 한 번 주위를 둘러보았다. 이미 몇몇 토끼들은 들판으로 내려가 산사나무꽃이 하얗게 빛나는 산울타리 쪽으로 달리고 있었다. 빅윅과 실버의 모습이 보이자, 헤이즐은 고양이처럼 한 걸음 내디딜 때마다 앞발에 묻은 물기를 털어 내며 두 토끼에게 다가갔다.

빅윅이 말했다.

"헤이즐, 너도 우리처럼 잘 대접받았겠지. 실버랑 난 고향에 돌아온 것처럼 편안해. 우린 이제 운이 트인 것 같아. 만약 파이버 말이 틀려서 우리 마을에 무서운 일이 일어나지 않는다 해도 난 여기서 지내는 게 좋아. 너도 먹이를 먹으러 가는 길이지?"

헤이즐이 물었다.

"대체 어디에서 먹이를 먹는다는 거야?"

"얘기 못 들었어? 들판을 내려가면 플레이라가 있나 봐. 거의 모두가 날마다 간대."

(누구나 알겠지만 토끼는 보통 풀을 먹는다. 플레이라는 맛있는 먹이, 이를테면 원정을 나가거나 밭에서 훔쳐 오는 양상추나 당근 같은 먹이이다.)

헤이즐은 저 멀리 보이는 마을의 농가 지붕을 힐끗 쳐다보고는 말했다.

"플레이라? 밭을 습격하려면 아침 일찍 갔어야지."

마을 토끼 하나가 헤이즐의 말을 듣고 참견했다.

"그게 아니야. 플레이라는 들판에 있어. 시냇물이 불어나는 곳 근처에 많지. 우리는 그곳에서 플레이라를 먹거나 갖고 돌아와. 둘 다 할 때도 있고. 오늘은 조금 갖고 와야 돼. 어젯밤에 비가 너무 많이 오는 바람에 다들 밖에 못 나가서 저장해 둔 먹이가 거의 떨어졌거든."

시내는 산울타리 틈으로 흘러가고 있었는데, 거기에 소들이 물 마시러 오는 곳이 있었다. 비가 온 뒤라서 그곳 가장자리는 발굽 자국마다 물이 괴어 질퍽질퍽했다. 토끼들은 그곳을 피해 위쪽에 있는 옹이투성이인 늙은 돌능금나무 바로 옆까지 갔다. 그 너머에는 인간의 허리춤께까지 오는 울짱이 골풀 덤불을 둘러싸고 있었다. 울짱 안에는 미나리아재비꽃이 피어 있고, 시냇물이 샘에서 시작되고 있었다.

근처의 짙푸른 풀밭에 주황색을 띤 것들이 흩어져 있었는데, 그중에는 옅은 초록색 이파리가 달려 있는 것도 있었다. 갓 베어 낸 풀 냄새가 코를 찔렀다. 헤이즐은 그 냄새에 끌려 군침을 흘리며 걸음을 멈추고 흐라카*를 누었다. 가까이 다가오던 카우슬립이 헤이즐을 보며 어색한 웃음을 지었다. 하지만 헤이즐은 그런 것을 눈치 챌 겨를이 없었다. 헤이즐은 강력한 힘에 끌린 듯이 산울타리에서 뛰어나가 그것들이 흩어진 곳으로 돌진했다. 다가가 냄새를 맡고 맛을 보았다. 당근이었다.

헤이즐은 태어나서 지금까지 갖가지 식물 뿌리를 먹어 봤지만 당근은 딱 한 번밖에 먹어 보지 못했다. 그나마 고

* 흐라카 똥이나 오줌 같은 배설물.

향 마을 근처에서 짐마차가 흘리고 간 꼴망태에 담긴 오래된 당근이었다. 개중에는 벌써 쥐나 파리가 반쯤 먹어 치운 것도 있었다. 하지만 토끼한테 당근은 구하기 힘든 진미이자 둘이 먹다가 하나가 죽어도 모를 성찬이었다. 헤이즐은 그 자리에 주저앉아 이 감칠맛 나는 농작물을 우물우물 깨물어 먹으며 파도처럼 밀려오는 기쁨을 느꼈다. 헤이즐은 풀밭을 깡충깡충 뛰어다니며 뿌리만이 아니라 이파리도 하나하나 갉아먹었다. 아무도 방해하지 않았다. 당근은 모두가 먹을 만큼 충분한 것 같았다. 이따금 헤이즐은 본능적으로 고개를 들고 바람 냄새를 맡았지만, 그것도 건성일 뿐이었다. 헤이즐은 생각했다.

'엘릴이 올 테면 오라지. 그놈하고 싸워 주지, 뭐. 아무튼 이대로 도망칠 순 없어. 얼마나 멋진 곳인가! 얼마나 멋진 마을인가! 이 마을 토끼들이 산토끼처럼 크고 왕자 같은 냄새를 풍기는 것도 당연해!'

"야아, 핍킨! 배가 터지도록 실컷 먹어! 이제 더 이상 강둑 위에서 덜덜 떨 일은 없다고!"

호크빗이 당근을 한입 가득 물고 대꾸했다.

"저 녀석도 여기서 한두 주일만 지내면 떠는 법까지 잊어버릴 거야. 이걸 먹으니 한결 기분이 좋아진다! 헤이즐, 어디든 너를 따라갈게. 그날 밤 히스 덤불숲에서는 제정신이 아니었어. 안전한 굴이 없다는 건 너무 괴로운 일이잖아. 이해해 줘."

헤이즐이 말했다.

"다 잊어버렸어. 이걸 마을로 갖고 돌아가려면 어떻게 해야 하는지 카우슬립한테 물어봐야겠다."

카우슬립은 샘 근처에 있었다. 벌써 먹이를 다 먹고 앞발로 얼굴을 씻고 있었다.

헤이즐이 물었다.

"이 뿌리는 날마다 있어?"

헤이즐은 '어디서⋯⋯'라고 물으려다가 입을 다물고 생각했다.

'나도 차츰 익숙해지는구나.'

카우슬립이 대답했다.

"뿌리만 있는 건 아니야. 너도 알겠지만 이건 작년 거야. 남은 것을 여기다 버리나 봐. 뿌리, 채소, 사과 같은 거야. 때에 따라서 달라. 아무것도 없는 때도 있어. 특히 날씨 좋은 여름엔 말이야. 하지만 겨울이나 날씨가 나쁠 때는 대개 뭔가가 있어. 보통 큰 뿌리이고, 양배추나 옥수수일 때도 있어. 우린 그것도 먹어."

"먹이는 걱정 없는 거네. 그렇다면 토끼들이 많아야 할 텐데. 내 생각에⋯⋯."

카우슬립이 말을 가로막았다.

"서두를 거 없어. 천천히 먹어. 다 먹고 나면 나르는 일도 한번 해 봐. 이런 뿌리는 나르기가 간단해. 양상추만 빼고는 그중 가장 쉽지. 그냥 이빨로 물고 마을까지 가져가서 큰 굴에 두면 되니까. 난 보통 한 번에 두 개씩 물지만, 그러려면 꽤 연습을 해야 돼. 토끼는 대개 먹이를 나르지 않지만 배우면 너도 할 수 있어. 먹이를 저장해 두면 좋은 점이 있지. 암토끼들이 아기를 키우려면 식량이 필요하니까. 특히 날씨가 나쁠 때는 정말 편리하지. 나하고 같이 가자. 처음에는 어려울지도 모르니까 도와줄게."

반 토막 난 당근을 개처럼 입에 물고 들판에서부터 굴까지 옮기기가 쉽지 않아 도중에 여러 번 내려놓아야 했다. 그러나 카우슬립이 격려해 주었고, 헤이즐 자신도 뛰어난 지도자의 품위를 지키겠다고 굳게 마음먹고 있었다. 헤이즐은 친구들이 어떻게 하고 있는지 보고 싶어서 카우슬립더러 커다란 굴 입구에서 기다리자고 했다. 모두 최선을 다해 노력하고 있었다. 다만 작은 토끼들, 특히 핍킨은 눈에 띄게 힘에 부쳐 보였다.

헤이즐이 말했다.

"힘내, 핍킨. 오늘 밤 그걸 먹으면 얼마나 맛있을지 생각하는 거야. 그나저나 파이버 녀석도 분명 너만큼 고생하고 있을 텐데. 그 녀석도 작으니까."

핍킨이 말했다.

"파이버가 어디 있는지 모르겠어. 파이버 못 봤어?"

그제야 헤이즐도 파이버를 못 봤다는 생각이 들었다. 슬며시 걱정이 되었다. 헤이즐은 카우슬립과 함께 들판으로 나가면서 파이버의 특이한 기질에 대해 되도록이면 알기 쉽게 설명했다.

"아무 일 없어야 할 텐데. 이것만 옮기고 파이버를 찾으러 가 봐야겠어. 어디 짐작 가는 데 있어?"

헤이즐은 카우슬립의 대답을 기다렸지만 기대는 어긋났다. 잠시 뒤 카우슬립이 말했다.

"저것 봐, 당근 주위를 맴돌고 있는 저 갈까마귀들 있지? 이제 며칠 동안 저놈들이 골치를 썩일 거야. 당근을 다 옮길 때까지 누굴 시켜서 저 녀석들을 쫓아내야 돼. 하지만 토끼가 공격하기엔 녀석들이 워낙 커서 말이야. 아, 참새가…….."

헤이즐이 날카롭게 물었다.

"그게 파이버하고 무슨 상관이지?"

"안 되겠다, 내가 직접 가 봐야겠어."

카우슬립은 이렇게 말하고 냅다 뛰어갔다.

하지만 카우슬립은 갈까마귀를 쫓지 않고 다시 당근을 물고 굴로 돌아갔다. 기분이 상한 헤이즐은 벅손과 댄더라이언에게 가서 함께 마을로 돌아왔다. 마을이 있는 둔덕에 이르렀을 때 파이버가 불쑥 눈에 들어왔다. 파이버는 마을의 굴에서 조금 떨어진 잡목림 가장자리에 낮게 가지를 뻗은 주목 밑에 몸을 반쯤 숨긴 채 웅크리고 있었다. 헤이즐은 당근을 내려놓고 둔덕을 올라갔다. 파이버는 빽빽하고 낮은 가지 아래 맨땅에 웅크리고 앉아 있었다. 헤이즐이 다가가도 줄곧 들판을 뚫어지게 바라보고 있었다. 헤이즐은 한참 기다렸다가 물었다.

"먹이 나르는 법 배우러 가지 않을래? 요령만 익히면 별로 어렵지 않아."

파이버가 나직하게 대답했다.

"난 그런 거 절대로 안 해. 개 같아. 막대기를 물어 나르는 개하고 똑같아."

"파이버! 날 화나게 하려는 거야? 네가 나한테 말을 함부로 해서 화내는 게 아니야. 다른 친구들은 열심히 일하는데 너만 쏙 빠졌잖아."

파이버가 말했다.

"화낼 쪽은 바로 나야. 하지만 난 화내는 거 잘 못 해서 괴로워. 왜 내 말을 듣지 않지? 너희들 중 절반은 내가 미친 줄 알아. 나쁜 건 너야, 헤이즐. 넌 내가 미치지 않았다는 걸 알면서도 내 말을 듣지 않잖아."

"넌 지금도 이 마을이 맘에 들지 않는 거야? 그럼 네가 틀린 거야. 누구나 실수를 해. 너도 다른 토끼들처럼 실수할 수 있잖아? 호크빗은 히스 덤불숲에서 실수를 했고 지금은 네가 잘못하는 거야."

"저 들판의 토끼들을 봐. 촐랑촐랑 도토리를 옮기는 다람쥐 떼 같아. 저런 게 옳단 말이야?"

"저들은 다람쥐를 보고 좋은 생각을 떠올렸고, 덕분에 더 나은 토끼가 된 거야."

"누군지는 모르지만 인간이 그저 마음씨가 좋아서 저 뿌리를 놓아둔 거 같아? 무슨 꿍꿍이가 있지 않고?"

"쓰레기를 버린 것뿐이야. 인간이 버린 쓰레기 더미에서 맛있는 먹이를 얻는 토끼가 얼마나 많은데. 양상추 쪼가리나 시든 순무 같은 것 말이야. 할 수만 있다면 누구나 그렇게 하잖아. 독은 안 들었어, 확실해. 게다가 인간이 토끼를 쏴 죽일 작정이었다면 오늘 아침만 해도 얼마든지 기회가 있었어. 그런데 쏘지 않았다고."

파이버는 땅바닥에 납작 웅크리고 있어서 더욱 작아 보였다. 파이버가 말했다.

"말을 꺼낸 내가 바보야. 헤이즐, 아아, 헤이즐, 분명히 뭔가 부자연스럽고 사악한 것이 이곳을 에워싸고 있단 말이야. 그게 뭔지 모르니까 지금은 아무 말도 할 수 없어. 하지만 그것에 조금씩 다가가고 있어. 철망 뒤에 서 있는 사과나무를 갉아먹으려고 아무리 다가들어도 철망에 가로막혀 닿지 않는 경우가 있지. 나도 뭔지 모르는 그것에 가까이 다가가 있어. 하지만 붙잡을 수가 없어. 혼자 있다 보면 떠오를지도 몰라."

"파이버, 내 말대로 해. 저 뿌리를 먹고 굴에 들어가서 자. 그럼 기분이 훨씬 나아질 거야."

"난 이 마을하고 아무 상관도 없다고 했잖아. 굴에 들어가느니 차라리 저 히스 덤불숲으로 돌아가고 싶어. 그 큰 굴 천장은 뼈로 되어 있어."

"아냐, 아냐. 나무뿌리야. 너도 밤새 굴속에 있었잖아."

"아니."

"뭐? 그럼 어디에 있었어?"

"여기."

"밤새도록?"

"응. 주목은 좋은 은신처니까."

헤이즐은 이제 몹시 걱정이 되었다. 파이버가 소리 없이

다가오는 엘릴도 추위도 잊고 빗속에서 밤새도록 땅 위에 있을 만큼 공포를 느끼고 있다면, 그것은 말로 해서 쉽게 사라질 공포가 아니었다. 헤이즐은 한동안 입을 다물고 있다가 말했다.

"이를 어쩌나, 난 네가 우리랑 함께 갔으면 좋겠는데. 하지만 지금은 혼자 놔둘게. 나중에 보러 올 테니까 주목 먹거나 하지 마."

파이버는 대답하지 않았다. 헤이즐은 들판으로 돌아왔다.

그날은 분명 생각에 깊이 잠겨 있을 만한 날은 아니었다. 니-프리스쯤 되자 몹시 더워져서 들판 아래쪽은 푹푹 찌고 있었다. 벌써 6월 말이 된 것처럼 공기 중에는 풀 향기가 숨막힐 듯 진동했다. 아직 꽃이 피지 않은 워터민트와 마요라나는 잎사귀에서 향기를 내뿜고, 여기저기에 철 이른 조팝나무꽃이 피어 있었다. 오전에는 골짜기 너머 버려진 굴들 근처에 있는 자작나무 꼭대기에서도 솔새가 내내 바쁘게 움직이고 있었다. 잡목림 속 어딘가 지금은 쓰지 않는 우물가에서 검은머리꾀꼬리의 아름다운 노랫소리도 들려왔다. 이른 오후가 되자 들판은 무더위 속에 정적이 감돌았고, 들판 높은 쪽에 있던 소 떼는 느릿느릿 풀을 뜯으면서 그늘로 내려갔다. 바깥에 남은 토끼는 몇 안 되고 대개는 땅속에서 잠을 자고 있었다. 하지만 파이버는 여전히 주목 밑에 혼자 웅크리고 있었다.

초저녁에 헤이즐은 빅윅을 찾아서 함께 마을 뒤의 잡목림에 가 보았다. 처음에는 조심했지만 곧 쥐보다 큰 동물

흔적은 전혀 없다고 확신하게 되었다.

빅윅이 말했다.

"냄새도 없고 발자국도 없어. 카우슬립이 거짓말을 한 것 같진 않아. 여긴 정말로 엘릴이 없어. 우리가 건넜던 강 근처 숲하고는 달라. 솔직히 말해서 난 그날 밤 내색은 안 했지만 무서워서 바짝 긴장하고 있었어."

헤이즐이 대꾸했다.

"나도 그랬어. 이곳은 네가 말한 대로야. 엘릴이 전혀 없는 것 같아. 만일 우리가……."

갑자기 빅윅이 말을 가로막았다.

"그런데 이거 좀 이상하다."

빅윅이 있는 가시나무 덤불 한가운데에는 땅속 굴길로 연결된 구멍이 뚫려 있었다. 땅 표면에는 부엽토가 두껍게 깔려 있어서 폭신하고 축축했다. 빅윅이 발을 멈춘 곳에 소동이 일어난 흔적이 남아 있었다. 썩은 잎이 사방에 흩어져 있었다. 가시나무 덤불에 이파리 몇 장이 걸려 있고, 윤기 없는 축축한 이파리들이 덤불 뒤쪽 공터까지 날아가 있었다. 한가운데는 맨땅이 드러나 있고, 긁히고 파인 자국이 길게 나 있었다. 그날 오전에 날랐던 당근과 비슷한 크기의 작은 구멍도 하나 뚫려 있었다. 두 토끼는 킁킁거리며 자세히 살펴보았지만 아무것도 알아내지 못했다.

빅윅이 말했다.

"아무 냄새도 없다니, 참 이상해."

"응. 토끼 냄새뿐인데, 그거야 어디서나 나는 냄새잖아.

인간 냄새도 있지만 이것도 어디서나 나는 냄새고. 인간 냄새는 이거하고는 아무 상관 없을 거야. 이 냄새로 보아 인간은 숲을 지나가다가 하얀 막대기를 버렸을 뿐이야. 여기를 파헤친 건 인간이 아니야."

"그럼 이 마을 토끼들이 미쳐서 달밤에 춤이라도 춘 거겠지."

헤이즐이 말했다.

"그럴지도 몰라. 그들다운 일이지. 카우슬립한테 물어보자."

"너 같은 친구가 그렇게 어리석은 소리를 하다니. 여기와서 지금까지 네가 묻는 말에 카우슬립이 제대로 대답해 준 적 있어?"

"음, 그래…… 별로 없어."

"달밤에 어디서 춤을 추느냐고 물어봐. '저어, 카우슬립, 어디서……?' 하고."

"어, 너도 눈치채고 있었구나? 카우슬립은 '어디서'라고 물으면 절대로 대답을 안 해. 스트로베리도 마찬가지야. 우리한테 겁먹고 있는지도 몰라. 핍킨이 이 마을 토끼들은 쌈꾼이 아니라고 했는데, 그 말이 맞아. 그래서 우리와 대등해지려고 비밀을 지키고 있는 거야. 그냥 두는 게 좋겠다. 기분 나쁘게 하고 싶진 않아. 때가 되면 저절로 알게 되겠지."

빅윅이 말했다.

"오늘 밤에도 비가 올 거야. 그것도 금방. 굴로 돌아가서 그 친구들하고 좀 더 편하게 얘기해 보자."

"그렇게 되려면 좀 더 기다리는 수밖에 없어. 아무튼 지금은 굴로 돌아가자. 어떻게든 파이버도 데리고 말이야. 걱정이야. 파이버가 밤새도록 비를 맞고 밖에 있었던 거 알아?"

잡목림을 지나오면서 헤이즐은 아침에 파이버와 나눈 이야기를 자세히 들려주었다. 파이버는 여전히 주목 밑에 있었다. 조금 거친 실랑이를 벌이고 빅윅이 화를 내며 난폭하게 군 끝에 우격다짐으로 파이버를 큰 굴까지 데리고 내려왔다.

큰 굴은 북적댔다. 비가 내리기 시작하자 더 많은 토끼가 굴길을 내려왔다. 토끼들은 유쾌하게 떠들며 북적거렸다. 친구끼리 둘러앉아 오전에 날라다 놓은 당근을 먹기도 하고, 암토끼와 새끼들이 있는 굴마다 당근을 가져다주기도 했다. 당근을 다 먹고 나서도 큰 굴은 토끼들이 빼곡히 들어차 있었다. 많은 토끼들의 체온 덕분에 굴은 기분 좋게 따뜻했다. 재잘대던 토끼들도 차츰 포만감에 젖어 말이 없어졌지만, 아무도 자러 가고 싶지는 않은 눈치였다. 토끼들은 원래 해 질 녘이 되면 활발해지는 데다 비가 와서 어쩔 수 없이 굴로 들어오면 계속 모여 있고 싶어 한다. 헤이즐은 친구들이 대부분 마을 토끼와 친해진 것을 알아챘다. 그리고 어느 자리에 얼굴을 내밀어도 마을 토끼들은 헤이즐을 알아보고 새로 온 친구들의 지도자로 대접해 주었다. 스트로베리는 보이지 않았다. 잠시 뒤 카우슬립이 큰 굴 저 끝에서 다가왔다.

카우슬립이 말했다.

"야아, 헤이즐, 마침 여기 있었구나. 우리 마을 토끼들이 이야기를 듣고 싶대. 너희 쪽에서 얘기를 들려주면 좋겠는데. 내키지 않으면 우리가 먼저 시작해도 되고."

토끼 속담에 "마을 안에는 굴길보다 이야기가 더 많다."라는 말이 있다. 아일랜드인들이 싸움을 거절하지 않는 것처럼 토끼는 이야기해 달라는 부탁을 거절하지 않는다. 헤이즐과 친구들은 의논을 했다. 잠시 뒤에 블랙베리가 나서서 말했다.

"헤이즐이 대표로 우리의 모험담을 들려주기로 했습니다. 어떻게 여기까지 왔으며, 어떻게 여러분과 만나는 행운을 얻게 되었는지 들려 드리겠습니다."

어색한 침묵이 흐르는 가운데 조심스러운 발소리와 속삭이는 소리만 들려왔다. 블랙베리는 몹시 당황해서 헤이즐과 빅윅을 돌아보았다.

블랙베리가 조그맣게 물었다.

"어떻게 된 거야? 잘못된 거 없지?"

헤이즐이 나직이 대답했다.

"기다려 봐. 싫으면 자기들 입으로 얘기하겠지. 저 친구들은 저 친구들 나름의 방식이 있을 테니까."

그러나 마을 토끼들은 뭐가 잘못됐는지 말하고 싶지 않은 듯 한참이 지나도 아무런 말이 없었다.

블랙베리가 기다리다 못해 말했다.

"안 되겠다, 헤이즐 네가 무슨 얘기라도 해라. 아니, 네가 아니어도 괜찮아. 내가 하지."

블랙베리는 다시 마을 토끼들한테 큰 소리로 말했다.

"다시 생각해 보았는데 헤이즐이 우리 중에 훌륭한 이야기꾼이 있는 것을 기억해 냈습니다. 댄더라이언이 엘-어라 이라의 이야기를 들려 드리겠습니다. 어쨌든 이 이야기라면 나쁠 게 없겠죠."

마지막 말은 친구들에게만 들리게 살짝 말했다.

댄더라이언이 물었다.

"어떤 얘기를 할까?"

헤이즐은 우물 굴 옆의 그 돌을 떠올리면서 말했다.

"왕의 양상추가 좋겠다. 그 얘기라면 이 친구들도 여러 가지 생각을 하겠지."

댄더라이언은 숲에서 그랬던 것처럼 흔쾌히 나서서 우렁차게 말했다.

"왕의 양상추 이야기를 들려 드리겠습니다."

기다렸다는 듯이 카우슬립이 대답했다.

"재미있겠군요."

빅윅이 중얼거렸다.

"그거 좋지."

댄더라이언은 이야기를 시작했다.

15

왕의 양상추 이야기

돈 알폰소: 아가씨들, 의사 선생님이 오셨습니다.
페란도와 굴리엘모: 데스피나가 둔갑하고 온 거야. 싫어, 형편없는 놈!

로렌초 다 폰테, 〈코지 판 투테〉

"엘-어라이라와 그 일족이 불운하기 그지없이 살았던 적이 있었습니다. 토끼족은 적한테 내쫓겨서 켈파진 늪에서 살아야 했습니다. 켈파진 늪지가 어디인지는 모르지만 엘-어라이라와 그 일족이 살았을 무렵, 그곳은 이 세상의 황량한 땅 가운데에서 가장 황량한 곳이었답니다. 먹을 거라곤 거친 풀뿐이고, 그 풀조차 쓰디쓴 골풀이나 수영이 섞여 있었지요. 땅은 습기가 너무 많아서 굴을 팔 수가 없었습니다. 굴을 파면 물이 스며들었거든요. 하지만 모든 동물이 엘-어라이라를 못 미더워하고 그가 속임수를 쓸까 봐 불안해했기 때문에 엘-어라이라를 그 비참한 땅에서 못 나오게

168

했습니다. 날마다 무지개 왕자가 늪지로 와서 엘-어라이라가 있는지 확인하곤 했지요. 무지개 왕자는 하늘과 땅을 지배하는 힘이 있었고 프리스 님의 분부를 받아 이 세상을 다스렸지요.

어느 날 무지개 왕자가 지나가자 엘-어라이라가 왕자한테 다가가서 말했습니다.

'무지개 왕자님, 우리 백성은 추위에 떨면서도 물기 때문에 굴을 팔 수가 없습니다. 먹을 것도 형편없어서 날씨가 나빠지면 병으로 쓰러지고 말 것입니다. 왕자님은 어찌하여 저희를 이곳에 가둬 놓으십니까? 저희는 아무 해도 끼치지 않는데요.'

무지개 왕자는 대답했습니다.

'엘-어라이라여, 모든 동물은 그대가 도적이자 사기꾼임을 알고 있다. 지금까지 책략을 쓴 벌로 그대가 앞으로 정직하게 살겠다는 결심을 확실히 보여 주기 전까지는 여기서 나가지 못한다.'

엘-어라이라가 말했습니다.

'그렇다면 저희는 여기서 나갈 수 없겠군요. 백성들한테 기지를 써서 살아가지 말라고 하는 건 참으로 수치스러운 일일 테니까요. 제가 민물꼬치고기가 우글거리는 강을 무사히 건넌다면 여기서 나가게 해 주시겠습니까?'

'안 되네. 그대가 어떤 책략을 썼는지 이미 들었기 때문에 그대가 어떻게 나올지 아느니라.'

그러자 엘-어라이라가 물었습니다.

'그럼 다진왕의 밭에서 양상추를 훔친다면 내보내 주시겠습니까?'

그 당시에 다진왕은 세상에서 가장 크고 부유한 동물 도시들을 다스리고 있었습니다. 병사들은 사나웠고, 양상추밭은 깊은 도랑에 둘러싸여 있는 데다 밤이고 낮이고 보초들이 물샐틈없이 지키고 있었지요. 양상추밭은 왕의 궁전에서 가까운 도시 외곽 지대에 있었습니다. 왕의 신하들이 전부 그 도시에 살고 있었지요. 그래서 엘-어라이라가 다진왕의 양상추를 훔치겠다고 하자 무지개 왕자는 껄껄 웃으며 말했습니다.

'해 보아라, 엘-어라이라. 성공하면 그대의 일족이 어디에서나 번식하고 번성할 수 있도록 해 주겠다. 또 지금부터 세상이 끝날 때까지 그대들이 채소밭에 들어가는 것을 누구도 막을 수 없을 것이니라. 하지만 결과는 뻔하다. 그대는 병사한테 죽음을 당할 것이고, 말주변이 좋은 악당 하나가 이 세상에서 사라지게 되리라.'

'좋습니다. 두고 보십시오.'

그런데 그때 요나가 근처에서 민달팽이를 찾다가 무지개 왕자와 엘-어라이라의 대화를 엿들어 버렸지요. 요나는 몰래 다진왕의 궁전으로 달려가 그 사실을 일러바치고 상을 받으려고 했습니다.

요나는 코맹맹이 소리로 말했습니다.

'다진왕이시여, 저 뱃속이 시커먼 도적 엘-어라이라가 전하의 양상추를 훔치겠다고 큰소리를 치고는 전하를 속이

고 밭으로 숨어 들어갈 거라고 합니다.'

다진왕은 서둘러 양상추 밭으로 가서 보초 대장을 불러
다 말했습니다.

'저 양상추들 보이나? 씨를 뿌린 이래 한 포기도 도둑맞
은 적이 없다. 이제 곧 먹을 때가 될 테니 그때 온 나라 백성
들을 불러 큰 잔치를 열 작정이다. 그런데 그 불한당 엘-어
라이라 놈이 양상추를 훔치러 온다는 소문이 있다. 보초를
두 배로 늘려라. 그리고 날마다 정원사들과 잡초 뽑는 일꾼
들을 조사하라. 나나 수석 감별사가 명령을 내리기 전에는
양상추 한 잎도 밭에서 가지고 나갈 수 없느니라!'

보초 대장은 명령대로 했습니다. 그날 밤 엘-어라이라
는 켈파진 늪지를 빠져나와 몰래 깊은 도랑으로 갔습니다.
엘-어라이라는 믿음직한 아우슬라 대장 랍스커틀을 데려
갔지요. 둘은 덤불 속에 웅크리고 앉아서 갑절로 늘어난 병
사들이 보초를 서며 왔다 갔다 하는 모습을 지켜보았습니
다. 아침이 되자 정원사들과 잡초 뽑는 일꾼들이 성벽 앞에
서 보초들한테 조사를 받았습니다. 그중에는 몸져누운 삼
촌을 대신해서 나온 토끼가 있었습니다. 하지만 보초들은
못 보던 얼굴이라며 성 안으로 들여보내지 않고 당장이라
도 도랑에 처박을 것처럼 으름장을 놓다가 겨우 놓아주었
습니다. 엘-어라이라와 랍스커틀은 몹시 당황해서 돌아갔
습니다.

그날 무지개 왕자가 늪지로 와서 물었습니다.

'자, 천의 적을 가진 왕자여, 양상추는 어디 있는가?'

엘-어라이라가 대답했습니다.

'옮기고 있는 중입니다. 너무 많아서 가져올 수가 없었죠.'

그러고 나서 엘-어라이라는 랍스커틀과 함께 물이 스며들지 않는 몇몇 굴 가운데 하나로 조용히 들어가 바깥에 보초를 세우고 하루 밤낮 동안 생각하고 의논을 했습니다.

다진왕의 궁전에서 가까운 언덕 꼭대기에는 정원이 있는데, 그곳에서 왕과 신하의 자녀들이 어머니나 유모와 함께 놀았습니다. 정원에는 울타리나 담이 없었습니다. 보초도 아이들이 놀 때만 서고, 밤이 되면 아무도 없었습니다. 훔쳐 갈 물건도 없고 사냥할 것도 없기 때문이었지요. 다음 날 밤 랍스커틀은 엘-어라이라의 지시에 따라 그 정원에 가서 얕은 굴을 팠습니다. 그리고 밤새도록 굴속에 숨어 있었습니다. 이튿날 아침, 아이들이 정원에 놀러 오자 랍스커틀은 살그머니 굴에서 나와 아이들 틈에 끼어들었습니다. 아이들이 워낙 많았기 때문에 어머니나 유모들은 모두 랍스커틀이 다른 집 아이일 거라고 생각했습니다. 랍스커틀은 몸집도 아이들과 비슷하고 생김새도 별로 다르지 않아서 몇몇 아이들과 친해지게 되었습니다. 재치와 꾀가 많은 랍스커틀은 눈 깜짝할 사이에 아이들과 어울려 뛰어다니며 놀았습니다. 그러다 아이들이 돌아갈 시간이 되자 같이 따라붙었습니다. 성문 앞에 이르자 보초가 다진왕의 아들과 함께 있는 랍스커틀을 보았습니다. 보초는 랍스커틀을 멈춰 세우고 어머니가 누구냐고 물었습니다. 하지만 왕의 아들이 '그냥 둬, 내 친구야.'라고 말해 준 덕분에 랍스커틀은 성 안으로 들어갈 수 있었지요.

랍스커틀은 왕의 궁전에 들어가자마자 서둘러 어두운 굴 속으로 들어가 하루 종일 숨어 있었습니다. 그리고는 해가 지자 굴에서 나와 왕의 식량 창고로 갔습니다. 그곳에는 왕 과 왕비들과 신하들의 식량이 보관되어 있었지요. 풀이랑 과일이랑 뿌리는 물론이고 호두랑 딸기까지 있었습니다. 어쨌든 그 당시 다진왕의 부하들은 숲이든 들판이든 안 가 는 데가 없었거든요. 창고에는 보초가 없어서 랍스커틀은 어두운 창고 안에 숨어들었지요. 그리고는 자기가 먹을 것 만 빼고 식량을 모두 못 쓰게 만들었습니다.

그날 저녁에 다진왕은 수석 감별사를 불러 양상추가 다 자랐느냐고 물었습니다. 수석 감별사는 벌써 속이 꽉 찬 것 으로 몇 통 골라 창고에 넣어 두었다고 대답했습니다.

왕이 말했습니다.

'좋아, 오늘 밤에 두세 통 먹어야겠군.'

이튿날 아침, 왕과 중신 몇몇이 배탈이 나고 말았습니다. 무엇을 먹어도 병은 낫지 않았습니다. 랍스커틀이 창고에 숨어서 식량이 들어오는 족족 못 쓰게 만들어 버렸거든요. 왕은 다시 양상추 네댓 개를 먹어 보았지만 병은 조금도 낫 지 않았습니다. 오히려 더 심해지기만 했지요.

닷새 뒤 랍스커틀은 다시 아이들 틈에 끼어 궁전을 빠져 나와 엘-어라이라에게 돌아갔습니다. 엘-어라이라는 왕이 병에 걸렸고 모든 일이 계획대로 되었다는 보고를 듣고 재빨리 변장하기 시작했습니다. 하얀 꼬리털을 자르고 랍스커틀에게 자기 털을 짧게 물어뜯어 달라고 한 다음, 진흙과 검은딸기즙을 덕지덕지 발랐습니다. 그러고 나서 질질 끌릴 정도로 기다란 갈퀴덩굴과 커다란 우엉 잎사귀로 온몸을 감쌌습니다. 변장이 끝나자 부인들도 엘-어라이라를 알아보지 못했지요. 엘-어라이라는 랍스커틀을 뒤에서 따라오게 하고 다진왕의 궁전으로 찾아갔습니다. 랍스커틀은 안으로 들어가지 않고 언덕 위에서 기다리고 있었습니다.

궁전에 도착한 엘-어라이라는 보초 대장을 불러 달라고 했습니다.

'나를 왕에게 안내하시오. 무지개 왕자께서 보내셨소. 무지개 왕자는 왕께서 병이 나셨다는 소식을 듣고 병의 원인을 찾아내라고 켈파진 너머 먼 나라에서 나를 보내셨소. 서두르시오! 나는 기다리는 데 익숙하지 못하오.'

보초 대장이 물었습니다.

'당신 말이 사실이라는 걸 어떻게 압니까?'

엘-어라이라는 대답했습니다.

'난 아무래도 상관없소이다. 황금강 너머 프리스 님의 나라에서 수석 의사를 맡고 있는 나로서는 작은 나라 왕이 아프든 말든 무슨 상관이겠소? 돌아가서 무지개 왕자께 말씀 드리겠소. 왕의 보초가 멍청이라서 나를 벼룩이 우글거리는 촌놈 취급 하더라고.'

엘-어라이라가 돌아서서 가려고 하자 겁이 난 보초 대장은 엘-어라이라를 불러 세웠습니다. 엘-어라이라는 보초 대장의 간청에 못 이기는 척하고 병사들을 따라 왕 앞에 나 갔습니다.

왕은 닷새 동안 상한 음식을 먹고 배앓이를 한 탓에 무지 개 왕자가 보내 주었다는 의사를 의심할 정신이 없었지요. 왕은 엘-어라이라한테 진찰을 부탁하며 시키는 대로 하겠 다고 약속했습니다.

엘-어라이라는 왕을 진찰한답시고 난리 법석을 떨었습니 다. 왕의 눈동자를 들여다보고 귀와 이빨과 똥과 발톱 끝 을 살펴보고 나서 무엇을 먹었느냐고 물었습니다. 그러고 는 왕의 식량 창고와 양상추밭을 보여 달라고 했습니다. 식 량 창고와 양상추밭을 보고 돌아온 엘-어라이라는 몹시 심 각한 표정으로 말했습니다.

'대왕이시여, 심히 유감스러운 말씀이오나 병환의 원인 은 전하가 저장해 놓은 저 양상추에 있사옵니다.'

왕은 큰 소리로 말했습니다.

'양상추? 그럴 리가! 내 양상추는 건강한 씨앗으로 키워 밤낮으로 지켜 왔던 걸세.'

엘-어라이라가 말했습니다.

'아아! 저도 잘 알고 있습니다! 하지만 저 양상추는 클러 지의 건패트를 뚫고 빙글빙글 돌며 점점 조여드는 무시무 시한 라우스피두들에 오염되어 있습니다. 치명적인 바이러 스지요, 암, 그렇다마다요! 이 바이러스는 보라색 아바고에 서 추출되어 오키 포키의 회록색 숲에서 자라지요. 이건 병 의 원인을 되도록이면 간단한 용어로 말씀드린 겁니다. 의

학적인 용어로 말씀드리자면 너무 복잡해서 머리만 아프실 겁니다.'

왕이 말했습니다.

'믿을 수 없군.'

'전하께 증명해 보여 드리면 되겠지요. 하지만 공연히 신하들 가운데 하나를 병에 걸리게 할 것까진 없습니다. 병사를 시켜서 밖에 나가 아무나 잡아 오라고 해 주시지요.'

보초들이 밖으로 나가서 맨 먼저 발견한 것은 언덕 위에서 풀을 뜯고 있는 랍스커틀이었습니다. 병사들은 랍스커틀을 왕 앞으로 끌고 갔습니다.

엘-어라이라가 말했습니다.

'흠, 토끼라! 메스꺼운 동물! 차라리 잘됐어. 재수 없는 토끼 녀석, 그 양상추나 먹어라!'

랍스커틀은 양상추를 먹더니 곧 신음 소리를 내며 몸부림을 치기 시작했습니다. 발작을 일으키듯 다리를 걷어차고 눈을 희번덕거렸지요. 땅바닥을 긁으며 입에 거품을 물기도 했고요.

엘-어라이라가 말했습니다.

'중태입니다. 심하게 상한 양상추를 먹은 게 분명합니다. 아니면 토끼한테 이 병이 특히 치명적일지도 모릅니다. 아무래도 그런 것 같습니다. 뭐, 어쨌든 전하께서 안 드신 게 천만다행입니다. 이제 이 녀석은 쓸모가 없습니다. 당장 내쫓아 버리십시오!'

엘-어라이라는 계속해서 말했습니다.

'전하, 강력히 충고 드리건대, 양상추를 이대로 놔둬서는 안 됩니다. 싹이 나서 꽃이 피고 열매를 맺을 테니까요. 그러면 병이 퍼져 나갑니다. 아깝겠지만 양상추를 몽땅 없애 버려야 합니다.'

그때 일이 잘 풀리려고 그랬는지 보초 대장이 요나를 데리고 들어왔습니다.

보초 대장은 큰 소리로 말했습니다.

'폐하, 이 녀석이 켈파진 늪지에 갔다 왔는데, 엘-어라이라의 백성들이 전쟁을 일으키러 모여들고 있다 합니다. 폐하의 밭에 쳐들어와서 왕실의 양상추를 훔쳐 갈 거라고 떠벌리면서 말입니다. 폐하께서 명령만 내리시면 병사를 동원하여 놈들을 쳐부수겠사옵니다.'

왕이 말했습니다.

'오호라! 그보다 훨씬 좋은 방법이 있도다. 토끼한테는 특히 치명적이랬지? 옳거니, 잘됐다! 놈들이 양상추를 마음껏 가져가게 내버려 두어라. 저 산더미 같은 양상추를 켈파진 늪지에 버리고 오너라. 하하! 훌륭한 꾀로다! 이제야 속이 후련해지는구나!'

엘-어라이라가 말했습니다.

'아, 정말이지 무시무시한 계략입니다! 과연 전하께서는 위대한 통치자이시옵니다. 전하께선 벌써 차도가 있사옵니다. 많은 병이 그렇듯이 일단 방법을 알고 나면 치료는 간단합니다. 아니, 아니, 대가는 필요 없습니다. 여기서 아무리 귀중한 것이라도 프리스 님의 황금강 저편 빛나는 나라에 가면 보잘것없으니까요. 저는 무지개 왕자님의 분부를 완수했습니다. 그걸로 충분합니다. 보초에게 언덕 기슭까지 배웅하게만 해 주십시오, 전하.'

엘-어라이라는 절을 하고 궁전을 떠났습니다.

그날 밤 늦게 엘-어라이라가 토끼들더러 사납게 으르렁거리며 켈파진 늪지를 뛰어다니라고 하고 있는데, 무지개 왕자가 강을 건너왔습니다.

무지개 왕자가 물었습니다.

'엘-어라이라, 내가 마법에라도 걸린 건가?'

엘-어라이라가 대답했습니다.

'그럴지도 모르지요. 무서운 라우스피두들이…….'

'늪지 꼭대기에 양상추가 산더미처럼 쌓여 있다. 누가 갖다 놓았는가?'

엘-어라이라가 말했습니다.

'양상추를 옮기고 있는 중이라고 말씀드리지 않았습니까. 허약하고 굶주린 저희 백성이 다진왕의 밭에서 여기까지 양상추를 옮겨 오리라고는 생각지도 못하셨을 겁니다. 그렇지만 제 백성은 제가 처방한 대로 치료를 받고 이제 곧 회복될 것입니다. 저를 의사라고 해도 괜찮지요. 아직 그 소문을 못 들으셨다면 곧 다른 데서 들으시게 될 겁니다. 랍스커틀, 양상추를 모아 오게.'

그 말을 듣고 무지개 왕자는 엘-어라이라가 약속대로 해냈다는 사실과 자기도 약속을 지켜야 한다는 사실을 깨달았습니다. 왕자는 토끼들을 켈파진 늪지에서 내보내 주고 어디에서나 번성하도록 해 주었습니다. 그날부터 이 세상의 어떤 권력자도 토끼가 채소밭에 들어가는 것을 막지 못했습니다. 엘-어라이라가 세상에서 가장 뛰어난 천의 책략을 써서 토끼들을 격려하기 때문이지요."

16
실버위드

댄더라이언이 이야기를 마치자 헤이즐이 말했다.

"훌륭해."

실버가 말했다.

"진짜 대단하지? 댄더라이언이 있어서 정말 다행이야. 저 친구 얘기는 듣기만 해도 힘이 난다니까."

빅윅이 속삭였다.

"모두 귀를 늘어뜨리고 듣던데. 댄더라이언을 능가하는 이야기꾼이 있을지 기대해 보자고."

헤이즐 일행은 댄더라이언이 자기들의 체면을 세워 주었다고 믿어 의심치 않았다. 지금까지 지켜본 바로는 이 영양 상태 좋고 덩치 좋은 마을 토끼들을 이해하기 힘들었다. 모든 것에 초연한 듯한 태도, 벽에 있는 형상, 우아함, 거의 모든 질문을 막아 버리는 능숙함, 무엇보다도 간간이 드러나는 토끼답지 않은 그늘을 이해할 수 없었다. 하지만 지금 헤이즐 일행은 이야기꾼을 통해 자기들이 단지 부랑자 떼거리가 아님을 보여 주었다. 여느 토끼 같으면 감탄해 마지않을 순간이었다. 헤이즐 일행은 찬사 비슷한 것을 기다리다가 마을 토끼들이 시큰둥한 것을 깨닫고 깜짝 놀랐다.

카우슬립이 말했다.

"아주 훌륭해요."

카우슬립은 이을 말을 찾는 것 같더니 결국 같은 말을 되풀이했다.

"아주 훌륭해요. 독특한 얘기군요."

블랙베리가 헤이즐을 보고 중얼거렸다.

"이미 아는 얘길 텐데, 안 그래?"

또 한 토끼가 말했다.

"이런 옛날이야기는 참 매력적이야. 특히 진짜 예스러운 정취가 살아 있는 이야기는."

스트로베리가 말했다.

"그래. 신념, 그것이 필요한 거야. 엘-어라이라와 무지개 왕자 이야기를 진심으로 믿어야겠지. 그렇지 않아? 그러면 나머지 것은 다 저절로 해결되지."

헤이즐이 속삭였다.

"빅윅, 그냥 잠자코 있어."

성질이 난 빅윅이 앞발로 흙을 긁고 있었던 것이다.

"좋아하지 않는 것을 억지로 좋아하게 할 수는 없어. 저 친구들은 어떻게 하는지 보자고."

그러고 나서 헤이즐은 큰 소리로 말했다.

"우리의 이야기는 대대로 변하지 않았습니다. 어차피 우리 자신도 변하지 않았으니까요. 우리의 삶은 아버지 대에도, 아버지의 아버지 대에도 똑같았습니다. 하지만 이 마을은 다르군요. 우리도 그걸 알고 있습니다. 그리고 여러분의 생각과 생활 양식을 아주 흥미롭게 여기고 있습니다. 여러분이 어떤 이야기를 들려줄지 무척 궁금합니다."

카우슬립이 말했다.

"우린 옛날이야기는 별로 하지 않아. 우리의 이야기나 시는 대개 현재 이곳 생활에 관한 거야. 물론 네가 본 저 라버넘의 형상 말인데, 그건 이미 한물간 거야. 사실 엘-어라이라는 우리한테 별로 중요하지 않아."

그러고는 서둘러 덧붙여 말했다.

"그렇다고 네 친구 이야기가 재미없다는 소린 아냐."

벅손이 말했다.

"엘-어라이라는 책략가야. 우리 토끼한테는 언제나 책략이 필요하지."

카우슬립 어깨 너머 큰 굴 구석에서 낯선 목소리가 들려왔다.

"아냐, 토끼한테는 위엄과, 무엇보다도 운명을 받아들이려는 의지가 필요해."

카우슬립이 말했다.

"실버위드는 최고의 시인이야. 요 몇 달 동안 그만한 시인은 없었지. 실버위드의 사상을 따르는 토끼도 많다고. 이젠 실버위드의 시를 들어 볼까?"

사방에서 말했다.

"좋아요, 좋아. 실버위드, 부탁해!"

파이버가 불쑥 말했다.

"헤이즐, 실버위드라는 토끼를 제대로 알고 싶은데 혼자서 다가갈 용기가 나지 않아. 함께 가 줄래?"

"아니, 대체 무슨 소리야? 뭐가 무섭다는 거야?"

파이버는 부들부들 떨면서 말했다.

"아아, 프리스 님, 도와주소서! 여기까지 그의 냄새가 나. 너무 무서워."

"야, 파이버, 말도 안 되는 소리 하지 마! 다른 토끼들하고 똑같은 냄새인걸, 뭐."

"아냐, 밭에서 비를 맞고 썩어 가는 보리 냄새가 나. 상처를 입었는데도 굴속에 들어가지 못하는 두더지 냄새가 나."

"나한테는 당근을 배불리 먹고 살찐 토끼 냄새밖에 안 나는걸. 하지만 따라가 줄게."

둘은 토끼들을 헤치고 굴 맞은편 구석으로 갔다가 실버위드가 어린 토끼인 것을 알고 깜짝 놀랐다. 샌들포드 마을에서 실버위드 또래의 토끼는 친구끼리 있을 때 말고는 이야기를 해 달라고 요청받는 일이 없었다. 실버위드는 야성적이면서도 절망적인 분위기를 풍겼고, 줄곧 귀를 실룩거렸다. 실버위드는 시를 읊으면서 점점 청중을 의식하지 못하는 듯했고, 마치 뒤쪽 입구에서 어떤 목소리가 흘러나오기라도 하는 양 귀를 기울이며 그쪽을 흘끗흘끗 돌아보곤 했다. 하지만 실버위드의 목소리는 풀밭을 스치는 바람이나 빛처럼 마음을 사로잡는 매력이 있었으며, 그 운율이 흘러나오자 큰 굴은 쥐 죽은 듯이 고요해졌다.

바람이 분다, 풀밭에 바람이 분다.
버들가지가 흔들린다, 잎이 은빛으로 빛난다.
바람아, 어디로 가느냐? 멀리 저 멀리
언덕 너머 세상 끝으로 간다.
나도 데려가라, 바람이여, 저 높은 하늘로.
나도 함께 가련다, 바람의 토끼가 되련다.
하늘 속에서 새털 같은 하늘과 토끼는 하나가 되리.

시내가 흐른다, 자갈 위를 흘러간다.
개불알풀과 미나리아재비, 봄의 푸른빛과 금빛 사이로 흐른다.
시내야, 어디로 가느냐? 멀리 저 멀리
히스 덤불숲 너머 밤새도록 흘러간다.
나도 데려가라, 시내여, 별빛 속으로 멀리멀리.
나도 함께 흘러 시내의 토끼가 되련다.
물이 되어 흐르리, 초록빛 물과 토끼는 하나가 되리.

가을엔 나뭇잎이 날아간다.
도랑 속에서 바스락거리고, 산울타리에 걸려 서걱거린다.
나뭇잎아, 어디로 가느냐? 멀리 저 멀리
열매와 비와 함께 땅속 깊이.
나도 데려가라, 나뭇잎이여, 그 어둠 속의 여행으로.
나도 함께 가련다, 나뭇잎의 토끼가 되련다.
깊은 땅속에서 대지와 토끼는 하나가 되리.

프리스 님이 저녁 하늘에 몸을 누인다. 구름이 붉게 물든다.
프리스 님, 저는 여기 있습니다. 긴 풀 속을 달리고 있습니다.
오, 저를 데려가소서, 숲을 등지고 데려가 주소서.
아득히 먼 빛 한가운데로, 침묵 속으로.
저는 언제든 당신께 제 숨을, 생명을 바칠 수 있나니.
빛나는 햇무리에서 태양과 토끼는 하나가 되리.

파이버는 엄청난 공포를 느끼면서도 완전히 넋을 잃고
시에 빠져든 채 듣고 있었다. 한 구절 한 구절에 홀려 있으
면서도 동시에 공포에 떠는 것 같았다. 한번은 정신이 든
듯 화들짝 놀라며 숨을 들이쉬기도 했다. 시 낭송이 끝나자
파이버는 정신을 차리려고 안간힘을 쓰는 것 같았다. 예전
에 블랙베리가 도로에서 고슴도치 시체를 보았을 때처럼
파이버는 이빨을 드러내고 입술을 핥았다.
　토끼는 적을 보고 겁에 질리면 몸을 웅크린 채 옴짝달싹
도 하지 않는데, 그것은 적한테 홀려 버린 것이거나 타고난

보호색으로 모습을 감추는 상황이다. 적의 최면력이 그다지 강하지 않을 때에는 죽은 듯이 가만있는 수법을 버리고 마치 주문에서 깨어난 듯이 재깍 다른 살 길을 찾는다. 곧 도망치는 것이다. 바로 파이버가 그랬다. 파이버는 벌떡 일어나더니 토끼들을 마구 밀치며 나아갔다. 파이버에게 떠밀린 몇몇 토끼가 불끈하여 노려보았지만 파이버는 신경 쓰지 않았다. 그러나 곧 건장한 마을 수토끼 두 마리가 떡 버티고 있는 곳에 이르러서는 더 이상 나아가지 못했다. 파이버가 발작을 일으켜 발길질을 하고 아무나 쥐어뜯자, 뒤쫓아 온 헤이즐이 나서서 간신히 싸움을 말렸다.

헤이즐은 털을 곤두세우고 있는 두 토끼에게 말했다.

"내 동생도 일종의 시인이랍니다. 이따금 강렬한 체험을 하면 자기도 모르게 이런답니다."

한 토끼는 헤이즐의 말을 수긍한 듯했지만 다른 토끼는 비아냥거렸다.

"오호, 시인이 또 하나 있었군? 어디 한번 들어 보자고. 그래도 내 어깨에 난 상처는 보상해야지. 털을 뭉텅이로 쥐어뜯어 놓았다고."

파이버는 이미 그 자리를 빠져나와 입구 쪽으로 가고 있었다. 헤이즐은 쫓아가야 한다고 생각했다. 지금까지 마을 토끼와 사이좋게 지내려고 그렇게 애썼는데 파이버가 찬물을 끼얹자 부아가 치밀었다. 그래서 빅윅 옆을 지나가면서 말했다.

"나랑 같이 가서 파이버 녀석 정신 좀 차리게 해 주자. 지금은 무슨 일이 있어도 싸움은 피해야 돼."

헤이즐은 파이버가 빅윅한테 혼나도 싸다고 생각했다.

두 토끼는 굴길을 올라가 굴 입구에서 파이버를 따라잡았다. 그런데 무슨 말을 꺼내기도 전에 파이버가 휙 돌아서더니 누가 묻기라도 한 듯이 떠들기 시작했다.

"너희도 느꼈지? 나도 느꼈는지 궁금한 거지? 물론 나도 느꼈어. 그래서 더 끔찍한 거야. 아무 속임수도 없어. 그 토끼는 진실을 말하고 있어. 진실을 말하고 있으니까 결코 허튼소리는 아니다, 그렇게 말할 셈이었지? 널 나무라는 게 아니야, 헤이즐. 나도 구름이 또 다른 구름에 끌려드는 것처럼 그 토끼한테 끌렸어. 하지만 마지막 순간에 나는 거기서 떨어져 나왔어. 그 이유는 몰라. 내 의지가 아니었어. 우연이었어. 내 속의 어떤 작은 힘이 그 토끼한테서 떨어져 나오게 한 거야. 저 굴의 천장이 뼈로 되어 있다고 했지? 그게 아니야! 마치 짙은 안개 같은 어리석음이 온 하늘을 뒤덮고 있는 것 같아. 그렇게 되면 우리는 프리스 님도 다시는 보지 못하겠지. 아아, 우리는 앞으로 어떻게 될까? 헤이즐, 진실이되 터무니없이 어리석은 생각도 있는 거야."

헤이즐은 영문을 몰라 빅윅한테 물었다.

"도대체 무슨 소리야?"

빅윅이 대답했다.

"귀가 축 처진 얼간이 시인 얘기를 하는 거야. 거기까지는 알겠는데, 그 얼간이든 그 녀석의 황당한 얘기든 우리랑 무슨 상관이 있다는 거지? 도무지 모르겠군. 파이버, 이제 헛소리 집어치워. 네가 방금 난리 법석만 피우지 않았다면 우린 고생할 일도 없다고. 그 실버위드라는 녀석은 말이야, 실버를 떼 버리고 그냥 위드라고 생각해 버려."*

파이버는 파리의 눈처럼 머리통보다 더 커다래 보이는 눈으로 빅윅을 빤히 쳐다보며 말했다.

"그렇게 생각하고 있구나. 그렇게 믿고 있구나. 하지만 너희는 그 토끼와 똑같이 저 자욱한 안개에 휩싸여 버렸어. 어디에……."

헤이즐이 갑자기 말을 막자 파이버는 깜짝 놀라서 입을 다물었다.

"파이버, 솔직히 말하면 널 혼내 주려고 쫓아온 거야. 이 마을에서 새 출발 할 수 있는 기회를 네가 다 망쳐……."

파이버가 소리를 질렀다.

"망쳤다고? 망쳤다고? 온 마을이……."

"됐어. 화를 낼 작정이었지만 이렇게 혼란스러워하는 너한테 그래 봤자지. 지금 우리랑 같이 굴로 내려가서 자자. 이리 와! 이제 아무 말도 하지 마."

토끼의 생활이 인간보다 단순한 면 가운데 하나는 완력을 쓰는 것을 부끄러워하지 않는다는 점이다. 파이버는 하는 수 없이 두 토끼를 따라 전날 밤에 헤이즐이 잤던 굴로 내려갔다. 굴에는 아무도 없었다. 세 토끼는 거기서 잠이 들었다.

---

* 실버위드는 원래 노란 꽃이 피는 덩굴 식물 이름에서 따온 것으로, 글자 그대로 풀면 '은빛 잡초'가 된다. ─옮긴이

17

빛나는 철사

푸른 들판이 뚜껑처럼 열리고
숨겨져 있는 편이 훨씬 나은 불쾌한 것이 드러날 때,
보라, 네 뒤에 소리도 없이 숲들이 나타나서
죽음 같은 초승달 모양으로 에워싼다.
나사못이 홈으로 스르르 들어가고
창밖에는 시커먼 이송 차량이 와 있다.
그리고 순식간에 검은 안경을 쓴 여인들과 곱사등이 외과 의사들,
그리고 가위 든 남자가 나타난다.

W. H. 오든, 〈목격자들〉

　추웠다. 날씨는 춥고 천장은 뼈로 만들어져 있었다. 또
천장에는 주목의 잔가지가 얼기설기 얽혀 있었다. 뻣뻣한
잔가지가 얼음처럼 단단하게 위아래로, 안팎으로 엮여 있
고 칙칙한 붉은색 열매가 박혀 있었다. 카우슬립이 말했다.
　"헤이즐, 주목 열매를 물고 와서 큰 굴에서 먹자. 우리처
럼 살고 싶으면 너희도 이걸 배워야 해."
　파이버가 외쳤다.
　"안 돼! 안 돼! 헤이즐, 안 돼!"
　그때 빅윅이 주목 열매를 한입 가득 물고서 가지를 헤치
고 나타났다.

"봐! 난 할 수 있어. 난 다른 쪽으로 갈 거야. 헤이즐, 어디로 가냐고 물어봐! 어디로 가냐고 물어보라고! 어디로 가느냐고 물어보라니까!"

그러고 나서 그들이 마을이 아닌 추운 들판으로 달려가는데 빅윅이 주목 열매를 떨어뜨렸다. 핏빛 알맹이, 철사처럼 단단한 붉은 알맹이였다. 빅윅이 말했다.

"안 되겠어. 깨물어 먹을 수도 없어. 너무 차가워."

헤이즐은 잠에서 깨어났다. 굴에서 자고 있었던 것이다. 몸이 부르르 떨려 왔다. 다 같이 모여서 자고 있는데 왜 온기가 느껴지지 않을까? 파이버는 어디 있지? 헤이즐은 일어나 앉았다. 바로 옆에서 빅윅이 잠결에 다른 친구의 체온을 찾아 몸을 기대려고 뒤척이고 있었다. 파이버가 자고 있던 얕은 모래 구덩이에는 아직 온기가 남아 있었다. 하지만 파이버는 보이지 않았다.

헤이즐은 어둠 속에 대고 파이버를 불렀다.

"파이버!"

하지만 부르는 순간, 대답이 없으리라는 걸 깨달았다. 헤이즐은 다급하게 빅윅을 코로 쿡쿡 밀었다.

"빅윅! 파이버가 없어졌어! 어서 일어나!"

빅윅이 눈을 번쩍 떴다. 헤이즐은 그 한결같은 민첩성이 그렇게 고마울 수가 없었다.

"뭐라고? 무슨 일이야?"

"파이버가 없어졌어."

"어디 간 거야?"

"실프*…… 밖에 나간 거야. 실프밖에 없어. 너도 알다시 피 파이버가 마을을 돌아다닐 리는 없어. 마을을 싫어하니 까."

"진짜 골칫덩어리군. 그 녀석 때문에 굴도 썰렁해졌잖아. 녀석이 위험하다고 생각하는 거야? 찾으러 가려고?"

"응, 그래야 돼. 파이버는 지금 혼란스럽고 지쳐 있는 데 다 날이 아직 어둡잖아. 스트로베리는 없다고 하지만 엘릴 이 있을지도 모르니까."

빅윅은 잠시 귀를 기울이고 냄새를 맡았다.

"날이 밝고 있어. 파이버를 찾는 건 문제없겠다. 그래, 나 도 같이 갈게. 걱정하지 마, 멀리 못 갔을 거야. 하지만 왕의 양상추를 걸고 맹세하는데 붙잡기만 하면 혼쭐내 주겠어."

"찾기만 하면 내가 꽉 누르고 있을 테니 걷어차 줘라. 가 자!"

둘은 굴길을 올라가 입구에서 나란히 멈춰 섰다.

빅윅이 말했다.

"누가 뒤에서 빨리 나가라고 재촉하는 것도 아니니까 일 단 주변에 담비나 올빼미가 돌아다니지 않는지 확인하는 게 좋겠다."

그 순간 건너편 숲에서 올빼미 울음소리가 들려왔다. 첫 울음소리였다. 둘은 본능적으로 꼼짝 않고 웅크린 채 맥박 을 넷까지 세었다. 그러자 두 번째 울음소리가 들려왔다.

헤이즐이 말했다.

* **실프** 토끼 굴이 아닌 곳, 곧 바깥이라는 뜻.

"딴 데로 가나 보다."

"얼마나 많은 들쥐가 밤마다 그렇게 말하는지 알아? 저울음소리가 속임수라는 건 너도 알잖아. 일부러 저러는 걸 거야."

헤이즐이 말했다.

"뭐, 어쩔 수 없잖아. 어차피 밖에 나간 파이버를 찾아야 하니까. 아무튼 네 말대로 날이 밝았어, 방금."

"주목부터 살펴볼까?"

하지만 파이버는 그곳에 없었다. 날이 더 밝아지면서 들판 위쪽은 보이기 시작했지만 멀리 산울타리나 시내는 아직 어둠에 잠겨 있었다. 빅윅은 둔덕에서 뛰어내려 축축한 풀밭을 에돌아 달려갔다. 그리고 방금 나왔던 굴의 정반대 편에서 멈춰 섰다. 헤이즐도 달려갔다.

빅윅이 말했다.

"여기 봐, 파이버 흔적이 있어. 얼마 안 된 거야. 굴에서 곧장 시내로 이어지고 있어. 그리 멀리 가진 못했을 거야."

빗방울이 맺혀 있는 풀밭을 지나가면 흔적이 뚜렷이 남는다. 둘은 파이버의 흔적을 따라 들판을 내려가서 당근이 널려 있던 밭과 샘 근처 산울타리에 이르렀다. 과연 빅윅 말대로 그 자취는 얼마 안 된 것이었다. 산울타리를 지나자마자 파이버가 보였다. 파이버는 혼자서 풀을 뜯고 있었다. 당근 네댓 개가 샘 근처에 나뒹굴고 있었지만, 파이버는 거들떠보지도 않고 옹이투성이 돌능금나무 옆에서 풀을 뜯고 있었다. 헤이즐과 빅윅이 다가가자 파이버가 고개를 들었다.

헤이즐은 아무 말 없이 파이버 옆에서 풀을 뜯었다. 헤이즐은 이제 빅윅을 데려온 것이 후회스러웠다. 날이 채 밝기전 어둠 속에서 파이버가 없어진 것을 알고 가슴이 철렁했을 때는 빅윅이 있어 주어서 든든했다. 하지만 남에게 상처를 입힐 줄도 모르고 감정을 숨길 줄도 모르는 작고 친근한파이버가 겁에 질려서인지 추워서인지 젖은 풀밭에서 떨고있는 모습을 보자, 헤이즐의 분노는 눈 녹듯이 사라지고 말았다. 헤이즐은 파이버가 가엾기만 했다. 잠시 자기와 단둘이 있다 보면 틀림없이 파이버도 평온을 되찾을 것 같았다. 하지만 이제 와서 빅윅한테 부드럽게 대해 주라고 할 순 없었다. 별일이 없기를 바라는 수밖에 없었다.

그런데 헤이즐의 염려와는 달리 빅윅은 침묵을 지키고있었다. 빅윅은 분명 헤이즐이 먼저 말을 꺼낼 거라고 생각했던 모양인지 조금 당황하고 있었다. 한동안 셋은 묵묵히 풀을 뜯으며 돌아다녔다. 그사이에 그림자가 점점 짙어지고 먼 숲에서 산비둘기가 울어 댔다. 헤이즐은 빅윅이 생각보다 사려 깊다는 생각이 들었다. 그때 파이버가 몸을 곧추세우고 앉아 앞발로 얼굴을 훔치더니 처음으로 헤이즐을똑바로 바라보았다.

파이버가 말했다.

"난 이제 떠날 거야. 너무 슬프다. 잘 있으라고 인사하고싶지만 네가 여기에 있는 한 하나 마나 한 얘기겠지. 그러니까 그냥 안녕이라고만 할게."

"파이버, 너 어디로 갈 작정이야?"

"멀리. 갈 수만 있다면 언덕으로."

"너 혼자서? 안 돼, 죽을 거야."

빅윅이 말했다.

"그게 될 법이나 한 소리야? 니-프리스도 되기 전에 누군가한테 붙잡히고 말걸."

파이버는 조용히 말했다.

"아니. 나보다 네가 죽음 가까이에 있어."

빅윅이 버럭 소리를 질렀다.

"지금 나를 협박하는 거야, 이 잡초같이 한심한 수다쟁이 멍청이 꼬마 놈아? 난 말이야……."

헤이즐이 말했다.

"잠깐만, 빅윅. 파이버한테 거칠게 말하지 마."

빅윅이 말했다.

"왜, 아까는……."

"알아. 하지만 지금은 생각이 달라졌어. 미안해, 빅윅. 난 너한테 부탁해서 파이버를 마을로 데려갈 작정이었어. 하지만 지금은…… 그러니까 말이야, 파이버가 한 말에는 항상 중요한 것이 있었어. 요 이틀 동안 난 파이버의 말에 귀를 기울이지도 않았고, 지금도 파이버가 제정신이 아니라고 생각해. 하지만 이제 파이버를 마을로 끌고 갈 마음은 없어. 어떤 이유에서든지 이 마을에는 파이버의 넋을 빼놓을 만큼 두려운 것이 있는 게 틀림없어. 난 파이버랑 조금만 같이 가면서 얘기를 나눠 볼게. 너까지 그런 위험한 일에 따라다니라고는 할 수 없어. 어쨌든 다른 토끼들도 나랑 파이버가 뭘 하고 있는지 알아야 하니까 네가 가서 알려 줘. 니-프리스 전까지는 돌아갈게. 파이버랑 같이 돌아가면 더 좋고."

빅윅은 헤이즐을 빤히 바라보았다. 그러고는 파이버한테 마구 성을 내었다.

"이 애물단지 딱정벌레 놈. 네놈은 한 번도 명령에 따른 적이 없어. 항상 '나는, 나는, 나는' 하고 나서지. '아아, 내 발가락이 이상한 느낌이야. 그러니 모두 물구나무서기를 해야 해!'라는 식이라고. 이제야 살기 좋은 마을을 찾아서 싸움도 안 하고 여기 정착하려는데 꼭 그렇게 모두의 기분을 잡쳐 놔야겠냐! 게다가 네놈은 가장 훌륭한 토끼의 생명까지 위태롭게 하고 있어. 들쥐처럼 싸다니는 네놈을 뒤치다꺼리하느라고 말이야. 좋아, 분명히 말해 두겠는데 너하고 난 끝이야. 난 이제 마을로 돌아가서 다른 친구들한테 너를 포기하라고 할 거야. 다들 포기할 거야. 암, 그렇고말고."

빅윅은 몸을 홱 돌려 가까운 산울타리 틈으로 빠져나갔다. 그리고 곧 산울타리 저쪽에서 무시무시한 소란이 일어났다. 발버둥 치는 소리, 패대기치는 소리가 들려왔다. 나뭇가지 하나가 휙 날아왔다. 잇따라 납작하고 축축한 부엽토 덩이가 산울타리 틈으로 튀어 헤이즐 근처에 떨어졌다. 가시나무 덤불이 세차게 흔들렸다. 헤이즐과 파이버는 도망치고 싶은 충동과 싸우며 서로 마주 보았다. 산울타리 너머에 어떤 적이 있는 걸까? 고양이가 가르랑대는 소리도,

토끼의 비명 소리도 들리지 않았다. 잔가지가 툭툭 부러지고 난폭하게 풀을 쥐어뜯는 소리만 들려올 뿐이었다.

헤이즐은 도망치고 싶은 본능을 필사적으로 억누르고 용기를 내어 산울타리 틈으로 들어갔다. 파이버도 뒤따랐다. 눈앞에 무시무시한 광경이 펼쳐져 있었다. 썩은 나뭇잎이 사방에 흩뿌려져 있고, 드러난 흙바닥엔 긁히고 파인 자국이 나 있었다. 그리고 빅윅이 옆으로 나자빠져서 뒷발질을 하며 버둥거리고 있었다. 구리 철사를 꼬아 만든 올가미가 아침 햇살에 흐릿하게 빛나며 빅윅의 목을 조르고 있었다. 철사는 빅윅의 앞발을 지나 땅속에 박힌 튼튼한 말뚝 대가리에 팽팽하게 연결되어 있었다. 철사 올가미가 팽팽하게 조여져 귀 뒤의 털 속에 박혀 있었다. 빅윅의 목은 튀어나온 철사 끝에 찢겨서 주목 열매처럼 검붉은 피가 어깨를 타고 뚝뚝 떨어졌다. 지칠 대로 지친 빅윅은 잠시 옆구리를 들썩이며 숨을 할딱거렸다. 빅윅은 다시 몸을 홱 일으켰다 나가떨어졌다 발버둥을 치다가, 끝내는 숨이 막혀 더 이상 움직이지 않았다.

헤이즐은 너무 괴로운 나머지 정신없이 산울타리 틈에서 뛰쳐나가 빅윅 곁에 웅크리고 앉았다. 빅윅은 눈을 감고 긴 앞니를 드러낸 채 굳어 있었다. 꽉 깨문 아랫입술에서 피가 흐르고 있었다. 턱과 가슴은 거품으로 범벅이 되어 있었다.

헤이즐이 발을 구르며 말했다.

"슬라일리! 야, 슬라일리! 잘 들어! 넌 덫에 걸렸어, 덫! 아우슬라에서 어떻게 하라던? 어서 생각해 봐. 어떻게 하면 널 구할 수 있지?"

아무 반응이 없었다. 그러다 빅윅이 힘없이 뒷발질을 했다. 귀가 축 늘어졌다. 눈은 뜨고 있었지만 아무것도 보고 있지 않았다. 갈색 홍채가 움직일 때마다 충혈된 흰자위가 보였다. 곧 피거품이 부글대는 입에서 무슨 말인가 나직하게 흘러나왔다.

"아우슬라…… 소용 없어…… 철사 깨물어도. 말뚝을 …… 파내야……."

빅윅은 경련을 일으키더니 젖은 흙과 피로 온몸이 범벅이 되도록 땅바닥을 할퀴었다. 그러고 나서 다시 잠잠해졌다.

헤이즐이 소리쳤다.

"뛰어, 파이버, 마을로 뛰어가. 모두 데려와, 블랙베리, 실버. 어서! 빅윅이 죽어 가!"

파이버는 산토끼처럼 들판을 뛰어 올라갔다. 혼자 남은 헤이즐은 어떻게 해야 할지 고심했다. 말뚝이란 게 대체 뭘까? 그것은 어떻게 파내는 걸까? 헤이즐은 눈앞에 놓인 끔찍한 광경을 내려다보았다. 빅윅은 구리 철사를 깔고 누워 있고, 철사는 빅윅의 배 밑에서 나와 땅속으로 사라지는 것 같았다. 헤이즐은 이해가 되지 않아 끙끙거렸다. 빅윅은 '파내'라고 했다. 어쨌든 그것만은 알 수 있었다. 헤이즐은 빅윅 옆의 부드러운 흙을 파헤치기 시작했다. 얼마 안 돼 매끄럽고 단단한 물체가 걸렸다. 뭔가 싶어 동작을 멈추고 보는데 어느새 블랙베리가 곁에 와 있었다.

헤이즐은 블랙베리에게 말했다.

"빅윅이 아까는 말을 했는데 이제는 못 할 거야. '말뚝을 파내'라고 했어. 무슨 뜻일까? 어떻게 하면 좋을까?"

블랙베리가 말했다.

"잠깐만 기다려. 생각 좀 하게 가만히 있어."

헤이즐은 고개를 돌려 흘러가는 시냇물을 바라보았다. 저 멀리 두 잡목림 사이로 그저께 아침에 블랙베리와 파이버와 함께 앉았던 개울가의 벚나무가 보였다. 이곳에 처음 도착했을 때 빅윅이 기쁜 나머지 그 전날 밤에 싸웠던 일도 잊고 키 큰 풀밭에서 호크빗과 술래잡기를 하던 모습이 떠올랐다. 이제 호크빗이 실버, 댄더라이언, 핍킨과 함께 뛰어오고 있었다. 발이 빠른 댄더라이언이 가장 먼저 산울타리 틈으로 뛰어 들어오다가 눈이 휘둥그레져서 움찔하며 멈춰 섰다.

"어떻게 된 거야? 대체 무슨 일이 일어난 거야? 파이버 말이……."

"빅윅이 덫에 걸렸어. 블랙베리가 얘기하기 전까지 가만히 있어야 돼. 모두 몰려들지 않게 막아 줘."

댄더라이언이 돌아서서 뛰어가자 핍킨이 나타났다.

헤이즐이 물었다.

"카우슬립도 와? 혹시 카우슬립이라면 알지도……."

핍킨이 대답했다.

"그 친구는 안 와. 파이버한테 입 다물고 가만있으랬어."

헤이즐은 믿어지지 않는다는 듯이 되물었다.

"뭐라고?"

그때 블랙베리가 말을 하려 하자 헤이즐이 얼른 그 곁으로 뛰어갔다.

　　블랙베리가 설명했다.

　　"이런 거야. 철사는 말뚝에 연결되어 있고 말뚝은 땅에 묻혀 있어. 자, 봐, 저걸 파내야 돼. 자, 말뚝 옆을 파."

　　헤이즐은 다시 땅을 팠다. 앞발로 딱딱한 말뚝 옆의 부드럽고 축축한 흙을 파냈다. 모두가 가까이에서 지켜보고 있는 것이 어렴풋이 느껴졌다. 조금 뒤에 헤이즐은 숨을 헐떡이며 파는 걸 멈추었다. 그다음에는 실버가 팠고, 그다음에는 벅손이 팠다. 매끄럽고 깨끗하고 인간 냄새가 나는 소름끼치는 말뚝이 토끼의 귀만큼 드러났다. 빅윅은 꼼짝하지 않았다. 찢기고 피투성이가 된 채 눈을 감고 누워 있었다. 벅손이 구덩이에서 고개를 들고는 얼굴에 묻은 진흙을 닦으며 말했다.

　　"말뚝이 점점 가늘어지고 있어. 끝이 뾰족해. 물어서 끊을 수 있을 것 같긴 한데 이빨이 닿지 않아."

　　블랙베리가 말했다.

　　"핍킨을 들여보내. 몸집이 작으니까."

　　핍킨이 구덩이로 뛰어들었다. 곧이어 나무를 갉는 소리가 들려왔다. 쥐가 한밤중에 헛간 널빤지를 갉는 소리 같았다. 이윽고 핍킨이 코에 피를 흘리며 올라왔다.

　　"가시가 콕콕 찔러 대고, 숨을 쉴 수가 없어. 그래도 거의 다 끊어졌어."

　　헤이즐이 말했다.

"파이버, 네가 들어가."

오래지 않아 파이버도 피를 흘리며 올라왔다.

"부러졌어. 이제 뽑혔어."

블랙베리가 빅윅의 머리에 코를 갖다 대고 살짝 밀자, 빅윅의 고개가 옆으로 돌아갔다가 다시 되돌아왔다.

블랙베리가 빅윅의 귀에 대고 말했다.

"빅윅, 말뚝이 뽑혔어."

대답이 없었다. 빅윅은 여전히 움직이지 않았다. 큰 파리가 빅윅의 귀에 내려앉았다. 블랙베리가 화가 나서 후려치자 파리는 웽웽거리며 햇빛 속으로 날아가 버렸다.

블랙베리가 말했다.

"죽은 것 같아. 숨을 안 쉬어."

헤이즐은 블랙베리 옆에 앉아 빅윅의 코에 코를 갖다 댔다. 하지만 산들바람이 불고 있어서 숨을 쉬고 있는지 어쩐지 알 수 없었다. 다리는 축 늘어져 있고, 배도 힘없이 늘어져 있었다. 헤이즐은 덫에 대해 들었던 이야기를 생각해 보았다. 힘센 토끼라도 덫에 걸리면 목뼈가 부러질 수 있다고 했다. 그게 아니면 날카로운 철사 끝이 빅윅의 숨통을 끊어 버린 걸까?

헤이즐이 속삭였다.

"빅윅, 말뚝을 파냈어. 넌 이제 자유야."

빅윅은 꼼짝도 하지 않았다. 순간 헤이즐은 빅윅이 죽었을 거라고 생각했다. 죽지 않았다면 천하의 빅윅이 진흙 속에 가만히 누워 있을 리가 없었다. 다른 토끼들과 함께 한시바삐 이 자리를 뜨지 않으면 이 무서운 죽음 때문에 모두 용기를 잃고 사기가 꺾여 버릴 것이다. 시체 옆에 있다 보면 그럴 수밖에 없을 것이다. 게다가 곧 인간이 나타날 것이다. 불쌍한 빅윅의 시체를 가지러 총을 메고 벌써 저만치 와 있을지도 모른다. 모두 떠나야 한다. 자신은 물론 다른 토끼들이 이 사건을 영원히 잊을 수 있게 최선을 다해야 한다.

헤이즐은 블랙베리에게 토끼의 격언을 인용했다.

"내 마음은 죽은 자와 함께 있다. 내 친구가 오늘 달리는 것을 멈추었으므로."

블랙베리가 말했다.

"하필 빅윅이 당하다니. 빅윅이 없으면 우린 앞으로 어떻게 하지?"

헤이즐이 말했다.

"다들 기다리고 있어. 우리는 살아남아야 해. 모두 생각을 딴 곳으로 돌리게 해야 돼. 날 도와줘. 그러지 않으면 나 혼자 감당하기 힘들 거야."

헤이즐은 시체에서 눈길을 돌려 뒤쪽에 있는 토끼들 가운데서 파이버를 찾았다. 하지만 파이버는 보이지 않았다. 헤이즐은 파이버가 어디 있느냐고 묻고 싶었지만, 위로를 구하는 약한 모습으로 비칠까 봐 그만두었다.

헤이즐이 날카롭게 말했다.

"핍킨, 피 좀 닦고 얼굴 좀 씻지 그래? 피 냄새가 나면 엘릴이 온단 말이야. 그 정도는 알고 있겠지?"

"알았어, 헤이즐. 미안해. 저, 빅윅은……."

헤이즐은 필사적으로 말머리를 돌렸다.

"아까 카우슬립이 뭐라고 했다 그랬지? 녀석이 파이버한테 입 다물고 있으랬다고?"

"응, 파이버가 마을에 와서 덫에 걸렸다고 말했어. 가엾게도 빅윅이……."

"그래, 알았어. 그랬더니 카우슬립이?"

"카우슬립도 스트로베리도 모두 못 들은 척했어. 정말 황당했어. 파이버가 모두에게 큰 소리로 외치고 있었거든. 허겁지겁 마을을 나서면서 실버가 카우슬립한테 '너도 올 거지?' 하고 물었어. 하지만 카우슬립은 등을 돌렸어. 파이버가 카우슬립한테 다가가 조용히 뭐라고 말하니까 카우슬립이 이렇게 대답했어. '언덕이든 인레*든, 네가 어디로 가든 상관없어. 넌 입 다물고 있어.'라고. 그러고는 파이버한테 덤벼들어 귀를 확 할퀴었어."

"죽여 버리겠어."

뒤에서 목이 졸린 듯 낮게 헐떡거리는 소리가 들려왔다. 토끼들은 일제히 돌아보았다. 빅윅이 고개를 들고 앞발로 몸을 받치고 있었다. 몸은 뒤틀려 있고 하반신과 뒷다리는 땅바닥에 널브러져 있었다. 눈은 뜨고 있었지만, 얼굴은 피와 거품과 토사물과 진흙으로 뒤범벅되어 있어서 토끼가 아니라 무시무시한 악마처럼 보였다. 뛸 듯이 기뻐할 일이

---

* 인레 달 또는 달이 뜨는 시각. 추상적인 의미로 어둠, 죽음, 공포를 뜻하기도 한다.

202

었지만, 막상 그 모습을 보니 공포스럽기만 했다. 모두 움츠러들어 아무 소리도 못 했다.

"죽여 버리겠어."

수염은 더러워지고 털은 엉겨 붙은 채 빅윅은 툭툭 말을 내뱉었다.

"도와줘, 제기랄! 이 빌어먹을 철사 좀 풀어 줄 놈 없어?"

빅윅은 온 힘을 다해 뒷다리를 질질 끌며 걸으려고 했다. 그러다 다시 엎어지자 부러진 말뚝이 달린 철사를 질질 끌며 기어 왔다.

모두가 빅윅을 도우려고 우르르 달려들자 헤이즐이 외쳤다.

"가만 놔둬! 빅윅을 죽이고 싶어? 쉬게 둬! 한숨 돌리게 해야 돼!"

빅윅이 헐떡이면서 말했다.

"아니, 쉬지 않겠어. 난 괜찮아."

빅윅은 말을 하다가 엎어졌지만, 이내 다시 앞발을 짚어 몸을 일으켰다.

"뒷다리가 문제야. 움직이질 않아. 카우슬립! 이놈을 죽여 버리겠어!"

실버가 외쳤다.

"왜 놈들을 이 마을에서 살게 내버려 둬야 하지? 도대체 돼먹지 않은 놈들이야. 빅윅이 죽어 가도 모른 체했잖아. 다들 카우슬립이 한 말 들었지? 놈들은 겁쟁이야. 쫓아 버리자. 죽여 버리자! 마을을 빼앗아서 우리 걸로 만들자!"

토끼들은 입을 모아 대답했다.

"그래! 그러자! 가자! 마을로 돌아가자! 카우슬립을 해치우자! 실버위드를 해치우자! 놈들을 죽여 버리자!"

"오, 엠블리어 프리스!"

긴 풀 속에서 날카로운 외침이 들려왔다. 이 충격적인 신성 모독에 소란이 가라앉았다. 모두 대체 누가 그런 소리를 입에 담을 수 있는지 의아해하며 두리번거렸다. 침묵이 흘렀다. 잠시 뒤 키 큰 좀새풀 덤불 사이에서 파이버가 더없이 절박한 눈빛을 이글거리며 나타났다. 파이버가 무당 산토끼처럼 으르렁거리고 뜻 모를 말을 중얼거리자, 가까이 있던 토끼들은 겁에 질려 뒷걸음질 쳤다. 헤이즐조차 말 한마디 하지 못했다. 가만히 보니 파이버는 뭔가 이야기하고 있었다.

"마을? 마을로 간다고? 멍청이들! 저 마을은 죽음의 굴이야! 마을 전체가 사악한 적의 식량 창고라고. 사방에 덫이 놓여 있어! 이제 수수께끼가 모두 풀렸어. 여기에 왔을 때부터 지금까지 있었던 모든 일의 의미가."

파이버는 가만히 앉아 있었지만 그의 말소리는 풀밭에 비치는 햇살을 따라 다가오는 것처럼 들렸다.

"잘 들어, 댄더라이언. 넌 이야기를 좋아하지? 내가 이야기 하나 들려줄게. 그래, 엘-어라이라가 통곡할 만한 이야기야. 옛날에 농장의 목초지가 건너다보이는 숲가에 훌륭한 토끼 마을이 있었어. 토끼가 많은 큰 마을이었지. 그런데 어느 날 백맹증이 돌아 토끼들이 병에 걸려 죽어 갔어.

하지만 늘 그렇듯이 몇 마리는 살아남았지. 마을은 텅 비어 있다시피 했어. 어느 날 농부는 이렇게 생각했어.

'저 토끼를 늘릴 수 있을 거야. 아예 토끼 농장으로 만들지, 뭐. 고기랑 가죽을 얻을 수 있잖아. 굳이 우리에 가둬 둘 필요가 뭐 있어? 살던 곳에 내버려 둬도 잘 자라겠지.'

농부는 오소리, 홈바, 담비, 올빼미 같은 적이란 적은 모두 총으로 쏘아 죽였어. 토끼 마을에서 너무 가깝지 않은 곳에 먹이도 놓아두었지. 토끼들이 들판이나 숲을 돌아다녀야 농부의 계획대로 되는 거였거든. 그러고 나서 농부는 덫을 놓았어. 너무 많지 않게, 꼭 필요한 만큼만. 토끼들이 겁먹고 떠나 버린다거나 씨가 마르면 안 되니까. 토끼들은 날이 갈수록 몸집이 크고 건강해졌어. 농부는 토끼들이 특히 겨울철에 가장 좋은 먹이를 먹을 수 있게 하고, 산울타리 틈이나 숲길에 놓아둔 철사 올가미 말고는 두려울 것이 없도록 신경을 썼거든. 이렇게 토끼들은 농부가 바라는 대로 살았고 늘 몇 마리씩 사라졌지. 그 토끼들은 여느 토끼들하고는 다르게 여러 가지 면에서 이상해졌어. 그 토끼들은 무슨 일이 벌어지고 있는지 잘 알고 있었지. 하지만 아무 일 없는 것처럼 스스로를 속였어. 어쨌든 먹이는 훌륭했고 보호를 받는 데다가 단 한 가지 말고는 두려운 것도 없었으니까. 그 두려움은 여기저기서 덮쳐 오긴 했지만 토끼들이 달아나 버릴 만큼 한꺼번에 덮쳐 오지는 않았으니까. 토끼들은 차츰 야생 토끼의 생활 방식을 잊어버렸어. 엘-어라이라도 잊어버렸지. 적이 만든 마을에 살며 대가를 치

르고 있는데 책략이나 꾀 따위가 무슨 쓸모가 있겠어? 토
끼들은 책략이나 옛날이야기를 대신할 놀라운 기술을 발전
시켰어. 격식을 차린 인사법으로 춤을 추었고, 새처럼 노래
를 부르고, 벽에 형상을 만들었지. 그런 것은 아무런 도움
도 되지 않지만 심심풀이는 되었으니까. 덕분에 스스로를
뛰어난 토끼, 곧 토끼의 꽃이며 까치보다 영리하다고 추켜
세울 수 있었지. 그들한테는 족장 토끼가 없었어. 아니, 어
떻게 족장이 있을 수 있겠어? 족장 토끼란 한 마을의 엘-
어라이라이며 마을 토끼를 죽음에서 지켜 주는 존재야. 하
지만 그 마을에서 적은 딱 한 가지밖에 없었고, 족장 토끼
가 있다 한들 어떻게 할 도리가 없었지. 그 대신에 프리스
님은 그들에게 기묘한 시인을 보내 주셨어. 붉나무에 생긴
혹 모양의 벌레집이나 울새가 앉아 있는 들장미 가시 방석
처럼 아름답지만 병적인 가수를. 이 시인들은 진실을 감당
할 수가 없었어. 다른 마을에 살았다면 지혜로운 토끼가 되
었겠지만, 마을이 가진 비밀의 무게에 짓눌리다 못해 아주
어리석은 생각을 내놓았지. 위엄이라든가 말 없는 복종, 그
리고 토끼가 빛나는 철사 덫을 사랑한다고 믿도록 하는 것
이면 뭐든지 찬양했지. 그런데 딱 한 가지 엄격한 규칙이
있었어. 그래, 절대로 어겨서는 안 되는 규칙. 누구든 다른
토끼가 어디에 갔느냐고 물어서는 안 되며, 노래나 시 말고
는 '어디로?'라는 말을 입 밖에 꺼내는 자는 응징해야 한다
는 규칙이었어. '어디로?' 하고 묻기만 하는 것도 안 되는
데, 덫이라는 말을 공공연히 입에 담는 것은, 이건 도저히

용서할 수 없는 일이지. 그런 토끼는 할퀴어 죽이겠지."

파이버는 이야기를 멈추었다. 아무도 움직이지 않았다. 침묵이 흐르는 가운데 빅윅이 비틀비틀 일어나 한순간 휘청하면서 파이버 쪽으로 네댓 걸음 다가오다가 풀썩 쓰러졌다. 파이버는 빅윅은 아랑곳하지 않고 토끼들을 차례로 둘러보았다. 그리고 다시 이야기를 시작했다.

"그러던 중 우리가 밤중에 히스 덤불숲을 지나서 나타난 거야. 야생 토끼들이 골짜기에서 굴을 파고 있었던 거지. 이 마을 토끼들은 당장 모습을 드러내진 않았어. 가장 좋은 방법을 생각할 짬이 필요했던 거야. 곧 좋은 수가 떠올랐지. 아무 말도 해 주지 않고 우리를 마을로 끌어들이는 거야. 이제 알겠어? 농부는 덫을 한 번에 몇 개씩만 놓지. 그러니까 누군가 죽으면 다른 토끼들은 그만큼 더 오래 살 수 있는 거야. 블랙베리, 네가 헤이즐한테 우리의 모험담을 들려주라고 했을 때 마을 토끼들이 시큰둥해했지? 행동이 떳떳하지 못한 자가 용감한 행동에 대해 듣고 싶겠어? 자기가 속이고 있는 상대한테서 꾸밈없고 정직한 이야기를 듣고 싶겠어? 더 얘기할까? 정말 지금까지 일어난 일은 하나같이 디기탈리스 속에 들어간 꿀벌처럼 딱 맞아떨어지잖아. 그런데도 그 토끼들을 죽이고 큰 굴에서 살자고? 빛나는 철사에 매달린 뼈로 된 천장 밑에 제 발로 들어가다니! 그건 불행과 죽음을 스스로 불러들이는 거야!"

파이버는 풀밭에 주저앉았다. 빅윅이 소름 끼치는 말뚝을 질질 끌면서 비틀비틀 파이버한테 다가와 파이버의 코에 자기 코를 갖다 댔다.

빅윅이 말했다.

"파이버, 난 아직 살아 있어. 우리 모두 살아 있어. 넌 내가 끌고 다니는 이놈보다 더 큰 말뚝을 뽑아 주었어. 어떻게 하면 좋을지 가르쳐 줘."

파이버가 대답했다.

"어떻게 하느냐고? 그야 떠나는 거지, 지금 당장. 난 아까 카우슬립한테 우리는 이곳을 떠날 거라고 말하고 왔어."

빅윅이 물었다.

"어디로?"

그 말에 대답한 건 헤이즐이었다.

"언덕으로."

남쪽은 시내에서부터 완만한 오르막으로 되어 있었다. 오르막 꼭대기에는 마찻길이 나 있고 그 너머로 잡목림이 있었다. 헤이즐이 그쪽으로 나아가자 모두 삼삼오오 짝을 지어 비탈을 오르기 시작했다.

실버가 말했다.

"빅윅, 그 철사 어떻게 해야 하지 않나? 말뚝이 어디에 걸리기라도 하면 다시 조여들 텐데."

빅윅이 말했다.

"아냐, 이제 느슨해졌어. 목만 안 다쳤으면 떨쳐 낼 수도 있는데."

실버가 말했다.

"해 봐. 안 그러면 오래 견디지 못할 거야."

그때 갑자기 스피드웰이 말했다.

"헤이즐! 마을 쪽에서 토끼 하나가 오고 있어. 저기 봐!"

빅윅이 말했다.

"한 마리뿐이야? 유감이군! 실버, 네가 저놈을 맡아. 너한테 기회를 줄게. 잘해 봐."

토끼들은 비탈 여기저기에 흩어져서 기다렸다. 그 토끼는 이상하게 앞뒤 가리지 않고 저돌적으로 뛰어왔다. 줄기가 굵은 엉겅퀴 덤불로 뛰어들었다가 옆으로 나동그라져 데굴데굴 구르기도 했다. 하지만 다시 일어나 허둥거리며 달려왔다.

벅손이 말했다.

"백맹증에 걸렸나? 앞을 못 보는 것 같아."

블랙베리가 말했다.

"그래, 이상해! 도망갈까?"

헤이즐이 말했다.

"아니, 백맹증에 걸렸으면 저렇게 못 뛰어. 무엇 때문에 저러는지 모르지만 백맹증은 아니야."

댄더라이언이 외쳤다.

"스트로베리다!"

스트로베리는 돌능금나무 옆 산울타리를 빠져나와 주위를 둘러보더니 헤이즐 쪽으로 다가왔다. 세련되고 침착한 태도는 온데간데없었다. 스트로베리는 눈을 크게 뜨고 부들부들 떨고 있었는데, 몸집이 커서 그런지 고통에 짓눌린 기색이 더욱 뚜렷이 드러났다. 헤이즐이 실버와 나란히 서

209

서 험악한 표정으로 꼼짝 않고 기다리고 있자 스트로베리
는 그 앞에서 굽실거리며 말했다.

"헤이즐, 떠날 거야?"

헤이즐이 대꾸를 않자 실버가 대뜸 쏘아붙였다.

"그게 너하고 무슨 상관이야?"

"나도 데려가 줘."

아무 대꾸가 없자 스트로베리가 다시 한 번 말했다.

"나도 데려가 줘."

실버가 말했다.

"우리를 속이는 놈 따위 알게 뭐야. 네 마누라한테나 돌
아가지 그래. 닐드로-하인이라면 두말없이 받아들여 줄 텐
데."

스트로베리는 다치기라도 한 것처럼 쥐어짜는 듯한 비명
을 질렀다. 그러고는 실버와 헤이즐을 보다가 파이버를 보
았다. 마침내 스트로베리는 애처롭게 속삭였다.

"덫에……."

실버가 대꾸하려 하자 헤이즐이 미리 나섰다.

"좋아, 함께 가자. 아무 말도 하지 마. 가엾은 친구."

몇 분 뒤에 토끼들은 마찻길을 지나 잡목림으로 사라졌
다. 까치 한 마리가 텅 빈 비탈에서 빛나는 물체를 발견하
고는 자세히 보려고 날아왔다. 그곳에는 부러진 말뚝과 꼬
인 구리 철사만 남아 있었다.

2부

워터십 다운에서

18
워터십 다운에서

상상 속에만 존재하던 것이 비로소 현실로 나타났다.
윌리엄 블레이크, 〈천국과 지옥의 결혼〉

다음 날 저녁이었다. 이른 아침부터 그늘져 있던 워터십 다운의 북쪽 절벽은 한 시간째 기우는 저녁 햇살을 받고 있었다. 워터십 다운은 평지에서 정상까지 200미터밖에 안 되지만, 그중 100미터가 수직으로 치솟아 있어 언덕 밑을 둘러싼 숲에서부터 평평한 언덕마루까지 깎아지른 절벽을 이루고 있었다. 저녁 햇살이 가시금작화와 주목 덤불과 바람에 시달려 자라지 못한 산사나무 몇 그루와 풀밭을 황금빛 껍질처럼 부드럽게 감싸고 있었다. 언덕마루에서 보면 비탈은 평화롭고 나른한 햇살에 감싸인 것처럼 보였다. 하지만 언덕 기슭의 울창한 숲속 덤불 사이에서는 딱정벌레와 거미, 먹이를 찾는 뾰족뒤쥐 따위가 바람처럼 춤추는 햇빛에 놀라 허둥지둥 달아나거나 돌아다녔다. 풀 줄기 사이에서 번쩍이는 붉은 빛살을 받아 얇은 막 같은 날개가 반짝이는가 하면, 실처럼 가느다란 다리 뒤로 긴 그림자가 드리워지고 맨땅의 흙이 수천수만의 알갱이로 부서졌다. 공기가 따뜻해지자 곤충들이 붕붕, 윙윙, 찌르르찌르르 울어 댔다. 숲속에서는 노랑턱멧새, 홍방울새, 방울새 소리가 벌레 소리보다 크면서도 차분하게 들려왔다. 종다리가 언덕 위의 향기로운 대기로 날아올라 지저귀었다. 언덕마루에서 보면 끝없이 펼쳐진 푸른 하늘로 군데군데 연기가 피어오르고 이따금 유리에 반사된 빛이 반짝거렸다. 언덕 밑에는 푸른 밀밭과 말이 풀을 뜯는 평평한 목초지, 짙은 초록 숲이 펼쳐져 있었다. 그곳들도 저녁을 맞아 언덕 기슭의 풀숲만큼 소란스러웠지만, 그 사이에 가로누운 공기 때문에 멀리 높은 언덕에서 보면 쥐 죽은 듯 고요하기만 했다.

헤이즐 일행은 언덕 기슭 풀밭에서 가지를 낮게 뻗은 화살나무 두세 그루 아래 웅크리고 있었다. 이들은 어제 아침부터 5킬로미터쯤 여행해 왔다. 그동안 운이 좋아서 다행히 모두 살아 있었다. 시내 두 개를 건너고 에킨스웰 서쪽 삼림 지대를 공포에 떨면서 헤맸다. 한번은 외딴 헛간 짚더미에서 쉬다가 쥐 떼의 습격을 받기도 했다. 실버와 벅손이 빅윅의 도움을 받아 쥐 떼와 싸우는 사이 다른 토끼들은 헛간 밖으로 피했고, 마지막으로 세 토끼도 헛간을 빠져나와 함께 달아났다. 그때 벅손이 앞다리를 물렸는데, 쥐한테 물린 상처가 으레 그렇듯이 화끈거리고 쑤셨다. 또 작은 호수를 지나는 길에 큰 회색 물새가 사초 속을 돌아다니며 물을 쿡쿡 쪼아 대는 모습을 멍하니 구경하다가, 들오리 떼가 푸드덕 날아오르는 소리에 화들짝 놀라 내빼기도 했다. 1킬로미터나 되는 목초지를 지나올 때는 숨을 곳 하나 없이 탁트인 곳에서 언제 적을 만날지 몰라 순간순간 가슴을 졸이기도 했다. 한번은 여름 공기 속에서 이상하게 웅웅거리는 고압선 철탑 소리를 듣고 머뭇거리기도 했다. 파이버가 위험하지 않다고 안심시켜 주자 그제야 토끼들은 그 아래를 지나왔다. 그런 까닭에 토끼들은 완전히 녹초가 되어 화살나무 아래 웅크리고 앉아 미심쩍은 듯이 낯선 땅의 냄새를 맡고 있었다.

토끼 농장이나 다름없던 마을을 떠난 이후 토끼들은 한층 더 신중하고 영리해졌으며, 서로를 이해하고 단결하는 무리가 되어 더 이상 다투지도 않았다. 토끼들은 그 마을의 진상을 알고 엄청난 충격을 받았다. 그리하여 서로의 능력을 존중하고 의지하면서 더욱 똘똘 뭉쳤다. 서로에게 의지하는 것만이 살아남는 길임을 깨닫고, 각자의 능력을 조금도 헛되이 쓰지 않으려고 했다. 빅윅이 덫에 걸려 쓰러졌을 때 헤이즐은 친구들의 관심을 딴 데로 돌리려고 애썼지만, 그 자리에 있던 토끼들은 다들 블랙베리처럼 빅윅이 죽었다고 여기고 앞으로 어떻게 될까 암담해했다. 헤이즐이 없었다면, 블랙베리와 벅손과 핍킨이 없었다면 빅윅은 죽었을 것이다. 또 덫에 걸린 토끼가 빅윅이 아니라 다른 토끼였다면 그 역시 죽었을 것이다. 그렇게 심한 일을 당하고도 달리기를 멈추지 않을 토끼는 없을 테니까. 이제는 아무도 빅윅의 힘을, 파이버의 통찰력을, 블랙베리의 재치를, 헤이즐의 권위를 의심하지 않았다. 쥐 떼가 습격했을 때 벅손과 실버는 빅윅의 지시에 따라 끝까지 맞서 싸웠다. 나머지 토끼들은 헤이즐이 느닷없이 흔들어 깨워 다짜고짜 헛간에서 나가라고 해도 두말없이 따랐다. 그 뒤로도 헤이즐이 탁 트인 목초지를 지나가야 한다고 하자, 실버의 지휘 아래 정찰을 맡은 댄더라이언을 따라 목초지를 지나왔다. 철로 된 나무를 만났을 때도 파이버가 위험하지 않다고 하자 다들 그 말을 믿었다.

스트로베리는 괴로운 시간을 보냈다. 비참한 생각에 빠져 둔감해지고 실수가 잦았으며, 옛 마을에서 자기가 한 일을 부끄러워했다. 체력도 약한 데다 생각보다 더 게으르고 좋은 음식에 길들여져 있었다. 하지만 스트로베리는 불평 한마디 하지 않았고, 자기도 뒤처지지 않고 뭔가 할 수 있음을 보여 주려고 굳게 마음먹은 듯했다. 실제로 숲 지대를 지날 때는 나무가 빽빽한 숲에 익숙한 덕분에 일행에게 도움을 주기도 했다.

호숫가에서 헤이즐은 빅윅한테 이렇게 말했다.

"우리가 기회만 준다면 스트로베리도 괜찮은 동료가 될 거야."

그러자 빅윅이 대꾸했다.

"그럼 저 녀석은 엄청난 멋쟁이가 될걸."

헤이즐 일행이 보기에 스트로베리는 너무 깔끔하고 까탈스러웠다.

"하지만 난 스트로베리한테 강요하지 않을 거야. 알았지? 그래 봤자 도움이 안 돼."

빅윅은 부루퉁해하면서도 헤이즐의 말을 받아들였다. 빅윅은 고압적인 태도가 많이 누그러져 있었다. 덫에 걸린 뒤로 몸이 약해지고 신경질이 많아졌다. 헛간에서 쥐 떼의 습격을 알린 것도 빅윅이었다. 잠을 못 이루다가 쥐가 갉는 소리에 벌떡 일어났던 것이다. 빅윅은 실버와 벅슨을 도와 같이 싸웠지만, 가장 격렬한 싸움은 두 토끼에게 맡길 수밖에 없었다. 그리하여 빅윅은 태어나서 처음으로 신중함과 절제를 배우게 되었다.

저녁 해가 기울어 지평선 위 구름 띠에 닿자 헤이즐은 나무 밑에서 나와 비탈 아래를 자세히 살펴보았다. 그러고 나서 개밋둑 너머 솟아 있는 언덕을 바라보았다. 파이버와 에이콘이 따라 나와 가시콩잎을 우물우물 뜯었다. 처음 본 식물이었지만 누가 가르쳐 주지 않아도 먹어도 된다는 것을 알 수 있었고, 그 덕분에 기운이 났다. 헤이즐은 장밋빛 줄무늬가 있는 진홍빛 꽃송이들이 이삭처럼 매달린 가시콩밭으로 들어갔다.

헤이즐이 말했다.

"파이버, 이것만은 확실히 해 두자. 아무리 멀어도 꼭대기까지 가서 보금자리를 찾아야 하는 거지. 그렇지?"

"응."

"하지만 꼭대기는 아주 높을 거야. 여기서는 보이지도 않아. 게다가 탁 트여 있어서 추울 텐데."

"땅속은 춥지 않아. 흙이 부슬부슬하니까 적당한 곳을 찾아서 쉽게 굴을 팔 수 있어."

헤이즐은 다시 곰곰이 생각했다.

'또 골치 아픈 일이 시작됐군. 지금 우린 지칠 대로 지쳐 있어. 하지만 여기 이대로 있는 건 위험해. 달아날 데가 없으니까. 낯선 곳인 데다 땅속으로 숨을 데도 없어. 그렇다고 오늘 밤 모두가 꼭대기까지 올라갈 수도 없어. 그랬다간 더 위험할 거야.'

에이콘이 말했다.

"굴을 파야 하지 않을까? 여긴 예전에 지나온 히스 덤불 숲처럼 훤히 트인 데다 네발짐승이 나타나면 숨을 만한 나무도 없잖아."

파이버가 말했다.

"그런 건 언제나 마찬가지였어."

에이콘이 대답했다.

"네 말에 반대하는 건 아니지만 굴은 필요해. 땅속으로 숨을 수 없다면 좋은 곳이 아니야."

헤이즐이 말했다.

"꼭대기에 올라가기 전에 어떤 곳인지 미리 살펴봐야 돼. 내가 먼저 가서 살펴보고 올게. 빨리 갔다 올 테니까 잘되길 빌면서 기다려 줘. 쉬면서 먹이 좀 먹어."

파이버가 단호히 말했다.

"혼자 가면 안 돼."

다들 지쳐 있으면서도 함께 가겠다고 나서는 바람에 헤이즐은 고집을 꺾고 덜 지쳐 보이는 댄더라이언과 호크빗을 데리고 갔다. 세 토끼는 덤불에서 덤불로, 풀포기에서 풀포기로 천천히 조심스럽게 올라갔으며, 이따금 멈춰 서서 냄새를 맡고 끝없이 뻗어 있는 드넓은 풀밭을 이쪽저쪽 살펴보았다.

인간은 똑바로 서서 걷는다. 그래서 가파른 언덕을 오르기가 힘들다. 아무런 탄력도 받지 못한 상태에서 지면과 수직을 이루는 몸뚱이를 계속 밀어 올려야 하기 때문이다. 토끼는 더 낫다. 앞다리로 지면과 평행인 몸을 받치고, 큰 뒷다리를 이용해 비탈을 올라가는 것이다. 뒷다리는 가벼운 몸뚱이를 수월하게 밀어 올린다. 그래서 토끼는 오르막을 빨리 올라간다. 사실 뒷다리의 힘이 워낙 강해서 내리막에서는 오히려 애를 먹으며, 가파른 비탈을 뛰어 내려가다가 곤두박질치기도 한다. 반면 인간은 키가 150~180센티미터쯤 되기 때문에 사방을 볼 수 있다. 가파르고 울퉁불퉁한 땅이라도 인간에게는 대체로 평평한 편이고, 180센티미터 높이에서 보면 나아갈 방향을 쉽게 알 수 있다. 따라서 언덕을 올라갈 때 토끼가 겪는 불안과 긴장은 우리가 언덕을 올라갈 때 느끼는 것과 다를 수밖에 없다. 토끼들에게 가장 힘든 것은 육체적인 피로가 아니다. 헤이즐이 다들 지쳐 있다고 한 것은 토끼들이 계속된 불안과 공포 때문에 긴장하고 있다는 뜻이다.

땅 위에 있을 때 토끼는 굴에서 가깝고 안전하게 여겨지는 친숙한 장소가 아니면 끊임없이 공포에 시달린다. 두려움이 심해지면 눈이 흐릿해지고 머리가 멍해지기도 한다. 이런 상태를 토끼어로 '산'*이라고 한다. 헤이즐 일행은 거의 이틀째 계속 흠칫흠칫 놀랐다. 사실 닷새 전에 고향을 떠나고부터 줄곧 위험한 상황에 맞닥뜨려 왔다. 모두 신경이 곤두서 있어서, 때로는 아무것도 아닌 일에 깜짝깜짝 놀라고, 긴 풀밭만 있으면 드러누워 쉬었다. 게다가 빅윅과 벅손의 피 냄새를 맡고 엘릴이 올 수도 있었다. 지금 언덕을 오르는 세 토끼는 이 언덕이 낯설고 숨을 곳이 마땅치 않은 데다 앞쪽을 멀리까지 볼 수 없다는 점 때문에 불안해했다. 셋은 석양에 붉게 물든 풀밭에 몸을 숨긴 채, 벌레들이 돌아다니고 햇빛이 반짝이는 풀포기 사이를 헤치며 올라갔다. 주위에서 풀이 흔들렸다. 셋은 개밋둑 뒤에 숨어서 산토끼꽃 무더기 언저리를 주의 깊게 살폈다. 꼭대기까지 얼마나 남았는지 알 수 없었다. 비탈 하나를 올라가면 또 다른 비탈이 가로막고 있었다. 헤이즐은 이곳에 족제비가 살지 않을까 생각했다. 아니면 흰올빼미가 해 질 녘에 절벽을 날아다니며 냉혹한 눈으로 풀밭을 살피다가 움직이는 것이 있으면 잽싸게 낚아채 갈지도 몰랐다. 어떤 엘릴은 가만히 앉아 먹이를 기다리지만, 흰올빼미는 먹이를 찾아 돌

---

* 산 공포 때문에 멍해지거나 미치거나 최면에 걸린 듯한 상태. '얼간이 같은', '비탄에 젖은', '절망적인' 상태를 뜻하기도 한다.

아다니다가 소리 없이 덮친다.

더 올라가자 남풍이 불고 저녁놀이 6월의 하늘을 빨갛게 물들이고 있었다. 야생 동물이 대개 그렇듯이 헤이즐도 하늘을 쳐다보는 일이 거의 없었다. 헤이즐이 하늘이라고 생각하는 것은 지평선으로, 보통 숲이나 산울타리에 가려져 있었다. 그런데 지금처럼 고개를 쳐들고 있다 보니 언덕마루로 눈길이 쏠리면서 붉게 물든 뭉게구름이 소리 없이 능선 위로 다가오는 것이 보였다. 그 움직임은 나무나 풀이나 토끼의 움직임과 전혀 달라서 불안했다. 거대한 구름 덩어리들이 소리도 없이, 그것도 한 방향으로만 꾸준히 움직이고 있었다. 그것은 헤이즐이 사는 세계의 것이 아니었다.

헤이즐은 서쪽 하늘에서 빛나는 해를 보며 속으로 빌었다.

'아아, 프리스 님! 저희를 구름 속에 살게 하시려는 겁니까? 당신께서 파이버에게 하신 말씀이 진실이라면 부디 제게 믿음을 주십시오!'

바로 그때 한참 앞서 가던 댄더라이언이 하늘을 등진 채 개밋둑 위에 곧추앉아 있는 모습이 눈에 확 들어왔다. 헤이즐은 깜짝 놀라 황급히 비탈을 뛰어 올라갔다.

"댄더라이언, 어서 내려와! 왜 그런 데 앉아 있는 거야?"

댄더라이언은 기뻐서 어쩔 줄 모르겠다는 듯이 대답했다.

"훤히 다 보여. 올라와서 봐! 온 세상이 다 보여!"

헤이즐은 댄더라이언에게 다가갔다. 바로 옆에 개밋둑이 하나 더 있어서 댄더라이언처럼 앞발을 들고 곧추앉아 주위를 둘러보았다. 그제야 헤이즐은 자기가 평평한 곳에 와 있음을 깨달았다. 사실 비탈은 조금 전부터 완만해져 있었다. 하지만 헤이즐은 탁 트인 곳은 위험하다는 생각에만 빠져 있어서 그런 줄도 몰랐다. 드디어 언덕 꼭대기에 이른 것이다. 풀밭보다 높은 곳에 앉아 있으니 사방이 훤히 보였다. 주위는 탁 트여 있었다. 움직이는 것이 있으면 금방 눈에 띌 것이다. 게다가 풀밭이 끝나는 곳에서 하늘이 시작되고 있었다. 인간이든 여우든 토끼든, 누가 언덕을 올라와도 금방 보일 것이다. 파이버가 옳았다. 이런 곳이라면 무엇이 다가와도 금방 알아차릴 수 있다.

바람에 토끼들의 털이 나부끼고, 풀이 세차게 흔들리고, 백리향과 꿀풀 냄새가 실려 왔다. 그 고적함이 해방이자 축복처럼 느껴졌다. 토끼들은 그 높이와 하늘과 아득한 거리에 취해 저녁노을 속을 깡충깡충 뛰어다녔다.

댄더라이언이 소리쳤다.

"아아, 언덕에 계시는 프리스 님이여! 이 언덕은 프리스 님이 우리를 위해 만드신 게 틀림없어."

헤이즐이 말했다.

"만드신 건 프리스 님이겠지만 알아낸 건 파이버야. 그 녀석이 와서 보면 뭐라고 할까! 앞으론 파이버-라라고 부를까?"

댄더라이언이 불쑥 물었다.

"어, 호크빗은 어디 갔지?"

아직 날이 훤한데도 호크빗은 보이지 않았다. 두 토끼는 한참 두리번거리다가 조금 떨어진 두두룩한 흙더미에 올라서서 다시 주위를 살펴보았다. 하지만 보이는 것이라곤 들쥐가 구멍에서 나와 씨 맺힌 풀 사이로 돌아다니는 모습뿐이었다.

댄더라이언이 말했다.

"내려갔나 봐."

"어차피 계속 찾아다닐 순 없어. 다들 기다리고 있고 위험한 일이 생겼을지도 몰라. 우리도 내려가야 해."

댄더라이언이 말했다.

"기껏 모두 살아서 파이버가 가르쳐 준 언덕에 도착했는데 이제 와서 호크빗을 잃다니 너무해. 바보 같은 녀석. 아예 데려오지 말 걸 그랬어. 근데 이런 곳에서 우리도 모르게 호크빗을 잡아간 게 뭘까?"

헤이즐이 말했다.

"아니, 호크빗은 분명 돌아갔을 거야. 빅윅이 과연 뭐라고 할까? 또다시 호크빗을 물지는 말아야 할 텐데. 어쨌든 빨리 내려가자."

댄더라이언이 물었다.

"오늘 밤에 다 데리고 올 작정이야?"

헤이즐이 대답했다.

"모르겠어. 그게 문제야. 쉴 곳이 마땅치 않아."

둘은 가파른 비탈 언저리로 갔다. 날이 어둑어둑해졌다. 아까 지나온 바람받이 숲을 보고 방향을 가늠했다. 이런 나무들은 고원에서 흔히 볼 수 있는데 사막의 오아시스 같다

223

고 할 수 있다. 둔덕 위아래로 산사나무 대여섯 그루와 딱
총나무 두세 그루가 함께 자라고 있었다. 나무들 사이에는
맨흙이 드러나 있었는데, 그 백토는 우윳빛 딱총나무꽃 아
래서 보니 창백하고 지저분한 흰색을 띠고 있었다. 숲에 다
가가다가 호크빗이 산사나무 사이에 앉아 앞발로 얼굴을
씻는 것을 발견했다.

헤이즐이 말했다.

"한참 찾아다녔잖아. 도대체 어디 있었어?"

호크빗이 유순하게 대답했다.

"미안해, 헤이즐. 이 굴들을 살펴보고 있었어. 혹시 우리
가 쓸 수 있을까 해서."

호크빗 뒤쪽 낮은 둔덕에 토끼 굴이 세 개 있었다. 굵고
우둘투둘한 뿌리들 틈에도 굴이 두 개 더 있었다. 발자국도
똥도 보이지 않았다. 분명히 빈 굴이었다.

헤이즐이 주위의 냄새를 맡으며 물었다.

"들어가 봤어?"

"응. 세 개는 들어가 봤어. 얕고 좀 울퉁불퉁하긴 하지만
죽음이나 병 냄새 없이 아주 쾌적했어. 우리가 써도 되지
않을까 싶은데…… 잠깐이라도 말이야."

저녁 어스름 속에서 칼새가 날카롭게 울어 대며 날아가
자 헤이즐이 댄더라이언을 돌아보며 말했다.

"뉴스! 뉴스야! 가서 모두 데려와."

이렇게 해서 한 토끼가 운 좋게 굴을 발견한 덕분에 헤이
즐 일행은 언덕으로 올라오게 되었다. 굴이 없었다면 한두

마리쯤 목숨을 잃었을지도 모른다. 언덕 위든 아래든 숨을 곳도 없는 곳에서 밤을 보냈다면 분명히 적의 습격을 받았을 테니까.

19

어둠 속의 공포

그 굴은 확실히 울퉁불퉁했다. 빅윅은 "우리 같은 부랑자
들*한테 딱 어울리는군." 하고 말했지만, 지칠 대로 지쳤거
나 낯선 땅을 헤매던 이들은 잠잘 곳에 대해 까다롭지 않은
법이다. 어쨌거나 그 굴은 토끼 열두 마리가 들어갈 만큼
넓고 습기도 없었다. 가시나무 덤불 사이로 난 굴길 두 개

---

* 빅윅은 홀레실(단수형은 홀레시)이라고 했다. 나는 이 이야기 속에서 이 말을
떠돌이들, 얕은 굴을 파는 이들, 부랑자들 따위로 번역해서 썼다. 홀레시란 굴
도 없이 땅 위에서 사는 토끼를 일컫는다. 떠돌아다니는 외돌토리 수토끼나 짝
없는 토끼는 특히 여름에 아주 오랫동안 이렇게 산다. 수토끼는 얕은 굴을 파기
도 하고 주위에 쓸 만한 굴이 있으면 거기서 살기도 하지만, 제대로 된 굴을 파
지는 않는다. 진짜 굴은 주로 암토끼가 새끼를 키울 곳을 마련하기 위해 판다.

를 따라 내려가니 백토층 윗부분을 파낸 굴이 나왔다. 토끼는 잠자리에다 아무것도 깔지 않기 때문에 바위처럼 딱딱한 바닥은 몹시 불편하다. 하지만 둔덕에 있는 굴은 활 모양의 굴길이 나 있어 백토층까지 내려갔다가 다시 위로 올라가면 잘 다져진 흙바닥 굴이 나왔다. 연결 통로도 없었지만 토끼들은 너무 피곤해서 그런 것에 신경 쓸 겨를이 없었다. 토끼들은 굴 하나에 네 마리씩 들어가 아늑한 곳에서 마음 편히 잠들었다. 헤이즐은 한동안 자지 않고 남아 벅손의 다리 상처를 핥아 주었다. 다행히 곪지는 않았다. 하지만 쥐한테 물린 상처 이야기를 떠올리며, 상처가 나을 때까지 벅손을 푹 쉬게 해 주고 상처에 흙이 들어가지 않도록 신경 써야겠다고 마음먹었다.

'이것으로 다친 토끼가 셋이야. 전반적으로 보면 이만하길 다행이지만.'

헤이즐은 그렇게 생각하다가 잠이 들었다.

짧은 6월 밤은 몇 시간 만에 물러갔다. 높은 언덕에는 일찌감치 아침이 찾아왔지만, 토끼들은 꼼짝도 하지 않았다. 동이 트고 한참 지났는데도 여지껏 맛보지 못한 깊은 정적에 싸여 평온히 잠들어 있었다. 요즘 숲이나 들판은 낮이면 너무 시끄럽다. 어떤 동물들은 견디지 못할 정도로 소음이 심하다. 승용차, 버스, 오토바이, 트랙터, 트럭 등 인간이 내는 소음이 들리지 않는 곳이 거의 없다. 아침에 주택가에서 나는 소리는 멀리까지 들린다. 그래서 새소리를 녹음하는 사람들은 주로 여섯 시가 되기 전 새벽에 녹음을 한다. 그

때가 지나면 대부분의 삼림 지대에는 먼 곳의 소음이 끊임없이 침입해 들어온다. 지난 50년 동안 시골 지역의 고요함은 대부분 파괴되었다. 하지만 이곳 워터십 다운에서는 저아래쪽의 소음도 희미하게 들릴 뿐이었다.

해가 언덕 위까지는 아니지만 제법 높이 떠올랐을 무렵 헤이즐은 눈을 떴다. 곁에는 벅손과 파이버와 핍킨이 자고 있었다. 굴 입구 쪽에서 잔 헤이즐은 친구들을 깨우지 않고 살그머니 굴길을 올라갔다. 밖으로 나오자 우선 흐라카를 눈 다음 산사나무들을 지나 풀밭으로 나갔다. 아래쪽 들판에 자욱하던 안개가 서서히 걷히고 있었다. 멀리 여기저기서 나무들과 지붕들이 어렴풋이 보이고, 바위 틈에서 솟아나오는 물보라처럼 나무와 지붕 사이에서 안개가 피어오르고 있었다. 하늘은 구름 한 점 없이 새파랗고 푸른빛이 점점 짙어져 지평선은 연보랏빛을 띠고 있었다. 바람은 잠잠하고, 거미들은 벌써 풀 속 깊이 숨어 버렸다. 날씨가 더울 모양이었다.

헤이즐은 토끼들이 늘 하는 대로 풀을 뜯으며 돌아다녔다. 대여섯 번 깡충깡충 뛰어다니다가 곧추앉아 귀를 쫑긋 세우고 주위를 살펴보았다. 그러고는 열심히 풀을 뜯다가 다시 몇 미터쯤 깡충깡충 뛰어갔다. 오랜만에 처음으로 걱정 없이 편안한 기분을 맛보았다. 헤이즐은 이 새 보금자리에 대해 자세히 알아봐야겠다고 생각했다.

'파이버가 옳았어. 여기는 살기 좋은 곳이야. 하지만 되도록 실수를 줄이면서 이곳에 익숙해져야 돼. 이 굴을 만든 토끼들은 어떻게 되었을까? 달리는 걸 멈췄을까 아니면 다른 데로 옮겨 갔을까? 그 토끼들을 만날 수만 있다면 많은 것을 알 수 있을 텐데.'

그때 가장 멀리 있는 굴에서 토끼 한 마리가 움찔거리며 나왔다. 블랙베리였다. 블랙베리도 흐라카를 누고 나서 몸을 긁적거리고는 환한 햇살 속으로 깡충깡충 뛰어 들어와 귀 털을 빗었다. 블랙베리가 풀을 뜯기 시작하자, 헤이즐이 곁으로 다가가 친구가 가는 곳마다 따라다니며 풀을 뜯었다. 둘은 하늘처럼 새파란 애기풀밭에 이르렀다. 애기풀의 긴 줄기는 풀밭 사이로 뻗어 나가고 작은 꽃송이마다 위 꽃잎 두 장을 날개처럼 펼치고 있었다. 블랙베리가 냄새를 맡아 보았다. 잎이 거칠고 맛이 없어 보였다.

블랙베리가 물었다.

"이게 뭔지 알아?"

헤이즐이 대답했다.

"몰라. 처음 보는데."

블랙베리가 말했다.

"우린 모르는 게 많아. 이곳에 대해서 말이야. 식물도 처음 보는 것들이고 냄새도 처음 맡는 것들이야. 그러니까 우리도 새로운 생각을 해야 돼."

헤이즐이 말했다.

"네가 좋은 생각을 해내야지. 네가 가르쳐 주지 않으면 난 아무것도 몰라."

블랙베리가 대답했다.

"하지만 늘 위험을 무릅쓰고 앞장서는 건 너잖아. 지금까지 그래 왔어. 이제 여행은 끝났어, 그렇지? 파이버 말대로 여긴 안전해. 누가 접근해 오면 금방 알아차릴 수 있어. 우리가 냄새를 맡고 보고 들을 수 있는 한에서는 말이야."

"그런 것쯤은 문제없어."

"하지만 자고 있을 때는 아니야. 어둠 속에서도 안 보이고."

헤이즐이 말했다.

"밤이 어두운 건 당연한 거 아냐? 토끼들이 잠을 자는 것도 마찬가지고."

"숨을 곳 하나 없는 데서?"

"이 굴에서 계속 살려면 살 수도 있겠지만 대부분은 밖에서 자겠다고 할걸. 어쨌든 수토끼들이 굴을 팔 거라고는 기대하지 마. 히스 덤불숲에서 있을 때처럼 얕은 굴 한두 개쯤은 팔 수도 있겠지. 하지만 그 이상은 안 하려고 들 거야."

블랙베리가 말했다.

"그게 바로 내 고민이야. 카우슬립네 마을 토끼들은 토끼답지 않은 일들을 많이 했어. 흙 속에 돌을 박는다거나 먹을 것을 굴로 나른다거나 말이야."

"그런 걸로 치면 우리도 스레아라의 양상추를 굴로 날랐잖아."

"바로 그거야. 모르겠어? 그 토끼들은 더 좋은 방법이 나타나면 토끼의 습성도 거기에 맞게 바꾸었잖아. 그 친구들도 했는데 우리라고 못 할 것도 없지. 수토끼는 굴을 파지 않는다고 했지. 분명히 그래. 하지만 맘만 먹으면 팔 수는 있어. 깊고 아늑한 굴에 들어가서 잠을 잘 수 있다고 생각해 봐. 궂은 날씨를 피할 수 있고 밤에 들어가서 쉴 수 있다면? 그럼 우리는 안전하겠지. 수토끼는 굴을 파지 않는다는 생각만 버리면 못 할 게 뭐 있어? 못 하는 게 아니야. 안하는 거지."

헤이즐은 내키지 않았지만 호기심이 일었다.

"그럼 네 생각은 뭔데? 여기다 굴을 더 파서 버젓한 토끼마을을 만들어 보자고?"

"아니, 이 굴들은 쓸모가 없어. 왜 비어 있는지 뻔해. 조금만 파다 보면 딱딱한 하얀 흙이 나와서 더 이상 못 팔 거야. 게다가 겨울엔 엄청나게 추울걸. 하지만 언덕마루를 넘어가면 숲이 있어. 어젯밤에 오면서 얼핏 봤어. 지금 같이 올라가서 볼래?"

두 토끼는 꼭대기까지 뛰어 올라갔다. 풀길 저편에서 남동쪽으로 조금 떨어진 곳에 너도밤나무 숲이 있었다.

블랙베리가 말했다.

"저기에 큰 나무들이 좀 있어. 분명 뿌리가 땅속 깊이 뻗어 있을 거야. 거기다 굴을 파면 고향 마을 못지않게 편안하게 살 수 있을 거야. 하지만 빅윅이나 다른 친구들이 굴을 파지 않겠다거나 못 파겠다고 하면…… 글쎄, 이곳은 나무도 별로 없고 황량해. 물론 그 덕분에 아무도 살지 않아서 안전하긴 하지. 하지만 날씨가 나빠지면 우리도 못 견디고 언덕에서 내려가야 할 거야."

비탈을 내려가면서 헤이즐이 미심쩍은 듯 말했다.

"수토끼들이 굴을 판다는 건 생각도 못해 봤어. 아기 토끼들이야 굴이 필요하지. 하지만 우리도 그럴까?"

블랙베리가 말했다.

"우리가 태어난 토끼 마을은 어머니들이 태어나기 전부터 있던 거야. 우리는 굴에 익숙해져 있지만 굴 파기를 거든 적은 없어. 새 굴이 있다면 누가 팠을까? 당연히 암토끼지. 분명히 말하지만, 당연하다고 생각했던 것들을 바꾸지 않으면 여기서 오래 버티지 못해. 다른 곳이라면 모를까, 여기서는 안 돼."

"보통 일이 아닌데."

"야, 빅윅하고 몇몇이 오고 있어. 쟤네들이 뭐라고 할지 물어보자."

그러나 헤이즐은 실플레이를 하면서 파이버한테만 살짝 블랙베리의 생각을 귀띔해 주었다. 잠시 뒤 토끼들이 먹이를 다 먹고 풀숲에서 뛰어놀거나 볕을 쬘 때, 헤이즐이 너도밤나무 숲에 가 보자고 제안했다.

"그냥 어떤 숲인지 구경이나 하자."

빅윅과 실버는 냉큼 찬성했고, 결국 모두 따라나서게 되었다.

숲은 토끼들이 지나온 목초지의 잡목림과 달랐다. 길이 400~500미터에 폭이 50미터도 안 되는 좁다란 숲으로, 언덕 지대에서 흔히 볼 수 있는 바람막이 숲이었다. 나무들은 잘 자란 너도밤나무가 대부분이었다. 미끈하게 뻗은 거대한 나무줄기가 초록빛 그늘 속에 굳건히 서 있고, 층층이 넓게 뻗은 나뭇가지에 햇빛이 어른거렸다. 나무 사이의 땅은 툭 트여 있어 숨을 데가 없었다. 토끼들은 어리둥절했다. 이토록 환하고 조용하고 빈 공간이 많은 숲이 있다니 이해가 되지 않았다. 너도밤나뭇잎이 부드럽게 살랑대는 소리도 떡갈나무나 자작나무 숲에서 듣던 소리와 달랐다.

토끼들은 머뭇거리며 숲 언저리를 들락거리다가 북동쪽 구석에 이르렀다. 그곳에는 둔덕이 있고 그 너머로 풀밭이 좍 펼쳐져 있었다. 덩치 큰 빅윅 곁에 있으니까 터무니없이 작아 보이는 파이버가 확신에 차서 행복한 얼굴로 헤이즐을 돌아보았다.

"헤이즐, 블랙베리 말이 맞아. 우린 최선을 다해서 여기다 굴을 파야 돼. 어쨌든 난 지금 당장이라도 팔 거야."

토끼들은 기겁했다. 하지만 핍킨은 당장 헤이즐을 따라 둔덕 아래로 내려갔다. 얼마 안 있어 두세 마리가 더 부슬부슬한 흙을 파기 시작했다. 굴 파기는 쉬웠다. 종종 풀을 뜯거나 햇볕을 쬐면서 쉬엄쉬엄 했는데도 한낮이 되기 전에 벌써 헤이즐은 땅속에 들어가 나무뿌리 사이에서 굴을 파고 있었다.

너도밤나무 숲에는 키 작은 관목이나 덤불이 거의 없지만 나뭇가지가 좍 뻗어 있어서 하늘을 가려 주었다. 알고 보니 이 외딴 곳에는 황조롱이가 많았다. 황조롱이는 주로 쥐만 한 동물을 잡아먹지만 가끔 어린 토끼를 노리기도 한다. 그래서 토끼들은 황조롱이가 날아다니는 것을 보면 얼른 숨는다. 잠시 뒤 에이콘이 남쪽에서 날아오는 황조롱이를 발견했다. 에이콘이 발을 구르고 잽싸게 숲으로 뛰어들자 다른 토끼들도 뒤따라 숨었다. 잠시 뒤에 다시 숲에서 나와 굴을 파는데, 좀 전의 황조롱이인지 다른 황조롱이인지 모르지만 황조롱이 한 마리가 토끼들이 전날 아침에 지나온 들판 위를 높이 날아다녔다. 헤이즐은 굴 파기 작업이 진행되는 동안 벅손을 보초로 세웠고, 낮 동안 두 번의 경보가 있었다. 초저녁에는 인간이 말을 타고 북쪽 숲 끝에 있는 고갯길을 지나가는 바람에 작업이 중단되었다. 그것 말고는 온종일 비둘기보다 큰 것은 구경도 못 했다.

말을 탄 인간이 언덕마루에서 남쪽으로 방향을 틀어 멀리 사라지자, 헤이즐은 숲가로 돌아와 환하고 고요한 북쪽 들판과 멀리 킹스클레어 마을 북쪽으로 뻗어 가는 어렴풋한 고압선들을 바라보았다. 공기가 선선해지면서 해가 북쪽 절벽을 비추었다.

헤이즐이 말했다.

"이만하면 된 것 같아. 어쨌든 오늘은 말이야. 난 맛있는 풀이 있는지 언덕 기슭까지 내려가 볼래. 여기 풀도 그런대로 괜찮지만 너무 듬성듬성하고 말라 있어. 누구 같이 안 갈래?"

빅윅과 댄더라이언과 스피드웰이 따라나섰다. 다른 토끼들은 풀을 뜯으면서 산사나무 쪽으로 돌아가 해가 지면 땅속으로 들어가겠다고 했다. 빅윅과 헤이즐은 두 토끼를 데리고 숨을 곳이 많은 길로 400~500미터쯤 돌아가 언덕 기슭에 이르렀다. 곧 다들 무사히 밀밭 언저리에 도착해서 풀을 뜯었다. 저녁에 흔히 볼 수 있는 토끼들의 풍경이었다. 헤이즐은 피곤한 가운데서도 만일의 경우에 달아날 곳을 눈여겨보아 두었다. 다행히 풀이 무성한 좁은 도랑이 있었는데, 군데군데 무너지긴 했지만 야생 파슬리와 쐐기풀이 무성하게 늘어져 있어서 긴 굴 비슷한 은신처가 될 수 있을 것 같았다. 네 토끼는 언제든지 재깍 도랑으로 달아날 수 있는 거리에서 풀을 뜯었다.

빅윅은 토끼풀을 먹고 나그네나무에서 떨어진 꽃 냄새를 맡으며 말했다.

"저 정도면 무슨 일이 일어나도 안심할 수 있겠어. 이야, 그래도 고향을 떠나고 나서 많은 걸 배우지 않았냐? 거기서는 평생을 가도 다 못 배울 것들을 말이야. 게다가 굴 파기라! 다음엔 하늘도 날겠다. 여기는 흙도 고향 흙하고 전혀 다르지 않냐? 냄새도 다르고 미끄러지는 것도 부스러지는 것도 다 달라."

헤이즐이 말했다.

"참, 너한테 물어볼 게 있어. 그 끔찍한 카우슬립네 마을에도 훌륭한 점은 있었어. 큰 굴 말이야. 우리도 큰 굴이 있었으면 좋겠어. 모두 땅속에 모여 얘기도 하고 들을 수 있다니 근사하잖아. 네 생각은 어때? 우리도 만들 수 있을까?"

빅윅은 곰곰이 생각하다가 말했다.

"이거 하나는 분명해. 굴을 너무 크게 파면 천장이 무너진다는 거. 그러니까 그 마을처럼 큰 굴을 만들려면 천장을 받쳐 줄 게 필요해. 카우슬립네 마을에서는 그게 뭐였지?"

"나무뿌리."

"흠, 우리가 굴을 파는 곳에도 나무뿌리는 있어. 하지만 그걸로 천장을 떠받칠 수 있을까?"

"스트로베리한테 큰 굴에 대해 물어보자. 하지만 아는 게 별로 없을지도 몰라. 그 굴은 스트로베리가 태어나기도 전부터 있었을 테니까."

"이제 굴이 무너져도 녀석은 죽지 않겠지. 그 마을은 낮에 나온 올빼미처럼 한심해. 녀석이 거기를 떠나온 건 잘한 일이야."

밀밭에 땅거미가 내려앉았다. 언덕 위쪽에는 여전히 붉은 햇살이 비쳤지만, 해는 이미 언덕 너머로 기울어 있었다. 들쑥날쑥한 산울타리 그림자도 희미해지다가 사라졌다. 어둠이 다가오면서 습기를 머금은 서늘한 냄새가 났다. 떡갈잎풍뎅이가 붕붕거리며 지나갔다. 여치 소리도 뚝 그쳤다.

빅윅이 말했다.

"올빼미 나오겠다. 다시 돌아가자."

바로 그때 어둑어둑한 밀밭 쪽에서 발 구르는 소리가 났다. 조금 더 가까이에서 한 번 더 소리가 나더니 하얀 꼬리가 언뜻 보였다. 모두 잽싸게 도랑으로 달아났다. 막상 숨으려고 보니 도랑은 생각보다 훨씬 좁아 간신히 몸을 돌릴 수 있을 정도였다. 빅윅과 헤이즐이 돌아서자 스피드웰과 댄더라이언이 굴러떨어지듯 뒤따라 들어왔다.

헤이즐이 물었다.

"뭐야? 무슨 소리였어?"

스피드웰이 대답했다.

"산울타리를 따라 뭔가 다가오고 있어. 동물이야. 무척 시끄러워."

"봤어?"

"아니, 냄새도 못 맡았어. 바람이 뒤에서 불잖아. 하지만 소리는 확실히 들었어."

댄더라이언이 말했다.

"나도 들었어. 꽤 큰 놈이야. 토끼만 한 놈이 제 딴에는 몸을 숨기려고 애쓰면서 비척비척 다가오고 있는 것 같아."

"홈바인가?"

빅윅이 말했다.

"아니, 홈바라면 바람이 불든 안 불든 냄새가 났을 거야. 너희들 말만으로는 고양이 같다. 담비가 아니어야 할 텐데. 호이, 호이, 우 엠블리어 흐라이어! 골치 아프게 됐군! 잠시 꼼짝 말고 숨어 있자. 하지만 여차하면 달아날 준비는 하고 있어."

토끼들은 기다렸다. 날이 금세 어두워졌다. 위쪽 뒤엉킨 덩굴 사이로 어슴푸레한 빛이 새어 들어왔다. 도랑 끝은 풀이 워낙 무성해서 밖이 보이지 않았지만, 아까 들어왔던 곳으로 검푸른 하늘이 보였다. 얼마 뒤에 도랑을 뒤덮은 풀숲 사이로 별 하나가 보였다. 별빛이 바람에 흔들리듯 희미하게 깜박거렸다.

헤이즐은 한참 별을 바라보다가 다른 토끼들을 돌아보았다.

"여기서 한숨 자자. 날씨도 별로 쌀쌀하지 않으니까. 누가 그런 소리를 냈는지는 모르지만 위험한데 굳이 나갈 필요 없잖아."

댄더라이언이 말했다.

"잠깐. 무슨 소리지?"

처음에는 아무 소리도 들리지 않았다. 하지만 곧 멀리서 또렷한 소리가 들려왔다. 울부짖음 같은 소리가 들리다 말다 했다. 사냥하는 소리는 아니었지만 너무나 기괴해서 더럭 겁이 났다. 조금 있으니까 소리가 뚝 그쳤다.

빅윅이 말했다.

"대체 누가 저런 소리를 내는 거지?"

털모자처럼 북슬북슬한 빅윅의 머리털이 곤두서 있었다. 스피드웰이 눈을 휘둥그레 뜨고 말했다.

"고양이 아닐까?"

빅윅은 이빨을 드러낸 채 잔뜩 굳은 얼굴을 괴상하게 일그러뜨리며 말했다.

"고양인 아냐! 절대로 아니야! 저게 뭔지 모르겠어? 너네 어머니가……."

빅윅은 입을 다물었다. 그러더니 소리를 아주 낮춰 말했다.

"어머니가 가르쳐 주시지 않았어?"

댄더라이언이 소리쳤다.

"아냐! 아냐! 저건 새나…… 쥐가…… 다쳐서……."

빅윅이 벌떡 일어났다. 빅윅은 등을 활처럼 구부리고 뻣뻣해진 고개를 끄덕이며 속삭였다.

"인레의 검은 토끼야! 아니면 뭐겠어…… 이런 곳에서 말이야."

헤이즐이 말했다.

"그런 소리 하지 마!"

헤이즐은 자기도 떨고 있음을 깨닫고 양쪽 도랑둑에 다리를 버티고 섰다.

좀 더 가까운 곳에서 소리가 들려왔다. 이제 의심할 여지가 없었다. 알아듣기 힘들 정도로 변해 버렸지만 분명 토끼의 목소리였다. 소리가 얼마나 기괴하고 비통한지 어둡고 차가운 밤하늘에서 울려 나오는 것 같았다. 처음에는 그냥 울부짖음인 줄 알았다. 그런데 다음 순간 토끼들은 모두 분명하고 또렷하게 무슨 말인지 알아들을 수 있었다.

그 토끼는 무시무시하게 울부짖었다.

"존!* 존! 모두 죽었다! 아아, 존!"

댄더라이언이 낑낑거렸다. 빅윅은 허겁지겁 흙바닥을 파헤쳤다.

헤이즐이 말했다.

"조용히 해! 흙 좀 그만 뿌리고! 소리 좀 들어 보자."

그 순간 목소리가 아주 또렷하게 들렸다.

---

* 존 '끝났다' 또는 '끝장이다'라는 말로, 끔찍한 파국을 뜻한다.

"슬라일리! 아아, 슬라일리!"

토끼들은 엄청난 공포로 정신이 몽롱해지고 몸이 굳어버렸다. 다음 순간 흐릿한 눈으로 한곳을 뚫어지게 바라보던 빅윅이 밖으로 뛰쳐나가려고 했다.

"가야 해. 그가 부르면 가야 돼."

빅윅이 알아듣기 힘든 소리로 웅얼거렸다.

헤이즐은 겁에 질려 정신이 멍해졌다. 엔본강 근처에서처럼 주위 사물이 비현실적으로 변하고 꿈처럼 느껴졌다. 누가, 아니 무엇이 빅윅의 이름을 부르는 걸까? 어떻게 이런 곳에 빅윅의 이름을 아는 존재가 있단 말인가? 헤이즐은 한 가지 생각밖에 없었다. 제정신이 아닌 빅윅을 내보내서는 안 된다. 헤이즐은 빅윅을 밀치고 앞질러 나아갔다.

헤이즐이 숨가쁘게 말했다.

"여기 가만히 있어. 어떤 토끼인지 내가 알아보고 올게."

그러고는 후들거리는 다리로 간신히 도랑 밖으로 기어나갔다.

잠시 아무것도 보이지 않았다. 여전히 이슬 냄새와 딱총나무꽃 향내가 풍기고 싸늘한 풀이 콧등에 닿았다. 헤이즐은 곧추앉아 주위를 둘러보았다. 근처에는 아무도 없었다.

헤이즐이 입을 열었다.

"거기 누구냐?"

아무 소리도 나지 않았다. 헤이즐이 다시 말하려는 순간 대답이 들려왔다.

"존! 아아, 존!"

소리는 밀밭 가장자리에 있는 산울타리에서 들려왔다. 그쪽을 돌아보니 독미나리 아래 웅크리고 있는 토끼의 모습이 차츰 어렴풋이 눈에 들어왔다. 헤이즐이 다가가서 "누구냐?" 하고 물었지만 대답이 없었다. 헤이즐이 머뭇거리고 있는데 뒤에서 움직이는 기척이 났다.

댄더라이언이 숨 막히는 듯한 소리로 말했다.

"나야, 헤이즐."

둘은 함께 다가갔다. 그런데도 그 토끼는 움직이지 않았다. 희미한 별빛 속에서 보니 그것은 유령이 아니라 살아 있는 토끼였다. 금방이라도 쓰러질 것 같은 상태에서 몸이 마비된 듯 뒷다리를 축 늘어뜨리고 주저앉아 있는 토끼. 끊임없이 공포에 떨면서 아무것도 보이지 않는데도 흰자위가 드러난 눈으로 이리저리 두리번거리다가 얼굴 위로 축 늘어진 피투성이 귀를 애처롭게 핥는 토끼. 고통을 견디다 못해 자기를 잡아가라고 사방에 있는 천의 적을 부르기라도 하는 듯 울부짖는 토끼.

그 토끼는 바로 샌들포드 마을의 아우슬라 대장 홀리였다.

20

벌집과 들쥐

그의 얼굴은 긴 여행을 마친 자의 얼굴이었다.

〈길가메시 서사시〉

홀리는 샌들포드 마을에서 중요한 토끼였다. 스레아라한 테서 두터운 신임을 받았고, 엄청난 용기를 발휘하여 어려운 임무를 몇 번이나 완수하기도 했다. 올 초봄에 여우 한 마리가 마을 근처 잡목림에 나타난 일이 있었다. 홀리는 자원한 토끼 두세 마리와 함께 며칠 동안 숲을 감시했고, 어느 날 저녁 여우가 훌쩍 사라질 때까지의 동정을 낱낱이 보고했다. 빅윅을 체포하기로 한 것은 스스로 내린 결정이었지만, 앙심을 품는 성격은 결코 아니었다. 오히려 자신의 본분을 잘 알고 충실히 수행하며 터무니없는 일은 절대로 안 하는 토끼였다. 건전하고 겸손하며 양심적이고 토끼

242

다운 장난기가 조금 부족한 점까지 홀리는 타고난 2인자였다. 마을을 떠나자고 홀리를 설득하는 일은 있을 수도 없었다. 따라서 지금 홀리가 워터십 다운 기슭에 있다는 사실은 놀랍기 그지없었다. 더구나 이 지경이 되어 있다는 것은 도저히 믿을 수 없는 일이었다.

헤이즐과 댄더라이언은 독미나리 아래에 있는 가련한 짐승을 알아본 순간 땅속에서 다람쥐를 만난 것처럼, 아니 강물이 거꾸로 흐르는 광경을 본 것처럼 한동안 망연자실해 있었다. 자신의 눈과 귀가 의심스러웠다. 어둠 속의 목소리가 초자연적인 것이 아니라는 것은 밝혀졌지만 현실은 경악스럽기 그지없었다. 도대체 어떻게 홀리 대장이 여기 있는 것일까? 대체 무슨 일이 있었기에 다른 토끼도 아닌 홀리가 이 지경이 되었을까?

헤이즐은 정신을 가다듬었다. 까닭이야 어찌 됐든 일단 급한 불부터 끄고 봐야 했다. 밤에, 그것도 탁 트인 곳에서 몸을 숨길 데라곤 풀로 뒤덮인 도랑뿐인데, 제대로 움직이지도 못하는 토끼가 피 냄새를 풍기며 미친 듯이 소리 지르고 있는 상황이었다. 지금 이 순간에도 담비가 홀리의 흔적을 쫓고 있을지 몰랐다. 홀리를 구하려면 서둘러야 했다.

헤이즐은 댄더라이언에게 말했다.

"빅윅한테 가서 소리 지른 게 누군지 알려 주고 이리로 데려와. 스피드웰은 언덕에 보내서 아무도 내려오지 않도록 단단히 일러두라고 해. 도움이 되기는커녕 더 위험해질 뿐이니까."

댄더라이언이 떠나자마자 산울타리 속에서 또 다른 기척이 들렸다. 누군지 궁금해할 겨를도 없이 곧 어떤 토끼가 누워 있는 홀리에게 절름거리며 다가왔다.

그 토끼가 헤이즐에게 말했다.

"우리 좀 도와줘. 큰 재난을 겪은 데다 홀리 대장은 다쳤어. 이 근처에 굴은 있어?"

헤이즐은 그 토끼가 빅윅을 체포하러 왔던 토끼 가운데 하나라는 건 생각났지만 이름은 몰랐다.

헤이즐이 물었다.

"홀리는 위험한 곳을 돌아다니게 내버려 두고 왜 혼자만 산울타리에 숨어 있었지?"

"너희들이 오는 소리를 듣고 도망친 거야. 대장을 데리고 가려고 했지만 꼼짝도 안 해서 말이야. 너희들이 엘릴인 줄 알았거든. 가만히 있으면 죽을 게 뻔하잖아. 지금은 들쥐하고도 싸울 기운이 없어."

헤이즐이 물었다.

"너, 나 기억나니?"

그 토끼가 대답하기도 전에 어둠 속에서 댄더라이언과 빅윅이 나타났다. 빅윅은 잠시 눈이 휘둥그레져서 홀리를 보더니 곧 그 옆에 웅크리고 앉아서 홀리의 코에 자기 코를 살짝 비볐다.

"홀리, 나 슬라일리야. 날 부르고 있었지?"

홀리는 아무 말 없이 빅윅만 뚫어져라 쳐다보았다.

빅윅이 고개를 들고 물었다.

"대장하고 함께 온 게 누구지? 아, 블루벨이구나. 몇 마리나 같이 왔어?"

블루벨이 대답했다.

"나뿐이야."

블루벨이 계속 말하려는데 홀리가 입을 열었다.

"슬라일리, 드디어 만났구나."

홀리는 간신히 몸을 일으켜 토끼들을 둘러보았다.

"넌 헤이즐이지, 맞지? 저 친구는…… 으음, 알았는데. 지금 내 상태가 말이 아니라서 말이야."

헤이즐이 말했다.

"댄더라이언이야. 내 말 들어. 넌 지금 몹시 지쳤겠지만 이대로 있을 수는 없어. 위험하니까. 우리 굴까지 함께 갈 수 있겠어?"

블루벨이 말했다.

"대장, 한 풀잎이 다른 풀잎한테 뭐라고 했는지 알아?"

헤이즐이 블루벨을 노려보았지만, 홀리는 "글쎄?" 하고 대꾸했다.

"이렇게 말했지. '앗, 토끼다! 위험해!'"

헤이즐이 말했다.

"지금은 농담할 때가……."

홀리가 말했다.

"블루벨을 나무라지 마. 이 친구가 계속 우스갯소리를 떠들지 않았다면 여기까지 오지도 못했을 거야. 괜찮아, 이제 갈 수 있어. 여기서 먼가?"

"별로 안 멀어."

하지만 헤이즐은 홀리가 도저히 마을까지 가지 못할 거라고 생각했다.

언덕을 오르는 데는 시간이 많이 걸렸다. 헤이즐은 일행을 나누어 빅윅과 댄더라이언에게 양쪽을 지키게 하고 자기는 홀리와 블루벨을 데리고 갔다. 홀리가 서너 번도 넘게 쉬자 헤이즐은 두려움에 떨며 가까스로 짜증을 눌렀다. 아래쪽 지평선 위로 둥근 달이 떠올라 점점 밝게 빛나자 헤이즐은 참다 못해 홀리한테 빨리 걸으라고 사정했다. 그사이에 하얀 달빛 속에서 핍킨이 마중하러 내려왔다.

헤이즐은 엄하게 나무랐다.

"뭐 하는 거야? 스피드웰한테 아무도 내려오지 말라고 했는데."

핍킨이 말했다.

"스피드웰 잘못이 아니야. 강 건널 때 헤이즐 네가 날 지켜 주었으니까 나도 널 찾으러 나온 거야. 그리고 바로 굴 앞이잖아. 근데 정말로 홀리 대장을 찾은 거야?"

빅윅과 댄더라이언이 다가왔다.

빅윅이 말했다.

"이렇게 하자. 홀리와 블루벨은 오랫동안 푹 쉬어야 해. 핍킨하고 댄더라이언더러 둘을 빈 굴에 데려다주고 당분간 함께 지내라고 하자. 홀리와 블루벨이 나을 때까지 우리는 떨어져 있는 게 좋겠어."

헤이즐이 말했다.

"그래, 그게 좋겠다. 나도 지금 너랑 같이 올라갈게."

헤이즐과 빅윅은 곧 산사나무들 앞에 도착했다. 토끼들은 모두 땅 위로 올라와서 소곤대며 기다리고 있었다.

빅윅이 누가 묻기도 전에 앞질러 말했다.

"조용! 맞아, 홀리 대장이야. 블루벨도 같이 왔어. 그렇게 둘뿐이야. 둘 다 상태가 좋지 않으니까 귀찮게 하면 안 돼. 당분간 이 굴에서 지낼 거야. 난 지금 다른 굴로 들어갈 테니까 너희도 생각 있는 토끼라면 그렇게 해 줘."

그러나 빅윅은 굴로 들어가다 말고 헤이즐에게 말했다.

"아까 도랑에서 네가 나 대신 나가 주었지. 절대로 잊지 않을게."

헤이즐은 벅손이 다리를 다친 것이 생각나서 벅손을 데리고 굴로 들어갔다. 스피드웰과 실버도 뒤따라 들어왔다.

실버가 물었다.

"헤이즐, 어떻게 된 거야? 무척 안 좋은 일이 있었던 게 분명해. 홀리가 스레아라를 떠날 리가 없는데."

헤이즐이 대답했다.

"모르겠어. 아직 아무도 몰라. 내일까지 기다려야겠지. 홀리는 달리기를 멈출지도 모르지만 블루벨은 괜찮을 거 같아. 이제 벅손 다리를 치료할 거니까 좀 비켜 줄래?"

벅손의 상처가 많이 나아지고 있어서 헤이즐도 곧 잠을 청했다.

이튿날도 전날 못지않게 구름 한 점 없이 뜨거운 날씨였다. 핍킨도 댄더라이언도 아침 실플레이에 나오지 않았다.

헤이즐은 인정사정없이 토끼들을 숲으로 내몰아 굴 파기를 시켰다. 스트로베리한테 물어보니 큰 굴의 천장은 얼기설기 뒤엉킨 가는 뿌리로 덮여 있을 뿐 아니라 바닥까지 곧게 뻗은 뿌리가 받쳐 주고 있다고 했다. 헤이즐은 그런 뿌리가 있는 줄 몰랐다고 말했다.

스트로베리가 말했다.

"그런 뿌리는 많지 않지만 중요한 역할을 해. 무게를 많이 받쳐 주니까. 그 뿌리들이 없으면 큰 비가 내린 뒤에 천장이 무너지고 말 거야. 비바람이 몰아치는 밤이면 위쪽의 흙이 더 무거워지는 게 느껴지지만 위험한 적은 없었어."

헤이즐과 빅윅은 스트로베리와 함께 땅속으로 들어갔다. 새 마을은 일단 너도밤나무 뿌리 사이를 파서 만들었다. 아직은 입구가 하나뿐인 좁고 울퉁불퉁한 동굴에 지나지 않았다. 셋은 뿌리 사이를 파내어 굴을 넓히고 숲속으로 나갈 수 있는 굴길을 만들려고 위쪽으로 굴을 팠다. 조금 뒤 스트로베리가 굴을 파다 말고 뿌리 사이를 돌아다니며 냄새를 맡기도 하고 뿌리를 깨물기도 하고 앞발로 흙을 부지런히 파내기도 했다. 헤이즐은 스트로베리가 피곤하니까 바쁘게 일하는 척하면서 쉬나 보다고 생각했다. 그런데 잠시 뒤 스트로베리가 돌아와서 제안할 게 있다고 했다.

"현재 이런 상황이야. 요 위에는 튼튼한 뿌리가 넓게 뻗어 있지 않아. 그 큰 굴은 운 좋게도 그런 뿌리가 있었지만 여긴 그만한 게 없을 거야. 그래도 여기 있는 것을 잘 이용하면 분명 멋진 굴을 만들 수 있어."

248

블랙베리가 굴길을 내려오다가 스트로베리의 이야기를 듣고 물었다.

"여기 있는 거라니?"

"굵은 뿌리 서너 개가 천장에서부터 곧게 내리뻗어 있어. 큰 굴보다 많은 거지. 뿌리 근처의 흙만 파내고 뿌리는 그대로 남겨 두는 게 좋아. 뿌리를 갉아서 끊어 버리면 안 돼. 어쨌든 큰 굴을 갖고 싶다면 그렇게 해야 해."

"그럼 우리가 만들 큰 굴은 이 굵은 뿌리들로 가득 차게 되잖아?"

헤이즐은 적이 실망스러웠다.

스트로베리가 말했다.

"그렇긴 해. 하지만 뿌리가 있다고 나쁠 건 없어. 뿌리 사이로 들락거릴 수도 있고, 서로 말하고 이야기를 듣는 데 방해가 되지도 않으니까. 오히려 뿌리 덕분에 굴 안이 더 따뜻하고, 위에서 나는 소리도 더 잘 들릴 거야. 이런 점은 언젠가 쓸모가 있을지도 모른다고."

헤이즐 일행이 '벌집'이라고 부르는 굴을 파는 데는 스트로베리의 공이 컸다. 헤이즐은 굴 파는 토끼들을 꾸리는 일만 하고 실제 지휘는 스트로베리한테 맡겼다. 작업은 교대로 계속되었고, 쉴 차례가 되면 토끼들은 땅 위로 나가 놀거나 햇볕을 쬐었다. 온종일 언덕은 시끄러운 소리나 인간, 트랙터, 가축 떼의 방해를 받지 않아 고적했다. 그것을 본 토끼들은 파이버의 예지가 얼마나 큰 선물을 가져다주었는지 더욱 가슴 깊이 느꼈다. 늦은 오후가 되자 큰 굴은 모양새를 갖추기 시작했다. 북쪽 끝은 너도밤나무 뿌리가 기둥처럼 불규칙하게 늘어선 복도 모양이었다. 그곳을 지나면 좀 더 트인 중심 공간이 나왔다. 그리고 그 너머 기둥 뿌리가 없는 남쪽 끝은 스트로베리가 흙을 몇 군데 그대로 남겨두게 하여 서너 칸으로 나누어 놓았다. 이것들은 점점 좁아져 천장이 낮은 굴길이 되었고, 이 굴길들은 잠자는 굴로 통했다.

헤이즐은 굴 파기의 성과를 자기 눈으로 확인하고는 더욱 흐뭇해하며 실버와 나란히 굴길 입구에 앉아 있었다. 갑자기 '매다! 매!'라는 뜻의 발 구르기 경보가 들려오자 밖에 나가 있던 토끼들이 숨을 곳을 찾아 잽싸게 도망쳤다. 헤이즐은 안전한 곳에 있었기 때문에 그대로 앉아 숲 그림자 너머 햇빛이 드는 풀밭을 바라보고 있었다. 황조롱이가 미끄러지듯 날아와 까만 꽁지를 구부리고 뾰족한 날개를 빠르게 파닥이며 언덕을 살폈다.

헤이즐은 황조롱이가 더 낮게 내려와 멈추어 선 채 날갯짓하는 모습을 지켜보며 말했다.

"저것이 과연 우리를 공격할까? 그러기엔 너무 작지 않아?"

실버가 대답했다.

"그럴지도 모르지. 하지만 그렇더라도 너 같으면 지금 밖에 나가서 풀을 뜯고 싶겠냐?"

뒤에서 올라오던 빅윅이 말했다.

"난 저런 엘릴한테 맞서 보고 싶어. 우린 무서워하는 엘

릴이 너무 많아. 그래도 하늘에서 공격해 오는 새는 좀 무
리겠지? 더구나 날쌔게 덮쳐 오는 놈은 말이야. 갑자기 덮
치면 덩치 큰 토끼도 당해 내지 못할 거야."

실버가 불쑥 말했다.

"저 들쥐 보여? 봐, 저기. 가엾은 것."

숨을 곳 하나 없는 풀밭에 들쥐가 있었다. 어찌할 바를
모르는 걸 보니 자기네 굴에서 멀리 나온 게 분명했다. 아
직 황조롱이 그림자가 머리 위로 지나가지는 않았지만, 토
끼들이 삽시간에 사라지자 불안해서 땅바닥에 납작 엎드려
주위를 두리번거리며 어쩔 줄 몰라 했다. 황조롱이는 아직
들쥐를 발견하지 못했지만 들쥐가 움직였다 하면 바로 들
킬 게 뻔했다.

빅윅이 차갑게 말했다.

"잡히는 건 시간문제군."

그때 헤이즐은 충동적으로 둔덕을 뛰어 내려가 훤히 트
인 풀밭으로 조금 들어갔다. 들쥐는 토끼어를 쓰지 않지만,
산울타리나 삼림 지대에는 아주 간단한 공통어가 있었다.
헤이즐은 그것을 사용했다.

"뛰어! 이쪽, 빨리."

들쥐는 헤이즐을 쳐다보았지만 움직이지는 않았다. 헤이
즐이 다시 말하자 들쥐가 헤이즐 쪽으로 급하게 달려왔다.
그 순간 황조롱이가 휙 돌아서 비스듬히 아래쪽으로 날아
왔다. 헤이즐은 부랴부랴 굴로 돌아왔다. 밖을 내다보니 들
쥐가 따라오고 있었다. 둔덕 밑에 이르러 땅바닥에 떨어진

잔가지를 넘어 허겁지겁 달려왔다. 푸른 잎이 두세 장 달린 잔가지였는데 뒤집히면서 나뭇잎 하나가 나무 사이로 비치는 햇살을 받아 반짝 빛났다. 곧이어 황조롱이가 비스듬히 날아 내려오다가 날개를 접고 급강하했다.

굴 입구에 있던 헤이즐이 안쪽으로 폴짝 물러나기도 전에 들쥐가 헤이즐의 앞발 사이로 뛰어들어 뒷다리 사이에 찰싹 엎드렸다. 그 순간 황조롱이가 날카로운 부리와 발톱을 세우고서 마치 대포알처럼 무서운 속도로 굴 바로 앞까지 달려들었다. 황조롱이는 사납게 퍼덕거렸다. 한순간 왕방울만 한 검은 눈이 굴속을 빤히 들여다보았다. 그러더니 바로 날아가 버렸다. 헤이즐은 순식간에 코앞으로 달려드는 황조롱이 기세에 잔뜩 겁을 먹고 뒤로 펄쩍 물러나다가 실버와 부딪쳐 나동그라졌다. 둘은 말없이 일어났다.

실버가 빅윅을 돌아보며 말했다.

"저런 놈한테 맞서 보고 싶다고? 그때는 나한테 알려 줘. 꼭 가서 구경해 줄 테니까."

빅윅이 말했다.

"헤이즐 넌 바보짓 할 녀석이 아닌데 무슨 이득이 있다고 그런 거야? 두더지나 뾰족뒤쥐가 미처 땅속에 숨지 못할 때마다 구해 줄 작정이야?"

들쥐는 꼼짝도 하지 않았다. 여전히 굴 입구 바로 안쪽에서 웅크리고 있었는데, 토끼들 머리와 같은 높이에 있어서 역광을 받아 몸의 윤곽이 그대로 드러났다. 헤이즐은 들쥐가 자기를 지켜보고 있음을 알았다.

헤이즐이 말했다.

"매는 아직 안 갔을 거야. 지금은 여기 있어. 나중에 가."

빅윅이 뭐라고 하려는데 댄더라이언이 입구에 나타났다. 댄더라이언은 들쥐를 보자 살짝 옆으로 밀치고 들어왔다.

"헤이즐, 홀리에 대해 보고해야 될 것 같아서 왔어. 오늘 저녁은 한결 나아졌어. 하지만 어젯밤엔 어찌나 괴로워하던지 우리도 무척 힘들었어. 잠이 드는가 싶으면 흠칫 깨어나서 울부짖는 거야. 미친 게 아닌가 싶더라고. 핍킨이 말 상대를 해 주었는데 참 잘하더군. 홀리는 블루벨이 없으면 안 되는 것 같았어. 블루벨은 쉴 새 없이 농담을 해 댔지. 새벽에는 홀리도 우리도 완전히 녹초가 되었어. 그러고는 하루 종일 잤지. 홀리는 오늘 오후에 일어난 뒤로는 웬만큼 정신이 들었는지 실플레이하러 나갔어. 오늘 밤엔 너나 다른 토끼들이 어디에 있을 거냐고 홀리가 묻기에 너한테 물어보러 온 거야."

빅윅이 물었다.

"그럼 이젠 홀리하고 얘기해도 괜찮은 거야?"

"응, 아마도. 홀리한테는 그게 가장 좋을 것 같아. 우리랑 함께 있으면 어젯밤처럼 그렇게 괴로워하진 않을 거야."

실버가 물었다.

"그렇다면 오늘은 어디서 자는 게 좋을까?"

헤이즐은 곰곰이 생각했다. 벌집은 아직 대충 파기만 했을 뿐 완성되지 않았지만, 잠자기에는 산사나무 쪽 굴 못지않게 편할 것이다. 게다가 불편하다면 더 편안한 굴로 만들

253

고자 하는 의욕이 생길 것이다. 낮에 힘들게 만든 굴에서 잠을 자게 되면 다들 뿌듯해할 테고, 백토 굴에서 사흘째 자는 것보다는 더 좋아할 것이다.

헤이즐이 말했다.

"여기가 좋겠어. 하지만 다들 생각이 어떤지 알아보자."

댄더라이언이 물었다.

"이 들쥐는 왜 여기 있는 거야?"

헤이즐이 자초지종을 들려주자 댄더라이언도 빅윅처럼 어리둥절해했다.

헤이즐이 말했다.

"사실 딱히 이유가 있어서 구하러 나간 건 아냐. 하지만 지금은 좋은 생각이 났어. 나중에 자세히 말해 줄게. 우선은 빅윅하고 같이 홀리한테 가서 얘기해 봐야겠어. 댄더라이언 너는 네가 방금 한 얘기를 모두한테 전하고 오늘 밤에 어디서 자고 싶은지 알아볼래?"

홀리는 댄더라이언이 처음 언덕에 올랐을 때 주위를 둘러보던 개밋둑 근처 풀밭에서 블루벨과 핍킨과 함께 있었다. 홀리는 난초 냄새를 맡고 있었다. 홀리가 코를 들이대자 연보랏빛 꽃송이가 살랑살랑 흔들렸다.

블루벨이 말했다.

"대장, 겁주지 마. 날아가 버릴지도 모른다고. 어차피 이것들은 옮겨 갈 데가 많거든. 봐, 풀밭에 잔뜩 있잖아."

홀리가 유쾌하게 대꾸했다.

"어이, 블루벨, 걱정하지 마. 우리는 이곳에 대해 알아야

해. 여기 식물의 절반은 처음 보는 것들이라고. 이건 먹을
수 없지만, 어쨌거나 맛있는 오이풀이 많아서 다행이야."

파리가 다친 귀에 앉자 홀리는 인상을 찌푸리며 머리를
흔들었다.

헤이즐은 홀리가 한결 기운을 차린 것을 보고 기뻤다. 그
래서 홀리더러 괜찮으면 다른 토끼들을 만나는 게 어떻겠
냐고 말하려는데 홀리가 대뜸 물었다.

"너희들은 수가 많니?"

빅윅이 말했다.

"흐라이어."

"함께 마을을 떠난 친구들은 다 살아 있나?"

헤이즐이 자랑스럽게 대답했다.

"그럼."

"아무도 다치지 않고?"

"어, 이런저런 일로 몇몇이 다치긴 했어."

빅윅이 말했다.

"잠시도 심심할 틈이 없었지."

"저기 오는 건 누구지? 처음 보는데."

스트로베리가 너도밤나무 숲에서 뛰어와서는, 예전에 헤
이즐 일행이 카우슬립네 큰 굴에 가기 전 비 내리는 목초지
에서 본 것과 똑같이 머리와 앞발을 춤추듯 흔드는 이상한
몸짓을 하기 시작했다. 그러다가는 당황했는지 멈칫하고는
빅윅한테 욕을 먹기 전에 얼른 헤이즐에게 말을 걸었다.

"헤이즐-라, (홀리는 깜짝 놀랐지만 아무 말도 하지 않았

255

다.) 다들 오늘 밤에는 새 굴에서 자고 싶대. 그리고 홀리
대장이 괜찮아졌으면 무슨 일이 있었는지, 어떻게 여기까
지 왔는지 듣고 싶대."

헤이즐이 홀리한테 말했다.

"음, 당연한 말이지만 우린 모두 궁금해하고 있어. 이쪽
은 스트로베리야. 여행하다가 만났는데 참 좋은 친구야. 그
런데 이젠 얘기할 수 있을 거 같아?"

홀리가 말했다.

"할 수 있어. 하지만 미리 말해 두는데, 내 이야기를 들으
면 모두 가슴이 얼어붙는 것 같을 거야."

홀리가 얼마나 슬프고 암울한 표정으로 말하는지 아무도
대꾸하지 못했다. 잠시 뒤 여섯 토끼는 말없이 비탈을 올라
갔다. 숲 북쪽 귀퉁이에 이르러 보니 다른 토끼들은 풀을
뜯거나 저녁 햇살을 쬐고 있었다. 홀리는 토끼들을 쓱 둘러
보고는 잔개자리 꽃밭에서 파이버와 함께 풀을 뜯고 있는
실버한테 다가갔다.

홀리가 말했다.

"실버, 여기서 널 보게 되다니 반갑다. 그동안 고생 많았
다며?"

실버가 대답했다.

"쉽진 않았지. 헤이즐이 훌륭하게 이끌고 왔고, 여기 파
이버 덕도 톡톡히 봤어."

홀리는 파이버를 돌아보며 말했다.

"네 얘긴 들었어. 그 일을 예견했던 토끼구나. 네가 스레

아라한테 알려 주러 왔었지?"

파이버가 말했다.

"오히려 스레아라한테 설교만 들었지."

"네 말을 귀담아듣기만 했어도! 하지만 엉겅퀴에 도토리가 열리지 않듯이 이젠 돌이킬 수 없는 일이야. 실버, 헤이즐이나 빅윅보다 네가 더 편해서 그러는데 너한테 꼭 해 둘 말이 있어. 난 여기서 문제를 일으키려고 온 게 아니야. 그러니까, 헤이즐을 상대로 말이야. 이제 누가 뭐래도 헤이즐은 너희 족장 토끼야. 난 헤이즐을 잘 모르지만 틀림없이 뛰어난 토끼일 거야. 그렇지 않았다면 너희는 모두 죽었겠지. 게다가 지금은 아옹다옹할 때가 아니야. 내가 이곳을 휘저으려고 하는 게 아닌가 생각하는 토끼가 있으면 절대로 그럴 생각이 없다고 전해 줘."

실버가 말했다.

"그래, 알았어."

빅윅이 다가왔다.

"아직 올빼미가 나올 시간은 아니지만, 다들 네 얘기를 들으러 지금 당장 굴에 들어가자고 난린데 넌 어때?"

홀리가 되물었다.

"굴? 어떻게 다 같이 굴에 들어가 얘기를 들을 수 있지? 난 여기서 할 작정이었는데."

빅윅이 말했다.

"와서 봐."

홀리와 블루벨은 벌집을 보고 감탄했다.

홀리가 말했다.

"이거 정말 새로운데. 어떻게 천장이 무너지지 않지?"

블루벨이 말했다.

"무너질 턱이 없지. 여긴 언덕 꼭대기니까."

빅윅이 말했다.

"여행하는 길에 알게 된 방법이야."

블루벨이 말했다.

"들판에 누워 있는 기분이야. 좋아, 대장이 이야기할 동안 난 얌전히 있을게."

홀리가 말했다.

"그래야지. 이제 곧 아무도 우스갯소리는 듣고 싶지 않을 거야."

거의 모든 토끼가 큰 굴로 모여들었다. 벌집은 모두 들어갈 만큼 넓었지만 카우슬립네 큰 굴만큼 통풍이 잘되지 않아 6월 밤인 지금은 조금 덥고 답답했다.

스트로베리가 헤이즐에게 말했다.

"간단히 시원하게 만들 방법은 있어. 저번 큰 굴에서는 굴길을 만들어 여름엔 열어 놓고 겨울엔 막아 두었지. 우리도 내일 해 지는 쪽에다 굴길을 하나 더 파면 바람이 잘 통할 거야."

헤이즐이 막 홀리한테 시작하라고 말하려는데 스피드웰이 동쪽 굴길로 내려왔다.

"헤이즐, 너의…… 그, 그 손님, 그 들쥐 말이야, 할 얘기가 있대."

"아, 깜빡했다. 어디 있어?"

"굴길에."

헤이즐이 굴길을 올라갔다. 들쥐는 굴길 입구에서 기다리고 있었다.

헤이즐이 말했다.

"이제 가? 안전해?"

"이제 가. 올빼미 안 기다려. 말하고 싶어. 너 들쥐 구했어. 한 번은 들쥐가 너 구해. 너 필요하면 나 온다."

빅윅이 굴길 아래쪽에서 투덜거렸다.

"맙소사! 형제자매 모두 다 끌고 오겠군. 여긴 들쥐들이 득실거리게 될걸. 헤이즐, 들쥐들한테 굴 한두 개쯤 파 달라고 하지 그래?"

헤이즐은 들쥐가 긴 풀숲 속으로 사라지는 것을 지켜보았다. 그러고 나서 벌집으로 돌아와 방금 이야기를 시작한 홀리 옆에 앉았다.

21
"엘-어라이라도 울부짖으리라"

동물을 사랑하시오. 신은 동물들에게 근심 없이 생각하고
기쁨을 누릴 수 있는 자질을 내리셨습니다. 동물을 괴롭히지 말고,
곤경에 빠뜨리지 말고, 행복을 빼앗지 마시오. 신의 뜻을 거스르지 마시오.

도스토예프스키, 〈카라마조프의 형제들〉

해가 뜨고 지는 사이에 이루어진 부정 행위는
그 하나하나가 뼈처럼 역사 속에 남아 있다.

W. H. 오든, 〈화씨 6도 상승〉

"너희가 떠난 날 밤 아우슬라들은 추적에 나섰어. 그것도
이젠 까마득한 옛일 같기만 하구나! 우리는 냄새를 쫓아 시
내까지 내려갔다가 너희들이 시내를 따라간 것 같다고 스
레아라한테 보고했어. 그러자 스레아라는 목숨을 걸면서까
지 추적할 필요는 없다고 했어. 떠난 자는 떠난 자라고. 하
지만 되돌아오는 자는 반드시 체포하라고 했어. 그래서 나
는 추적을 그만두었지.

다음 날은 별다른 일이 없었어. 파이버와 토끼들이 떠난
일을 두고 이러쿵저러쿵 말은 있었지. 다들 파이버가 나쁜
일이 일어날 거라고 예언한 사실을 알고 있었기 때문에 온

갓 소문이 떠돌았어. 많은 토끼들은 헛소리라고 넘겨 버렸지만 몇몇 토끼는 인간이 총과 흰족제비를 데리고 나타날 수도 있다고 믿었어. 그보다 더 나쁜 일은 상상할 수도 없었어. 그것 아니면 백맹증 정도였지.

월로와 나는 그 문제를 두고 스레아라와 이야기했어.

스레아라는 이렇게 말했지.

'미래를 내다볼 줄 안다고 주장하는 토끼들이 있지. 나도 한두 마리 알고 있네. 하지만 그런 토끼들 말은 듣지 않는 게 좋아. 무엇보다도 그냥 장난인 경우가 많으니까. 힘겨루기로는 출세할 가망이 없는 약한 토끼가 으스대고 싶을 때 가장 잘 써먹는 수법이 예언이야. 그런데 이상한 건 예언이 틀려도 그럴듯하게 연기하면서 계속 예언을 해 대면 아무도 눈치채지 못한다는 걸세. 하지만 정말로 그런 특이한 능력을 가진 토끼를 만날 수도 있지. 실제로 있으니까. 홍수가 일어난다거나 흰족제비와 총이 다가온다고 예언할 수도 있겠지. 예언이 맞아떨어져서 몇몇 토끼들이 달리기를 멈추게 될지도 모르지. 하지만 그걸 피할 길이 있을까? 마을을 완전히 떠난다는 건 엄청난 사건이야. 남겠다고 버티는 토끼도 있을 거야. 족장 토끼는 함께 가겠다는 토끼들을 데리고 떠나겠지. 족장의 권위는 가혹하기 그지없는 시험대에 오르고, 한번 잃은 권위는 되찾기가 쉽지 않지. 기껏해야 숨을 곳도 없는 벌판에서 많은 흘레시 무리를 이끌면서, 어쩌면 암토끼와 아기 토끼들까지 데리고 떠돌아다니겠지. 엘릴이 떼 지어 나타날 테고. 그야말로 극약 처방인 셈이지. 늘 그렇지만 토끼는 굴속에 숨어 위험을 피하는 게 상책이야."

파이버가 말했다.

"가만히 앉아서 지어낸 말이 아니야. 스레아라라면 그럴수도 있겠지만. 난 비명이 나올 만큼 끔찍한 광경을 보았어. 정말이지 그런 광경은 두 번 다시 보고 싶지 않아! 죽을 때까지 잊지 못할 거야. 그 끔찍한 광경과 주목 밑에서 지냈던 밤을. 세상에는 무시무시한 재앙이 존재해."

홀리 대장이 말했다.

"그건 인간이 일으킨 재앙이야. 다른 엘릴들은 제 할 일을 하고, 우리가 그렇듯 프리스 님이 명하신 대로 살아가지. 다들 이 땅에 살면서 먹이를 먹어. 하지만 인간은 이 세상을 망치고 동물을 모조리 죽일 때까지 절대로 멈추지 않을 거야. 이야기가 너무 옆길로 샜군. 이튿날 오후부터 비가 내렸어."

(벅손이 댄더라이언에게 "우리가 둔덕에서 굴을 파고 있었을 때야." 하고 속삭였다.)

"모두 굴속에서 펠릿*을 씹거나 잠을 자고 있었지. 나는 흐라카를 누러 잠깐 밖에 나와 있었어. 도랑에서 가까운 숲가에 있었는데, 맞은편 비탈 꼭대기에 세워진 널빤지 옆 문에서 인간들이 나오는 거야. 한 서너 명이었나, 확실히는

---

* 펠릿 점막에 싸여 있는 부드러운 똥으로 피막분이라고 한다. 피막분에는 소화되지 않은 연한 식물과 비타민 B_{12}가 들어 있다. 토끼는 생후 3주부터 이것을 먹는데, 먹지 못하면 영양실조로 죽는다고 한다. -옮긴이

모르겠어. 모두 다리가 길쭉하고 시커멓고, 불붙은 하얀 막대기를 입에 물고 있었어. 다른 데로 가는 것 같지는 않았어. 빗속에서 어슬렁거리며 산울타리나 시내를 살펴보았지. 조금 이따가 인간들은 시내를 건너 쿵쿵거리며 우리 마을 쪽으로 올라왔어. 토끼 굴이 나타날 때마다 막대기로 쑤셨어. 저희들끼리 뭐라고 지껄이면서 말이야. 비에 젖은 딱총나무꽃 냄새와 하얀 막대기 냄새가 지금도 생생해. 인간들이 가까이 오자 나는 슬그머니 굴로 숨었어. 얼마 동안 쿵쿵거리는 발소리와 말소리가 들려왔어. 나는 '어쨌든 놈들은 총도 없고 흰족제비도 안 데려왔잖아.'라고만 생각했어. 하지만 뭔가 꺼림칙했지."

실버가 물었다.

"스레아라는 뭐라고 했어?"

"모르겠어. 나도 물어보지 않았고, 내가 알기로는 아무도 물어보지 않았을 거야. 잠깐 잠이 들었다가 눈을 떠 보니 땅 위에서는 아무 소리도 나지 않았어. 저녁나절이라 실플레이하러 나가기로 했지. 줄곧 비가 내렸지만 돌아다니며 풀을 뜯었지. 여기저기 굴을 쑤셔 놓은 것 말고는 달라진 게 없었어.

이튿날 아침은 맑게 개었어. 다들 여느 때처럼 실플레이하러 나갔지. 나이트셰이드가 스레아라한테 이제 연로하시니까 무리하지 말라고 당부하기도 했어. 그러자 스레아라는 연로한 게 누군지 가르쳐 주겠다며 나이트셰이드를 툭 쳐서 둔덕 아래로 밀어뜨렸지. 장난이긴 했지만 스레아라는 자기가 나이트셰이드쯤은 이길 수 있다는 걸 보여 주고 싶었던 거지. 그날 아침에 나는 양상추를 구하러 갈 생각이 었는데, 이런저런 이유로 혼자 갔어."

빅윅이 말했다.

"양상추 서리대는 보통 세 마리잖아."

"그래, 보통은 셋이지만 그날은 딴 이유가 있어서 혼자 갔지. 아, 그래, 생각났다. 철 이른 당근을 찾으러 갈 작정 이었어. 당근이 익을 때가 된 것 같은데, 낯선 밭을 돌아다 닐 거면 혼자 가는 게 낫겠다 싶었지. 오전 내내 나가 있다 가 니-프리스가 다 되어 숲을 지나왔어. 한적한 둑으로 내 려왔지. 다른 토끼들은 대개 이끼바위 쪽으로 다니지만 나 는 늘 한적한 둑으로 다녔어. 울타리 쪽 탁 트인 숲가로 나 오다가 맞은편 언덕 꼭대기 길 문가에 흐루두두가 서 있는 걸 봤어. 그 흐루두두에서 인간들이 우르르 내렸어. 그중에 는 소년이 하나 있었는데 총을 들고 있었어. 인간들은 크고 기다란 물건들을 꺼냈어. 어떻게 설명해야 될지 모르겠지 만, 흐루두두와 똑같은 재료로 만들어진 건데 꽤나 무거운 지 두 사람이 하나씩 옮기더군. 인간들이 그걸 들판으로 가 져오자 밖에 나와 있던 토끼들은 땅속으로 숨었어. 나는 가 만있었지. 총이 있는 걸로 보아 흰족제비나 그물로 우리를 사냥하려는 것 같았어. 그래서 그 자리에서 가만히 지켜보 았어. '무슨 일을 꾸미는지 알아내면 곧바로 스레아라한테 알려야지.' 하고 생각하면서.

인간들은 한참 이야기를 나누며 하얀 막대기들을 태워

댔어. 인간들은 원래 늑장을 부리잖아? 마침내 한 인간이 삽을 가지고 와서 굴을 막기 시작했어. 눈에 띄는 굴은 무조건 굴 위쪽의 뗏장을 떼어다가 입구를 틀어막았지. 나는 어리둥절했어. 인간이 토끼를 굴 밖으로 몰아낼 때는 보통 흰족제비를 쓰거든. 그래도 굴 몇 개는 남겨 두고 거기다 그물을 치려나 보다 생각했어. 흰족제비를 쓰기엔 어리석은 방법이긴 하지만 말이야. 굴길을 막아 버리면 토끼들은 땅속에서 죽어 버리고, 흰족제비도 굴에서 빠져나오기 힘들 테니까."

흰족제비가 쫓아오는데 굴길이 막혀 있는 광경을 상상하고 핍킨이 부들부들 떨자, 헤이즐이 홀리에게 말했다.

"홀리, 너무 무섭게 하지 마."

그러자 홀리는 울화가 치민다는 듯이 대꾸했다.

"무섭다고? 아직 시작도 안 했어. 듣기 싫으면 나가도 돼."

아무도 움직이려고 하지 않자 홀리는 이야기를 계속했다.

"또 한 사람이 길고 가는 구부러진 물건들을 가져왔어. 뭐라고 불러야 할지 모르겠지만 꼭 무성한 가시나무 덤불 같았어. 사람들이 그것을 하나씩 들어서 그 무거운 물건 위에 얹었어. 그러자 쉬익 하는 소리가 나더니, 그러니까······음, 너희는 이해하기 힘들겠지만 공기가 나빠지기 시작했어. 어찌 된 일인지 멀찍이 떨어져 있는 나까지도 그 가시나무 덤불 같은 것에서 나오는 지독한 냄새를 맡았어. 앞도 안 보이고 생각도 할 수 없었어. 금방이라도 쓰러질 것 같

았지. 가까스로 일어나 내달렸지만 어디가 어디인지도 알
수 없었어. 정신을 차리고 보니 인간들이 있는 쪽 숲 언저
리에 와 있는 거야. 아슬아슬하게 멈춰 섰지. 어찌나 당황
했는지 스레아라한테 알리는 것도 까맣게 잊었어. 그 자리
에 그냥 주저앉고 말았지.

　인간들은 막지 않고 남겨 둔 굴마다 가시나무 덤불 같
은 것을 쑤셔 넣었어. 잠시 아무 일도 일어나지 않았어. 그
런데 스케이비어스가 눈에 들어왔어. 스케이비어스 알지?
스케이비어스는 산울타리에 있는 굴에서 나왔어. 인간들
이 미처 보지 못한 굴이었지. 척 보니까 스케이비어스도 그
냄새를 맡았더군. 자기가 뭘 하고 있는지도 모르는 것 같
았어. 처음에는 인간들도 스케이비어스를 보지 못했지만,
곧 누군가 스케이비어스 쪽을 가리키자 소년이 총을 쏘았
어. 스케이비어스는 비명을 질렀지만 죽진 않았어. 그러자
한 사람이 다가와서 스케이비어스를 붙잡더니 사정없이 두
들겨 패더군. 스케이비어스는 그다지 고통을 느끼지 못했
을 거야. 나쁜 공기 때문에 이미 정신을 잃었으니까. 하지
만 차마 눈 뜨고 볼 수 없는 광경이었어. 그러고 나서 인간
은 스케이비어스가 나온 굴을 막아 버렸지. 그때쯤에는 분
명 땅속의 굴길이나 속굴까지 독가스가 퍼졌을 거야. 얼마
나 아수라장이었을지 상상이…….”

　“결코 상상할 수 없을 거야.”

　블루벨이 말했다. 그러고는 홀리가 입을 다물자 잠시 뜸
을 들였다가 다시 입을 열었다.

266

"내가 냄새를 맡기 전부터 소동이 벌어지는 소리가 들려왔어. 암토끼들이 먼저 냄새를 맡고 몇몇은 밖으로 도망치려고 했지. 하지만 아기가 딸린 암토끼들은 떠나지 않고 가까이 다가오는 토끼들을 무조건 공격했어. 아기 토끼를 보호하기 위해 싸우려고 했던 거지. 서로 할퀴고 짓밟으면서 먼저 나가려는 토끼들 때문에 굴길이란 굴길은 순식간에 아수라장이 되고 말았어. 평소에 다니던 굴길로 올라가 보면 입구가 막혀 있었어. 간신히 되돌아서 내려오려고 해도 밑에서 다른 토끼들이 올라오는 바람에 옴짝달싹할 수 없었어. 마침내 죽은 토끼들이 쌓여서 굴길을 가로막자 살아 있는 토끼들은 시체를 발기발기 찢어 댔지.

거기를 어떻게 빠져나왔는지 나도 모르겠어. 천에 하나 있을까 말까 한 행운이었지. 내가 있던 속굴 근처 굴 입구에다 인간들이 무슨 짓인가 하고 있었어. 요란한 소리와 함께 가시나무 덤불 같은 것이 쑥 들어오는데 제 역할을 못 하는 것 같았어. 난 냄새를 맡자마자 굴길로 튀어나가서인지 아직 정신이 말짱했지. 굴길로 올라가 보니 인간들이 도로 가시나무 덤불 같은 것을 빼내고 있었지. 다들 그것을 보며 이야기하느라 날 미처 보지 못한 모양이야. 그래서 나는 거의 굴 입구까지 갔다가 얼른 도로 내려왔어.

슬랙 런* 생각나니? 요즘에는 그 굴길로 다니는 토끼가 거의 없을 거야. 아주 깊은 데다 어디로 이어져 있는지도 모르니까. 누가 만들었는지조차 모르지. 틀림없이 프리

* 슬랙 런 비밀 통로. -옮긴이

스 님께서 날 그리로 인도하셨을 거야. 난 곧장 슬랙 런으로 들어가 엉금엉금 기어 내려갔어. 굴을 파다시피 하며 지나가기도 했어. 푸석푸석한 흙과 무너진 돌멩이들이 잔뜩 쌓여 있었거든. 위쪽에는 온갖 구멍들이 뚫려 있고 아래쪽에서는 끔찍한 소리들이 들려왔어. 살려 달라고 아우성치는 소리, 아기 토끼가 엄마 토끼를 찾아 자지러지게 우는 소리, 명령을 내리는 아우슬라 소리, 서로 욕설을 퍼부으며 싸우는 소리. 한번은 위쪽 구멍에서 토끼가 굴러떨어지는 바람에 발톱에 긁히기도 했어. 가을에 떨어지는 마로니에 열매 가시에 긁힌 정도이긴 하지만. 셀런다인 녀석이었는데 이미 죽어 있었어. 굴길 천장이 낮고 폭도 좁아서 셀런다인을 찢지 않고서는 앞으로 나아갈 수 없었지. 그렇게 나는 계속 나아갔어. 독가스 냄새가 나긴 했지만 꽤 깊이 내려온 덕분인지 그렇게 심하지는 않았지.

그러다 문득 곁에 다른 토끼가 있다는 사실을 깨달았어. 슬랙 런을 지나는 동안 처음 만난 토끼였지. 핌퍼넬이었는데 척 보기에도 상태가 좋지 않았어. 숨을 헐떡이며 뭐라고 웅얼거리면서 계속 나아갔어. 핌퍼넬이 나더러 괜찮냐고 물었지만 나는 '어디로 나가야 되니?' 하고만 물었어. 핌퍼넬은 '내가 가르쳐 줄 테니까 날 좀 도와줘.' 하고 말하더군. 그래서 나는 핌퍼넬을 따라가다가 핌퍼넬이 멈춰 설 때마다 힘껏 밀어 주었어. 핌퍼넬은 자꾸만 자기가 어디 있는지를 잊어버렸거든. 한번은 내가 물어뜯기까지 했지. 핌퍼넬이 죽어 버려 길을 막을까 봐 겁도 났어. 드디어 위로 올라가게 되면서 신선한 공기 냄새가 나더군. 알고 보니 우리는 굴길을 따라 숲속으로 나온 거야."

다시 홀리가 이야기했다.

"사람들이 일을 엉성하게 한 거지. 숲속에 굴이 있는 줄 몰랐거나 숲속까지 들어와 굴을 막기가 귀찮았는지도 몰라. 들판으로 나온 토끼는 거의 다 총에 맞아 죽었지만 두 마리는 용케 도망쳤어. 하나는 노즈-인-디-에어였어. 또 하나는 누구였는지 기억이 안 나. 총소리가 얼마나 무시무시했는지 나도 도망치고 싶었지만 스레아라가 나오는지 보려고 계속 기다렸어. 얼마 뒤 숲에는 도망쳐 온 토끼들이 몇몇 더 있는 걸 알게 되었지. 파인 니들즈하고 버터버와 애쉬도 있었어. 나는 그 친구들한테 꼼짝 말고 숨어 있으라고 일러두었어.

한참 뒤에야 인간들은 일을 끝냈어. 인간들은 가시나무 덤불 같은 것을 구멍에서 끌어냈고, 소년은 죽은 토끼들을 막대기에 매달아……."

홀리는 더 이상 말을 잇지 못하고 빅윅의 옆구리에 코를 갖다 댔다.

헤이즐이 차분하게 말했다.

"그 부분은 그냥 넘어가고 어떻게 도망쳤는지 얘기해 줘."

"그 사건이 일어나기 전에 커다란 흐루두두가 길에서 내려와 들판으로 들어왔어. 인간들이 타던 흐루두두하곤 다른 놈이었어. 무척 시끄럽고 겨자풀처럼 노란색이었어. 그리고 앞쪽에는 거대한 앞발 두 개가 은빛 나는 커다란 물건을 떠받치고 있었지. 어떻게 설명해야 좋을까. 그건 인레처럼 생겼는데, 환하게 빛나지는 않았고 폭도 더 넓었어. 그것이…… 어떻게 말하면 좋을지…… 그것이 들판을 산산조각 냈어. 들판을 파괴해 버렸어."

홀리는 더 이상 말을 잇지 못했다.

실버가 말했다.

"대장, 대장이 말할 수 없이 끔찍한 광경을 본 줄은 알겠어. 하지만 설마 진짜로 있었던 일은 아니지?"

홀리가 부들부들 떨면서 말했다.

"맹세코 사실이야. 그것은 땅속에 박히더니 엄청나게 많은 흙을 앞으로 밀어내면서 들판을 뒤집어엎었어. 온 들판이 소 떼가 한바탕 짓밟고 간 진흙탕처럼 되어 버리고, 나중에는 숲에서 시내까지 들판이 있던 흔적조차 남지 않았어. 흙도 뿌리도 풀도 덤불도 그놈이 전부 밀고 가 버렸어. 땅속에 있던 것은 물론이고.

한참 뒤에야 나는 숲으로 돌아갔어. 살아남은 토끼를 모아야겠다는 생각 따윈 까맣게 잊고 있었지만, 어쨌거나 세 마리가 날 따라왔지. 여기 있는 블루벨과 핌퍼넬과 젊은 토드플랙스였어. 남은 아우슬라는 토드플랙스뿐이라서 그 친구한테 스레아라에 대해 물어보았지만 제대로 대답도 못하는 상태였어. 결국 스레아라가 어떻게 되었는지는 알아내지 못했지. 차라리 빨리 죽었기를 바랄 뿐이야.

핌퍼넬은 머리가 이상해져 헛소리만 주절댔어. 블루벨

과 나라고 해서 크게 다르지 않았지. 어찌 된 일인지 나는 빅윅 생각밖에 나지 않았어. 빅윅을 체포하러, 아니 죽이러 갔던 때가 떠오르자 어떻게든 빅윅을 만나서 내가 틀렸다는 말을 해야 할 것 같았어. 제대로 된 생각이라곤 이것밖에 없었지. 우리 넷은 제자리를 맴돌면서 헤매었나 봐. 한참 뒤에야 들판 아래쪽 시내에 이르렀거든. 우리는 시내를 따라 숲으로 들어왔지. 그리고 그날 밤 숲속에서 토드플랙스가 죽었어. 토드플랙스가 죽기 전에 잠시 정신을 차리고 한 말이 있지. 블루벨이 토끼가 밀밭이나 채소밭을 약탈하기 때문에 인간들한테서 미움을 받는다고 하자 토드플랙스가 이렇게 대꾸했어. '인간들이 우리 마을을 파괴한 것은 그 때문이 아니야. 우리가 거추장스러운 방해물이기 때문이야. 인간들은 그저 저희들 편하려고 우리를 죽인 거야.' 그러더니 이내 잠이 들었어. 조금 뒤에 무슨 소리가 나서 토드플랙스를 깨웠더니 이미 죽었더군.

우리는 토드플랙스를 버려 두고 계속 가다가 강에 이르렀어. 너희들도 거기 있었을 테니까 굳이 설명 안 해도 되겠지. 그때는 아침이었어. 혹시 너희가 있을지도 몰라서 너희를 찾아 상류 쪽으로 올라갔어. 얼마 안 가 강을 건넌 흔적을 발견했어. 가파른 둑 아래 모래밭에 발자국이 수없이 나 있고 사흘쯤 된 흐라카도 있었어. 상류나 하류 쪽으로는 발자국이 없는 것으로 보아 강을 건넌 게 분명했지. 강을 건너고 보니 건너편 기슭에도 발자국이 있었어. 블루벨과 핌퍼넬도 강을 헤엄쳐 건너왔지. 강물이 불어나 있었어. 너희는 비 오기 전이었으니까 강 건너기가 더 쉬웠을 거야.

그런데 건너편 들판은 좀 꺼림칙했어. 총을 든 인간이 계속 돌아다니고 있었거든. 블루벨과 핌퍼넬을 데리고 도로를 건너자 곧 힘든 곳이 나타났어. 푹푹 꺼지는 검은 땅에 히스만 자라고 있었어. 거기서 무지하게 고생했지. 하지만 사흘쯤 된 흐라카를 발견하자 너희가 남긴 흐라카일 수도 있다고 생각했어. 토끼 굴도 없고 다른 토끼들이 사는 낌새도 없었거든. 블루벨은 괜찮았지만 핌퍼넬은 열이 높았기 때문에 핌퍼넬까지 죽을까 봐 걱정스러웠어.

그때 행운이 찾아왔어. 아니, 그때는 행운인 줄 알았지. 그날 밤에 히스 덤불숲 언저리에서 흘레시 하나를 만난 거야. 나이는 많지만 다부져 보이는 토끼였는데, 코가 온통 생채기와 흉터투성이였지. 그 토끼가 멀지 않은 곳에 마을이 있다며 길을 알려 주었어. 우리는 숲을 지나 들판으로 나왔지만 너무나 지쳐서 마을을 찾아다닐 수도 없었어. 그냥 도랑으로 기어 들어갔는데, 차마 블루벨이나 핌퍼넬한테 자지 말고 보초를 서라고 할 수 없었지. 내가 깨어 있으려 했지만 나 역시 깜박 잠들고 말았고."

헤이즐이 물었다.

"그게 언제쯤이었지?"

"그저께 새벽이었어. 일어나 보니 니-프리스가 되기 한참 전이었어. 사방은 쥐 죽은 듯이 고요하고 토끼 냄새밖에 나지 않았지만 이상한 느낌이 들었어. 블루벨을 깨우고 나서 핌퍼넬을 깨우려는데 토끼 떼가 우릴 에워싸고 있지 뭐야. 덩치가 무척 좋은 데다 아주 묘한 냄새를 풍기고 있었지. 마치, 음, 꼭……."

파이버가 말했다.

"어떤 냄새인지 알아."

"그래, 그럴 거야. 놈들 중 하나가 말했어. '나는 카우슬립이다. 너희는 누구고 여기서 뭘 하고 있는 거냐?' 녀석의 말투가 못마땅하긴 했지만, 녀석들이 우리를 해코지할 이유가 없다고 생각했어. 그래서 우리는 힘든 일을 겪으면서 먼 길을 왔고 같은 마을에 살던 헤이즐, 파이버, 빅윅이라는 토끼를 찾고 있다고 했어. 그 이름을 듣는 순간 놈은 자기네 일행을 돌아보며 소리쳤어. '그럴 줄 알았어! 이놈들을 갈가리 찢어 버려!' 그러자 다들 우르르 덤벼들었어. 한 놈이 내 귀를 물어뜯자 블루벨이 허겁지겁 그놈을 떼어 냈어. 우리 둘이서 놈들 패거리와 맞서 싸웠지. 워낙 갑자기 당한 일이라 처음에는 제대로 싸우지도 못했어. 그런데 웃기는 건 놈들이 덩치가 엄청나게 큰 데다 우리의 피를 보겠다고 큰소리치면서도 정작 싸움은 못하더라는 거야. 싸움을 할 줄 모르는 게 틀림없었어. 블루벨은 자기보다 갑절은 큰 토끼 두 마리를 쓰러뜨렸고, 나도 귀에서 피를 철철 흘리면서도 꿋꿋이 버텨 나갔어. 하지만 놈들의 수가 너무 많아서 도망칠 수밖에 없었지. 블루벨과 함께 도랑을 빠져나온 순간 핌퍼넬이 남아 있다는 사실이 생각났어. 아까 말했듯이 핌퍼넬은 아팠기 때문에 늦게야 깨어났어. 온갖 고생을 겪고 살아남았는데 결국 핌퍼넬은 거기서 그 토끼들한테 죽고 말았지. 너희들은 이 일을 어떻게 생각해?"

누가 뭐라고 말하기도 전에 스트로베리가 말했다.

"정말 부끄러운 일이지."

홀리는 이야기를 계속했다.

"우린 작은 개울을 따라 들판을 달렸어. 몇 놈이 쫓아오고 있었는데 문득, '좋아, 한 놈이라도 해치우자.'라는 생각이 드는 거야. 어떻게든 목숨을 부지하겠다고, 핌퍼넬 뒤를 따를 순 없다면서 도망칠 궁리만 하자니 울화가 치밀더라고. 카우슬립이란 놈이 앞장서서 쫓아오는 걸 보고는 일부러 천천히 달려서 나를 따라잡게 한 다음 확 돌아서서 덤벼들었지. 놈을 꽉 누르고는 찢으려 하자 놈이 '네 친구들이 어디로 갔는지 알아!' 하고 째지는 소리로 외치는 거야. 나는 뒷다리로 배를 꽉 누르며 '어서 말해 봐.' 했지. 놈은 숨을 헐떡이며 '언덕으로 갔어. 저기 보이는 높은 언덕들. 어제 아침에 떠났어.' 하고 말하더군. 나는 믿지 않는 척하며 죽일 듯이 굴었지. 그런데도 말을 바꾸지 않기에 놈을 세게 할퀴어 준 다음 놓아주고 우리는 떠났지. 맑은 날이라서 언덕이 또렷이 보였어.

그 뒤로 우린 죽을 만큼 힘들었어. 블루벨이 농담을 하고 수다를 떨지 않았다면 우린 틀림없이 달리기를 멈추었을 거야."

블루벨이 말했다.

"흐라카는 뒤에, 농담은 앞에. 먼저 농담을 굴려 놓고 그 뒤를 쫓아왔지. 그렇게 계속 온 거야."

홀리가 말했다.

"그 뒷얘기는 자세히 못 하겠어. 귀가 지독하게 아픈 데다 자꾸만 핌퍼넬이 죽은 게 내 탓이라는 생각이 들었어. 내가 잠들지만 않았어도 핌퍼넬은 죽지 않았을 거야. 한번은 애써 잠이 들었는데 무시무시한 악몽을 꿨어. 사실 그때는 제정신이 아니었어. 빅윅을 만나서 마을을 떠난 게 옳았다고 말해 주어야 한다는 생각밖에 없었지.

이튿날 날이 어두워질 무렵 마침내 언덕 지대에 도착했어. 우리는 조심할 기력도 없었어. 올빼미가 나올 시간에 숨을 곳 하나 없는 들판을 지나왔지. 내가 무엇을 기대하고 있었는지도 모르겠어. 어떤 곳에 가거나 어떤 일을 하기만 하면 모든 일이 잘 풀릴 것만 같을 때가 있지. 하지만 막상 도착해 보면 문제는 간단하지가 않아. 나는 바보처럼 빅윅이 우릴 기다리고 있을 줄 알았나 봐. 하지만 이 언덕 지대는 지금까지 본 그 어떤 곳보다도 넓었어. 숲도 없고 숨을 데도 없고 토끼도 없었지. 밤은 점점 다가오고. 그러자 세상이 와르르 무너지는 것 같았어. 스케이비어스의 모습이 풀처럼 또렷하게 보이는 거야. 울음소리도 들리고. 스레아라, 토드플랙스, 핌퍼넬도 보였어. 나는 그들한테 말을 걸었어. 빅윅을 소리쳐 부르고는 있었지만, 빅윅이 없는 줄 알았기 때문에 내 소리를 들을 거라곤 기대도 하지 않았어. 엘릴이 나타나 나를 죽여 주기만을 바라며 산울타리에서 탁 트인 곳으로 기어 나갔지. 그런데 정신을 차리고 보니 빅윅이 있는 거야. 처음엔 내가 죽은 줄 알았지만 곧 혹시 허깨비를 본 건 아닌가 의심이 들었어. 그다음은 너희가 아는 대로야. 놀라게 해서 미안해. 하지만 난…… 그 지옥의 검은 토끼는 아니지만, 살아 있는 토끼 가운데 나만큼 지옥의 검은 토끼에게 가까이 간 토끼는 없을 거야."

잠시 침묵이 흐른 뒤 홀리가 덧붙였다.

"이렇게 친구들과 함께 굴속에 있다는 것이 블루벨과 나한테 어떤 의미인지 다들 상상이 갈 거야. 빅윅, 너를 체포하려 했던 건 내가 아니야. 그건 아주아주 오래전에 살았던 다른 토끼야."

22
엘-어라이라의 재판 이야기

그는 악당의 얼굴을 하고 있지 않나? ······
성직자도 은총을 내리지 않을 교수대의 얼굴 아닌가?

콩그리브, 〈사랑으로 사랑을〉

　　록클리 씨 말에 따르면 토끼는 인간과 비슷한 점이 많다. 재난에 굴하지 않고 공포와 상실감에서 벗어나 생명의 흐름에 몸을 맡기는 굳건한 능력도 분명 그중 한 가지다. 토끼한테는 딱히 냉혹하다거나 무정하다고만은 할 수 없는 특성이 있다. 그것은 오히려 축복이라 할 만한 제한된 상상력과 '삶이란 현재'라는 직감이다. 무엇보다도 생존을 위해 먹이를 찾아다니는 야생 동물은 잡초처럼 강한 법이다. 한마디로 말해 토끼는 프리스 님이 엘-어라이라에게 한 약속을 굳게 믿고 있다. 홀리는 착란 상태에서 기다시피 워터십 다운 기슭에 나타났다. 하지만 하루도 지나지 않아 벌써 몸이 거의 회복되고 있었으며, 워낙 낙천적인 블루벨은 그동안 겪은 끔찍한 일들을 금방 잊어버린 것 같았다. 헤이즐 일행도 홀리의 이야기를 듣는 동안 지독한 슬픔과 공포를 느꼈다. 스케이비어스가 죽는 대목에서 핍킨은 애처롭게 몸을 떨면서 울었고, 굴속에 퍼진 독가스로 토끼들이 죽어가는 대목에서 에이콘과 스피드웰은 숨이 막히는 듯 버둥거렸다. 하지만 원시인이 그렇듯 토끼들은 강렬하고 생생하게 공감함으로써 오히려 슬픔과 공포에서 벗어날 수 있었다. 토끼들의 감정에는 거짓이나 꾸밈이 없다. 아무리 인정 많은 인간이라도 신문을 읽을 때는 감정을 누르고 초연한 자세를 유지하지만, 토끼들은 이야기를 들을 때 전혀 그렇지 않다. 토끼들은 정말로 독가스가 자욱한 굴길에서 몸부림치는 듯했고, 도랑에서 죽은 가엾은 핌퍼넬을 위해 분노를 불태웠다. 이것이 토끼들의 애도 방식이었다. 이야기가 끝나자, 거칠고 힘든 삶이지만 다시 살아야 한다는 의욕이 마음에서, 신경에서, 피와 식욕에서 다시 용솟음치기 시작했다. 죽은 자가 살아 돌아온다면 얼마나 좋을까! 그러나 남은 토끼는 풀을 뜯어야 하고, 펠릿을 씹어야 하고, 흐라카를 누어야 하고, 굴을 파야 하고, 잠도 자야 한다. 홀로 살아남아 요정 칼립소가 사는 섬에 이른 오디세우스가 칼립소 옆에서 곤히 자고, 깨어나서는 오로지 아내 페넬로페만 생각했던 것처럼.

홀리의 이야기가 끝나기도 전에 헤이즐은 홀리의 다친 귀를 냄새 맡기 시작했다. 그동안 제대로 살펴볼 겨를이 없었는데, 이제 자세히 보니 홀리가 쓰러진 것은 단순히 공포와 피로 때문이 아니었다. 홀리는 심한 상처를 입고 있었다. 벅손보다 더 심했다. 피를 많이 흘린 게 분명했다. 귀는 너덜너덜 찢긴 채 흙먼지가 잔뜩 끼어 있었다. 헤이즐은 댄더라이언한테 은근히 화가 났다. 몇몇 토끼들이 온화한 6월 밤과 보름달에 이끌려 실플레이를 하러 나가자 헤이즐은 블랙베리한테 남아 있어 달라고 했다. 다른 굴길로 나가려던 실버도 되돌아왔다.

헤이즐이 홀리에게 말했다.

"그래, 댄더라이언과 두 토끼 덕분에 기분이 좀 나아졌지? 하지만 상처를 닦아 주진 않았구나. 흙이 들어가면 위험한데."

홀리 옆에 있던 블루벨이 입을 열었다.

"하지만 너도 알다시피……."

헤이즐이 말했다.

"또 농담하는 거야? 내 생각엔……."

블루벨이 말했다.

"농담하려던 게 아니야. 내 말은 대장 귀를 깨끗이 닦아주고 싶었지만 너무 아파해서 건드릴 수가 없었다는 거야."

홀리가 말했다.

"블루벨 말이 맞아. 내가 귀를 못 만지게 했어. 하지만 헤이즐 너 좋을 대로 해. 이젠 한결 좋아진 것 같거든."

헤이즐은 직접 홀리의 귀를 핥았다. 검은 피딱지가 앉아 있어서 한참 진득하게 핥아야 했다. 잠시 뒤 너덜너덜 찢

279

긴 상처가 조금씩 깨끗해지면서 피가 나왔다. 실버가 헤이즐과 교대했다. 홀리가 아픔을 참느라 그르렁거리고 발버둥 치자 실버는 홀리의 주의를 딴 데로 돌릴 수 없을까 궁리했다.

실버가 물었다.

"헤이즐, 그 들쥐 말이야, 왜 그런 거야? 나중에 말해 준다고 했잖아. 지금 얘기 좀 해 봐."

헤이즐이 말했다.

"응, 그냥 우리 처지에 도움이 될 만한 것은 뭐든지 이용하자는 거야. 잘 모르는 낯선 땅에 왔으니 친구가 필요해. 엘릴이야 아무 도움도 안 되겠지만 엘릴이 아닌 동물도 많아. 새, 들쥐, 고슴도치 같은 거 말이야. 우리하고는 별 상관이 없지만 우리의 적은 대개 이런 동물들의 적이기도 해. 이 동물들과 사이좋게 지내려면 뭐든지 다 해야 돼. 나중에 그만큼 대가가 있을지도 모르거든."

실버가 코에 묻은 홀리의 피를 닦으며 말했다.

"내가 보기엔 별로 좋은 생각 같지 않아. 그런 작은 동물들은 의지할 게 아니라 무시해야 돼. 걔네들이 우리한테 무슨 도움이 되겠어? 굴을 파 줄 것도 아니고, 먹이를 구해 줄 것도 아니고, 우리 대신 싸워 줄 것도 아니잖아. 우리가 도와주는 동안에는 분명 친구라고 하겠지. 하지만 거기까지야. 아까 그 들쥐가 '너 필요하면 나 온다.'라고 하더군. 먹을 것이나 따뜻한 곳이 있는 한 당연히 오겠지. 그렇다고 우리 마을에 들쥐나 사슴벌레 따위가 들끓는 건 아니겠지?"

"아니, 그렇지 않아. 들쥐를 찾아다니면서 같이 살자고 사정하자는 게 아니야. 어쨌거나 그건 들쥐들도 달가워하지 않을걸. 하지만 오늘 밤 그 들쥐는 말이야, 우리가 목숨을 구해 주었잖아."

블랙베리가 말했다.

"네가 구해 주었지."

"아무튼 들쥐는 목숨을 건졌어. 그 사실을 잊지 않을 거야."

블루벨이 물었다.

"그게 우리한테 무슨 도움이 되지?"

"우선은 들쥐가 이곳에 대해 가르쳐 줄 수도……."

"그건 들쥐가 아는 거잖아. 토끼한테 필요한 건 아니야."

헤이즐이 말했다.

"그래, 들쥐는 도움이 될 수도 있고 그렇지 않을 수도 있어. 하지만 새는 친해질 수만 있다면 도움이 될 거야. 우리는 날지 못하지만 어떤 새들은 이 지역을 꽤 멀리까지 알고 있어. 날씨도 잘 알고. 내가 말하고 싶은 건 이거야. 적이 아닌 짐승이나 새가 곤경에 처해 있으면 기회라 생각하고 꼭 도와주자. 안 그러면 싱싱한 당근을 썩게 내버려 두는 거나 마찬가지야."

실버가 블랙베리한테 물었다.

"네 생각은 어때?"

"좋은 생각이긴 하지만 헤이즐이 생각하는 것처럼 우리

한테 이익이 되는 경우는 별로 없을 것 같은데."

실버가 다시 귀를 핥자 홀리가 얼굴을 찡그리며 말했다.

"네 말이 맞아. 괜찮은 생각이긴 하지만 실제로는 별 도움이 안 될 거야."

실버가 말했다.

"해 보기는 할게. 누가 알아, 빅윅이 잠잘 때 두더지한테 이야기를 들려줄지? 그 모습만 볼 수 있어도 충분히 해 볼 만하지."

블루벨이 말했다.

"엘-어라이라도 그런 적이 있었는데 성공했어. 그 얘기 아니?"

헤이즐이 말했다.

"아니, 몰라. 이야기해 줘."

홀리가 말했다.

"실플레이부터 하자. 귀가 아파서 더는 못 참겠어."

헤이즐이 말했다.

"음, 이제 좀 깨끗해졌다. 이 귀는 다 나아도 예전 같지 않을 거야. 우툴두툴하겠는걸."

홀리가 말했다.

"상관없어. 그래도 나는 행운아야."

구름 한 점 없는 동쪽 하늘에 보름달이 떠올라 적막한 언덕을 달빛으로 감싸고 있었다. 인간은 어둠이 물러가야 밝은 낮이 찾아온다는 사실을 의식하지 못한다. 구름 없는 하늘에 해가 빛나는 것을 보고도 대지와 공기는 원래부터 대낮처럼 밝다고 생각한다. 토끼 하면 털가죽이 붙어 있는 토끼를 떠올리듯이 언덕을 생각하면 낮의 언덕이 떠오르는 것이다. 스터브스*라면 말을 보면서 그 뼈대까지 상상할지 모르지만 우리는 그렇지 않다. 말의 일부인 말가죽과 달리 빛은 언덕의 일부가 아니지만, 언덕을 상상하면 대개는 대낮의 언덕이 떠오른다. 이렇듯 우리는 햇빛을 당연하게 여긴다. 그러나 달빛은 다르다. 달빛은 변한다. 달은 기울었다가 다시 찬다. 햇빛은 구름에 완전히 가려지지 않아도 달빛은 완전히 가려질 수 있다. 물은 우리에게 반드시 필요하지만 폭포는 다르다. 폭포는 덤이자 아름다운 장식이다. 햇빛은 우리에게 필요하고 그만큼 유용한 반면 달빛은 그렇지 않다. 달빛은 꼭 필요하진 않다. 달빛은 사물을 달라 보이게 한다. 둔덕이나 풀밭을 비추어 풀잎 하나하나를 또렷이 드러내고, 서리 내린 갈색 낙엽 더미를 비추어 무수한 조각들로 반짝이게 한다. 또 달빛은 마치 물처럼 잔가지를 타고 흐르는 것처럼 보이기도 한다. 강렬한 하얀 빛살이 나무 사이로 쏟아지다가 서서히 희미해지면서 안개가 낀 듯, 은가루를 뿌린 듯 너도밤나무 숲을 은은히 감싼다. 발목 깊이의 2,400평 남짓한 거친 겨이삭밭이 달빛을 받아 말갈기처럼 헝클어져 있는 모습은 마치 밤바다에서 파도가 일렁이는 광경처럼 보인다. 풀이 워낙 빽빽이 자라 있어서 바람에도 흔들리지 않지만, 그 정적은 마치 달빛 때문인 것처럼 느껴진다. 달빛은 으레 있는 것으로 여겨지지 않는다. 달빛

---

* 스터브스 영국의 탁월한 동물화가이자 해부도 제작자. ―옮긴이

은 하얀 눈, 아니 7월의 아침 이슬과도 같다. 달빛은 사물을 있는 그대로 드러내 주지 않고 변모시킨다. 그리고 그 은은함 때문에, 햇빛과 비교도 안 되는 그 은은함 때문에 달빛이 언덕을 비추면 아주 잠깐이지만 독특하고 경이로운 세계가 펼쳐지며, 그 세계는 금방 사라지기 때문에 그 순간을 놓치면 감상할 수가 없다.

토끼들이 숲속으로 난 굴에 다가갈 때, 나뭇가지 사이로 세찬 바람이 지나가면서 나뭇잎들이 사이사이 빛을 가려 땅바닥에 격자무늬와 어룽이 졌다. 토끼들은 귀를 기울였지만, 나뭇잎 살랑이는 소리 너머로는 멀리 풀밭에서 씨르륵씨르륵 우는 여치 울음소리밖에 들리지 않았다.

실버가 말했다.

"달 좀 봐! 달이 떠 있는 동안 마음껏 즐기자."

토끼들은 둔덕을 올라가다가 스피드웰과 호크빗을 만났다.

호크빗이 말했다.

"아, 헤이즐, 우린 또 다른 들쥐하고 얘기하다가 왔어. 오늘 저녁에 있었던 황조롱이 사건을 들었다며 아주 친절하게 대해 줬어. 숲 맞은편에 풀이 짧게 깎여 있는 곳이 있는데 말이랑 관계있는 것 같댔어. '맛있는 풀 좋아? 맛있는 풀 많아.' 하기에 가 봤더니 굉장해."

서둘러 뛰어가 보니 폭이 40미터쯤 되는 풀밭이 나타났는데, 풀은 20센티미터도 안 되게 짧게 깎여 있었다. 헤이즐은 자기가 옳았다는 게 증명되자 흐뭇해하며 토끼풀을 뜯기 시작했다. 다들 한동안 말없이 풀을 뜯었다.

이윽고 홀리가 말했다.

"헤이즐, 넌 정말 똑똑해. 우리끼리도 이 풀밭을 찾아내기야 했겠지만, 너랑 그 들쥐가 아니었으면 이렇게 빨리 찾지는 못했을 거야."

헤이즐은 뿌듯한 마음에 턱에 있는 취샘*을 누를 수도 있었지만, 이렇게만 말했다.

"어쨌거나 이젠 언덕을 자주 내려가지 않아도 되겠다."

그러고는 이렇게 덧붙였다.

"그런데 홀리 너한테서 피 냄새가 나. 여기도 위험할지 몰라. 어서 숲으로 돌아가자. 오늘같이 멋진 밤에는 굴 근처에 앉아 펠릿을 씹으며 블루벨의 이야기를 듣자."

둔덕에 와 보니 스트로베리와 벅손이 있었다. 이렇게 해서 모두 귀를 늘어뜨리고 편안하게 펠릿을 씹는 가운데 블루벨이 이야기를 시작했다.

"어젯밤에 댄더라이언이 카우슬립네 마을 이야기를 하면서 왕의 양상추 이야기를 들려주었다고 했지. 그때 이 이야기가 생각났어. 헤이즐한테서 들쥐 이야기를 듣기 전부터 말이야. 할아버지가 들려주시던 이야기인데 엘-어라이라가 켈파진 늪지에서 백성들을 데리고 나왔을 때 일이래. 엘-어라이라와 토끼족은 펜로라는 들판에 가서 굴을 파고 살았어. 하지만 무지개 왕자는 계속 엘-어라이라를 감시했

---

* **취샘** 냄새 나는 물질을 분비하는 기관으로, 이 분비물을 통해 영역 표시를 한다. ─옮긴이

어. 엘-어라이라가 다시는 책략을 쓰지 못하도록 할 작정이었지.

그러던 어느 날 저녁 엘-어라이라와 랍스커틀이 양지바른 둔덕에 앉아 있는데 무지개 왕자가 처음 보는 토끼를 데리고 들판을 건너왔어.

무지개 왕자가 말했어.

'안녕하신가, 엘-어라이라. 켈파진 늪지에 비하면 여긴 훌륭한 곳이군. 암토끼들은 모두 둔덕에 굴을 파느라고 바쁘군. 그대의 굴은 팠는가?'

엘-어라이라가 대답했어.

'그럼요, 이 굴이 랍스커틀과 제가 사는 곳입니다. 이 둔덕을 보는 순간 맘에 쏙 들었죠.'

'참 좋은 자리로군. 하지만 엘-어라이라여, 안됐지만 프리스 님께서 자네와 랍스커틀이 같은 굴에서 지내면 안 된다는 엄명을 내리셨다네.'

'랍스커틀과 함께 지내서는 안 되다뇨? 대체 왜요?'

'엘-어라이라여, 우리는 그대가 책략을 잘 쓰는 줄 알고 있네. 랍스커틀도 그대 못지않게 교활하지. 그런 토끼들이 한 굴에서 지낸다는 건 말도 안 되지. 자네들은 달이 두 번 바뀌기도 전에 하늘에서 구름까지 훔칠걸. 그러니 랍스커틀은 마을 반대편 끝에서 살도록 하게. 이 토끼를 소개하지. 허프사라고 하네. 친구로서 잘 보살펴 주게.'

엘-어라이라가 물었어.

'고향이 어디입니까? 분명히 처음 보는 토끼인데요.'

'다른 나라에서 왔지만 이곳 토끼와 다를 바 없네. 허프사가 여기서 살 수 있도록 도와주게. 허프사가 이곳에 익숙해지는 동안 그대가 허프사와 한 굴에서 지낼 줄 믿네.'

엘-어라이라와 랍스커틀은 떨어져 살라는 명령을 듣고 부아가 치밀었어. 하지만 엘-어라이라는 아무리 화가 나도 절대로 내색하지 않는다는 원칙이 있었지. 게다가 허프사가 불쌍하기도 했어. 동포들과 떨어져서 쑥스럽고 외로울 거라고 생각했지. 그래서 엘-어라이라는 허프사를 따뜻하게 맞아 주며 정착하도록 도와주겠다고 약속했어. 허프사는 더없이 사근사근하고 누구에게나 환심을 사려고 애쓰는 것 같았어. 한편 랍스커틀은 마을 반대쪽으로 옮겨 갔지.

그런데 얼마 뒤 엘-어라이라는 자기 계획이 번번이 실패한다는 사실을 깨달았어. 어느 봄날 밤에는 엘-어라이라가 부하들을 데리고 밀밭으로 새싹을 먹으러 나갔는데 달빛 속에서 인간이 총을 들고 돌아다니는 거야. 다행히 별 탈 없이 도망치기는 했지만. 또 한번은 양배추밭으로 가는 길을 미리 조사해서 울타리 밑에 구멍을 파 두었는데 다음 날 아침에 가 보니 구멍이 철사로 막혀 있는 거야. 엘-어라이라는 자기 계획이 새어 나가 사람들에게 알려지는 게 아닌가 의심하기 시작했어.

어느 날 엘-어라이라는 이 일의 배후에 허프사가 있는지 알아내기 위해 일을 꾸미기로 결심했어. 허프사에게 어떤 길을 가르쳐 주면서 그리로 가면 순무가 잔뜩 있는 외딴 헛간이 나온다고 했지. 그러고는 다음 날 아침에 랍스커틀과 함께 그 헛간에 갈 거라고 했어. 하지만 애초에 그런 계획 따윈 있지도 않았고, 오솔길이나 헛간 얘기는 아무한테도 하지 않았어. 그런데 이튿날 그 길로 조심조심 가 보니 풀 속에 철사 덫이 놓여 있는 거야.

엘-어라이라는 화가 머리끝까지 났어. 자기 백성들이 그 덫에 걸려 죽을 수도 있었으니까. 물론 허프사가 직접 덫을 놓았거나 덫이 놓일 줄 알고 있다고는 생각하지 않았어. 하지만 허프사가 덫을 놓은 누군가와 연락을 취하고 있는 게 분명했어. 마침내 엘-어라이라는 무지개 왕자가 뒷일이야 어찌 됐든 허프사의 정보를 농부나 산지기한테 전해 주고 있다고 결론을 내렸어. 허프사 때문에 백성들의 목숨이 위험해진 거야. 양상추나 양배추를 못 먹게 된 건 말할 것도 없고. 그 뒤로 엘-어라이라는 허프사한테 아무 것도 말하지 않았어. 하지만 허프사가 엿듣는 것까지 막을 수는 없었지. 다들 알다시피 토끼는 다른 동물한테는 비밀을 지키지만 자기들끼리는 터놓고 지내잖아. 마을에서 함께 살다 보면 비밀이 있을 수가 없지. 엘-어라이라는 허프사를 죽일까도 생각했어. 하지만 허프사를 죽여 버리면 무지개 왕자가 와서 더 큰 골칫거리를 안겨 줄 게 뻔했지. 허프사를 계속 따돌리기도 불안했어. 허프사가 자기가 첩자라는 걸 들킨 줄 눈치채면 무지개 왕자한테 알릴 테고, 그러면 무지개 왕자는 허프사를 데려가고 더 심한 짓을 생각해 낼지도 모르니까.

엘-어라이라는 이리저리 궁리했어. 다음 날 저녁에도

여전히 머리를 싸매고 있는데 무지개 왕자가 마을로 찾아왔어.

'엘-어라이라여, 요즘 몰라보게 달라졌구나. 자칫하면 다들 그대를 믿어 버리겠는걸. 그대가 허프사를 잘 돌봐 주어서 지나는 길에 고맙다고 인사하러 들렀네. 허프사는 덕분에 아주 편하게 지내는 것 같더군.'

'암요, 그렇고말고요. 저흰 친하게 잘 지내고 있지요. 저희 굴에는 기쁨이 넘친다니까요. 하지만 저는 늘 백성들에게 말하곤 하지요. 왕자를 믿지도 말고, 그 누구도⋯⋯.'

무지개 왕자가 엘-어라이라의 말을 가로막았어.

'아니 엘-어라이라여, 나는 정말 그대를 믿는다네. 그것을 증명하기 위해 언덕 너머 밭에 당근을 심을 것이네. 아주 기름진 땅이라서 당근도 잘 자랄 걸세. 더군다나 그 누구도 당근을 훔칠 생각을 하지 않을 테니 말이야. 그대가 원한다면 내가 당근 심는 것을 보러 와도 좋아.'

'그러지요. 기꺼이 가지요.'

엘-어라이라와 랍스커틀과 허프사와 몇몇 토끼들이 무지개 왕자를 따라 언덕 너머 밭으로 갔어. 토끼들은 왕자를 도와 긴 밭이랑에 씨앗을 뿌렸어. 부슬부슬한 흙이라서 당근이 자라기에 딱 좋았지. 엘-어라이라는 속이 부글부글 끓었어. 무지개 왕자는 자기가 엘-어라이라의 발톱을 뽑아 버렸음을 보여 주고 엘-어라이라를 놀리기 위해 이런 짓을 하는 게 분명했거든.

씨 뿌리기가 끝나자 무지개 왕자가 말했어.

'아주 훌륭한 당근이 자랄 거야. 물론 감히 내 당근을 훔쳐 가려고 하는 자는 아무도 없을 것이다. 그래도 만에 하나 누군가 훔쳐 간다면, 엘-어라이라여, 나는 몹시 화가 날 것이다. 내 당근을 훔친 자가 다진왕이라면 프리스 님은 그 왕국을 빼앗아 다른 자에게 주실 것이다.'

엘-어라이라는 무지개 왕자의 속셈을 알고 있었어. 무지개 왕자는 엘-어라이라가 당근을 훔치면 붙잡아서 그를 죽이든가 추방시키고 토끼족을 다른 자에게 넘길 작정이었지. 엘-어라이라는 그자가 바로 허프사일 거라고 생각하면서 이를 갈았어. 하지만 겉으로는 아무렇지 않은 듯 '아무렴요, 아무렴요.' 하고 맞장구쳐 주었지. 그리고 무지개 왕자는 돌아갔어.

씨앗을 뿌리고 나서 두 번째 보름달이 뜬 날 밤 엘-어라이라와 랍스커틀은 당근을 보러 갔어. 아무도 솎아 주지 않아서 잎사귀가 푸르고 무성했지. 엘-어라이라는 지금쯤 당근이 앞발보다 조금 가늘 거라고 짐작했지. 달빛 속에서 당근을 바라보고 있는데 좋은 꾀가 떠올랐어. 엘-어라이라는 그동안 허프사를 아주 조심하고 있었어. 사실 허프사는 언제 어디서 나타날지 몰랐지. 그래서 엘-어라이라와 랍스커틀은 돌아오는 길에 외딴 둔덕에 있는 굴로 들어가서 몰래 이야기를 나누었어. 엘-어라이라는 랍스커틀하고 힘을 합쳐서 무지개 왕자의 당근을 훔치고 허프사를 몰아내자고 약속했지. 굴에서 나오자 랍스커틀은 옥수수를 훔치러 농장에 갔어. 엘-어라이라는 밤새도록 부지런히 민달팽이를 모았지. 정말 고약한 일이었지만.

다음 날 저녁 엘-어라이라는 일찌감치 마을을 나섰다가 얼마 뒤에 산울타리를 어슬렁거리는 요나를 만났지.

'요나야, 통통한 민달팽이 먹고 싶지 않니?'

요나가 대답했지.

'그야 먹고 싶지만 구하기가 쉽지 않아. 너도 고슴도치라면 알 거야.'

'여기 민달팽이가 있는데 다 먹어도 돼. 아무것도 묻지 않고 내가 시키는 대로 하기만 하면 더 많이 줄게. 너 노래할 줄 알아?'

'노래? 고슴도치는 노래를 못해.'

'좋았어, 아주 잘됐어! 민달팽이를 먹고 싶으면 노래를 해 봐. 아! 저기 도랑에 농부가 버린 낡은 빈 상자가 있네. 더 잘됐다. 내 말 잘 들어.'

한편 숲속에서는 랍스커틀이 꿩 하워크와 이야기하고 있었어.

'하워크, 너 헤엄칠 줄 아냐?'

'아니, 되도록 물가에는 얼씬도 안 해. 난 물을 아주 싫어하거든. 하지만 꼭 헤엄을 쳐야 한다면 잠깐 물에 떠 있을 수는 있지.'

'훌륭하군. 자, 내 말 잘 들어. 난 옥수수가 많아. 요즘 같은 철에는 얼마나 구하기 어려운지 잘 알고 있겠지. 숲가 연못에서 잠깐만 헤엄쳐 주면 모두 다 줄게. 연못으로 가면서 이야기하자.'

291

그렇게 랍스커틀과 하위크는 숲으로 갔어.

푸 인레에 엘-어라이라가 어슬렁어슬렁 굴로 돌아와 보니 허프사는 펠릿을 씹고 있었어.

'아, 허프사, 여기 있었군. 잘됐다. 다른 토끼는 믿을 수가 없으니 네가 좀 따라오지 않을래? 너하고 나만. 아무도 모르게.'

허프사가 물었어.

'아니, 무슨 일인데?'

'지금까지 무지개 왕자의 당근을 살펴보았는데 말이야, 이젠 더 이상 못 참겠어. 그렇게 먹음직스러운 당근은 처음 봐. 그래서 훔치기로 결심했어. 다는 아니라도 말이야. 물론 이런 원정에 많은 토끼를 데리고 가면 금방 곤란해질 거야. 이야기가 새어 나가서 무지개 왕자의 귀에 들어가고 말걸. 하지만 너랑 나랑 둘만 가면 아무도 모를 거야.'

허프사가 말했어.

'같이 갈게. 내일 밤에 가자.'

허프사는 그사이에 무지개 왕자한테 알릴 속셈이었지.

'안 돼, 지금 갈 거야. 당장.'

엘-어라이라는 허프사가 반대하지 않을까 걱정했지만 허프사의 얼굴을 보고는 안심했어. 허프사는 이번 일로 엘-어라이라를 끝장내고 자기가 토끼족의 왕이 되어야겠다고 생각하고 있었지.

달밤에 두 토끼는 당근밭으로 출발했어.

산울타리를 따라 한참 가다 보니 도랑에 있는 낡은 빈 상자가 눈에 띄었어. 상자에는 요나가 앉아 있었지. 몸에 돋아난 가시에 들장미 꽃잎들을 더덕더덕 꽂은 채 까만 앞발을 흔들며 그르릉 깩깩 하고 괴상한 소리를 내면서 말이야. 두 토끼는 걸음을 멈추고 요나를 바라보았어.

허프사가 깜짝 놀라서 물었지.

'요나, 대체 뭐 하는 거야?'

'달 보며 노래하고 있어. 고슴도치가 민달팽이를 꾀려면 달을 보고 노래해야 되잖아. 너도 알고 있지?'

'오, 달의 민달팽이여, 달의 민달팽이여
이 충실한 고슴도치의 소원을 들어주소서!'

'정말 소름 끼치는군!'

엘-어라이라가 말했어. 아닌 게 아니라 정말 소름 끼치는 소리였지.

'저 소리를 듣고 엘릴들이 몰려오기 전에 어서 가자.'

둘은 가던 길을 계속 갔어. 그러다가 얼마 뒤에 숲가 연못 근처에 이르렀지. 연못에 다가가니까 꺽꺽 소리와 함께 첨벙 소리가 들리더니 하워크가 물속에서 푸덕거리고 있었어. 긴 꽁지깃을 물 위에 띄운 채 말이야.

허프사가 물었어.

'하워크, 대체 어떻게 된 거야? 총이라도 맞았나?'

'아니, 아니. 난 보름달이 뜨는 밤이면 늘 헤엄을 쳐. 이렇게 하면 꽁지깃이 길어지거든. 게다가 헤엄을 안 치면 내

머리의 빨간색, 하얀색, 녹색이 엷어져 버려. 허프사 너도
잘 알잖아. 누구나 다 아는 일인걸.'

엘-어라이라가 속삭였어.

'사실 하워크는 헤엄치는 모습을 다른 동물에게 보이기
싫어해. 어서 가자.'

조금 더 가니까 큰 떡갈나무 옆에 오래된 우물이 있었어.
농부가 오래전에 메워 버린 우물이었지만 밤이라서 무척
깊고 시커멓게 보였지.

엘-어라이라가 말했어.

'잠깐 쉬었다 가자.'

그때 풀밭에서 괴상한 동물이 나타났어. 토끼와 비슷하
게 생겼지만 달빛 속에서도 꼬리가 빨갛고 길쭉한 귀가 녹
색이란 것을 알 수 있었지. 그 동물은 인간이 태우는 하얀
막대기를 물고 있었어. 바로 랍스커틀이었지. 하지만 허프
사는 알아보지 못했어. 랍스커틀은 농가에서 양을 씻길 때
쓰는 가루약으로 꼬리를 빨갛게 물들였어. 귀에는 브리오
니아 덩굴을 감고 있고 입에는 하얀 막대기를 물고 있어서
구역질이 날 것 같았지.

엘-어라이라가 말했어.

'프리스 님, 우릴 지켜 주소서! 대체 저게 뭐지? 천의 적
중에 하나가 아니기를!'

엘-어라이라는 금방이라도 도망칠 듯이 펄쩍 뛰었어. 그
러고는 부들부들 떨며 물었지.

'넌 누구냐?'

랍스커틀은 하얀 막대기를 뻗고 위엄 있게 말했어.

'호오! 엘-어라이라, 그대에겐 내가 보이는가! 수많은 토끼들이 살다가 죽어 가지만 나를 본 토끼는 거의 없지. 아무도 없다고도 할 수 있고! 나는 프리스 님이 보낸 토끼 사자다. 낮에는 몰래 지상을 돌아다니고, 밤이면 프리스 님의 황금 궁전으로 돌아가지! 지금도 프리스 님이 기다리고 계시니 얼른 땅 한복판을 뚫고 지나 세상 반대편에 있는 프리스 님께 돌아가야 하네! 잘 있게, 엘-어라이라!'

괴상한 토끼는 시커먼 우물 속으로 훌쩍 뛰어들어 사라져 버렸어.

엘-어라이라가 경외감에 차서 말했어.

'보지 말아야 할 것을 보고 말았어! 정말 무시무시한 곳이군. 어서 가자!'

둘은 걸음을 재촉하여 곧 무지개 왕자의 당근밭에 도착했어. 당근을 얼마나 훔쳤는지는 나도 몰라. 하지만 다들 알다시피 엘-어라이라는 위대한 왕이니까 우리가 모르는 신비한 힘을 썼을 거야. 우리 할아버지 말로는 아침이 되기도 전에 밭이 텅 비었대. 엘-어라이라와 허프사는 숲 근처 둔덕에 있는 깊은 굴속에 당근을 숨겨 놓고 마을로 돌아왔어. 엘-어라이라는 부하 두세 마리를 불러 온종일 굴에서 함께 지냈지. 허프사는 오후가 되자 어디 간다는 말도 없이 밖으로 나갔어.

그날 저녁 엘-어라이라와 토끼 일족이 저녁놀이 물든 하늘 아래서 실플레이를 하려는데 무지개 왕자가 들판을 건너왔어. 그 뒤에는 커다란 검은 개 두 마리가 따라왔지.

왕자가 말했어.

'엘-어라이라, 너를 체포하노라!'

엘-어라이라가 물었어.

'뭣 때문입니까?'

'네가 더 잘 알고 있을 텐데. 더 이상 나를 속이거나 건방진 말을 하지 말라. 당근은 어디 있느냐?'

'저를 체포할 거라면 이유라도 가르쳐 주셔야 하지 않습니까? 다짜고짜 체포한다면서 당근이 어디 있느냐니 너무하십니다.'

'이보게 엘-어라이라, 시간 낭비 하지 말게. 당근이 있는 곳만 자백하면 죽이지 않고 북쪽으로 보내 주겠다.'

엘-어라이라가 다시 말했어.

'무지개 왕자님, 다시 한 번 묻겠는데 저를 체포하는 이유가 뭡니까?'

'좋다. 네가 그렇게 죽고 싶다면 소원대로 정식 재판을 하자. 그대는 내 당근을 훔친 죄로 체포되는 거다. 진정으로 재판을 받고 싶은가? 경고하건대 나한테는 증인이 있으니 그대에게는 불리할 것이다.'

그즈음 엘-어라이라의 백성들이 모여들었어. 개가 무서워 바짝 다가오지는 못했지만 말이야. 랍스커틀만 보이지 않았어. 랍스커틀은 하루 종일 비밀 굴로 당근을 옮기고 나서 꼬리에 들인 빨간 물이 지워지지 않아 숨어 있었지.

엘-어라이라가 말했어.

'네, 재판을 받겠습니다. 하지만 동물 배심원을 불러 주십시오. 무지개 왕자님이 저를 죄인으로 고발하고 판결까지 내리는 건 옳지 못하니까요.'

'동물들에게 배심을 맡기겠다. 엘릴들로 이루어진 배심원이다. 토끼 배심원은 증거가 있어도 유죄 판결을 내리지 않을 테니까.'

놀랍게도 엘-어라이라는 엘릴 배심원이라도 좋다고 흔쾌히 말했어. 무지개 왕자는 그날 밤에 배심원들을 데리고 오기로 했지. 엘-어라이라는 자기 굴에 갇혔어. 개 두 마리가 입구를 지켰지. 많은 토끼들이 엘-어라이라를 만나고 싶어 했지만 아무도 들어가지 못했어.

엘-어라이라가 목숨이 걸린 재판을 받게 되었고 무지개 왕자가 데려온 엘릴 배심원들 앞에 서게 되었다는 소식이 산울타리와 잡목림마다 퍼졌어. 동물들이 구름처럼 모여들었지. 푸 인레에 무지개 왕자가 엘릴들을 데리고 나타났어. 오소리 두 마리, 여우 두 마리, 담비 두 마리, 올빼미 한 마리, 고양이 한 마리였지. 엘-어라이라는 끌려 나와 개 두 마리 사이에 섰어. 엘릴들은 눈을 번뜩이며 엘-어라이라를 노려보았어. 엘릴들은 입술을 핥고 있었어. 그러자 개들은 엘-어라이라가 유죄 판결을 받으면 자기들이 죽이기로 약속받았는데 다 틀렸다면서 투덜거렸지. 토끼뿐 아니라 수많은 동물이 모여들었는데 다들 이번에야말로 엘-어라이라도 끝장이라고 생각하고 있었지.

무지개 왕자가 말했어.

'자, 시작하지. 오래 걸리지 않을 거야. 허프사는 어디 있느냐?'

그러자 허프사가 머리를 조아리고 굽실거리며 나타났어. 그러고는 엘릴 배심원들에게 어젯밤 자기가 조용히 펠릿을 씹고 있는데 엘-어라이라가 와서 무지개 왕자의 당근을 훔치러 가자고 협박했다고 말했지. 자기는 따라가기 싫었지만 무서워서 어쩔 수 없었다고. 당근은 어느 굴에다 숨겨 두었는데 나중에 알려 줄 수도 있다고 했어. 허프사는 자기가 비록 협박을 당해 도둑질을 했지만 이튿날 곧바로 무지개 왕자한테 그 사실을 알렸다고 했어. 자기는 왕자의 충실한 하인이라면서 말이야.

무지개 왕자가 말했어.

'당근은 나중에 찾기로 하지. 자, 엘-어라이라, 그대도 증인을 부른다거나 할 말이 있는가? 어서 말하라.'

'증인에게 몇 가지 묻고 싶습니다.'

엘-어라이라가 말하자 엘릴 배심원들도 그러라고 했어.

엘-어라이라가 말했어.

'허프사, 어젯밤에 나랑 당근밭에 갔다고 했는데 어떻게 갔는지 얘기해 주지 않겠나? 나는 도무지 기억이 안 나서 말이야. 우리가 밤에 굴에서 나왔다고 했지? 그러고 나서 어떻게 되었지?'

허프사가 말했어.

'세상에, 기억이 안 난다니 말도 안 돼. 도랑을 지나가다가 고슴도치가 상자에 앉아 달을 보며 노래하던 거 기억 안

298

나?'

오소리가 물었어.

'고슴도치가 어쨌다고?'

허프사는 간절하게 말했어.

'달을 보며 노래하고 있었어요. 고슴도치가 민달팽이를 꾈 때면 그러잖아요. 온몸에 들장미 꽃잎을 꽂고 앞발을 흔들면서…….'

엘-어라이라가 다정하게 말했어.

'자, 진정해, 진정하라고. 나도 네가 마음에도 없는 말을 하는 건 바라지 않아.'

그리고 배심원들에게 말했지.

'가엾은 친구, 이 친구는 지금 진심이랍니다. 누구를 해코지하려고 저러는 건 아니지만…….'

허프사가 외쳤어.

'진짜란 말이야! 정말로 고슴도치가 노래했어. 오, 달의 민달팽이여! 오, 달의 민달팽이여…….'

엘-어라이라가 말했어.

'고슴도치가 무슨 노래를 했느냐는 증언하고 상관없어. 사실 다들 뭐라고 노래했을까 궁금하긴 하겠지만. 뭐, 좋아. 온몸에 들장미 꽃잎을 꽂은 고슴도치가 상자에 앉아 노래하는 걸 봤다 치자. 그다음에는?'

'조금 더 가니까 연못이 나왔는데 거기에 꿩이 있었어.'

여우가 말했어.

'꿩이라고? 나도 한번 봤으면. 녀석은 뭘 하고 있던가?'

허프사가 말했어.

'연못을 빙글빙글 돌며 헤엄치고 있었어요.'

여우가 다시 물었어.

'다친 건가?'

'아니, 아니에요. 꿩들은 원래 꽁지깃을 길게 만들려고 헤엄을 치잖아요. 그것도 모르세요?'

여우가 되물었어.

'뭘 어쩐다고?'

허프사는 부루퉁하게 대답했어.

'꽁지깃을 길게 만든다고요. 꿩이 그랬어요.'

엘-어라이라가 엘릴 배심원들에게 말했어.

'이 정도는 아무것도 아닙니다. 익숙해지려면 시간이 좀 걸리지요. 나를 보세요. 나는 지난 두 달 동안 밤이나 낮이나 이런 헛소리를 들으며 살았어요. 그래도 다 이해하면서 잘해 주었는데 돌아온 것은 해코지뿐이군요.'

주위가 물을 끼얹은 듯 조용해졌어. 엘-어라이라는 아버지나 되는 듯이 참을성 있게 증인을 돌아보며 말했어.

'난 기억력이 형편없어. 그러니 계속해 봐.'

'좋아. 넌 시치미를 뚝 떼고 있지만 그다음에 있었던 일까지 모른다고 하진 못할걸. 빨간 꼬리에 초록색 귀를 가진 무시무시한 거인 토끼가 풀밭에 나타났잖아. 그 토끼는 흰 막대기를 물고 있다가 깊은 구멍 속으로 뛰어들었어. 땅속을 뚫고 지나가 세상 반대편에 있는 프리스 님을 만날 거라면서.'

이번에는 엘릴 배심원들도 말이 없었어. 한참 동안 허프사를 바라보며 고개를 절레절레 저었지.

담비가 소곤댔어.

'저놈들은 다 미쳤어. 빌어먹을 꼬마 녀석들. 궁지에 몰리면 무슨 말이라도 지껄여 대지. 그래도 이렇게 심한 거짓말은 처음이야. 대체 언제까지 여기 있어야 되지? 난 배고프다고.'

엘릴들이 토끼라면 무조건 미워하고, 그중에서도 바보 같은 토끼를 끔찍이 싫어한다는 걸 엘-어라이라는 예전부터 알고 있었어. 그래서 엘릴에게 판결을 맡기는 데 동의한 거야. 토끼들이 배심원을 맡았다면 허프사가 왜 그런 소리를 하는지 꼬치꼬치 캐물었을지도 몰라. 하지만 엘릴들은 그러지 않았지. 그들은 증인 토끼를 싫어하고 경멸하는 데다 한시라도 빨리 사냥하러 가고 싶었거든.

엘-어라이라가 말했어.

'그럼 이렇게 되는군. 우리는 들장미 꽃잎을 꽂고 노래하는 고슴도치를 보았다. 그다음엔 멀쩡한 꿩이 연못에서 헤엄치는 것을 보았다. 그다음에는 꼬리가 빨갛고 귀가 초록색이며 흰 막대기를 문 토끼를 보았다. 그리고 그 토끼는 깊은 구멍 속으로 뛰어들었다. 맞지?'

허프사가 대답했어.

'그래.'

'그러고 나서 우리가 당근을 훔쳤다고?'

'그래.'

'보라색에 녹색 얼룩이 있었나?'

'뭐가 보라색에 녹색 얼룩이 있다는 거야?'

'당근 말이야.'

'맙소사, 그렇지 않다는 건 너도 알잖아. 그건 보통 당근이었어. 굴에 숨겨 놓았잖아!'

허프사는 발악하듯 외쳤어.

'굴속에 있어! 당장 가서 보자고!'

재판을 잠시 쉬는 동안 허프사는 무지개 왕자를 굴로 데려갔어. 하지만 당근을 찾지 못하고 돌아왔지.

엘-어라이라가 말했어.

'내가 하루 종일 굴에 있었다는 건 증명할 수 있습니다. 잠을 자려고 했지만 좀처럼 잠이 오지 않았어요. 이 유식한 친구가…… 아니, 됐어요. 그러니까 내 말은 내가 밖에 나가서 당근이든 뭐든 옮겼을 리가 없다는 겁니다. 만에 하나 당근이 있었다 해도 말입니다.'

그러고는 이렇게 덧붙였어.

'더 이상 할 얘기가 없습니다.'

고양이가 말했어.

'무지개 왕자여, 나는 토끼들이 싫습니다. 하지만 저 토끼가 당신의 당근을 훔쳤다고는 할 수 없을 것 같군요. 증인은 정신이 나간 게 분명합니다. 안개나 눈만큼이나 종잡을 수 없군요. 그러니 죄수는 석방해야 합니다.'

배심원 전부가 찬성했지.

무지개 왕자가 엘-어라이라한테 말했어.

'당장 사라져라. 내가 손을 쓰기 전에 어서 네 굴로 돌아가.'

엘-어라이라가 말했어.

'알겠습니다, 왕자님. 하지만 당신이 데려오신 그 토끼도 부디 데려가 주십시오. 너무 멍청한 놈이라 저희도 괴롭답니다.'

그리하여 허프사는 무지개 왕자와 함께 떠나고, 엘-어라이라의 백성들은 다시 평화롭게 살아갔지. 당근을 너무 먹어서 소화불량에 걸리기도 했지만 말이야. 할아버지는 랍스커틀의 꼬리가 하얀색으로 돌아오는 데는 꽤 오랜 시간이 걸렸다고 말씀하시곤 했지."

23

키하르

날개는 패배의 깃발처럼 땅에 끌리고 다시는 하늘을 날지 못한 채
남은 날을 기아와 고통 속에 살아간다.
그는 강하지만 강자일수록 고통은 더욱 고통스럽고
무력함은 더욱 무력하게 느껴진다.
그의 고개와 두려움을 모르는 자세와
무시무시한 눈동자를 굴복시킬 것은 구원자인 죽음뿐이다.

로빈슨 제퍼스, 〈다친 매〉

인간에게는 "비가 왔다 하면 억수같이 퍼붓는다."는 옛
말이 있다. 하지만 이 말은 그리 적절한 말이 아니다. 비가
억수같이 내리지 않을 때도 많기 때문이다. 오히려 "혼자
있는 구름은 외로움을 탄다."는 토끼 속담이 더 정확하다.
실제로 구름이 한 점 나타나면 얼마 안 있어 온 하늘이 구
름으로 뒤덮이곤 한다. 그건 그렇다 치고, 바로 그 이튿날
헤이즐의 생각을 실천에 옮길 두 번째 기회가 극적으로 찾
아왔다.

그날 새벽 토끼들은 잿빛 정적 속에서 실플레이를 하고
있었다. 공기는 아직 쌀쌀했다. 이슬이 촉촉이 젖어 있고

바람은 잔잔했다. 머리 위에서는 기러기 대여섯 마리가 브이 자 대열을 이루며 머나먼 목적지를 향해 빠르게 날아가고 있었다. 기러기들이 남쪽으로 멀어져 가면서 또렷이 들리던 날갯짓 소리도 희미해졌다. 다시 침묵이 내려앉았다. 새벽 어스름이 걷히자, 지붕 위에서 눈이 미끄러져 내리기 직전 같은 팽팽한 긴장감이 흘렀다. 그리고 다음 순간 온 언덕과 그 아래의 모든 것, 대지와 공기에 일출이 찾아들었다. 인간이 우리에 기대 서서 별생각 없이 황소 뿔을 잡아보려 하면 황소가 살며시, 그러나 단호히 고개를 흔들어 뿔을 빼내듯이 태양은 그렇게 유연하면서도 강력한 위력을 떨치며 세상에 나타났다. 어떤 것도 태양을 막거나 가릴 수 없었다. 소리 없이 나뭇잎이 빛나고 산허리를 둘러싼 풀들이 반짝거렸다.

숲 바깥에서는 빅윅과 실버가 귀 털을 빗고 공기 냄새를 맡고는 길게 드리워진 제 그림자를 따라 풀밭으로 깡충깡충 뛰어갔다. 짧게 깎인 풀밭에서 풀을 뜯고 곧추앉아 주위를 둘러보며 돌아다니다가 폭이 1미터쯤 되는 작은 구덩이로 다가갔다. 앞장서 가던 빅윅이 구덩이 언저리에서 멈추고는 웅크린 채 구덩이를 뚫어지게 바라보았다. 구덩이 안은 보이지 않았지만 그 속에 상당히 큰 생물이 있었다. 앞을 가리고 있는 풀잎들 사이로 들여다보니 구부러진 하얀 등이 보였다. 어떤 생물인지 모르지만 덩치는 빅윅만 했다. 빅윅이 잠시 꼼짝 않고 기다렸지만 그것은 움직이지 않았다.

빅윅이 속삭였다.

"등이 하얀 동물이 뭐지?"

실버는 곰곰이 생각했다.

"고양이인가?"

"고양이는 아냐."

"어떻게 알아?"

그때 구덩이 안에서 나직하게 식식거리는 소리가 들렸다. 그 소리는 잠시 계속되었다. 그러더니 다시 조용해졌다.

빅윅과 실버는 자부심을 가지고 있었다. 홀리를 빼면 샌들포드 마을 아우슬라 가운데 살아남은 토끼는 자기들뿐이었고 둘 다 친구들에게 존경받고 있다는 것을 알고 있었다. 헛간에서 쥐들과 싸운 일은 무척 힘들었지만 그들의 가치를 증명해 주었다. 마음이 넓고 정직한 빅윅은 자신이 미신적인 공포에 사로잡혔던 밤에 헤이즐이 보여 준 용기를 한순간도 고깝게 여긴 적이 없었다. 하지만 이대로 벌집으로 돌아가 풀밭에서 정체불명의 생물을 발견했는데 그냥 내버려 두고 왔다고 보고하는 것은 자존심이 허락하지 않았다. 빅윅은 실버를 돌아보았다. 실버는 의욕에 넘쳐 있었다. 빅윅은 그 낯선 하얀 등을 다시 한 번 살펴보고 나서 곧장 구덩이로 다가갔다. 실버도 뒤따랐다.

그것은 고양이가 아니었다. 구덩이에 있는 생물은 길이가 30센티미터쯤 되는 큰 새였다. 둘 다 그런 새는 처음 보았다. 풀 사이로 언뜻 보이던 하얀 등은 알고 보니 목과 어깨였다. 등 아랫부분은 옅은 잿빛이고, 똑같이 잿빛을 띤 날개는 갈수록 좁다래지면서 끝이 까맣고 길쭉한 칼깃이 꽁지깃 위까지 덮여 있었다. 머리는 검정에 가까운 짙은 밤색이라 하얀 목과 뚜렷이 대조되어 마치 두건을 쓴 것처럼 보였다. 검붉은색을 띤 다리 끝에는 물갈퀴와 억센 발톱이 있는 발가락 세 개가 달려 있었다. 끝이 살짝 구부러진 부리는 튼튼하고 날카로웠다. 한참 바라보고 있는데 부리가 벌어지면서 붉은 입속과 목구멍이 보였다. 새는 사납게 씩씩거리며 공격하려 들었지만 몸을 움직이지 못했다.

빅윅이 말했다.

"다쳤어."

"그런 것 같아. 하지만 어디를 다쳤는지 안 보여. 저쪽으로 돌아가서……."

"조심해! 널 노리고 있어!"

실버는 구덩이를 돌아가려고 새의 머리 쪽으로 조금 다가가 있었다. 하지만 잽싸게 뒤로 물러나 홱 쪼는 부리를 아슬아슬하게 피했다.

빅윅이 말했다.

"하마터면 발 부러질 뻔했다."

둘은 새가 일어서지 못한다는 사실을 직감적으로 알아차리고는 웅크리고 앉아 새를 살펴보았다. 별안간 새가 거친 소리로 요란하게 "캬욱, 캬욱, 캬욱!" 울어 댔다. 가까이서 들으면 귀청이 떨어질 것 같은 소리가 아침 공기를 찢으며 언덕을 가로질러 멀리까지 퍼졌다. 빅윅과 실버는 그대로 줄행랑을 쳤다.

두 토끼는 숲에 도착하기 전에 잠시 멈추어 서서 정신을 가다듬고 아까보다는 의젓하게 둔덕으로 다가갔다. 헤이즐이 풀밭으로 나와 둘을 맞았다. 두 토끼는 눈이 휘둥그레져 코를 벌름거리고 있었다.

헤이즐이 물었다.

"엘릴이야?"

빅윅이 대답했다.

"글쎄, 솔직히 잘 모르겠어. 저쪽에 처음 보는 커다란 새가 있어."

"얼마나 커? 꿩만 해?"

"그 정도는 아니지만 산비둘기보다 크고 몹시 사나워."

"좀 전에 그 새가 운 거야?"

"응. 나도 깜짝 놀랐어. 바로 코앞에 있었거든. 그런데 어떻게 된 건지 움직이질 못해."

"죽어 가는 거야?"

"그런 것 같지는 않아."

"내가 직접 가서 볼게."

"사나운 놈이야. 제발 조심해."

빅윅과 실버는 헤이즐을 데리고 갔다. 세 토끼가 새의 부리가 닿지 않을 만큼 떨어져 앉자 새는 한 마리씩 차례로 노려보았다.

헤이즐이 산울타리 공통어로 말을 걸었다.

"너 다쳤어? 못 날아?"

귀에 거슬리는 꽥꽥 소리를 듣자 토끼들은 대번에 먼 나

308

라 말임을 알아차렸다. 어디인지는 모르지만 먼 곳에서 온 게 분명했다. 말씨가 낯설고 거친 목구멍소리를 내는 데다가 말법에도 어긋났다. 가끔 가다 겨우 한마디씩 알아들을 수 있었다.

"죽이러…… 캬! 캬! ……너희 죽이러…… 캬아악! ……나 끝장났다 생각…… 나 안 끝나…… 너희 많이 다쳐……."

새는 짙은 밤색 머리를 홱홱 도리질 쳤다. 그러더니 느닷없이 부리를 땅에 처박았다. 토끼들은 그제야 새 앞의 풀밭이 여기저기 죽죽 줄이 가 있고 파헤쳐져 있는 것을 보았다. 새는 잠시 주변을 쿡쿡 쪼아 보더니 포기하고 고개를 들어 다시 토끼들을 쳐다보았다.

"배고픈가 봐. 먹을 것을 줘야겠다. 빅윅, 지렁이 같은 것 좀 잡아 오지 않을래?"

"아니, 뭐라고?"

"지렁이 말이야."

"나더러 땅을 파서 지렁이를 잡아 오라고?"

"아우슬라에서 배우지 않았어? 아, 됐어. 내가 갔다 올게. 너랑 실버는 여기서 기다려."

하지만 빅윅은 곧 뒤따라와 헤이즐과 함께 도랑에서 마른 흙을 파헤쳤다. 원래 언덕 지대에는 지렁이가 많지 않은데다 며칠째 비도 내리지 않은 상태였다.

조금 이따가 빅윅이 고개를 들었다.

"딱정벌레는 어때? 쥐며느리는? 그런 건 안 될까?"

둘은 썩은 나무토막을 몇 개 찾아서 가져왔다. 헤이즐이 그중 하나를 새 앞으로 조심스럽게 밀어 주면서 말했다.

"벌레야."

새는 순식간에 나무를 세 조각으로 동강 내어 벌레 몇 마리를 쪼아 먹었다. 토끼들이 먹이가 될 만한 것을 이것저것 날라 오자, 얼마 안 있어 구덩이에 쓰레기가 수북이 쌓였다. 빅윅은 혐오감을 꾹 누르고 길에 떨어진 말똥 속에서 벌레를 파내어 한 마리씩 날랐다. 헤이즐이 칭찬하자 빅윅은 "이런 짓을 한 토끼는 아무도 없을 거야. 지빠귀들한테는 말하지 마." 하고 투덜거렸다. 토끼들이 완전히 녹초가 되고 나서도 한참 뒤에야 새는 먹는 것을 멈추고 헤이즐을 바라보았다.

"다 먹었다."

새는 잠시 멈추었다가 다시 말했다.

"왜 줬어?"

헤이즐이 물었다.

"너 다쳤어?"

새는 교활한 표정으로 말했다.

"안 다쳐. 싸움 잘해. 조금만 있다 간다."

헤이즐이 말했다.

"여기 있다간 죽어. 좋지 않은 곳이야. 홈바 오고, 황조롱이 와."

"그깟 놈들. 나 싸움 잘해."

"그렇겠지."

빅윅은 새의 굵직한 목과 5센티미터나 되는 부리를 보고 감탄하면서 말했다.

헤이즐이 말했다.

"너 죽는 거 싫다. 여기 있으면 죽어. 우리가 도와준다."

"꺼져!"

그 말이 떨어지기가 무섭게 헤이즐이 친구들에게 말했다.

"가자, 내버려 두자고. 잠시 혼자서 황조롱이를 막아 보라고 해."

그러고는 천천히 숲으로 돌아갔다.

실버가 말했다.

"무슨 생각을 하는 거야? 저 새는 난폭해. 저래서는 친구가 될 수 없다고."

"그럴지도 모르지. 하지만 울새나 파란 뱁새가 우리한테 무슨 도움이 되겠어? 그런 새들은 멀리까지 날지 못해. 우리는 큰 새가 필요해."

"왜 굳이 새가 필요한 거야?"

"이따가 말해 줄게. 블랙베리랑 파이버도 같이 들어 주었으면 좋겠어. 지금은 굴로 돌아가자. 너는 어떨지 모르지만 난 펠릿을 씹고 싶어."

오후에 헤이즐은 굴 파기를 지휘했다. 토끼들은 조직적으로 꼼꼼히 일하지 않을뿐더러 끝마무리란 게 뭔지도 잘 모르지만, 벌집은 거의 완성되었고 주변의 속굴과 굴길도 모양새를 갖추어 가고 있었다. 저녁이 되자마자 헤이즐은 다시 구덩이에 가 보았다. 새는 아직도 있었다. 아까보다 기운이 없고 경계심도 줄어들었지만, 헤이즐이 다가가자 힘없이 부리를 딱딱거렸다.

헤이즐이 물었다.

"아직 있어? 매하고 싸웠어?"

새가 대답했다.

"안 싸웠다. 싸움 없다. 하지만 조심, 조심, 항상 조심. 소용없다."

"배고파?"

새는 대답하지 않았다.

헤이즐이 말했다.

"잘 들어. 토끼, 새 안 먹어. 토끼; 풀 먹어. 우리가 도와준다."

"왜 도와?"

"우리 마음. 널 지켜 준다. 큰 굴. 먹을 것도."

새는 잠시 생각하는 눈치였다.

"다리 괜찮다. 날개 못 쓴다. 다쳤다."

"좋아, 그럼 걸어."

"너 나 건드린다. 너 가만 안 둔다."

헤이즐이 돌아서자 새가 다시 말했다.

"거기 멀어?"

"아니, 안 멀어."

"그럼 가."

새는 튼튼한 검붉은색 다리로 비틀비틀 힘겹게 일어서더니 날개를 활짝 펼쳤다. 헤이즐은 활 모양의 거대한 날개를 보고 깜짝 놀라 펄쩍 물러났다. 새는 이내 고통스러운 듯 얼굴을 찡그리며 날개를 접었다.

"날개 안 돼. 나 간다."

새는 순순히 헤이즐을 따라왔지만 헤이즐은 새가 덤벼들어도 피할 수 있을 만큼 떨어져서 갔다. 숲에 도착하자 한바탕 소동이 일었다. 헤이즐은 평소에 보이지 않던 엄격한 태도로 분위기를 진정시켰다.

헤이즐이 댄더라이언과 벅손에게 말했다.

"자, 서둘러! 이 새는 다쳤기 때문에 나을 때까지 우리가 보살펴 주기로 했어. 빅윅한테 이 새의 먹이를 어떻게 구하는지 가르쳐 달라고 해. 이 새는 벌레나 곤충을 먹어. 메뚜기, 거미, 뭐든지 잡아 와. 호크빗! 에이콘! 그래, 파이버 너도. 멍하니 있지 말고 정신 차려. 널찍한 구덩이가 필요해. 별로 깊지 않은 큰 구덩이 말이야. 입구보다 조금 낮은 곳에 평평한 바닥을 만들어 줘. 밤이 되기 전에 파야 해."

"우린 오후 내내 굴을 팠는데……."

"알아! 나도 거들게, 조금만 기다려. 어서 시작하기나 해. 곧 밤이 된다고."

놀란 토끼들은 투덜거리며 명령에 따랐다. 헤이즐의 권위는 잠시 시험대에 올랐지만 빅윅 덕분에 흔들리지 않았다. 빅윅은 헤이즐이 무슨 생각을 하는지 몰랐지만 새의 강인함과 용기에 반해서 이유 같은 건 따지지도 않고 이미 새를 받아들였다. 빅윅이 굴 파기를 지휘하는 동안 헤이즐은 새에게 자기들이 어떻게 생활하고 적을 피하는지, 그리고 새에게는 어떤 보금자리를 줄 것인지 되도록 쉽게 설명해 주었다. 토끼들이 모아 온 먹이는 얼마 되지 않았다. 하지만 숲속으로 들어오자 새는 눈에 띄게 안도했고, 비틀비틀 걸어다니며 직접 먹이를 찾기도 했다.

올빼미가 나올 무렵 빅윅과 토끼들은 숲속에 있는 굴길 입구 바로 안쪽에 넓은 방 같은 것을 만들었다. 바닥에는 너도밤나무 가지와 잎을 깔았다. 어둠이 내리자 새는 그곳에 자리를 잡았다. 새는 여전히 의심을 풀지 않았지만, 날개가 몹시 아픈 모양이었다. 분명히 혼자서는 어찌해 볼 도리가 없기 때문에 살아남기 위해 토끼가 판 굴에라도 의지하려는 것 같았다. 밖에서 보면 어두컴컴한 구덩이 속에 까만 눈이 바짝 경계하면서 주위를 살피고 있었다. 토끼들이 저녁 실플레이를 마치고 굴에 들어갈 때까지도 새는 자지 않았다.

검은머리갈매기는 무리 지어 생활한다. 이들은 한 지역에 모여서 온종일 먹이를 찾고 재잘대고 싸우며 살아간다. 따라서 고독이나 침묵은 낯설다. 검은머리갈매기는 번식기가 되면 남쪽으로 이동하는데 도중에 부상을 당하면 버림받기 십상이다. 이 검은머리갈매기가 난폭하고 의심이 많은 것은 아픈 탓도 있지만 무리를 잃은 데다 날지도 못해 불안하기 때문이었다. 이튿날 아침이 되자 갈매기는 무리에 섞여서 떠들고 싶은 본능이 되살아났다. 그러자 빅윅이 말벗이 되어 주었다. 빅윅은 갈매기가 먹이를 찾으러 나가지도 못하게 했다. 토끼들은 니-프리스가 되기 전에 새의 먹이를 모아다 놓고 한창 더운 낮에 잠을 잤다. 하지만 빅윅은 줄곧 갈매기 곁에 붙어서 존경과 기대를 숨기지 않으며 몇 시간씩 이야기하고 새의 말에 귀를 기울였다. 저녁 실플레이 때 빅윅은 어제 블루벨이 엘-어라이라 이야기를 들려주던 둔덕 근처에서 헤이즐과 홀리를 만났다.

헤이즐이 물었다.

"새는 어때?"

빅윅이 대답했다.

"한결 나아진 것 같아. 워낙 튼튼하잖아. 아, 정말 별일을 다 겪었더라고! 얼마나 재미있는지 몰라! 그런 얘기라면 하루 종일 듣고 앉아 있을 수도 있겠더라."

"어쩌다가 다쳤대?"

"농장에서 고양이가 덮쳤다나 봐. 당하기 직전까지도 소리를 못 들었대. 그 바람에 한쪽 날개를 찢겼지만 고양이를 혼내 주고 도망쳐 왔대. 그러고는 어찌어찌해서 여기까지 올라와 그대로 쓰러진 거야. 생각해 봐, 고양이한테 맞서다니! 그러고 보니 나도 고양이한테는 맞서 본 적이 없더라고. 토끼라고 고양이한테 맞서지 말라는 법 있나? 생각해 봐……."

홀리가 말을 잘랐다.

"근데 무슨 새야?"

"글쎄, 정확히는 모르겠어. 제대로 알아들었는지는 모르지만 내가 이해하기로는 같은 종족끼리 몇천 마리씩 무리 지어 살아왔대. 상상도 할 수 없을 만큼 많은 거지. 그 무리

315

는 하늘을 온통 새하얗게 뒤덮고, 번식기에는 숲속의 나뭇잎만큼이나 많은 둥지를 친대."

"거기가 어딘데? 그런 곳은 한 번도 못 봤는걸."

빅윅은 홀리의 얼굴을 똑바로 쳐다보며 말했다.

"그 친구가 그러는데 여기서 한참 가다 보면 땅이 끝나서 더 이상 없대."

"음, 어디선가 끝나긴 하겠지. 그 너머에는 뭐가 있다던?"

"물."

"강이란 말이야?"

"아니, 강이 아니야. 가도 가도 물만 보인다고 했어. 저편 기슭은 보이지도 않아. 저편이 있긴 하지만 말이야. 그 친구가 가 봤다니까. 아, 나도 모르겠어. 솔직히 말해서 나도 완전히 이해는 안 가."

"그 새가 세상 밖으로 나갔다가 돌아왔다는 거야? 틀림없이 거짓말이야."

"모르겠어. 하지만 분명히 거짓말은 아니야. 그 물은 늘 움직이면서 육지에 와서 부딪치나 봐. 그래서 그 물소리를 듣지 못하면 그립대. 그 친구 이름이 키하르인데, 키하르는 바로 그 물소리래."

토끼들은 자기도 모르는 사이에 깊은 감명을 받았다.

헤이즐이 물었다.

"그런데 왜 이곳에 온 거지?"

"원래는 여기 있으면 안 돼. 진작 그 큰 물에 가서 번식을 해야 했지. 겨울이 되면 날씨가 사나워지고 춥기 때문에 그 친구들은 무리를 지어 그곳을 떠난대. 여름이 되면 다시 돌아가고. 그런데 그 친구는 올봄에도 한 번 다쳤대. 크게 다친 건 아니지만 그 때문에 발이 묶인 거지. 그래서 잠시 떼까마귀 떼 옆에 머무르며 쉬었대. 몸이 괜찮아지자 그들을 떠나 여행하면서 농장에 잠깐 들렀다가 그 못된 고양이를 만난 거지."

헤이즐이 물었다.

"그럼 다 나으면 다시 떠나겠네?"

"그러겠지."

"그럼 우린 헛수고하는 거잖아."

"아니 헤이즐, 무슨 생각 하고 있는 거야?"

"블랙베리랑 파이버 좀 데려와. 실버도 있는 게 좋겠다. 모두 모이면 설명할게."

해가 서산마루에 걸리고 풀 그림자가 두 배나 길어졌다. 선선한 공기 속에서 백리향과 들장미 향기가 풍기는 저녁 나절의 평화로운 실플레이는 고향 샌들포드 목초지에서 보낸 저녁 한때보다 더 즐거웠다. 토끼들은 모르겠지만 이 언덕은 지난 몇백 년 동안 이보다 더 한적한 적이 없었다. 양떼도 없고, 킹스클레어와 시드몬턴 마을 사람들이 볼일을 보거나 산책 삼아 언덕을 넘는 일도 없어졌다. 샌들포드 목초지에 살 때는 거의 날마다 인간들을 보았다. 하지만 이곳에서는 딱 한 번, 말을 탄 인간을 보았을 뿐이다. 헤이즐은 풀밭에 모인 친구들을 둘러보며 모두, 심지어 홀리까지도 처음 왔을 때보다 더 튼튼해지고 털에 윤기가 흐르고 건강해진 것을 깨달았다. 앞으로 어떻게 될지는 모르지만 지금까지는 친구들의 기대를 저버리지 않은 것 같았다.

헤이즐이 입을 열었다.

"우리는 지금 잘 지내고 있어. 적어도 내가 보기엔 그래. 우린 이제 홀레시 무리가 아니야. 그렇지만 여전히 마음에 걸리는 게 있어. 사실 지금까지 아무도 이런 문제를 생각하지 않았다는 게 놀라울 정도야. 해답을 찾지 못하면 지금까지 애써 온 보람도 없이 이 마을은 끝장이야."

빅윅이 물었다.

"그게 무슨 말이야?"

헤이즐이 물었다.

"닐드로-하인 생각나?"

"달리기를 멈췄지. 가엾은 스트로베리."

"그래. 우리한테는 암토끼가 없어, 단 한 마리도. 암토끼가 없으면 아기 토끼도 없고 몇 년 못 가서 마을도 사라지게 돼."

토끼들이 이토록 중대한 문제를 까맣게 잊고 있었다니 믿어지지 않을 수도 있다. 하지만 인간도 같은 실수를 되풀이해 왔다. 그럴 때면 모든 문제를 무시해 버리든가 운이나 요행수를 바라는 것으로 만족해 왔다. 토끼들은 늘 죽음과 가까이 살고 있으며, 죽음이 눈앞에 닥쳐왔을 때는 살아남는 일 말고는 다른 생각을 할 여유가 없다. 그러나 이제 조용하고 살기 좋은 언덕에서 저녁 햇살을 쬐며 앉아 있는 지금, 훌륭한 굴이 바로 뒤에 있고 배 속에서는 풀이 펠릿이 되어 가고 있는 지금, 헤이즐은 자신이 암토끼를 원한다는 것을 깨달았다. 다들 말이 없는 것으로 보아 헤이즐의 말을 이해한 것 같았다.

토끼들은 풀을 뜯거나 누워서 햇볕을 쬐었다. 종달새가 지저귀며 환한 햇살 속으로 날아올랐다. 그러더니 천천히 내려와서 날개를 쫙 펴고 비스듬히 미끄러지듯 날다가 할미새처럼 꽁지를 흔들며 풀밭을 종종종 뛰어다녔다. 해가 더 기울었다.

이윽고 블랙베리가 입을 열었다.

"어떻게 해야 되지? 다시 여행을 떠나야 되나?"

"그러고 싶진 않아. 물론 상황에 따라 다르겠지만. 난 암토끼 몇 마리를 이리로 데려왔으면 좋겠어."

"어디서?"

"다른 마을에서."

"이 근처에 마을이 있을까? 그걸 어떻게 알아내지? 토끼 냄새가 바람에 실려 온 적은 한 번도 없었잖아."

"방법을 말해 줄게. 저 새야. 바로 저 새가 우리 대신 찾아보는 거야."

블랙베리가 외쳤다.

"헤이즐-라! 정말 대단한 생각이야! 저 새라면 우리가 천 일이 걸려도 못 찾을 것을 하루 만에 찾을 수 있을 거야! 하지만 우리 부탁을 들어줄까? 상처가 낫자마자 휙 날아가 버리지 않을까?"

"그건 모르지. 우리야 잘되기를 바라며 계속 먹이를 주는 수밖에. 빅윅, 넌 저 새랑 친한 것 같으니까 이 일이 우리한 테 얼마나 중요한지 설명해 줘. 언덕 위를 날아다니며 뭐가 있는지 알려 주기만 하면 된다고 해."

"나한테 맡겨. 좋은 생각이 있어."

곧이어 토끼들 모두가 헤이즐이 불안해하는 것과 자기들 앞에 닥친 문제가 무엇인지 알게 되었다. 헤이즐의 말은 그 다지 놀라울 것이 없었다. 족장 토끼라면 당연히 그래야 하 듯이 헤이즐도 마을 토끼들 안에 숨어 있던 강렬한 본능을 밖으로 끄집어냈을 뿐이다. 하지만 토끼들은 갈매기를 이용 하자는 계획에 흥분하면서 블랙베리도 떠올리지 못했을 기 발한 생각이라고 여겼다. 토끼들에게 있어서 정찰은 제2의 천성이라고 할 만큼 익숙하지만 새를, 그것도 처음 보는 사 나운 새를 이용하자는 제안을 듣자, 토끼들은 정말 그렇게 되기만 한다면 헤이즐은 엘-어라이라만큼이나 영리한 토끼 임에 틀림없다고 믿었다.

그 뒤로 며칠 동안 토끼들은 열심히 키하르의 먹이를 잡 았다. 에이콘과 핍킨은 자기들이 마을에서 가장 뛰어난 벌 레잡이라고 뻐기면서 엄청나게 많은 딱정벌레와 메뚜기를 날라 왔다. 처음에 갈매기는 갈증으로 무척 고생했다. 견 디다 못해 긴 풀 줄기를 쪼아서 목을 축이기도 했다. 다행 히 갈매기가 토끼 마을에 온 지 사흘째 되던 날 밤 서너 시 간쯤 비가 내려 고갯길에 물웅덩이가 생겼다. 건초 철이 다 가오면 늘 그렇듯이 햄프셔 지방은 궂은 날씨가 계속되었다. 남쪽에서 불어오는 강풍에 풀들이 납작 누워 물결무늬를 이루며 칙칙한 은빛을 띠었다. 너도밤나무의 큰 가지는 거의 움직이지 않았지만 요란한 소리를 냈다. 세찬 비바람이 몰아쳤다. 이런 날씨가 계속되자 키하르는 안절부절못했다. 이리저리 돌아다니고, 빠르게 흘러가는 구름을 지켜보고, 토끼들이 먹이를 갖다주면 게걸스럽게 먹어 치웠다. 먹이 찾기가 더 힘들어졌다. 비가 오면 곤충들은 풀 속으로 깊숙이 숨기 때문에 파헤쳐서 잡아야 했다.

어느 날 오후 빅윅이 헤이즐을 깨워서 키하르가 할 말이 있다고 전해 주었다. 헤이즐은 여전히 파이버와 같은 굴에서 지냈다. 헤이즐은 땅 위로 나가지 않고 굴길을 지나 갈매기가 있는 곳으로 갔다. 갈매기 머리에서 검은 털이 빠지고 흰 털이 난 것이 맨 먼저 눈에 띄었다. 눈가에는 아직 짙은 밤색 털이 남아 있었다. 헤이즐은 자기가 인사를 건네자 갈매기가 서툰 토끼어로 더듬더듬 대답하는 것을 보고 깜짝 놀랐다. 헤이즐에게 할 말을 미리 연습한 게 틀림없었다.

"에이즐 씨, 토끼들 열심히 일해. 나 이제 안 죽어. 곧 다 나아."

헤이즐이 말했다.

"좋은 소식이군. 잘됐다."

키하르는 다시 산울타리 말로 돌아왔다.

"픽빅 씨, 많이 좋은 토끼."

"맞아."

"픽빅 씨가 너희들 엄마 없대. 엄마 죽었다. 많이 큰일이다."

"그래, 맞아. 어떻게 해야 될지 모르겠어. 엄마를 구할 데가 없어."

"잘 들어. 나 좋은 생각 있어. 나 이제 괜찮아. 날개 나았어. 바람 끝나면 날아가. 너희 위해 날아. 엄마 많이 찾아서, 너 가르쳐 줄게, 좋지?"

"와, 정말 멋진 생각이야, 키하르! 그런 생각을 하다니 진짜 똑똑하구나! 넌 정말 훌륭한 새야!"

"난 올해 엄마 끝났어. 너무 늦었어. 엄마들 모두 둥지에 앉아 있어. 알 낳아."

"안됐구나."

"다음에 나 엄마 찾아. 지금은 너희 위해 날아."

"도와줄 일이 있으면 뭐든지 도와줄게."

이튿날 바람이 잔잔해지자 키하르는 두세 번 짧은 비행을 했다. 하지만 사흘 뒤에야 탐색하러 나갈 자신이 생겼다. 더없이 화창한 6월 아침이었다. 키하르는 젖은 풀숲에서 하얀 달팽이를 잡아 큰 부리로 깨뜨려 먹다가 갑자기 빅윅을 휙 돌아보며 말했다.

"지금 나 떠나."

키하르는 날개를 펼쳤다. 빅윅의 머리 위로 60센티미터짜리 날개가 활짝 펼쳐지자, 빅윅은 꼼짝 않고 앉아 이별 의식인 양 하얀 날개가 파닥이며 일으키는 바람을 맞았다. 빅윅은 날개가 일으킨 바람 속에서 귀를 늘어뜨린 채 키하르가 굼뜨게 공중으로 날아오르는 모습을 뚫어지게 바라보

왔다. 땅 위에 있을 때는 그토록 길고 우아하던 몸이 하늘
로 날아오르자 짧고 굵은 원통처럼 보였고, 앞쪽에는 까만
눈 사이로 빨간 부리가 튀어나와 있었다. 키하르는 잠시 몸
통만 오르락내리락하며 공중에 떠 있었다. 그러더니 높이
날아올라 풀밭 위를 비스듬히 날다가 북쪽 절벽 아래로 사
라졌다. 빅윅은 숲으로 돌아가서 키하르가 출발했다는 소
식을 전했다.

키하르가 떠난 지 며칠이 지났다. 토끼들이 생각했던 것
보다 시간이 오래 걸렸다. 헤이즐은 키하르가 과연 돌아올
지 의심스러웠다. 키하르도 자기들처럼 짝짓기 욕구를 느
끼는 데다, 빅윅에게 말했듯이 큰 물과 시끄럽고 북적거리
는 갈매기 떼를 그토록 그리워한다면 그곳으로 가 버릴 가
능성도 충분했다. 헤이즐은 되도록 불안한 내색을 하지 않
았지만, 어느 날 파이버와 단둘이 있게 되자 키하르가 돌아
올 것 같냐고 물었다.

파이버는 주저하지 않고 대답했다.

"돌아와."

"그럼 뭘 가져올까?"

"내가 그걸 어떻게 알아?"

파이버는 이렇게 대꾸했다. 하지만 나중에 굴속에서 조
용히 꾸벅꾸벅 졸다가 불쑥 "엘-어라이라의 선물을 갖고
올 거야. 책략, 엄청난 위험, 마을에 내리는 축복을." 하고
말했다. 헤이즐이 다시 물어보았지만 파이버는 자기가 무
슨 말을 했는지도 모르는 듯 자세히 말해 주지는 못했다.

323

빅윅은 온종일 키하르가 돌아오기만 기다렸다. 빅윅은 퉁명스러워지고 걸핏하면 화를 냈다. 한번은 블루벨이 돌아오지 않는 친구를 걱정하느라 픽빅 씨의 북슬북슬한 머리털이 빠지는 것 같다고 농담하자, 빅윅은 예전의 주임상사 기질이 발동해서 블루벨을 후려갈기고 벌집을 두 바퀴나 돌며 못살게 굴었다. 그 소동은 홀리가 나서서 자기의 충실한 익살꾼을 구해 주면서 겨우 끝났다.

북쪽에서 불어오는 가벼운 바람이 시드몬턴 들판의 건초 냄새를 실어 오던 늦은 오후에, 빅윅이 벌집으로 뛰어 들어와 키하르가 돌아왔다고 알렸다. 헤이즐은 설레는 마음을 누르며 혼자서 키하르를 만날 테니 아무도 따라오지 말라고 했다. 하지만 다시 생각해 보고는 파이버와 빅윅을 데리고 갔다.

키하르는 자기 굴에 돌아와 있었다. 굴속에는 냄새 나는 배설물이 사방에 널려 있었다. 토끼는 굴에다 똥을 누지 않기 때문에 헤이즐은 잠자리를 똥으로 더럽히는 키하르의 버릇을 무척 싫어했다. 하지만 지금은 소식을 듣고 싶은 마음에 새 똥 냄새조차 반갑게 느껴졌다.

헤이즐이 물었다.

"키하르, 네가 돌아와서 기쁘다. 피곤하니?"

"날개 피곤해. 조금 날고, 조금 쉬고. 다 잘됐어."

"배고프지? 벌레 좀 잡아 올까?"

"좋아, 좋아. 착한 토끼. 딱정벌레 많이."

키하르는 곤충이라면 무조건 '딱정벌레'라고 했다.

키하르는 토끼들의 보살핌이 그리웠던지라 다시 돌아온 기쁨을 누리고 싶어 하는 눈치였다. 이제는 가만히 앉아서 먹이를 받아먹지 않아도 되었지만, 그런 대접을 받아야 한다고 생각하는 게 분명했다. 빅윅은 다른 토끼들을 모아 먹이를 구하기 위해 해 질 때까지 바쁘게 돌아다녔다.

마침내 키하르가 약삭빠른 눈빛으로 파이버를 바라보며 말했다.

"어이, 꼬맹이 씨, 내가 갖고 온 거 알아?"

파이버가 퉁명스럽게 대꾸했다.

"몰라."

"말해? 이 큰 언덕들 날아다녔어. 이쪽, 저쪽, 해 뜨는 쪽, 해 지는 쪽. 토끼 없어. 하나도, 하나도 없어."

키하르는 입을 다물었다. 헤이즐은 불안한 듯 파이버를 쳐다보았다.

"그래서 맨 아래 내려갔어. 작은 언덕 큰 나무 있는 농장 알아?"

"아니, 농장이 있는 줄 몰랐어. 계속해 봐."

"나 가르쳐 준다. 안 멀다. 여기 보여. 거기 토끼들 살아. 상자 속에서 살아. 인간이랑 같이. 알아?"

"인간하고 같이? 지금 '인간이랑 같이 산다'고 했어?"

"그래그래, 인간하고 같이. 헛간에서. 헛간 상자 속에. 인간이 먹을 거 갖다줘. 알아?"

헤이즐이 말했다.

"그런 일도 있다는 건 알아. 들은 적 있어. 잘했어, 키하

325

르. 꼼꼼히 알아봤구나. 하지만 우리한테는 도움이 안 돼."

"엄마들 있어. 큰 상자 속에. 다른 곳에 없어. 들판에도 없고 숲에도 없어. 토끼 없어. 하나도 못 봤어."

"큰일이네."

"잠깐, 나 더 얘기해. 들어 봐. 나 다른 쪽 날아갔어. 한낮에 해 있는 곳. 그래, 큰 물 있는 쪽."

빅윅이 물었다.

"그럼 큰 물까지 갔다 온 거야?"

"아니, 아니, 그렇게 멀리 아냐. 그쪽 강 있어. 알아?"

"아니, 그렇게 멀리까진 못 가 봤어."

키하르는 되풀이해서 말했다.

"강 있어. 거기 토끼 마을 있어."

"강 건너편에?"

"아니, 아니. 그쪽으로 가, 큰 들판으로 쭉. 한참 가면 토끼 마을 있어. 아주 커. 그 뒤에 철길 있고 뒤에 강 있어."

파이버가 물었다.

"철길?"

"응, 응, 철길. 철길 못 봤어? 인간이 만들어."

키하르의 말은 말법도 틀린 데다 발음이 이상해서 토끼들은 무슨 말인지 알아듣기 힘들었다. 방금 키하르가 말한 '철'과 '길'이라는 말도 갈매기한테는 익숙한 단어지만 토끼들은 거의 들어 보지 못했다. 토끼들은 넓은 세상을 알고 있는 키하르의 말을 이해하기 힘들었다. 하지만 키하르가 걸핏하면 짜증을 내서 자세히 물어볼 수도 없었다. 헤이

326

즐은 얼른 생각을 정리했다. 두 가지는 확실하다. 키하르는 남쪽에 있는 큰 마을을 찾아낸 게 틀림없다. 그리고 철길이 뭔지는 모르겠지만 그 마을은 철길과 강 이쪽 편에 있다. 그렇다면 목적지까지 가는 데 철길과 강은 신경 쓰지 않아도 될 것이다.

헤이즐이 말했다.

"키하르, 확실히 말해 줘. 철길과 강은 신경 쓰지 않아도 그 마을에 갈 수 있어?"

"그래그래, 철길로 안 가. 토끼 마을 큰 들판 덤불숲 속. 엄마 많아."

"여기서…… 그 마을까지 얼마나 걸릴까?"

"이틀. 멀어."

"잘했어, 키하르. 우리가 바라던 일을 다 해 주었어. 이제 쉬어. 먹이를 갖다줄 테니까 실컷 먹어."

"지금 잔다. 내일 딱정벌레 많이, 그래그래."

토끼들은 벌집으로 돌아왔다. 헤이즐이 키하르의 소식을 전하자, 긴 시간에 걸쳐 이어졌다 끊어지기를 되풀이하며 산만한 토론이 진행되었다. 토끼들은 이런 방법으로 결론에 도달한다. 이삼 일 동안 남쪽으로 가다 보면 토끼 마을이 나온다는 사실은 토끼들의 머릿속에서 깜박깜박 떠올랐다가 사라지곤 했다. 마치 깊은 물속에 빠진 동전이 이쪽 저쪽으로 움직이고 뒤집히고 사라졌다가 다시 나타나면서 바닥으로 가라앉는 것처럼. 헤이즐은 이야기가 계속되도록 내버려 두었다. 토끼들은 한참을 두런거리다가 마침내 뿔

327

뿔이 흩어져 잠자리에 들었다.

이튿날 아침, 토끼들은 여느 때와 다름없이 생활했다. 키하르에게 먹이를 갖다주고는 풀을 뜯고 놀기도 하고 굴을 파기도 했다. 하지만 나뭇가지에 맺힌 물방울이 서서히 커지다가 무게를 못 견디고 똑 떨어지듯이 자기들이 해야 될 일이 무엇인지가 점점 또렷해지기 시작했다. 그다음 날 헤이즐은 그것을 확실히 깨달았다. 해 뜰 무렵 헤이즐이 파이버를 비롯해 토끼 서너 마리와 함께 둔덕에 앉아 있을 때 우연찮게 이야기할 기회가 찾아왔다. 모두 모일 필요는 없었다. 결론이 내려졌다. 토끼들 사이에 그 소식이 전해지자, 그 자리에 없던 토끼들도 헤이즐의 설명을 들을 것도 없이 그 결정을 받아들였다.

헤이즐이 말했다.

"키하르가 찾은 마을은 아주 크다고 했어."

빅윅이 말했다.

"그러니 힘으로 빼앗을 수는 없어."

헤이즐이 말했다.

"난 그 마을에 가서 살고 싶진 않아. 너희들은 어때?"

댄더라이언이 말했다.

"여길 떠나다니? 애써 만들어 놓은 마을을 두고? 게다가 거기 가 봤자 고생만 할 거야. 아무도 가겠다고 하지 않을 걸."

헤이즐이 말했다.

"우리가 바라는 건 암토끼 몇 마리를 데려오는 거야. 어려울 것 같니?"

홀리가 말했다.

"그렇진 않을 거야. 마을이 크면 토끼가 너무 많아 배를 곯는 토끼도 있게 마련이야. 그러다 보니 젊은 암토끼는 신경이 예민해지고 초조해져서 아기를 못 낳기도 해. 배 속에 아기 토끼가 생기더라도 도로 녹아서 몸속에 흡수되는 거야. 그거 몰랐어?"

스트로베리가 말했다.

"몰랐는데."

"너희 마을은 토끼 수가 많지 않아서 그래. 우리 마을, 그러니까 스레아라 마을도 한두 해 전에 수가 너무 늘어난 적이 있었는데, 젊은 암토끼들이 아기 토끼를 낳지 않고 자기 몸속으로 도로 흡수해 버렸어. 스레아라가 말하기를 옛날에 엘-어라이라와 프리스 님이 계약을 맺었대. 프리스 님이 토끼한테는 아기가 죽어서 태어나거나, 원하지 않는데 태어나는 일이 없도록 해 주겠다고 약속했다는 거야. 어미 토끼는 아기 토끼를 제대로 키울 만한 상황이 아닐 때에는 낳지 않고 몸속에서 흡수해 버리는 특권이 있는 거야."

헤이즐이 말했다.

"음, 그 계약 이야기는 들은 적이 있어. 그러니까 그 마을에는 불만을 가진 암토끼가 있을 거라는 얘기지? 희망은 있구나. 그럼 그 마을에 원정대를 보내는 것과 싸우지 않고도 목적을 이룰 가능성이 많다는 데는 다들 동의한 거다. 다 같이 가고 싶니?"

스트로베리가 말했다.

"아니. 가는 데 이삼 일이나 걸린다면 갈 때나 올 때나 모두 위험할 거야. 우르르 몰려가는 것보다는 서너 마리만 가는 게 낫겠지. 서너 마리라면 빨리 움직일 수 있고 눈에 띄지도 않을 테니까. 게다가 그 마을 족장 토끼도 몇 안 되는 낯선 토끼들이 정중하게 부탁해 오면 그렇게 반대하지는 않을 거야."

헤이즐이 말했다.

"네 말이 맞는 것 같다. 그럼 네 마리를 보내자. 우리가 이런 곤란에 빠진 사정을 설명하고 암토끼 몇 마리만 데려가게 해 달라고 부탁하는 거야. 그런데도 반대하는 족장 토끼는 없을 거야. 누구를 보내는 게 좋을까?"

댄더라이언이 말했다.

"헤이즐-라 넌 가면 안 돼. 넌 이 마을에 꼭 필요한 토끼니까 위험한 일에 나서면 안 돼. 다들 그렇게 생각한다고."

헤이즐도 자기가 앞장서서 원정 나서는 것을 다들 반대할 줄 알고 있었다. 실망스럽긴 하지만 친구들 말이 옳았다. 그 마을에서도 족장 토끼가 직접 찾아가면 깔볼 것이다. 게다가 헤이즐은 딱히 외모나 말주변이 뛰어난 것도 아니었다. 이 일은 다른 토끼의 몫이었다.

"좋아, 너희가 말릴 줄 알았어. 어쨌든 이런 일에는 나보다 홀리가 적임자야. 홀리라면 트인 곳을 지나는 법도 훤히 알고, 그 마을에 가서도 이야기를 잘할 거야."

아무도 반대하지 않았다. 홀리는 누가 보아도 적임자였

지만 같이 갈 토끼를 뽑기는 그리 간단하지 않았다. 다들 가고 싶어 했지만 워낙 중대한 일이라 결국 토끼 한 마리 한 마리를 놓고 따져 보았다. 오랜 여행에서 살아남아 건강한 모습으로 도착해서 낯선 마을에서도 신뢰를 얻을 수 있는 토끼는 누구일까. 빅윅은 처음 보는 토끼들과 다툴 수도 있다고 제외되자, 처음에는 부루퉁했지만 키하르를 계속해서 돌볼 수 있다는 생각에 기분이 풀어졌다. 홀리는 블루벨을 데려가고 싶어 했지만, 블랙베리 말마따나 블루벨이 농담을 했다가 족장 토끼를 언짢게 하기라도 하면 일을 그르칠 수도 있었다. 결국 실버와 벅손과 스트로베리가 뽑혔다. 말은 안 해도 스트로베리는 기뻐하는 기색이 뚜렷했다. 그동안 겁쟁이가 아님을 보여 주려고 애써 왔던 터라 친구들의 인정을 받았다는 사실에 뿌듯해했다.

원정대는 새벽 어스름 속에서 출발했다. 헤이즐과 빅윅은 너도밤나무 숲 남쪽 끝까지 배웅하러 나와 친구들이 서쪽에 있는 농장을 향해 가는 모습을 지켜보았다. 홀리는 자신감에 넘쳐 보였고 나머지 세 토끼도 의기충천해 있었다. 친구들의 모습은 이내 풀숲으로 사라졌고 둘은 숲속으로 돌아왔다. 키하르는 그날 오후에 원정대가 제대로 찾아가고 있는지 확인하고 와서 상황을 알려 주었다.

헤이즐이 말했다.

"음, 우리가 할 수 있는 건 다 했어. 남은 건 저 친구들과 엘-어라이라에게 달려 있어. 당연히 잘되겠지?"

빅윅이 말했다.

"잘되다마다. 빨리 돌아오면 좋겠다. 내 굴에서 근사한 암토끼와 아기들과 함께 사는 날이 빨리 왔으면. 작은 빅윅들이라니! 헤이즐, 생각만 해도 가슴 떨린다!"

24
너트행어 농장

로빈은 아무 변장도 하지 않고 노팅엄으로 찾아와
하느님과 인자한 마리아에게 빌었다.
부디 무사히 마을을 빠져나가게 해 달라고.

로빈 곁에 머리가 큰 수도승이 있었다.
오, 주여, 도와주소서!
수도승은 첫눈에 로빈을 꿰뚫어 보았다.

〈로빈 후드와 수도승〉(어린이 노래집 119번)

한여름 밤, 헤이즐은 둔덕에 앉아 있었다. 해가 진 지 다
섯 시간쯤 되었는데도 황혼 녘처럼 어둑어둑할 뿐이어서
잠도 오지 않고 괜히 마음이 들썽거렸다. 모든 일이 잘되어
가고 있었다. 키하르는 어제 오후에 홀리를 만나 조금 더
서쪽으로 가라고 일러 주었다. 그러고는 홀리가 큰 마을을
제대로 찾아갈 거라는 확신이 들자 빽빽한 산울타리에 숨
어 있는 홀리를 남겨 두고 돌아왔다. 앞으로 이틀만 지나면
홀리 일행은 목적지에 닿을 것이다. 빅윅과 몇몇 토끼들은
홀리가 돌아올 때를 대비해서 벌써부터 굴을 넓히고 있었
다. 키하르는 황조롱이와 격렬한 싸움을 벌이기도 했는데,

코니시 항구를 쩡쩡 울리고도 남을 목청으로 욕설을 마구 퍼부어 댔다. 싸움은 무승부로 끝났지만 앞으로는 황조롱이도 너도밤나무 숲 근처에 함부로 얼씬대지 못할 것이다. 샌들포드 마을을 떠난 이래 이렇게 순조로운 적은 없었다.

헤이즐은 유쾌한 장난기가 발동했다. 엔본강을 건넌 뒤 혼자서 들판을 올라가다가 콩밭을 발견했던 아침과 똑같은 기분이었다. 자신감에 넘쳐서 당장이라도 모험을 떠나고 싶었다. 하지만 어떤 모험을 한다? 홀리나 실버가 돌아오면 들려줄 만한 모험. 음, 그렇다고 그들이 거둔 성과가 빛이 바랠 정도여선 안 된다. 암, 그렇고말고. 하지만 그 친구들이 할 수 있는 일은 족장 토끼도 할 수 있다는 것을 보여 주고 싶다. 헤이즐은 그런 생각을 하면서 둔덕을 깡충깡충 뛰어 내려가 풀밭에서 오이풀 냄새를 맡았다. 자, 어떻게 하면 친구들을 기분 나쁘지 않게 살짝 놀래 줄 수 있을까? 문득 이런 생각이 떠올랐다. '친구들이 돌아와서 암토끼가 있는 걸 보면 어떨까?' 순간 헤이즐은 키하르가 말한 농장의 상자 속에 토끼들이 많다는 사실이 떠올랐다. 대체 어떤 토끼들일까? 상자에서 밖으로 나오는 일도 있을까? 야생 토끼를 본 적이 있을까? 키하르는 그 농장이 여기서 멀지 않은 작은 언덕에 있다고 했다. 인간이 다니지 않는 이른 아침에 가면 들키지 않을 것이다. 개는 묶여 있겠지만 고양이가 돌아다닐 텐데. 하지만 탁 트인 곳에서는 고양이가 다가오는 낌새를 먼저 알아차리기만 하면 잡히지 않는다. 중요한 건 고양이가 다가오는 것을 미리 알아차리는 일이다.

재수가 아주 나쁘지만 않다면 엘릴한테 들키지 않고 산울타리를 따라 나아갈 수 있을 것이다.

하지만 거기 가서 무엇을 한단 말인가? 나는 왜 그 농장에 가려는 것일까? 헤이즐은 오이풀을 다 뜯어 먹고 난 뒤 별빛 아래서 스스로에게 대답했다.

"그냥 한번 살펴보는 거야. 상자 속에서 사는 토끼들을 만나면 이야기도 해 봐야지. 단지 그뿐이야. 위험한 짓은 안 해. 그러니까 정말로 위험한 짓은 말이야. 그만한 가치가 있는 일이라면 또 모를까."

혼자 가는 게 좋을까? 친구랑 같이 가는 편이 더 안전하고 즐거울 것이다. 하지만 딱 하나여야 한다. 눈길을 끌면 안 되니까. 누가 가장 좋을까? 빅윅? 댄더라이언? 아니, 아니다. 자기 주장을 내세우지 않고 시키는 대로 따를 토끼가 필요하다. 대번에 핍킨이 떠올랐다. 핍킨이라면 두말 않고 따라올 테고 시키는 대로 할 것이다. 지금쯤 핍킨은 벌집과 가까운 굴에서 블루벨과 에이콘과 함께 자고 있을 것이다.

헤이즐은 운이 좋았다. 핍킨은 굴 입구 쪽에 있었는데 마침 깨어 있었다. 헤이즐은 다른 두 토끼는 깨우지 않고 핍킨만 데리고 굴길을 따라 둔덕으로 나왔다. 핍킨은 위험하지 않을까 불안해하며 주위를 둘러보았다.

헤이즐이 말했다.

"괜찮아, 흘라오-루. 무서워할 거 없어. 나랑 언덕을 내려가서 키하르한테 들었던 농장에 가 보자. 잠시 살펴보기만 할 거야."

"헤이즐-라, 농장이라니? 뭐 하러? 위험하지 않을까? 개나 고양이나⋯⋯."

"아니, 나랑 같이 있으면 괜찮을 거야. 너하고 나만 가. 다른 토끼는 데려가기 싫어. 비밀 계획이 있거든. 남들한테 말하면 안 돼. 뭐, 당분간은 말이야. 다른 토끼는 다 필요 없고 꼭 너랑 가고 싶어."

과연 이 말은 효과가 있었다. 핍킨은 두말없이 따라나섰다. 둘은 풀밭 길을 지나 그 너머의 풀밭을 가로질러 절벽을 내려갔다. 좁은 띠 모양의 숲을 거쳐 홀리가 어둠 속에서 빅윅을 부르던 들판으로 나왔다. 헤이즐은 걸음을 멈추고 냄새를 맡고는 귀를 기울였다. 아직 동이 트기 전이라 올빼미가 집으로 돌아오면서 사냥할 시간이었다. 다 자란 토끼는 올빼미를 만나도 그다지 위험하지 않지만 올빼미가 있는지 신경은 쓴다. 담비나 여우가 돌아다닐지도 모르지만, 고요하고 촉촉한 밤이라 헤이즐은 자신감에 가득 차서 어떤 네발 사냥꾼이 오더라도 미리 냄새를 맡고 소리도 들을 수 있을 것 같았다.

농장이 어디인지 확실히는 모르지만 들판 끝에 있는 도로를 건너야 한다는 것은 분명했다. 헤이즐이 느긋하게 출발하자 핍킨이 바짝 쫓아왔다. 둘은 홀리와 블루벨이 나타났던 산울타리를 소리 없이 빠져나간 뒤, 어둠 속에서 희미하게 윙윙거리는 고압선 밑을 지나 몇 분 만에 도로에 다다랐다.

모든 일이 잘될 것 같은 확신이 들 때가 있다. 크리켓 경기에서 멋진 활약을 펼친 타자가 나중에 회상하기를 반드시 공을 칠 수 있을 것 같은 느낌이 들었다고 하고, 강연이나 공연을 성황리에 마친 강사나 배우는 몸이 저절로 뜨는 신기한 물에서 수영하는 것처럼 관중들이 자신을 이끌어 가는 느낌이 들었다고 하기도 한다. 헤이즐도 그런 기분이었다. 별이 초롱초롱 빛나고 한쪽에서는 어렴풋이 새벽이 밝아 오는 고요한 여름밤이었다. 헤이즐은 무서울 게 없었고 농장쯤은 천 개라도 깡충깡충 지나갈 수 있을 것 같았다. 타르 냄새가 풍기는 도로 위쪽 둔덕에 핍킨과 나란히 앉아 있을 때 맞은편 산울타리에서 어린 쥐가 쪼르르 기어나와 도로를 건너 둔덕 아래쪽의 시든 별꽃 무더기로 사라지는 것을 보고도 딱히 재수가 좋다고 생각하지 않았다. 길잡이가 나타나 농장으로 가는 길을 가르쳐 줄 거라고 확신하고 있었기 때문이다. 헤이즐이 잽싸게 둔덕을 내려가 보니 쥐는 도랑에서 쿵쿵 냄새를 맡고 있었다.

헤이즐이 물었다.

"농장, 농장은 어디 있냐? 이 근처 작은 언덕에 있다던데."

쥐는 수염을 실룩이며 헤이즐을 빤히 쳐다보았다. 토끼한테 굳이 친절하게 대할 이유는 없었지만 헤이즐의 눈빛을 보니 예의 바르게 대답할 수밖에 없었다.

"도로 저편. 오솔길 올라가."

하늘이 점점 밝아 오고 있었다. 헤이즐은 핍킨을 기다리지 않고 곧장 도로를 건넜다. 오솔길 아래쪽에 있는 산울타리에 이르렀을 무렵 핍킨이 따라왔다. 거기서 일단 걸음을 멈추고 귀를 기울이고 나서 북쪽 지평선을 향해 비탈을 올라갔다.

너트행어 농장은 옛날이야기에 나오는 농장 같았다. 워터십 다운과 에킨스웰 사이, 두 지역에서 각각 800미터쯤 떨어진 곳에 널따란 언덕이 있는데, 북쪽 비탈은 조금 가파르고 남쪽 비탈은 워터십 다운의 능선처럼 완만했다. 양쪽 비탈에 난 좁은 길을 따라 올라가면 평평한 언덕마루를 둘러싼 느릅나무들이 나온다. 느릅나무는 아주 가벼운 바람에도 수많은 나뭇잎들이 쏴아아 소리를 낸다. 이 느릅나무 울타리 안에 농가와 헛간과 부속 건물이 서 있다. 농가는 200년도 더 된 듯한 벽돌집으로, 돌로 된 정면은 남쪽에 있는 언덕을 바라보고 있다. 동쪽에는 주춧돌 위에 세워져 바닥이 평지보다 높은 창고가 있고, 그 맞은편에는 외양간이 있다.

헤이즐과 핍킨이 언덕 꼭대기에 이르러 보니 첫새벽 빛에 건물과 마당이 또렷이 보였다. 주위에서 들리는 새소리는 예전에 많이 듣던 소리였다. 낮은 가지에서 울새가 한차례 지저귀고는 농가 뒤쪽에서 들려오는 다른 울새의 대답에 귀를 기울였다. 되새가 노래하고 조금 떨어진 곳에 있는 높은 느릅나무에서 솔새가 울기 시작했다. 헤이즐은 공기 냄새를 자세히 맡으려고 곧추앉았다. 짙게 풍기는 짚 냄새와 소똥 냄새에 느릅나무잎, 재, 소여물 냄새가 섞여 있었다. 훈련된 귀가 종소리의 원음과 함께 희미하게 들리는 음

338

까지 들을 수 있듯이 헤이즐의 코는 희미한 냄새까지 맡았다. 역시나 담배 냄새가 났다. 진한 고양이 냄새와 그보다 옅은 개 냄새가 풍기더니 곧 토끼 냄새가 물씬 풍겨 왔다. 핍킨도 그 냄새를 맡은 것 같았다.

둘은 이렇게 냄새를 맡으면서 소리에도 신경을 쓰고 있었다. 새들이 포르르 날아다니고 갑자기 주위에서 파리가 앵앵거리는 것 말고는 나뭇잎 서걱대는 소리밖에 들리지 않았다. 워터십 다운 북쪽 기슭은 조용했지만, 이곳은 뜰에 비치는 햇살이 이슬에 더욱 반짝이듯이 팔랑거리는 수많은 느릅나무잎 때문에 남쪽에서 불어오는 산들바람이 큰 소리를 냈다. 우듬지 가지에서 들리는 소리는 꼭 거대한 뭔가가 다가오는 듯하면서도 다가오지 않는 것 같아 불안했다. 헤이즐과 핍킨은 잠시 꼼짝 않고 높은 데서 들려오는 이 요란한 소리에 귀를 기울였지만, 별다른 의미는 없는 것 같았다.

고양이는 보이지 않았지만 농가 옆에 지붕이 납작한 개집이 있었다. 언뜻 보니 개집에는 검은 털에 윤기가 흐르는 큰 개가 앞발에 머리를 대고 자고 있었다. 사슬은 보이지 않았다. 하지만 곧 헤이즐은 가는 밧줄이 개집 입구에서 나와 지붕에 묶여 있는 것을 발견했다. '왜 밧줄로 묶었지?' 하고 궁금해하다가 '밤에 개가 움직이면 사슬 소리가 시끄러워서 그러나 보다.' 하고 생각했다.

두 토끼는 딴채들 사이를 돌아다녔다. 처음에는 조심스럽게 몸을 숨기고 고양이가 있는지 끊임없이 살펴보았다.

339

하지만 고양이가 안 보이자 대담해져서 훤히 트인 곳을 지나기도 하고, 심지어 걸음을 멈추고 잡초가 우거진 잔디밭에서 민들레를 뜯기도 했다. 헤이즐은 냄새를 따라 지붕이 나직한 헛간으로 갔다. 마침 문이 반쯤 열려 있어서 잠시 멈춰 섰다가 안을 살펴보지도 않고 곧장 벽돌로 된 문지방을 넘어섰다. 들어가자마자 맞은편에 받침대처럼 널찍한 나무 선반 위에 철망이 처진 우리가 눈에 띄었다. 철망너머로 갈색 사발과 푸성귀, 그리고 토끼 두세 마리의 귀가 보였다. 헤이즐이 한참 바라보고 있는데 토끼 하나가 철망밖을 내다보다가 헤이즐을 발견했다.

나무 선반 옆에 짚단이 거꾸로 세워져 있었다. 헤이즐은 짚단 위로 훌쩍 뛰어올랐다가 나무 선반으로 올라갔다. 그낡은 선반은 먼지투성이에다 밀기울이 폭신하게 깔려 있었다. 헤이즐은 헛간 입구에서 기다리고 있는 픕킨을 돌아보며 말했다.

"흘라오-루, 여긴 나가는 곳이 하나밖에 없어. 그러니까넌 거기서 고양이가 오나 살펴봐. 안 그러면 우린 꼼짝없이여기 갇히게 되니까. 문가에서 망을 보다가 고양이가 나타나면 곧바로 알려 줘."

"알았어, 헤이즐-라. 지금은 고양이 없어."

헤이즐은 토끼 우리로 다가갔다. 철망이 처진 우리 앞쪽이 선반 가장자리로 튀어나와 있어서 그쪽으로 다가가거나안을 들여다볼 수는 없었지만, 우리 옆면 판자의 옹이구멍으로 실룩거리는 코가 보였다.

"난 헤이즐-라야. 너희랑 이야기하러 왔어. 내 말 알아듣
겠니?"

그러자 조금은 낯설지만 충분히 알아들을 수 있는 토끼
어가 들려왔다.

"응, 알아들어. 난 박스우드야. 넌 어디서 왔어?"

"언덕에서. 나는 친구들이랑 인간이 없는 곳에서 자유롭
게 살고 있어. 풀을 뜯고 햇빛을 쬐고 땅속에서 잠을 자. 너
희는 모두 몇 마리야?"

"넷. 암토끼, 수토끼 합해서."

"밖에 나가 본 적 있어?"

"응, 가끔. 이 집 아이가 우릴 데리고 나가서 울타리 쳐진
풀밭에다 놓아줘."

"우리 마을 이야기를 들려주러 왔어. 우리는 토끼가 더
필요해. 너희들이 농장에서 도망쳐 나와 우리랑 같이 살았
으면 좋겠다."

박스우드가 말했다.

"우리 뒤쪽에 철망으로 된 문이 있어. 그쪽으로 와. 그러
면 이야기하기가 더 편할 거야."

문은 나무틀에 철망을 단 것으로, 문설주에 가죽 경첩 두
개가 박혀 있고 걸쇠와 꺾쇠가 철사에 감겨 고정되어 있었
다. 토끼 네 마리가 문 앞으로 몰려와서 철망에 바짝 코를
들이밀었다. 로럴과 클로버라는 토끼는 털이 짧고 까만 앙
고라였다. 박스우드와 그의 아내 헤이스택은 검은색과 흰
색이 섞인 히말라야종이었다.

헤이즐은 자기들이 언덕에서 어떻게 살아가는지, 야생 토끼는 어떤 짜릿함과 자유를 맛보는지 이야기해 주었다. 그리고 늘 그렇듯 솔직하게 지금 자기네 마을은 암토끼가 없어서 고민이며 암토끼를 찾으러 왔다고 털어놓았다.

"하지만 너희 암토끼를 빼앗고 싶진 않아. 암토끼든 수토 끼든 우리 마을에 오면 환영받을 거야. 언덕에서는 모두가 풍요롭게 지낼 수 있어."

헤이즐은 계속해서 해 질 무렵과 이른 아침에 싱싱한 풀을 뜯는 기쁨을 들려주었다.

상자 토끼들은 헤이즐의 이야기가 당황스럽기도 하고 매혹적이기도 한 모양이었다. 튼튼하고 적극적인 앙고라종 암토끼인 클로버는 헤이즐의 이야기를 듣고 무척 흥분하며 토끼 마을이나 언덕에 대해 몇 가지 묻기도 했다. 상자 토끼들은 우리 속 생활이 따분하긴 하지만 안전하다고 생각하는 게 틀림없었다. 여기저기서 엘릴에 대해 꽤 많이 듣고서 야생 토끼들은 오래 살지 못한다고 굳게 믿는 것 같았다. 헤이즐은 상자 토끼들이 자기를 환영하고 즐겁게 이야기를 들어 주긴 하지만, 단조로운 생활만 하다가 오래간만에 설렘과 변화를 느낄 수 있어서 그럴 뿐이지 실제로 결정을 내리고 행동하는 능력은 없다는 것을 알아차렸다. 상자 토끼들은 마음을 결정할 줄도 몰랐다. 야생 토끼는 감각으로 느끼고 행동하는 것이 제2의 천성이다. 하지만 이 토끼들은 지금껏 살아남기 위해 행동하거나 먹을 것을 찾아다닌 적이 없었다. 이들을 언덕에 데려가려면 강하게 다그쳐야 한다. 헤이즐은 잠시 가만히 앉아 선반에 쏟아진 밀기울을 오물거렸다.

이윽고 헤이즐이 입을 열었다.

"난 이제 친구들이 있는 언덕으로 돌아가야 해. 하지만 나중에 다시 올게. 밤에 올 텐데 그때는 농부가 하듯이 거뜬히 우리 문을 열어 줄게. 맘만 먹으면 우리랑 함께 갈 수 있어."

박스우드가 뭐라고 말을 하려는데 아래쪽에 있던 핍킨이 다급히 말했다.

"헤이즐, 뜰에 고양이가 있어!"

헤이즐은 박스우드에게 말했다.

"사방이 트인 곳에 있을 때는 고양이 따윈 무섭지 않아."

헤이즐은 애써 느긋한 척하며 짚단으로 뛰어내렸다가 바닥으로 내려가 문 쪽으로 갔다. 핍킨은 경첩 틈새로 밖을 살피고 있었다. 잔뜩 겁에 질려 있었다.

핍킨이 말했다.

"냄새를 맡은 것 같아. 우리가 어디 있는지 아나 봐."

"그럼 여기를 나가야지. 날 바짝 따라오다가 내가 뛰면 같이 뛰는 거야."

헤이즐은 경첩 틈새로 내다보지도 않고 반쯤 열린 문으로 가서 문지방에 멈춰 섰다.

가슴과 발이 하얀 얼룩 고양이가 뜰 저편에서 통나무 더미를 따라 천천히 조심스럽게 걸어오고 있었다. 고양이는 헤이즐이 문간에 나타나자 그대로 멈춰 서서 꼬리만 실룩거리며 헤이즐을 노려보았다. 헤이즐은 천천히 문지방을 넘고는 다시 멈춰 섰다. 뜰에는 벌써 아침 햇살이 비스듬히 비쳐 들고 1미터쯤 떨어진 똥덩이에서 파리가 윙윙대는 소리만 들릴 뿐 사방은 고요했다. 짚 냄새와 흙냄새, 산사나무 꽃 냄새가 풍겼다.

헤이즐이 고양이에게 말을 걸었다.

"배고픈가 보군. 쥐들이 갈수록 똑똑해지나 보지?"

고양이는 대꾸하지 않았다. 헤이즐은 햇살에 눈을 깜빡이며 앉아 있었다. 고양이는 앞발 사이로 고개를 내민 채 땅바닥에 찰싹 엎드리듯이 웅크렸다. 픕킨은 바로 뒤에서 안절부절못했다. 헤이즐은 고양이한테서 눈길을 떼지 않고도 픕킨이 덜덜 떨고 있음을 느낄 수 있었다.

헤이즐이 속삭였다.

"겁먹지 마, 흘라오-루. 무사히 도망칠 수 있으니까 고양이가 덤벼들 때까지만 기다려. 가만히 있어."

고양이가 꼬리를 흔들기 시작했다. 흥분이 고조되면서 엉덩이를 치켜들어 좌우로 흔들었다.

헤이즐이 말했다.

"뛸 줄 알아? 아니, 못 뛸걸. 야, 퉁방울눈에다 뒷문에서 접시나 핥는……."

고양이가 휙 덤벼들자 두 토끼는 뒷다리를 힘차게 내뻗으며 달아났다. 두 토끼는 도망칠 준비를 단단히 하고 있었는데도 고양이가 워낙 빨라서 아슬아슬하게 뜰을 벗어났다. 기다란 창고를 따라 뛰어가는데 래브라도레트리버가 목줄을 팽팽히 끌면서 미친 듯이 짖어 댔다. 인간이 개한테 소리를 버럭 질렀다. 두 토끼는 좁은 길 옆 산울타리로 들어가 뒤를 돌아보았다. 고양이는 딱 멈춰 선 채 짐짓 아무 일도 없었다는 듯이 앞발을 핥고 있었다.

헤이즐이 말했다.

"이젠 우리를 귀찮게 하지 않을 거야. 고양이들은 바보같아 보이는 걸 싫어하니까. 아까처럼 자기가 먼저 공격하지 않았다면 계속 쫓아오면서 다른 고양이까지 불러들였을 걸. 어쨌든 고양이들이 먼저 달려들기 전에는 도망치지 마. 흘라오-루, 네가 미리 고양이를 발견해서 다행이야."

"내가 도움이 되었다니 기뻐. 그런데 우린 뭘 한 거야? 왜 상자 토끼들이랑 이야기했어?"

"나중에 다 얘기해 줄게. 들판에 가서 풀을 먹자. 그러고 나서 슬슬 돌아가지, 뭐."

25
침입

> 그는 동의했다. 그러지 않으면 왕이 아니었다. ······
> 그에게 "제물을 바칠 때가 왔다."고 말할 수 있는 사람은 아무도 없었다.
>
> 메리 레놀트, 〈왕은 죽어야 한다〉

　　헤이즐과 핍킨은 저녁이 다 되어서야 벌집으로 돌아왔
다. 둘이 들판에서 풀을 뜯고 있는데 찬 바람이 불면서 비
가 왔기 때문이다. 처음에는 비를 피해 가까운 도랑에 들어
갔지만 비탈에 있는 도랑이라 10분쯤 지나자 빗물이 흘러
들어와서 좁은 길 중간에 있는 외딴 헛간으로 뛰어들었다.
둘은 수북한 짚 더미 속으로 기어 들어가 쥐 소리가 나는지
귀를 기울였다. 사방이 조용하자 졸음이 몰려오더니 어느
새 잠이 들었다. 바깥에서는 줄곧 비가 내렸다. 두 토끼가
깨어난 것은 오후 중반이었는데, 그때까지도 비가 내리고
있었다. 헤이즐은 급할 게 없었다. 비를 맞으며 가자니 귀

찮기도 하고, 어쨌거나 제정신인 토끼라면 헛간에 왔다가 그냥 갈 수는 없었다. 둘은 한참 동안 사탕무와 스웨덴순무를 먹고 나서 날이 어둑해질 무렵에야 헛간을 나섰다. 그러고는 깜깜해지기 전에 느긋하게 너도밤나무 숲에 도착했다. 털이 흠뻑 젖었다 뿐이지 모든 것이 만족스러웠다. 토끼 두세 마리만 밖에 나와 조용히 실플레이를 하고 있었다. 아무도 어디 갔다 왔느냐고 묻지 않았다. 헤이즐은 곧장 굴로 들어가면서 핍킨한테 당분간 오늘 있었던 일을 아무에게도 말하지 말라고 일러두었다. 굴에는 아무도 없었다. 헤이즐은 누워서 그대로 곯아떨어졌다.

깨어나 보니 여느 때처럼 파이버가 곁에 있었다. 동이 트려면 좀 더 있어야 했다. 보송보송하게 마른 흙바닥이 아늑하게 느껴져 다시 잠을 청하려는데 파이버가 말을 걸었다.

"헤이즐, 너 흠뻑 젖어 있었어."

"응, 그래서 뭐? 풀이 젖어 있었잖아."

"실플레이를 해서 젖은 게 아냐. 넌 쫄딱 젖어 있었다고. 어제 하루 종일 여기 없었지?"

"아아, 언덕 아래로 먹이를 찾으러 갔었어."

"순무를 먹었던데. 발에서 농장 냄새가 나. 닭똥이랑 밀기울 냄새. 하지만 그것 말고도 이상한 것이 있어. 냄새로는 알 수 없는 것. 대체 무슨 일이 있었던 거야?"

"고양이하고 잠깐 싸웠어. 뭘 그렇게 걱정해?"

"네가 뭔가 숨기고 있으니까. 위험한 일을 말이야."

"위험한 건 홀리지 내가 아냐. 왜 나한테 신경 쓰는 거야?"

파이버가 깜짝 놀라며 물었다.

"홀리? 홀리랑 친구들은 엊저녁 일찌감치 큰 마을에 도착했어. 키하르가 알려 줬잖아. 여태 몰랐단 말이야?"

헤이즐은 꼼짝없이 들켰구나 생각했다.

"그래, 방금 들었어. 아무튼 잘됐다."

파이버가 말했다.

"그러니까 이렇게 된 거로군. 넌 어제 농장에 갔다가 고양이한테 쫓겼어. 그리고 무슨 일을 꾸미고 있는지는 모르지만 그 생각에 빠져서 어젯밤에 홀리에 대해 묻는 것도 잊어버린 거야."

"아, 알았어, 파이버. 다 얘기할게. 핍킨을 데리고 상자 토끼가 있다는 농장에 가 봤어. 그 토끼들을 만나서 이야기를 하다가, 나중에 밤중에 가서 그 토끼들을 구출해 내야겠다고 마음먹었어. 함께 살려고 말이야."

"뭐 하러?"

"그중 두 마리는 암토끼거든."

"홀리가 잘만 하면 우리도 곧 암토끼가 많아질 거야. 게다가 상자 토끼는 야생 생활에 잘 적응하지 못한대. 솔직히 말해서 넌 잘난 척하는 멍청이야."

"잘난 척하는 멍청이? 그럼 빅윅하고 블랙베리는 어떻게 생각하는지 들어 볼까?"

"넌 별 가치도 없는 일 때문에 너뿐만 아니라 다른 토끼들 목숨까지 위태롭게 하고 있어. 아, 그래, 친구들은 널 따라가겠지. 넌 족장 토끼잖아. 족장 토끼는 분별 있는 결정을 내려야 마땅하니까 다들 널 믿고 있어. 빅윅하고 블랙베리를 설득하는 것쯤은 아무것도 아니지만 서넛이 죽으면 네가 멍청이라는 게 증명되겠지. 그때는 너무 늦겠지만 말이야."

헤이즐이 말했다.

"그만해. 난 잠 좀 더 자야겠다."

이튿날 아침 실플레이 때 헤이즐은 핍킨의 존경에 찬 맞장구를 받으며 다른 토끼들에게 농장에 갔던 일을 털어놓았다. 예상대로 빅윅은 농장에 쳐들어가 상자 토끼를 구하자는 제안을 열렬히 받아들였다.

"이건 반드시 성공할 거야. 헤이즐, 정말 멋진 생각이다! 우리 문을 어떻게 열지는 모르지만 블랙베리가 알아서 할 거야. 기분 나쁜 건 네가 고양이한테서 도망쳤다는 사실이야. 훌륭한 토끼라면 언제든지 고양이하고 맞붙을 수 있어야 한다고. 우리 어머니도 한번은 고양이하고 맞붙어서 혼쭐내 준 적이 있어. 가을의 분홍바늘꽃처럼 확 할퀴어 주었다지 뭐야! 농장 고양이는 나랑 다른 토끼 한두 마리면 충분히 해치울 수 있어!"

블랙베리는 설득하기가 조금 어려웠다. 하지만 빅윅이나 헤이즐처럼 블랙베리도 홀리의 원정대에 끼지 못한 것에 내심 실망하고 있었다. 그러던 차에 헤이즐과 빅윅이 우리 여는 건 자기한테 맡긴다고 하자 함께 가기로 마음먹었다.

블랙베리가 물었다.

"다 데려갈 필요가 있을까? 개는 묶여 있다고 했고 고양이도 많아야 세 마리쯤일걸. 깜깜한 밤인데 너무 많이 가면 귀찮기만 할 거야. 누가 길을 잃으면 찾으러 다녀야 하잖아."

빅윅이 말했다.

"그럼 댄더라이언, 스피드웰, 호크빗만 데려가고 나머지는 남겨 두자. 오늘 밤에 갈 작정이니, 헤이즐—라?"

"응, 빠를수록 좋아. 그 셋을 만나면 전해 줘. 날이 어둡지만 않으면 키하르를 데려가는 건데. 키하르도 분명 좋아할 텐데 말이야."

하지만 기대와 달리 그날 밤에는 떠나지 못했다. 땅거미가 지기 전부터 다시 비가 내리면서 언덕 아래 농가 울타리에 핀 쥐똥나무꽃의 달콤한 향기가 북서풍에 실려 왔다. 헤이즐은 날이 완전히 저물 때까지 둔덕에 앉아 있었다. 밤새 비가 내릴 것이 확실해지자 그제야 모두가 있는 벌집으로 돌아왔다. 키하르는 토끼들의 설득으로 비바람을 피해 벌집에 들어와 있었다. 댄더라이언이 엘—어라이라 이야기를 들려주고 나서 모두 넋을 잃고 빠져들 만한 놀라운 이야기를 들려주었다. 그것은 프리스 님이 여행을 떠난 사이에 온 세상이 물바다가 되었을 때의 이야기였다. 다행히 한 인간이 물에 뜨는 거대한 상자를 만들어 모든 동물들을 태우고 다니다가 나중에 프리스 님이 돌아와서 모두를 놓아주었다고 한다.

핍킨이 너도밤나무 잎사귀를 때리는 빗소리에 귀를 기울

이며 말했다.

"헤이즐-라, 설마 오늘 밤에 그런 일이 일어나지는 않겠지? 여긴 물에 뜨는 상자도 없는데."

블루벨이 말했다.

"걱정 마, 넌 키하르를 타고 달나라까지 갔다가 서리 맞은 자작나무 가지처럼 빅윅의 머리에 내려앉으면 돼. 그건 그렇고 이제 자러 가자."

하지만 파이버는 자기 전에 헤이즐에게 그 문제를 다시 꺼냈다.

"내가 말려도 소용없는 거야?"

"이봐, 파이버, 또 농장에 대해 불길한 예감이라도 든 거야? 그렇다면 솔직하게 말하지 그래? 그럼 뭐가 문제인지 알 거 아냐."

"농장에 대해서는 별 느낌이 없어. 예감이 늘 느껴지는 건 아니야. 예감이 찾아오면 느끼는 거지. 오소리가 나타났을 때도 까마귀한테 습격당했을 때도 예감 같은 건 없었어. 홀리 일행한테 무슨 일이 있는지도 전혀 모르겠고. 잘될 수도 있고 안 될 수도 있겠지. 하지만 헤이즐 너, 너한테는 불길한 예감이 들어. 다른 누구도 아니고 바로 너한테서. 하늘을 등진 삭정이처럼 홀로 서 있는 모습이 너무도 또렷해."

"흠, 다른 토끼는 아니고 나한테 사고가 생길 것 같다면 모두한테 그렇게 말해. 내가 그 일에서 빠질지 말지는 모두의 결정에 맡길 테니까. 하지만 파이버, 그렇게 하면 손해

가 커. 네가 설명을 해 줘도 누군가는 내가 무서워서 꽁무
니를 뺀다고 생각할 게 뻔하니까."

"내 말은 굳이 위험한 일을 할 필요가 없다는 거야. 홀리
가 돌아올 때까지 기다리지 그래? 우린 기다리기만 하면
돼."

"홀리만 기다리고 있을 순 없어. 내가 바라는 건 바로 홀
리가 오기 전에 암토끼들을 데려다 놓는 거라고. 그래, 파
이버, 이렇게 하자. 이젠 네 말을 믿으니까 아주아주 조심
할게. 농가에는 한 발짝도 들여놓지 않을게. 그냥 농가 옆
좁은 길에 남아 있을게. 그렇게 해도 네 마음이 놓이지 않
는다면 어떻게 해야 할지 나도 모르겠다."

파이버는 입을 다물었고, 헤이즐은 농장에 침입해서 상
자 토끼를 멀리 이 마을까지 데려오는 데 어떤 어려움이 있
을지 곰곰이 생각했다.

이튿날은 날씨가 화창하게 개었고 상쾌한 바람이 눅눅한
기운을 완전히 쓸어 가 버렸다. 헤이즐이 처음으로 이 언
덕에 올랐던 5월 어느 날 저녁처럼 구름이 남쪽 등성이 위
로 빠르게 흘러왔다. 다만 이 구름은 그때보다 높고 작았으
며 마침내는 썰물 때의 잔물결 같은 비늘구름이 되었다. 헤
이즐은 빅윅과 블랙베리를 절벽 가장자리로 데려갔다. 거
기서는 작은 언덕에 서 있는 너트행어 농장이 훤히 보였다.
헤이즐은 농장으로 가는 길을 설명하고 토끼 우리가 있는
곳을 알려 주었다. 빅윅은 의기충천했다. 바람이 상쾌한 데
다 싸울 수 있다는 기대감에 잔뜩 들떠서 빅윅은 댄더라이

352

언, 스피드웰, 호크빗을 불러다 자기가 고양이 역을 할 테니 최대한 진짜처럼 공격하라고 했다. 헤이즐은 파이버의 말 때문에 울적해 있었지만 친구들이 풀밭에서 맞붙어 노는 것을 보고 자기도 끼어들었다. 처음에는 공격하는 토끼가 되었다가 나중에는 고양이 역을 맡아 영락없이 너트행어 농장의 얼룩 고양이가 되어 앞을 노려보며 몸을 실룩거렸다.

"이렇게 연습했는데 고양이를 못 만나면 어쩌지?"

댄더라이언은 이렇게 말하면서 자기 차례가 오자 떨어진 너도밤나무 가지에 달려들어 두 번 할퀴고 잽싸게 달아나는 연습을 했다.

"정말 맹수가 된 기분이야."

키하르가 근처 풀밭에서 달팽이를 찾아다니다가 말했다.

"댄도 씨, 조심해. 픽빅 씨 고양이 우습다고 해. 용기 준다. 고양이 안 우습다. 안 보이고 안 들린다. 확 덤빈다!"

빅윅이 말했다.

"키하르, 우린 먹이를 먹으러 농장에 가는 게 아냐. 너랑은 상황이 전혀 다르다고. 우리는 잠시도 방심하지 않고 고양이를 살펴볼 거야."

블루벨이 말했다.

"고양이를 잡아먹으면 어떨까? 한 마리 데려와서 키우든가. 그러면 식량 걱정 없겠다."

헤이즐과 빅윅은 날이 저문 뒤에 농가가 조용해지면 곧바로 침입하기로 결정했다. 그러려면 해 질 녘에 미리 언덕에서 800미터쯤 떨어진 좁은 길가의 헛간에 숨어 있어야 했다. 헤이즐만 길을 알기 때문에 깜깜해진 다음에 움직이다가는 헤맬 염려가 있었다. 헛간에 있는 스웨덴순무를 훔쳐 먹으며 푹 쉬다가 날이 어두워졌을 때 조금만 가면 농가에 도착할 수 있다. 그러고 나서 고양이만 잘 처리하면 우리 문을 열 시간은 충분하다. 반면 새벽녘에 농가에 도착하게 되면 인간이 오기 전에 처리해야 되므로 시간에 쫓기게 될 것이다. 결국 다음 날 아침에야 상자 토끼를 구해 낼 수 있다는 이야기다.

헤이즐이 말했다.

"그리고 명심해. 상자 토끼들을 마을까지 데려오려면 시간이 걸릴 거야. 그러니 마음을 느긋하게 먹어야 해. 엘릴이 있든 없든 간에 깜깜할 때 데려왔으면 해. 훤한 대낮에 우왕좌왕하긴 싫으니까."

빅윅이 말했다.

"최악의 경우엔 상자 토끼를 버리고 내빼. 엘릴은 맨 뒤에 처진 놈을 잡지 않겠어? 매정한 일이긴 하지만 진짜 위험이 닥치면 우리부터 살아야지. 뭐, 그런 일이 없기를 바라지만."

출발할 무렵 파이버는 아무 데도 보이지 않았다. 헤이즐은 한시름 놓았다. 파이버가 사기를 꺾는 소리를 할까 봐 은근히 걱정했는데. 가장 골치 아픈 일은 뒤에 남겨져서 실망하는 핍킨을 달래는 일이었다. 헤이즐이 핍킨에게 넌 이미 제 몫을 다했기 때문에 데려가지 않는 것뿐이라고 달래

주자 그제야 핍킨은 마음을 풀었다. 블루벨과 에이콘과 핍
킨이 언덕 기슭까지 배웅 나와 헤이즐 일행이 산울타리로
내려가는 모습을 지켜보았다.

토끼들은 땅거미가 질 무렵 헛간에 도착했다. 여름밤은
올빼미 울음소리에도 흐트러짐 없이 고요하여, 먼 숲에서
이따금 "츄, 츄, 츄!" 하는 나이팅게일의 단조로운 울음소
리까지 또렷이 들려왔다. 스웨덴순무 더미 속에서 쥐 두 마
리가 이빨을 드러냈지만 상대가 안 되겠다 싶었는지 공격
하지 않았다. 토끼들은 배를 채우고 나서 서쪽 하늘이 완전
히 어두워질 때까지 짚 더미 속에서 편히 쉬었다.

토끼는 별에 이름을 붙이지 않지만 그래도 헤이즐은 카
펠라가 떠오르는 광경을 늘 보아 왔다. 그리고 이제 농가
오른쪽 캄캄한 북동쪽 지평선 위로 황금빛 카펠라가 떠오
르기를 기다렸다. 그 별이 헤이즐이 정해 둔 지점, 그러니
까 어떤 가지 옆에 이르자 헤이즐은 친구들을 깨워 느릅나
무를 향해 비탈을 올라갔다. 비탈 꼭대기에 가까워지자 헤
이즐은 친구들을 데리고 산울타리를 빠져나가 좁은 길로
들어섰다.

헤이즐은 위험한 일을 하지 않기로 파이버와 약속한 사
실을 빅윅에게 미리 말해 두었다. 빅윅도 예전과 많이 달라
져서 비난하지는 않았다.

"파이버가 그렇게 말했다면 그대로 따르는 게 좋겠다. 어
쨌거나 그 편이 더 어울려. 넌 농가 바깥의 안전한 곳에 있
고 우리가 상자 토끼를 데려오는 거야. 거기서부터는 네가

책임지고 우리를 이끌고 가면 되잖아."

사실 좁은 길에 남아 있겠다고 한 건 헤이즐 자신이었고, 파이버는 아무리 말려도 헤이즐이 고집을 꺾지 않을 줄 알고서 입을 다물어 버린 것뿐이지만, 헤이즐은 그런 사실까지 빅윅에게 말하지는 않았다.

헤이즐은 길가에 떨어진 나뭇가지 밑에 웅크린 채 빅윅을 따라 농가로 가는 친구들을 지켜보았다. 토끼들은 늘 그렇듯이 깡충깡충 뛰어가다 멈추기를 되풀이하며 천천히 나아갔다. 어두운 밤이라 친구들의 모습은 금세 보이지 않았지만 기다란 창고 옆을 지나가는 소리는 들을 수 있었다. 헤이즐은 편하게 자리를 잡고 기다렸다.

고양이와 한판 붙고 싶다던 빅윅의 소원은 금방 이루어졌다. 빅윅은 창고 끄트머리에 이르러 고양이와 마주쳤다. 그 고양이는 헤이즐이 만난 얼룩 고양이가 아니라 황갈색과 검정색과 흰색이 섞인 고양이였다(따라서 암고양이이다). 날씬하며 동작이 날쌔고, 꼬리를 실룩이며 종종걸음 치고, 비 오는 날 농가 창턱에 앉아 있거나 화창한 오후에 곡식 부대 위에 앉아서 주위를 살피는 그런 고양이 가운데 하나였다. 고양이는 활기차게 창고 모퉁이를 돌아 나오다가 토끼들을 보고 그대로 멈춰 섰다.

빅윅은 너도밤나무 가지를 상대로 연습할 때처럼 당장 고양이에게 달려들었다. 하지만 댄더라이언이 앞질러 나가 고양이를 할퀴고는 잽싸게 물러났다. 잇달아 반대편에서 빅윅이 온몸의 무게를 실어 고양이를 덮쳤다. 고양이가 물고 할퀴자 빅윅이 땅바닥으로 나뒹굴었다. 빅윅은 마치 고양이처럼 욕을 퍼부으며 힘겹게 몸을 일으켰다. 그러고는 뒷다리로 고양이 옆구리를 걷어차더니 재빨리 뒷발질을 몇 번 더 했다.

고양이를 잘 아는 사람은 알겠지만 고양이는 마음먹고 달려드는 적을 좋아하지 않는다. 개가 고양이를 재미로 건드렸다가는 된통 할퀴어지기 십상이다. 하지만 같은 개가 공격하겠다고 달려들면 고양이는 대개 그 자리를 피해 버린다. 그 고양이 역시 빅윅이 민첩하고 격렬하게 공격해 오자 당황했다. 그 고양이는 약하지도 않고 쥐도 잘 잡았지만, 운 나쁘게도 싸우고 싶어서 좀이 쑤시는 열성적인 싸움꾼을 만난 것이다. 고양이가 빅윅한테서 허둥지둥 빠져나오자마자 스피드웰이 고양이의 얼굴을 후려쳤다. 그것이 마지막 공격이었다. 다친 고양이는 마당으로 달아나 외양간 울타리 밑으로 사라져 버렸다.

빅윅의 뒷다리 안쪽에 세 줄로 생긴 고양이 발톱 자국에서 피가 흘렀다. 다른 토끼들이 모여들어 칭찬했지만, 빅윅은 말을 자르고는 캄캄한 마당을 둘러보며 위치를 확인했다.

"가자. 개가 짖지 않는 동안 빨리 찾아야 돼. 헛간, 토끼 우리, 어느 쪽으로 가야 하지?"

호크빗이 작은 뜰을 발견했다. 헤이즐은 헛간 문이 닫혀 있으면 어쩌나 걱정했지만, 다행히 문은 살짝 열려 있어서 다섯 토끼는 한 마리씩 차례로 들어갔다. 너무 깜깜해서 토끼 우리는 보이지 않았지만, 토끼 냄새도 나고 소리도 들렸다.

빅윅이 재빨리 말했다.

"블랙베리, 나랑 같이 가서 문을 열자. 너희 셋은 망을 봐. 다시 고양이가 나타나면 너희끼리 처리해."

댄더라이언이 대답했다.

"좋아. 우리한테 맡겨 둬."

빅윅과 블랙베리는 짚단을 발견하자 그것을 딛고 나무 선반으로 올라갔다. 선반에 올라가니 우리 안에서 박스우드가 말을 걸었다.

"누구야? 헤이즐-라 너니?"

블랙베리가 말했다.

"헤이즐-라가 보내서 왔어. 너희를 꺼내 줄게. 우리랑 같이 갈래?"

잠시 아무 소리도 없다가 건초 속에서 누가 움직이는 것 같더니 클로버가 대답했다.

"네, 나가고 싶어요."

블랙베리는 냄새를 맡으며 뒤쪽으로 돌아가 철망 문 앞에 곤추서서 문짝과 걸쇠의 냄새를 맡았다. 잠시 뒤에 블랙베리는 가죽 경첩이 부드러워서 물어뜯을 만하다는 것을 알아냈다. 하지만 막상 해 보니까 가죽 경첩이 문짝에 착 달라붙어 있어서 이빨로 물 수가 없었다. 블랙베리는 몇 번이고 시도하다가 결국 멍하니 주저앉았다.

"이 문은 아무래도 안 될 것 같아. 다른 방법이 없을까?"

그때 마침 박스우드가 뒷다리로 서서 앞발을 철망에 기댔다. 그 무게 때문에 문 위쪽이 바깥쪽으로 약간 밀리면서 가죽 경첩 두 개 중 위쪽 것이 살짝 들떴다. 박스우드가 앞발을 내리자 블랙베리는 경첩이 들뜨면서 문짝과 사이가 벌어진 것을 알아차렸다.

블랙베리가 빅윅에게 말했다.

"이제 해 봐."

빅윅이 이빨로 경첩을 물어서 잡아당겼다. 가죽이 조금 찢어졌다.

"됐다. 이제 시간만 있으면 돼."

이렇게 말하는 블랙베리는 꼭 살라망카 전투에서 승리한 웰링턴 공작 같았다.

경첩은 워낙 튼튼해서 한참을 물고 잡아당겨도 떨어지지 않았다. 댄더라이언은 조바심이 나서 두 번이나 잘못된 경보를 알렸다. 빅윅은 댄더라이언이 아무것도 안 하고 망만 보느라 신경이 예민해진 것을 알아차리고, 자기는 댄더라이언과 교대하고 블랙베리도 스피드웰과 교대시켰다. 이윽고 댄더라이언과 스피드웰이 위쪽 가죽을 뜯어내자 빅윅이 우리 있는 곳으로 돌아왔다. 하지만 별 진전이 없는 것 같았다. 우리 안에서 토끼가 일어나 철망에 앞발을 걸칠 때마다 문은 걸쇠와 아래쪽 경첩을 축으로 살짝 돌았다. 하지만 아래쪽 경첩은 꿈쩍도 하지 않았다. 빅윅은 초조해져서 수염을 훅 불며 문가에서 망을 보던 블랙베리를 데려왔다.

"어떡하지? 마법이 필요해, 네가 강에서 띄운 나뭇조각 같은."

블랙베리가 우리 문을 살펴보고 있는데 박스우드가 안에

서 다시 문을 밀었다. 아래쪽 경첩이 들뜨도록 문짝을 세게 밀었지만 경첩이 여전히 문짝에 찰싹 달라붙어 있어서 이빨로 물 수가 없었다.

블랙베리가 말했다.

"반대로 밀어 봐. 밖에서 미는 거야. 빅윅 네가 해 봐. 안에 있는 토끼한테는 가만히 있으라고 하고."

빅윅이 일어나 문 위쪽을 밀자 문짝이 아까보다 훨씬 더 안쪽으로 기울어졌다. 문지방이 없어서 문짝이 기우는 것을 막아 줄 것이 없었기 때문이다. 가죽 경첩이 비틀리면서 빅윅은 앞으로 고꾸라질 뻔했다. 걸쇠가 문짝을 버텨 주지 않았다면 빅윅은 우리 속에 처박혔을지도 모른다. 빅윅은 깜짝 놀라 으르렁거리며 뒤로 물러났다.

블랙베리가 만족스러운 듯이 말했다.

"마법을 부려 보라고 했잖아? 다시 한 번 해 봐."

가죽 경첩은 양 끝에 대갈못 하나씩만 박혀 있어서 자꾸 비틀자 오래가지 못했다. 얼마 안 있어 한쪽 못대가리가 너덜너덜해진 가죽에 가려 잘 보이지도 않았다.

블랙베리가 말했다.

"이제 조심해. 갑자기 경첩이 끊어지면 아무리 너라도 휙 날아가 버릴 거야. 살살 물어뜯어."

2분 뒤에 문짝은 걸쇠에 매달려 축 늘어졌다. 클로버가 경첩이 붙어 있던 쪽을 밀고 나오자 박스우드가 따라 나왔다.

인간이든 동물이든 오랜 실랑이 끝에 힘든 상대를 쓰러뜨리고 나면 잠시 아무것도 하지 못한다. 마치 잘 싸워 준

적에게 마땅히 경의를 표해야 한다는 듯이 말이다. 아름드리나무가 우지끈 소리를 내며 기울어지다가 마침내 지축을 뒤흔들며 쿵 하고 쓰러진다. 그러면 벌목꾼들은 할 말을 잃고 잠시 그대로 서 있는다. 몇 시간 동안 어마어마한 눈을 치우고 난 일꾼들은 자기들을 따뜻한 집으로 데려다줄 트럭이 기다리고 있는데도 한동안 삽에 기댄 채 가만히 서 있기만 한다. 자동차 운전수들이 고맙다고 손 흔들며 지나가도 웃지도 않고 고개만 끄덕이면서. 그토록 애먹이던 우리 문은 이제 철망이 붙어 있는 막대기 네 개짜리 틀에 지나지 않았다. 토끼들은 아무 말 없이 나무 선반에 앉아 문짝에 코를 대 보거나 냄새를 맡았다. 잠시 뒤 로럴과 헤이스택도 머뭇거리며 우리에서 나와 주위를 두리번거렸다.

로럴이 물었다.

"헤이즐-라는 어디 있어?"

블랙베리가 대답했다.

"멀지 않은 곳에 있어. 길에서 우릴 기다리고 있어."

"길이 뭐야?"

블랙베리는 깜짝 놀라서 되물었다.

"길? 정말로……."

블랙베리는 이 토끼들이 길도 농장 앞뜰도 모른다는 사실을 깨닫고 할 말을 잃었다. 이 토끼들은 토끼장에서 한 발짝만 나가도 뭐가 뭔지 몰랐다. 이것이 어떤 결과를 가져올지 생각하고 있는데 빅윅이 말했다.

"꾸물거릴 시간 없어. 모두 따라와."

박스우드가 물었다.

"어디로?"

빅윅이 짜증스럽게 말했다.

"그야 여기서 나가는 거지."

"잘 모르겠는……."

박스우드가 주위를 두리번거리며 우물거리자 빅윅이 말을 잘랐다.

"나는 아니까 괜찮아. 그냥 우리만 따라오면 돼. 다른 건 걱정하지 마."

상자 토끼들은 어쩔 줄 몰라 하며 서로를 쳐다보았다. 다들 머리털이 특이하게 북슬북슬하고 피 냄새를 풍기는 이 덩치 크고 우락부락한 수토끼를 무서워하는 눈치였다. 상자 토끼들은 이제 어떻게 해야 할지, 이 야생 토끼들이 자기들에게 무엇을 기대하는지도 몰랐다. 상자 토끼들은 헤이즐이 생각났다. 이들은 문을 여는 과정에서 흥분했고, 일단 문이 열리자 호기심에 이끌려 밖으로 나와 보았다. 하지만 그것 말고는 아무런 목적도 없고 목적을 생각해 낼 줄도 몰랐다. 무턱대고 등산가들을 따라가겠다고 하는 어린아이처럼 아무 생각이 없었다.

블랙베리는 맥이 탁 풀렸다. 이 토끼들을 어떻게 하면 좋을까? 그냥 내버려 두고 가면 헛간이나 뜰에서 느릿느릿 돌아다니다가 고양이한테 당하고 말 것이다. 이들이 언덕까지 가는 것은 달까지 날아가는 것과 마찬가지로 불가능했다. 이 토끼들을, 다만 한두 마리라도 따라나서게 할 간단한 방법이 없을까? 블랙베리는 클로버를 돌아보았다.

"당신들은 밤에 풀을 먹어 보지 못했겠군요. 낮에 먹는 것보다 훨씬 맛있어요. 다 같이 나가서 먹지 않을래요?"

클로버가 대답했다.

"그래, 가요. 나도 먹어 보고 싶어요. 하지만 괜찮을까요? 우린 고양이가 너무 무서워요. 이따금 우리 앞에 와서 철망 사이로 가만히 노려보기만 해도 소름이 쫙 끼치는걸요."

블랙베리는 이제부턴 말이 좀 통하겠구나 생각하고 말했다.

"저 덩치 큰 토끼는 고양이하고 싸워도 지지 않아요. 오늘 밤에도 여기 오는 길에 한 마리를 반쯤 죽여 놓고 왔죠."

빅윅이 씩씩하게 말했다.

"그 토끼는 이제 고양이 같은 거랑은 싸우고 싶지 않다는군요. 그러니 정말로 달빛을 받으며 풀을 먹고 싶다면 헤이즐-라가 기다리는 곳으로 갑시다."

앞장서서 뜰로 나온 빅윅은 아까 혼쭐내 준 고양이가 장작더미에서 지켜보고 있는 것을 알아차렸다. 그 고양이는 고양이답게 토끼들한테 흥미가 끌려 눈길을 떼지 못하면서도 다시 맞붙을 배짱은 없는지 토끼들이 지나가도록 꼼짝 않고 있었다.

토끼들이 나아가는 속도는 끔찍하게 느렸다. 박스우드와 클로버는 위급한 상황임을 느꼈는지 최선을 다해 따라왔다. 그러나 다른 두 토끼는 뜰로 나오자마자 어쩔 줄 몰라

하며 곧추앉아 멍청하게 주위만 할끔거렸다. 한동안 꾸물대고 있는 사이 장작더미에 있던 고양이는 살그머니 헛간 옆쪽으로 다가가기 시작했다. 블랙베리는 가까스로 두 토끼를 마당까지 데리고 나왔다. 그런데 두 토끼는 더 널찍한 곳으로 나오자, 등산에 익숙하지 않은 사람이 깎아지른 듯한 암벽에 맞닥뜨린 것처럼 공포로 얼어붙었다. 둘 다 그대로 얼어붙어서 아무리 블랙베리가 달래고 빅윅이 으름장을 놓아도 알아차리지 못하고 눈만 깜박거리며 컴컴한 주위를 둘러보았다. 그 순간 헤이즐이 만났던 얼룩 고양이가 집 저편에서 나타나 토끼들 쪽으로 다가왔다. 고양이가 개집 앞을 지나가자, 개가 잠에서 깨어나 고개와 어깨를 내밀고 이쪽저쪽을 살폈다. 토끼를 발견한 개는 줄이 팽팽히 당겨지도록 달려 나와 컹컹 짖어 댔다.

빅윅이 말했다.

"서둘러! 여기 있으면 안 돼. 모두 좁은 길로 가. 어서."

블랙베리와 스피드웰과 호크빗은 얼른 박스우드와 클로버를 데리고 컴컴한 창고 밑으로 뛰어들었다. 댄더라이언은 언제 고양이 발톱이 등을 할퀼지 조마조마해하며 헤이스택에게 빨리 도망치자고 애원했다. 빅윅이 달려왔다.

빅윅이 속삭였다.

"댄더라이언, 죽고 싶지 않으면 그냥 두고 와!"

"하지만……."

댄더라이언은 우물쭈물했지만 빅윅은 단호했다.

"시키는 대로 해!"

무시무시한 개 짖는 소리에 빅윅도 겁이 났다. 댄더라이
언은 잠깐 머뭇거렸다. 그러다가 결국 헤이스택을 버려 두
고 빅윅과 함께 좁은 길로 쏜살같이 달아났다.

다른 토끼들은 둔덕 아래 헤이즐 주위에 모여 있었다. 박
스우드와 클로버는 덜덜 떨고 있었고 지칠 대로 지쳐 보였
다. 헤이즐은 두 토끼를 안심시키고 있다가 어둠 속에서 빅
윅이 나타나자 말을 그쳤다. 개 짖는 소리가 멎자 사방은
쥐 죽은 듯이 조용해졌다.

빅윅이 말했다.

"다 왔어. 이만 갈까, 헤이즐?"

헤이즐이 물었다.

"상자 토끼는 넷이었어. 나머지 둘은 어디 있어?"

블랙베리가 대답했다.

"마당에. 걔네들이 꼼짝도 안 하는 거야. 게다가 개까지
짖어 대서 말이야."

"그래, 나도 들었어. 그럼 그 토끼들도 우리에서 나왔단
말이야?"

빅윅이 화를 내며 말했다.

"다시는 우리에 못 돌아갈걸, 고양이가 있으니까."

"그런데 왜 두고 왔어?"

"꼼짝도 안 하잖아. 개가 짖어 대기 전부터 한심했다고."

"개는 묶여 있지 않아?"

"물론 묶여 있지. 하지만 성난 개가 바로 앞에 있으면 누
구라도 도망치지 않고는 못 배길걸."

"그래, 물론 그렇겠지. 빅윅 넌 훌륭했어. 네가 고양이를 혼내 주어서 고양이가 두 번 다시 덤벼들지 못했다는 얘기 들었어. 자, 너랑 블랙베리랑 스피드웰이랑 호크빗이 이 두 토끼를 데리고 마을에 갈 수 있겠니? 밤새도록 가야 할지도 몰라. 이 토끼들은 빨리 못 뛰니까 마음 느긋하게 먹고 데려가야 할 거야. 댄더라이언, 넌 나랑 함께 가지 않을래?"

댄더라이언이 되물었다.

"어디를?"

"나머지 둘을 데리러. 너는 누구보다 빠르니까 별로 위험하지 않겠지? 자, 빅윅, 어서 가야지. 내일 보자."

헤이즐은 빅윅이 대답할 겨를도 없이 느릅나무 밑으로 사라졌다. 댄더라이언은 따라가지 않고 망설이는 눈빛으로 빅윅을 바라보았다.

빅윅이 물었다.

"헤이즐 말대로 할 거야?"

댄더라이언이 되물었다.

"글쎄, 넌 어때?"

다음 순간 빅윅은 자기가 싫다고 하면 모든 일이 엉망진창이 될 거라는 사실을 깨달았다. 모두를 데리고 농장으로 갈 수도 없고 여기 남겨 둘 수도 없다. 빅윅은 헤이즐이 재수 없을 만큼 영리하다고 투덜거리더니, 호크빗이 우물거리던 방가지똥을 탁 잡아채서 던져 버리고는 다섯 토끼를 이끌고 둔덕을 넘어 들판으로 내려갔다. 혼자 남은 댄더라

366

이언은 헤이즐을 뒤쫓아 농가 마당으로 달려갔다.

창고를 따라가 보니 탁 트인 곳에서 헤이즐과 암토끼 헤이스택의 기척이 들렸다. 상자 토끼들은 아까 그 자리에 그대로 있었다. 개는 집으로 들어가 있었다. 보이지는 않아도 개가 자지 않고 바깥을 살피고 있는 것이 느껴졌다. 댄더라이언은 살금살금 어둠 속에서 나와 헤이즐에게 다가갔다.

헤이즐이 말했다.

"헤이스택이랑 얘기하고 있어. 조금만 가면 된다고 말해 주었어. 저쪽에 있는 로럴을 이리로 데려올 수 있겠니?"

헤이즐은 명랑하게 말하고 있었지만, 댄더라이언은 헤이즐의 동공이 커지고 앞발이 파르르 떨리는 것을 놓치지 않았다. 댄더라이언도 이제 공기 중에서 뭔가 독특한 것, 일종의 빛 같은 것을 감지하고 있었다. 멀리서 이상한 진동이 느껴졌다. 고양이를 찾아보았더니 두려워했던 대로 두 마리가 조금 떨어진 농가 앞에 웅크리고 있었다. 빅윅한테 혼쭐이 난 탓에 다가오지는 못했지만, 그 자리를 떠날 생각도 없어 보였다. 마당 건너편의 고양이를 쳐다보다가 갑자기 댄더라이언은 공포에 사로잡혔다.

댄더라이언이 속삭였다.

"헤이즐! 고양이가 있어! 오, 프리스 님! 쟤들 눈은 왜 저렇게 초록색으로 빛나지? 저것 봐!"

헤이즐이 얼른 일어나 앉자 댄더라이언은 소름 끼치는 공포로 펄쩍 물러났다. 어둠 속에서 헤이즐의 눈이 시뻘겋게 이글거리고 있었던 것이다. 그때 웅웅거리던 진동 소리가 커지면서 느릅나무에 부는 밤바람 소리를 삼켜 버렸다. 그러자 네 토끼 모두 별안간 소나기처럼 퍼붓는 빛줄기에 눈이 먼 채 얼어붙은 듯 앉아 있었다. 이 무섭도록 강렬한 빛 때문에 본능 자체가 마비된 것이다. 개가 컹컹 짖어 대더니 조용해졌다. 댄더라이언은 움직이려 했지만 꿈쩍도 할 수 없었다. 그 강렬한 빛이 머릿속까지 파고드는 것 같았다.

자동차가 좁은 길을 따라 언덕을 올라와 느릅나무 밑을 지나 몇 미터쯤 오더니 멈추어 섰다.

"저기 봐, 루시의 토끼가 나와 있어!"

"아이구, 빨리 잡아. 불 끄지 말고!"

강렬한 빛 너머에서 들려오는 인간의 목소리에 헤이즐은 퍼뜩 정신이 들었다. 눈은 보이지 않았지만 귀와 코는 멀쩡했다. 눈을 감자 자기가 어디에 있는지 금방 알 수 있었다.

"댄더라이언! 헤이스택! 눈 감고 뛰어!"

곧이어 창고를 받치고 있는 주춧돌에서 서늘한 습기가 느껴지고 이끼 냄새가 났다. 어느새 헤이즐은 창고 밑에 들어가 있었다. 가까운 곳에 댄더라이언이 있고 조금 떨어진 곳에 헤이스택이 있었다. 바깥에서는 돌바닥을 밟고 지나가는 인간의 장화 소리가 요란하게 났다.

"그래! 뒤로 돌아가!"

"멀리 못 갈 거야."

"그럼 붙잡아!"

헤이즐이 헤이스택에게 다가가 말했다.

"로럴은 두고 가야 할 것 같아요. 나만 따라와요."

세 토끼는 창고 밑을 지나 느릅나무들 쪽으로 달아났다. 뒤쪽에서 인간들의 목소리가 들렸다. 토끼들이 좁은 길 근처 풀밭으로 나와 보니 헤드라이트 뒤쪽 어둠 속에서 배기가스 냄새가 진동했다. 그 역겹고 숨 막히는 냄새 때문에 토끼들은 더욱 혼란스러웠다. 헤이스택은 다시 주저앉아서 누가 뭐라고 해도 꼼짝하지 않았다.

댄더라이언이 말했다.

"두고 가야 하지 않을까, 헤이즐-라? 어쨌거나 인간들이 다치게 하진 않을 거야. 로럴은 붙잡아서 도로 우리에 데려가던데."

헤이즐이 말했다.

"수토끼라면 그러자고 하겠어. 하지만 이 암토끼는 데려가야 해. 그것 때문에 온 거잖아."

그때 인간들이 태우는 하얀 막대기 냄새가 나더니 마당으로 돌아오는 발소리가 들렸다. 자동차 안에서 뭔가를 찾는지 쇠붙이 부딪치는 소리가 났다. 그 소리에 헤이스택은 정신이 든 것 같았다.

헤이스택이 댄더라이언을 돌아보며 말했다.

"우리로 돌아가지 않을 거예요."

댄더라이언이 물었다.

"정말로?"

"네, 당신들이랑 함께 갈래요."

댄더라이언은 당장 산울타리 쪽으로 향했다. 산울타리

를 지나 도랑에 이르렀을 때야 비로소 처음에 왔던 길과 반대쪽으로 나왔음을 깨달았다. 그 도랑은 처음 와 본 곳이었다. 하지만 걱정하지 않아도 될 것 같았다. 도랑을 따라 비탈을 내려가면 마을로 가는 길이 나올 것이다. 댄더라이언은 헤이즐이 따라오기를 기다리며 천천히 나아갔다.

헤이즐은 댄더라이언과 헤이스택보다 조금 늦게 좁은 길을 건넜다. 뒤쪽에서는 사람들이 흐루두두에서 멀어져 가는 소리가 들렸다. 헤이즐이 둔덕에 올라갔을 때 손전등 불빛에 산울타리 속으로 사라지는 헤이즐의 빨간 눈과 하얀 꼬리가 드러났다.

"저기 야생 토끼가 있다!"

"정말! 우리 토끼도 멀리 가지 않았겠군. 저기로 올라가지 않았을까? 가서 살펴보자."

도랑에 들어간 헤이즐은 가시나무 덤불 밑에서 댄더라이언과 헤이스택을 따라잡았다.

"빨리 도망쳐. 인간이 쫓아와!"

댄더라이언이 말했다.

"도랑 밖으로 나가야 계속 갈 수 있어. 도랑이 막혀 있단말이야."

헤이즐은 앞쪽의 냄새를 맡아 보았다. 가시나무 덤불 바로 너머는 흙과 잡초와 쓰레기로 막혀 있었다. 밖으로 나갈 수밖에 없었다. 벌써 인간들이 둔덕으로 올라와 손전등으로 산울타리를 이리저리 비추고 토끼들이 숨어 있는 가시나무 덤불을 비추었다. 그러더니 겨우 몇 미터 떨어진 곳에서 도랑가를 따라 다가오는 발소리가 울렸다.

헤이즐은 댄더라이언을 돌아보았다.

"잘 들어, 내가 들판을 가로질러 맞은편 도랑으로 뛰어가면 인간들이 날 볼 거야. 불빛이 나한테 쏟아질 게 틀림없어. 그사이에 너랑 헤이스택은 둔덕으로 올라가서 좁은 길로 들어가 스웨덴순무가 있던 헛간으로 도망치는 거야. 거기 숨어 있으면 나도 곧 따라갈게. 알았지?"

이것저것 따질 겨를이 없었다. 헤이즐은 곧장 인간들 발치를 쏜살같이 지나 들판으로 내달렸다.

"저기다!"

"불을 계속 비춰. 놓치지 마!"

댄더라이언과 헤이스택은 허둥지둥 둔덕을 넘어 좁은 길로 내려갔다. 손전등 불빛에 쫓기며 맞은편 도랑에 이른 헤이즐은 순간 뒷다리에 날카로운 충격이 느껴지고 옆구리가 타는 듯이 얼얼하게 아팠다. 그 순간 총소리가 들렸다. 헤이즐은 해 질 녘의 콩꽃 향기를 생생히 떠올리며 도랑 바닥의 쐐기풀 속으로 곤두박질쳤다. 인간들이 총을 갖고 있을 줄은 미처 몰랐다.

헤이즐은 다친 다리를 질질 끌면서 힘겹게 쐐기풀 속을 지나갔다. 이제 곧 손전등 불빛이 헤이즐을 찾아낼 것이다. 헤이즐은 피가 흘러 발을 흥건히 적시는 것을 느끼며 도랑을 따라 비틀비틀 걸어갔다. 그때 한쪽 코끝에 찬 바람이 느껴지면서 퀴퀴하게 썩은 냄새가 풍기고 속이 비어 울리는 소리가 들렸다. 바로 옆에 도랑과 연결된 하수구가 있었다. 하수구 안은 매끄럽고 선뜩했는데 토끼 굴보다 좁지만 들어갈 수 있을 것 같았다. 헤이즐은 귀를 찰싹 붙이고 축축한 바닥에 납작 엎드린 채 앞쪽에 얄팍하게 쌓인 진흙을 밀며 하수구로 들어갔다. 죽은 듯이 가만히 있는데 저벅저벅 장화 소리가 다가왔다.

"어이, 존, 진짜 맞힌 거야?"

"진짜 맞았다니까. 봐, 저기 핏자국이 있잖아."

"아, 그래. 하지만 저것만으로는 알 수 없어. 벌써 멀리 도망갔을지도 몰라. 아무래도 놓친 것 같아!"

"쐐기풀 속에 있는 것 같은데."

"어디 보자."

"아니, 없어."

"제길, 밤새도록 찾아다닐 수도 없고. 우리에서 막 나왔을 때 잡아야 하는 건데. 총을 쏘는 게 아니었어, 존. 총소리에 놀라 도망가 버렸잖아. 내일 다시 한 번 찾아보자."

다시 정적이 찾아왔지만, 헤이즐은 찬 바람이 지나가는 하수구 안에 꼼짝 않고 있었다. 막막한 피로감이 덮쳐 오자 온몸에 쥐가 나고 욱씬거리는 가운데 몽롱하고 무감각한 마비 상태로 빠져들었다. 잠시 뒤 하수구에서는 인간들이 짓밟고 떠난 도랑으로 실오라기 같은 핏물이 흘러내렸다.

*

빅윅은 헛간 짚 더미 속에서 블랙베리와 바짝 붙어 웅크리고 있다가, 200미터쯤 떨어진 길 위쪽에서 총소리가 울리자 반사적으로 도망칠 듯이 펄쩍 뛰었다. 하지만 얼른 정신을 차리고 다른 토끼들을 돌아보았다.

"도망가지 마! 어차피 도망갈 곳도 없잖아? 여긴 굴도 없다고!"

블랙베리가 흰자위를 드러내며 말했다.

"총 있는 데서 멀리……."

빅윅이 귀를 쫑긋 세우며 말했다.

"가만! 지금 오나 보다. 안 들려?"

조금 있다가 블랙베리가 대답했다.

"두 마리 발소리밖에 안 들리는데. 한 마리는 몹시 지친 것 같아."

둘은 서로 마주 보며 기다렸다. 빅윅이 다시 일어났다.

"모두 여기 있어. 내가 데려올게."

길가로 나가 보니 댄더라이언이 지쳐서 걷지도 못하는 헤이스택을 다그치고 있었다.

빅윅이 말했다.

"빨리 들어와. 대체 헤이즐은 어디 있는 거야?"

댄더라이언이 대답했다.

"인간들 총에 맞았어."

그들은 헛간으로 들어와 나머지 다섯 토끼를 만났다. 누가 묻기도 전에 댄더라이언이 이야기를 시작했다.

"놈들이 헤이즐을 쐈어! 로럴을 붙잡아 우리에 가두어 놓고는 우리를 쫓아오는 거야. 도랑으로 도망치다 보니까 앞이 막혀 있잖아. 그래서 헤이즐이 인간의 주의를 끌려고 도랑에서 뛰쳐나가고 우리는 도망쳤어. 설마 총을 가지고 있을 줄은 몰랐지."

스피드웰이 물었다.

"헤이즐이 죽은 거 확실해?"

"총에 맞는 건 못 봤지만 인간들이 헤이즐을 바짝 쫓아가고 있었어."

빅윅이 말했다.

"좀 더 기다려 보자."

토끼들은 한참 동안 헤이즐을 기다렸다. 기다리다 못해 빅윅과 댄더라이언이 살금살금 도랑에 가 보았다. 도랑에 발자국이 마구 나 있고 핏자국이 보이자 다시 돌아와서 그 사실을 알렸다.

언덕으로 돌아오는 길은 제대로 걷지도 못하는 상자 토끼들 때문에 두 시간도 더 걸렸다. 모두 의기소침하고 비참한 심정이었다. 마침내 언덕 기슭에 이르자 빅윅은 블랙베리와 스피드웰과 호크빗더러 먼저 마을로 가라고 했다. 첫새벽 빛 속에서 세 토끼가 너도밤나무 숲으로 다가가는데 누군가 이슬 젖은 풀밭을 달려 나왔다. 파이버였다. 블랙베리는 파이버 옆에서 걸음을 멈추었지만 스피드웰과 호크빗은 그냥 말없이 마을로 들어갔다.

"파이버, 나쁜 소식이야. 헤이즐이……."

"알아, 방금 알았어."

블랙베리는 깜짝 놀라서 물었다.

"어떻게 알았어?"

파이버는 아주 조그맣게 말했다.

"너희들 셋이 방금 풀밭을 지나올 때 어떤 토끼가 피투성이가 된 채 절름거리며 따라오고 있었어. 누구인지 보려고 뛰어나왔더니 너희들만 나란히 오고 있는 거야."

파이버는 말을 멈추었다. 그러고는 새벽 어스름 속에 사라진 피투성이 토끼를 찾는 듯 언덕을 바라보았다. 파이버는 블랙베리한테서 아무 말이 없자 다시 물었다.

"어떻게 된 거야?"

블랙베리의 이야기가 끝나자 파이버는 마을로 가서 자기 굴로 들어가 버렸다. 잠시 뒤 빅윅이 상자 토끼들을 데리고 올라와서는 당장 모두 벌집으로 모이라고 했다. 파이버는 나타나지 않았다.

새로 온 토끼들한테는 침울한 환영식이었다. 블루벨조차 재미있는 말을 생각해 내지 못했다. 댄더라이언은 헤이즐이 도랑에서 뛰쳐나갈 때 막았어야 했다며 몹시 슬퍼했다. 결국 다들 울적한 채 말도 없이 흩어졌고 실플레이도 하는 둥 마는 둥 했다.

그날 아침 느지막이 홀리가 절름거리며 마을로 돌아왔다. 함께 간 토끼들 가운데 실버만 다친 곳도 없고 정신도 말짱했다. 벅손은 얼굴에 상처를 입었고, 스트로베리는 부들부들 떨고 있었으며 극심한 피로로 병들어 있었다. 그들이 데려온 토끼는 한 마리도 없었다.

26

파이버의 영감

고생스러운 여행길에 오른 주술사는 어두컴컴한 숲과
험준한 산악 지대를 헤매다가 ······ 땅속에 난 입구에 이른다.
이 모험에서 가장 힘든 고비가 이제 시작된다.
깊은 땅속의 저승 세계가 눈앞에 열린 것이다.

조셉 캠벨의 〈천의 얼굴을 가진 영웅〉에 인용된 우노 하바의 글

파이버는 굴속에 누워 있었다. 바깥 언덕은 쨍쨍 내리쬐
는 한낮의 땡볕 속에 고요하기만 했다. 풀잎에 맺힌 이슬과
거미줄은 일찌감치 사라지고 오전 중반쯤 되자 되새 소리
도 들리지 않았다. 아무도 없는 억센 풀밭 위로 공기가 아
른거렸다. 토끼 마을로 이어지는 오솔길에는 물기를 머금
은 듯한, 아니 신기루 같은 빛살들이 짧고 평탄한 풀밭으로
반짝거리며 흘러내렸다. 멀리서 보면 너도밤나무 숲 가장
자리 나무들은 햇살에 부신 눈으로는 꿰뚫어 볼 수 없는 거
대한 짙은 그림자로 가득 차 보였다. 여치 소리만 씨르륵씨
르륵 들리고, 백리향 냄새가 짙게 풍겨 왔다.

언덕에서 마지막 습기까지 말라 가는 동안 파이버는 굴 속에 틀어박힌 채 한낮의 열기 속에 몸을 뒤척이고 바닥을 긁어 대며 불안하게 자다 깨기를 되풀이했다. 한번은 천장에서 흙이 떨어지자 벌떡 일어나 굴 밖으로 뛰어나갔다가 정신을 차리고 제자리로 돌아오기도 했다. 잠에서 깰 때마다 헤이즐을 잃었다는 사실이 떠오르고, 언덕에서 그림자 같은 토끼가 절름거리며 첫새벽 빛 속으로 사라지는 순간 머릿속을 꿰뚫고 지나갔던 깨달음이 다시 떠올라 괴로웠다. 그 토끼는 지금 어디에 있을까? 어디로 사라진 걸까? 파이버는 얽히고설킨 생각의 길 속에서 그 토끼를 따라 이슬 젖은 싸늘한 언덕을 넘어 새벽안개 자욱한 들판으로 내려갔다.

소용돌이치는 안개 속에서 파이버는 엉겅퀴와 쐐기풀을 헤치고 천천히 나아갔다. 이제 절름거리는 토끼는 보이지 않았다. 홀로 남은 파이버는 무서웠다. 어디선가 친숙한 냄새와 소리가 다가왔다. 고향 마을 들판의 소리와 냄새였다. 무성하던 여름풀은 사라졌다. 어느새 파이버는 3월의 꽃 핀 인목과 벌거벗은 물푸레나무 아래에 있었다. 파이버는 시내를 건너 맞은편 비탈을 올라가 오솔길 쪽으로, 헤이즐과 함께 게시판을 보았던 곳으로 향했다. 그 널빤지는 아직도 거기 있을까? 파이버는 겁먹은 눈길로 비탈을 올려다보았다. 안개에 가려 잘 보이지 않았지만 꼭대기에 가까워질 무렵 어떤 인간이 삽과 밧줄, 그리고 쓰임새를 알 수 없는 작은 도구들 무더기 앞에서 바쁘게 일하는 모습이 보였다.

널빤지는 땅바닥에 놓여 있었다. 그것은 파이버가 기억하고 있는 널빤지보다 작았고, 땅에 박을 수 있도록 끝이 뾰족하고 길고 네모난 말뚝이 달려 있었다. 널빤지는 예전과 똑같이 하얀색이었고 막대기같이 또렷한 검은 선들이 잔뜩 그려져 있었다. 파이버는 머뭇거리며 천천히 비탈을 올라가 인간 옆에 멈춰 섰다. 인간은 발치에 있는 좁고 깊은 구덩이를 내려다보고 있었다. 인간은 파이버를 상냥하게 돌아보았는데, 그 상냥함은 마치 언젠가 잡아먹히리라는 것을 잘 알고 있는 희생양에게 식인귀가 보여 주는 상냥함 같았다.

인간이 물었다.

"이봐! 내가 지금 뭐 하고 있는 줄 알아?"

겁에 질려 눈이 휘둥그레진 파이버가 움찔거리며 되물었다.

"뭐 하는데요?"

"팻말을 세우고 있다. 왜 세우는지 궁금하지 않냐?"

파이버는 조그맣게 대답했다.

"궁금해요."

인간이 말했다.

"저기 있는 헤이즐을 위해서지. 헤이즐을 위해 이 팻말을 세우는 거야. 팻말에 무슨 말이 쓰여 있을 것 같냐?"

파이버가 말했다.

"모르겠어요. 어떻게…… 어떻게 팻말이 말을 하나요?"

"아, 팻말도 말을 하고말고. 그게 바로 너희는 모르지만 우리 인간은 아는 사실이야. 그래서 우리는 맘만 먹으면 언제든지 너희를 죽일 수 있지. 자, 저 팻말을 자세히 보면 지금 아는 것보다 더 많은 것을 알게 될 거야."

파이버는 안개 자욱한 검푸른 여명 속에서 팻말을 뚫어지게 바라보았다. 한참 바라보니 하얀 바탕에 그려진 검은 막대들이 흔들렸다. 검은 막대들은 뾰족한 쐐기 모양의 작은 머리를 치켜들고 한 굴에 사는 족제비 새끼들같이 재잘거렸다. 비웃는 듯한 잔인한 말소리가 모래나 자루 속에서 들리듯이 둔탁하게 들려왔다.

"죽은 헤이즐-라를 위해! 죽은 헤이즐-라를 위해! 죽은 헤이즐-라를 위해! 아하하하하!"

인간이 말했다.

"어때, 이제 알겠지? 나는 이 팻말에다 놈을 매달아야 해. 팻말을 세우고 나서 곧바로 매달아야지. 까치나 족제비를 매다는 것처럼. 암! 놈을 매달아야지!"

파이버가 소리쳤다.

"안 돼! 그럼 안 돼!"

"하지만 아직 그놈을 못 잡았단 말이야. 그래서 일이 안 끝난 거야. 그놈이 재수 없게 피 묻은 구멍으로 숨어 버려서 매달지 못했어. 내가 쫓아가자마자 놈이 피 묻은 구멍으로 숨어 버려서 끌어내질 못했지."

파이버는 인간의 발치로 다가가서 구멍을 들여다보았다. 구멍은 둥글었는데 자세히 보니 수직으로 땅속에 박혀 있는 토관이었다. 파이버가 "헤이즐! 헤이즐!" 하고 불러 보왔다. 저 속에서 뭔가가 움직이자 파이버는 다시 헤이즐을 부르려고 했다. 그때 인간이 몸을 숙여 파이버의 귀 사이를 후려쳤다.

파이버는 자욱한 흙먼지 속에서 몸부림치고 있었다. 누군가의 목소리가 들려왔다.

"진정해, 파이버! 진정하라고!"

파이버는 벌떡 일어났다. 눈과 귀와 코에 흙이 들어가 있었다. 냄새를 맡을 수가 없었다. 파이버는 몸을 흔들어 흙을 털며 "누구야?" 하고 물었다.

"블랙베리야. 네가 어떤지 보러 왔어. 별거 아니야. 천장에서 흙이 조금 떨어진 것뿐이야. 오늘은 여기저기서 흙이 떨어지고 있어. 다 더위 탓이지. 아무튼 그 덕분에 악몽에서 깨어났잖아. 네가 몸부림을 치면서 헤이즐을 부르고 있었어. 가엾은 친구! 어쩌다 이렇게 끔찍한 일이 일어났는지! 그래도 우린 참고 견뎌야 해. 누구나 언젠가는 달리기를 멈추는 법이잖아. 프리스 님은 모든 토끼를 하나하나 다 기억하고 계신대."

파이버가 물었다.

"지금 저녁이야?"

"아직 아냐. 니-프리스는 한참 지났어. 홀리 일행이 돌아온 건 알고 있지? 스트로베리는 큰 병이 났고 암토끼는 한 마리도 데려오지 못했어. 모든 게 최악이야. 홀리는 아직 자고 있어. 완전히 녹초가 되었나 봐. 오늘 밤에 자세한 이야기를 해 준다고 했는데. 가엾은 헤이즐 소식을 전했더니

홀리가……. 파이버 너, 안 듣고 있구나. 그냥 가만히 있을
까?"

파이버가 물었다.

"블랙베리, 너 헤이즐이 총에 맞은 곳 알아?"

"응, 빅윅하고 같이 도랑을 살펴보고 왔으니까. 하지만
안 돼……."

"지금 나랑 같이 가 줄 수 있어?"

"거길? 아, 싫어. 너무 멀어. 게다가 이제 와서 무슨 소용
이야? 이 지독한 더위에 그렇게 위험한 일을 하다니, 더 비
참해질 뿐이야."

파이버가 말했다.

"헤이즐은 죽지 않았어."

"죽었어, 사람들이 잡아갔다고. 파이버, 내가 피를 봤어."

"그래. 하지만 헤이즐의 시체는 못 봤잖아. 그건 헤이즐
이 죽지 않았기 때문이야. 블랙베리, 내 부탁 좀 들어줘."

"너무 힘든 부탁이야."

"그럼 나 혼자라도 갈 거야. 하지만 난 지금 헤이즐을 구
하러 가자고 부탁하는 거야."

결국 블랙베리가 마지못해 승낙을 했고, 둘이 언덕을 내
려갈 때 파이버는 숨을 곳을 찾아 도망칠 때처럼 날쌔게 달
려갔다. 몇 번이나 블랙베리를 재촉하기도 했다. 햇볕이 내
리쬐는 들판은 텅 비어 있었다. 금파리보다 큰 생물은 모두
더위를 피해 숨어 있었다. 좁은 길가 헛간에 이르러 블랙베
리는 빅윅과 함께 헤이즐을 찾으러 갔던 일을 설명하려고

했다. 하지만 파이버가 단호히 말을 잘랐다.

"비탈을 올라가야 해. 그건 분명해. 도랑이 어디 있는지 나 가르쳐 줘."

느릅나무들은 조용했다. 나뭇잎 스치는 소리 하나 들리지 않았다. 도랑에는 야생 파슬리, 독미나리, 초록색 꽃이 핀 브리오니아 덩굴 줄기가 무성했다. 파이버는 블랙베리를 따라 인간들이 짓밟아 놓은 쐐기풀 더미에 가서는 가만히 앉아 냄새를 맡고 주위를 살펴보았다. 블랙베리는 절망적인 심정으로 파이버를 바라보기만 했다. 약한 바람이 들판으로 살며시 불어오고 느릅나무 너머 어딘가에서 지빠귀가 울어 댔다. 이윽고 파이버가 도랑 속을 걷기 시작했다. 귀 가까이에서 곤충들이 붕붕거리고 튀어나온 돌에서 갑자기 파리 떼가 날아올랐다. 아니, 돌이 아니었다. 그것은 매끄럽고 균일한 모양을 가지고 있었다. 바로 토관 입구였다. 흙빛 배수구 입구 언저리에 실같이 가느다란 핏자국이 말라붙어 있었다. 토끼 피였다.

파이버가 소리쳤다.

"피 구멍이다! 피 구멍!"

파이버는 컴컴한 구멍 속을 들여다보았다. 구멍은 막혀 있었다. 토끼가 막고 있었다. 냄새로 확실히 알 수 있었다. 토관 속이라 가냘픈 심장 박동 소리가 실제보다 크게 울렸다. 파이버가 불러 보았다.

"헤이즐?"

블랙베리가 얼른 옆으로 다가왔다.

"무슨 일이야?"

파이버가 말했다.

"이 안에 헤이즐이 있어. 살아 있어!"

27

"직접 가 보지 않으면
상상도 할 수 없으리"

맙소사, 저런 사람들은 처음 보았네.
세실리아 스랄레가 인용한 시뇨르 피오치의 말

　한편 벌집에서는 빅윅과 홀리가 헤이즐이 죽고 난 뒤 두
번째로 열리는 모임을 기다리고 있었다. 공기가 서늘해지
자 토끼들은 잠에서 깨어나 굴길을 지나서 벌집으로 하나
둘 모여들었다. 모두 조용했고 내심 불안해하고 있었다. 심
한 상처에 따르는 통증이 그렇듯 깊은 충격의 영향도 시간
이 좀 지나야 느껴지는 법이다. 어린아이가 난생처음으로
자기가 아는 사람이 죽었다는 말을 들으면, 그 말을 믿지
않는 것은 아니지만 그 뜻을 제대로 이해하지 못하기 때문
에 나중에 죽은 사람이 어디에 있는지 언제 오는지 자꾸만
묻는다. 핍킨도 헤이즐이 다시는 돌아오지 못한다는 사실

을 칙칙한 색깔의 나무를 심듯 마음속에 단단히 심었지만 슬픔보다는 당혹스러움이 앞섰다. 그리고 그 당혹스러움 은 주위의 어느 친구한테서나 볼 수 있었다. 전투에서 위기 를 맞은 것도 아니고 예전이나 지금이나 이 마을에서 살아 가는 데 아무 문제도 없었지만 토끼들은 운이 다했다고 믿 었다. 헤이즐은 죽고 홀리의 원정은 완전히 실패했다. 이제 앞으로 어떻게 될 것인가?

수척해진 홀리는 갈퀴덩굴과 우엉 조각이 잔뜩 붙은 부 스스한 모습으로 상자 토끼들과 이야기를 나누며 그들을 안심시키고 있었다. 아무도 헤이즐이 무모한 장난에 목숨 을 내던졌다고는 말하지 못했다. 두 암토끼는 유일한 성과 물이자 마을의 자산이었다. 하지만 암토끼들이 새로운 환 경에 몹시 불안해하는 것 같아서 홀리는 벌써부터 속으로 는 이 암토끼들한테 별 희망이 없다는 생각과 싸우고 있었 다. 암토끼는 불안하고 초조하면 아기를 낳지 못한다. 게다 가 모두 자기 생각에만 빠져 있는데 이 낯선 곳에서 암토끼 들이 어떻게 마음 편히 지낼 수 있겠는가? 이들은 죽거나 떠나 버릴지도 모른다. 홀리는 다시 한 번 앞으로는 다 잘 될 거라고 두 토끼를 설득했다. 하지만 그렇게 말하는 자신 도 확신이 서지 않았다.

빅윅은 에이콘에게 아직 오지 않은 토끼가 있는지 돌아 보고 오라고 했다. 에이콘이 돌아와서 스트로베리는 몹시 아프고 블랙베리와 파이버는 보이지 않는다고 했다.

빅윅이 말했다.

"파이버는 내버려 둬. 가엾은 녀석, 당분간은 혼자 있고
싶을 거야."

에이콘이 말했다.

"자기 굴에도 없던데?"

"상관없어."

그러다 빅윅은 문득 이런 생각이 들었다.

파이버와 블랙베리라고? 둘이서 아무 말 없이 마을을 떠
난 게 아닐까? 그게 사실이라면 나중에 다른 토끼들이 알
게 되었을 때 어떻게 될까? 날이 어두워지기 전에 키하르
한테 찾아보라고 해야 되나? 키하르가 찾는다면 그다음에
는? 억지로 돌아오게 할 수는 없다. 떠나고 싶어 하는 토끼
를 억지로 데려와 봤자 무슨 소용이 있겠는가?

그때 홀리가 이야기를 시작하자 다들 조용해졌다.

"다들 알다시피 우리는 지금 곤경에 빠져 있어. 한시라
도 빨리 가장 좋은 방법을 의논해야 할 거야. 하지만 먼저
우리 넷, 그러니까 실버, 벅손, 스트로베리와 내가 왜 암토
끼를 한 마리도 데려오지 못했는지 이야기해야 할 것 같아.
우리가 출발할 때는 다들 앞길이 순조로울 줄만 알았지. 그
런데 지금 우리는 다치고 병든 데다 성과물이 아무것도 없
어. 다들 왜 그럴까 궁금하겠지."

빅윅이 말했다.

"홀리, 아무도 너희를 탓하지 않아."

홀리가 대답했다.

"내가 비난을 받아야 하는지 아닌지는 나도 모르겠어. 이

야기를 다 듣고 난 다음에 말해 줘.

　출발하던 날 아침은 흘레실이 돌아다니기 좋은 날씨라서 다들 마음이 느긋했지. 날씨는 선선했고 조금 있으면 구름 한 점 없는 화창한 날이 될 것 같았어. 이 숲의 반대쪽에서 멀지 않은 곳에 농장이 있어. 이른 아침이라 인간이 돌아다니지는 않았지만 그쪽으로 가기가 꺼림칙해서 지대가 높은 서쪽으로 갔지. 언덕을 내려가면 절벽이 나올 줄 알았는데 북쪽과 달리 절벽 같은 건 없었어. 건조하고 한적한 고지대만 끝없이 펼쳐져 있었지. 밀밭, 산울타리, 둔덕 등 숨을 곳은 많았지만 숲은 없었어. 크고 하얀 부싯돌이 뒹구는 푸석한 흙으로 된 드넓은 들판뿐이었지. 나는 풀밭이나 숲처럼 우리가 잘 아는 땅이 나오기를 바랐지만 그렇지 않았어. 어쨌든 한쪽에 빽빽한 산울타리가 늘어선 길을 발견하고는 그 길을 따라가기로 했지. 엘릴을 만나지 않도록 조심하느라 자주 멈추면서 느긋하게 나아갔어. 담비나 여우가 살기 힘든 땅인 건 확실했지만, 그런 것들을 만나면 어떻게 해야 될지 자신이 없었어."

　실버가 말했다.

　"한번은 분명히 족제비 옆을 지나간 것 같아. 내가 냄새를 맡았거든. 하지만 엘릴이 어떤지 너희도 알지? 진짜 사냥할 때가 아니면 우리가 있는 줄도 모르고 지나가기 일쑤잖아. 우리는 냄새를 거의 남기지 않았어. 흐라카도 고양이처럼 땅에 묻었지."

　홀리가 이야기를 이었다.

"니-프리스가 되기 전에 길쭉한 숲이 앞을 가로막았어. 이런 저지대 숲은 참 이상하지 않아? 그 숲은 이 언덕 숲만큼 무성하지는 않지만 끝이 보이지 않을 만큼 멀리 일직선으로 뻗어 있었어. 나는 직선이 싫어. 인간이 만든 거니까. 아니나 다를까, 그 숲 바로 옆에 도로가 있었어. 아무것도 없는 쓸쓸한 도로였지만, 그래도 그런 데서 돌아다니기 싫어서 숲을 똑바로 지나 반대쪽 들판으로 나왔지. 그때 키하르가 우리를 발견하고 방향을 바꾸라고 했어. 키하르한테 우리가 얼마나 왔느냐고 물었더니 반쯤 왔다고 했어. 그래서 이제 밤을 지낼 곳을 찾아야겠구나 싶었지. 트인 곳에서 자기는 싫어서 결국 작은 구덩이 같은 곳에다 얕은 굴을 팠지. 그러고는 실컷 풀을 뜯고 편안히 잤어.

어떻게 여행했는지 시시콜콜 이야기할 필요는 없겠지. 이튿날 풀을 뜯고 나자 바로 비가 내리더니 찬 바람까지 몰아치는 바람에 니-프리스가 지날 때까지 움직이지 못했어. 이윽고 날이 개자 출발했지. 풀이 젖어 있어서 여행하기 불편했지만 초저녁이 되자 목적지에 거의 다 온 것 같았어. 주위를 둘러보다가 웬 산토끼가 지나가기에 근처에 큰 마을이 있느냐고 물어보았지.

산토끼가 되묻더군.

'에프라파? 에프라파에 가려고?'

내가 대답했어.

'에프라판지 뭔지 모르지만 거기 가는 길이야.'

'거길 알아?'

'아니, 몰라. 어디 있는지 가르쳐 줘.'

'음, 충고하는데 빨리 도망가.'

그 말이 무슨 뜻일까 생각하고 있는데 별안간 덩치 큰 토끼 세 마리가 둔덕을 넘어왔어. 예전에 내가 빅윅 널 체포하러 왔을 때 같았어. 그중 한 마리가 말했어.

'표적을 보여라.'

내가 물었어.

'표적? 무슨 표적? 무슨 말인지 모르겠는데.'

'에프라파에 살지 않아?'

'살진 않지만 그리로 가는 길이야. 우린 딴 마을에서 왔어.'

그 토끼는 '같이 갈까?' 아니, '멀리서 왔니?'인가 '쫄딱젖었냐?'인가 뭐 그런 걸 묻더군.

이 세 토끼는 우리를 데리고 둔덕을 내려갔어. 그렇게 해서 우리는 에프라파라는 마을에 들어가게 된 거야. 이 마을 얘기 좀 해 줄게. 내 얘길 듣고 나면 여기 있는 우리가 코를 홀쩍이며 산울타리 밑에 임시 굴이나 파는 지저분한 조무래기일 뿐이라는 걸 깨닫게 될 거야.

에프라파는 큰 마을이야. 우리 고향 스레아라의 마을보다 훨씬 커. 에프라파 토끼들은 누구나 인간한테 들켜서 백맹증에 감염되는 것을 가장 두려워하고 있었어. 그래서 마을 전체가 인간들 눈에 띄지 않게 만들어져 있지. 굴 입구는 모두 가려져 있고 아우슬라가 모든 토끼를 지배하고 있어. 자기 생활이라곤 있을 수도 없어. 그 대가로 안전을 보

389

장받는 거야. 그만한 가치가 있는지는 모르지만.

에프라파엔 아우슬라뿐 아니라 장로회도 있는데, 장로들은 저마다 특별한 일을 맡고 있어. 먹이 문제를 맡은 장로도 있고 마을을 숨길 방도를 찾는 장로도 있어. 아기 토끼 키우는 문제를 맡은 장로도 있고. 그리고 보통 토끼의 경우 땅 위로 나갈 땐 한 번에 몇 마리씩 나가도록 정해져 있어. 모든 토끼는 아기 때 표적이 생겨. 턱 밑이나 엉덩이나 뒷발을 이빨로 깊게 깨물어서 흉터를 남기는 거야. 그러면 평생 동안 그 흉터로 구분되는 거지. 자기와 표적이 같은 무리가 나가는 시간이 아니면 절대로 밖에 못 나가."

빅윅이 그르렁거렸다.

"누가 못 나가게 하는 거야?"

"그게 진짜 무서운 부분이야. 아우슬라……, 그래, 직접 그곳에 가 보지 않으면 상상도 할 수 없을 거야. 족장은 운드워트라는 토끼야. 다들 운드워트 장군이라 부르지. 그 토끼에 대해서는 조금 이따가 자세히 얘기해 줄게. 운드워트 장군 밑에는 대장들이 있는데 저마다 표적을 하나씩 맡아서 통솔해. 대장 밑에는 지휘관과 보초가 있어. 대장 토끼는 밤이나 낮이나 자기네 무리를 지키고 있어. 자주는 아니지만 근처에 인간이 나타나면, 인간이 가까이 다가오기 훨씬 전에 보초가 경보를 울려. 엘릴이 나타나도 경고를 하지. 흐라카는 정해진 도랑에서만 누고 곧바로 묻어야 돼. 자기 차례가 아닌데 밖에 나온 것 같은 토끼가 있으면 표적을 보이라고 요구해. 그때 납득할 만한 이유를 대지 못하면 무슨 일이 일어날지 프리스 님만이 아시지. 나야 충분히 상상이 가지만. 에프라파 토끼들은 프리스 님을 못 볼 때가 많아. 자기 표적의 조가 밤 실플레이 차례이면 그날은 비가 오든 맑든 춥든 덥든 밤에만 풀을 뜯어. 모두 땅속 굴에서 이야기하고 놀고 짝짓기를 하는 데 익숙해져 있지. 자기 표적의 조가 이런저런 이유로, 이를테면 근처에서 인간이 일을 하고 있다거나 해서 정해진 시간에 실플레이를 나갈 수 없으면 그저 운이 나쁘다고 할 수밖에. 다음 날이 되어야 차례가 돌아오니까."

댄더라이언이 물었다.

"그렇게 살다간 완전히 변해 버리겠네?"

"정말 그래. 그 토끼들은 대부분 시키는 일밖에 못 해. 에프라파를 나가 본 적도 없고 적의 냄새를 맡아 본 적도 없어. 에프라파 토끼들의 목표는 오로지 특권층인 아우슬라에 들어가는 거야. 아우슬라의 목표는 오로지 장로회에 들어가는 거고. 장로들은 뭐든 최고만 갖거든. 아우슬라는 항상 억세고 강인해야 해. 돌아가면서 대정찰이라는 걸 하지. 한 번에 며칠씩 들판에서 생활하며 마을 주변 지역을 샅샅이 살피는 거야. 수상한 것을 찾아내려는 목적도 있지만 아우슬라를 강인하고 영리하게 단련시킬 목적도 있지. 아우슬라는 대정찰 때 홀레실을 발견하면 에프라파로 데리고 돌아와. 따라오지 않으면 죽여 버려. 홀레실은 인간의 주의를 끌 수도 있기 때문에 위험한 존재로 여기는 거야. 대정찰을 마치면 아우슬라는 운드워트 장군한테 보고하고, 위험한 것으로 여겨지는 새로운 일이 있으면 장로회에서 어떻게 할지를 결정하지."

블루벨이 물었다.

"그럼 그들은 너희가 오는 걸 못 본 거야?"

"아, 절대로 그렇지 않아! 나중에 알게 된 일인데, 우리가 캠피언 대장이라는 토끼를 따라 마을에 들어가고 얼마 안 있어 대정찰을 하던 아우슬라 가운데 하나가 오더니, 북쪽에서 토끼 서너 마리가 에프라파로 오고 있는 자취를 발견했는데 어떻게 할 건지 물었대. 그 전령은 우리를 안전하게 생포하라는 명령을 받고 돌아갔지.

아무튼 캠피언 대장은 우리를 도랑에 있는 굴로 데려갔어. 굴 입구는 오래된 토관이었는데 인간이 토관을 뽑아 내면 흙이 무너져 굴을 감쪽같이 가릴 수 있게 되어 있었지. 캠피언 대장은 우리를 다른 대장에게 넘겼어. 자기는 임무 시간이 끝나지 않았기 때문에 땅 위로 돌아가야 했던 거야. 그 토끼들은 우리를 큰 속굴에 데려다 놓고 편안히 지내라고 했어.

그 굴에는 다른 토끼들도 있었어. 지금 내가 하고 있는 얘기는 대부분 그들의 이야기를 듣거나 물어서 알아낸 거야. 암토끼들하고도 이야기를 나누었는데 그중 하이젠슬라이*라는 암토끼랑 친해졌어. 내가 우리 마을 문제를 이야기하면서 왜 여기 오게 되었는지 말해 주니까 하이젠슬라이도 에프라파에 대해 알려 주더군. 이야기를 듣고 나서 내

* 하이젠슬라이 이슬처럼 빛나는 털이라는 뜻.

가 말했지.

'지독하군. 옛날부터 이랬소?'

하이젠슬라이는 그렇지 않다면서 자기 어머니한테 듣기로 예전에는 다른 곳에 마을이 있었고 훨씬 작았대. 그런데 운드워트 장군이 나타나서 토끼들을 에프라파로 옮겨 오게 하고는 이 모든 은닉 체계를 만들어 내고 완성시킨 끝에 에프라파 토끼들은 하늘의 별만큼이나 안전하게 된 거지.

하이젠슬라이가 말했어.

'이곳 토끼들은 아우슬라한테 죽지 않는 한 늙어서 죽어요. 하지만 문제는 이제 토끼 수가 너무 늘어나서 마을이 다 수용할 수 없다는 거죠. 새 굴을 파는 일은 반드시 아우슬라의 감독을 받아야 하는 데다 아주 천천히 조심스럽게 이루어져요. 인간들 눈에 띄지 않는 굴을 파야 하니까요. 마을은 미어터지는 데다 땅 위로 나가는 횟수도 줄어들었어요. 게다가 무슨 이유인지 모르지만 수토끼는 부족하고 암토끼는 너무 많아요. 우리 암토끼들은 마을에 토끼가 너무 많으면 새끼를 낳을 수 없는 줄 알면서도 이곳을 못 떠나고 있어요. 며칠 전만 해도 몇몇 암토끼들이 장로회를 찾아가서 원정대를 꾸려 다른 곳에다 새 마을을 만들어도 되냐고 물었어요. 멀리 아주 멀리 가겠다고, 원한다면 얼마든지 멀리 가겠다고 했죠. 하지만 장로회는 무슨 말을 해도 귀를 기울이지 않았어요. 계속 이런 식으로 살 순 없어요. 이 체제는 무너져 가고 있어요. 하지만 이런 말을 하다가 들키면 큰일 난답니다.'

그렇다면 희망이 있겠다 싶었지. 그 마을에서 우리의 제안을 반대할 까닭이 없는 것 같았거든. 우리는 수토끼가 아니라 암토끼 몇 마리만 데려갈 생각이니까. 그 마을은 어차피 암토끼가 남아도니까 우리가 그들을 아주 먼 곳으로 데려가면 될 거라고 생각했지.

조금 뒤에 다른 대장이 찾아와 장로회 회의에 오라고 했어.

장로회는 큰 굴 같은 데서 열렸지. 그곳은 폭이 좁고 길었는데 우리 벌집만큼 좋지는 않았어. 넓은 천장을 만들 만한 나무뿌리가 없었거든. 장로들이 온갖 문제를 의논하는 동안 우리는 밖에서 기다렸어. 우리 같은 건 장로회가 날마다 의논하는 문제들 가운데 하나일 뿐이었지. '체포된 낯선 토끼들' 문제. 우리 말고 대기하고 있던 토끼가 또 있었는데, 그 토끼는 특별 감시를 받았어. 아우슬라파*라는 장로회 경찰이 맡고 있었지. 그렇게 겁에 질린 토끼는 처음 봤어. 두려운 나머지 정신이 나가 버린 것 같더라고. 아우슬라파한테 무슨 일이냐고 물어봤더니 블랙카바르라는 그 토끼는 에프라파를 탈출하려다가 잡혔다더군. 그 불쌍한 토끼는 안으로 끌려 들어가자 처음에는 변명을 하더니 나중에는 살려 달라고 울면서 애원했어. 블랙카바르가 나올 때 보니까 귀가 내 귀보다 훨씬 심하게 찢겨 있었어. 그의 냄새를 맡고는 우리 모두 기겁을 했어. 그러자 아우슬라파 하나가 말했어.

* 아우슬라파 장로회 경찰로, 에프라파에만 있는 말.

'그렇게 법석 떨 거 없어. 목숨을 건진 것만으로도 천만 다행이지.'

그 말을 곰곰이 생각하고 있는데 누군가 나와서 장로들이 기다리고 있다고 알렸어.

들어가자마자 우리는 운드워트 장군 앞에 세워졌는데 그 녀석은 정말로 무시무시한 놈이었어. 빅윅 너도 상대가 안 될 거야. 몸집은 산토끼만 하고, 마치 늘 피 흘리며 전투하고 죽이는 게 생활인 듯한 분위기라서 그 앞에 서 있는 것만으로도 무섭더라니까. 우리가 누구이고 왜 왔는지부터 물어볼 줄 알았는데 그런 건 묻지도 않고 대뜸 이러더군.

'이 마을의 규칙과 너희가 어떤 신분으로 살아가게 될지 설명하겠다. 규칙은 반드시 지켜야 하고 그러지 않으면 처벌을 받게 되므로 잘 들어 두길 바란다.'

그러자 나는 즉각 나서서 오해가 있는 것 같다고 말했지. 우리는 다른 마을에서 온 사절단으로, 에프라파의 양해와 도움을 얻고자 한다고 했어. 그러고는 암토끼 몇 마리를 설득해서 데려가게 허락해 달라고 했지. 내 이야기가 끝나자 운드워트 장군은 절대로 안 된다고 했어. 의논하고 말 것도 없다고. 나는 마을 토끼들을 설득할 수 있도록 하루 이틀 정도 머무르게 해 달라고 했어.

그러자 운드워트가 말했어.

'아, 물론 너희는 여기서 지낸다. 하지만 장로회가 너희한테 시간을 내주는 일은 더 이상 없을 것이다. 앞으로 며칠간은 말이다.'

나는 그건 너무 매몰찬 것 아니냐고 말했지. 우리의 요구
는 분명히 온당했거든. 그래서 우리 입장에서 조금 더 생각
해 달라고 말하려는데 몹시 늙은 장로가 말했어.

'너희는 여기가 논쟁하고 흥정하는 자리인 줄 아나 본데
너희가 뭘 할지 결정하는 건 우리야.'

나는 우리가 비록 작지만 어엿한 마을의 대표라는 점을
잊지 말아 달라고 했어. 우린 이 마을의 손님이라고 말이
야. 하지만 그 말을 하고 나서야 비로소 그들이 우리를 포
로로 여긴다는 것을 깨닫고 뒤통수를 얻어맞은 느낌이었
지. 그들이 뭐라고 부르든 우리는 포로나 마찬가지였어.

그 회의가 어떻게 끝났는지 더 이상 말하고 싶지 않아.
스트로베리도 그들을 설득하려고 애썼어. 동물들이라면 누
구나 가지고 있는 품위와 동료애에 대해 멋지게 연설했지.

'동물은 인간과 달라. 물론 싸워야 할 때는 싸우고 죽여
야 할 때는 죽이지. 하지만 가만히 앉아서 머리를 굴려 가
며 다른 동물의 삶을 망치고 상처를 주진 않아. 동물은 존
엄성과 동물성을 가지고 있는 존재야.'

그러나 다 소용없었어. 결국 우리가 입을 다물자 운드워
트가 말했어.

'장로회는 더 이상 시간을 낼 수 없으니 규칙은 너희 표
적을 담당하는 대장에게 듣도록 하라. 너희는 뷰글로스 대
장이 맡고 있는 오른쪽 옆구리 표적반에 들어간다. 나중에
다시 너희를 부를 것이다. 우리는 자신이 해야 될 바를 이
해하고 따르는 토끼에게는 더없이 우호적이고 협조적이라

는 사실을 너희도 알게 될 것이다.'

그러자 아우슬라가 우리를 데리고 나가 오른쪽 옆구리 표적반에 넣었어. 뷰글로스 대장은 너무 바빠서 우리를 만날 틈이 없었고 나는 일부러 대장을 피해 다녔어. 대장이 우릴 보면 당장 그 자리에서 표적을 찍으려고 할지도 모르니까. 하지만 나는 곧 이 체제가 제대로 돌아가지 않는다는 하이젠슬라이의 말뜻을 알게 되었어. 우리가 보기에도 토끼 수가 너무 많았어. 따라서 감시를 피하기가 쉬웠지. 같은 표적반에 있는 토끼끼리도 잘 모를 정도였으니까. 우리는 어떤 굴에 자리를 잡고 눈을 붙이려 했어. 그런데 밤이 되자마자 실플레이 시간이라며 깨우더군. 달밤이라면 도망칠 기회가 있겠다 싶었는데 사방에 보초가 깔려 있었어. 대장은 보초들 말고도 전령 둘을 데리고 있었어. 전령의 임무는 경보가 울리면 어디라도 즉시 달려가는 일이었지.

우리는 풀을 먹고 나서 땅속으로 돌아왔어. 마을 토끼들은 거의 다 조용하고 고분고분했어. 우리는 되도록 그 토끼들과 마주치지 않으려고 했어. 기회를 봐서 도망칠 작정이었기 때문에 얼굴을 알리고 싶지 않았거든. 하지만 아무리 머리를 짜내도 좋은 수가 떠오르지 않았어.

이튿날 니-프리스 전에 잠시 풀을 뜯고 나서 굴로 돌아왔어. 시간이 그렇게 더디게 흐를 수가 없더군. 마침내 저녁이 다가올 무렵 나는 몇몇 토끼들 틈에 끼어 이야기를 들었어. 그 이야기가 뭔 줄 알아? 바로 '왕의 양상추'였어. 이야기를 들려주는 토끼는 댄더라이언의 발치에도 못 미칠

397

만큼 서툴렀지만, 달리 할 일도 없어서 가만히 듣고 있었
지. 엘-어라이라가 의사로 변장하고 다진왕의 궁전에 들
어가는 대목에 이르렀을 때 퍼뜩 좋은 꾀가 떠올랐어. 아주
위험하긴 하지만 잘하면 성공할 것 같았어. 에프라파의 토
끼들은 질문은 하지 않고 무조건 명령에 따른다는 점을 이
용할 셈이었지. 그동안 뷰글로스 대장을 지켜보았는데 꽤
괜찮은 친구 같았어. 성실하지만 마음이 좀 약하고 일이 너
무 많은 탓에 상당히 지쳐 있었지.

그날 밤 실플레이를 하러 나가 보니 밖은 칠흑같이 어둡
고 비가 내리고 있었어. 에프라파에선 그런 것쯤은 사소한
일이라 신경도 안 써. 다들 밖에 나가서 먹이를 먹을 수 있
는 것만으로도 기뻐했어. 토끼들은 우르르 올라갔지만 우
리는 기다렸다가 맨 나중에 올라갔어. 뷰글로스 대장은 보
초 둘을 데리고 둔덕에 나와 있었어. 실버와 다른 친구들을
먼저 보내고 나서 나는 급히 뛰어온 것처럼 숨을 헐떡이며
대장한테 다가갔어.

'뷰글로스 대장님이십니까?'

뷰글로스가 물었어.

'그렇다네. 무슨 일인가?'

'지금 당장 장로회에서 오라십니다.'

'아니, 뭐라고? 무슨 일이지?'

'장로님을 만나면 말씀해 주시겠지요. 저라면 장로님들
을 기다리게 하지는 않겠습니다.'

'자넨 누군가? 장로회 전령은 아닌데. 내가 다 알거든.

어느 표적반 소속이지?'

'전 대장님의 질문을 들으려고 온 게 아닙니다. 돌아가서 대장님이 오지 않을 거라고 전할까요?'

뷰글로스 대장이 그 말을 듣고도 미심쩍어하자 나는 정말로 돌아가려는 척했어. 그러자 뷰글로스가 갑자기 '알았네.' 하고 말했어. 딱하게도 겁에 질린 표정이었지.

'하지만 내가 없는 동안 누가 여기를 감독하지?'

'제가 합니다. 운드워트 장군님의 명령이지요. 하지만 빨리 오십시오. 오늘 밤 내내 여기서 대장님 일을 떠맡고 있긴 싫으니까요.'

뷰글로스는 서둘러 떠났어. 나는 두 보초를 돌아보며 명령했지.

'여기서 꼼짝 말고 단단히 지키게! 나는 다른 보초들을 둘러보고 오겠네.'

그러고 나서 우리 넷은 어둠 속으로 달아났어. 예상대로 조금 있으니까 보초 둘이 불쑥 나타나 앞을 가로막았지. 우리는 우르르 덤벼들었어. 놈들이 꽁무니를 뺄 줄 알았는데 그렇지 않았어. 보초들은 미친 듯이 싸웠어. 그중 한 놈은 벅손의 얼굴을 코까지 찢어 놓았지. 하지만 우린 넷이라서 결국 그놈들을 떨치고 죽어라고 들판으로 달아났어. 비가 내리는 데다 깜깜한 밤이라서 어디로 가고 있는지도 알 수가 없었어. 그저 달리기만 했지. 조금 늦게서야 추적이 시작되었는데, 그건 가엾은 뷰글로스가 자리를 비우는 바람에 명령을 내릴 자가 없었기 때문인 것 같아. 어쨌든 출발은 좋았지. 하지만 이내 뒤쫓아 오는 소리가 들렸어. 게다가 우리를 점점 따라잡고 있었지.

에프라파의 아우슬라는 정말이지 장난이 아니야. 아우슬라는 몸집이 크고 힘센 토끼들만 골라서 뽑는 데다 비와 어둠 속에서 움직이는 일이라면 모르는 게 없더군. 게다가 장로회를 너무도 두려워한 나머지 다른 건 무서울 게 없었어. 얼마 못 가 우리는 곤경에 빠졌어. 정찰대는 비와 어둠 속에서도 우리보다 빨리 달렸기 때문에 금세 바싹 추격해 왔지. 그래서 실버와 다른 친구들한테 이젠 맞서 싸우는 수밖에 없다고 말하려는데, 갑자기 하늘로 치솟아 있는 것처럼 가파른 거대한 둔덕이 나타났어. 이 언덕 비탈보다 더 가파르고 비탈면은 마치 인간이 만든 것처럼 반듯했어.

하지만 그런 것을 따질 겨를도 없이 무작정 올라갔지. 둔덕은 뻣뻣한 풀과 덤불로 뒤덮여 있었어. 높이가 얼마나 되는지는 정확히 모르지만 잘 자란 마가목만큼 되지 않을까 싶어. 어쩌면 그보다 더 높을지도 모르고. 비탈 꼭대기에 이르러 보니 가벼운 돌멩이들이 깔려 있는데 우리가 달릴 때마다 발밑에서 달그락 소리를 내며 굴러다녔어. 우리가 어디 있는지 훤히 드러날 상황이었지. 또 넓적한 나무 판들에 기다란 쇠막대기가 두 개 붙어 있었어. 쇠막대에서는 나직하게 웅웅 소리가 났지.

'인간이 만든 것이구나.'

나는 그렇게 중얼거리다가 반대편으로 굴러떨어지고 말았어. 둔덕 꼭대기가 그렇게 좁고 그 너머에 가파른 비탈이 있는 줄 몰랐던 거야. 나는 어둠 속에서 둔덕 아래로 곤두박질치다가 키 작은 딱총나무에 걸렸어. 거기에 그대로 누워 있었지."

홀리는 그때 일을 곰곰이 생각하는지 잠시 침묵에 잠겼다. 이윽고 홀리가 다시 입을 열었다.

"그다음에 일어난 일은 뭐라고 어떻게 설명해야 될지 모르겠어. 우리 넷 다 그 자리에 있었지만 아직도 어찌 된 영문인지 모르겠어. 하지만 지금부터 하는 이야기는 엄연한 사실이야. 프리스 님이 에프라파의 아우슬라한테서 우릴 구하려고 위대한 사자를 보내신 거야. 우리 넷은 뿔뿔이 흩어져 비탈 아래로 굴렀어. 벅손은 얼굴에 흐르는 피 때문에 앞이 제대로 안 보여서 거의 둔덕 밑까지 굴러갔어. 나는 몸을 일으켜서 둔덕을 올려다보았어. 둔덕 위 하늘은 에프라파 토끼가 나타나면 알아볼 수 있을 만큼은 밝았지. 그러고 나서 뭐라고 말해야 할까, 엄청나게 큰 물체가, 흐루두두 천 개를 합친 것 같은, 아니 그보다 더 큰 물체가 어둠 속에서 돌진해 왔어. 그것은 불과 연기와 빛으로 가득했고 굉음을 내며 땅이 흔들릴 정도로 쇠막대를 두드렸어. 그게 수천의 천둥과 번개처럼 우리와 에프라파 토끼들 사이로 달려왔어. 정말이지 무서운 정도가 아니었어. 난 꼼짝도 할 수가 없었어. 번쩍이는 불빛과 굉음이 온 밤을 갈라놓았어. 에프라파 토끼들은 어떻게 되었는지 몰라. 무사히 달아났는가 아니면 깔려 죽었든가 둘 중 하나겠지. 그리고 어느 순간 그것은 사라지고 덜커덩-퉁, 덜커덩-퉁 하는 소리만 점점 멀어져 갔지. 그곳에는 우리밖에 남지 않았고.

난 한동안 꼼짝도 할 수 없었어. 그러다가 마침내 겨우 일어나 어둠 속에서 친구들 모습을 하나씩 찾았지. 아무도 말이 없었어. 비탈 밑에서 둔덕을 뚫고 지나가는 터널 같은 것을 발견했어. 그 터널로 들어가서 아까 우리가 올라왔던 둔덕 쪽으로 나왔어. 그러고는 들판을 한참 도망치다가 에프라파 토끼들이 더 이상 쫓아오지 않는 것을 확인하고는 그제야 한숨 돌렸지. 우리 넷은 도랑에 들어가 아침까지 잤어. 엘릴이 나타나 우릴 죽일 수도 있었지만, 우리는 아무 일 없을 줄 알고 있었어. 너희는 프리스 님 힘으로 목숨을 건지다니 정말 멋진 일이라고 생각하겠지. 하긴 그런 은총을 입은 토끼가 과연 몇이나 될까? 하지만 정말이지 에프라파 토끼들한테 쫓기는 것보다 훨씬 더 무서웠어. 불을 뿜는 물체가 머리 위로 지나가는 동안 비를 맞으며 웅크리고 있던 일은 죽을 때까지 잊지 못할 거야. 그것이 왜 우리를 구해 주었을까? 그건 영원히 알 수 없겠지.

다음 날 아침 우리는 잠시 주위를 살펴보고는 곧 방향을 알아냈어. 늘 하던 대로 말이야. 비도 그쳐서 우리는 곧 출발했지. 돌아오는 길은 힘들기 그지없었어. 여기 도착하기 훨씬 전부터 녹초가 되어 버렸지. 실버만 빼고 말이야. 실버가 없었다면 어떻게 왔을지 모르겠어. 하루 밤낮을 쉬지 않고 여행했어. 한시라도 빨리 마을로 돌아오고 싶다는 생각밖에 없었거든. 악몽 속에서 절룩거리며 돌아다니다가 오늘 아침 이 숲에 도착한 거야. 사실 내 상태도 스트로베리보다 나을 게 없어. 스트로베리는 불평 한마디 하지 않았지만 오랫동안 푹 쉬어야 할 거고, 나도 그래. 그리고 벅손은…… 이것으로 두 번이나 큰 부상을 입게 되었지. 하지만 이보다 더 나쁜 일이 일어났어. 헤이즐을 잃은 것. 이렇게 큰 재난은 없을 거야. 몇몇 토끼가 아까 저녁에 나더러 족장 토끼가 되지 않겠냐고 묻더군. 날 믿어 준 건 고맙지만 난 완전히 지쳐 버렸기 때문에 아직 그런 일을 맡을 힘이 없어. 난 가을날의 말불버섯처럼 바싹 마르고 텅 비어 버린 느낌이야. 바람이 불면 털이 다 날아가 버릴 것 같아."

28

언덕 기슭에서

혼자인데도 고독하지 않은 것은 놀라운 행복이다.
오, 공포와 어둠에서 벗어나 내 집이 보이는 곳에 오는 것도
놀라운 행복이다.

월터 드 라 메어, 〈순례자〉

댄더라이언이 물었다.

"아무리 피곤해도 실플레이는 할 수 있지 않아? 실플레이하기에 딱 좋은 시간이니까 기분 전환도 할 겸. 내 코가 맞다면 오늘 저녁 날씨는 참 좋을 거야. 비참한 기분에서 벗어나도록 애써야 한다고."

빅윅이 말했다.

"실플레이하기 전에 홀리한테 한마디만 할게. 그런 곳에서 다른 토끼 세 마리를 데리고 무사히 도망칠 수 있는 건 아마 너밖에 없을 거야."

홀리가 대답했다.

"다 프리스 님 뜻이야. 이렇게 돌아온 건 다 그분 덕이
지."

홀리는 스피드웰을 따라 숲으로 나 있는 굴길을 올라가
려다가, 옆에 클로버가 있는 것을 알아차렸다.

홀리가 말을 걸었다.

"밖에 나가서 풀을 먹는 게 이상하죠? 하지만 곧 익숙해
질 거예요. 헤이즐-라가 상자 속보다 이곳이 살기 좋다고
말한 건 분명히 사실이에요. 맛있는 풀이 어디 있는지 가르
쳐 줄게요. 내가 없는 동안 빅윅이 다 먹어 치우지 않아야
할 텐데."

홀리는 클로버가 마음에 들었다. 클로버는 박스우드나
헤이스택보다 튼튼하고 겁이 많지 않았으며 마을 생활에
적응하려고 애쓰는 것이 눈에 보였다. 혈통은 잘 모르겠지
만 건강해 보였다.

함께 신선한 공기 속으로 나오면서 클로버가 말했다.

"전 굴 생활이 마음에 들어요. 좀 어둡긴 하지만 사방이
막혀 있어서 상자와 비슷해요. 탁 트인 곳에 나가 풀을 뜯
는 게 힘들긴 하죠. 우리는 어디나 마음대로 돌아다니는 것
에 익숙하지도 않고 뭘 해야 할지도 모르거든요. 다들 동작
이 어찌나 빠른지 나는 그저 얼떨떨할 따름이에요. 괜찮다
면 굴에서 멀지 않은 곳에서 먹고 싶어요."

두 토끼는 노을빛에 물든 풀밭에서 풀을 뜯으며 천천히
돌아다녔다. 클로버는 곧 먹는 데만 열중했지만, 홀리는 끊
임없이 걸음을 멈추고 곧추앉아 인적 없고 평화로운 언덕

의 냄새를 맡았다. 그러다가 조금 떨어진 곳에서 빅윅이 북쪽을 뚫어지게 바라보고 있는 것을 보고 자기도 그쪽을 보았다.

"무슨 일이야?"

"블랙베리야."

빅윅이 대답했다. 한시름 놓았다는 투였다.

블랙베리가 지평선을 등지고서 천천히 폴짝폴짝 뛰어왔다. 블랙베리는 지칠 대로 지쳐 보였지만 친구들을 보고는 좀 더 서둘러서 빅윅 쪽으로 다가왔다.

빅윅이 물었다.

"어디 갔었어? 파이버는 어딨지? 같이 있지 않았어?"

블랙베리가 말했다.

"파이버는 헤이즐이랑 같이 있어. 헤이즐은 살아 있어. 부상이 얼마나 심한지는 모르겠지만 죽지는 않을 거야."

토끼들은 할 말을 잃고 블랙베리만 멍하니 바라보았다. 블랙베리는 그 모습을 즐겁게 바라보며 잠자코 있었다.

빅윅이 물었다.

"헤이즐이 살아 있다고? 확실해?"

블랙베리가 말했다.

"그렇다니까. 바로 지금 언덕 기슭에 있다고. 홀리랑 블루벨이 오던 날 밤 네가 들어가 있던 그 도랑 속에."

홀리가 말했다.

"믿어지지 않는군. 그게 사실이라면 내 평생 이보다 더 반가운 소식은 없을 거야. 블랙베리, 정말로 확실해? 대체

406

어떻게 된 거야? 말 좀 해 봐."

"파이버가 찾아냈어. 파이버가 나를 데리고 농장 근처까지 가서 도랑 속을 돌아다니다가 하수구에 숨어 있는 헤이즐을 찾아낸 거야. 헤이즐은 피를 많이 흘려서 혼자서는 하수구에서 나올 수 없었어. 그래서 우리가 멀쩡한 쪽 다리를 물고 끌어냈지. 헤이즐은 몸을 돌릴 수도 없었으니까."

"파이버는 대체 어떻게 안 거야?"

"파이버가 어떻게 알았냐고? 그건 직접 물어봐. 아무튼 헤이즐을 하수구에서 끌어낸 뒤 파이버가 상처를 살펴보았어. 헤이즐은 한쪽 뒷다리에 큰 상처를 입었지만 뼈는 부러지지 않았어. 옆구리도 찢겨 있었지. 우리는 상처를 최대한 깨끗이 닦은 다음 헤이즐을 데리고 출발했지. 저녁 내내 걸렸어. 대낮에 사방은 쥐 죽은 듯이 조용한데 절름발이 토끼가 피를 흘리며 돌아다니다니, 상상이 가니? 다행히 오늘은 올여름 들어 가장 더운 날이라서 쥐 새끼 한 마리 얼씬거리지 않더라. 몇 번이고 야생 파슬리 속에 숨어서 쉬었어. 나는 줄곧 안절부절못했지. 하지만 파이버는 마치 돌멩이에 내려앉은 나비 같았어. 풀밭에 앉아 귀 털을 느긋하게 매만지더군. 파이버는 계속 '허둥대지 마. 걱정할 것 없어. 천천히 가도 돼.' 하면서 나를 안심시켰어. 뭐, 헤이즐 찾아내는 걸 내 눈으로 봤으니 파이버가 여우 사냥을 할 수 있다고 해도 믿었을 거야. 그런데 언덕 기슭에 이르자 헤이즐은 기진맥진해서 더 이상 움직일 수 없었어. 그래서 파이버는 헤이즐을 데리고 풀이 무성한 도랑에 숨고, 나는 이 사실을 알리러 왔지. 이렇게 말이야."

빅윅과 홀리가 그 소식에 대해 생각하는 동안 잠시 침묵이 흘렀다.

이윽고 빅윅이 물었다.

"오늘 밤 도랑에서 잔대?"

"그러겠지. 기운을 차리기 전까지는 언덕에 올라오지 못할 거야."

빅윅이 말했다.

"내가 가 봐야겠다. 도랑을 좀 편하게 만들어 줘야 해. 파이버도 혼자 헤이즐을 돌보는 것보다는 누가 있어 주는 게 좋을 거야."

블랙베리가 말했다.

"그럼 빨리 가야지. 곧 해가 질 텐데."

"흥! 담비를 만난다면 그놈이 조심해야 할걸. 내일 한 마리 잡아 올까?"

빅윅은 그렇게 말하고는 쏜살같이 언덕 너머로 사라졌다.

홀리가 말했다.

"자, 모두 불러오자. 다들 모이면 지금 한 얘기를 처음부터 차근차근 들려줘."

타는 듯한 불볕 더위 속에 너트행어 농장에서 언덕 기슭까지 1킬로미터가 넘는 거리를 지나오는 동안 헤이즐은 태어나서 가장 힘들고 고통스러운 시간을 보냈다. 파이버가 아니었다면 헤이즐은 그 하수구 안에서 죽었을 것이다. 가물거리는 침침한 무감각 상태를 뚫고 파이버의 다그침이 들려왔을 때 처음에는 대답도 하고 싶지 않았다. 힘겹게 지나온 고통스러운 현실로 돌아가기보다는 차라리 그 자리에 머무는 것이 훨씬 더 편했다. 정신을 차리고 보니 자기가 도랑의 초록빛 그늘 속에 누워 있고 곁에서 파이버가 상처를 살펴보고는 일어나 걸을 수 있다고 안심시켜 주었지만, 그래도 마을로 돌아간다는 것은 생각조차 할 수 없었다. 옆구리 상처가 욱신거리고 다리 통증 때문에 감각이 마비되는 것 같았다. 눈앞이 어지럽고 소리도 안 들리고 냄새도 잘 맡을 수 없었다. 하지만 파이버와 블랙베리가 오로지 자기를 구하려고 훤한 대낮에 위험을 무릅쓰고 농장으로 돌아왔다는 사실을 깨닫자, 헤이즐은 억지로 몸을 일으켜 비틀거리며 비탈을 내려와 도로로 나왔다. 현기증이 나서 몇 번이고 멈춰 서야 했다. 파이버의 격려가 없었다면 모든 것을 포기하고 그 자리에 주저앉아 버렸을 것이다. 도롯가에 이르러서는 둔덕을 올라가기가 힘들어 절름거리며 길가를 따라가다가 어떤 문을 발견하고 그 밑으로 빠져나왔다. 한참 뒤 고압선 아래를 지날 때 헤이즐은 언덕 기슭에 풀로 뒤덮인 도랑이 있던 게 생각났다. 도랑에 도착하자마자 헤이즐은 쓰러지듯 잠이 들었다.

빅윅은 날이 어두워지기 직전에 도랑에 도착했다. 마침 파이버가 잠깐 짬을 내어 풀밭에서 긴 풀을 뜯고 있었다. 빅윅과 파이버는 헤이즐이 깰까 봐 굴을 파지도 못하고 비좁은 도랑 속에서 헤이즐 옆에 웅크리고 앉아 밤을 보냈다.

동트기 전 잿빛 어스름 속에서 빅윅이 맨 처음 본 것은 키하르가 딱총나무 덤불을 뒤지며 먹이를 찾는 모습이었다. 빅윅이 발을 굴러서 주의를 끌자 키하르는 날갯짓 한 번으로 미끄러지듯 먼 거리를 날아왔다.

"픽빅 씨, 에이즐 씨 찾았어?"

"응, 이 도랑에 있어."

"안 죽었어?"

"응. 하지만 다쳐서 아주 약해졌어. 농장 사람이 총으로 쐈거든."

"까만 돌 빼냈어?"

"무슨 소리야?"

"총 쏘면 까만 돌 날아와. 못 봤어?"

"응, 난 총을 잘 몰라."

"까만 돌 빼면 나아. 에이즐 씨 지금 올 수 있나?"

"보고 올게."

도랑에 들어가 보니 헤이즐은 깨어나서 파이버와 이야기하고 있었다. 키하르가 밖에 와 있다고 하자 헤이즐은 다리를 질질 끌며 힘겹게 풀밭으로 올라왔다.

키하르가 말했다.

"빌어먹을 총! 작은 돌 박혀서 아퍼. 나 볼게, 응?"

헤이즐이 말했다.

"그래 줄래? 아직도 다리가 너무 아파."

헤이즐이 눕자 키하르는 헤이즐의 갈색 털 속에서 달팽이를 찾는 듯이 고개를 이리저리 획획 움직였다. 키하르는 옆구리의 상처를 꼼꼼히 살펴보고 나서 말했다.

"여기 돌 없다. 들어갔다 나갔어. 속에 없어. 다리 보자. 아플지도 몰라. 금방 끝나."

엉덩이 쪽에 산탄총 총알 두 개가 박혀 있었다. 키하르는 냄새로 총알을 찾아내더니 작은 틈새에서 거미를 물어 올리듯이 총알을 빼냈다. 헤이즐이 움찔하기도 전에 빅윅은 풀밭에 빼 놓은 총알 냄새를 맡고 있었다.

"피 많이 나. 여기 있어. 두 날 기다려. 그럼 좋아져. 위에서 모두모두 에이즐 씨 기다려. 에이즐 씨 온다고 말할게."

키하르는 대답도 듣지 않고 날아가 버렸다.

결국 헤이즐은 사흘 동안 언덕 기슭에 머물렀다. 더운 날이 계속되었다. 헤이즐은 거의 온종일 딱총나무 밑에 앉아 홀로 남은 흘레시처럼 잠을 자면서 서서히 기운을 회복했다. 파이버는 줄곧 곁에 붙어서 상처를 핥아 주며 헤이즐을 보살폈다. 해 질 녘 그림자가 길어지고 지빠귀가 꽁지를 흔들며 울면서 둥지로 돌아갈 때까지 둘은 온기가 남아 있는 거친 풀밭에 몇 시간이고 말없이 앉아 있곤 했다. 어느 누구도 너트행어 농장 이야기는 꺼내지 않았지만, 헤이즐의 태도에서는 앞으로 파이버의 충고를 두말없이 받아들이겠다는 다짐이 뚜렷이 엿보였다.

어느 날 저녁, 헤이즐이 말했다.

"흐라이루! 네가 없었다면 우린 어떻게 됐을까? 아무도 여기 없었겠지?"

파이버가 물었다.

"그럼 넌 우리가 지금 '여기' 있다고 확신하니?"

헤이즐이 대답했다.

"너무 수수께끼 같다. 무슨 뜻이니?"

"음, 또 다른 곳, 또 다른 나라가 있어. 그렇지 않아? 잠잘 때 우린 그곳에 가지. 다른 때도 가고 죽었을 때도 가는 곳이지. 엘-어라이라는 마음대로 두 나라를 왔다 갔다 하는 것 같아. 이야기 속에서는 확실히 드러나지 않지만. 어떤 토끼들은 세상에 깨어 있을 때 겪는 위험에 비하면 거기는 아주 편한 곳이라고 해. 하지만 그건 그 나라를 잘 모르기 때문에 하는 소리야. 그곳은 황량하고 전혀 안전하지 않아. 그런데 우리는 진짜 어디에 있을까? 여기일까, 거기일까?"

"우리 몸은 여기 있어. 난 그걸로 충분해. 그 실버위드라는 친구한테 가서 이야기해 보지 그러냐? 그 친구라면 잘 알 것 같은데."

"아, 기억하고 있구나? 난 실버위드의 시를 들었을 때 그걸 느꼈어. 실버위드가 무섭긴 했지만 그 자리에 있던 누구보다도 내가 실버위드를 잘 이해하고 있었어. 그 친구는 자기가 이 세상이 아닌 다른 세상에 속한다는 것을 알고 있었지. 가엾은 친구, 분명히 죽었을 거야. 그들이, 그 나라에 사는 자들이 데려갔겠지. 아무 이유 없이 자기들의 비밀을 보여 주지는 않으니까. 저기 봐! 홀리랑 블랙베리가 온다. 그렇다면 지금 이 순간만큼은 우리가 이 세상에 있는 게 확실하구나."

홀리는 어제 헤이즐을 만나러 언덕을 내려와 에프라파에서 탈출한 이야기를 들려주었다. 밤중에 거대한 유령이 홀

412

리 일행을 구해 주었다는 대목에 이르자 파이버가 주의 깊게 듣고 있다가, "그것이 시끄러운 소리를 냈다고?" 하고 물었다. 나중에 홀리가 돌아간 뒤 파이버는 헤이즐에게 뭔지 모르겠지만 유령 같은 건 아닐 거라고 말했다. 하지만 헤이즐은 별 관심이 없었다. 헤이즐에게 중요한 것은 실망스러운 결과와 그 원인이었다. 홀리가 빈손으로 돌아온 것은 모두 에프라파 토끼들이 비우호적인 탓이었다. 그날 저녁 실플레이를 시작하자마자 헤이즐은 그 문제를 다시 꺼냈다.

"홀리, 우리 문제는 전혀 해결되지 않았어, 그렇지? 넌 잘했지만 성과물은 없었고, 농장 습격 사건은 어리석은 장난에 지나지 않았어. 그것도 나로서는 비싼 대가를 치른 장난이었지. 진짜 굴은 지금부터 파야 돼."

"넌 장난에 불과하다고 하지만 그 덕분에 암토끼 두 마리가 생겼잖아. 우리한테는 그 두 암토끼가 전부야."

"그 암토끼들이 쓸모가 있을까?"

물론 토끼는 남자가 여자를 생각할 때 자연스럽게 떠오르는 생각, 이를테면 보호나 정절이나 낭만적인 사랑 같은 것을 알지 못하지만, 분명히 사람들이 아는 것보다 훨씬 더 많이 배우자와 긴밀한 관계를 유지한다. 하지만 토끼는 낭만적이지 않기 때문에 헤이즐과 홀리가 너트행어의 두 암토끼를 마을을 위해 아기를 낳아 줄 토끼로만 여기는 것은 지극히 당연했다. 바로 그것을 위해 헤이즐도 홀리도 목숨을 걸었던 것이다.

홀리가 대답했다.

"글쎄, 아직은 모르겠어. 마을에 적응하려고 애는 쓰고 있지만. 특히 클로버가. 클로버는 사리를 분별할 줄 아는 것 같아. 하지만 너도 알다시피 그 토끼들은 제 몸 하나 지킬 줄 몰라. 그렇게 아무것도 모르는 토끼들은 처음 봤어. 그리고 궂은 날씨를 못 견딜까 봐 걱정돼. 이번 겨울은 무사히 넘기더라도 다음번 겨울은 어떨지 모르지. 네가 농장에서 그 토끼들을 데리고 나왔을 땐 그런 것까지 알 수는 없었겠지."

헤이즐이 말했다.

"운이 좋으면 겨울이 오기 전에 둘 다 아기를 밸 수 있을지도 몰라. 아기 낳는 철은 지났지만 이곳은 워낙 모든 게 뒤죽박죽이라서 혹시 괜찮을지도 모르지."

"흠, 내 생각에는……. 그래, 솔직히 말할게. 우리가 지금까지 노력해서 얻은 결과물은 이 두 토끼뿐이고 이것만으론 턱없이 부족해. 사실 이 토끼들은 아기를 낳기 힘들 거야. 지금은 아기 낳을 철도 아니고, 아직은 이곳 생활이 낯설 테니까. 아기를 낳는다 해도 아기들은 인간의 손에 자라는 상자 토끼의 혈통을 많이 갖고 있을 거야. 하지만 이 암토끼들 말고는 달리 희망이 없잖아? 부족하나마 지금 상황에서 최선을 다하는 수밖에."

헤이즐이 물었다.

"누군가 짝짓기를 했어?"

"아니, 둘 다 아직 짝짓기 할 상태가 아니야. 하지만 그때가 되면 큰 싸움이 벌어지겠지."

"그것도 문제야. 저 둘만으로는 안 돼."

"달리 방법이 없잖아?"

"우리가 무엇을 해야 하는지는 알지만 어떻게 해야 할지는 모르겠어. 다시 에프라파에 가서 암토끼를 데려와야 해."

"그건 인레에서 암토끼를 데려오자는 거나 마찬가지야. 아무래도 내가 에프라파에 대해서 제대로 이야기해 주지 못한 모양이야."

"아니, 제대로 이야기했어. 생각만 해도 겁이 나서 몸이 굳어 버릴 것 같아. 하지만 그렇게 할 수밖에 없어."

"불가능해."

"싸우거나 말을 잘해서 될 일이 아니야. 그러니 책략을 써야 해."

"에프라파 토끼들을 이길 수 있는 책략은 없어. 토끼 수도 우리보다 훨씬 많아. 게다가 놀라울 만큼 잘 조직되어 있다고. 솔직히 말해서 우리 못지않게 싸움에 강하고, 잘 달리고, 아무리 작은 흔적이라도 찾아내서 추적할 줄 알아. 그리고 그런 일이라면 우리보다 훨씬 더 뛰어난 놈들이 수두룩하고."

헤이즐은 잠자코 풀을 뜯으며 이야기를 듣고 있던 블랙베리를 돌아보며 말했다.

"세 가지 책략이 있어야 돼. 첫째는 에프라파에서 암토끼를 데리고 나올 방법, 둘째 추적을 따돌릴 방법. 추적해 올게 뻔한데 또다시 기적을 바랄 순 없으니까. 하지만 그뿐이 아니야. 일단 무사히 에프라파를 나오면 다시는 우리를 찾을 수 없게 해야 돼. 다시 말해서 대정찰의 범위에서 벗어나야 해."

블랙베리가 미심쩍다는 듯이 말했다.

"그래, 맞는 말이야. 그 모든 것을 다 이루어야 성공한 거지."

"그래. 그리고 이 책략은 블랙베리 네가 짜내야 돼."

산딸기나무가 썩는 듯한 달콤한 냄새가 진동했다. 저녁 햇살 속에서 벌레들이 풀 위에 낮게 고개를 떨군 하얀 꽃 무더기 주위에서 윙윙거렸다. 갈색과 주황색이 섞인 딱정벌레 한 쌍이 풀 줄기에 앉아 있다가 풀을 뜯는 토끼들 때문에 그대로 뒤엉킨 채 다른 곳으로 날아갔다.

헤이즐은 그 모습을 지켜보면서 말했다.

"짝짓기를 하는구나. 우린 못 하는데 말이야. 어쨌든 책략이 필요해, 블랙베리. 우리 마을 문제를 완전히 해결할 수 있는 꾀 말이야."

블랙베리가 말했다.

"네가 말한 첫 번째 문제는 방법을 알겠어. 적어도 내 생각엔 말이야. 위험하긴 하지만. 그런데 그 나머지는 전혀 생각이 안 나서 파이버랑 얘기해 볼까 해."

헤이즐이 말했다.

"파이버랑 내가 빨리 돌아가는 게 좋겠군. 이제 다리도 거의 다 나았어. 하지만 오늘 밤은 여기서 보낼게. 홀리, 올라가서 내일 아침 일찍 돌아간다고 전해 줘. 빅윅과 실버가 클로버를 놓고 언제 쌈박질을 벌일지 몰라서 걱정돼."

"헤이즐, 내 말 들어 봐. 나는 네 계획에 찬성할 수 없어. 난 에프라파에 가 보았지만 넌 아니잖아. 넌 지금 엄청난 실수를 저지르고 있어. 자칫하면 우리 모두 죽게 된다고."

그러자 파이버가 나서서 대답했다.

"당연히 그런 생각이 들겠지만 그러지 않을 수도 있어. 적어도 내가 보기엔 그래. 우린 할 수 있어. 어쨌든 헤이즐 말대로 분명 그 방법밖엔 없어. 그 문제를 좀 더 얘기해 볼까?"

그러자 헤이즐이 말했다.

"나중에. 우린 지금 도랑으로 돌아가야 돼. 파이버, 어서 가자. 너희들은 빨리 뛰어 올라가면 언덕 위에서 좀 더 햇살을 쬘 수 있을 거야. 잘 자."

29
귀환과 출발

이 싸움에 가담할 배짱이 없는 자는
통행증을 주고 여비도 주어 떠나게 하라.
동지와 함께 싸우다 죽기를 두려워하는 자와
함께 죽고 싶지는 않다.

세익스피어, 〈헨리 5세〉

이튿날 새벽에 토끼들은 모두 실플레이를 하러 나와서
크나큰 흥분 속에 헤이즐을 기다렸다. 지난 며칠 동안 블랙
베리는 파이버와 함께 농장에 가서 하수도 속에서 헤이즐
을 찾은 이야기를 몇 번이고 들려주었다. 한두 토끼는 키하
르가 헤이즐을 발견해서 파이버한테 살짝 귀띔해 준 게 틀
림없다고 했다. 키하르는 아니라고 했지만 주위에서 자꾸
만 캐묻자, 파이버는 자기보다 훨씬 먼 곳까지 갔다 오는
토끼라는 수수께끼 같은 말을 했다. 토끼들은 헤이즐이 마
법의 힘을 갖고 있다고 생각했다. 마을 최고의 이야기꾼인
댄더라이언은 헤이즐이 농부들한테서 친구를 구하기 위해

도랑을 뛰쳐나갔던 일을 더없이 멋진 영웅담으로 만들어 들려주었다. 헤이즐이 농장에 간 일을 두고 무모하다고 하는 토끼는 아무도 없었다. 헤이즐은 온갖 역경을 물리치고 암토끼 두 마리를 데려왔다. 그리고 이제 헤이즐이 돌아왔으니 모든 일이 잘될 거라고 모두 굳게 믿었다.

해 뜨기 직전에 핍킨과 스피드웰은 파이버가 언덕 꼭대기에서 아침 이슬에 젖은 풀을 헤치고 다가오는 것을 보았다. 둘은 달려 나가 파이버를 맞이했고, 셋이서 함께 헤이즐을 기다렸다. 헤이즐은 다리를 절었고, 비탈을 오르기가 힘들어 보였다. 하지만 잠시 쉬면서 풀을 뜯고 나자 다른 토끼에게 크게 뒤처지지 않으려고 마을까지 뛰어왔다. 토끼들이 헤이즐 주위로 모여들었다. 모두 헤이즐을 만지고 싶어 했다. 모두가 마치 공격을 하듯이 헤이즐의 냄새를 맡고 헤이즐을 붙잡고 씨름하고 풀밭을 데굴데굴 굴렀다. 인간은 이런 경우에 질문 공세를 퍼붓게 마련이지만, 토끼들은 헤이즐-라가 정말로 돌아왔다는 것을 오감을 통해 확인하는 것으로 기쁨을 표현했다. 헤이즐은 오직 이 생각 하나로 거친 환영식을 버텨 냈다.

'내가 여기서 밑에 깔리면 어떻게 될까. 아마도 나를 쫓아내겠지? 절름발이 토끼는 족장 토끼로 놔두지 않을 거야. 자기들은 잘 모르겠지만 이것은 환영인 동시에 시험이다. 고약한 녀석들, 그렇다면 시험을 받아 주지.'

헤이즐은 등에 붙은 벅손과 스피드웰을 거칠게 밀어내고는 숲 가장자리로 뛰어갔다. 둔덕 위에 스트로베리와 박스우드가 보이자, 헤이즐은 그리로 가서 떠오르는 아침 햇살을 받으며 얼굴을 씻고 털을 가지런히 다듬었다.

헤이즐은 박스우드한테 말을 걸었다.

"우리 토끼들도 너처럼 얌전했으면 좋겠어. 저기 난폭한 녀석들 좀 봐. 하마터면 죽을 뻔했다고! 넌 우리를 어떻게 생각해? 잘 적응하고 있는 거야?"

박스우드가 말했다.

"아, 물론 낯설긴 하지만 많은 걸 배워 가고 있어. 스트로베리가 많이 도와줘. 방금 전에도 바람에 몇 가지 냄새가 섞여 있는지 알아보고 있었어. 제대로 익히려면 시간이 걸리겠지. 농장에서는 냄새들이 강하게 풍기는 데다 우리에서 지낼 때는 냄새가 별로 중요하지 않았거든. 지금까지 보니까 너희는 냄새에 의지해 살고 있더군."

"처음이니까 위험한 일은 절대로 하지 마. 혼자서 밖에 나다니거나 그러지 말고 늘 굴 가까이에 있어. 스트로베리, 넌 어때? 몸은 좀 나았어?"

스트로베리가 대답했다.

"음, 충분히 자고 햇볕을 쬐니까 많이 좋아졌어. 에프라파에서 얼마나 무서웠는지 혼이 빠진 것 같았어. 아픈 것도 그 때문이야. 며칠이나 공포에 사로잡혀서 덜덜 떨었지. 자꾸만 에프라파에 돌아가 있다는 착각이 드는 거야."

"에프라파는 어땠어?"

스트로베리가 말했다.

"에프라파에 돌아가느니, 아니 그 근처에라도 가느니 차

420

라리 죽는 게 낫지. 권태와 공포, 둘 중에서 어떤 것이 더 괴로운지 잘 모르겠지만……."

스트로베리는 잠시 사이를 두고 나서 말했다.

"어쨌든 거기 토끼들도 우리처럼 자연스럽게 살 수 있다면 우리와 똑같을 거야. 할 수만 있다면 도망치고 싶어 하는 토끼들도 있고."

굴로 들어가기 전에 헤이즐은 거의 모든 토끼들과 이야기를 나누었다. 예상대로 친구들은 에프라파 원정 실패에 실망했고, 홀리 일행이 가혹한 대우를 받은 사실에 불같이 화를 내고 있었다. 또 홀리 말대로 암토끼가 두 마리밖에 없으면 싸움이 일어날 게 뻔하다고 걱정했다.

빅윅이 말했다.

"헤이즐, 암토끼가 더 있어야 해. 안 그러면 우린 서로의 목을 물어뜯게 될 거야. 달리 방법이 없어."

그날 오후 늦게 헤이즐은 모두 벌집에 모아 놓고 말했다.

"곰곰이 생각해 보았는데 너희들은 요전에 너트행어 농장에서 날 해치우지 못해 실망이 큰 것 같아. 그래서 나는 이번에 좀 더 먼 데로 가기로 했어."

블루벨이 물었다.

"어디로?"

"에프라파. 같이 갈 토끼가 있다면 말이야. 거기 가서 우리 마을에 필요한 만큼 암토끼를 데려오려고 해."

다들 깜짝 놀라서 웅성거리는 가운데 스피드웰이 물었다.

"어떻게 하려고?"

"블랙베리랑 내가 계획을 세우긴 했는데 지금은 말할 수 없어. 이 일이 위험하다는 건 다들 알 거야. 만약 누군가가 붙잡혀 에프라파로 끌려간다면 놈들이 자백하라고 닦달하겠지. 그럴 때 아예 모르고 있으면 자백할 것도 없어. 그러니까 나중에 때가 되면 자세히 설명해 줄게."

댄더라이언이 말했다.

"그러려면 많은 수가 가야 되나? 내가 듣기로는 우리 모두 덤벼도 에프라파 토끼와 상대가 안 될 거라던데."

"싸움은 하고 싶지 않아. 하지만 싸우게 될 수도 있지. 어쨌든 암토끼를 데리고 먼 길을 와야 하는데 도중에 대정찰대를 만나면 싸울 만한 수는 있어야 돼."

핍킨이 겁에 질려 물었다.

"에프라파에 들어가야 하는 거야?"

"아니, 우린⋯⋯."

이때 홀리가 헤이즐의 말을 가로막았다.

"헤이즐, 내가 네 의견에 반대하는 상황이 올 줄은 몰랐다. 다시 말하지만 이 계획은 엄청난 재앙을 가져올 거야. 네 생각은 알아. 넌 운드워트 장군 밑에 블랙베리나 파이버만큼 머리 좋은 토끼가 없다는 걸 계산에 넣고 있겠지. 그건 맞아. 그만한 토끼는 없을 거야. 그렇더라도 그런 곳에서는 절대로 암토끼를 데려오지 못해. 모두 알다시피 나는 평생 동안 휜히 트인 벌판에서 순찰하고 추적하는 일을 해왔어. 하지만 에프라파의 아우슬라에는 나보다 더 뛰어난 토끼들이 있단 말이야. 놈들은 너희들과 암토끼를 끝까지 쫓아와서 죽일 거야. 프리스 님이시여! 살다 보면 상대가 안 되는 적을 만날 때가 있다고! 이게 다 우리를 위해서인 줄은 알지만 분별 있게 생각하고 이 일은 그만둬. 정말이지 에프라파 같은 마을은 되도록이면 가까이 가지 않는 게 상책이라고."

그러자 온 벌집이 술렁거렸다.

"그 말이 맞아!"

"갈기갈기 찢겨 죽고 싶진 않아!"

"귀를 찢긴 토끼의……."

"하지만 헤이즐-라도 다 생각이 있겠지."

"너무 멀어."

"난 가고 싶지 않아."

헤이즐은 조용해질 때까지 진득이 기다렸다.

이윽고 헤이즐이 입을 열었다.

"결국 이거야. 여기 남아서 어떻게든 잘해 보려고 애써 보든가, 아니면 이 문제를 확실히 해결해 버리든가. 물론 위험은 있어. 홀리 일행이 어떤 일을 당했는지 들었다면 알겠지. 하지만 우리는 마을을 떠나 지금까지 계속 위험한 일을 겪어 왔잖아. 너흰 어떻게 할 생각이야? 에프라파에는 여기 와서 살고 싶어 하는 암토끼가 수두룩한데도 데리러 가는 게 무서워서 여기 남아 암토끼 두 마리를 놓고 서로의 눈을 파낼 거야?"

그때 누군가 큰 소리로 물었다.

"파이버 생각은 어때?"

파이버는 조용히 말했다.

"난 분명히 갈 거야. 헤이즐의 말은 다 맞고 계획에도 문제가 없어. 너희 모두에게 약속할게. 나중에라도 불길한 예감이 들면 꼭 알려 줄게."

헤이즐이 말했다.

"그리고 그럴 경우, 네 충고를 반드시 귀담아들을게."

잠시 침묵이 흘렀다.

빅윅이 입을 열었다.

"다들 내가 갈 거라는 건 알고 있겠지? 너희가 흥미로워할 것 같아서 하는 말인데, 키하르도 같이 갈 거야."

토끼들은 놀라서 술렁거렸다.

헤이즐이 말했다.

"물론 몇몇은 여기 남아야 해. 농장 토끼한테 가자고 할 순 없어. 에프라파에 갔다 온 토끼들도 마찬가지고."

실버가 말했다.

"그래도 난 가겠어. 운드워트 장군과 장로들이 죽도록 미워. 정말로 놈들의 코를 납작하게 만들 거라면 나도 그 자리에 있고 싶어. 다만 마을로 들어가진 않을래. 그것만은 도저히 못 하겠어. 어쨌든 길을 아는 토끼가 필요하잖아."

핍킨이 말했다.

"나도 갈게. 헤이즐-라는 나를 구해 주었고…… 그러니까 헤이즐-라라면 분명히……."

핍킨은 횡설수설했다. 그러더니 잔뜩 겁먹은 목소리로 다시 한 번 말했다.

"아무튼 나도 갈 거야."

숲으로 난 굴길에서 발소리가 나자 헤이즐이 "누구야?" 하고 외쳤다.

"나야, 헤이즐-라. 블랙베리."

"블랙베리! 아니, 여기 있는 줄 알았는데. 어디 갔었어?"

"좀 더 일찍 오지 못해서 미안해. 실은 그 계획에 대해서 키하르와 의논하느라고. 키하르 덕분에 계획이 더 훌륭해졌어. 계획대로만 된다면 운드워트 장군을 완전히 바보로 만들어 버릴 수 있을 거야. 처음에는 도저히 안 될 것 같았는데 지금은 잘될 거라는 확신이 섰어."

블루벨이 입을 열었다.

"풀이 더 푸른 곳으로 가자,

양상추가 줄지어 자라는 곳으로.

자유롭게 행동하는 토끼라면 누구나

코에 긁힌 상처가 있는 곳.

궁금해서라도 꼭 가 봐야겠어. 어떤 계획인지 궁금해서 계속 새끼 새처럼 입을 삐끔거리는데 아무도 알려 주질 않네. 아마 빅윅이 흐루두두로 변장해서 암토끼를 몽땅 태우고 들판으로 도망치려나 봐."

헤이즐이 블루벨을 홱 돌아보았다. 블루벨은 곧추앉아서 계속 말했다.

"아아, 운드워트 장군님, 전 별 볼 일 없는 흐루두두인데요, 가솔린을 풀밭에 놓고 와 버렸어요. 그러니 당신이 여기서 풀을 뜯는 동안 저는 이 숙녀를 태우고……."

헤이즐이 소리쳤다.

"블루벨, 그만 해!"

블루벨은 깜짝 놀라서 말했다.

"미안, 헤이즐-라. 나쁜 뜻은 없었어. 기분 좀 풀어 주려고 그런 거야. 사실 우린 에프라파에 가는 걸 무서워하고 있는데 그걸 두고 나무랄 순 없잖아? 이야기만 들어도 엄청 위험할 것 같다고."

헤이즐이 말했다.

"자, 그럼 오늘 모임은 여기서 마치자. 어떤 결론이 나오는지 기다려 보자고. 그게 토끼 방식이니까. 가고 싶지 않은 토끼는 가지 않아도 돼. 하지만 가고 싶어 하는 토끼도 분명 있어. 그럼 난 키하르와 이야기하러 갔다 올게."

키하르는 숲 바로 안쪽에서, 창살 모양의 뼈에 붙어 있는 얄팍한 갈색 고기 조각을 큰 부리로 찢어서 쪼아 먹고 있었다. 헤이즐은 그 고기에서 나는 고약한 냄새가 너무 역겨워서 코를 찡그렸다. 악취가 숲속에 진동했고, 벌써 냄새를 맡은 개미와 금파리가 꼬여 들고 있었다.

"대체 그게 뭐야, 키하르? 냄새 한번 지독한데!"

"몰라? 이거 물고기, 물고기, 큰 물에서 온 거. 아주 맛있어."

"큰 물에서 왔다고? (웩!) 그럼 큰 물에서 잡아 온 거야?"

"아니, 아니. 인간 거. 농장에 쓰레기 버리는 곳. 거기 뭐든지 있어. 먹이 찾으러 가다가 봤어. 큰 물 냄새 나서 물어와. 큰 물 생각나."

키하르는 먹다 만 청어를 다시 찢기 시작했다. 키하르가 청어를 들어 올려 너도밤나무 뿌리에 대고 패대기치자 작은 살점이 튀었다. 헤이즐은 혐오감과 구역질 때문에 숨도 제대로 못 쉬며 꼼짝없이 앉아 있었다.

헤이즐은 애써 마음을 가다듬고 이야기를 꺼냈다.

"키하르, 빅윅 말로는 네가 우리를 도와주겠다고 했다며?"

"응, 응. 너희들 위해 간다. 픽빅 씨, 내가 도와줘. 여기 있을 때 나랑 얘기해 줬어. 나 토끼 아닌데도. 잘됐어, 응?"

"그럼, 좋지. 그 방법밖에 없어. 키하르, 넌 좋은 친구야."

"응, 응. 너희들 엄마 찾는 거 돕는다. 그런데 에이즐 씨, 나 큰 물 가고 싶어. 항상, 항상. 큰 물 소리 들려. 큰 물에 가고 싶어. 이제 곧 너희들 엄마 토끼 데리러 가니까 나 뭐든지 돕는다. 엄마 토끼 데려오면 나 날아가서 안 돌아와. 하지만 언젠가 돌아와, 응? 가을, 겨울에 와서 너희랑 살아, 응?"

"네가 보고 싶을 거야, 키하르. 네가 다시 돌아왔을 때 우리 마을은 엄마 토끼가 많이 있는 훌륭한 마을이 되어 있을 거야. 너도 우리를 도와준 걸 자랑스러워할 거야."

"응, 꼭 그렇게 된다. 에이즐 씨, 언제 가? 나 돕고 싶지만 큰 물 가는 거 미루기 싫어. 계속 여기 있는 건 힘들어, 응? 너 빨리해, 응?"

빅윅이 굴길을 올라와 밖으로 고개를 내밀었다가 기겁하

며 말했다.

"어휴, 세상에! 대체 무슨 냄새야? 키하르, 이거 네가 죽인 거야, 아니면 돌에 맞아 죽은 거야?"

"먹고 싶어, 픽빅 씨? 맛있는 거 갖다줄까?"

헤이즐이 말했다.

"빅윅, 내일 새벽에 출발한다고 모두에게 알려. 우리가 없는 동안 홀리가 족장을 맡고 벅손이랑 스트로베리랑 농장 토끼들은 남으라고 해. 다른 토끼도 남고 싶으면 남아도 된다고 전해 줘."

빅윅은 굴에서 나오지도 않고 말했다.

"걱정 마, 헤이즐. 모두 키하르와 함께 실플레이하라고 올려 보낼게. 다들 네가 가자는 곳이면 어디든지 따라나설 거야. 오리가 잠수하는 것보다 더 잽싸게."

3부

에프라파

30
새로운 여행

아무도 모르고 있지만 막대한 이익을 가져다줄 사업이 있다.
사우스시 버블사 설립 취지서

    이튿날 아침 일찍 토끼들은 너도밤나무 숲 남쪽 끝에서
출발했다. 일행은 5주 전 헤이즐과 함께 샌들포드를 떠나
온 토끼들 그대로이고, 벅손이 빠지고 블루벨이 들어온 것
만 달라졌다. 어제 회의를 한 뒤 헤이즐은 상황을 가만히
지켜보는 편이 유리하다고 보고 친구들을 더 이상 설득하
지 않았다. 모두 겁먹고 있었다. 헤이즐 자신도 두려웠다.
헤이즐이 그렇듯 토끼들도 에프라파와 무자비한 아우슬라
이야기가 머릿속에서 떠나지 않았다. 그러나 더 많은 암토
끼를 찾아야 한다는 열망과 에프라파에는 암토끼가 많다
는 생각이 이런 공포심을 억눌렀다. 게다가 토끼 특유의 장

난기도 발동했다. 원래 토끼는 남의 땅에 들어가 도둑질하기를 좋아하고, 그런 일이라면 무섭다고 꽁무니를 빼는 일이 거의 없다. 벅슨이나 스트로베리처럼 몸이 안 좋아서 위험에 빠졌을 때 대처하기 힘든 토끼라면 모를까. 그래서 헤이즐은 비밀 작전이 있다는 말을 슬쩍 흘려서 호기심을 부추겼다. 파이버를 등에 업고 은근한 암시와 약속으로 친구들을 꾈 수 있으리라 기대했다. 과연 헤이즐의 짐작대로였다. 토끼들은 헤이즐과 파이버를 믿었다. 이들 덕분에 무사히 샌들포드를 빠져나와 엔본강과 공유지를 지나왔고, 철사 덫에 걸린 빅윅을 구하고, 언덕에 토끼 마을을 세웠으며, 키하르를 아군으로 끌어들이고, 온갖 어려움을 헤치고 암토끼 두 마리를 얻지 않았던가. 이들이 다음에 무슨 일을 할지는 알 수 없다. 그러나 틀림없이 뭔가 계획이 있었다. 게다가 빅윅과 블랙베리도 그 계획을 잘 알고 있는 눈치였기 때문에 아무도 뒤에 남겠다고 하지 않았다. 또 헤이즐이 누구든지 남고 싶으면 남아도 좋다고 못 박은 것도 효과가 있었다. 그 말에는 겁쟁이 따윈 필요 없으니까 이 영웅적 행위에서 빠질 테면 빠지라는 뜻이 담겨 있었다. 충성이 제 2의 천성인 홀리는 더 이상 분위기 망치는 말은 꺼내지 않았다. 홀리는 한껏 쾌활하게 숲 가장자리까지 배웅 나왔다. 그러고는 다른 토끼들이 듣지 못하게 헤이즐한테만 살짝, 위험하니까 부디 조심하라고 당부했다.

"키하르가 뒤따라가면 그 편에 소식을 전해. 그리고 빨리 돌아와."

하지만 막상 모험이 시작되고 실버를 따라 농장 서쪽 고지대를 지나 남쪽으로 가게 되자 모두 공포와 불안에 빠져들었다. 지금까지 들은 에프라파 이야기는 아무리 강심장을 가진 토끼라도 겁에 질릴 만했다. 그런데다 에프라파, 아니 그 어디를 가든지 앞으로 이틀 동안은 훤히 트인 언덕 지대에서 보내야 했다. 여우, 담비, 족제비 같은 적을 만나면 땅 위에서 달아날 수밖에 없다. 헤이즐 일행은 띄엄띄엄 흩어져서 천천히 나아간 탓에 지난번 홀리 일행보다 훨씬 느렸다. 길을 잃기도 하고, 위험한 기미에 깜짝 놀라기도 하고, 잠시 쉬기도 하며 나아갔다. 잠시 뒤 헤이즐은 일행을 세 무리로 나누어 실버와 빅윅과 자신이 하나씩 맡아서 이끌었다. 그래도 여전히 암벽을 오르는 등반대처럼 앞선 일행이 지나간 자리를 그대로 따라가는 식으로 느릿느릿 나아갔다.

하지만 숨을 곳은 많았다. 마침 6월에서 한여름인 7월로 넘어가는 때라 산울타리와 풀이 1년 중 가장 무성하고 울창했다. 토끼들은 꽃 핀 마요라나나 전호나 풀밭 속 그늘에 숨어 쉬기도 했다. 빨강 파랑 꽃이 핀 독사풀 수풀에 숨어 섬모로 뒤덮인 풀 줄기 사이로 밖을 살피기도 했다. 노랑 꽃이 핀 껑충한 모예화에 몸을 숨기고 나아가기도 했다. 태피스트리에 짜 넣은 초원처럼 꿀풀, 용담풀, 칠양지꽃이 곱게 어우러진 탁 트인 풀밭을 서둘러 가로지르기도 했다. 엘릴이 나타날까 봐 불안한 데다 멀리 볼 수 없기 때문에 그 길은 너무도 길게 느껴졌다.

예전에 이 구릉 지대는 키 큰 보리밭도 없는 데다 풀도 양들이 다 뜯어 먹어서 숨을 곳이 별로 없었다. 따라서 적의 눈에 띄지 않고 멀리 간다는 것은 꿈도 꾸지 못했다. 하지만 이제는 양도 오래전에 자취를 감추고, 트랙터가 일군 넓은 밭에는 밀과 보리가 자라고 있었다. 온종일 토끼들 주위에서는 푸른 밀과 보리 냄새가 떠나지 않았다. 쥐가 득시글거리고 당연히 황조롱이도 많았다. 황조롱이가 무섭긴 했지만 헤이즐의 짐작대로 다 자란 건강한 토끼는 너무 커서 사냥할 엄두를 못 내는 것 같았다. 어쨌든 황조롱이의 공격을 받은 토끼는 아무도 없었다.

후끈한 더위 속에서 니-프리스가 될 무렵 실버가 작은 가시나무 덤불 앞에서 걸음을 멈추었다. 바람 한 점 없고, 공기 중에는 건조한 구릉 지대에서 자라는 노란양국이나 가새풀, 쑥국화 같은 국화과 꽃향기가 진동했다. 헤이즐과 파이버가 곁에 다가와 웅크리고 앉자 실버는 눈앞의 탁 트인 땅을 바라보며 말했다.

"저것 봐, 헤이즐-라. 홀리는 저 숲을 꺼림칙해했어."

바로 앞쪽으로 200~300미터쯤 되는 곳에 띠처럼 생긴 숲이 구릉을 가로질러 끝없이 길게 뻗어 있었다. 고대 로마군의 보루와 맞닥뜨린 것과도 같았다. 그 숲은 앤도버 북쪽에서 시작되어 종상화 군락과 시내와 양갓냉이밭이 많은 세인트 메리 본과 브래들리 숲을 지나 구릉 지대를 건너 타들리에서 실체스터까지 이어져 있고 중간에 도로가 나 있기도 했다. 이 구릉 지대를 지나는 숲은 시저스 벨트라고 하는데 도로처럼 5킬로미터 이상 곧게 뻗어 있는 좁다란 숲이었다. 이 무더운 한낮에 숲은 짙은 그늘을 드리우고 있었다. 환한 햇빛이 내리쬐는데도 숲속은 어두컴컴했다. 이따금 여치가 뛰어다니고 가시나무에서 섬촉새의 아름다운 노래가 들리는 것 말고는 아무런 움직임도 소리도 없었다. 헤이즐은 귀를 쫑긋 세우고 코를 실룩이면서 멎어 있는 공기의 냄새를 맡으며 한동안 지그시 숲을 바라보았다.

이윽고 헤이즐이 입을 열었다.

"별로 이상하지 않은데. 넌 어때, 파이버?"

파이버가 대답했다.

"전혀 안 이상해. 홀리는 이상한 숲이라고 생각했겠지. 사실 그렇기는 하지만 사람은 없는 것 같아. 그래도 혹시 모르니까 확인해 보는 게 좋겠어. 내가 가 볼까?"

헤이즐이 시저스 숲을 살펴보는 사이에 세 번째 무리도 도착했다. 이제 모두 햇빛이 설핏 드는 가시나무 그늘 아래서 귀를 늘어뜨린 채 조용히 풀을 뜯거나 쉬고 있었다.

헤이즐이 물었다.

"거기 빅윅 있어?"

오전 내내 빅윅은 여느 때와 달리 말이 없고 주위에서 벌어지는 일에 아랑곳없이 골똘히 생각에 빠져 있었다. 빅윅이 용감하다는 사실을 누구나 알고 있지 않았다면 혹시 겁먹은 게 아닐까 싶을 정도였다. 언젠가 오래 쉬는 동안 빅윅이 헤이즐과 파이버와 블랙베리하고 이야기하는 것을 블루벨이 얼핏 듣고는 나중에 핍킨에게 전하기를, 셋이 빅윅

435

을 붙잡고 뭔가 안심시키는 것 같더라고 했다. 빅윅은 이렇게 말했다고 한다. "언제 어디서든 싸움이라면 자신 있어. 하지만 역시 이 계획은 나보다는 딴 친구한테 어울릴 것 같아." 그러자 헤이즐이 "아냐, 이 일을 할 수 있는 토끼는 너밖에 없어. 지난번 농장 습격은 장난이었다 치더라도 이번 일은 달라. 모든 것이 여기에 달려 있어." 하고 말했다. 그러고는 블루벨이 듣고 있다는 걸 눈치채고는 "어쨌든 이 계획에 익숙해지도록 잘 생각해 봐. 이제 출발해야겠다."고 말했다. 그러자 빅윅은 침울하게 자기가 이끄는 토끼들을 모으러 산울타리 쪽으로 내려갔다고 한다.

빅윅은 근처의 쑥 덤불과 꽃 핀 엉겅퀴 덤불에서 나와 가시나무 아래에 있는 헤이즐에게 다가갔다.

빅윅이 무뚝뚝하게 물었다.

"무슨 일이야?"

헤이즐이 대답했다.

"고양이들의 왕이여, 저 숲 좀 살펴보고 오시겠소? 고양이나 사람 같은 게 있으면 당장 쫓아 버리고 와서 우리한테 안전하다고 말해 주겠소?"

빅윅이 숲으로 가고 나자 헤이즐이 실버에게 물었다.

"에프라파에서는 어디까지 대정찰을 하지? 벌써 정찰권에 들어와 있는 건 아닐까?"

실버가 말했다.

"확실히는 모르지만 그런 것 같아. 내가 알기론 정찰 범위는 부대에 따라 달라. 활동적인 대장이라면 더 먼 곳까지 순찰하겠지."

헤이즐이 말했다.

"알았어. 되도록 정찰대와 부딪치고 싶지 않아. 만약 들키는 날엔 한 놈도 에프라파로 돌려보내선 안 돼. 이렇게 많은 수를 데려온 것도 다 그 때문이야. 이 숲으로 가면 정찰대를 피할 수 있을 것 같아. 정찰대도 홀리처럼 이 숲을 싫어할지 모르니까."

실버가 말했다.

"하지만 저 숲이 뻗어 나간 방향은 에프라파 쪽이 아닌데?"

헤이즐이 말했다.

"에프라파로 가는 게 아니야. 에프라파에 가까우면서도 안전하게 숨을 곳을 찾는 거지. 좋은 생각 없어?"

실버가 말했다.

"아무래도 너무 위험해, 헤이즐-라. 안전하게 에프라파에 접근하기란 불가능한 데다 어떻게 숨을 곳을 찾겠다는 건지 모르겠어. 게다가 정찰대는 약아빠진 놈들이야. 우리를 발견하고도 모습을 드러내지 않을 거라고. 그대로 돌아가서 보고해 버릴걸."

"어, 빅윅이 온다."

헤이즐이 빅윅을 돌아보며 말했다.

"괜찮아, 빅윅? 음, 좋아. 숲으로 들어가자. 그러고는 숲 반대편으로 나가서 키하르가 우릴 찾을 수 있을 만한 곳에 있어야 돼. 오늘 오후에 온댔으니까 꼭 만나야 돼."

    서쪽으로 800미터쯤 가니 시저스 벨트 남쪽 끝에 있는
작은 숲이 나왔다. 숲 서쪽에는 구릉 지대에서 흔히 볼 수
있는 얕고 메마른 골짜기가 있었는데, 폭이 350미터쯤 되
고 노란 꽃이 핀 거친 덤불과 잡초가 우거져 있었다. 해 지
기 한참 전에 키하르는 시저스 벨트를 따라 서쪽으로 날아
오다가 쐐기풀과 갈퀴덩굴 속에서 쉬고 있는 헤이즐 일행
을 발견했다. 키하르는 유유히 날아 내려와 헤이즐과 파이
버 근처에 내려앉았다.

헤이즐이 물었다.

"홀리는 좀 어때?"

키하르가 말했다.

"슬퍼해. 너 안 돌아온대."

그러고는 이렇게 덧붙였다.

"클로버, 엄마 준비됐어."

헤이즐이 말했다.

"잘됐네. 그래서 누가 클로버한테 갔어?"

"아니, 아니, 다들 싸워."

"뭐, 어떻게든 해결되겠지."

"근데 에이즐, 뭐 해?"

"여기서부턴 네가 도와줘야 돼. 숨을 곳이 필요해. 큰 마
을에 가까우면서도 안전한 곳, 저 토끼들한테 들키지 않을
만한 곳 말이야. 네가 이곳을 잘 안다면 생각나는 데가 있
을 거야."

"얼마나 가까우면 좋아?"

"글쎄, 너트행어 농장에서 벌집 정도면 좋겠어. 사실 그보다 멀면 힘들어."

"그럼 한 군데밖에 없어. 강 건너편으로 가. 그럼 못 찾아."

"강 건너편? 헤엄쳐서 건너란 말이야?"

"아니, 아니, 토끼 헤엄쳐서 못 가. 강 크고 깊고 빨라. 다리 있어. 강 건너면 숨을 곳 많아. 큰 마을에서 가깝고."

"정말로 그게 가장 좋은 방법이니?"

"나무 많고 강 있어. 마을 토끼들, 너희 못 찾아."

헤이즐은 파이버에게 물어보았다.

"네 생각은 어때?"

파이버가 말했다.

"생각보다 좋은 곳 같아. 이런 말 하긴 싫지만 다들 지쳐 나가떨어지는 한이 있더라도 지금 당장 빨리 가야 될 것 같아. 구릉 지대에 있으면 위험하지만 일단 강만 건너면 푹 쉴 수 있을 거야."

"그럼 밤에 가는 게 좋겠다. 전에도 밤에 떠났잖아. 일단 많이 먹고 쉬어야 해. 그럼 푸 인레에 출발하는 거다? 오늘은 달이 뜰 거야."

블랙베리가 말을 받았다.

"아이고, '출발'이니 '푸 인레'니 말만 들어도 신물난다."

어쨌거나 선선한 저녁에 한가로이 풀을 뜯고 나자 모두 기운을 차렸다. 해가 뉘엿뉘엿 기울 무렵 헤이즐은 안전한 덤불 밑에 모두 모아 놓고 펠릿을 씹으며 쉬게 했다. 헤이즐은 자신감 있고 쾌활하게 보이려고 무진 애를 썼지만 친구들이 잔뜩 긴장하고 있다는 것을 느낄 수 있었다. 게다가 계획에 대해 물어 오는 것을 한두 번 얼버무리고 나자, 어떻게 하면 친구들이 긴장과 불안에서 벗어나 홀가분하게 출발할 수 있을지 고민스러웠다. 헤이즐은 처음으로 무리를 이끌게 된 날 밤 엔본강 근처 숲에서 잠시 쉬던 때를 떠올렸다. 그나마 지금은 지쳐 있는 토끼가 없어서 다행이었다. 토끼들은 밭을 습격하는 흘레시 무리처럼 다부졌다. 어느 누구 하나 처지는 토끼가 없었다. 핍킨과 파이버도 실버나 빅윅 못지않게 건강했다. 그래도 재미있는 이야기를 들으면 힘이 더 솟을 것이다.

헤이즐이 막 말하려는데 마침 에이콘이 나섰다.

"이봐, 댄더라이언! 이야기 하나 해 줄래?"

다른 친구들도 맞장구쳤다.

"그래그래! 어서 해 줘! 기왕이면 깜짝 놀랄 만한 걸로 해!"

댄더라이언이 대꾸했다.

"좋아. '엘-어라이라와 물속의 여우'는 어때?"

호크빗이 말했다.

"'하늘의 구멍'이 좋겠다."

그때 빅윅이 불쑥 말했다.

"아니, 그거 말고."

저녁 내내 입을 꾹 다물고 있던 빅윅이 말문을 열자 다들 웬일인가 하고 돌아보았다.

"이야기해 줄 거면 내가 듣고 싶은 건 딱 하나야. '엘-어라이라와 인레의 검은 토끼'."

헤이즐이 말했다.

"꼭 그 얘기가 아니어도 되잖아."

그러자 빅윅이 헤이즐에게 으르렁거리며 대들었다.

"어차피 이야기를 들을 거면 나도 남들처럼 선택할 권리가 있는 거 아냐?"

헤이즐은 아무 대꾸도 하지 않았다. 다들 잠자코 있자 잠시 뒤 댄더라이언이 착 가라앉은 목소리로 이야기를 시작했다.

31

엘-어라이라와
인레의 검은 토끼 이야기

밤의 힘과 몰아치는 폭풍우, 적의 진지,
죽음의 신이 뚜렷이 서 있는 그곳으로
강한 자는 전진해야 한다.

로버트 브라우닝, 〈앞을 보라〉

"얼마 뒤 모든 사실이 새어 나갔고 동물들 사이에서는
이런저런 말이 떠돌았지. 어떤 이들은 허프사가 다진왕한
테 양상추 사건의 전말을 일러바쳤다고 해. 요나가 숲마다
소문을 퍼뜨리고 다녔다고도 하고. 어쨌든 다진왕은 켈파
진 늪지대에 양상추를 버린 것이 엘-어라이라의 꾀에 넘
어간 것임을 알게 되었어. 하지만 당장 병사를 불러 모으
지 않고 기회를 엿보았지. 언젠가 기필코 앙갚음하고 말리
라 굳게 다짐하면서 말이야. 엘-어라이라도 이 사실을 알
고 백성들에게 조심하라고, 혼자 다닐 때는 각별히 조심하
라고 일렀어.

2월 어느 날 늦은 오후 랍스커틀은 토끼 몇몇을 거느리고 마을에서 조금 떨어진 밭 가장자리의 쓰레기 더미로 갔어. 그날 저녁은 춥고 안개가 끼더니 땅거미가 지기 한참 전부터 짙은 안개가 자욱이 깔렸어. 토끼들은 집으로 돌아오다가 길을 잃고 말았지. 거기다 올빼미까지 나타나 우왕좌왕하다 보니 완전히 방향을 잃고 말았어. 아무튼 랍스커틀은 무리와 떨어져 혼자 헤매 다니다가 도시 밖에 있는 경비대 초소로 들어가고 말았지. 경비원들은 랍스커틀을 붙잡아 다진왕 앞으로 끌고 갔어.

다진왕은 이번에야말로 엘-어라이라에게 앙갚음을 하겠다고 마음먹었어. 왕은 랍스커틀을 특별 감옥에 가두고 날마다 끌어내어 일을 시켰지. 얼어붙을 듯이 추운 날에도 굴을 파게 했어. 한편 엘-어라이라는 어떻게든 랍스커틀을 구해 내겠다고 맹세했지. 그리고 그 맹세를 지켰어. 나흘 동안 자신의 암토끼 둘과 함께 숲에서부터 랍스커틀이 일하는 둔덕 뒤쪽까지 땅굴을 판 거야. 마침내 이 땅굴은 랍스커틀이 파고 있던 둔덕의 굴과 가까워졌지. 랍스커틀은 창고를 만들라는 명령에 따라 굴을 넓히고 있었고 보초들은 밖에서 감시를 하고 있었어. 엘-어라이라는 어둠 속에서 흙 파는 소리를 따라가 랍스커틀을 만났어. 그러고는 함께 땅굴을 빠져나와 숲으로 도망쳤지.

이 소식을 들은 다진왕은 불같이 노해서 이번에는 전쟁을 일으켜서라도 엘-어라이라의 숨통을 끊어 놓겠다고 작정했어. 다진왕의 병사들은 밤에 출정해서 펜로 초원으로

443

갔지. 하지만 토끼 굴에 들어갈 수가 없었어. 몇몇은 들어가 보려고도 했지만 엘-어라이라와 다른 토끼들한테 금방 쫓겨 나오고 말았어. 병사들은 어둡고 좁은 공간에서 싸우는 데 익숙하지 않은 탓에 토끼들에게 물어뜯기고 할퀴어지다가 간신히 도망쳐 나와 안도의 한숨을 내쉬었지.

하지만 군대는 물러가지 않았어. 굴 밖에 진을 치고 기다렸지. 토끼들이 실플레이하러 나오려고 보면 적들이 떡 버티고 있는 거야. 토끼 굴이 하도 많아서 모든 굴을 지킬 순 없었지만, 다진왕의 병사들은 워낙 날쌔서 코빼기만 내밀어도 바로 덤벼들었지. 엘-어라이라의 백성들은 풀 한두 입을 뜯고는 쏜살같이 굴로 도망쳐야 했던지라 근근히 목숨만 이어 나갔어. 엘-어라이라는 온갖 꾀를 다 써 보았지만, 다진왕을 없애지도 못하고 백성들을 구할 수도 없었어. 굴에 갇힌 토끼들은 점점 여위고 비참해졌어. 병든 토끼들도 생겨났지.

결국 엘-어라이라도 절망에 빠지고 말았어. 그러던 어느 날 밤, 전날 아비를 잃은 토끼 일가족을 위해 목숨을 걸고 몇 번인가 풀을 뜯어 날라 주다가 자기도 모르게 외쳤지. '오, 프리스 님이시여! 제 백성을 살리는 일이라면 무엇이든 하겠습니다! 담비나 여우하고라도 흥정하겠습니다. 아니, 인레의 검은 토끼하고도 흥정하겠습니다!'

이 말을 내뱉은 순간 엘-어라이라는 퍼뜩 깨달았어. 분명히 다진왕을 멸망시킬 힘을 가지고 있고 그럴 의지도 있는 존재를 찾는다면, 그건 바로 인레의 검은 토끼라고. 인레의 검은 토끼도 토끼인 데다 다진왕보다 천 배나 강하니까. 하지만 검은 토끼를 생각만 해도 식은땀이 흐르고 몸서리가 쳐져서 엘-어라이라는 굴길에 그대로 주저앉아 버렸지. 잠시 뒤 엘-어라이라는 굴로 돌아가 자기가 한 말의 의미를 차분히 생각해 보았어.

너희도 알다시피 인레의 검은 토끼는 공포이자 끝없는 암흑이야. 분명히 토끼이긴 하지만 너무도 끔찍한 악몽이라, 오늘도 내일도 우리는 프리스 님에게 그 악몽에서 우리를 구해 달라고 빌고 있지. 산울타리 틈새에 덫이 놓여 있으면 검은 토끼는 덫의 말뚝이 어디에 박혀 있는지 훤히 알지. 족제비가 춤을 출 때 검은 토끼는 멀지 않은 곳에 있어. 다들 알겠지만 가끔 가다 헛된 장난이나 도둑질로 목숨을 잃는 토끼들이 있는데 그것도 다 검은 토끼 때문이야. 검은 토끼가 개 냄새나 총을 알아차리지 못하게 가로막거든. 검은 토끼는 병을 퍼뜨리기도 하지. 또 밤에 나타나서 토끼의 이름을 불러. 그러면 어떤 위험이든지 이겨 낼 수 있는 젊고 튼튼한 토끼라 해도 검은 토끼 앞에 나가지 않고는 못 배기지. 그러고는 아무런 흔적도 남기지 않고 검은 토끼를 따라간다고 해. 검은 토끼가 우리를 증오해서 멸망시키려 한다는 말도 있지. 하지만 검은 토끼는 프리스 님을 모시고 있고 자신에게 주어진 임무를 충실히 수행하고 있을 뿐이야. 요컨대 운명을 집행할 따름이지. 우리는 세상에 태어났다가 언젠가 죽게 마련이야. 하지만 단순히 적의 밥이 되어서 죽는 건 아니야. 그렇다면 우리 토끼족은 하루아침에 멸망하고 말 테니까. 우리는 인레의 검은 토끼의 뜻에 따라, 오로지 그 의지에 따라 죽는 거야. 비록 우리에게는 그 의지가 너무나 가혹하게 느껴지지만 검은 토끼도 우리의 보호자라고 할 수 있어. 프리스 님이 토끼들에게 한 약속을 알고 있고 우리 가운데 누구라도 그의 허락 없이 죽음을 당하면 반드시 앙갚음을 해 주기 때문이지. 사냥터 지기의 교수대를 본 적이 있다면 검은 토끼가 멋대로 날뛰는 엘릴에게 어떤 보복을 하는지 잘 알 거야.

엘-어라이라는 그날 밤 혼자 굴에 틀어박혀서 무시무시한 생각을 했어. 그가 알기로는 지금까지 그런 일을 한 토끼는 아무도 없었지. 엘-어라이라는 굶주림과 두려움 그리고 죽음을 앞에 둔 토끼에게 찾아오는 몽롱한 상태에서도 기를 쓰고 생각했고, 계속 생각하다 보니 어쩌면 성공할 수도 있을 것 같았어. 엘-어라이라는 인레의 검은 토끼를 찾아가서 자기 목숨과 백성들의 안전을 맞바꾸기로 결심했어. 진심으로 목숨을 내놓을 생각이 아니라면 검은 토끼 근처에는 얼씬도 하지 않는 게 낫지. 검은 토끼가 엘-어라이라의 목숨 따윈 필요 없다고 할 수도 있어. 만일 그렇다면 다른 방법을 시도해 봐야지. 어쨌든 인레의 검은 토끼한테 거짓으로 목숨을 바치겠다고 해서는 안 되었지. 엘-어라이라는 백성들의 안전을 보장받을 수만 있다면 그 대가로 기꺼이 자신의 목숨을 바칠 작정이었어. 결국 성공한다면 엘-어라이라 자신은 돌아오지 못한다는 이야기야. 따라서 다진왕을 물리치고 마을을 구할 방법을 가지고 돌아올 토끼를 데려가야 했지.

날이 밝자 엘-어라이라는 랍스커틀을 만나 한낮이 되도록 오랫동안 이야기를 나누었어. 그러고는 아우슬라들을 불러 모아 앞으로의 계획을 알려 주었어.

그날 저녁 어두워지기 시작하자 토끼들이 굴 밖으로 뛰쳐나가 다진왕의 병사들을 공격했어. 하나같이 용감하게 싸웠고 몇몇은 죽음을 당했지. 적은 토끼들이 탈출하려는 줄 알고 토끼들을 포위해서 굴속으로 다시 몰아넣으려고 했어. 하지만 사실 그 싸움은 다진왕과 병사들의 관심을 딴 쪽으로 돌리기 위한 것이었어. 날이 완전히 깜깜해지자 엘-어라이라와 랍스커틀은 마을 뒤편에서 살짝 빠져나가 도랑을 따라 도망쳤지. 그즈음 아우슬라들은 도로 굴속으로 물러나 다진왕의 병사들한테서 야유를 받고 있었지. 다진왕은 그예 사신을 보내 항복 조건을 놓고 엘-어라이라와 담판을 짓자고 했어.

한편 엘-어라이라와 랍스커틀은 어둠 속을 여행했어. 둘이 어디로 갔는지는 나도 모르고 그 누구도 몰라. 혹시 피버퓨 할아버지 생각나니? 그 할아버지는 이 이야기를 들려줄 때마다 이렇게 말했지. '그들은 오래 여행하지 않았어. 시간이 전혀 걸리지 않았지. 두 토끼는 다리를 절룩이고 비틀거리며 악몽을 거쳐 자기들이 가고자 하는 그 무시무시한 세계로 들어갔어. 그들이 여행하는 곳에서는 해도 달도 아무런 의미가 없고 여름이나 겨울 또한 무의미했지. 너희는 결코 알 수 없을 것이다.' 이 대목에서 피버퓨 할아버지

는 우리를 하나하나 둘러보며 말하곤 했지. '엘-어라이라
가 얼마나 깊은 어둠 속으로 들어갔는지는 너희도 나도 결
코 알 수 없을 것이다. 땅 위로 솟아 있는 거대한 바위를 본
적 있느냐. 그 바위는 땅속으로 얼마나 깊이 박혀 있을까?
바위를 쪼개어 보라. 그러면 알 수 있으리라.'

마침내 두 토끼는 풀 한 포기 없는 높은 지대 앞에 이르
렀어. 그들은 양보다 더 큰 잿빛 바위들 사이에서 점판암
조각들을 디디며 기어올랐어. 안개와 진눈깨비가 소용돌이
치고, 똑똑 물 떨어지는 소리와 이따금 아득한 위쪽에서 사
악하고 거대한 새 울음소리만 들려왔어. 이 소리들은 세상
에서 가장 큰 나무보다 더 높이 솟은 검은 암벽들 사이에서
메아리쳤지. 햇볕이 들지 않아 눈이 사방에 듬성듬성 쌓여
있었어. 이끼는 미끄럽고, 발부리에 차인 돌멩이들이 좁은
골짜기로 데굴데굴 굴러떨어졌어. 엘-어라이라는 길을 알
고 있었던지라 계속 나아갔지만, 어느새 안개가 너무 짙어
져서 아무것도 보이지 않았어. 두 토끼가 절벽에 바싹 붙어
서 조금씩 조금씩 나아가는데, 그러는 동안 등 뒤에서는 절
벽이 점점 앞으로 기울더니 컴컴한 천장처럼 토끼들 위로
드리워졌지. 절벽이 끝나는 곳에 거대한 토끼 굴 같은 터널
이 나타났어. 얼어붙는 듯한 추위와 쥐 죽은 듯 고요한 정
적 속에서 엘-어라이라는 발을 구르고 꼬리를 흔들어 랍스
커틀에게 신호를 보냈어. 그러고 나서 터널로 들어서려는
순간, 어둠 속에서 바위처럼 보이던 것이 실은 바위가 아니
라는 사실을 깨달았어. 그들 옆에 있던 바위는 알고 보니

돌처럼 차갑고 이끼처럼 미동도 않는 인레의 검은 토끼였던 거야."

그때 핍킨이 저녁 어스름을 뚫어지게 바라보며 떨리는 소리로 말했다.

"헤이즐, 난 이 이야기가 싫어. 겁이 나서……."

파이버가 달랬다.

"괜찮아, 흘라오-루. 너만 무서운 게 아냐."

사실 파이버는 침착하고 초연해 보였다. 함께 이야기를 듣고 있는 토끼들한테서는 전혀 볼 수 없는 태도였다. 그러나 핍킨은 눈치채지 못했다.

파이버가 말했다.

"잠깐 나가서 거미가 나방 잡는 거 구경할까? 아까 살갈퀴밭이 있었는데. 아마 이쪽일 거야."

파이버는 조용히 말하면서 핍킨을 데리고 무성한 수풀로 갔다. 헤이즐은 둘이 어느 쪽으로 가는지 확인하려고 돌아보았다. 그러는 사이 댄더라이언은 이야기를 계속해야 할지 어쩔지 몰라 머뭇거렸다.

빅윅이 단호하게 말했다.

"계속해, 하나도 빠뜨리지 말고."

댄더라이언이 말했다.

"모르긴 해도 이 이야기엔 많은 일들이 빠져 있을 거야. 엘-어라이라가 찾아간 그 나라에 우린 안 가 봤으니 실제로 어떤지 알 수 없잖아. 아무튼 내가 듣기론 두 토끼는 검은 토끼를 알아본 순간 터널로 도망쳤어. 그럴 수밖에 없었겠지. 달리 도망칠 곳이 없었으니까. 제 발로 검은 토끼를 찾아왔고 모두의 운명을 짊어지고 있었지만 어쩔 수 없었지. 다른 토끼들과 달리 용감하게 출발했지만 결과는 마찬가지였어. 터널을 따라 한참 미끄러지고 넘어지고 구르다 보니 두 토끼는 어느새 거대한 바위 굴에 와 있었어. 온통 돌투성이였지. 검은 토끼가 발톱으로 산을 파서 만든 굴이었어. 그리고 굴 안에는 좀 전에 본 검은 토끼가 기다리고 있었지. 다른 토끼들도 있었어. 소리도 냄새도 없는 그림자 토끼들이었지. 검은 토끼한테도 아우슬라가 있었던 거야. 그런 토끼들은 절대로 만나고 싶지 않아.

'엘-어라이라여, 그대는 왜 이곳에 왔는가?'

검은 토끼의 목소리는 꼭 어둠 속에서 연못으로 떨어지는 물소리처럼 울려 퍼졌어.

엘-어라이라는 모기만 한 소리로 대답했어.

'제 백성들 때문에 왔습니다.'

검은 토끼한테서는 1년 묵은 뼈에서 나는 듯한 냄새가 났어. 캄캄한 어둠 속에서 검은 토끼의 눈동자가 보였는데, 빛을 뿜지 않는 붉은 눈동자였지.

검은 토끼가 말했어.

'여기는 그대가 올 곳이 아니다, 엘-어라이라. 그대는 살아 있다.'

엘-어라이라가 대답했어.

'왕이시여, 저는 목숨을 바치러 왔습니다. 제 목숨과 제 백성들의 목숨을 맞바꾸러 왔습니다.'

검은 토끼는 발톱으로 바닥을 스윽 긁었어.

'거래, 거래라. 목숨을 내놓겠으니 아기를 살려 달라는 어미 토끼나, 족장 토끼를 대신하여 목숨을 바치겠다는 충성스러운 아우슬라 대장들은 날마다 있다. 그런 소원은 이루어지기도 하고, 이루어지지 않기도 하지. 하지만 거래란 없다. 이곳에서는 모든 것이 정해진 대로 이루어질 뿐이다.'

엘-어라이라는 묵묵히 듣고만 있었어. 하지만 속으로는 이렇게 생각했지.

'꾀를 써서 검은 토끼가 내 목숨을 가져가게 할 수 있을지도 몰라. 그렇게 되면 무지개 왕자가 그랬듯이 검은 토끼도 약속을 지킬 수밖에 없겠지.'

검은 토끼가 말했어.

'엘-어라이라, 그대는 내 손님이다. 내 굴에서 얼마든지 지내도 좋다. 여기서 자고 먹도록 하라. 그런 혜택은 아무에게나 베푸는 것이 아니다.'

그러고는 아우슬라에게 명령했어.

'이 토끼에게 먹을 것을 주어라.'

그러자 엘-어라이라가 얼른 말했어.

'먹을 건 괜찮습니다.'

엘-어라이라는 그 굴에서 음식을 받아먹으면 마음속 생각이 훤히 드러나기 때문에 속임수를 못 쓰게 된다는 사실을 알고 있었던 거야.

검은 토끼가 말했어.

'그럼 그대를 즐겁게라도 해 줘야겠군. 엘-어라이라여, 그대 굴처럼 편히 여기라. 자, 밥-스톤스*나 할까.'

엘-어라이라가 말했어.

'좋습니다. 하지만 검은 토끼시여, 제가 이기면 제 목숨을 가져가시고 그 대신 제 백성들의 안전을 약속해 주셔야 합니다.'

검은 토끼가 말했어.

'그러지. 허나 내가 이기면 그대의 꼬리와 수염을 내놓아야 한다.'

돌을 가져오자 엘-어라이라는 깊고 추운 굴에 앉아 인레의 검은 토끼와 게임을 시작했어. 물론 엘-어라이라도 밥-스톤스를 할 줄 알았어. 누구한테도 지지 않을 만큼 잘했지. 허나 아우슬라들이 소리 없이 버티고 있는 그 무시무시한 곳에서, 그것도 검은 토끼의 눈앞에서 게임을 하자니 머리도 돌아가지 않았고, 돌을 던지기도 전에 검은 토끼는 뭐가 나올 줄 다 알고 있을 것만 같았어. 검은 토끼는 조금도 서두르지 않았어. 눈이 내려앉듯 소리 없이 흔들리지 않고 게임을 계속했어. 마침내 엘-어라이라는 싸울 의욕마저 사라졌고 도저히 이길 수 없음을 깨달았지.

검은 토끼가 말했어.

---

* **밥-스톤스** 토끼들의 전통 놀이로, 작은 돌멩이나 막대기 조각 따위를 가지고 한다. 기본적으로 '홀수냐, 짝수냐'와 같은 종류의 단순한 도박이다. 한 토끼가 돌이나 막대기를 골라 앞발로 감추면, 상대 토끼가 '하나' 또는 '둘', '밝은 색' 또는 '어두운 색', '거칠거칠하다' 또는 '매끈하다' 등 숨겨진 돌이나 막대기의 특징을 맞히는 놀이이다.

'엘-어라이라여, 약속한 것은 아우슬라에게 주어라. 그
대가 잠잘 굴은 아우슬라들이 안내해 줄 것이다. 나는 내일
다시 올 텐데, 그때까지 있으면 다시 만나 주겠노라. 허나
떠나고 싶으면 언제든지 떠나라.'

그러자 아우슬라가 엘-어라이라를 데려가서 수염을 뽑
고 꼬리를 잘랐어. 엘-어라이라가 정신을 차려 보니 랍스
커틀과 함께 바위 굴에 있었어. 그 굴은 입구가 산으로 이
어져 있었지.

랍스커틀이 말했어.

'오, 주인님, 이제 어떻게 하시겠습니까? 제발 마을로 돌
아갑시다. 깜깜한 곳에서는 제가 안내해 드리겠습니다.'

그러자 엘-어라이라가 말했어.

'절대로 안 가네!'

엘-어라이라는 아직도 검은 토끼한테서 백성들의 안전
을 약속받겠다는 바람을 버리지 못했어. 검은 토끼는 엘-
어라이라가 도망갈 수 있도록 일부러 이런 굴에 넣은 게 분
명했지.

'절대로 못 가! 개쑥갓과 으아리로 꼬리와 수염을 만들
면 되지. 어서 나가서 구해 와, 랍스커틀. 내일 저녁까지는
꼭 돌아와.'

랍스커틀은 명령을 받고 나가고 굴에는 엘-어라이라 혼
자 남았어. 하지만 잠은 거의 자지 못했어. 상처의 통증과
두려움에 시달리기도 했지만 무엇보다 검은 토끼를 속여
넘길 꾀를 생각하느라 잠을 설쳤지. 이튿날 랍스커틀이 순

무를 조금 갖다주자, 엘-어라이라는 그걸 먹고 나서 랍스커틀의 도움을 받아 메마른 개쑥갓과 으아리로 잿빛 꼬리와 수염을 만들어 달았어. 그러고는 해가 저물자 아무 일도 없었다는 듯 검은 토끼를 만나러 갔지.

'엘-어라이라 자네로군.'

검은 토끼는 코를 위아래로 실룩이는 대신 개처럼 코를 쑥 내밀어 냄새를 맡았어.

'내 굴은 자네가 살던 굴과 딴판이었을 텐데. 그래도 편하게 지내려고 애는 썼겠지?'

엘-어라이라가 말했어.

'네, 머물게 해 주셔서 감사합니다.'

검은 토끼가 말했지.

'오늘 밤에는 밥-스톤스를 하지 않겠다. 나는 그대를 괴롭힐 생각이 없음을 알아주게. 나는 천의 적이 아니네. 다시 말하지만, 머무르든 떠나든 마음대로 하게. 허나 머물 생각이라면 이야기 하나 들려줄까? 괜찮다면 자네도 하나 들려주고.'

엘-어라이라가 말했어.

'좋습니다. 대신 제 이야기도 당신 이야기 못지않게 재미있으면 제 목숨을 가져가시고 백성들을 구해 주십시오.'

검은 토끼는 흔쾌히 승낙했어.

'그러지. 허나 그렇게 못 하면 이번에는 귀를 내놓게.'

검은 토끼는 엘-어라이라가 내기를 거절할지 어떨지 기다렸지만, 엘-어라이라는 거절하지 않았어.

검은 토끼가 공포와 암흑에 관한 무시무시한 이야기를 들려주자 엘-어라이라와 랍스커틀은 심장이 그대로 얼어붙는 것 같았어. 한 마디 한 마디가 다 사실이라는 것을 알고 있었거든. 둘 다 머릿속이 혼란스러워졌어. 얼음처럼 차가운 구름 속에 내던져져 감각이 마비된 것 같았지. 검은 토끼의 이야기는 벌레가 나무 열매를 야금야금 파먹듯이 가슴속으로 파고 들어와 빈 껍데기만 남겨 놓았어. 마침내 그 끔찍한 이야기가 끝나자 엘-어라이라도 이야기를 하려고 애썼어. 하지만 아무 생각도 나지 않아서 말을 더듬거리며, 매를 피해 다니는 쥐처럼 우왕좌왕 뛰어다녔지. 검은 토끼는 짜증도 내지 않고 잠자코 기다렸어. 마침내 엘-어라이라가 이야기를 할 수 없다는 게 분명해지자 아우슬라가 엘-어라이라를 붙잡아 깊은 잠을 재웠어. 엘-어라이라가 깨어나 보니 두 귀는 사라지고 랍스커틀만 아기 토끼처럼 훌쩍거리며 곁을 지키고 있었지.

랍스커틀이 애원했어.

'주인님, 이렇게 고통당해 봤자 뭐 합니까? 프리스 님과 푸른 풀에 대고 말씀드리건대, 제발 마을로 돌아갑시다.'

엘-어라이라는 꿈쩍도 안 했어.

'바보 같은 소리. 어서 크고 싱싱한 수영 이파리 두 장만 따 와. 귀 대신 달고 다니기 딱 좋을 거야.'

랍스커틀이 말했어.

'수영잎은 금방 시들 테고, 저도 지금 말라 가고 있습니다.'

엘-어라이라는 엄숙하게 말했어.

'내가 할 일을 끝낼 때까지는 시들지 않을 게다. 하지만 방법이 보이질 않는구나.'

랍스커틀이 나가자 엘-어라이라는 정신을 가다듬고 차근차근 따져 보았어. 검은 토끼는 엘-어라이라의 목숨을 받지 않겠다고 한다. 또 목숨을 주는 내기를 하더라도 도저히 이길 가망이 없다. 얼음판에서 달리기를 하는 것이나 마찬가지다. 그런데 검은 토끼가 엘-어라이라를 미워하지 않는다면, 왜 이런 고통을 주는 것일까? 용기를 꺾고 단념시켜서 쫓아 버리려고? 그렇다면 왜 그냥 쫓아내지 않는 걸까? 왜 엘-어라이라가 먼저 내기를 걸어서 지기를 기다렸다가 고통을 주는 걸까? 한순간 답이 퍼뜩 떠올랐어. 그 그림자 토끼들은 엘-어라이라가 겁에 질려 제 발로 나가지 않는 한 그를 쫓아내거나 상처를 입힐 수 없었던 거야. 물론 그들은 엘-어라이라를 도와줄 생각도 없을 거야. 할 수만 있다면 그의 의지를 꺾어 버리고 싶겠지. 하지만 혹시 그림자 아우슬라한테 토끼족을 구할 수 있는 뭔가가 있지 않을까? 그렇다면 엘-어라이라가 그것을 빼앗아 와도 그들은 꼼짝 못 하지 않을까?

랍스커틀이 돌아와 엘-어라이라에게 흉측하게 잘린 귀대신 수영 잎사귀를 붙여 주었어. 그리고 둘은 잠시 눈을 붙였지. 엘-어라이라는 자기한테 모든 기대를 걸고 있는 굶주린 백성들이 다진왕의 병사들을 물리치려고 굴길에서 기다리고 있는 꿈만 계속 꾸었어. 그러다 춥고 쥐가 나는 바람에 퍼뜩 깨어나 굴길을 헤매 다녔어. 수영 잎사귀는 원래 있던 귀처럼 쫑긋 세우거나 움직일 수 없어서 엘-어라이라는 잎사귀를 축 늘어뜨린 채 비틀비틀 나아가다가, 좁은 굴길 몇 개가 깊은 땅속으로 이어지는 곳에 이르렀지. 거기에는 유령 같은 그림자 아우슬라 둘이서 바쁘게 돌아다니며 암흑에 싸인 일들을 하고 있었어. 그들은 돌아서서 엘-어라이라를 겁주려고 노려보았지만, 엘-어라이라는 두려움 따윈 사라진 상태라 그들이 자기한테 숨기려고 하는 것이 무엇일까를 생각하며 마주 보았지.

이윽고 아우슬라 하나가 입을 열었어.

'돌아가시오, 엘-어라이라. 그대는 이 굴에 볼일이 없소. 그대는 살아 있는 몸이고, 고통도 겪을 만큼 겪었소.'

엘-어라이라가 대답했어.

'내 백성들만큼은 아니오.'

그림자 아우슬라가 말했어.

'이곳에는 토끼 마을 천 개가 겪고도 남을 만한 고통이 있소. 고집 부리지 마시오, 엘-어라이라. 이 굴들 속에는 온갖 전염병과 질병이 다 모여 있소. 고열과 피부병과 배앓이 따위 말이오. 게다가 바로 이 굴에는 백맹증이 있소. 이 병에 걸리면 토끼들은 절름거리며 벌판에 나가 죽고, 그 썩어 가는 시체는 엘릴도 감히 건드리지 않지. 우린 인레 님께서 언제든지 이런 병들을 쓰실 수 있도록 준비해 놓고 있소. 모든 것은 정해진 대로 이루어지는 법이니.'

엘-어라이라는 생각하고 말고 할 것도 없었어. 그래서

되돌아가는 척하다가 홱 돌아서서 빗방울이 떨어지는 속도보다 더 빨리 그림자 토끼들을 밀치고 가장 가까운 굴로 뛰어들었어. 그림자 토끼들이 굴 입구에서 뭐라고 떠들면서 왔다 갔다 했지만 엘-어라이라는 꼼짝 않고 누워 있었지. 그림자 토끼들은 공포심 말고는 엘-어라이라를 움직일 방법이 없었거든. 잠시 뒤 그림자 토끼들이 물러가고 혼자 남자, 엘-어라이라는 수염과 귀가 없는데도 늦지 않게 다진왕의 군대를 찾아갈 수 있을까 곰곰이 생각했어.

마침내 엘-어라이라는 이만하면 틀림없이 병균에 감염되었을 거라고 생각하고 굴에서 나와 왔던 길로 되돌아갔어. 언제부터 증상이 나타나고 얼마쯤 지나면 죽는지 몰랐지만 빨리 돌아가야 하는 것만은 확실했지. 되도록 증상이 나타나기 전에 말이야. 일단 서둘러 랍스커틀을 마을로 보내 다진왕의 군대가 전멸할 때까지 백성들에게 굴을 꽁꽁 막고 땅속에 틀어박혀 있으라고 전하기로 마음먹었어. 물론 랍스커틀에게 가까이 가지 않고 명령만 전달해야 했지.

워낙 깜깜한 탓에 엘-어라이라는 돌에 부딪혔어. 열이 나고 온몸이 덜덜 떨리는 데다 수염이 없어서 주위에 뭐가 있는지 알 수 없었거든.

그 순간 나직한 목소리가 들려왔어.

'엘-어라이라여, 어디로 가느냐?'

엘-어라이라는 소리를 듣지 못하지만 검은 토끼가 곁에 있는 것을 느꼈어.

엘-어라이라가 말했어.

'집으로 돌아가는 길입니다. 언제든 가고 싶을 때 가라고 하셨잖습니까?'

검은 토끼가 말했어.

'뭔가 속셈이 있구나. 무엇이냐?'

'깊은 굴에 들어가 백맹증에 걸렸으니, 이제 백맹증으로 적을 멸망시켜 백성을 구할 겁니다.'

검은 토끼가 말했어.

'엘-어라이라여, 백맹증이 어떻게 전염되는지 아느냐?'

순간 엘-어라이라는 불안감에 휩싸여서 아무 말도 하지 않았지.

검은 토끼가 말했어.

'백맹증은 토끼 귀에 사는 벼룩을 통해 전염되느니라. 벼룩이 병에 걸린 토끼 귀에서 다른 토끼 귀로 옮겨 가야 병에 걸리는 것이다. 엘-어라이라 그대는 귀가 없잖은가. 벼룩이 수영 이파리에 달라붙진 않겠지. 그러니 그대는 병에 걸릴 수도 없고 병을 퍼뜨릴 수도 없느니라.'

그 말을 듣는 순간 엘-어라이라는 마지막 남은 힘과 용기마저 사라져 버렸어. 엘-어라이라는 털썩 쓰러졌어. 움직이려 해도 뒷다리만 질질 끌릴 뿐 일어날 수가 없었지. 엘-어라이라는 발버둥을 치다가 지쳐서 가만히 누워 있었어.

이윽고 검은 토끼가 말했어.

'엘-어라이라여, 이곳은 추운 마을이다. 살아 있는 토끼가 지내기엔 좋지 않은 곳이며 가슴이 따뜻하고 용감한 토끼가 있을 곳은 더더욱 아니다. 그대는 참 골칫거리로구나.

어서 고향으로 돌아가라. 그대의 백성들을 구해 주겠노라. 건방지게 '언제'냐고 묻지 말라. 이곳에는 시간이란 게 없다. 네 백성들은 벌써 구원됐느니라.'

바로 그때 다진왕과 병사들은 굴에 갇힌 토끼들을 비웃고 있었지. 그러다 갑자기 사방이 컴컴해지면서 공포와 혼란의 도가니에 빠졌어. 온 들판의 엉겅퀴 덤불마다 눈이 빨간 거대한 토끼들이 숨어 있는 것 같았어. 다진왕의 군대는 혼비백산해서 달아났어. 그러자 거대한 토끼들도 어둠 속으로 사라졌지. 바로 그 때문에 엘-어라이라의 이야기를 들려주는 토끼들도 그것들이 어떤 동물인지, 어떻게 생겼는지 말해 주지 못하는 거야. 그날부터 지금까지 그런 동물들은 두 번 다시 나타나지 않았거든.

한편 엘-어라이라가 일어나 보니, 검은 토끼는 보이지 않고 랍스커틀이 엘-어라이라를 찾으러 달려오고 있었어. 둘은 산허리로 나와 돌이 굴러떨어지는 안개 낀 골짜기를 내려왔어. 어디가 어디인지도 몰랐지만 검은 토끼의 굴에서 벗어나고 있는 것만은 분명했지. 그러나 얼마 못 가 엘-어라이라는 그동안 쌓인 충격과 피로로 앓아눕고 말았어. 랍스커틀이 얕은 굴을 파고 그 안에서 함께 며칠을 보냈지.

이윽고 엘-어라이라가 기운을 차리자 다시 길을 떠났지만, 돌아가는 길을 찾을 수가 없었어. 둘 다 어찌할 바를 모르다가 만나는 동물들에게 도움을 구하고 재워 달라고 했어. 결국 석 달 뒤에야 마을로 돌아갈 수 있었지. 그동안 숱한 모험을 겪었는데, 다들 알다시피 그 가운데 몇 가지는 이야기로 전해지고 있어. 한번은 오소리와 함께 지내며 숲에서 꿩 알을 찾아다 주기도 했지. 또 풀베기가 한창이던 들판 한가운데 있다가 가까스로 도망쳐 나온 적도 있었고. 그 힘든 상황 속에서도 랍스커틀은 늘 수영 잎사귀를 새로 구해다 주고 상처가 아물 때까지 파리가 꼬이지 않게 막아 주고 하면서 엘-어라이라를 극진히 보살폈지.

어느 날인가 드디어 둘은 마을에 도착했어. 저녁나절 저무는 햇살을 받으며 많은 토끼들이 풀을 우물거리거나 개밋둑 위에서 놀며 실플레이를 하고 있었어. 둘은 바람에 실려 오는 가시금작화와 쥐손이풀 냄새를 맡으며 들판 언덕배기에 서 있었어.

엘-어라이라가 말했어.

'음, 다들 잘 지내나 보군. 정말 건강해 보여. 조용히 굴로 가서 아우슬라 대장들을 찾아보세. 난리 법석 떠는 건 싫어.'

산울타리를 따라 나아갔지만 어디가 어디인지 알 수가 없었어. 마을이 커져서 둔덕에도 벌판에도 토끼 굴이 많아졌거든. 두 토끼는 딱총나무 아래 앉아 있는 영리해 보이는 젊은 수토끼들과 암토끼들에게 말을 걸었어.

랍스커틀이 말했어.

'루즈스트라이프를 찾는데 굴이 어딘지 아나?'

수토끼 하나가 말했어.

'그런 이름은 못 들어 봤는데. 이 마을에 사는 거 맞아요?'

랍스커틀이 말했어.

'죽지 않았다면. 그래도 아우슬라 대장인 루즈스트라이프의 이름쯤은 들어 보았을 텐데? 전투에서 아우슬라를 지휘했으니까.'

다른 수토끼가 물었어.

'전투라뇨?'

랍스커틀이 대답했어.

'다진왕과의 전투 말이야.'

'아하, 그 전투 말예요? 내가 태어나기도 전에 끝난걸요.'

랍스커틀이 물었어.

'그래도 누가 아우슬라 대장이었는지는 알 것 아닌가?'

'아, 그 수염 하얀 늙다리들 말이죠? 그런 토끼들은 진짜 싫어요. 우리가 그들에 대해 뭘 알아야 한다는 거죠?'

랍스커틀이 말했어.

'그들이 무슨 일을 했는지 들어 보지 못했나?'

처음에 말했던 토끼가 대꾸했어.

'그 전쟁놀이 말예요? 다 지난 일이잖아요. 진작 끝났다고요. 우리하고는 아무 상관도 없어요.'

어떤 암토끼가 맞장구쳤어.

'그 루즈스트라이프란 대장이 무슨 왕인가 하고 싸운 건 자기 사정이지 우리 일은 아니잖아요?'

다른 암토끼가 말했어.

'그 전쟁은 아주 사악한 짓이었어요. 정말 부끄러운 일이죠. 아무도 전쟁에 나가지 않으면 전쟁 같은 건 사라지지 않겠어요? 하지만 늙은 토끼들은 아무리 말해도 이해를 못해요.'

두 번째 수토끼가 말했어.

'우리 아버지도 그 전쟁에 나갔어요. 아버지가 가끔 추억담을 꺼내면 난 얼른 그 자리를 피해 버려요. 그놈들이 이렇게 하자 우리는 이렇게 했다, 어쩌고저쩌고. 다 짧고 까부는 얘기죠. 솔직히 구역질 나요. 할아버지들도 그런 과거 따윈 잊어버리는 게 낫다고 생각할 거예요. 아무래도 절반은 지어낸 이야기 같다니까. 그래 봤자 뭘 어쩌겠다는 거죠?'

세 번째 수토끼가 엘-어라이라에게 공손히 말했어.

'잠깐 기다리셔도 된다면 제가 루즈스트라이프 대장을 찾아보고 올게요. 워낙 마을이 커서 저도 잘 모르는 분이거든요.'

'친절은 고맙네만, 이젠 어디로 가야 할지 알았으니 직접 찾아보겠네.'

엘-어라이라는 산울타리를 따라 숲으로 들어가, 개암나무 아래에 홀로 앉아 들판을 바라보았어. 날이 어둑어둑해질 무렵 문득 바로 곁에 프리스 님이 와 있음을 깨달았어.

프리스 님이 물었어.

'화났느냐, 엘-어라이라?'

엘-어라이라는 대답했지.

'아닙니다. 화나지 않았습니다. 다만 사랑하는 존재가 고

463

통받는 모습만이 안타까운 게 아니라는 사실을 배웠습니다. 자기가 누군가의 선물 덕분에 안전하게 살아가는 줄도 모르는 토끼는, 스스로 어떻게 생각할지는 모르겠지만 민달팽이보다 가련한 존재입니다.'

'엘-어라이라여, 지혜란 아무도 풀을 뜯지 않는 황량한 언덕이나 굴을 팔 수 없는 자갈투성이 둔덕에 있는 법이니라. 선물 이야기가 나왔으니 말인데 그대에게 작은 선물을 가져왔노라. 귀 한 쌍과 꼬리와 수염이다. 처음에는 귀가 어색하게 느껴질 것이다. 귀에다 작은 별빛을 넣어 두었는데 아주 희미한 빛이니라. 그대같이 꾀 많은 도적이라면 그 정도 빛 때문에 들키지는 않을 것이다. 아, 랍스커틀이 오는군. 랍스커틀에게도 선물이 있는데 잘됐구나. 그러면……'"

"헤이즐, 헤이즐-라!"

빙 둘러앉아 이야기를 듣고 있는 토끼들 옆 우엉 수풀 뒤에서 핍킨이 다급하게 외쳤다,

"여우가 골짜기로 오고 있어!"

32

철길을 건너

경쟁심과 동조를 싫어하는 정신이 몇 번이고 영국군을 패배에서 구했다.
주르당 장군, 〈전쟁 회고록〉

사람들은 토끼가 여우를 피해 도망다니는 일이 많은 줄 안다. 물론 토끼는 여우를 무서워하고, 여우 냄새를 맡으면 곧바로 도망친다. 하지만 평생 동안 여우를 한 번도 보지 못하는 경우가 많고, 여우같이 냄새가 지독하고 자기보다 날쌔지도 않은 동물에게 잡아먹히는 일도 별로 없다. 여우는 토끼를 잡을 때 보통 어딘가에 몸을 숨기고 바람을 맞받으며 살금살금 다가온다. 이를테면 숲속에 숨어서 슬금슬금 숲 가장자리까지 나오는 것이다. 그러다가 둑이나 들판에서 실플레이하는 토끼에게 바투 다가가게 되면 가만히 엎드린 채 잽싸게 덮칠 기회를 노린다. 여우가 족제비처럼

465

토끼를 홀리는 경우도 있다고 한다. 토끼가 훤히 보는 앞에서 데굴데굴 구르고 장난치면서 조금씩 다가와 얼이 빠진 토끼를 잡는다는 것이다. 어쨌든 해 질 녘에 여우가 훤히 트인 골짜기를 올라와 토끼를 사냥하는 일은 절대로 없다.

헤이즐은 물론 그 자리에 있던 토끼들은 아무도 여우를 본 적이 없었다. 하지만 트인 공간에서 보란 듯이 다가오는 여우는 제때 발견하기만 하면 무서울 게 없다는 것쯤은 알고 있었다. 헤이즐은 보초도 세우지 않고 댄더라이언 곁에 모여 정신없이 이야기에 빠져 있었던 점을 반성했다. 바람은 북동쪽에서 불어오고 여우는 서쪽에서 골짜기를 올라오고 있었기 때문에 가만히 앉아 있다가 공격을 당할 수도 있었다. 다행히 파이버와 핍킨이 밖에 나가 있었던 덕분에 위험에서 벗어난 것이다. 헤이즐은 핍킨의 고함 소리를 듣고 깜짝 놀란 가운데에서도, 파이버가 미리 알고서도 남들 앞에서 충고하는 것을 망설이다가 핍킨이 무서워하는 것을 핑계 삼아 스스로 보초를 선 게 틀림없다는 생각이 퍼뜩 들었다.

헤이즐은 재빨리 머리를 굴렸다. 여우가 너무 가까이 와 있지만 않으면 그냥 도망쳐도 된다. 바로 옆에 숲이 있으니까 서로 흩어지지 않게 숲으로 튀어 들어가 가던 길을 계속 가면 된다. 헤이즐은 우엉 덤불을 헤치고 나가서 물었다.

"어디쯤 왔어? 파이버는 어디 있지?"

"여기 있어."

파이버가 2~3미터 떨어진 곳에서 대답했다. 파이버는

키 큰 들장미 덤불 밑에 웅크리고 앉아 옆에 온 헤이즐을 돌아보지도 않고 말했다.

"여우는 저기 있어."

헤이즐은 파이버의 눈길을 따라갔다.

발 아래는 잡초로 뒤덮인 험한 골짜기가 펼쳐져 있었는데 북쪽은 시저스 벨트와 잇닿아 있었다. 나무들 틈새로 스러져 가는 석양빛이 골짜기를 비추었다. 여우는 골짜기에 있었지만 아직 조금 거리가 있었다. 바람이 여우 쪽으로 불고 있었기 때문에 분명 토끼 냄새를 맡았을 텐데도 여우는 토끼에게 별 관심이 없어 보였다. 끝이 하얀 복슬복슬한 꼬리를 늘어뜨린 채 개처럼 빠른 걸음으로 골짜기를 올라오고 있었다. 오렌지 빛이 도는 갈색 털에 귀와 발이 까맸다. 지금처럼 사냥할 생각이 없을 때조차 교활한 육식 동물의 눈빛을 갖고 있어서 들장미 덤불에서 지켜보던 헤이즐과 파이버는 몸서리를 쳤다. 여우가 엉겅퀴 덤불 뒤로 사라지자 헤이즐과 파이버는 친구들에게 돌아갔다.

헤이즐이 말했다.

"가자. 여우를 한 번도 못 봤다 해도 구경할 생각은 마라. 어서 날 따라와."

헤이즐이 앞장서서 골짜기 남쪽으로 가려는데, 누군가 헤이즐을 거칠게 밀치고 파이버마저 밀치고는 트인 곳으로 뛰쳐나갔다.

헤이즐이 물었다.

"누구야?"

파이버가 눈이 동그래져서 대답했다.

"빅윅이야."

헤이즐과 파이버는 재빨리 들장미 덤불로 되돌아가 골짜기를 내려다보았다. 빅윅이 곧장 여우 쪽으로 달려 내려가는 모습이 훤히 보였다. 헤이즐과 파이버는 아연실색하여 빅윅을 지켜보았다. 빅윅이 다가갔지만 여우는 아직 보지 못했다.

실버가 뒤에서 말했다.

"헤이즐, 내가 갈까?"

헤이즐은 재빨리 말했다.

"아무도 움직이지 마. 다들 가만히 있어."

30미터쯤 떨어진 곳에 이르러서야 여우는 빅윅을 보았다. 여우는 잠시 걸음을 멈추었다가 이내 달려왔다. 여우가 코앞에 다가온 순간 빅윅이 홱 돌아서서 시저스 벨트를 향해 골짜기 북쪽 비탈을 절뚝절뚝 오르기 시작했다. 여우는 다시 망설이다가 곧 빅윅을 쫓아갔다.

블랙베리가 중얼거렸다.

"저 친구 뭐 하는 거야?"

파이버가 대답했다.

"여우를 다른 곳으로 유인하려나 봐."

"뭐 하러 그래! 일부러 그러지 않아도 우린 충분히 도망갈 수 있었는데."

헤이즐이 말했다.

"멍텅구리 자식! 이렇게 화나긴 평생 처음이야."

여우는 걸음을 빨리하여 헤이즐 일행에게서 꽤 멀어졌다. 빅윅과의 거리가 점점 좁혀지는 듯했다. 해가 떨어져서 어둑어둑한 탓에 빅윅이 덤불숲으로 들어가는 모습이 어렴풋이 보였다. 빅윅이 사라지고 여우도 뒤쫓아 사라졌다. 잠시 정적이 흘렀다. 그러다 어둠이 내리는 텅 빈 골짜기에서 토끼의 비명 소리가 소름 끼치도록 또렷이 들려왔다.

"오, 프리스 님과 인레 님이여!"

블랙베리가 발을 구르며 탄식했다. 핍킨은 홱 돌아서 달아나려고 했다. 헤이즐은 붙박인 듯 가만히 있었다.

실버가 말했다.

"가자, 헤이즐. 이젠 어쩔 수 없어."

그때 빅윅이 수풀에서 뛰쳐나와 쏜살같이 달려왔다. 빅윅이 살아 있다는 사실을 깨닫기도 전에 빅윅은 골짜기를 단숨에 올라와 친구들 사이로 뛰어들었다.

빅윅이 말했다.

"자, 가자! 여기서 나가자고!"

블루벨이 어리둥절해하며 물었다.

"어…… 어…… 너, 다치지 않았니?"

빅윅이 말했다.

"아니, 멀쩡해. 어서 가자고!"

헤이즐은 화가 나서 싸늘하게 말했다.

"내가 가자고 할 때까지 기다려. 넌 죽으려고 작정을 하고 천하에 바보 같은 짓을 했어. 그러니 입 다물고 앉아 있어!"

헤이즐은 뒤로 돌아 어둠이 시시각각 짙어져서 아무것도 보이지 않는 골짜기를 바라보는 척했다. 뒤에서 토끼들이 초조하게 조바심을 쳤다. 몇몇은 벌써부터 현실에 있지 않은 듯한 몽롱한 기분에 사로잡혔다. 땅 위에서만 보낸 긴 하루, 덤불 우거진 골짜기, 무시무시한 이야기, 갑자기 나타난 여우, 빅윅의 엉뚱한 행동, 이 모든 일들을 잇달아 겪은 충격으로 멍해져 버린 것이다.

파이버가 속삭였다.

"여기서 나가자, 헤이즐. 모두 산 상태가 되기 전에."

그러자 헤이즐은 얼른 돌아서서 쾌활하게 말했다.

"여우는 없어. 여우가 갔으니 우리도 나가자. 제발 붙어서 좀 다녀. 어두운 데서 길을 잃으면 다시는 못 만날 수도 있어. 그리고 다들 명심할 게 있어. 낯선 토끼를 만나면 무조건 때려눕히고 나서 물어볼 거 있으면 나중에 물어봐!"

토끼들은 골짜기 남쪽 끝에 있는 숲 언저리를 지나 삼삼오오 짝을 지어 그 너머에 있는 도로를 건너갔다. 차츰 사기가 되살아났다. 길을 건너니 탁 트인 농지가 나타났다. 해 지는 쪽으로 그리 멀지 않은 곳에서 농장 냄새가 나고 소리가 들려왔다. 그곳은 지나기가 쉬웠다. 넓고 평탄한 목초지가 완만하게 내리받이를 이루는 데다 폭이 샛길만큼 넓고, 나직한 둔덕들이 목초지를 나누고 있고, 둔덕마다 딱총나무, 층층나무, 화살나무 따위가 우거져 있었다. 그곳은 정말이지 토끼의 나라였다. 길쭉한 숲과 갈퀴덩굴이 뒤엉킨 골짜기를 지나온 뒤라 더욱 푸근하게 느껴졌다. 끊임없이 멈춰 서서 귀를 쫑긋 세우고 냄새를 맡고, 숨을 곳에서 숨을 곳으로 잽싸게 뛰기를 되풀이하며 한참 나아간 뒤, 헤이즐이 일행에게 이쯤에서 쉬어도 되겠다고 했다. 헤이즐은 스피드웰과 호크빗을 보초로 세우자마자 빅윅을 한쪽으로 데려갔다.

헤이즐이 말했다.

"나 너한테 화났어. 넌 우리한테 없어서는 안 될 토끼인데도 그렇게 어이없이 위험한 일에 몸을 던졌다고. 어리석게도 쓸데없는 일에 뛰어들었어. 대체 왜 그런 거야?"

빅윅이 대답했다.

"잠깐 정신이 나갔나 봐, 헤이즐. 온종일 에프라파에서 맡은 임무를 생각하다 보니 목이라도 졸리는 기분이었어. 신경이 바짝 곤두서 있었지. 난 그런 기분이 들 때면 어떻게든 해야 돼. 싸우거나 위험한 일에 뛰어들어야 직성이 풀린다고. 그 여우를 바보로 만들어 버릴 수만 있다면 에프라파 일에도 자신이 생길 것 같았어. 확실히 효과는 있었어. 한결 기분이 좋아졌거든."

헤이즐이 말했다.

"엘-어라이라 흉내를 냈단 말이지. 멍청한 놈, 하마터면 목숨을 헛되이 버릴 수도 있었어. 우린 네가 죽은 줄 알았단 말이야. 다신 그러지 마. 모든 일이 네 어깨에 달려 있다는 거 너도 알잖아. 근데 아까 숲속에서 어떻게 된 거야? 다치지도 않았는데 왜 그렇게 비명을 질렀어?"

빅윅이 말했다.

"내가 그런 게 아니야. 정말 기분 나쁘고 께름칙한 일이었어. 난 홈바를 숲으로 유인했다가 따돌리고 올 생각이었거든. 덤불숲으로 들어가자 절뚝거리는 걸 그만두고 전속력으로 달리고 있는데 웬 토끼 떼가 불쑥 나타나지 뭐야. 처음 보는 놈들이었어. 골짜기로 나가는 길이었는지 내 쪽으로 오고 있었어. 물론 제대로 살펴볼 겨를이 없었지만 다들 덩치가 큰 것 같았어. 놈들 쪽으로 달려가면서 '조심해. 도망가!' 하고 소리쳤지만 놈들은 나를 잡을 생각만 하는 거야. 한 놈이 '거기 서!'였나 뭐였나 그렇게 소리치면서 앞을 가로막았어. 그래서 별수 없이 놈을 쓰러뜨리고 계속 달렸는데 곧바로 그 끔찍한 비명 소리가 들리는 거야. 물론 나는 죽어라고 뛰어서 이리로 왔지."

"그럼 그 토끼가 홈바한테 당한 거야?"

"그랬겠지. 일부러 그런 건 아니지만 내가 홈바를 데려다준 셈이지. 실제로 어떻게 됐는지는 나도 못 봤어."

"다른 토끼들은 어떻게 됐어?"

"몰라. 도망갔겠지."

헤이즐은 생각에 잠겨서 말했다.

"그랬군. 어쩌면 잘된 일인지도 몰라. 그래도 때가 올 때까지 다시는 그런 엉뚱한 장난 하지 마. 너무 위험하단 말이야. 앞으로는 실버랑 내 곁에 있어. 우리가 힘이 돼 줄게."

때마침 실버가 다가왔다.

"헤이즐, 방금 안 건데 여긴 에프라파에서 너무 가까워.

한시라도 빨리 딴 곳으로 가야 돼."

헤이즐이 말했다.

"에프라파를 빙 둘러서 가고 싶어. 멀찍이 거리를 두고 말이야. 홀리가 말한 그 철길까지 찾아갈 수 있겠어?"

실버가 대답했다.

"응. 하지만 너무 멀리 돌아가면 다들 지쳐서 나가떨어질 거야. 확실한 길은 모르지만 어느 쪽인지는 알아."

헤이즐이 말했다.

"그래, 어쨌든 가 보는 수밖에. 아침 일찍 철길에 도착하면 철길을 건너가서 푹 쉬자."

그날 밤 토끼들은 더 이상 위험한 일을 겪지 않고 어슴푸레한 상현달이 비치는 가운데 들판 언저리를 소리 없이 지나갔다. 어스레한 어둠은 온갖 소리와 움직임으로 가득 차 있었다. 한번은 에이콘 때문에 깨어난 물떼새가 토끼들이 둔덕을 다 지나갈 때까지 따라다니며 날카롭게 울어 댔다. 곧이어 근처에서 쏙독새 울음소리가 끝없이 들려왔다. 위협적이지 않고 평화로운 그 소리는 토끼들이 나아감에 따라 차츰 멀어졌다. 길섶의 키 큰 풀들 사이를 돌아다니는 뜸부기 울음소리도 들려왔다(뜸부기 울음소리는 손톱으로 머리빗을 긁어내리는 소리 같다). 엘릴은 한 번도 만나지 않았다. 혹시 에프라파 정찰대가 나타날까 봐 줄곧 조심했지만 도랑에서 민달팽이를 찾는 고슴도치 몇 마리와 들쥐를 만났을 뿐이었다.

마침내 종달새가 희뿌연 하늘로 날아오를 때, 이슬에 젖어 잿빛 털이 더 짙어진 실버가 헤이즐 쪽으로 절룩거리듯이 돌아왔다. 그때 헤이즐은 핍킨과 블루벨을 달래고 있었다.

"기운 내, 블루벨! 철길에 다 왔어."

블루벨이 말했다.

"기운이 문제가 아니라 발이 너무 아파서 그래. 민달팽이는 좋겠다, 발이 없어서. 나도 민달팽이나 될까 봐."

헤이즐이 말했다.

"좋아, 그럼 난 고슴도치다. 그러니까 빨리 가는 게 좋을걸!"

블루벨이 말을 받았다.

"넌 아냐. 벼룩이 별로 없잖아. 하지만 민달팽이도 벼룩은 없어. 아, 민달팽이는 얼마나 좋을까. 민들레들 틈에서 팔자 좋게……."

헤이즐이 받아넘겼다.

"지빠귀가 와서 콕 쪼아도? 알았어, 실버. 지금 갈게. 그런데 철길은 도대체 어디 있는 거야? 홀리 말로는 덤불이 우거진 가파른 둔덕에 있다던데 그런 건 보이지도 않잖아."

"아니, 그건 에프라파 쪽이고 이쪽으로 가면 골짜기 같은 데가 나와. 냄새 안 나?"

헤이즐은 냄새를 맡았다. 차고 축축한 공기 속에서 쇠붙이와 석탄 연기, 기름 등 자연의 것이 아닌 냄새가 났다. 조금 가니까 곧 덤불과 잡초 사이로 철둑 가장자리가 내려다보였다. 사방은 조용했다. 토끼들이 둔덕 꼭대기에 멈춰 서 있는 동안 참새 예닐곱 마리가 뒤엉켜 싸우면서 철길로 내

려와 침목들 사이를 콕콕 쪼아 대며 돌아다녔다. 어쨌거나
그 광경을 보니 안심이 되었다.

블랙베리가 물었다.

"건너갈 거야?"

헤이즐이 말했다.

"응, 지금 당장. 에프라파와 우리 사이에 철길이 있어야
돼. 건너고 나서 풀을 뜯자."

토끼들은 어스름 속에서 천둥을 울리고 불을 뿜는 프리
스 님의 천사가 나타날까 봐 머뭇머뭇하며 철길로 내려갔
다. 하지만 새벽은 고요하기만 했다. 이내 토끼들은 철길
건너편 목초지에서 풀을 뜯었다. 다들 지친 나머지 어딘가
에 숨을 생각도 못하고 그저 다리를 쉬이면서 풀을 뜯기만
했다.

낙엽송 위에서 키하르가 토끼들 사이로 날아 내려와 길
쭉한 연회색 날개를 접었다.

"에이즐 씨, 뭐 해? 여기 있으면 안 되는데?"

"다들 지쳐서 말이야. 좀 쉬어야 해."

"여기 쉬면 안 돼. 토끼들 와."

"그래, 하지만 아직은 안 돼. 우린 도저히……."

"아냐, 아냐. 토끼, 너희들 찾아와! 바로 저기!"

헤이즐이 목소리를 높였다.

"어휴, 빌어먹을 정찰대! 이봐, 다들 어서 일어나! 빨리!
숲으로 들어가! 그래, 스피드웰 너도. 에프라파 놈들한테
귀를 물어뜯기기 싫으면 후딱 움직여!"

토끼들은 비칠비칠 풀밭을 지나 숲으로 들어가자마자 전나무 아래 풀도 없는 맨땅에 쭉 뻗어 버렸다. 헤이즐과 파이버는 다시 키하르와 상의했다.

헤이즐이 말했다.

"더 가자고는 못 하겠어. 밤새도록 걸었거든. 오늘은 여기서 잘 수밖에 없어. 진짜로 정찰대 봤어?"

"응, 응. 철길 저쪽에서 와. 너희들 가자마자 왔어."

"그래, 그럼 우린 네 덕분에 살았구나. 근데 키하르, 놈들이 어디쯤 있는지 좀 알아봐 줄래? 놈들이 갔으면 이 친구들을 재우려고. 말 안 해도 알 거야. 쟤들 좀 봐!"

키하르는 돌아와서 에프라파 정찰대가 철길을 건너지 않고 돌아갔다고 전했다. 키하르가 저녁까지 망을 봐 주겠다고 하자 헤이즐은 비로소 마음을 푹 놓고 당장 토끼들에게 자라고 했다. 한둘은 벌써 숨을 곳도 없는 트인 땅에 모로 누워 자고 있었다. 헤이즐은 그들을 깨워 좀 더 안전한 곳에서 자라고 할까 생각하다가 자기도 모르게 잠이 들고 말았다.

낮은 덥고 고요했다. 숲에서는 산비둘기가 나른하게 구구거리고 이따금 철 지난 뻐꾸기 소리가 들려왔다. 그늘에 모인 소떼가 꼬리를 휘휘 젓고 있을 뿐 들판에서 움직이는 건 아무것도 없었다.

33
거대한 강

그는 난생처음으로 강을 보았다.
이 반지르르하게 굽이치는 풍성한 생물을 ……
모든 것이 출렁이고 살랑거렸다. 반짝반짝, 번쩍번쩍,
깜빡깜빡, 찰랑찰랑, 뱅글뱅글, 졸졸, 보글보글.

케네스 그레이엄, 〈버드나무에 부는 바람〉

헤이즐은 잠에서 깨자 벌떡 일어났다. 동물들이 사냥하는 날카로운 울음소리가 공기 속에 가득 울려 퍼지고 있었기 때문이다. 재빨리 주위를 둘러보았으나 위험한 기미는 전혀 없었다. 저녁이었다. 벌써 토끼들 서넛이 일어나 숲 언저리에서 풀을 뜯고 있었다. 울음소리에 놀라긴 했지만 생각해 보니 엘릴치고는 너무 작고 새된 소리였다. 그 소리는 머리 위쪽에서 들려왔다. 박쥐가 잔가지 하나 건드리지 않고 나무들 사이를 날아갔다. 그 뒤로 또 한 마리가 날아갔다. 헤이즐은 사방에서 수많은 박쥐들이 작은 소리로 울며 날벌레와·나방을 잡으러 다니고 있음을 느낄 수 있었다.

인간에게는 박쥐 울음소리가 거의 들리지 않지만 토끼에게 는 주위가 온통 그 소리로 가득 차 있는 것처럼 들린다. 숲 바깥의 벌판은 아직 저녁 햇살을 받아 환했지만 전나무 숲 은 어두침침해서 이리저리 날아다니는 박쥐들로 바글거렸 다. 전나무의 송진 냄새와 함께 톡 쏘는 듯한 짙은 향기가 풍겼다. 헤이즐이 모르는 꽃향기였다. 헤이즐은 숲가까지 그 냄새를 따라갔다. 목초지 언저리에 무성한 사포나리아 밭이 몇 군데 있는데 거기서 향기가 풍겨 오고 있었다. 뾰 족한 분홍색 꽃봉오리가 연두색 꽃받침에 감싸여 있는 것 도 있었지만 대개는 별 모양의 꽃을 활짝 피워 진한 향기를 내뿜고 있었다. 박쥐들은 사포나리아 향기에 끌려 모여든 날벌레와 나방들을 잡고 있었다.

헤이즐은 흐라카를 누고 나서 들판에서 풀을 뜯었다. 농 장 습격 때 다친 뒷다리가 다시금 쑤셔 와서 불안했다. 다 나은 줄 알았는데 무리하게 구릉 지대를 지나온 탓에 산탄 에 다친 근육이 견디지 못한 것이다. 헤이즐은 키하르가 말 한 강이 여기서 얼마나 멀까 생각해 보았다. 멀다면 힘들어 질 게 뻔했다.

"헤이즐-라."

핍킨이 사포나리아밭에서 나오며 말했다.

"괜찮아? 다리가 이상해. 질질 끌고 다니잖아."

헤이즐이 말했다.

"아, 괜찮아. 키하르는 어디 있지? 할 얘기가 있는데."

"정찰대가 오는지 살펴보러 갔어. 빅윅이 조금 전에 일어

나서 실버랑 같이 키하르한테 부탁했거든. 네가 자고 있어
서 깨우고 싶지 않다고 하더라고."

헤이즐은 속이 탔다. 키하르가 정찰대를 찾으러 갔다 오
기를 기다리는 것보다는 당장 어느 쪽으로든 가는 게 더 나
을 것 같았다. 강을 건너기로 했지만 지금 당장 건너기는
힘들 것 같았다. 헤이즐은 초조하게 키하르를 기다렸다. 얼
마 안 가서 난생처음이라고 할 만큼 긴장되고 신경이 날카
로워졌다. 점점 자신이 경솔했는지도 모른다는 생각이 들
었다. 홀리 말대로 에프라파에 접근하는 일은 몹시 위험했
다. 빅윅이 우연히 마주쳤던 토끼들은 헤이즐 일행을 추적
하던 대정찰대가 틀림없었다. 새벽에도 운이 따라 주고 키
하르가 도와준 덕분에 정찰대를 아슬아슬하게 피해 철길을
건넜다. 어쩌면 실버의 걱정대로 정찰대가 벌써 자신들을
발견하고 에프라파에 보고했는지도 모른다. 운드워트 장군
에게도 키하르 같은 새가 있는 게 아닐까? 혹시 지금 이 순
간 박쥐가 장군에게 보고하고 있는 건 아닐까? 혹시 미리
앞을 내다보고 철저히 대비하고 있지 않을까? 갑자기 풀
맛이 시큼해지고 햇볕마저 싸늘하게 느껴졌다. 헤이즐은
전나무 아래 웅크리고 앉아 걱정에 싸여 침울해 있었다. 이
젠 빅윅한테 화나던 것도 누그러졌다. 빅윅의 심정을 알 것
같았다. 기다림은 너무 괴로웠다. 무슨 일이라도 하지 않고
서는 못 견딜 것 같았다. 헤이즐이 더 이상 못 참고 토끼들
을 모아 떠나야겠다고 마음먹은 순간 키하르가 철길 쪽에
서 날아왔다. 키하르가 요란하게 푸드덕거리며 나무들 사

이로 내려오자 박쥐들이 잠잠해졌다.

"에이즐 씨, 토끼 없어. 저 토끼들, 철길 건너는 거 싫어하나 봐."

"잘됐다. 강이 여기서 멀어?"

"아니, 아니. 가까워, 숲에서."

"좋았어. 낮이니까 강 건널 데를 찾을 수 있겠지?"

"응, 응. 다리 가르쳐 줄게."

숲으로 들어간 지 얼마 안 돼 강이 가까이 있다는 게 느껴졌다. 땅이 부드럽고 축축해졌다. 사초 냄새와 물비린내도 풍겼다. 갑자기 째지는 듯한 쇠물닭 울음소리가 울려 퍼지고, 날개 퍼덕이는 소리와 물속에서 후닥닥 달아나는 소리가 들려왔다. 나뭇잎 서걱대는 소리도 멀리 있는 단단한 땅에 부딪쳤다 되돌아오는 것처럼 메아리쳤다. 조금 더 가니까 물소리가 또렷이 들렸다. 작은 폭포에서 물이 떨어지는 듯한 소리가 나직이 들려왔다. 인간은 멀리서 발소리만 듣고도 대강 몇 명이 오는지 짐작할 수 있다. 토끼들 역시 물소리만 듣고도 그 강이 지금까지 본 어떤 강보다도 크고 넓고 물살이 빠르다는 사실을 알아차렸다. 토끼들은 나래지치와 가웃위드 덤불에 멈춰 서서 불안하게 서로를 바라보았다. 그러고는 주춤주춤 좀 더 트인 곳으로 나아갔다. 강은 아직 보이지 않았지만 공기 중에는 강에서 반사된 빛이 아른아른 춤을 추고 있었다. 곧이어 파이버와 함께 절름거리며 앞장서 가던 헤이즐은 풀이 자란 좁은 샛길을 만났다. 그 샛길을 지나면 바로 강둑이었다.

샛길은 낚시꾼들을 위해서 잔디밭 못지않게 고르게 다듬어져 있고 덤불이나 잡초도 없었다. 길 건너편에는 강가에 흔한 보랏빛 부처꽃, 커다란 분홍바늘꽃, 개망초, 현삼, 산짚신나물 따위가 무성하게 자라나 산울타리처럼 길과 강을 나누어 주었다. 여기저기 꽃도 피어 있었다. 토끼 두세 마리가 더 숲에서 나왔다. 풀숲 사이로 내다보니 강이 반짝이며 잔잔히 흐르고 있었는데, 엔본강보다 훨씬 크고 물살도 빨라 보였다. 적이 있거나 위험이 도사리고 있는 것 같지는 않았지만, 토끼들은 마음이 조마조마하고 왠지 미심쩍었다. 경외감을 불러일으키는 곳에 갔을 때 자신이 보잘것없는 존재로 느껴지는 그런 기분이었다. 700년 전 마르코 폴로가 중국에 처음 갔을 때도 그러했을 것이다. 마르코 폴로 역시 이 거대하고 훌륭한 제국의 수도가 아주 오래전부터 존재하고 있었는데도 자신은 전혀 모르고 있었다는 사실을 깨닫고 기가 죽지 않았을까? 그곳은 마르코 폴로 자신도, 베네치아도, 유럽도, 그 어떤 것도 필요 없이 그 자체로 완전했다. 그곳은 이해할 수도 없는 경이로움으로 가득 찬 곳, 마르코 폴로가 오고 가는 것쯤은 아무런 의미도 없는 곳이었다. 그가 쓴 책을 보면 이런 기분이 잘 나타나 있으며, 외국을 여행하다가 뜻밖의 장소를 만난 많은 여행자들도 이와 같은 기분을 느낀다. 놀라운 곳에 가서 휘둥그레진 눈으로 두리번거리는 자신에게 누구 하나 눈길도 주지 않을 때만큼 자신의 하찮음이 뼈저리게 느껴지는 경우도 없다.

토끼들은 불안하고 혼란스러웠다. 모두 풀밭에 웅크리고 앉아 서늘한 저녁 공기에 묻어오는 물 냄새를 맡고 있었다. 다들 자신은 불안해하면서도 친구들은 불안해하지 않길 바라며 서로 바짝 붙어 있었다. 핍킨이 샛길로 나왔을 때, 초록색과 검정색 광택을 띤 10센티미터짜리 잠자리가 어깨 옆으로 날아와 붕붕 날갯짓하며 잠시 그 자리에 떠 있다가 번개처럼 사초들 속으로 사라졌다. 핍킨은 깜짝 놀라 펄쩍 물러났다. 바로 그때 떨리는 듯한 높고 날카로운 울음소리가 나더니 우거진 풀 사이로 눈부신 하늘빛 새가 물 위를 휙 스쳐 지나가는 모습이 보였다. 곧이어 풀 울타리 바로 뒤에서 꽤 묵직한 것이 풍덩 빠지는 소리가 났다. 어떤 동물이 그런 소리를 냈는지는 알 수 없었다.

핍킨은 헤이즐을 찾아 주위를 두리번거리다가 조금 떨어진 분홍바늘꽃 무더기 사이의 얕은 물에 키하르가 서 있는 것을 보았다. 키하르는 진흙 속에서 뭔가를 노리고 쿡쿡 쪼아 대더니 곧 15센티미터 남짓한 거머리를 잡아 올려 통째로 삼켰다. 키하르 뒤쪽 조금 떨어진 샛길에서 헤이즐이 만병초 아래 앉아 털에 묻은 갈퀴덩굴을 떼어 내며 파이버의 이야기를 듣고 있었다. 핍킨은 강둑을 뛰어서 그들 곁으로 갔다.

파이버가 이렇게 말하고 있었다.

"여긴 괜찮아. 다른 곳보다 안전하면 안전했지 위험하진 않아. 키하르가 강 건너는 데를 가르쳐 준댔잖아. 날이 어두워지기 전에 그리로 가기만 하면 돼."

헤이즐이 대답했다.

"다들 여기 있기 싫어할 거야. 이런 데서 빅윅을 기다릴 순 없어. 토끼한테는 맞지 않는 일이라고."

"아냐, 할 수 있어. 진정해. 다들 네가 생각하는 것보다 빨리 익숙해질 거야. 분명히 말하는데 우리가 지금까지 머무른 곳들보다 안전해. 낯설다고 해서 꼭 위험한 건 아니야. 내가 데려올까? 넌 다리가 아프다고 하지, 뭐."

헤이즐이 말했다.

"좋아. 이봐, 흘라오-루, 모두 이리로 데려와 줄래?"

핍킨이 가고 나자 헤이즐이 말했다.

"파이버, 나는 걱정스러워. 모두에게 너무 힘든 것을 요구하는 데다 이 계획은 너무 위험해."

파이버가 말했다.

"다들 네가 생각하는 것보다 훨씬 강한 친구들이야. 만일 네가……."

그때 키하르가 저쪽에서 꽥꽥거리는 바람에 풀숲에 있던 굴뚝새가 놀라서 날아올랐다.

"에이즐 씨, 왜 안 가?"

파이버가 대답했다.

"어디로 가야 할지 알아야지."

"다리, 가까워. 어서 가. 보여."

지금 있는 곳에서 보면 길 바로 뒤에는 덤불숲만 있지만, 그 너머에는 하류 쪽으로 초원 지대가 펼쳐져 있다는 사실을 토끼들은 본능적으로 알고 있었다. 헤이즐은 파이버를 따라 초원 지대로 나가 보았다.

사실 헤이즐은 다리가 뭔지도 몰랐다. 그것 역시 키하르가 쓰는 말로, 헤이즐은 모르는 말이지만 굳이 묻지 않았다. 키하르를 믿고 폭넓은 경험을 존중하지만 막상 탁 트인 곳으로 나오니 더욱 불안해졌다. 이곳은 분명 사람이 만든 장소로, 사람이 자주 나타나는 위험한 곳이었다. 조금 앞쪽에 도로가 있었다. 자연의 것이 아닌 평탄한 길이 풀밭으로 쭉 뻗어 있었다. 헤이즐은 멈춰 서서 도로를 살펴보았다. 근처에 사람이 없는 것을 확인하고 나서야 조심스럽게 길섶으로 다가갔다.

도로는 10미터쯤 되는 다리로 이어져 있었다. 헤이즐은 다리를 보고도 딱히 이상하게 느끼지 않았다. 다리라는 개념을 전혀 이해하지 못했기 때문이었다. 헤이즐이 보기엔 그저 양쪽에 튼튼한 울타리와 난간이 붙어 있는 길에 지나지 않았다. 평생을 아프리카 오지에서만 살아온 순박한 원주민들은 비행기를 보고도 별로 놀라지 않을 것이다. 비행기는 그들의 이해 범위를 넘어선 것이기 때문이다. 하지만 말이 마차를 끄는 것을 보면 그것을 생각해 낸 사람의 창의력에 감탄하면서 웃으며 바라볼 것이다. 헤이즐이 우려하는 것은 다만 다리로 지나가는 길가에 짧은 풀만 있을 뿐 숨을 곳이 없다는 점이었다.

헤이즐이 물었다.

"강을 건너도 괜찮을까?"

파이버가 대답했다.

"네가 왜 걱정하는지 모르겠어. 넌 농장에 가서 상자 토끼들이 있는 헛간까지 들어갔잖아. 이건 그보다 훨씬 덜 위험해. 자, 가자. 우리가 머뭇거리는 걸 다들 보고 있어."

파이버는 폴짝폴짝 뛰어 길로 나갔다. 그러고는 주위를 한번 둘러보고 나서 다리로 다가갔다. 헤이즐은 줄곧 상류 쪽 난간에 바싹 붙어 길가로 따라갔다. 둘러보니 핍킨이 바로 뒤에 있었다. 파이버는 너무도 태연히 느긋하게 다리 한복판까지 가서는 곧추앉았다. 헤이즐과 핍킨도 파이버 곁으로 갔다.

파이버가 말했다.

"뭔가 하는 척하자. 다른 녀석들을 궁금하게 만드는 거야. 그럼 우리가 뭘 보는지 궁금해서라도 따라올 거야."

다리의 난간은 막혀 있지 않아서 잘못하면 1미터 아래의 물로 떨어져 버릴 수도 있었다. 셋이서 난간 밑으로 강 상류 쪽을 내려다보니 처음으로 강 전체가 한눈에 들어왔다. 다리를 보았을 때는 아무렇지 않았지만 강을 본 헤이즐은 깜짝 놀라고 말았다. 엔본강엔 자갈 모래톱이나 무성한 수초가 있었다. 하지만 이 테스트강은 송어가 올라가는 길목이라 수초를 깨끗이 베어 내고 꼼꼼히 관리되어 있어 마치 물의 세상과도 같았다. 폭이 10미터는 족히 되었고, 물살이 빠르고, 저녁 햇살을 받아 반지르르한 수면이 눈부시게 반짝이고 있었다. 잔잔한 수면에 비친 나무 그림자는 마치 호수처럼 흔들림이 없었다. 갈대나 수초 한 줄기 보이지 않았다. 바로 근처 왼쪽 강둑 아래에는 하류 쪽으로 미나리아재비밭이 있었는데, 톱니바퀴 모양의 잎이 모두 물에 잠겨 있었다. 강바닥에는 초록빛이 짙어 거무스름할 정도인 물이끼가 빽빽이 자라고 있고 긴 엽상체들만 이리저리 물결치듯 흔들리고 있었다. 조금 더 넓은 면적을 차지한 연녹색 갓들도 물살에 따라 가볍고 빠르게 물결치고 있었다. 물이 무척 맑고, 바닥에는 노르스름한 깨끗한 자갈이 깔려 있었으며, 강 한복판도 깊이가 120센티미터를 넘지 않았다. 강물을 가만히 들여다보니 여기저기서 연기처럼 보이는 아주 미세한 침식 작용이 일어나고 있었다. 바람에 먼지가 날리듯 백토와 자갈 가루가 물살에 떠내려가는 것이었다. 갑자기 다리 밑에서 길이가 토끼만 한 큼직한 자갈빛 물고기가 넓적한 꼬리를 천천히 흔들며 나타났다. 다리 바로 위에 있던 토끼들에게는 물고기의 짙고 선명한 반점까지 똑똑히 보였다. 물고기는 꼬리를 좌우로 흔들며 신중하게 그 자리에 머물러 있었다. 그 모습을 보니 헤이즐은 농장의 고양이가 떠올랐다. 물고기는 유연한 몸놀림으로 순식간에 수면 바로 아래까지 솟구쳤다. 다음 순간 뭉툭한 주둥이를 물 위로 내밀더니 속이 새하얀 아가리를 쩍 벌렸다. 물고기는 수면에 떠다니던 날벌레들을 리듬을 타듯 유유히 빨아들이고는 도로 물속으로 가라앉았다. 잔물결이 동그라미를 그리며 퍼져 나가자 나무 그림자가 부서지면서 강물 속도 보이지 않게 되었다. 수면이 차츰 잔잔해지면서 물고기가 물살에 떠내려가지 않게 버티느라 꼬리를 흔드는 모습이 보였다.

파이버가 말했다.

"물에 사는 매로구나! 물속에서 먹이를 사냥해 잡아먹으니까! 물에 빠지면 안 돼, 흘라오-루. 엘-어라이라와 민물 꼬치고기 이야기 생각나."

핍킨이 눈을 동그랗게 뜨고 물었다.

"날 잡아먹을까?"

헤이즐이 말했다.

"그런 게 있을지도 모르지. 어떻게 알겠어? 자, 건너가자. 흐루두두라도 오면 어쩔래?"

파이버는 아무렇지 않게 대답했다.

"도망치지, 이렇게."

그러고는 다리 저쪽 끝까지 후닥닥 뛰어가 그 너머 풀밭으로 들어갔다.

다리를 건너자마자 커다란 마로니에 숲과 덤불숲이 나타났다. 땅은 축축했지만 숨을 곳은 많았다. 파이버와 핍킨은 당장 얕은 굴을 파기 시작했다. 그사이 헤이즐은 펠릿을 씹으며 아픈 다리를 쉬었다. 실버와 댄더라이언은 금방 왔지만, 다른 토끼들은 헤이즐보다 더 망설이면서 강가 긴 풀숲 속에 웅크리고 있었다. 결국 어둠이 내리기 직전에 파이버가 다시 다리를 건너가 따라오라고 살살 구슬렸다. 놀랍게도 빅윅은 강을 건너지 않겠다고 마지막까지 버티다가, 나중에 에프라파를 정찰하고 돌아온 키하르가 여우를 몰고 와야겠냐고 다그치자 그제야 강을 건넜다.

그날 밤은 모두 혼란스럽고 불안했다. 헤이즐은 인간이

사는 지역에 와 있다는 사실 때문에 개나 고양이가 나타날지 모른다고 걱정했다. 하지만 올빼미 울음소리만 몇 번 들려왔을 뿐 엘릴의 공격은 없었다. 덕분에 날이 밝을 무렵에는 모두가 기운을 차렸다.

풀을 뜯고 나자 곧바로 헤이즐은 토끼들더러 주변을 살펴보고 오게 했다. 강가의 땅은 습기가 많아서 토끼가 살기에 적당하지 않다는 사실이 분명해졌다. 실제로 늪이라고 할 만한 곳도 몇 군데 있었다. 그런 곳에는 늪지 사초와 달콤한 향기가 나는 분홍빛 쥐오줌풀과 가지를 축축 늘어뜨린 물뱀무도 자라고 있었다. 실버가 강둑에서 조금 떨어진 숲 지대는 습기가 덜하다고 알리자 헤이즐은 새로운 곳을 골라 굴을 다시 팔까 생각했다. 그러나 곧 날이 무더워지는 바람에 아무것도 할 수가 없었다. 약하게 불던 산들바람마저 사라졌다. 태양은 후텁지근한 숲에서 습기를 빨아올렸다. 워터민트 냄새가 뿌연 공기 속에서 진동했다. 토끼들은 숨을 만한 그늘이 있으면 어디든 기어 들어갔다. 그러고는 니-프리스가 되려면 아직 멀었는데도 모두 꾸벅꾸벅 졸았다.

이윽고 햇빛이 어른거리는 오후가 되어 선선해질 무렵, 헤이즐이 퍼뜩 깨어나 보니 키하르가 옆에 있었다. 갈매기는 조바심이 나는 듯 빠른 걸음으로 긴 풀 사이를 왔다 갔다 하면서 콕콕 쪼아 댔다. 헤이즐은 얼른 일어나 앉았다.

"무슨 일이야, 키하르? 또 정찰대야?"

"아니, 아니. 빌어먹을 올빼미들처럼 자도 괜찮아. 나, 큰 물 갈지 몰라. 에이즐 씨, 이제 엄마 토끼 데리러 가? 지금 도 기다려?"

"아냐, 네가 말한 대로야. 이제 시작해야지. 문제는, 어떻 게 시작해야 할지는 알겠는데, 어떻게 끝내야 할지를 모르 겠어."

헤이즐은 풀숲을 헤치고 가다가 가장 먼저 눈에 띈 블루 벨을 깨워 빅윅과 블랙베리와 파이버를 불러오게 했다. 모 두 모이자 헤이즐은 강둑에 있는 키하르에게 데려갔다.

헤이즐이 말했다.

"블랙베리, 문제는 이거야. 지난번 내가 다쳐서 언덕 기 슭에 있었을 때 세 가지 일을 해야 한다고 말했던 거 기억 나지? 에프라파에서 암토끼를 데리고 나오는 것, 추적을 뿌리치는 것, 적들이 우리를 찾지 못하게 멀리 도망치는 것. 네 작전은 훌륭해. 앞의 두 가지는 분명히 문제가 없어. 하지만 마지막 조건은 어쩌지? 에프라파 토끼들은 발이 빠 르고 사나워. 이쪽에서 눈에 띄는 행동을 하면 반드시 찾아 낼 텐데, 우리가 그놈들보다 빨리 도망치진 못할 거야. 더 욱이 에프라파에서 한 발짝도 나가 본 적 없는 암토끼들까 지 데리고 가야 하잖아. 그렇다고 놈들과 끝까지 맞서 싸울 수는 없어. 수가 너무 적으니까. 게다가 난 다리 상처가 도 진 것 같아. 그러니 어떻게 하면 좋을까?"

블랙베리가 말했다.

"나도 모르겠어. 우리가 감쪽같이 사라져야 한다는 것만 은 분명해. 이 강을 헤엄쳐 건널 수 없을까? 그럼 냄새도 안 남을 텐데."

헤이즐이 말했다.

"물살이 너무 세. 떠내려가고 말걸. 설령 헤엄쳐 건넌다 해도 그것만으로 추적을 따돌릴 수 있다고 생각하면 안 돼. 지금까지 들은 이야기로 보건대, 에프라파 토끼들은 우리가 헤엄쳐서 강을 건넌 줄 알면 당장 헤엄쳐서 쫓아오고도 남을걸. 암토끼들이 달아나는 사이에 키하르의 도움을 받아 추적을 따돌릴 순 있어. 하지만 우리가 간 쪽을 알면 순순히 단념하지 않을 거야. 그래, 네 말대로 그들이 찾지 못하게 감쪽같이 사라져야 돼. 하지만 어떻게?"

블랙베리가 말했다.

"모르겠어. 강을 거슬러 올라가면서 살펴보면 어떨까? 숨을 만한 곳이 있을지도 몰라. 그런데 그 다리로 괜찮겠어?"

헤이즐이 대답했다.

"너무 멀리 가지만 않으면."

조금 떨어져서 기다리고 있던 블루벨이 물었다.

"헤이즐-라, 나도 가도 돼?"

"그래, 좋아."

헤이즐은 선선히 승낙하고는 절름거리며 상류 쪽으로 올라갔다. 얼마 안 있어 토끼들은 이쪽 강가의 숲 지대가 인적이 드물고 샌들포드보다 개암나무 숲과 종상화 군락이 더 우거져 있음을 알았다. 겁 많기로 이름난 큰딱따구리가 서너 차례 나무를 쪼아 댔다. 블랙베리가 이 우거진 숲에서 숨을 곳을 찾아보는 게 어떻겠냐고 말하는데 또 다른 소리가 들려왔다. 어제 오면서 들었던 물 떨어지는 소리였다. 곧 강이 동쪽으로 굽이진 곳이 나타났고 거기에 낙차가 작은 널찍한 폭포가 있었다. 높이가 30센티미터밖에 안 되었는데, 송어를 끌어들이기 위해 인간이 만든 폭포로, 백토 지대의 강에서 흔히 볼 수 있는 것이다. 벌써 송어 네댓 마리가 저녁나절의 날벌레를 잡으려고 펄떡펄떡 뛰어오르고 있었다. 폭포 바로 위쪽에 널다리가 놓여 있었다. 키하르가 날아올라 폭포 위를 맴돌다가 다리 난간에 내려앉았다.

블랙베리가 말했다.

"이 다리는 어젯밤에 건넌 다리보다 눈에도 잘 안 띄고 사람도 안 다녀. 이걸 이용할 수 있지 않을까? 키하르 너도 이 다리가 있는 줄 몰랐지?"

"응, 응, 못 봤어. 이거 좋은 다리. 아무도 안 와."

블랙베리가 말했다.

"건너가 보고 싶은데, 헤이즐-라."

헤이즐이 말했다.

"그런 건 파이버한테 맡겨. 다리 건너는 걸 아주 좋아하거든. 먼저 가. 난 빅윅이랑 블루벨하고 따라갈게."

다섯 토끼가 천천히 널다리를 건너는 동안 예민한 귀에 물 떨어지는 소리가 울려 퍼졌다. 헤이즐은 혹시 발밑이 꺼질까 봐 서너 번 멈추어 섰다. 마침내 건너편에 도착해 보니 파이버와 블랙베리는 벌써 폭포 아래쪽으로 내려가 강 기슭에 삐쭉 튀어나와 있는 커다란 물체를 들여다보고 있었다. 처음에 헤이즐은 쓰러진 나무인 줄 알았다. 하지만 가까이 가서 보니 나무는 나무인데 둥그렇지 않고 편편했으며 가장자리가 솟아 있었다. 인간이 만든 물건이었다. 헤이즐은 오래전에 파이버와 함께 농장의 쓰레기 더미를 뒤지다가 이것과 비슷하게 생긴 물건을 본 적이 있는데, 그것역시 크고 매끄럽고 판판했다. (그것은 사실 낡은 문짝이었다.) 그때는 쓸모가 없어서 그냥 내버려 두었다. 헤이즐은이번 것도 그냥 내버려 두는 편이 좋겠다고 생각했다.

그 물체의 한쪽 끝은 강기슭에 얹혀 있고 다른 쪽 끝은강물 속에 살짝 잠겨 있었다. 그 주위로 잔물결이 일고 있었다. 강기슭은 수초가 깨끗이 베어져 있고 튼튼한 판자 벽이 쳐져 있어서 강 한복판 못지않게 물살이 빨랐다. 헤이즐이 다가가 보니 블랙베리가 그 물체에 올라타 있었다. 블랙베리의 발톱이 나무에 닿을 때 희미하게 텅 빈 소리가 나는걸 보니 그 아래로 물이 흐르는 게 틀림없었다. 정체는 알수 없지만 그 물체는 강바닥까지 닿아 있지 않았다. 다시말해 물에 떠 있었다.

헤이즐이 날카롭게 물었다.

"블랙베리, 거기서 뭐 해?"

블랙베리가 대답했다.

"먹을 것을 찾고 있어. 플레이라야. 이 냄새 모르겠어?"

키하르도 그 물체 한복판에 내려앉아 하얀 것을 쪼아 먹었다. 블랙베리가 키하르 옆으로 쪼르르 달려가 푸르스름한 것을 뜯어 먹었다. 잠시 뒤 헤이즐도 용기를 내어 나무 위로 올라갔다. 그러고는 햇볕을 쬐면서 따뜻하게 데워진 니스 칠 한 나무 표면에 앉은 날벌레를 구경하고, 물에서 올라오는 낯선 강 냄새를 킁킁거렸다.

헤이즐이 물었다.

"이건 뭐지, 키하르? 위험한 거야?"

"아니, 안 위험해. 몰라? 배야. 큰 물에 많이, 많이 있어. 사람이 물에 들어갈 때 써. 해치지 않아."

키하르는 말라비틀어진 빵 부스러기를 계속 쪼아 먹었다. 블랙베리는 양상추 조각을 먹고 나서 곧추앉아 나직한 뱃전 너머로 까만 점이 박힌 송어가 폭포를 거슬러 올라가는 광경을 지켜보고 있었다. 키하르가 말한 '배'는 갈대를 베는 데 쓰이는 작은 떼배로, 크기가 뗏목만 하고 앉는 자리도 하나밖에 없었다. 지금처럼 사람이 타고 있지 않을 때도 드러난 뱃전의 높이가 10센티미터밖에 되지 않았다.

파이버가 둑에서 소리쳤다.

"너희가 거기 앉아 있는 걸 보니까 예전에 블랙베리가 발견했던 나뭇조각이 생각나. 그때 숲에서 개가 나타났을 때 너네들이 핍킨하고 나를 태워 강을 건넜잖아. 기억나?"

빅윅이 말했다.

"너네 둘을 밀었던 기억이 나. 그땐 정말 추웠지."

블랙베리가 말했다.

"근데 이 배라는 놈은 왜 움직이지 않는 걸까? 강에서는 뭐든지 흘러가잖아. 그것도 아주 빨리. 저것 봐."

블랙베리는 시속 3킬로미터로 흐르는 물살을 타고 떠내

려가는 나무 막대기를 가리켰다.

"근데 이건 왜 안 떠내려가고 있지?"

원래 키하르는 뭍의 생물을 업신여겨서 퉁명스럽게 대하는 편인데, 별로 마음에 안 드는 토끼한테는 더 그랬다. 키하르는 블랙베리를 별로 좋아하지 않았다. 솔직하고 직선적인 빅윅이나 벅손이나 실버 같은 토끼들을 좋아했다. 그래서 키하르는 블랙베리의 물음에 퉁명스럽게 대꾸했다.

"밧줄. 밧줄 끊으면 빨리 가, 멀리멀리."

파이버가 말했다.

"응, 알겠다. 지금 헤이즐이 앉아 있는 쇠붙이에 밧줄이 감겨 있어. 밧줄 끝은 여기 강둑에 매여 있고. 커다란 나뭇잎 줄기 같은 거야. 줄기를 물어뜯으면 이파리가, 그러니까 배가 떨어져 나가는 거야."

헤이즐이 다소 침울하게 말했다.

"아무튼 이제 돌아가자. 우리가 찾는 건 여기 없는 거 같아, 키하르. 너 내일까지 있어 줄 수 있어? 밤이 되기 전에 좀 더 마른땅을 찾아갈 거거든. 강에서 떨어진 더 높은 숲지대로."

블루벨이 말했다.

"에이, 아까워라! 난 물토끼 될 생각이었는데."

빅윅이 물었다.

"물, 뭐?"

블루벨이 다시 말했다.

"물토끼. 물쥐도 있고 물딱정벌레도 있고, 어젯밤에 핍

494

킨이 물매도 봤다고 했잖아. 그럼 물토끼가 없으란 법도 없지. 물 위를 둥둥 떠다니며……."

블랙베리가 불쑥 외쳤다.

"아아, 언덕 위의 위대한 프리스 님이시여! 위대하게 뛰어오르는 랍스커틀이여! 그거야! 바로 그거! 블루벨, 넌 물토끼가 되는 거야!"

그러고는 강가를 팔짝팔짝 뛰어다니며 앞발로 파이버를 움켜잡았다.

"모르겠냐, 파이버? 응? 밧줄을 갉아서 끊으면 떠내려가는 거야. 운드워트 장군도 모를걸!"

파이버는 잠시 생각하다가 마침내 입을 열었다.

"그래, 이제 알겠어! 배를 탄다는 거지? 그래, 블랙베리, 넌 정말 똑똑한 친구야. 예전에 강 건널 때 네가 그랬지, 물에 떠가는 마술이 언젠가 다시 요긴하게 쓰일 거라고."

헤이즐이 말했다.

"이봐, 잠깐만. 빅윅이나 나는 단순해. 무슨 말인지 설명 좀 해 줄래?"

그러자 블랙베리와 파이버는 널다리와 폭포 옆에서 검은 각다귀가 귀에 앉는 것도 아랑곳 않고 설명해 주었다.

블랙베리가 설명을 마치고 나서 말했다.

"밧줄을 깨물어 볼래, 헤이즐-라? 너무 굵을지도 모르겠다."

그들은 떼배로 다시 돌아갔다.

헤이즐이 말했다.

"그렇진 않아. 게다가 단단히 꽉 조여 있어서 훨씬 쉽게 갉을 수 있어. 충분히 갉을 수 있어."

키하르가 말했다.

"그래, 좋아. 잘돼 간다. 하지만 빨리해, 응? 뭔가 바뀔지도 몰라. 인간 와서, 배 가져간다. 알아, 응?"

헤이즐이 말했다.

"더 기다릴 것도 없어. 자, 빅윅, 당장 출발해. 엘-어라이라가 함께하길. 지금부턴 네가 대장이란 걸 잊지 마. 우리가 어떻게 해야 할지 키하르를 통해 알려 줘. 우린 언제든지 널 도울 준비를 하고 기다릴게."

뒷날 토끼들은 빅윅이 이 명령을 받아들이던 순간을 또렷이 기억했다. 확실히 빅윅은 말과 행동이 따로 노는 토끼가 아니었다. 잠시 머뭇거리는가 싶었지만 곧 헤이즐의 얼굴을 똑바로 바라보았다.

"갑작스럽군. 오늘 밤이 될 줄은 몰랐어. 하긴 차라리 잘됐어. 기다리는 건 딱 질색이거든. 나중에 보자."

빅윅은 헤이즐과 코를 맞대더니 그대로 돌아서 덤불숲으로 뛰어들었다. 몇 분 뒤 빅윅은 키하르의 안내를 받아 강 북쪽의 목초지를 지나 풀이 무성한 철둑길 굴다리를 거쳐 그 너머로 펼쳐진 들판을 뛰어가고 있었다.

34

운드워트 장군

도시의 주요 도로가 한데 모이는 곳에 우뚝 선 오벨리스크처럼,
중심에 서서 전술을 지배하는 것은 긍지 높은 자의 강한 의지이다.

클라우제비츠, 〈전쟁론〉

에프라파에 땅거미가 지고 있었다. 스러져 가는 빛 속에서 운드워트 장군은 마을과 철길 사이에 펼쳐진 대초원 언저리에서 실플레이하는 왼쪽 엉덩이 표적반을 지켜보고 있었다. 토끼들은 거의 다 자기네 표적반 굴 근처에서 풀을 뜯었다. 그 굴들은 들판 언저리에 있는데, 호젓한 승마 전용 도로와 잇닿아 있는 나무들과 덤불숲 사이에 숨어 있었다. 하지만 토끼 네댓 마리는 과감하게 들판으로 나가 기우는 햇살을 받으며 풀을 뜯거나 놀고 있었다. 더 멀리 떨어진 곳에는 아우슬라 보초대가 인간이나 엘릴이 오는지 망을 보면서, 경보가 울렸을 때 토끼들이 재빨리 굴로 도망칠

수 있게 너무 멀리 가지 않도록 감시하고 있었다.

표적반의 두 지휘관 가운데 하나인 처빌 대장은 방금 자기네 보초대를 돌아보고 나서 표적반 전용지 한가운데 있는 암토끼들과 이야기를 나누다가 운드워트 장군이 다가오는 것을 보았다. 처빌 대장은 잘못된 것은 없는지 잽싸게 주위를 살폈다. 모든 것이 정상으로 보이자 그는 애써 태연한 척하며 향기풀을 우물거렸다.

운드워트 장군은 독특한 토끼였다. 운드워트는 3년 전쯤 콜 헨리 근처 한 오두막에 딸린 채소밭 바로 바깥에 있는 토끼 굴에서 다섯 형제 가운데 가장 튼튼한 토끼로 태어났다. 운드워트의 아버지는 무사태평하고 생각 없는 토끼로, 바로 코앞에 인간이 살고 있다는 사실 따위는 아랑곳없이 그저 이른 새벽에 채소밭에 들어갈 수 있다는 것만 좋아했다. 결국 그 경솔함 때문에 비싼 대가를 치렀다. 이삼 주 동안 계속 양상추가 못 쓰게 되고 양배추를 갉아먹은 자국이 보이자, 오두막 주인이 새벽에 몰래 기다리고 있다가 감자밭에서 나오던 토끼를 쏜 것이다. 그날 아침 주인은 토끼 굴을 파헤쳐 암토끼와 새끼들까지 죽이려 했다. 운드워트의 어머니는 새끼들을 데리고 꽃양배추밭을 지나 구릉 지대 쪽으로 달아났다. 하지만 살아남은 새끼는 운드워트 하나뿐이었다. 훤한 대낮에 어미 토끼는 산탄에 맞아 피를 흘리며 산울타리를 따라 도망쳤다. 운드워트도 절름거리며 어미를 따라갔다.

얼마 못 가 족제비가 피 냄새를 맡고 쫓아왔다. 새끼 토끼는 풀밭에 잔뜩 옹송그린 채 어미가 족제비에게 잡아먹히는 장면을 두 눈으로 똑똑히 보고 말았다. 운드워트는 도망도 못 가고 가만히 있었다. 배가 부른 족제비는 새끼 토끼를 내버려 두고 덤불 속으로 사라졌다. 몇 시간 뒤 오버턴에 사는 마음씨 좋은 교사가 들판을 지나가다가 싸늘하게 식은 어미의 시체에 코를 비벼 대며 울고 있는 운드워트를 발견했다. 교사는 새끼 토끼를 집으로 데려와 부엌에 두고 운드워트가 곡식과 채소를 먹을 때까지 젖병으로 우유를 먹여 키웠다. 하지만 운드워트는 무척 사나워져서 영국 시인 쿠퍼의 시에 나오는 산토끼처럼 틈만 나면 물어뜯었다. 운드워트는 한 달 만에 크고 강하고 포악해졌다. 교사가 기르던 고양이가 부엌에서 돌아다니는 운드워트를 보고 달려들었다가 초주검이 되기도 했다. 그러고 나서 일주일 뒤 어느 날 밤 운드워트는 우리 앞쪽 철망을 뜯고 들판으로 달아났다.

운드워트 같은 토끼들은 대개 야생에서 살아 본 경험이 없어서 눈 깜짝할 사이에 엘릴의 밥이 되기 일쑤다. 그러나 운드워트는 달랐다. 운드워트는 며칠을 헤맨 끝에 작은 토끼 마을에 이르자 이빨을 드러내고 으르렁거리며 마구 할퀴어서 자기를 받아들이게끔 했다. 그러고는 곧 족장 토끼와 피오린이라는 경쟁자까지 죽이고 족장 자리에 올랐다. 운드워트가 싸우는 모습은 무시무시했다. 부상에도 아랑곳없이 오로지 죽이기 위해서 싸웠고, 적이 자기 몸무게에 압도당해 진이 빠질 때까지 접근전을 펼쳤다. 운드워트에게 대항할 용기가 없는 토끼들은 얼마 안 가서 이제야말로 진정한 지도자가 나타났다고 여겼다.

운드워트는 여우 말고는 그 어떤 적하고도 싸울 태세를 갖추고 있었다. 어느 날 저녁에는 먹이를 찾아다니던 스코치테리어 강아지를 공격해서 쫓아 버렸다. 또 족제비과 동물들의 최면에도 걸리지 않기 때문에 언젠가는 담비나 족제비를 죽여 보고 싶다고 생각했다. 운드워트는 자기 힘의 한계를 탐색하고 나자 훨씬 더 막강한 권력을 얻기 위한 준비 작업에 들어갔다. 바로 주위 토끼들의 힘을 기르는 것이었다. 운드워트는 더 큰 왕국이 필요했다. 인간은 무척 위험한 존재였지만 토끼의 꾀와 훈련으로 피할 수 있었다. 운드워트는 자기를 따르는 토끼들을 데리고 작은 마을을 떠나 원대한 목표에 어울리는 곳을 찾아 나섰다. 토끼가 산다는 사실조차 감출 수 있고, 들키더라도 몰살시키기 힘든 곳이어야 했다.

에프라파는 승마길 두 개가 만나는 지점을 중심으로 시작되었는데, 그중 동서로 난 승마길은 터널처럼 생겼으며 길 양쪽에 울창한 나무와 덤불이 있었다. 이주해 온 토끼들은 운드워트의 지시대로 나무뿌리 사이나 덤불숲 속이나 도랑을 따라 굴을 팠다. 마을은 처음부터 번성했다. 운드워트가 지칠 줄 모르고 열성적으로 돌보아 주었기 때문에 토끼들은 그를 두려워하면서도 충성심을 가졌다. 암토끼들이 굴을 파다가 잠이 들면 운드워트가 굴을 파 주었다. 또 운드워트는 700~800미터나 떨어진 곳에서도 인간이 오는 것을 알아차렸다. 들쥐나 까치나 회색 다람쥐와 싸웠으며 한번은 까마귀와 싸우기도 했다. 새끼 토끼가 태어나면 자라는 모습을 지켜보다가 가장 힘센 토끼들을 뽑아 아우슬라로 훈련시켰다. 또 아무도 마을을 떠나지 못하게 했다. 초기에 세 마리가 탈출을 시도했지만, 추적 끝에 잡혀서 도로 끌려왔다.

마을이 커지자 운드워트는 마을을 통제할 조직을 만들어 냈다. 많은 토끼들이 아침저녁으로 풀을 뜯다 보면 인간이나 엘릴 눈에 띄기 쉽다. 그래서 '표적반'이란 걸 만들어 지휘관과 보초가 각 표적반을 맡아 통제하게 했으며, 실플레이 시간을 정기적으로 바꾸어 가장 좋은 시간인 새벽과 해질 무렵이 모두에게 골고루 돌아갈 수 있도록 했다. 토끼가 사는 흔적도 철저히 감추었다. 아우슬라 계급은 풀 뜯기나 짝짓기, 행동의 자유 면에서 특권이 주어졌다. 아우슬라가 임무를 제대로 수행하지 못하면 강등되고 특권을 박탈당했다. 물론 일반 토끼들은 더 심한 처벌을 받았다.

운드워트는 자기가 모든 일을 관리하기 힘들어지자 장로회를 꾸렸다. 아우슬라 출신이 장로가 되기도 했지만, 나머지는 오로지 충성심이 지극하거나 꾀바른 조언을 내놓을 수 있는가를 기준으로 선정되었다. 늙은 스노드롭은 가는 귀를 먹었지만 마을의 안전 대책에 있어서라면 따라갈 자가 없었다. 스노드롭은 질병이나 독가스가 퍼지는 것을 막기 위해 표적반 사이의 굴길이나 속굴에 연결 통로를 만들지 말자고 제안했다. 그렇게 하면 반역 기도가 빠르게 확산

되는 것도 막을 수 있었다. 다른 표적반을 방문하려면 지휘관의 허가가 필요했다. 운드워트는 마을이 외부에 드러나고 중앙 집권식 통제가 약해질 것을 우려하여 마을을 더 이상 확장시키지 말라고 명령했는데, 이 또한 스노드롭의 충고 때문이었다. 사실 운드워트는 그 의견을 좀처럼 따르려고 하지 않았다. 이 새로운 정책에 따르자면 지칠 줄 모르는 권력욕을 접을 수밖에 없기 때문이다. 이제 권력욕은 새로운 분출구가 필요했으며, 마을이 더 이상 커지지 못하게 되자 운드워트는 곧 대정찰대를 만들었다.

대정찰은 처음에는 운드워트가 토끼들을 이끌고 인근 밭을 습격하거나 약탈하는 것에서 시작했다. 운드워트는 아우슬라 가운데 네댓 마리를 뽑아 데리고 나가 문젯거리를 찾아다녔다. 처음 나간 날은 운 좋게도 독이 든 옥수수를 먹은 쥐를 잡아먹고 괴로워하는 올빼미를 만나 죽였다. 두 번째 날에는 흘레시 둘을 만나 강제로 마을로 끌고 왔다. 운드워트는 무작정 힘만 휘두르는 토끼가 아니었다. 그는 부하들을 격려하고 경쟁심을 부추길 줄도 알았다. 곧 아우슬라들은 정찰대의 지휘를 맡겠다고 앞다투어 나섰다. 그러면 운드워트는 어느 쪽으로 가서 흘레시가 있는지 순찰하라거나, 쥐들이 사는 도랑이나 헛간을 찾아보고 나중에 공격해서 쫓아낼 수 있을 만한지 알아보라는 임무를 맡겼다. 하지만 농장이나 채소밭에는 절대로 접근하지 못하게 했다. 한번은 대장 오키스가 이끄는 정찰대가 동쪽으로 3킬로미터 남짓 떨어진 킹스클레어-오버턴 도로 너머 너틀리 숲 변두리에 있는 작은 토끼 마을을 발견했다. 그러자 운드워트는 원정대를 이끌고 가서 마을을 쳐부수고 포로들을 끌고 왔다. 그 포로 가운데 몇몇은 나중에 아우슬라까지 올라갔다.

몇 달이 지나자 대정찰대는 체계적으로 바뀌었다. 여름에서 초가을까지는 보통 한 번에 두세 팀씩 정찰을 나섰다. 에프라파를 중심으로 멀리까지 다른 토끼들은 찾아볼 수 없었다. 어쩌다 우연히 에프라파 근처에 왔다가는 즉시 체포되었다. 대정찰대가 마을 밖으로 돌아다닌다는 사실을 엘릴이 알아차리게 되면서 사상자도 늘어났다. 정찰대 대장은 임무를 마치고 부하들을 전부 또는 몇 마리라도 데리고 돌아오려면 온갖 용기와 수완을 짜내야 했다. 하지만 아우슬라들은 위험한 것을 오히려 자랑스러워했다. 게다가 운드워트는 정찰대가 어떻게 하고 있는지 직접 보러 다녔다. 정찰대 대장이 에프라파에서 1.5킬로미터 넘게 떨어진 곳에서 비를 맞으며 절뚝절뚝 산울타리로 가다 보면, 운드워트가 호밀풀 아래 산토끼처럼 웅크리고 있다가 그 자리에서 당장 지금까지 무엇을 했으며 왜 순찰 구역을 벗어났는지 캐물었다. 정찰대는 영리한 추적자, 재빠른 전령, 호전적인 전사를 키우는 곳이었으며, 심하면 한 달에 사상자가 대여섯 마리나 나왔지만 이것 역시 운드워트 장군이 원하는 바였다. 토끼 수를 억제해야 하는 데다, 빈자리가 생기더라도 아우슬라에 들어오려고 기를 쓰는 젊은 토끼들은 얼마든지 있었다. 운드워트는 자기 명령이라면 토끼들이 앞다투어 목숨을 거는 것에 흐뭇해하면서 적은 희생으로 이 마을의 평화와 안전을 지키고 있다고 자부했다. 그것은 장로회나 아우슬라도 마찬가지였다.

그러나 그날 저녁 물푸레나무 밑에 있다가 처빌 대장과 이야기하러 나온 운드워트는 몇 가지 문제로 골머리를 썩고 있었다. 첫째는 마을이 커지지 않게 막는 일이 갈수록 힘들어진다는 사실이다. 토끼 수가 너무 많아지면서 문제가 심각해졌다. 암토끼들이 새끼를 낳지 않고 몸속에서 흡수해도 문제는 마찬가지였다. 둘째로 몇몇 암토끼가 반항적으로 변해 다루기가 힘들어졌다. 얼마 전만 해도 암토끼들이 장로회를 찾아와 마을을 떠나게 해 달라고 했다. 처음에는 장로회가 원한다면 얼마든지 멀리 가겠다며 온순하게 나왔다. 하지만 자기들의 요구가 절대로 받아들여지지 않을 것이라는 사실을 깨닫고 나자, 걸핏하면 짜증을 부리더니 나중에는 공격적으로 나오는 바람에 장로회도 강경한 조치를 취할 수밖에 없었다. 그 사건을 두고 아직도 앙금이 남아 있었다. 셋째는 최근 들어 아우슬라가 일반 토끼들한테서 권위를 잃고 있다는 점이다.

지난번에 다른 마을의 사절단을 자칭하는 떠돌이 토끼 네 마리가 체포되어 오른쪽 옆구리 표적반에 강제 수용 되었다. 운드워트는 그들이 어디서 왔는지 알아낼 속셈이었다. 하지만 그들은 아주 간단한 속임수로 대장을 속이고 보초들을 공격한 뒤 어둠을 틈타 탈출해 버렸다. 책임자였던 뷰글로스 대장은 당연히 강등되어 아우슬라에서 쫓겨났지만, 그것이 올바른 조처였다 할지라도 운드워트는 더 난처한 지경에 빠지게 되었다. 우수한 지휘관이 부족했기 때문이다. 보초를 서는 일반 아우슬라는 쉽게 구할 수 있어도 지휘관급은 그렇지 않은데 한 달도 안 되는 사이에 셋이나 잃었다. 뷰글로스는 전사한 것이나 마찬가지였다. 원래의 지위로 돌아오는 일은 있을 수도 없었다. 또 용감하고 재치 있는 찰록 대장이 도주한 토끼들을 추적하다가 철길에서 기차에 치여 목숨을 잃었다. 정말이지 인간의 사악함을 다시 한 번 보여 주는 증거였다. 무엇보다도 안타까운 일은 이틀 전에 북쪽으로 나간 정찰대가 신망이 두텁고 경험이 풍부한 맬로 대장이 여우에게 당했다는 충격적인 소식을 가지고 돌아온 것이었다. 참 해괴한 사건이었다. 정찰대는 북쪽에서 상당히 많은 토끼 떼가 에프라파로 다가오는 냄새를 맡았다고 한다. 냄새는 있지만 모습은 발견하지 못한 채 어떤 숲가로 다가가는데 낯선 토끼가 불쑥 나타나 돌진해 왔다. 정찰대는 당연히 그 토끼를 막으려 했지만, 그때 뒤쪽 트인 골짜기에서 토끼를 바짝 쫓아오던 여우가 눈 깜짝할 사이에 가엾은 맬로 대장을 해치워 버렸다. 모든 상황을 고려해 보면 정찰대는 질서 정연하게 퇴각했고 부대장인 그라운드슬은 임무를 잘 수행했다. 하지만 낯선 토끼는 홀연히 모습을 감추어 버렸다. 이렇듯 맬로 대장이 아무 성과도 없이 죽음을 당하자, 아우슬라 전체가 혼란에 빠지고 사기가 땅에 떨어졌다.

다른 정찰대가 곧바로 수색에 나섰으나 북쪽에서 온 토

끼들이 철길을 건너 남쪽으로 사라졌다는 보고뿐이었다. 감히 에프라파 코앞을 지나간 토끼들을 놓치다니 도저히 참을 수 없었다. 수색을 맡길 만한 뛰어난 지휘관만 있다면 지금 당장이라도 잡을 수 있을지도 모른다. 분명 캠피언 대장같이 진취적이고 적극적인 지휘관이 있어야 한다. 정찰대는 철길을 건넌 적이 거의 없는 데다 그 너머 강 근처의 눅눅한 땅은 모르는 곳이 많았기 때문이다. 운드워트는 직접 가고 싶었지만 최근 들어 규율상의 말썽이 많아 마을을 비울 수가 없었다. 캠피언 대장도 지금 당장은 자리를 비울 수 없었다. 그렇다, 화는 나지만 당분간 그 수상한 토끼들 문제는 접어 두어야 한다. 가장 시급한 문제는 아우슬라의 전력 손실을 보충하는 일이다. 앞으로 분쟁이 일어나면 인정사정 보지 않고 해결할 만한 아우슬라를 뽑아야 한다. 현재 병사들 가운데 가장 뛰어난 자를 골라 진급시키고 당분간 활동을 줄이면서 상황이 정상으로 돌아올 때까지 훈련에 주력하는 수밖에 없다.

운드워트는 처빌 대장에게 건성으로 인사하고 계속 그 문제를 곱씹었다.

이윽고 운드워트가 물었다.

"처빌, 자네 보초병들은 어떤가? 내가 아는 토끼가 있나?"

처빌이 대답했다.

"네, 훌륭한 친구들입니다, 장군님. 마저럼 아시지요? 장군님 밑에서 정찰대 전령을 맡은 적이 있습니다. 머니워트도 아시리라 봅니다만."

"으음, 알긴 알지만 둘 다 지휘관감은 아니야. 찰록과 맬로 자리에 앉힐 토끼가 필요하네. 그 얘기를 하자는 거야."

"어려운 문젭니다. 그만한 토끼들이 풀숲에서 불쑥 튀어나오는 건 아니니까요."

"그래도 어디선가 튀어나와 줘야 하네. 잘 생각해 보고 좋은 생각이 있으면 바로 보고하게. 이제 자네 보초대를 돌아봐야겠어. 함께 가겠나?"

순시에 나서려고 할 때 한 토끼가 다가왔다. 다름 아닌 캠피언 대장이었다. 캠피언의 주된 임무는 아침저녁으로 에프라파 주변을 순찰하고 새로운 정보들, 이를테면 진흙 땅에 트랙터 바큇자국이 생겼다거나 새매의 똥을 발견했다거나 들판에 비료가 뿌려졌다는 사실 따위를 보고하는 일이었다. 캠피언 대장은 추적의 명수로 어떤 것도 놓치는 일이 드물었다. 그는 운드워트 장군이 진심으로 존중하는 몇 안 되는 토끼 가운데 하나였다.

운드워트가 걸음을 멈추고 물었다.

"날 보러 왔나?"

캠피언이 대답했다.

"네, 그렇습니다, 장군님. 흘레시 한 마리를 붙잡아 끌고 왔습니다."

"어디 있었나?"

"철길 굴다리입니다. 우리 쪽 굴다리 앞에 있었습니다."

"뭘 하고 있었지?"

"네, 자기 말로는 에프라파를 찾아 멀리서 왔다고 합니다. 장군님께서 직접 만나 보시는 게 어떨까 싶습니다만."

운드워트는 고개를 갸우뚱했다.

"우리 에프라파를 찾아왔다고?"

"네, 그렇습니다."

"내일 장로회에서 보면 안 되나?"

"그게 좋으시다면 그렇게 하겠습니다. 한데 평범한 토끼가 아닌 듯합니다. 분명 쓸모가 있어 보입니다."

운드워트는 잠시 생각에 잠겼다.

"흐음. 그래, 좋아. 허나 시간이 많지 않아. 포로는 어디 있나?"

"크릭사에 있습니다."

크릭사는 나무로 둘러싸인 두 개의 승마길이 교차하는 곳으로, 50미터쯤 떨어져 있었다.

"부하 둘이서 지키고 있습니다."

운드워트는 크릭사까지 되돌아갔다. 표적반을 지켜야 하는 처빌 대장은 남고, 캠피언이 장군을 수행했다.

이 시간이면 크릭사는 붉은 햇살이 살랑이는 나뭇잎 사이로 깜박거릴 뿐 온통 푸른 그늘에 묻혀 있다. 승마길 언저리 젖은 풀밭에는 자줏빛 자난초, 참반디, 노란 천사꽃이 만발해 있었다. 맞은편 딱총나무 덤불 밑에서 장로회 경찰 아우슬라파 두 마리가 기다리고 있었다. 그리고 그들 곁에 낯선 토끼가 있었다.

운드워트는 첫눈에 캠피언의 말뜻을 알아차렸다. 낯선

토끼는 몸집이 크고 몸무게가 꽤 나가면서도 민첩해 보였으며, 다부지고 노련해 보이는 겉모습과 전사의 눈빛을 가지고 있었다. 특이하게도 정수리에는 새의 볏처럼 털이 텁수룩하게 일어서 있었다. 그 토끼는 초연하면서도 상대를 평가하는 듯한 태도로 운드워트를 빤히 바라보았다. 그런 태도는 운드워트가 참으로 오랜만에 보는 것이었다.

운드워트가 물었다.

"이름이 뭔가?"

낯선 토끼가 대답했다.

"슬라일리요."

캠피언이 얼른 말을 고쳐 주었다.

"'슬라일리입니다, 장군님.' 하고 말해야지!"

그러나 낯선 토끼는 아무런 대꾸도 하지 않았다.

"정찰대가 데려왔다던데 뭘 하고 있었나?"

"에프라파를 찾아왔소."

"왜?"

"이거 놀랍군요. 에프라파는 당신네 마을 아니오? 여기서 살고 싶어 찾아오는 게 이상한 일이오?"

운드워트는 몹시 당황했다. 그 역시 바보가 아닌지라, 정신이 제대로 박힌 토끼가 제 발로 에프라파를 찾아오다니 참 해괴한 일이라고 생각했다. 하지만 자기 입으로 그렇게 말할 수는 없었다.

"할 줄 아는 게 뭔가?"

"달리고 싸우고 이야기하고 훼방 놓는 건 자신 있소. 나도 아우슬라 지휘관이었으니까."

운드워트는 캠피언을 보며 말했다.

"싸울 수 있다고? 그럼 이 친구와 싸워 보겠나?"

"물론."

낯선 토끼가 뒷다리로 서서 앞발로 캠피언의 얼굴을 후려치자 캠피언이 펄쩍 물러났다.

운드워트가 말했다.

"바보 같은 짓 그만두고 앉게나. 어디서 아우슬라를 지냈나?"

"멀리 있는 마을이오. 인간들 손에 온 마을 토끼가 몰살당했지만 난 도망쳤소이다. 그러고는 잠시 떠돌아다녔지. 그때 에프라파 이야기를 들었소. 이곳에 들어오려고 먼 길을 찾아온 거요. 당신들이라면 날 써먹을 수 있을 것 같았소."

"혼자인가?"

"지금은 혼자요."

운드워트는 다시 생각에 잠겼다. 그가 아우슬라 지휘관이었다는 말은 충분히 믿을 만했다. 어떤 아우슬라라도 그를 원할 것이다. 그의 말이 사실이라면, 파괴된 마을에서 도망쳐 나오고 트인 들판을 오래도록 여행하면서 살아남을 만큼 머리가 좋다는 얘기다. 분명히 멀고 험한 여행길이었을 것이다. 에프라파 정찰대가 평소에 순찰하는 범위 안에는 토끼 마을이 하나도 없었으니까.

이윽고 운드워트가 입을 열었다.

"음, 자네 말대로 뭔가 쓸모가 있을지도 모르겠군. 오늘 밤은 여기 캠피언 대장을 따라가서 쉬고 내일 아침 장로회에 나오게. 그때까지는 싸움 같은 건 하지 말게, 알겠나? 그런 짓 말고도 자네가 할 일은 얼마든지 있으니까."

"좋소."

이튿날 아침 장로회에서 최근 잇달아 아우슬라들을 잃은데 따른 어려움에 대해 논의하고 나자, 운드워트 장군이 새로 온 토끼를 일단 왼쪽 엉덩이 표적반 지휘관에 임명하고 처빌 대장의 지시를 받도록 하는 게 어떻겠느냐고 제안했다. 장로회는 새로 온 토끼를 만나 보고 나서 동의했다. 그리하여 니-프리스 즈음 슬라일리는 왼쪽 엉덩이에 찍힌 표적에서 피를 흘리며 임무를 수행하고 있었다.

35
암중모색

이 세상에는 할 일이 많지만 그것이 무엇인지는 잘 모른다.
존슨 박사

처빌 대장이 말했다.

"나는 표적반을 실플레이에 내보내기 전에 꼭 날씨를 확
인하네. 물론 먼저 실플레이를 한 표적반에서 전령을 보내
언제쯤 굴로 돌아오며 날씨가 어떤지 따위를 알려 주지만
나는 반드시 내 눈으로 확인하러 나가 보네. 달이 뜨는 밤
이면 보초를 무리에 아주 가깝게 세우고 끊임없이 돌아다
니며 아무도 멀리 못 나가게 하지. 하지만 비가 오거나 캄
캄한 밤이면 표적반을 작은 무리로 나누어 보초를 한 마리
씩 붙여서 차례차례 내보낸다네. 날씨가 너무 나쁜 날은 장
군님께 실플레이를 연기시켜 달라고 말씀드리고."

빅윅이 물었다.

"도망치려는 자들이 많나요?"

오후 내내 빅윅은 처빌 대장과 같은 표적반 지휘관인 애
빈스를 따라 복잡한 굴속을 살피고 다니면서 그렇게 우울
하고 의기소침한 토끼들은 난생처음 본다고 생각했다.

"다들 별로 까다로워 보이진 않던데."

빅윅의 말에 애빈스가 말했다.

"사실 대부분은 문제가 없지만 언제 일이 터질지 모른다
고. 가령 에프라파에서는 오른쪽 옆구리 표적반만큼 고분
고분한 토끼들이 없다고들 했어. 그런데 어느 날 장로회의
조치로 흘레시 넷이 들어오더니, 그다음 날 저녁 어쩐 일인
지 뷰글로스가 멍청해 있는 틈을 타서 흘레시 놈들이 대장
을 속이고 내뺀 거야. 그걸로 뷰글로스는 끝장이었지. 철길
에서 죽은 불쌍한 찰록은 말할 것도 없고. 그런 일은 계획
이고 뭐고 없이 번개처럼 순식간에 일어나지. 어떤 때는 꼭
발작 같다니까. 한 토끼가 충동적으로 도망칠 때 잽싸게 후
려쳐 잡지 않으면 바로 세 놈이 따라서 도망친다고. 안전한
방법은 딱 하나, 무리가 땅 위에 나와 있을 때는 잠시도 감
시를 늦추지 않는 거야. 쉬는 건 알아서 눈치껏 하더라도.
어쨌든 우리가 여기 있는 것도 다 그 때문이지. 감시하고
정찰하는 것."

처빌 대장이 말했다.

"흐라카를 묻는 일 말인데 철저히 해야 하네. 들판에 흐
라카가 한 덩이라도 눈에 띄는 날에는 장군님이 자네 꼬리

를 목구멍에 처넣을 걸세. 하지만 일반 토끼들은 흐라카 묻는 걸 싫어한다네. 타고난 대로 살고 싶어 하다니, 반사회적인 놈들이지. 서로 협력하는 것만이 모두가 잘사는 길이라는 걸 도무지 이해 못 한다니까. 나는 그런 놈들 서넛을 잡아서 벌로 날마다 도랑에 새 골을 파게 하지. 맘만 먹으면 벌을 줄 만한 녀석은 쉽게 찾을 수 있어. 오늘 찍힌 놈들은 어제 판 골을 메우고 다시 골을 파는 거야. 도랑 바닥으로 통하는 굴길은 따로 있는데, 흐라카를 누러 갈 때는 그 길로만 가야 돼. 우리는 도랑에다 흐라카 보초를 세워 놓고 토끼들이 흐라카를 누고 제대로 돌아가는지 감시하지."

빅윅이 물었다.

"실플레이를 마치고 들어올 때는 어떻게 확인합니까?"

처빌 대장이 대답했다.

"아, 누가 누구인지 다 알기 때문에 굴로 내려갈 때 지켜보면 돼. 각 표적반의 입구는 두 개뿐이니까 한 명씩 그 앞에 앉아서 감시하는 거야. 다들 정해진 입구로 내려가야 하는데, 나는 내 담당 입구로 누가 내려와야 하는지 다 외우고 있어. 보초들은 맨 마지막으로 들어오지. 우리 표적 토끼들이 다 들어온 다음에야 보초들을 불러들이거든. 그리고 일단 굴로 내려오면 보초들이 입구를 지키고 있기 때문에 나갈 수가 없어. 땅 파는 소리가 나는지도 잘 들어야 돼. 여기선 장로회 허가 없이는 굴파기도 금지되어 있어. 진짜 위험할 때는 경보가 울릴 때, 그러니까 여우나 인간이 나타날 때뿐이야. 그러면 너도나도 가장 가까운 굴로 잽싸게 내

빼지. 그럴 때 반대 방향으로 달아나면 없어진 걸 들키기 전까지 꽤 멀리 달아날 수 있지만, 아직 그런 생각은 아무도 못한 것 같아. 하기야 엘릴 쪽으로 도망칠 놈은 없으니까 그거야말로 최고의 도주 방지책이지."

"흠, 정말 철저하군요."

빅윅은 그렇게 말하면서 내심 자신의 임무가 예상보다 훨씬 더 어렵겠다고 생각했다.

"한시라도 빨리 익숙해지도록 하겠습니다. 정찰은 언제쯤 나가나요?"

애빈스가 말했다.

"처음에는 장군님께서 직접 데리고 나가실 거야. 나도 그랬어. 장군님과 하루 이틀만 다녀 보면 정찰 나가고 싶은 마음이 싹 가실걸. 다들 지쳐서 나가떨어지거든. 하지만 슬라일리 넌 덩치도 좋고 한동안 고생도 했다니까 잘해 낼 거야."

그때 목에 희끄무레한 흉터가 있는 토끼가 굴길을 내려왔다.

"처빌 대장님, 목 표적반이 실플레이를 마치고 내려오는 중입니다. 오늘 저녁은 날씨가 참 좋아요. 즐거운 실플레이가 되시길 바랍니다."

처빌 대장이 대답했다.

"자네가 언제 오나 기다리던 참이야. 세인포인 대장한테 우리 표적반이 곧 나간다고 전하게."

그러고는 가까이 있던 보초한테 굴마다 돌아다니며 모두

실플레이를 내보내라고 명령했다.

"자, 애빈스, 자네는 평소처럼 저쪽 입구를 맡고 슬라일리는 나와 함께 이쪽을 맡지. 우선 경비선에 보초 넷을 내보내고 토끼들이 다 나가면 넷을 더 데리고 나가세. 둘은 예비로 남겨 두고. 그럼 둔덕에 있는 큰 부싯돌 앞에서 보세."

빅윅은 처빌 대장을 따라 풀과 클로버와 달구지풀 냄새가 풍기는 굴길을 내려갔다. 굴길이 좁고 답답한 걸 보니 외부와 연결된 통풍구가 몇 개 안 되는 게 분명했다. 아무리 에프라파라도 저녁 실플레이를 나간다고 생각하니 가슴이 설레었다. 빅윅은 너도밤나무잎이 살랑거리는 머나먼 벌집을 떠올리며 한숨을 쉬었다.

'홀리는 잘 지내고 있을까? 다시 만날 날이 올까? 헤이즐은 다시 볼 수 있을까? 어쨌든 임무를 마치기 전에 이놈들한테 본때를 보여 주고 말 테다. 하지만 정말 외롭군. 혼자서 비밀 임무를 수행하는 건 진짜 힘들구만!'

굴 입구에 다다르자 처빌은 밖을 둘러보러 나갔다. 그러고는 돌아와서 굴길 꼭대기에 자리 잡고 앉았다. 빅윅도 그옆에 앉다가 굴길 맞은편 벽에 큰 동굴처럼 움푹 들어간 부분을 보았다. 그곳에 토끼 셋이 웅크리고 있었다. 양쪽에 있는 토끼들은 다부지고 무뚝뚝해 보이는 것이 아우슬라파인 것 같았다. 그러나 빅윅의 눈길을 끈 것은 가운데 있는 토끼였다. 그 토끼는 털빛이 검은색에 가까울 정도로 짙었다. 그런데 그보다 더 놀라운 점이 있었다. 온몸이 만신창이였다. 형체도 알아보기 힘들 만큼 찢겨진 귀는 가장자리가 너덜거리고, 아무렇게나 붙은 흉터들이 남아 있는 데다 상처가 아물면서 돋은 맨살이 여기저기 불거져 있었다. 한쪽 눈꺼풀도 흉하게 찌그러져 있었다. 7월 저녁의 선선한 공기가 가슴을 설레게 하는데도 그 토끼는 아무것도 느끼지 못하는 듯 무표정했다. 그는 쉴 새 없이 눈을 끔벅거리며 땅바닥만 멍하니 바라보았다. 조금 있으니까 고개를 떨구고 힘없이 코를 앞발에 비볐다. 그러고는 목을 긁적이고 나서 다시 아까처럼 몸을 수그리고 앉았다.

홍분을 잘하고 충동적인 빅윅은 호기심도 일고 안됐기도 해서 그리로 다가갔다.

"넌 누구냐?"

"블랙카바르입니다."

이런 질문을 많이 받았는지 그 토끼는 고개도 들지 않고 무덤덤하게 대답했다.

"실플레이하러 가나?"

빅윅은 당연히 그 토끼가 큰 전투에서 부상을 입은 영웅으로, 과거에 쌓은 공 덕분에 노쇠해진 지금은 외출할 때마다 명예로운 호위를 받고 있는 줄 알았다.

"아닙니다."

빅윅이 말했다.

"왜 안 가? 멋진 저녁인데?"

"전 이 시간에 실플레이를 하지 않습니다."

빅윅은 여느 때처럼 거침없이 물었다.

"그러면 왜 여기 있지?"

"저녁에 실플레이하는 표적반이…… 표적반이 오면……
저는……."

그 토끼는 머뭇거리다가 입을 다물었다.

아우슬라파 하나가 다그쳤다.

"계속해!"

그러자 그 토끼는 꺼져 가는 소리로 나직이 말했다.

"표적 토끼들한테 제 모습을 보여 주려고 나와 있습니다.
마을을 떠나는 반역 행위를 하면 어떤 처벌을 받는지 똑똑
히 보여 주는 거지요. 장로회에서 너그럽게…… 장로회에
서 너그럽게…… 장로회……. 더는 기억이 안 납니다, 정말
로요."

토끼는 아까 다그치던 보초를 돌아보며 불쑥 큰 소리로
외쳤다.

"아무것도 생각이 안 난다고요."

보초는 아무 말도 하지 않았다. 빅윅은 충격을 받아 말없
이 쳐다보기만 하다가 처빌에게 돌아갔다.

처빌이 말했다.

"저 토끼는 누가 물으면 일일이 대답하게 돼 있지. 하지
만 보름쯤 계속하고 나니까 정신이 오락가락하는 모양이
야. 탈출하다가 붙잡힌 놈이지. 캠피언이 잡아서 끌고 오자
장로회에서 귀를 찢고 아침저녁으로 실플레이하러 나갈 때
다른 토끼들에게 본보기가 되도록 나와 있으라는 벌을 내
렸지. 저것도 오래가진 못할 거야. 머지않아 자기보다 훨씬

518

더 검은 토끼의 부름을 받게 될걸."

빅윅은 처빌의 냉정한 말투도 말투지만 인레의 검은 토끼가 생각나서 몸서리를 쳤다. 표적반 토끼들이 한 줄로 서서 굴길을 올라오고 있었다. 빅윅은 토끼들이 차례차례 굴입구를 막고 섰다가 산사나무 아래로 뛰어나가는 모습을 지켜보았다. 처빌은 자기네 토끼의 이름을 다 안다는 사실이 자랑스러운 게 분명했다. 대부분의 토끼들에게 말을 걸어 사사로운 생활까지 웬만큼 알고 있다는 티를 내려고 애썼다. 하지만 돌아오는 대답은 그다지 다정하거나 상냥하지 않았는데, 처빌이 싫어서인지 아니면 단순히 에프라파 일반 토끼들이 그렇듯 의기소침해서인지 알 수가 없었다. 빅윅은 블랙베리가 일러 준 대로 일반 토끼들 사이에서 불만이나 반항의 빛을 찾으려고 애썼지만, 차례로 지나가는 토끼들의 무표정한 낯빛에서는 그런 기미를 읽을 수가 없었다. 맨 마지막으로 암토끼 서넛이 이야기를 하면서 올라왔다.

"넬틸타, 새 친구들과 잘 지내고 있나?"

처빌은 맨 앞에 지나가는 암토끼에게 물었다.

넬틸타는 길쭉한 코에 예쁘장한 암토끼로, 태어난 지 석 달밖에 되지 않았다. 넬틸타는 걸음을 멈추고 처빌을 쳐다보며 대답했다.

"글쎄요, 대장님도 언젠가 큰일을 해내시겠죠. 맬로 대장님처럼요. 그분도 한 건 올렸잖아요. 암토끼를 대정찰에 내보내는 건 어때요?"

넬틸타는 멈춰 서서 대답을 기다렸으나, 처빌이 대꾸도 안 하고 뒤에 오는 암토끼들한테 말을 걸지도 않자, 그냥 들판으로 나갔다.

빅윅이 물었다.

"무슨 소리죠?"

처빌이 말했다.

"음, 문제가 있었지. 오른쪽 앞발 표적반 암토끼들이 장로회로 떼 지어 몰려가서 소동을 일으켰어. 장군님께서 그 암토끼들을 떼어 놓으라고 하셔서 우리 반도 둘을 받아들였지. 그 둘은 감시 대상이야. 사실 그 둘은 별 문제가 없는데 넬틸타가 이들과 친해지면서 건방져지고 반항적이 되었어. 방금 본 것처럼 말일세. 저런 건 괜찮아. 다 아우슬라의 권위를 안다는 증거거든. 오히려 젊은 암토끼들이 조용하고 공손하게 나오면 더 불안하다니까. 무슨 일을 꾸미는 게 아닌가 해서 말이야. 어쨌거나 슬라일리 자네가 저 암토끼들과 친해져서 말을 잘 듣게 좀 해 주게."

빅윅이 말했다.

"그러죠. 참, 짝짓기 규칙은 어떻게 돼 있나요?"

처빌이 말했다.

"짝짓기? 아, 암토끼가 필요하면 마음대로 하게. 우리 표적반에서 말이야. 우리가 괜히 지휘관인 건 아니잖나? 암토끼들은 명령대로 따를 테고 방해할 수토끼도 없네. 자네와 나와 애빈스 마음대로지. 우리끼리 싸울 일도 없을 거야. 암토끼는 얼마든지 있으니까."

빅윅이 말했다.

"그렇군요. 저도 실플레이 좀 해야겠어요. 괜찮다면 우리 표적반 토끼들하고 얘기 좀 나누고 나서 보초들을 둘러보고 이 근처 지형을 익히고 오겠습니다. 그런데 블랙카바르는 어쩌죠?"

처빌이 말했다.

"그냥 둬. 우리랑 상관없어. 아우슬라파가 지키고 있다가 우리 표적반이 돌아오면 도로 데려가겠지."

빅윅은 풀밭으로 나가면서 토끼들이 경계하는 눈초리로 힐끔힐끔 쳐다보는 것을 느꼈다. 빅윅은 불안하고 당혹스러웠다. 이 위험한 임무를 어디서 어떻게 시작한단 말인가? 키하르가 오래 기다리지 못한다고 못 박은 이상 어떻게든 시작해야 한다. 위험을 각오하고 누군가를 믿는 수밖에 없다. 하지만 누구를? 이런 마을에는 첩자들이 우글우글할 것이다. 누가 첩자인지는 운드워트 장군만이 알 것이다. 지금도 어떤 첩자가 지켜보고 있진 않을까?

빅윅은 생각했다.

'내 감을 믿는 수밖에 없어. 한 바퀴 돌아보며 친구를 만들어 보자고. 한 가지는 분명해. 여기서 암토끼를 데리고 나가게 된다면 저 불쌍한 블랙카바르도 꼭 데려갈 테다. 반드시! 저렇게 강제로 끌려 나와 있다니 생각만 해도 치가 떨려. 망할 놈의 운드워트 장군! 그놈한테는 총도 과분해.'

빅윅은 풀을 우물거리며 이런저런 생각에 잠긴 채 저녁 햇살이 비치는 들판을 천천히 돌아다녔다. 잠시 뒤 워터십 다운에서 실버와 함께 키하르를 처음 발견했던 구덩이처럼 움푹 파인 곳이 나타났다. 그 안에 암토끼 넷이 등을 돌리고 모여 있었다. 아까 마지막으로 굴을 나섰던 암토끼들이었다. 암토끼들은 한창 열심히 풀을 뜯고 났는지 이제는 느긋이 풀을 뜯으며 이야기를 하고 있었다. 보아하니 그중 한 마리에게 나머지 셋이 귀를 기울이고 있었다. 빅윅은 누구보다도 이야기를 좋아하는 데다 이 마을에서 새로운 이야기를 들을 수 있겠구나 싶어 구미가 당겼다. 빅윅이 살금살금 구덩이 가장자리로 다가가자 마침 암토끼가 이야기를 시작했다.

빅윅은 그것이 이야기가 아니라는 것을 금방 알아차렸다. 하지만 어디선가 그와 비슷한 것을 들어 본 것 같았다. 몰입해 있는 분위기, 운율이 있는 말, 열렬한 청중들. 어디서 봤더라? 다음 순간 당근 냄새가 생각나더니 큰 굴에서 수많은 토끼들을 사로잡았던 실버위드가 떠올랐다. 하지만 실버위드의 시와 달리 이 암토끼의 시는 빅윅의 가슴에 절절히 와닿았다.

옛날 옛날에
노랑턱멧새가 지저귀었네, 가시나무 높은 곳에서.
엄마 토끼와 놀러 나온 아기들 옆에서 노래했네.
노랑턱멧새는 바람 속에서 노래하고 아기들은 그 아래서 놀고 있었네.
딱총나무꽃 아래서 시간이 흘러갔네.

그러나 새는 날아가 버리고 내 마음은 어둡기만 하네.
시간은 이제 다시는 들판에서 노닐지 않네.

옛날 옛날에
오렌지색 딱정벌레들이 독보리 줄기에 앉아 있었네.
독보리는 바람을 따라 흔들리고 있었네.
수토끼와 암토끼는 들판을 뛰어다니고 둔덕에 굴을 팠네.
개암나무 그늘 아래서 자유로웠네.
그러나 서리가 내려 딱정벌레는 죽고 내 마음은 어둡기
만 하네.
이제 다시는 짝을 찾지 못하리.

서리가 내리네, 내 몸에 서리가 내려앉네.
내 코와 귀는 꽁꽁 얼어붙었네.
봄이 오면 칼새가 날아와 "뉴스! 뉴스!" 하고 울어 대리.
"암토끼여, 새 굴을 파고 아기를 위해 젖을 내렴."
하지만 나는 듣지 못하리.
배 속의 아기는 내 무감각한 몸으로 돌아오네.
꿈속에 바람을 가두는 철책이 나타나네.
이제 다시는 불어오는 바람도 느끼지 못하리.

암토끼가 시를 다 읊고 나서도 나머지 암토끼들은 말이
없었다. 하지만 그 침묵은 분명 암토끼의 시가 모두의 마음
을 대변했기 때문이었다. 찌르레기 한 떼가 시끄럽게 지나

가면서 묽은 배설물을 풀밭에 떨어뜨렸지만 아무도 놀라거나 움직이지 않았다. 모두 똑같이 우울한 생각에 빠져 있는 듯했다. 아무리 슬프더라도 에프라파에서는 받아들여질 수 없는 생각이었다.

빅윅은 몸도 정신도 강인한 토끼로 감상적인 구석이라 곤 전혀 없지만, 무수한 고난과 위험을 겪은 동물이 그렇듯이 고통을 알아보고 배려할 줄 알았다. 게다가 다른 토끼들을 파악하여 어떤 일에 어울릴지 판단하는 데 익숙했다. 빅윅은 이 네 암토끼들이 기운을 잃어 가고 있다고 생각했다. 야생 동물은 더 이상 살아야 할 의미가 없다고 느끼면 결국에는 마지막 힘을 짜내어 죽으려고 한다. 빅윅은 철사 덫에 걸렸던 마을에 있을 때 파이버가 그런 상태인 줄로 오해했다. 그 일이 있은 뒤로 빅윅의 판단력도 성숙했다. 빅윅이 보기에 이 네 암토끼는 절망에 빠져들고 있었다. 그리고 홀리와 처빌한테서 들은 이야기를 종합해 보면 그 이유도 짐작이 갔다. 마을 토끼 수가 너무 많아지고 긴장된 상태가 지속되면 그 영향은 암토끼들에게 가장 먼저 나타나는 법이다. 암토끼들은 새끼를 낳지 못하게 되고 걸핏하면 싸우려 든다. 하지만 싸움으로도 문제가 해결되지 않으면 보통 마지막 남은 출구로 떠밀려 간다. 빅윅은 이 암토끼들의 침울한 상태가 어느 정도까지 와 있을까 생각했다.

빅윅은 구덩이로 풀쩍 뛰어들었다. 암토끼들은 생각에서 깨어나 화가 난 듯 노려보며 물러났다.

빅윅은 굴길에서 처빌에게 대들던 예쁜 토끼에게 말했다.

524

"네가 넬틸타지?"

이어서 넬틸타 옆에 앉은 토끼를 보고 물었다.

"네 이름은 뭐지?"

암토끼는 잠시 뜸을 들이다가 마지못해 대답했다.

"티수딘낭*입니다."

빅윅은 시를 읊던 암토끼에게 물었다.

"너는?"

그 암토끼는 적개심과 고통에 가득 찬 눈으로 빅윅을 돌아보았다. 순간 빅윅은 자기는 당신들의 숨은 친구이며, 자신은 비록 아우슬라 지휘관이지만 에프라파를 증오한다는 사실을 믿어 달라고 말하고 싶은 것을 간신히 참았다. 넬틸타는 증오에 차서 처빌에게 말대꾸라도 했지만 이 암토끼는 말로 다 할 수 없는 부당함을 호소하는 눈빛으로 바라보고만 있었다. 빅윅은 암토끼를 마주 보다가 문득 홀리가 말한 거대한 노란색 흐루두두, 샌들포드 토끼 마을을 무자비하게 뒤집어엎었다던 흐루두두가 떠올랐다.

'그 흐루두두를 바라보는 듯한 눈빛이군.'

다음 순간 암토끼가 대답했다.

"제 이름은 하이젠슬라이입니다."

"하이젠슬라이?"

빅윅은 깜짝 놀라 냉정을 잃어버렸다.

"그러면 당신이 바로……."

하지만 곧 입을 다물었다. 홀리와 이야기한 일을 기억하

* 티수딘낭 나뭇잎의 움직임이라는 뜻.

느냐고 묻는 것은 위험할지도 모른다. 하지만 기억을 하든 못 하든 이 암토끼는 분명 홀리와 그 일행에게 에프라파가 안고 있는 문제와 암토끼들의 불만을 가르쳐 준 장본인이다. 빅윅의 기억이 맞다면 이 암토끼는 마을을 떠나려고 한적도 있었다.

빅윅은 다시 하이젠슬라이의 쓸쓸한 눈빛을 바라보며 생각했다.

'지금 저 암토끼는 무엇을 할 수 있을까?'

넬틸타가 물었다.

"저희는 이만 가 봐도 될까요? 지휘관님들이랑 있으면 숨이 막히거든요. 아무리 잠깐이라도 끔찍하게 길게 느껴져요."

"아…… 그래…… 물론이지, 그럼."

빅윅은 몹시 당황하여 대답했다. 그러고는 멀거니 서서 암토끼들이 깡충깡충 뛰어가는 모습을 바라보고 있는데, 넬틸타가 큰 소리로 "얼간이!" 하고 외치고는 빅윅이 쫓아올 줄 알았는지 살짝 돌아보았다.

'하, 어쨌든 한 마리는 아직 기운이 남아 있군.'

빅윅은 그렇게 생각하며 구덩이에서 나와 보초들에게 갔다.

빅윅은 한동안 보초들과 이야기를 나누면서 그들이 어떻게 조직되어 있는지 알아보았다. 기가 죽을 만큼 효율적인 조직이었다. 에프라파 보초들은 근처에 있는 보초와 순식간에 연락하곤 했다. 그리고 발 구르기 신호가 한 가지 이상 있어서 지휘관들과 예비 부대를 출동시켰다. 필요하다면 아우슬라파에게도 금방 경보를 알리고, 캠피언 대장이나 마을 외곽 지대를 정찰하는 다른 지휘관들까지도 불러모았다. 한 번에 한 표적반만 풀을 뜯기 때문에 경보가 울리면 어디로 가야 할지 헷갈릴 일도 없었다. 보초 가운데 마저럼이라는 토끼가 블랙카바르의 도주 사건을 이야기해 주었다.

"그 녀석은 되도록 멀찌감치 나가서 풀을 뜯는 척하다가 갑자기 쏜살같이 달아났습니다. 막으려고 달려든 보초까지 둘이나 때려눕히고 말이죠. 혼자서 그만한 일을 해치운 놈은 없을걸요. 미친 듯이 도망쳤지만 캠피언 대장이 경보를 듣고 뒤쫓아 가서 붙잡았지요. 그때 보초를 때려눕히지만 않았어도 처벌이 가벼웠을 텐데."

빅윅이 물었다.

"자네는 이곳 생활에 만족하나?"

마저럼이 말했다.

"지금은 아우슬라에 있으니까 그럭저럭 괜찮습니다. 지휘관이 되면 훨씬 더 좋아지겠지요. 전 대정찰을 두 번이나 나갔습니다. 주목을 받으려면 그게 최고거든요. 추적이나 싸움이라면 남한테 뒤지지 않아요. 물론 지휘관이 되려면 그보다 더 많은 게 필요하지만. 우리 지휘관님들은 참 강인한 것 같습니다, 그렇지요?"

"음, 그래."

빅윅은 진심으로 대답했다. 마저럼은 빅윅이 에프라파에

새로 들어온 토끼인 줄 전혀 모르는 눈치였다. 어쨌든 마저 럼은 질투도 반감도 보이지 않았다. 이 마을에서는 누구나 자기와 상관없는 이야기는 듣지도 못하며, 코앞에서 벌어 지는 일 말고는 잘 모르는 것 같았다. 마저럼은 빅윅이 다 른 표적반에서 진급되어 온 줄 아는 모양이었다.

실플레이가 끝나기 직전 어둠이 깔릴 무렵 캠피언 대장 이 정찰대원 셋을 이끌고 들판에 나타나자 처빌이 경비선 까지 달려가 맞이했다. 빅윅도 그 무리에 끼어 이야기를 들 었다. 캠피언 대장은 철길까지 나가 보았으나 딱히 이상한 점은 없었다고 했다.

빅윅이 질문을 던졌다.

"철길 너머까지 가는 일은 없습니까?"

캠피언 대장이 말했다.

"별로 없지. 땅이 습하잖나. 토끼들이 살기엔 안 좋은 땅 이지. 가 본 적도 있지만 지금처럼 일상적인 정찰에서는 주 로 마을 쪽을 살펴본다네. 내 임무는 장로회에서 알고 있어 야 할 새로운 사실을 알아내고 도망치는 놈을 붙잡는 거니 까. 블랙카바르처럼 한심한 놈들 말일세. 그놈은 쓰러지기 전에 날 한 번 물어뜯었는데 절대로 잊지 못해. 아무튼 오 늘처럼 날씨가 좋은 저녁엔 철둑까지 나가서 철둑 이쪽을 쭉 순찰하지. 때로는 반대편에 있는 농장 헛간까지 가기도 하고. 필요에 따라 달라지지. 참, 아까 초저녁에 장군님을 뵈었는데 이삼 일 안에 자네를 대정찰에 데려가실 모양이 더군. 자네가 이곳에 좀 익숙해지고 자네가 맡은 표적반 실플레이 시간이 새벽이나 저녁이 아닐 때 말일세."

빅윅은 안달이라도 난 척 말했다.

"뭐 하러 그때까지 기다리죠? 더 빨리하면 안 됩니까?"

"음, 어떤 표적반이든 새벽과 저녁에 실플레이할 때는 아우슬라 전원이 나와서 지켜. 그 시간은 토끼들이 가장 팔팔할 때라서 감시를 소홀히 하면 안 되거든. 하지만 니-프리스와 푸 인레 때 실플레이하는 표적반에서는 아우슬라를 대정찰에 내보낼 수 있지. 난 이만 가 보겠네. 정찰대원들을 데리고 크릭사에 가서 장군님께 보고드려야 하니까."

토끼들이 모두 굴로 내려가고 블랙카바르도 아우슬라파한테 끌려 돌아가자, 빅윅은 곧 처빌과 애빈스에게 먼저 가 보겠다고 인사하고 자기 굴로 돌아왔다. 일반 토끼들은 좁아터진 곳에 모여 살지만, 보초 토끼들은 자기들끼리만 묵는 널찍한 굴이 두 개나 되고, 지휘관 토끼는 혼자 쓰는 굴이 있었다. 마침내 혼자가 된 빅윅은 자신의 문제를 두고 곰곰이 생각했다.

이 어려운 문제들을 어떻게 해결해야 할지 난감했다. 빅윅은 키하르의 도움을 받아 언제든지 맘만 먹으면 에프라파를 탈출할 수 있다. 하지만 설사 함께 도망치겠다고 나서는 암토끼들이 있다 해도 과연 무슨 수로 데리고 나간단 말인가? 실플레이를 하는 동안 보초들을 불러들인다고 해도 금방 처빌 대장한테 들키고 말 것이다. 그렇다면 방법은 단하나, 낮에 탈출하는 길뿐이다. 처빌 대장이 잠들기를 기다려 한쪽 굴을 지키는 보초 토끼를 명령으로 쫓아내는 것이다. 빅윅은 곰곰이 생각했다. 흠잡을 데 없는 계획 같았다. 하지만 곧 '블랙카바르는 어쩌지?' 하는 생각이 떠올랐다. 블랙카바르는 어느 굴인가에 갇힌 채 온종일 철저히 감시당할 것이다. 에프라파 토끼들은 도무지 아는 것이 없으니 그 굴이 어디 있는지도 당연히 모를 테고, 설사 안다 해도 가르쳐 주지 않을 것이다. 그렇다면 블랙카바르는 두고 가야 한다. 현실적으로 그를 구해 낼 방법은 없었다.

빅윅은 혼자 중얼거렸다.

"젠장, 블랙카바르를 두고 가야 하다니! 블랙베리가 알면 나더러 바보라고 하겠지. 하지만 블랙베리는 여기 없고 이 작전은 내가 하는 거라고. 그래도 블랙카바르 때문에 모든 일이 실패로 돌아가면? 아아, 프리스 님이여! 골치 아파 죽겠군!"

빅윅은 생각하고 또 생각했지만 생각은 늘 같은 자리를 맴돌았다. 그러다가 어느 순간 잠이 들었다. 눈을 뜨자 바깥은 맑고 고요한 달밤이었다. 문득 일을 거꾸로 시작할 수도 있겠다는 생각이 들었다. 일단 암토끼들을 설득해 같은 편으로 끌어들인 다음 나중에 머리를 맞대고 좋은 작전을 짜는 것이다. 빅윅은 굴길을 내려가다가 붐비는 굴 앞에서 간신히 눈을 붙이고 있는 젊은 토끼를 보았다. 빅윅은 그를 깨웠다.

"하이젠슬라이를 아나?"

"네, 압니다."

토끼는 애써 씩씩한 말투로 대답했다.

"하이젠슬라이를 찾아서 내 굴로 오라고 전해. 다른 토끼는 데려오면 안 돼. 알겠나?"

"네, 알겠습니다."

젊은 토끼가 서둘러 사라지자 빅윅은 혹시 의심받지나 않을까 걱정하면서 자기 굴로 돌아왔다. 의심받을 것 같지는 않았다. 처빌 대장의 말로 보아 지휘관 토끼가 암토끼를 부르는 일은 흔히 있는 것 같았다. 심문을 받게 되면 잡아떼면 그만이었다. 빅윅은 자리에 누워 기다렸다.

어둠 속에서 토끼 한 마리가 천천히 굴길을 지나와 빅윅의 굴 앞에 섰다. 그러고는 아무 소리도 나지 않았다.

빅윅이 물었다.

"하이젠슬라이인가?"

"네, 그렇습니다."

"할 이야기가 있소."

"이 표적반 소속이니 지휘관님 명령에 따라야겠지요. 하지만 저를 부른 건 실수입니다."

"아니, 그렇지 않소. 두려워하지 마시오. 이리 가까이 와요."

하이젠슬라이는 시키는 대로 했다. 맥박이 빨라지는 소리가 빅윅한테도 전해져 왔다. 하이젠슬라이는 잔뜩 긴장해서 발톱으로 땅바닥을 그러쥔 채 눈을 꼭 감고 있었다.

빅윅이 귀에 대고 속삭였다.

"하이젠슬라이, 잘 들어요. 얼마 전에 토끼 네 마리가 에프라파에 왔던 일 기억나죠? 그중 하나는 털이 아주 연한 잿빛이고 또 하나는 앞다리에 쥐한테 물린 흉터가 있어요. 당신은 그들의 우두머리와 이야기를 나눴지요. 홀리라는 토끼하고 말입니다. 홀리가 당신한테 무슨 얘길 했는지 알고 있어요."

하이젠슬라이는 겁에 질려 돌아보았다.

"당신이 그걸 어떻게 알죠?"

"그런 건 상관없어요. 잠자코 듣기만 해요."

그러고 나서 빅윅은 헤이즐과 파이버 이야기, 샌들포드 마을의 파괴와 위터십 다운까지 오게 된 내력을 들려주었다. 하이젠슬라이는 중간에 끼어들지 않고 가만히 듣기만 했다.

"그날 밤 당신하고 이야기한 토끼들 말이오, 마을이 파괴되었고 암토끼를 찾아 에프라파로 왔다던 그 토끼들이 어떻게 된 줄 아나요?"

하이젠슬라이는 들릴락 말락 하게 나직이 중얼거렸다.

"들어서 알고 있어요. 다음 날 아침 도망쳤대요. 찰록 대장이 추적하다가 죽었고요."

"그 뒤로 다른 추적대가 파견됐나요? 그다음 날 말이오."

"뷰글로스는 체포되고 찰록은 죽은 터라 추적대를 이끌 지휘관이 없다고 들었어요."

"그 토끼들은 무사히 돌아왔어요. 그중 하나는 지금 우리 족장 토끼와 다른 친구들과 함께 멀지 않은 곳에 와 있고요. 다들 영리하고 재치 있는 토끼들입니다. 내가 암토끼들을 데리고 나오기만을 기다리고 있어요. 되도록 많이. 내일 아침이면 우리 편한테 소식을 전할 수 있을 거요."

"어떻게요?"

"새를 통해서. 별일 없다면 말이오."

빅윅은 키하르에 대해서도 이야기해 주었다. 이야기를 다 듣고 나서도 하이젠슬라이가 아무런 대답도 하지 않자, 빅윅은 이 암토끼가 생각에 잠긴 것인지 아니면 공포와 불신에 시달린 나머지 할 말을 잃은 것인지 종잡을 수가 없었다. 자신을 첩자라고 생각하는 걸까? 빨리 이 자리를 뜨고 싶은 마음밖에 없는 건 아닐까?

참다 못해 빅윅이 물었다.

"내 말을 믿나요?"

"네, 믿어요."

"장로회에서 보낸 첩자일지도 모르는데?"

"아니에요. 그건 알아요."

"어떻게요?"

"친구 얘기를 했잖아요. 마을에 위험이 다가올 것을 미리 알았다는 토끼 말예요. 그런 능력은 그 친구만 가진 게 아니에요. 저도 이따금 그런 걸 알 수 있어요. 요즘에는 가슴이 얼어붙어서 자주 그러지는 않지만."

"그럼 날 따라가겠소? 친구들도 설득하고? 우린 당신들이 필요해요. 에프라파에서는 당신들이 필요 없지만."

하이젠슬라이는 다시 입을 다물었다. 근처 흙 속에서 지렁이 기어 다니는 소리가 들리고, 바깥 풀밭에서 작은 동물이 사박사박 돌아다니는 소리가 굴길을 타고 들려왔다. 빅윅은 지금이 중요한 순간이기 때문에 암토끼를 가만히 내버려 두어야 한다는 것을 눈치채고 묵묵히 기다렸다.

이윽고 하이젠슬라이가 다시 입을 열었다. 소리가 워낙나직해서 말이 아니라 숨소리가 이어졌다 끊어졌다 하는 것처럼 들렸다.

"에프라파에서 탈출할 수 있다. 몹시 위험하지만 성공한다. 그다음의 일은 보이지 않는다. 해 질 녘의 혼란과공포…… 그리고 인간, 인간들, 온통 인간의 것들! 개 한 마리…… 삭정이처럼 똑 부러지는 밧줄. 토끼가…… 아니, 그런 어처구니없는! ……토끼가 흐루두두에 타고 있다! 아, 내가 정신이 나갔나 봐. 여름 저녁에 아기 토끼들한테나 들려줄 이야기야. 안 돼, 예전만큼 보이지가 않아요. 마치 비내리는 들판 너머로 숲을 바라보는 느낌이에요."

"당신도 내 친구를 만나 봐야겠군. 내 친구도 꼭 당신처럼 얘기하거든요. 난 그 친구를 믿듯이 당신도 믿어요. 이계획이 성공할 것 같은 예감이 든다면 잘된 거요. 하지만내가 묻는 것은 당신 친구들을 설득해서 함께 갈 수 있느냐입니다."

하이젠슬라이는 잠시 침묵했다가 대답했다.

"용기도 기운도 예전보다 많이 약해졌어요. 당신이 나한테 의지한다니 부담스럽군요."

"그렇군요. 무엇 때문에 그렇게 지쳤소? 당신은 암토끼들을 이끌고 장로회까지 찾아가지 않았나요?"

"나하고 티수딘낭이었죠. 우리랑 같이 갔던 다른 친구들
은 어떻게 됐는지도 몰라요. 우린 모두 오른쪽 앞발 표적반
에 있었어요. 난 앞발에 표적이 있지만 다시 다른 표적을
만들었어요. 블랙카바르…… 봤죠?"

"물론, 봤소."

"블랙카바르도 우리 표적반이었어요. 우리와 친구였고
늘 용기를 북돋아 주었죠. 암토끼들이 장로회로 몰려간 지
하루인가 이틀 뒤, 밤에 탈출하다가 잡혔어요. 어떻게 당했
는지 봤죠? 하필 바로 그날 밤 당신 친구들이 왔어요. 그러
곤 다음 날 밤에 도망쳐 버렸고요. 그런 일이 있고 나자 우
린 다시 장로회에 불려 갔어요. 장군은 다시는 아무도 도망
치지 못할 거라고 못 박았어요. 그러고는 우리를 둘씩 묶어
서 서로 다른 표적반으로 보내 버렸지요. 왜 티수딘낭과 나
를 같은 반에 넣어 줬는지 모르겠어요. 아무 생각이 없었는
지도 모르죠. 알다시피 에프라파는 그런 곳이에요. '각 반
마다 둘씩'이라는 명령이 떨어지고 그 명령대로 따르기만
하면 누구와 누구를 붙여 주느냐는 아무 문제가 안 되죠.
이제 난 두려워요. 늘 장로회가 감시하고 있는 게 느껴져
요."

"그래요, 하지만 이젠 내가 있어요."

"장로회는 아주 교활해요."

"그렇겠지. 하지만 우리한테는 그보다 훨씬 더 영리한 토
끼들이 있으니까 날 믿어요. 엘-어라이라의 아우슬라 못지
않게 영리합니다. 한데 그 넬틸타란 친구도 장로회에 갈 때

535

함께 있었소?"

"아, 아뇨. 넬틸타는 여기, 왼쪽 엉덩이 표적반에서 태어났어요. 혈기는 왕성하지만 아직 어리고 세상 물정을 몰라요. 반역자로 찍힌 토끼들과 친구라는 걸 남들한테 과시하면서 우쭐해하고 있어요. 자기가 어떤 행동을 하고 있는지, 장로회가 진짜로 어떤 곳인지도 모르고서요. 지휘관들에게 대들고 하는 거, 넬틸타한테는 다 장난이나 마찬가지예요. 언젠가 도가 지나쳐서 우리를 다시 곤경에 빠뜨리고 말 거예요. 어떤 경우에도 비밀을 알려 주지 마세요."

"같이 탈출할 만한 암토끼가 우리 반에 몇이나 있소?"

"흐라이어. 알다시피 불만이 쌓일 대로 쌓였거든요. 하지만 슬라일리, 탈출 직전까지 아무한테도 말하지 마세요. 넬틸타뿐 아니라 다른 토끼도 전부요. 마을에서는 비밀을 지키기가 힘들고 사방에 첩자가 깔려 있어요. 우리 둘이서 계획을 세우고 티수딘낭한테만 귀띔해 주어야 해요. 나는 티수딘낭이랑 때가 되면 같이 갈 암토끼들을 모을게요."

빅윅은 아주 우연찮게도 자기한테 가장 필요한 토끼를 만났음을 깨달았다. 스스로 판단하고 남의 짐을 나누어 질 줄 아는 강인하고 분별 있는 토끼였다.

"암토끼를 모으는 일은 당신한테 맡겨 두겠소. 당신들이 준비가 되면 탈출할 기회는 내가 만들 것이오."

"언제요?"

"해 질 무렵이 가장 좋을 거요. 빠르면 빠를수록 좋겠지. 헤이즐과 친구들이 우리를 기다리고 있다가 정찰대를 막아 줄 거요. 가장 중요한 건 새가 우리를 위해 싸워 줄 거란 사실이지. 운드워트도 그것만은 예상하지 못할 테니까."

하이젠슬라이는 다시 말이 없었다. 빅윅은 하이젠슬라이가 자신의 계획에 허점이 없는지 꼼꼼히 따져 보는 것을 알고 감탄했다.

"그 새는 토끼를 몇 마리쯤이나 상대할 수 있죠? 과연 추적대 전부를 쫓아 버릴 수 있을까요? 이건 대규모 탈출이라서 장군은 틀림없이 최정예 부대를 끌고 추적해 올 거예요. 언제까지나 도망다닐 순 없어요. 추적대가 우리 발자국을 놓칠 리 없으니 금세 따라잡을 거예요."

"우리 토끼들이 장로회보다 더 영리하다고 했잖소. 내가 아무리 설명해도 이 부분은 이해가 잘 안 갈 겁니다. 강을 본 적 있소?"

"강이 뭐예요?"

"그럴 줄 알았소. 그런 건 설명할 수 없어요. 멀리까지 도망치지 않아도 돼요. 놈들이 쫓아와 봤자 우린 바로 눈앞에서 싹 사라져 버릴 테니까. 난 그 순간만 기대하고 있지."

하이젠슬라이가 잠자코 있자 빅윅이 덧붙였다.

"날 믿어 줘요, 하이젠슬라이. 우린 정말로 감쪽같이 사라질 거요. 거짓말이 아니오."

"당신 생각이 틀렸다면 빨리 죽는 길만이 행복이겠군요."

"아무도 죽지 않아요. 우리 친구들이 엘-어라이라라도 자랑스러워할 만한 꾀를 내놓았소."

"해 질 무렵에 떠날 거면 내일이나 모레 밤이겠네요. 앞으로 이틀이면 이 표적반의 저녁 실플레이는 끝나요. 아시죠?"

"그래요, 나도 들었소. 그럼 내일로 합시다. 더 기다릴 거 뭐 있소? 그런데 문제가 또 있어요. 블랙카바르를 데려가는 일이오."

"블랙카바르? 어떻게요? 장로회 경찰이 감시하고 있는데."

"알고 있소. 훨씬 더 위험하겠지만 꼭 데려가고 말 거요. 내 계획은 이렇소. 내일 저녁 우리 표적반이 실플레이할 때 당신과 티수딘낭은 암토끼를 되도록 많이 모아 놓고 도망칠 준비를 해 둬요. 나는 마을에서 조금 떨어진 들판에서 새를 만나 내가 굴로 들어가는 순간 보초한테 덤벼들라고 할 거요. 그사이 나는 블랙카바르의 보초들을 해치울 거고. 놈들은 완전히 허를 찔리겠지. 나는 얼른 블랙카바르를 데리고 나와 당신한테 가겠소. 한바탕 소란이 벌어질 테니 그 틈을 타서 도망치시오. 우리를 쫓아오는 놈은 새가 알아서 공격할 거요. 무조건 철길 굴다리까지 도망치는 거, 잊지 말아요. 친구들이 거기서 기다릴 거요. 나만 따라오면 돼요. 내가 앞장서겠소."

"캠피언 대장이 정찰 나가 있을지도 몰라요."

"아, 제발 그랬으면 좋겠군. 정말이오."

"블랙카바르는 당장 따라나서지 않을지도 몰라요. 보초들 못지않게 놀랄 테니까요."

"미리 알려 줄 순 없겠소?"

"없어요, 보초가 잠시도 곁을 떠나지 않는 데다 실플레이도 혼자서 하거든요."

"언제까지 그렇게 살아야 하죠?"

"표적반 모두가 돌아가면서 블랙카바르의 모습을 보고 나면 장로회에서 죽일 거예요. 다들 그렇게 생각하고 있어요."

"그렇다면 좋소. 반드시 그를 데려가고 말겠소."

"슬라일리, 당신은 정말 용감하군요. 꾀도 그렇게 많나요? 내일이면 우리 목숨은 전부 당신한테 달려 있을 텐데."

"이 계획에 잘못된 부분이 있다는 건가요?"

"아뇨. 하지만 난 에프라파에서 한 발짝도 나가 본 적이 없는 암토끼예요. 예상하지 못한 일이라도 생기면……."

"어차피 모험은 모험이오. 여기서 벗어나 높은 언덕에서 우리랑 함께 살고 싶지 않나요? 그걸 생각해 보시오!"

"오, 슬라일리! 우리도 자기가 고른 수토끼와 짝짓기도 하고, 우리 손으로 굴을 파고, 아기 토끼를 낳아서 기를 수 있을까요?"

"그렇고말고요. 게다가 벌집에 모여서 이야기도 하고, 마음 내키면 언제든지 실플레이도 하지. 멋진 생활이라는 거, 장담합니다."

"가겠어요! 아무리 위험해도 가겠어요."

"당신이 이 표적반에 있어서 얼마나 다행인지 모르오. 당신과 이야기하기 전만 해도 어떻게 해야 할지 몰랐는데."

"이제 아래 굴로 내려가 볼게요. 다른 토끼들이 당신이 왜 나를 불렀는지 궁금해할 거예요. 난 지금 짝짓기를 할 때가 아니거든요. 지금 돌아가면 당신이 잘못 알고 실망하더라고 둘러댈 수 있어요. 그렇게 말하는 거, 잊지 마세요."

"잊지 않겠소. 자, 가 봐요. 내일 저녁 실플레이 때 맞춰 준비하고. 당신을 실망시키지 않을 테니."

하이젠슬라이가 돌아가고 나자 빅윅은 죽도록 피곤하고 외로웠다. 그래서 멀지 않은 곳에 친구들이 있으며, 이제 다시 만날 날이 하루도 남지 않았다는 사실을 상기하려고 애썼다. 그러나 자신과 헤이즐 사이에 거대한 에프라파가 떡하니 버티고 있다는 사실을 잊을 수가 없었다. 온갖 불안한 상상들이 이어졌다. 설핏 잠든 사이에 빅윅은 캠피언 대장이 갈매기가 되어 강 위를 캬악캬악 울면서 날아다니는 꿈을 꾸다가 소스라치게 놀라 일어났다. 그러고는 다시 꾸벅꾸벅 졸았는데 이번에는 처빌 대장이 철사 덫이 놓인 풀밭으로 블랙카바르를 몰아가는 꿈을 꾸었다. 그리고 들판에 서 있는 말처럼 거대한 운드워트 장군이 그 모든 것 위로 우뚝 선 채 세상 끝에서 끝까지 모든 사건들을 지켜보고 있었다. 마침내 빅윅은 불안에 시달리다 못해 지칠 대로 지쳐서 깊은 잠에 빠져들고 말았다.

36
다가오는 천둥비

잽싸게 내빼려던 참에 빌 하퍼가 나타나
아무것도 하지 못했네.

뮤직 홀 송

잔잔한 시내 밑바닥에서 기포가 올라오듯 빅윅은 서서히
잠에서 깨어났다. 곁에 다른 토끼가 들어와 있었다. 수토끼
였다.

빅윅은 벌떡 일어나서 물었다.

"누구냐?"

상대방이 대답했다.

"나야, 애빈스. 실플레이 시간이야, 슬라일리. 종다리가
벌써 날아올랐어. 세상 모르고 자던데?"

"그랬나? 음, 곧 나갈게."

빅윅은 앞장서서 굴길로 내려가려다가 애빈스가 묻는 말

에 발길을 딱 멈추었다.

"파이버가 누구야?"

빅윅은 긴장했다.

"지금 뭐라고 했어?"

"파이버가 누구냐고?"

"내가 어떻게 알아?"

"잠꼬대를 하더라고. 계속 '파이버한테 물어봐. 파이버 한테 물어봐.' 하던데. 그래서 파이버가 누군가 하고."

"아, 생각났다. 전에 알던 토끼야. 날씨를 알아맞히는 재 주가 있었지."

"그런 녀석이라면 지금도 잘 알겠네. 그런데 천둥비 냄새 나지 않아?"

빅윅은 코를 실룩거렸다. 소 냄새와 풀 냄새에 섞여 후텁 지근한 먹구름 냄새가 멀리서 풍겨 왔다. 빅윅은 천둥비 냄 새에 불안해졌다. 거의 모든 동물들은 천둥비가 다가오면 긴장감이 고조되고 자연스러운 생활 리듬이 깨지면서 불안 해하게 마련이다. 빅윅도 굴로 돌아가고 싶었지만 고작 천 둥비 때문에 실플레이 시간표가 바뀔 리는 없었다.

빅윅의 짐작대로였다. 처빌 대장은 벌써 굴 입구에서 블 랙카바르와 그를 지키는 보초 토끼 둘 맞은편에 앉아 있었 다. 처빌이 지휘관 둘이 올라오는 것을 알아차리고 그쪽을 돌아보며 말했다.

"어서 오게, 슬라일리. 보초는 벌써 세워 두었네. 천둥이 걱정되나?"

빅윅이 대답했다.

"상당히 걱정스럽군요."

처빌 대장이 말했다.

"오늘은 괜찮을 거야. 아직 멀리 있으니까. 아마 내일 저녁쯤 시작될 것 같아. 아무튼 우리 표적반 토끼들 앞에선 불안한 내색 하지 말게. 장군님 명령 없이는 아무것도 바꾸지 못해."

"그렇다고 장군님을 깨울 수는 없지."

애빈스는 이렇게 맞장구치고는 악의 섞인 투로 물었다.

"참, 슬라일리, 어젯밤에 암토끼 한 마리를 불렀다지?"

처빌 대장이 말했다.

"어, 그랬나? 누구지?"

빅윅이 대답했다.

"하이젠슬라이입니다."

처빌이 말했다.

"오, 말리 산*이군. 짝짓기 할 때가 안 됐을 텐데 이상하네."

빅윅이 말했다.

"맞습니다, 제가 잘못 알았어요. 어쨌거나 저더러 골치 아픈 무리들이랑 친해져서 잘 휘어잡아 보라고 그러셨죠. 그래서 잠깐 이야기해 봤지요."

"효과가 있던가?"

---

* **말리 산** '말리'는 암토끼, '산'은 명해지다, 정신이 돌았다는 뜻. 이 경우에는 '절망에 빠진 처녀'라고 번역하는 게 본뜻에 가장 가까울 것 같다.

빅윅이 말했다.

"솔직히, 뭐라 말하긴 힘듭니다. 하지만 계속해 보겠어요."

표적반 토끼들이 밖으로 나가는 것을 지켜보면서 빅윅은 어떻게 하면 가장 빠르고 효율적으로 굴로 뛰어 들어가 블랙카바르의 보초들을 공격할지 궁리했다. 일단 한 놈을 잽싸게 때려눕히고 곧바로 다른 놈을 공격해야 한다. 하지만 나머지 보초는 그사이에 싸울 준비를 할 것이다. 그놈과 싸우게 된다면 블랙카바르를 앞에 두고 입구를 등지고 선 채 싸워서는 안 된다. 블랙카바르가 당황한 나머지 굴속으로 도망칠지도 모르니까. 블랙카바르는 반드시 굴 밖으로 튀어나가야 한다. 물론 운이 좋으면 두 번째 보초가 아예 싸움을 포기하고 굴속으로 도망칠 수도 있지만, 그런 요행을 믿을 순 없다.

빅윅은 키하르가 자기를 찾을 수 있을지 걱정하며 들판으로 나섰다. 작전대로라면 이틀째 되는 날 빅윅이 땅 위로 나오는 대로 키하르가 찾아오게 돼 있다.

쓸데없는 걱정이었다. 키하르는 새벽녘부터 에프라파 상공을 날아다니고 있었다. 빅윅네 표적반이 나오자마자 덤불숲과 경비선 중간쯤에 있는 들판에 내려앉아 여기저기 쪼아 대며 돌아다녔다. 빅윅은 풀을 뜯으며 서서히 다가간 뒤 키하르 쪽은 쳐다보지도 않고 한자리에서 계속 풀만 뜯었다. 잠시 뒤 키하르가 뒤쪽에 와 있는 기척이 났다.

"픽빅 씨, 얘기 많이 하는 거 안 좋아. 에이즐 씨가 당신

544

뭐 할지 말하래. 뭐 필요해?"

"두 가지가 필요해. 오늘 저녁 해 질 무렵에 말이야. 하나는 모두 철길 굴다리 밑에 와 있으라는 것. 내가 암토끼들을 데리고 거기를 지나갈 거야. 추적대가 따라오면 너랑 헤이즐이랑 모두가 싸워야 돼. 그 배라는 거 아직 있어?"

"응, 응, 인간 안 갖고 가. 지금 한 말, 에이즐 씨한테 할게."

"부탁해. 그리고 한 가지가 더 있는데 잘 들어. 아주 중요한 일이야. 저기 들판에 토끼들 보이지? 저놈들이 보초야. 해 질 때쯤 여기서 만나자. 그러면 나는 저 나무들 뒤에 숨어 있는 굴로 들어갈 거야. 내가 들어가면 바로 보초들을 공격해 줘. 겁을 줘서 쫓아 버리라고. 도망가지 않으면 상처를 주어서라도. 어떻게든 쫓아 줘. 난 금방 다시 나올 거고, 그러면 암토끼들, 그러니까 엄마들도 나랑 같이 뛰어서 그대로 굴다리까지 갈 거야. 하지만 분명히 도중에 공격을 받겠지. 그러면 키하르가 또 싸워 줄 거지?"

"좋아, 좋아. 내가 덤벼들게. 아무도 당신 못 막아."

"훌륭해. 부탁할 건 이게 다야. 헤이즐과 친구들은…… 다 잘 지내지?"

"잘 있어, 잘 있어. 당신 훌륭한 친구래. 블루벨 씨는 '모두한테 엄마 하나씩, 빅윅한테는 둘 부탁해.'라고 했어."

빅윅이 이 말에 적당한 대꾸를 찾고 있는데 처빌 대장이 달려오고 있었다. 빅윅은 더 이상 말하지 않고 재빨리 대장 쪽으로 몇 발짝 뛰어가 바쁘게 토끼풀을 뜯었다. 처빌 대장

545

이 다가오자 키하르는 둘의 머리 위를 낮게 날다가 나무들 너머로 사라졌다.

처빌 대장은 날아가는 갈매기를 눈으로 쫓다가 빅윅 쪽으로 고개를 돌렸다.

"저런 새가 무섭지 않나?"

"글쎄요, 별로."

"저런 놈들은 쥐도 공격하고 아기 토끼도 해쳐. 이런 데서 풀을 뜯다니 위험한 짓이야. 조심 좀 하지 그러나?"

빅윅이 대답 대신 뒷발로 서서 장난스럽게 처빌을 치자, 처빌은 그만 나동그라졌다.

"됐습니까?"

처빌은 부루퉁한 표정으로 일어났다.

"그래, 자네가 나보다 덩치는 크지. 하지만 에프라파 지휘관은 몸무게만으로 되는 게 아니란 걸 알아 두게. 자네가 아무리 강해도 저런 새는 위험해. 아무튼 저런 새가 나타날 철도 아닌데 갑자기 나타난 것부터가 이상해. 보고해야겠어."

"보고는 왜요?"

"이상하니까. 이상한 건 뭐든지 보고해야 해. 내가 보고하지 않았는데 다른 표적반 대장이 보고해 봐, 막상 우리가 보고할 차례가 되면 완전히 바보 되는 거라고. 본 것을 못 보았다고 할 순 없네. 벌써 우리 표적반에서도 몇이나 봤으니까. 지금 당장 보고하러 가야겠네. 실플레이는 슬슬 끝나가니까 내가 늦게 오면 자네와 애빈스가 토끼들을 굴속으로 들여보내게."

처빌이 가자마자 빅윅은 하이젠슬라이를 찾아 나섰다. 하이젠슬라이는 티수딘낭과 함께 예전의 그 구덩이에 있었다. 처빌이 말한 대로 천둥구름은 아직 멀리 있었기 때문에 표적반 토끼들은 별로 불안해하지 않았다. 하지만 하이젠슬라이와 티수딘낭은 말도 않고 잔뜩 긴장해 있었다. 빅윅은 키하르와 나눈 이야기를 전해 주었다.

티수딘낭이 말했다.

"그 새가 정말 보초들을 공격할까요? 그런 이야기는 한 번도 못 들어 봤어요."

"나만 믿으라니까. 저녁 실플레이가 시작되면 바로 암토끼들을 한데 모아요. 내가 블랙카바르를 데리고 나올 때쯤이면 보초들은 달아나서 어딘가 숨어 있을 거요."

티수딘낭이 다시 물었다.

"어느 쪽으로 도망가죠?"

빅윅은 둘을 데리고 들판을 한참 지나 360미터쯤 떨어진 철둑 굴다리가 보이는 곳으로 갔다.

티수딘낭이 말했다.

"저기라면 캠피언 대장과 부딪칠 거예요. 알고 있죠?"

빅윅이 대답했다.

"캠피언은 블랙카바르를 막는 데도 애를 먹었소. 그러니 나나 그 새하고는 상대도 안 될 거요. 애빈스가 보초를 불러들이는군. 우리도 가야 돼요. 자, 걱정하지 말고 느긋하게 펠릿이나 씹고 한숨 자 둬요. 잠이 안 오면 발톱이라도

547

갈면서 기다리라고. 혹시 필요할지도 모르니까."

처빌 대장의 표적반 토끼들이 모두 굴로 들어가고 블랙
카바르도 보초들에게 끌려갔다. 빅윅은 자기 굴로 돌아와
오늘 저녁에 있을 일을 머리에서 지우려고 애썼다. 한참 동
안 끙끙거리다가 결국 저녁까지 혼자 있으려던 계획을 포
기했다. 빅윅은 일반 토끼들의 굴을 둘러보며 함께 밥-스
톤스 게임을 하고, 옛날이야기를 두 편이나 듣고, 자기도
한 편 들려준 뒤 도랑에다 흐라카를 누고는, 충동적으로 처
빌 대장을 찾아가 다른 표적반을 방문해도 좋다는 허락을
받아 냈다. 어슬렁어슬렁 크릭사를 지나가다가 마침 왼쪽
옆구리 표적반이 니-프리스 실플레이에 한창인 것을 보고
함께 풀을 뜯다가 나중에 그들을 따라 굴로 들어갔다. 그쪽
지휘관들은 넓은 굴을 여럿이 함께 쓰고 있어서 빅윅은 경
험 많은 고참들을 만나 대정찰에 얽힌 이야기나 무용담을
재미있게 들었다. 오후가 되어 느긋해지고 자신감을 되찾
은 빅윅은 자기 표적반으로 돌아와 보초가 실플레이하라고
깨울 때까지 푹 잤다.

빅윅은 굴길을 올라갔다. 블랙카바르는 여느 때처럼 움
푹 들어간 벽 앞에 힘없이 웅크리고 있었다. 빅윅은 처빌
대장 옆에 앉아 표적 토끼들이 나가는 모습을 지켜보았다.
하이젠슬라이와 티수딘낭은 눈길도 주지 않고 지나갔다.
둘 다 긴장하고 있으면서도 침착성을 잃지 않았다. 처빌 대
장은 마지막 토끼를 따라 들판으로 나갔다.

빅윅은 처빌 대장이 굴에서 충분히 멀어질 때까지 기다

렸다가 다시 한 번 블랙카바르 쪽을 힐끔 보고 나서 밖으로 나갔다. 환한 저녁 햇살에 눈이 부셔서 빅윅은 앞발을 들고 앉아 한쪽 뺨의 털을 가지런히 빗으면서 햇빛에 적응하느라 눈을 깜박였다. 잠시 뒤 들판 위를 날아오는 키하르가 보였다.

"드디어 때가 왔군. 자, 간다."

빅윅이 중얼거리는데 뒤쪽에서 누군가 말을 걸었다.

"슬라일리, 자네와 할 이야기가 좀 있네. 잠깐 덤불로 오겠나?"

빅윅은 앞발을 내리고 돌아보았다. 운드워트 장군이었다.

37
천둥구름이 몰려오다

불은 감춘다 처도 연기는 어찌할 테냐?
조엘 챈들러 해리스, 〈리머스 아저씨〉

빅윅은 순간 그 자리에서 운드워트와 싸울까 생각했다. 하지만 곧 그것은 쓸데없는 짓이며 재앙을 자초할 뿐임을 깨달았다. 일단 운드워트의 명령에 따르는 수밖에 없었다. 빅윅은 운드워트를 따라 덤불숲을 지나 승마길의 나무 그늘로 갔다. 한창 석양이 지고 있었지만 구름이 잔뜩 낀 듯 나무들 사이는 후텁지근하고 어두침침했다. 천둥구름이 몰려들고 있었다. 빅윅은 장군을 쳐다보며 기다렸다.

운드워트가 말문을 열었다.

"자네 오늘 오후에 왼쪽 엉덩이 표적반에서 나간 적 있나?"

550

"네, 장군님!"

빅윅은 운드워트에게 장군님이라는 존칭어를 붙이기 싫었지만, 에프라파 지휘관으로 있는 한 어쩔 수 없었다. 빅윅은 처빌이 허락했다는 변명은 하지 않았다. 아직 질책을 들은 건 아니었다.

"어디 갔었지?"

빅윅은 화가 났지만 꾹 참았다. 운드워트는 빅윅이 어디에 갔는지 뻔히 알고 있으면서도 묻고 있는 것이다.

"왼쪽 옆구리 표적반에 갔습니다. 그쪽 굴에 들어갔지요."

"왜 갔지?"

"시간도 남고, 거기 지휘관들한테 이야기 듣고 공부 좀 하려고 갔습니다."

"또 어디 갔었나?"

"없습니다, 장군님."

"왼쪽 옆구리 표적반 아우슬라 중에⋯⋯ 그라운드슬이란 친구를 만났겠군."

"그럴지도 모르죠. 이름은 다 모릅니다."

"예전에 그 토끼를 본 적이 있나?"

"없습니다. 그럴 리가 있나요?"

잠시 침묵이 흘렀다.

빅윅이 물었다.

"장군님, 대체 무슨 말씀이십니까?"

운드워트가 말했다.

"질문은 내가 한다. 그라운드슬은 자네를 만난 적이 있다는데. 자네 머리털을 보니까 생각이 나더라는군. 어디서 만났는지 알겠나?"

"전혀 모르겠습니다."

"자네, 여우한테 쫓겨 도망친 일이 있는가?"

"네, 며칠 전 이리로 오는 길에 그랬습니다."

"자네가 그 여우를 다른 토끼들한테 유인하는 바람에 토끼 하나가 죽었어. 그렇지?"

"일부러 그런 건 아닙니다. 거기에 토끼들이 있는 줄도 몰랐지요."

"왜 그 이야기는 안 했지?"

"그 뒤로 까맣게 잊어버렸습니다. 여우를 만나서 도망친 일이 잘못은 아니지요."

"자네 때문에 우리 에프라파 지휘관이 죽었어."

"우연한 사고였습니다. 제가 없었다 해도 여우한테 당할 수 있었습니다."

"아니네. 맬로라면 여우를 피했겠지. 여우는 자기 본분을 아는 토끼한테는 위험한 존재가 아니야."

"지휘관이 여우한테 죽었다니 안타깝습니다. 지독하게 운이 나빴군요."

운드워트는 크고 흐릿한 눈으로 빅윅을 지그시 바라보았다.

"그렇다면 한 가지만 더 묻지. 그때 정찰대는 한 무리의 토끼 흔적을 쫓고 있었다. 낯선 토끼들이었지. 그들에 대해 아는 것이 있나?"

"저도 그때쯤 토끼들의 흔적을 발견했습니다. 그게 다입니다."

"그들과 함께 있었던 것은 아니고?"

"제가 그들과 함께 있었다면 에프라파로 왔겠습니까?"

"질문은 내가 한다고 했을 텐데! 그들이 어디로 갔는지 정말 모른단 말이지?"

"모르겠습니다, 장군님."

운드워트는 눈길을 거두더니 한동안 아무 말도 하지 않았다. 운드워트는 빅윅이 이야기가 끝났으면 이제 가도 되느냐고 묻기를 기다리는 것 같았다. 하지만 빅윅은 자기도 잠자코 있겠다고 마음먹었다.

결국 운드워트가 말했다.

"한 가지 더 묻겠네. 오늘 아침 들판에 나타난 하얀 새 말이야, 그런 새들이 두렵지 않은가?"

"네, 장군님. 그런 새가 토끼를 해쳤다는 얘기는 들어 보지 못했습니다."

"허나 슬라일리 자네처럼 경험이 많은 토끼라면 위험하다는 걸 알고 있을 텐데. 아무튼 왜 새한테 가까이 갔나?"

빅윅은 재빨리 머리를 굴렸다.

"솔직히 말씀드리자면 처빌 대장한테 잘 보이고 싶었습니다."

"거, 훌륭한 이유로군. 하지만 잘 보이고 싶다면 먼저 나한테 잘 보이게. 모레 대정찰대를 이끌고 나갈 걸세. 철길을 건너 그 토끼들의 흔적을 찾아볼 작정이야. 자네와 만나지만 않았다면 맬로 대장이 찾아냈을 텐데. 그러니 자네도 따라와서 실력 발휘를 해 보게."

"알겠습니다, 장군님. 영광입니다."

다시 짧은 침묵이 흘렀다. 빅윅은 이번에는 물러가려는 시늉을 했다. 하지만 다음 순간 날아온 질문에 움찔 걸음을 멈추었다.

"하이젠슬라이와 함께 있었을 때, 왼쪽 엉덩이 표적반으로 가게 된 이유를 말하던가?"

"네, 장군님."

"그 문제는 아직 완전히 수습되지 않았어. 감시 잘하게. 하이젠슬라이랑 이야기를 많이 할수록 좋은 일이네. 암토끼들이 마음을 잡은 건지 아닌지 모르겠다니까. 궁금하니까 알려 주게."

"잘 알겠습니다, 장군님."

"좋아. 이만 돌아가 보게."

빅윅은 다시 들판으로 나섰다. 실플레이는 거의 끝나 가고, 해는 이미 져서 어두워지고 있었다. 짙은 비구름이 저녁놀을 덮어 버렸다. 키하르는 아무 데도 보이지 않았다. 보초들이 들어오고 토끼들이 땅속으로 들어가기 시작했다. 빅윅은 풀밭에 홀로 앉아 토끼들이 모두 들어가기를 기다렸다. 키하르는 여전히 그림자도 보이지 않았다. 빅윅은 천천히 굴 쪽으로 갔다. 입구에 들어서는 순간 아우슬라파 하나와 부딪쳤다. 그 아우슬라파는 블랙카바르가 도망치지 못하게 입구를 막고 있었다.

빅윅이 말했다.

"이 한심한 멍청이 같은 놈, 저리 비키지 못해!"

그러고는 어깨 너머로 돌아보며 "가서 일러바치지 그래." 하고 비아냥거리고 자기 굴로 들어갔다.

*

흐린 하늘에서 빛이 사라져 가는 동안 헤이즐은 살그머니 굴을 빠져나가서 철길 굴다리 밑 딱딱한 맨땅을 지나 북쪽으로 나와 귀를 기울였다. 잠시 뒤 파이버가 다가오자 둘은 에프라파 쪽 들판으로 조금 나아갔다. 후텁지근한 공기속엔 보리가 익어 가는 냄새와 비 냄새가 배어 있었다. 주위는 쥐 죽은 듯 고요했지만 테스트강 이편 목초지에서는 도요새 한 쌍이 째지는 소리로 끊임없이 울어 대는 소리가 희미하게 들려왔다. 키하르가 철둑 꼭대기에서 날아 내려왔다.

헤이즐이 세 번째로 확인했다.

"분명히 빅윅이 오늘 밤이라고 했어?"

키하르가 말했다.

"걱정이야. 잡혔을지 몰라. 픽빅 씨, 끝. 그럴까?"

헤이즐은 대답하지 않았다.

파이버가 말했다.

"나도 모르겠어. 구름과 천둥. 들판 위쪽에 있는 그곳. 마치 강바닥과 같아. 거기서는 무슨 일이 일어날지 몰라."

"빅윅이 거기 있어. 빅윅이 죽었다면? 놈들한테 잡혀서 자백을 강요받고 있다면?"

파이버가 말했다.

"헤이즐-라, 이렇게 깜깜한 데서 걱정만 하면 빅윅한테 무슨 도움이 되겠어. 나쁜 일은 없을 거야. 뭔가 사정이 있어서 가만히 있는 거겠지. 아무튼 오늘 밤에 안 온다는 건 확실해. 그리고 여기는 토끼들한테 위험해. 내일 새벽에 키하르가 가서 소식을 가져오면 돼."

헤이즐이 말했다.

"네 말이 맞긴 하지만 난 돌아가고 싶지 않아. 혹시라도 빅윅이 오면 어떡해? 실버한테 토끼들을 데려가라고 하고 나는 여기 남겠어."

"혼자 있으면 아무 소용도 없어. 다리도 안 좋잖아. 넌 지금 나지도 않은 풀을 먹겠다고 하는 꼴이야. 풀이 자랄 기회를 주는 게 어때?"

철길 굴다리 아래로 돌아가 보니 실버만 마중을 나오고 다른 토끼들은 쐐기풀 덤불 속에서 불안스레 뒤척이고 있었다.

헤이즐이 말했다.

"오늘 밤은 포기해야겠어, 실버. 완전히 깜깜해지기 전에 강을 건너 돌아가자."

핍킨이 살금살금 지나가면서 말했다.

"헤이즐-라, 잘…… 잘되겠지, 응? 내일이면 빅윅이 오겠지?"

헤이즐이 말했다.

"그럼, 오고말고. 우리도 빅윅을 도와주러 다시 올 거야. 흘라오-루, 한 가지 더 말해 줄게. 만약 내일도 오지 않으면 내가 직접 에프라파로 갈 거야."

핍킨이 말했다.

"나도 따라갈게, 헤이즐-라."

*

빅윅은 자기 굴 속에서 하이젠슬라이와 바싹 붙어 웅크리고 있었다. 몸을 떨고 있었지만 추워서가 아니었다. 통풍이 잘 안 되는 굴길에 천둥구름 기운이 가득해서 마치 수북한 낙엽 더미 속에 들어가 있는 것처럼 숨이 막혔다. 빅윅은 신경이 곤두설 대로 곤두서 있었다. 운드워트 장군과 헤어지고 나자 음모를 꾸미는 자가 느끼는 공포는 점점 목을 조여 왔다. 운드워트는 어디까지 알고 있을까? 에프라파에서 일어나는 일은 전부 운드워트의 손바닥 안에 있었다. 그 점은 확실했다. 운드워트는 헤이즐 일행이 북쪽에서 와서 철길을 건넌 사실도 알고 있고 여우 사건도 알고 있었다. 제철도 아닌데 갈매기가 나타나 에프라파 주변을 맴돌고 있으며 빅윅이 일부러 새에게 다가갔다는 것도 훤히 알고 있었다. 빅윅이 하이젠슬라이와 가까워진 것도 알고 있었다. 운드워트가 그 모든 정보를 한데 모아 빅윅의 작전을 꿰뚫어 보는 데까지 얼마나 걸릴까? 아니, 이미 모든 것을 알고 체포할 순간만 기다리고 있는지도 모른다.

운드워트는 모든 점에서 유리하다. 그는 모든 길이 만나는 길목에 버티고 있기 때문에 어느 길도 훤히 내다보고 있는 반면, 빅윅은 어리석게도 그의 적이 되어 무작정 덤불숲을 헤매고 다니며 자신의 움직임을 낱낱이 드러내고 있는 셈이다. 키하르와 다시 연락할 방법도 없었다. 키하르와 연락을 하더라도 헤이즐이 과연 다시 토끼들을 데리고 올 수 있을지 의문이었다. 어쩌면 캠피언의 정찰대에 들켰을지도 모른다. 블랙카바르한테 말을 거는 건 위험하다. 키하르에게 다가가는 것도 위험하다. 구멍을 막고 또 막아도 비밀은 새어 나간다. 걷잡을 수 없이 쏟아져 나간다. 앞으로 사태는 더 심각해질 것이다.

"슬라일리."

하이젠슬라이가 속삭였다.

"당신과 나와 티수딘낭뿐이라면 오늘 밤 탈출할 수 있을까요? 굴 입구에 있는 보초만 해치우면 정찰대가 추적을 시작하기 전에 도망칠 수 있을지도 몰라요."

빅윅이 물었다.

"왜죠? 왜 그런 말을 하는 거요?"

"무서워요. 실플레이 바로 전에 암토끼들한테 계획을 말했거든요. 새가 보초들을 공격하는 즉시 도망치라고 했는데 아무 일도 일어나지 않았잖아요. 넬틸타를 비롯해서 모든 암토끼들이 우리 계획을 알고 있어요. 머지않아 장로회에 알려질 게 뻔해요. 물론 입을 꾹 다물고 있는 것만이 살길이고 당신이 다시 기회를 만들 거라고 단단히 일러두긴 했지만요. 지금은 티수딘냥이 암토끼들을 지키고 있어요. 어떻게든 잠을 자지 않고 지켜보겠대요. 하지만 에프라파에서 비밀이란 없어요. 물론 우리는 되도록 신중하게 암토끼들을 골랐지만 그중에도 첩자가 있을지 몰라요. 내일 아침이 되기도 전에 모조리 체포될지도 모른다고요."

빅윅은 제대로 생각하려고 애썼다. 결단력 있고 분별 있는 암토끼 두 마리만 데리고 탈출한다면 그리 어렵지 않을 것이다. 하지만 보초를 죽이지 못하면 대번에 마을 전체에 경보가 울릴 것이고, 어둠 속에서 강을 찾아갈 수 있을지도 자신이 없었다. 설령 찾는다 해도 적이 빅윅 일행을 쫓아 널다리를 건너와서 아무것도 모르고 자고 있는 친구들을 덮칠 수도 있다. 게다가 지금은 빅윅 자신도 용기가 꺾인 탓에 암토끼 두 마리밖에 데려가지 못한다. 실버와 다른 토끼들은 빅윅이 어떤 고생을 겪었는지 알려고도 하지 않을 것이다. 빅윅이 도망쳤다는 사실만 기억할 것이다.

빅윅은 되도록 부드럽게 말했다.

"아니, 아직 포기해서는 안 돼요. 천둥비와 기다림 때문에 불안한 거요. 자, 내가 약속하지. 내일 이맘때면 당신과 친구들은 에프라파에서 영원히 벗어나 있을 거요. 여기서 한숨 자고 나서 티수딘냥을 도와줘요. 그 높은 언덕이랑 내가 얘기했던 즐거움들을 잊지 말아요. 우린 그곳에 가는 겁니다. 고생은 곧 끝날 거요."

하이젠슬라이가 잠들자, 빅윅은 약속을 지킬 일도 암담하고 언제 장로회 경찰이 들이닥칠지 두려웠다.

'만일 그렇게 되면 나는 갈가리 찢겨 죽을 때까지 싸우겠어. 절대로 블랙카바르 같은 꼴은 되지 않을 거야.'

*

눈을 떠 보니 빅윅은 혼자였다. 순간 하이젠슬라이가 체포된 게 아닌가 싶었다. 하지만 아우슬라파에게 끌려갔다면 바로 옆에 있던 자신이 모를 리 없었다. 하이젠슬라이는 빅윅이 깨지 않도록 조심하며 티수딘낭에게 돌아간 게 틀림없었다.

아직 동트기 전이었지만 공기는 여전히 답답했다. 빅윅은 발소리를 죽이고 출입구까지 올라갔다. 당번 보초인 머니워트가 초조한 듯 밖을 내다보다가 빅윅이 다가오는 소리를 듣고 돌아보았다.

"차라리 비가 쏟아졌으면 좋겠습니다. 들판의 풀들을 몽땅 못 먹게 될 만큼 천둥구름이 몰려오는데 비는 저녁때나 돼야 내릴 것 같군요."

빅윅이 대답했다.

"아침저녁 실플레이 마지막 날인데 재수가 없군. 가서 처빌 대장을 깨워 와. 토끼들이 나올 때까지 내가 여기를 지키고 있지."

머니워트가 가고 나자 빅윅은 굴 입구에 앉아 답답한 공기 냄새를 맡았다. 하늘은 나무 꼭대기에 닿을 듯 가라앉아 있고 구름으로 뒤덮인 동쪽 하늘만 여우 털처럼 붉게 빛나고 있었다. 종달새 한 마리 날지 않고 지빠귀 한 마리 울지 않았다. 빅윅의 눈앞에 펼쳐진 들판으로 개미 새끼 한 마리 돌아다니지 않았다. 빅윅은 도망치고 싶은 충동이 불쑥 치솟았다. 지금 같으면 눈 깜짝할 사이에 철길 굴다리까지 도망칠 수 있다. 이런 날씨에는 캠피언도 정찰을 나가지 않을 테니 안전할 것이다. 들판과 숲에 살아 있는 동물들은 부드럽고 거대한 발에 눌려 있는 듯 숨죽이고 있으리라. 누구도 움직이려 하지 않을 것이다. 이런 날씨는 움직이기 불편한 데다 본능적 감각마저 둔해지기 때문이다. 지금은 가만히 웅크리고 있을 때였다. 하지만 도망자에게는 안전하다. 사실 이보다 더 좋은 기회는 없을 것이다.

빅윅이 말했다.

"오, 별빛의 귀를 가진 토끼의 수호신이여, 제게 신호를 보내 주십시오!"

등 뒤에서 움직이는 기척이 났다. 아우슬라파가 죄수를 끌고 올라오고 있었다. 천둥구름이 낀 새벽 어스름 속에서 보니 블랙카바르는 여느 때보다 더 병색이 짙고 풀이 죽어 있었다. 코는 말라 있고 눈은 흰자위가 드러나 있었다. 빅윅은 들판으로 나가 클로버를 한입 가득 뜯어서 돌아왔다.

빅윅이 블랙카바르에게 말했다.

"기운 좀 차려. 클로버 좀 먹으라고."

그러자 아우슬라파가 말했다.

"규칙 위반입니다."

다른 아우슬라파가 말했다.

"아니, 먹게 해 주게, 바치아. 아무도 안 보는데, 뭐. 이런 날엔 누구나 힘든데 죄수는 오죽하겠어."

블랙카바르는 클로버를 먹었고, 빅윅은 처빌이 표적반을 감시하러 오자 원래 자리로 돌아갔다.

토끼들은 동작이 느리고 멈칫거렸으며 처빌도 여느 때처럼 활기찬 것 같지 않았다. 토끼들이 지나갈 때 말도 건네지 않았다. 하이젠슬라이와 티수딘낭이 지나갈 때도 가만히 있었다. 그런데 넬틸타가 걸음을 멈추고 건방진 눈빛으로 처빌을 바라보며 말했다.

"날씨 타는 거예요, 대장님? 정신 차리세요. 머지않아 깜짝 놀랄 일이 있을지 누가 알아요?"

처빌이 날카롭게 되물었다.

"무슨 소리야?"

"암토끼한테 날개가 돋아나 날아갈지도 모른단 얘기예요. 그것도 머지않아서요. 땅속에서는 비밀이 두더지보다 빠르게 돌아다니지요."

넬틸타는 다른 암토끼들을 따라 들판으로 나갔다. 순간 처빌은 넬틸타를 도로 불러들일 듯이 바라보았다.

빅윅이 얼른 말했다.

"대장님, 제 오른쪽 뒷발 좀 봐 주시겠습니까? 가시가 박힌 것 같습니다."

처빌이 말했다.

"그럼 밖으로 나와 보게. 밖이라고 해서 더 잘 보일 것 같지는 않네만."

처빌은 아직도 넬틸타의 말을 곱씹고 있는지 아니면 다

562

른 이유가 있는지 꼼꼼히 살펴봐 주지 않았다. 자세히 찾아보았어도 마찬가지였을 것이다. 어차피 가시 따윈 없었으니까.

처빌이 고개를 들며 말했다.

"에잇, 제기랄! 저 망할 놈의 하얀 새가 또 왔네. 왜 자꾸 오는 거야?"

빅윅이 물었다.

"왜 그렇게 신경 쓰십니까? 우리한테 해를 끼치는 것도 아닌데. 달팽이라도 찾나 보죠."

처빌은 운드워트 장군의 말을 빌려 대답했다.

"무릇 정상에서 벗어난 일은 위험이 될 소지가 다분하다고. 슬라일리, 오늘은 저놈한테 가까이 가지 말게, 알았나? 이건 명령이야."

빅윅이 말했다.

"아, 알겠습니다. 하긴 대장님도 저 새를 쫓아 버리는 방법을 알고 계시겠지요? 토끼라면 누구나 알 테니까."

"말도 안 되는 소리. 설마 저렇게 크고 부리가 내 앞발만큼 굵은 새하고 싸우자는 얘긴 아니겠지?"

"아니, 아닙니다. 저희 어머니가 가르쳐 준 주문 같은 게 있지요. '무당벌레야, 무당벌레야, 집으로 날아가거라.' 같은 거 말입니다. 그 주문처럼 이 주문도 효과가 있지요. 어쨌거나 저희 어머니가 하실 때는요."

"무당벌레 주문이 듣는 건 단지 그 벌레가 줄기 꼭대기까지 기어 올라갔다가 날아가는 습성이 있기 때문이야."

"알겠습니다, 대장님 마음대로 하십시오. 전 그저 대장님이 저 새를 싫어하시니까 대신 쫓아 버리려고 한 것뿐입니다. 예전에 제가 살던 마을에는 이런 주문이나 속담이 많았지요. 인간을 쫓아 버리는 주문도 있으면 좋을 텐데."

처빌이 물었다.

"흠, 그 주문이란 게 뭐야?"

"이런 겁니다.

'오, 날아가라, 커다란 흰 새여, 오늘 밤까지는 오지 마라.'

물론 산울타리어로 말해야 합니다. 새들은 토끼어를 모를 테니까요. 어쨌든 해 보시죠. 주문이 안 먹힌다 해도 어차피 손해 볼 건 없고, 주문이 먹힌다면 표적 토끼들은 대장님이 그 새를 쫓아 버렸다고 생각할 겁니다. 그 새는 어디 있죠? 어두침침해서 보이지가 않네요. 어, 저기 엉겅퀴 덤불 뒤에 있군요. 자, 이렇게 뛰세요. 이쪽으로 팔짝 뛰었다가 반대쪽으로 팔짝 뛰시고, 다리를 긁고. 네, 아주 잘하셨어요. 귀를 쫑긋 세우고, 쭉 똑바로 가다가…… 아! 다 왔군요. 이제 합니다.

'오, 날아가라, 커다란 흰 새여, 오늘 밤까지는 오지 마라.'

자, 보셨죠? 효과가 있잖습니까. 이런 옛 노래나 주문에는 우리가 모르는 힘이 깃들어 있는 것 같습니다. 물론 그 새도 마침 그때 날아갈 생각을 했던 건지도 모르지만요. 그래도 가긴 갔잖아요."

처빌은 못마땅한 듯 말했다.

"그렇게 채신머리없이 폴짝거리며 다가가서 그런지도 모르지. 표적 토끼들이 도대체 어떻게 생각하겠어? 아무튼 여기까지 나왔으니 보초들이나 둘러보러 가지."

빅윅이 말했다.

"괜찮으시다면 저는 여기서 풀 좀 뜯겠습니다. 어젯밤에 별로 못 먹었거든요."

*

행운은 그것만이 아니었다. 그날 아침 느지막이 뜻밖에도 블랙카바르와 단둘이 이야기할 기회가 생겼다. 빅윅은 후텁지근한 굴을 돌아다녔는데 어디를 가나 숨이 차고 열기가 뿜어져 나왔다. 그래서 처빌을 잘 구슬려 표적 토끼들이 하루 중 얼마 동안이라도 땅 위의 덤불 속에서 지낼 수 있게끔 장로회에 요청하게 해 볼까, 그렇게 되면 도망칠 기회가 생길지 모르겠다고 생각하던 중에 문득 흐라카를 누고 싶어졌다. 토끼는 굴속에다 흐라카를 누지 않는다. 그리고 방금 화장실에 다녀왔다가 다시 간다고 하지 않는 한 언제든지 화장실에 가도 되는 어린 학생들처럼 에프라파 토끼들도 시원한 공기를 쐬고 싶거나 바깥 구경을 하고 싶을 때면 흐라카를 누러 도랑에 가곤 했다. 꼭 필요할 때가 아니면 자주 가지는 못하지만 몇몇 아우슬라는 너그럽게 봐 주곤 했다. 빅윅은 도랑으로 나가는 굴로 가다가 어린 수토끼 두세 마리가 서성이는 것을 보고 늘 그렇듯 지휘관다운

태도로 물었다.

"왜 여기서 얼쩡대고 있나?"

"죄수 감시자가 출입구를 지키면서 못 나가게 합니다. 잠시만 기다리라며 아무도 내보내 주지 않습니다."

빅윅이 물었다.

"흐라카도 눌 수 없단 말인가?"

"네, 그렇습니다."

빅윅은 울컥해서 당장 입구로 갔다. 블랙카바르의 감시를 맡은 토끼가 보초와 이야기를 나누고 있었다.

아우슬라파인 바치아가 말했다.

"죄송하지만 지금은 나가실 수 없습니다. 죄수가 도랑에 있으니 잠시만 기다려 주십시오."

빅윅이 말했다.

"나도 금방 끝나. 좀 비켜 주겠나?"

그러고는 바치아를 밀치고 도랑으로 폴짝폴짝 뛰어나 갔다.

금방이라도 비가 쏟아질 듯 잔뜩 찌푸린 날씨였다. 블랙카바르는 깃털처럼 드리워진 야생 파슬리 아래 쭈그리고 앉아 있었다. 너덜너덜한 귀에 파리들이 돌아다니고 있는 것도 알아차리지 못하는 것 같았다. 빅윅은 도랑으로 가서 블랙카바르 옆에 쭈그리고 앉았다.

빅윅이 재빨리 말했다.

"블랙카바르, 잘 들어. 프리스 님과 인레의 검은 토끼에 대고 맹세하는데 지금부터 내가 하는 말은 모두 진실이야.

나는 에프라파에 숨어든 적이야. 이 사실을 아는 건 자네와 암토끼 둘뿐이야. 오늘 밤 암토끼들을 데리고 도망칠 건데 자네도 데려갈 생각이야. 그때까지 잠자코 있어. 때가 되면 내가 와서 알려 줄 테니까 기운 차리고 준비하고 있어."

빅윅은 대답도 기다리지 않고 좋은 자리를 찾는 척하며 다른 곳으로 갔다. 그러고도 블랙카바르보다 빨리 입구로 돌아왔다. 블랙카바르는 감시자들이 재촉하지 않을 것을 알고 되도록 오래 나가 있으려는 모양이었다.

빅윅이 들어오자 바치아가 말했다.

"벌써 세 번이나 제 말을 어기셨습니다. 장로회 경찰에게 이런 식으로 하시면 안 됩니다. 저는 보고할 수밖에 없습니다."

빅윅은 대꾸도 하지 않고 굴길을 올라갔다. 빅윅은 기다리는 토끼들을 지나치면서 말했다.

"조금만 더 기다려 줘야겠어. 저 불쌍한 친구는 오늘 안으로 다시 바깥 구경을 할 기회가 없을 테니까."

빅윅은 하이젠슬라이를 찾아가 볼까도 했지만 떨어져 있는 게 현명하다고 결론 내렸다. 하이젠슬라이는 자신이 할일을 잘 알고 있다. 그리고 둘이 함께 있는 모습을 되도록 보이지 않는 편이 낫다. 빅윅은 더위 때문에 골치가 지끈거리자 조용히 혼자 있고 싶어졌다. 그래서 자기 굴로 돌아와 잠을 잤다.

38
천둥비가 퍼붓다

자, 이제 바람아 불어라, 파도여 일어라, 배여 나아가라!
폭풍우가 왔으니 모든 것을 운명에 맡기라.

셰익스피어, 〈줄리어스 시저〉

오후 느지막이 사방이 어두컴컴해지고 공기가 몹시 후텁
지근해졌다. 이런 날 저녁노을은 없을 게 뻔했다. 헤이즐은
강기슭의 오솔길에 나와 에프라파의 상황이 어떨지 상상하
면서 안절부절못했다.

헤이즐은 키하르에게 다시 확인했다.

"토끼들이 풀을 뜯을 때 너한테 보초들을 공격하라고 했
지, 그렇지? 그러면 혼란을 틈타서 빅윅이 엄마 토끼들을
데리고 나온다고 했지?"

"응, 그래 놓고 안 나왔어. 지금은 가고 오늘 밤 또 와, 했
어."

"그럼 그 계획대로 밀고 나갈 작정이군. 문제는 언제 다시 풀을 뜯으러 나오냐는 거야. 벌써 어두워지는데. 실버, 어떻게 생각해?"

"에프라파에서는 실플레이 시간이 늘 정해져 있어. 늦을까 봐 걱정되면 지금 떠나지, 왜?"

"놈들이 늘 정찰을 다니잖아. 에프라파 근처에 오래 있을수록 위험해져. 빅윅이 오기 전에 정찰대가 우리를 발견하면 우리만 도망치고 끝날 문제가 아니야. 놈들은 우리가 무슨 꿍꿍이가 있어서 온 줄 눈치채고 경보를 울릴 거야. 그러면 빅윅은 모든 기회를 잃게 돼."

블랙베리가 말했다.

"이봐, 헤이즐-라. 우린 빅윅과 동시에 철길에 도착해야지 조금이라도 먼저 도착하면 안 돼. 지금 모두 데리고 강을 건너 가서 배 근처 덤불숲에서 기다리는 게 어떨까? 키하르가 보초들을 공격하고 나서 돌아와 알려 주면 되잖아."

헤이즐이 대답했다.

"그래, 그러면 되겠다. 그리고 키하르가 오면 우린 즉시 철길로 가는 거야. 빅윅은 키하르뿐 아니라 우리 도움도 필요해."

파이버가 말했다.

"하지만 넌 그런 다리로는 굴다리까지 달려가지 못해. 배에 남아 있다가 우리가 올 때까지 밧줄을 갉아 놓기나 해. 싸움이 일어나면 실버가 맡을 거야."

헤이즐은 머뭇거렸다.

"싸우다가 다치기도 할 텐데……. 나만 뒤에 남아 있을 순 없어."

블랙베리가 말했다.

"파이버 말이 맞아. 넌 배에서 기다려. 만에 하나 네가 에프라파 놈들한테 잡히면 안 되니까. 게다가 밧줄을 반쯤 갉아 놓는 일은 굉장히 중요해. 그건 꼭 현명한 토끼가 맡아서 해야 돼. 너무 빨리 끊어지면 우린 끝장이라고."

헤이즐을 설득하는 데는 한참 걸렸다. 마침내 헤이즐은 마지못해 그러겠다고 했다.

헤이즐이 말했다.

"오늘 밤 빅윅이 돌아오지 않으면 어디 있든 내가 찾아나설 거야. 벌써 무슨 일이 벌어졌는지도 모르지만."

미지근한 바람이 이따금 몰아치면서 강가 사초들이 사각거릴 때 실버 일행은 왼쪽 강기슭으로 출발했다. 일행이 널다리에 도착하자마자 천둥소리가 들려왔다. 이상하고 강렬한 빛에 둘러싸이자 풀과 나뭇잎이 더 커 보이고 강 건너 들판이 아주 가깝게 느껴졌다. 숨 막힐 듯한 정적이 흘렀다.

블루벨이 말했다.

"저기, 헤이즐-라. 이렇게 이상한 밤에 암토끼를 찾아가긴 처음이야."

실버가 말했다.

"좀 있으면 더 이상해질걸. 번개가 치고 비가 쏟아질 거야. 제발 부탁인데 겁먹지 마. 안 그러면 다시는 마을로 돌아가지 못해. 힘들 테니 마음 단단히 먹어."

그러고는 헤이즐을 보며 나직이 덧붙였다.

"나도 무섭긴 해."

*

빅윅은 자기 이름을 다급하게 불러 대는 소리에 깨어났다.

"슬라일리! 슬라일리! 일어나요! 슬라일리!"

하이젠슬라이였다.

"무슨 일이오? 뭐가 잘못됐소?"

"넬틸타가 체포됐어요."

빅윅은 벌떡 일어났다.

"언제? 뭣 때문에?"

"방금 전에요. 머니워트가 우리 굴로 와서 넬틸타더러 당
장 처빌 대장한테 가 보라고 하더군요. 저도 뒤쫓아 가 보
았죠. 넬틸타가 처빌의 굴에 가니까 굴 바로 앞에 장로회
경찰 둘이 대기하고 있고, 그중 하나가 처빌한테 '오래 걸
리지 않게 빨리 처리하지요.'라고 말하고 있었어요. 그러더
니 곧장 넬틸타를 끌고 갔어요. 장로회에 끌려간 게 분명해
요. 아, 슬라일리, 어떻게 하죠? 죄다 불어 버릴 텐데……."

빅윅이 말했다.

"내 말 잘 들어요. 잠시도 지체하면 안 돼요. 얼른 가서
티수딘낭이랑 다른 암토끼들을 데리고 이 굴로 와요. 내가
없더라도 여기서 조용히 기다려요. 금방 올게요. 빨리 가
요! 한시가 급하오."

하이젠슬라이가 굴길을 내려가 사라지기가 무섭게 반대
쪽에서 누군가 다가오는 소리가 들렸다.

"누구냐?"

빅윅은 잽싸게 돌아보며 물었다.

상대방이 대답했다.

"처빌일세. 자네가 깨어 있어 다행이군. 슬라일리, 잘 듣
게. 이제 곧 한바탕 난리가 날 걸세. 넬틸타가 장로회에 체
포됐네. 오늘 아침 버베인에게 보고할 때부터 그렇게 될 줄
알았지. 넬틸타가 무슨 뜻으로 그런 말을 했는지 장로회에
서 캐낼 거야. 장군님도 사건의 진상을 알게 되는 대로 이
리로 오실 걸세. 이보게, 난 당장 장로회 굴로 가야 하네. 자
네와 애빈스가 여기 남아서 곧바로 보초를 세우게. 실플레
이는 중지되었고, 어떤 이유든 아무도 밖에 나가선 안 돼.
출입구마다 보초를 두 배로 세우게. 알아듣겠나?"

"애빈스한테도 말씀하셨나요?"

"애빈스를 찾아다닐 시간이 없네. 자기 굴에 없더군. 자
네가 보초들에게 경계 태세를 갖추라고 일러두게. 애빈스
도 찾아오라고 하고 바치아한테도 누구를 보내서 오늘 밤
엔 블랙카바르를 데리고 나오지 말라고 전해. 그리고 나면
보초들을 모을 수 있는 데까지 모아서 이 출입구들과 흐라
카용 출입구를 막게. 아무래도 탈출 음모가 있었던 것 같
아. 넬틸타는 쥐도 새도 모르게 체포했지만 표적 토끼들도
무슨 일이 벌어졌는지 눈치채겠지. 필요하다면 거칠게 해
도 좋아, 알겠지? 난 이만 가 보겠네."

"알았습니다. 당장 명령대로 하겠습니다."

빅윅은 굴길 꼭대기까지 처빌을 따라갔다. 출입구의 보초는 마저럼이었다. 마저럼이 비켜 주어 처빌이 지나가고 나자 빅윅이 뒤따라 나와 구름 낀 하늘을 쳐다보며 말했다.

"처빌 대장한테 들었나? 날씨가 이래서 오늘 밤 실플레이가 앞당겨졌네. 당장 시작하라는 명령이야."

빅윅은 마저럼의 대답을 기다렸다. 처빌이 나가면서 마저럼에게 아무도 못 나가게 하라고 명령을 내렸다면 싸움은 피할 수 없을 것이다.

하지만 다음 순간 마저럼이 말했다.

"천둥소리가 들렸나요?"

빅윅은 다짜고짜 말했다.

"어서 시작하라고 했잖아. 당장 내려가서 블랙카바르와 감시자를 데려와, 빨리. 폭풍우가 시작되기 전에 풀을 뜯으려면 지금 당장 토끼들을 내보내야 돼."

마저럼이 가고 나자 빅윅은 얼른 자기 굴로 돌아왔다. 하이젠슬라이는 벌써 시킨 대로 해 놓았다. 암토끼 서넛이 모여 있고, 옆 굴길에는 티수딘낭이 몇몇 암토끼를 데리고 웅크리고 있었다. 모두 겁에 질린 채 숨죽이고 있었다. 한둘은 공포에 질린 나머지 정신이 멍해지려 하고 있었다.

빅윅이 단호히 말했다.

"지금은 산 상태에 빠지면 안 돼요. 내 말에 따르기만 하면 살 수 있소. 잘 들으시오. 블랙카바르와 감시자가 금방 올 거요. 마저럼도 뒤따라올 테니 여러분은 어떤 핑계를 대

573

서라도 마저럼한테 말을 시켜요. 곧 싸우는 소리가 들릴 거요. 내가 감시자를 공격할 거니까. 그 소리가 나면 잽싸게 굴길을 올라와 나를 따라 들판으로 도망쳐요. 무슨 일이 있어도 멈추어선 안 됩니다."

말을 마치자 곧 블랙카바르와 감시자들이 다가오는 소리가 들렸다. 그렇게 힘없이 질질 끄는 발소리를 내는 토끼는 블랙카바르밖에 없었다. 빅윅은 암토끼들의 대답을 기다릴 새도 없이 굴길 입구로 돌아갔다. 바치아가 앞장선 채 세 토끼가 한 줄로 걸어왔다.

빅윅이 말했다.

"괜히 올라오라고 했군. 방금 실플레이가 취소됐다는 소식을 들었네. 밖을 내다보면 이해가 갈 거야."

바치아가 바깥 날씨를 살피러 올라간 틈에 빅윅은 재빨리 블랙카바르와 바치아 사이로 끼어들었다.

바치아가 말했다.

"음, 확실히 폭풍우가 올 것 같지만, 저는……."

"지금이야, 블랙카바르!"

빅윅은 이렇게 외치며 뒤에서 바치아를 덮쳤다.

바치아는 빅윅 밑에 깔린 채 굴 밖으로 고꾸라졌다. 과연 아우슬라파답게 바치아는 뛰어난 싸움꾼이었다. 풀밭에 뒹굴면서도 고개를 틀어 빅윅의 어깨를 물고 늘어졌다. 그는 한번 물면 절대로 놓지 않도록 훈련을 받았다. 이 수법은 예전에 몇 번이고 효과가 있었다. 하지만 빅윅만 한 힘과 용기를 지닌 토끼와 싸울 때는 어림없었다. 제대로 싸우려면 일단 빅윅한테서 떨어져 발톱을 써야 했다. 바치아가 개처럼 물고 늘어지자, 빅윅은 으르렁거리면서 양 뒷발을 앞으로 당겨 바치아의 옆구리를 찍어 누르고는 아픈 어깨 따위 신경 쓰지 않고 몸을 일으켰다. 바치아의 앙다문 이빨이 자신의 살점을 뜯어내며 떨어져 나오는 것이 느껴지더니 다음 순간 빅윅은 땅바닥에 나둥그라져 맥없이 헛발질하는 바치아를 내려다보고 있었다. 빅윅은 훌쩍 뛰어 비켜났다. 바치아는 뒷다리를 다친 게 분명했다. 버둥거려 봤자 일어나지 못할 것이다.

빅윅은 피를 흘리며 거칠게 내뱉었다.

"내 손에 죽지 않은 게 천만다행인 줄 알아."

빅윅은 바치아가 어떻게 하는지 보지도 않고 다시 굴로 뛰어 들어갔다. 블랙카바르가 감시자 하나와 엉겨 붙어 싸우고 있었다. 바로 너머에는 하이젠슬라이가 티수딘낭과 함께 굴길을 올라오고 있었다. 빅윅이 감시자의 머리통을 사정없이 후려치자, 그 토끼는 블랙카바르가 늘 차지하고 있던 움푹 파인 벽으로 날아가 처박혔다. 감시자는 숨을 헐떡이며 일어나서 말없이 빅윅을 쏘아보았다.

빅윅이 말했다.

"꼼짝 마. 움직였다간 더 매운 맛을 보여 주마. 블랙카바르, 괜찮아?"

블랙카바르가 말했다.

"네. 그런데 이제 어떻게 하지요?"

"날 따라오시오! 모두 다. 어서!"

빅윅은 다시 밖으로 나갔다. 바치아는 보이지 않았으나, 다른 토끼들이 잘 따라오고 있는지 확인하려고 고개를 돌린 순간, 다른 출입구에서 애빈스가 깜짝 놀란 얼굴로 내다보는 모습이 언뜻 보였다.

"처빌 대장이 널 찾고 있어!"

빅윅은 큰 소리로 말하고 들판으로 내달렸다.

그날 아침 키하르에게 말한 대로 엉겅퀴 덤불 앞에 이르렀을 무렵 저 너머 골짜기에서 천둥소리가 길게 울려 퍼졌다. 굵고 미지근한 빗방울이 후두둑 떨어졌다. 서쪽 지평선에는 낮게 깔린 구름들이 보랏빛 덩어리를 이루고 있고, 그 구름을 배경으로 멀리 있는 나무들이 또렷이 보였다. 구름 위쪽 언저리로 희미한 빛이 비쳐 들어 구름은 마치 머나먼 나라의 황량한 산맥처럼 보였다. 무게도 없고 움직임도 없는 구릿빛 구름 능선은 서리처럼 금방이라도 부서질 것 같았다. 다시 한 번 천둥이 치면 저 구름 산들은 부르르 떨며 산산히 부서질 테고, 그 폐허에서 고드름처럼 뾰족하고 따뜻한 파편들이 봇물처럼 쏟아질 것이다. 빅윅은 미칠 듯한 긴장감과 힘에 휩싸여 황토색 빛 속을 내달렸다. 어깨 상처가 아픈 줄도 몰랐다. 폭풍우는 빅윅의 것이었다. 폭풍우는 에프라파를 무너뜨릴 것이다.

빅윅이 넓은 들판을 한참 내달리며 눈으로 멀리 떨어진 굴다리를 찾고 있는데 경보를 전하는 땅의 진동이 느껴졌다. 빅윅은 멈춰 서서 주위를 둘러보았다. 뒤처진 토끼는 없는 것 같았다. 몇 마리인지 몰라도 암토끼들은 잘 따라오고 있었다. 하지만 양쪽으로 너무 흩어져 있었다. 토끼들은 원래 도망칠 때 흩어지는 습성이 있는 데다 굴에서 나올 때부터 암토끼들이 양옆으로 흩어져 달렸기 때문이다. 정찰대가 나타나 철길을 가로막을 경우 서로 가까이 모여 있지 않았다가는 무사히 돌파하기 힘들 것이다. 시간이 걸리더라도 암토끼들을 한데 모아야 했다. 그러나 또 다른 생각이 머리를 스쳤다. 보이지 않을 만큼 멀리 달아나기만 하면 날도 어둡고 비까지 내리는 탓에 추적대는 애를 먹을 것이다.

비가 점점 세차게 퍼붓고 바람이 더욱 거세어졌다. 저녁 어스름이 밀려오는 쪽을 보니 산울타리가 철길 쪽으로 뻗어 있었다. 빅윅은 가까이에 블랙카바르가 있는 것을 보고 달려가서 말했다.

"모두 저 산울타리 뒤쪽으로 가야 돼. 암토끼 몇을 데리고 저쪽으로 갈 수 있겠어?"

빅윅은 블랙카바르가 탈출 계획에 대해 아무것도 모른다는 사실이 떠올랐다. 하지만 헤이즐이나 강에 대해 설명할 여유가 없었다.

"산울타리의 저 물푸레나무까지 뛰어. 가는 길에 만나는 암토끼들을 다 데리고서 말이야. 산울타리를 그대로 지나서 뒤쪽으로 나가면 나도 곧 뒤따라갈게."

마침 그때 하이젠슬라이와 티수딘낭이 암토끼 서넛과 함께 달려왔다. 혼란스럽고 불안한 기색이 역력했다.

티수딘낭이 헐떡이며 말했다.

"슬라일리, 발 구르는 소리예요! 추적대가 와요!"

"어서 뛰어요. 내 곁을 벗어나지 말고요."

암토끼들은 생각보다 훨씬 잘 뛰어 주었다. 물푸레나무
쪽으로 달려가는 동안 암토끼들이 더 합류하자 빅윅은 아
주 강한 정찰대가 아니라면 충분히 상대할 수 있겠다는 자
신감이 생겼다. 빅윅은 산울타리를 통과하자 남쪽으로 방
향을 틀고는 산울타리에 바싹 붙어 비탈을 뛰어 내려갔다.
그러자 앞쪽에 수풀이 우거진 철둑 굴다리가 보이기 시작
했다. 과연 헤이즐이 기다리고 있을 것인가? 그리고 키하
르는 어디에 있을까?

*

"흠, 그다음에는 어떻게 하기로 되어 있었지, 넬틸타?"
운드워트 장군이 물었다.

"우린 이미 많은 것을 알고 있으니까 하나도 숨기지 말고
자백해. 버베인, 그냥 둬. 자꾸 때리면 말을 못 하잖아, 이
멍청아."

넬틸타는 숨을 몰아쉬며 말했다.

"하이젠슬라이가…… 아! 아! ……하이젠슬라이가, 큰
새가 보초들을 공격할 거라고, 하아-하, 그리고 그 틈을 타
서 도망갈 거라고. 그러고는…….."

"새가 보초를 공격할 거라고 했다고?"
운드워트가 당황하여 끼어들었다.

"그 말이 사실인가? 어떤 새라고 하던가?"
넬틸타는 헉헉거리며 말했다.

"모…… 몰라요. 새 지휘관이…… 새 지휘관이 새하고 이
야기했다고 했어요."

운드워트가 처빌을 돌아보며 물었다.

"새에 대해서 알고 있나?"

처빌이 대답했다.

"지난번에 보고드린 그대로입니다. 잊지 않으셨겠죠, 그
새는……."

그때 북적거리는 장로회 굴 밖에서 급한 발소리가 나더
니, 애빈스가 토끼들을 밀치고 뛰어들면서 소리쳤다.

"새 지휘관이 도망쳤습니다! 암토끼들을 데리고 말입니
다. 바치아한테 덤벼들어 한쪽 다리를 분질렀답니다! 블랙
카바르도 함께 도주했습니다. 막을 경황이 없었습니다. 몇
마리가 함께 도망쳤는지는 모르겠습니다. 슬라일리, 그 슬
라일리 짓입니다!"

운드워트가 벌컥 소리쳤다.

"슬라일리? 엠블리어 프리스, 그놈을 잡으면 장님을 만
들어 버리고 말리라! 처빌, 버베인, 애빈스, 그리고 거기 서
있는 너희 둘도 따라와. 놈이 어디로 갔는가?"

애빈스가 대답했다.

"들판을 내려갔습니다, 장군님."

운드워트가 말했다.

"놈이 달아난 쪽으로 안내해."

크릭사에서 들판으로 나오자 지휘관 두셋은 어둑어둑한
가운데 빗줄기가 거세게 퍼붓는 것을 보고 멈칫했다. 하지

만 더 무서운 것은 운드워트 장군의 모습이었다. 지휘관들은 잠깐 걸음을 멈추고 발을 굴러 탈출 경보를 울린 다음 곧바로 장군을 따라 철길로 갔다.

운드워트 일행은 이내 빗물에 채 씻겨 내려가지 못한 핏자국을 발견했다. 핏자국은 에프라파 서쪽 산울타리에 있는 물푸레나무까지 이어져 있었다.

*

빅윅은 철길 굴다리 반대쪽으로 가서 곧추앉아 주위를 둘러보았다. 헤이즐도 키하르도 보이지 않았다. 바치아를 공격한 뒤 처음으로 불안감이 밀려들었다. 혹시 키하르가 오늘 아침에 전한 암호를 이해하지 못한 걸까? 아니면 헤이즐과 친구들에게 나쁜 일이 생긴 걸까? 만약 그들이 뿔뿔이 흩어진 채 죽었다면, 그래서 빅윅을 맞이해 줄 친구가 아무도 없다면? 그렇다면 빅윅과 암토끼들은 들판을 헤매다가 정찰대에게 잡히고 말 것이다.

빅윅은 스스로에게 말했다.

"아니, 절대 그렇게 되진 않아. 정 안 될 것 같으면 강을 건너서 숲속에 숨을 거야. 젠장, 이놈의 어깨! 생각보다 더 성가시게 생겼군. 어쨌든 널다리까지는 가 보자고. 조금이라도 시간을 더 끌면 빗속이라 추적을 포기할지도 몰라. 과연 그럴까 싶긴 하지만."

빅윅은 굴다리 밑에서 기다리는 암토끼들한테 돌아왔다. 대부분은 어리둥절한 표정이었다. 다들 큰 새가 보호해 주

고 새 지휘관이 추적을 따돌릴 작전, 장군까지도 꼼짝 못
할 비밀 작전을 쓸 거라고 하이젠슬라이한테 들었기 때문
이다. 하지만 그런 일은 일어나지 않았다. 모두 몸이 흠뻑
젖어 있었다. 철둑 위쪽에서 굴다리로 빗물이 줄줄 흘러내
려 맨땅이 질퍽해지고 있었다. 앞쪽에 보이는 것이라곤 좁
은 길뿐으로, 쐐기 덤불을 지나 넓고 텅 빈 들판으로 이어
져 있었다.

빅윅이 말했다.

"갑시다. 조금만 더 가면 안전해질 겁니다. 이쪽으로."

토끼들은 재깍 빅윅의 말에 따랐다. 빅윅은 세찬 빗줄기
속으로 뛰어들며 에프라파 규율이란 것도 쓸 만하다고 생
각했다.

들판 한쪽에는 느릅나무들 옆으로 농장 트랙터가 다져 놓
은 넓고 평평한 내리막길이 강가 목초지까지 이어져 있었
다. 사흘 전 빅윅이 배 옆에다 헤이즐을 남겨 두고 달려 올
라왔던 길이었다. 이제는 질퍽질퍽해져 토끼들이 지나기에
괴로웠지만, 강 쪽으로 똑바로 나 있는 데다 탁 트여 있어서
키하르가 온다면 토끼들을 쉽게 발견할 수 있을 것이다.

빅윅이 다시 뛰려는 순간 어떤 토끼가 바짝 쫓아왔다.

"멈춰, 슬라일리! 여기서 뭐 하나? 어디 가는 거야?"

빅윅은 캠피언 대장이 나타나리란 것을 어느 정도는 예
상하고 어쩔 수 없다면 죽이겠다고 마음먹고 있었다. 하지
만 막상 부하 넷만 거느린 채 폭풍우도 진흙탕도 아랑곳없
이 필사적인 탈주자 무리 한복판에 침착하게 뛰어든 캠피

언 대장을 바로 옆에서 보게 되니, 그와 적이라는 사실이 참으로 안타깝고 에프라파에서 그를 데리고 나갈 수 있다면 얼마나 좋을까 하는 생각이 들었다.

빅윅이 말했다.

"돌아가. 우리를 막지 마. 당신을 해치고 싶지 않아."

그러고는 다른 쪽을 힐끗 보며 말했다.

"블랙카바르, 암토끼들을 한데 모아. 뒤처지는 토끼는 정찰대에 잡힐 거야."

캠피언 대장은 여전히 나란히 쫓아오며 말했다.

"지금 포기하는 게 좋을걸. 자네가 어디로 가든 내 눈을 벗어나지 못해. 추적대가 오고 있어. 경보가 울렸거든. 그들이 오면 도저히 빠져나가지 못해. 자넨 출혈이 심하잖나."

빅윅이 캠피언을 후려갈기며 소리쳤다.

"닥쳐! 내가 당하기 전에 당신도 피 맛을 볼 줄 알아!"

블랙카바르가 말했다.

"내가 상대할까요? 이번에는 날 이기지 못할 거예요."

빅윅이 대답했다.

"됐어. 우리 발목을 잡을 생각인 거야. 계속 달리라고."

뒤쪽에서 티수딘낭이 소리쳤다.

"슬라일리! 장군이에요! 장군이 왔어요! 아, 어떡하죠?"

빅윅은 뒤를 돌아보았다. 아무리 강심장이라도 섬뜩한 공포를 느낄 만한 광경이었다. 운드워트 장군이 분노로 으르렁거리며 추적대를 이끌고 굴다리를 빠져나와 달려오고 있었다. 운드워트 뒤로 추적대가 따라왔다. 언뜻 보니 처빌과 애빈스와 그라운드슬이 눈에 띄었다. 그 밖에도 몇 마리더 있었는데 사나운 표정의 우람한 토끼는 장로회 경찰대장인 버베인 같았다. 순간 빅윅은 지금 당장 혼자서 도망치면 저들은 오히려 잘됐다고 하면서 자기를 놓아줄지도 모른다는 생각이 들었다. 붙잡혔다간 죽음을 당할 게 뻔했다.

그때 블랙카바르가 말했다.

"걱정 마십시오. 당신은 최선을 다했고 이제 성공이 눈앞에 왔습니다. 저놈들 한둘쯤은 해치울 수 있습니다. 암토끼들 가운데 몇몇은 상황이 닥치면 싸울 줄 안답니다."

빅윅은 재빨리 블랙카바르의 너덜너덜한 귀에 코를 비비고는 엉덩이를 깔고 앉아 운드워트를 맞이했다.

운드워트가 말했다.

"이 더러운 놈, 감히 장로회 경찰한테 달려들어 다리를 부러뜨리다니. 이 자리에서 앙갚음해 주마. 너 같은 놈은 에프라파로 끌고 갈 가치도 없다!"

빅윅이 대답했다.

"이 정신 나간 노예 감독, 할 테면 해 봐."

"좋아, 더 이상은 안 봐준다. 거기 누가 있나? 버베인, 캠피언, 놈을 해치워. 나머지는 저 암토끼들을 마을로 끌고 가라. 죄수는 나한테 맡겨."

빅윅이 외쳤다.

"프리스 님이 보고 계신다! 네놈은 토끼도 아냐! 네놈도 깡패 아우슬라도 천벌을 받을 거다!"

583

그 순간 눈부신 번개가 하늘을 갈랐다. 눈을 멀게 할 듯한 섬광 속에서 산울타리와 멀리 있는 나무들이 펄쩍 튀어 나오는 것처럼 보였다. 곧이어 천둥이 울려 퍼졌다. 바로 머리 위에서 거대한 물체가 갈가리 찢겨 나가는 듯한 무시무시한 소리가 나다가 이내 낮게 울리면서 모든 것을 때려 부수는 소리로 바뀌어 갔다. 그러고는 폭포수 같은 빗줄기가 쏟아졌다. 눈 깜짝할 사이에 땅은 물바다가 되고 무수히 많은 물방울이 튀어 올라 땅 위에서 몇 센티미터까지 안개로 자욱했다. 흠뻑 젖은 토끼들은 충격으로 멍해진 채 움직이지도 못하고 빗줄기 속에 붙박인 듯 웅크리고 있었다.

순간 빅윅의 마음속에서 조그만 목소리가 속삭였다.

'네 폭풍이야, 슬라일리-라. 폭풍을 이용해!'

빅윅은 숨을 크게 들이쉬며 간신히 일어나 발로 블랙카바르를 밀며 말했다.

"빨리 하이젠슬라이를 찾아. 출발이다!"

빅윅은 고개를 흔들어 눈으로 흘러 들어오는 빗물을 털어 냈다. 그러고 나서 보니 앞에 웅크리고 있는 토끼는 블랙카바르가 아니라 운드워트였다. 운드워트는 진흙탕과 빗물에 흠씬 젖은 채 큼직한 발톱으로 땅바닥을 긁으며 잔뜩 노려보고 있었다.

"네놈은 내가 죽이겠다!"

운드워트의 긴 앞니가 쥐의 송곳니처럼 번뜩였다. 겁먹은 빅윅은 운드워트를 자세히 살펴보았다. 운드워트는 육중한 덩치를 이용해 맞붙는 작전으로 나올 것이다. 그렇다면 이쪽은 운드워트와 엉기는 것을 피하고 발톱을 써야 한다. 초조하게 자리를 바꾸다 보니 진흙탕에 발이 미끄러졌다. 왜 운드워트는 덤벼들지 않을까? 순간 빅윅은 운드워트가 자기를 보지 않고 머리 위쪽의 무엇인가를, 자기한테는 보이지 않는 것을 응시하고 있음을 깨달았다. 별안간 운드워트가 뒤로 펄쩍 물러났다. 그와 동시에 모든 것을 집어삼키는 빗소리를 뚫고 거칠고 쉰 외침 소리가 울려 퍼졌다.

"끼악! 끼악! 끼악!"

뭔가 크고 하얀 것이, 머리를 감싸 쥔 채 잔뜩 움츠린 운드워트에게 덤벼들었다. 그러고는 위로 날아올라 사라졌다.

"픽빅 씨, 토끼들, 와!"

마치 꿈을 꾸듯 여러 가지 광경과 감정들이 빅윅을 둘러싸고 소용돌이쳤다. 지금 눈앞에서 벌어지는 일들은 멍멍한 감각을 통해 어렴풋이 전해질 뿐 실제 자신과는 아무 상관 없는 것처럼 느껴졌다. 키하르가 다시 날카롭게 외치며 버베인에게 덤벼드는 소리가 났다. 어깨에 난 상처에 차가운 빗물이 흘러드는 것이 느껴졌다. 비의 장막 사이로 운드워트가 지휘관들한테 들판 가장자리 도랑으로 대피하라고 다그치는 모습이 언뜻 보였다. 블랙카바르가 캠피언을 공격하자 캠피언이 도망치는 모습도 보였다. 누군가 바로 옆에 와서 말했다.

"야, 빅윅. 빅윅! 빅윅! 우린 이제 어떻게 할까?"

실버였다.

빅윅이 말했다.

"헤이즐은 어딨어?"

"배에서 기다려. 아니 너, 다쳤잖아! 대체……."

빅윅이 말했다.

"그럼 암토끼들을 데려가."

혼란의 도가니였다. 암토끼들은 완전히 얼이 빠져 움직이지도 못하고 말을 알아듣지도 못하는 상태였지만, 실버의 재촉을 받고 일어나 하나둘씩 비틀비틀 들판을 내려갔다. 다른 토끼들이 빗줄기를 뚫고 나타났다. 잔뜩 겁먹고 있었지만 도망치지 않겠다고 굳게 마음먹은 에이콘, 핍킨을 격려하면서 온 댄더라이언, 키하르 쪽으로 달려가는 스피드웰과 호크빗. 자욱한 빗속에서 키하르의 모습만이 뚜렷이 보였다. 빅윅과 실버는 필사적으로 친구들을 한데 모아 암토끼들을 데려가야 한다는 사실을 일깨워 주었다.

"블랙베리한테 가, 블랙베리한테!"

실버는 되풀이해서 말하고 빅윅한테 설명을 덧붙였다.

"돌아가는 길을 표시하려고 세 친구를 군데군데 배치해 뒀어. 맨 처음 길잡이가 블랙베리, 다음이 블루벨, 맨 끝이 파이버야. 파이버는 바로 강가에 있어."

빅윅이 말했다.

"블랙베리가 저기 있군."

블랙베리가 부들부들 떨며 말했다.

"해냈구나, 빅윅. 고생 많았지? 오, 이런! 어깨가……."

빅윅이 말했다.

"아직 끝나지 않았어. 다들 지나갔어?"

블랙베리가 말했다.

"너희가 마지막이야. 어서 가자고. 이런 폭풍우는 딱 질색이야."

키하르가 바로 옆에 내려앉았다.

"픽빅 씨, 나 저 토끼들한테 덤볐는데, 도망 안 가. 도랑에 숨어 있어. 그러면 못 잡아. 도랑 따라 오고 있어."

빅윅이 대답했다.

"놈들은 절대 포기하지 않을 거야. 명심해, 실버. 놈들은 우리가 도망치기 전에 반드시 공격해 올 거야. 강변 목초지는 풀이 우거져 있으니까 그리로 숨어서 올 거야. 에이콘, 도랑 쪽으로 가지 말고 돌아와!"

"블루벨한테 가! 블루벨한테!"

실버는 다시 이리저리 뛰어다니며 외쳤다.

들판 끝 산울타리 옆에 블루벨이 있었다. 블루벨은 흰자위를 드러낸 채 금방이라도 도망칠 태세였다.

블루벨이 말했다.

"실버, 낯선 토끼들을 봤어. 에프라파 토끼 같아. 저쪽 도랑에서 나와 목초지로 갔어. 우리를 바로 뒤따라왔어. 한 놈은 내가 지금까지 본 토끼 가운데 가장 컸어."

실버가 말했다.

"그럼 여기 있으면 안 되겠다. 저기 스피드웰이 간다. 저건 누구야? 아, 에이콘이 암토끼 둘을 데리고 있군. 다 있는 것 같다. 자, 빨리 가자."

이제 강까지는 얼마 남지 않았지만 비에 흠뻑 젖은 갈대

숲과 덤불, 사초, 깊은 물웅덩이 틈에서 길을 찾기란 불가능에 가까웠다. 토끼들은 언제 적이 공격해 올지 몰라 가슴을 졸이며 덤불숲을 헤치고 달리면서, 암토끼나 친구를 만나면 서로 빨리 달리라고 재촉했다. 키하르가 없었다면 모두 뿔뿔이 흩어져서 강까지 오지도 못했을 것이다. 키하르는 강기슭으로 곧장 이어지는 길을 쉴 새 없이 오가면서 길을 안내했고, 이따금 길을 잘못 든 암토끼를 발견하면 빅윅을 암토끼한테 데려다주었다.

빅윅은 반쯤 누운 쐐기 덤불을 헤치고 다가오는 티수던 낭을 기다리며 말했다.

"키하르, 에프라파 놈들이 어디쯤 있는지 봐 줘. 근처에 와 있을 거야. 근데 왜 공격해 오지 않는 걸까? 우린 뿔뿔이 흩어져 있기 때문에 얼마든지 해치울 수 있을 텐데 무슨 꿍꿍이지?"

키하르는 금방 돌아왔다.

"다리에 숨어 있어. 수풀 속. 내려갔더니 그 큰 놈이 덤벼들었어."

빅윅이 말했다.

"그놈이? 용기 하나는 정말 대단하군!"

"당신들이 강 건너든지, 강기슭 따라갈 줄 알고 있어. 배는 몰라. 이제 배 가까워."

파이버가 덤불을 헤치며 달려와서 말했다.

"빅윅, 몇몇은 배에 태웠는데 대부분은 내 말을 믿지 않아. 자꾸 너만 찾아."

빅윅은 파이버를 따라 강기슭의 좁은 풀길로 뛰어갔다. 강은 빗방울이 그리는 무수한 동심원을 따라 출렁이고 있었다. 강물이 많이 불어난 것 같지는 않았다. 배는 여전히 한쪽 끝을 기슭에 대고 반대쪽 끝을 강물에 살짝 담그고 있었다. 그리고 기슭 쪽의 볼록 솟은 부분에는 헤이즐이 귀를 축 늘어뜨린 채 웅크리고 있었는데, 비에 젖어 찰싹 달라붙은 털이 새까맣게 보였다. 헤이즐은 팽팽히 당긴 밧줄을 입에 물고 있었다. 에이콘과 하이젠슬라이와 암토끼 두 마리가 헤이즐 옆에 웅크리고 있고 나머지 암토끼들은 강가 여기저기에 흩어져 있었다. 블랙베리가 배에 타라고 설득하고 있었지만 아무도 말을 듣지 않았다.

블랙베리가 빅윅에게 말했다.

"헤이즐은 밧줄을 놓을 수가 없어. 벌써 거의 다 갉은 것 같아. 그런데도 이 암토끼들은 지휘관이 너라는 소리밖에 안 하니, 원."

빅윅이 티수딘낭을 보고 말했다.

"이제부터 마법 같은 작전이 시작될 거요. 암토끼들을 하이젠슬라이 곁으로 데리고 가 주시오. 모두 다, 어서요."

티수딘낭이 대답하기도 전에 다른 암토끼가 공포에 찬 비명을 질렀다. 하류 쪽 덤불에서 캠피언과 정찰대가 나타나 강기슭의 좁은 풀길로 다가왔다. 반대쪽에서는 버베인과 처빌과 그라운드슬이 다가왔다. 비명을 지른 암토끼는 휙 돌아서 바로 뒤에 있는 덤불로 달렸다. 하지만 덤불 앞에 다다른 순간 운드워트가 나타나서 앞발로 암토끼의 얼굴을 후려갈겼다. 암토끼는 다시 방향을 바꿔 길을 가로질러 배에 올라탔다.

빅윅은 운드워트가 들판에서 키하르에게 습격을 당했지만 부하들에 대한 통솔력을 잃지 않고 훌륭한 작전을 세워 실행에 옮겼음을 깨달았다. 도망자들이 폭풍우와 힘든 조건 때문에 당황해서 갈팡질팡하는 동안 운드워트는 부하들을 도랑으로 데리고 들어가 키하르의 공격을 피하면서 강가 목초지까지 온 것이다. 다리 위치를 미리 알고는 도랑에서 곧장 다리로 가서 숨어 있었을 것이다. 그러다 어찌 된 일인지 도망자들이 다리로 오지 않을 것임을 눈치채자마자 캠피언에게 덤불숲을 돌아 나가 하류로 가서 퇴로를 막으라고 명령했다. 캠피언은 늦지 않게 제대로 명령을 지켰다. 이제 운드워트는 여기 강기슭에서 싸울 작정이었다. 키하르가 한 번에 몇 군데나 맡을 수는 없을 것이며 혹 덤벼들더라도 관목이나 덤불숲에 숨어서 공격을 피할 수 있었다. 상대의 수가 갑절은 많지만 대부분은 그를 두려워했으며 맹훈련을 받은 에프라파 지휘관도 아니었다. 이제 강을 등진 상태로 몰아넣었으니 서로 흩어지게 해 놓고 되도록 많이 죽이는 일만 남았다. 나머지는 도망쳐 봤자 고생만 죽어라고 할 것이다.

빅윅은 운드워트 부하들이 왜 그렇게 그를 따르고 충성하는지 알 것 같았다.

'놈은 토끼답지가 않아. 도망친다는 건 생각지도 않지. 사흘 전에 이런 사실을 알았더라면 난 절대로 에프라파에

590

가지 않았을 거야. 하지만 배는 아직 눈치채지 못했겠지?
설사 눈치챘더라도 그리 놀랄 일은 아니지.'

빅윅은 풀밭을 쏜살같이 달려 헤이즐 옆에 올라탔다.

운드워트가 나타난 덕분에 블랙베리와 파이버가 하지 못
했던 일이 저절로 이루어졌다. 암토끼들이 한 마리도 빠짐
없이 배로 뛰어들었다. 블랙베리와 파이버도 배에 올라탔
다. 바짝 뒤쫓아 오던 운드워트가 강둑 가장자리에 이르러
빅윅을 마주 보았다. 빅윅도 지지 않고 노려보고 있는데 뒤
에서 블랙베리가 다급하게 말하는 소리가 들렸다.

"댄더라이언이 없어, 댄더라이언만."

그때 처음으로 헤이즐이 입을 열었다.

"두고 갈 수밖에 없어. 부끄러운 일이지만, 놈들은 금방
이라도 덤벼들 거야. 우리가 막을 수 없어."

빅윅이 운드워트한테서 눈을 떼지 않고 말했다.

"잠깐만 기다려, 헤이즐. 내가 놈들을 쫓아낼게. 댄더라
이언을 두고 갈 수는 없어."

운드워트가 비웃었다.

"난 네놈을 믿었다, 슬라일리! 이제 내 말 잘 들어 둬. 너
희는 강으로 뛰어들든가 이 자리에서 갈기갈기 찢기든가
둘 중 하나다. 단 한 마리도 살아남지 못할 거다. 이젠 도망
갈 데가 없어."

빅윅은 댄더라이언이 맞은편 덤불 속에서 내다보고 있는
것을 보았다. 댄더라이언은 어쩔 줄 몰라 하고 있었다.

운드워트가 말했다.

"그라운드슬! 버베인! 내 옆으로 와. 명령이 떨어지면 일제히 덤벼든다! 그 새는 걱정 없……."

"저기 새가 온다!"

빅윅이 소리쳤다. 운드워트는 펄쩍 물러나며 얼른 하늘을 쳐다보았다. 그 틈을 놓치지 않고 댄더라이언이 쏜살같이 풀길을 가로질러 와 헤이즐 옆에 올라탔다. 그와 동시에 배를 묶어 놓은 밧줄이 끊어지며 작은 떼배는 물살을 타고 강기슭을 따라 흘러갔다. 몇 미터쯤 갔을 때 배 뒤쪽이 천천히 돌면서 강 흐름을 탔다. 그런 상태로 강 한복판까지 나가더니 남쪽 강굽이로 접어들었다.

뒤를 돌아본 빅윅이 마지막으로 본 것은 배가 있던 자리의 분홍바늘꽃 틈새에서 멀어져 가는 배를 뚫어지게 바라보는 운드워트였다. 그 표정을 보니 워터십 다운에서 굴 입구까지 들이닥쳤다가 끝내 들쥐를 놓친 황조롱이가 떠올랐다.

4부

헤이즐─라

39
널다리

사공이 춤춘다. 사공이 노래한다.
사공은 무엇이든 한다.
춤춘다, 사공이, 춤춘다.
밤이 가고 훤한 대낮이 오도록 춤을 춘다.
아침이 오면 아가씨들과 함께 집으로 간다.
여엉차, 사공이여 노를 저어라.
오하이오강 따라 배를 저어라.

미국 민요

다른 강이었다면 블랙베리의 계획은 실패로 돌아갔을 것
이다. 떼배는 강기슭을 벗어나기가 쉽지 않을뿐더러 강으
로 나간다 해도 얕은 곳에 얹히거나 물풀 같은 장애물에 걸
려 오도 가도 못 하기 십상이다. 하지만 이곳 테스트강은
가라앉은 나뭇가지도 없고, 삐죽이 튀어나온 모래톱이나
수면 위로 자라는 물풀도 없었다. 강물은 사람이 한가롭게
산책하는 속도로 일정하게 흘렀다. 그 덕분에 배는 강기슭
을 떠날 때 붙은 속도를 그대로 유지하면서 유유히 하류로
떠내려갔다.

토끼들은 대부분 어찌 된 영문인지 알지 못했다. 에프라

파 암토끼들은 난생처음으로 강을 보았고, 핍킨이나 호크 빗 역시 지금 배를 타고 가는 중이라고 말해 줘도 무슨 말인지 모를 게 뻔했다. 토끼들은 그저 헤이즐을 믿고 따를 뿐이었다. 하지만 운드워트와 추적대가 사라졌다는 사실만큼은 누구나 알고 있었다. 그래서 지칠 대로 지친 토끼들은 흠씬 젖은 채 앞날을 걱정할 기운도 없이 웅크리고 있으면서도 막연한 안도감을 느꼈다.

그런 상황에서 안도감을 느끼고 있다니 놀라운 일이었다. 그것만 보아도 토끼들이 운드워트를 얼마나 두려워하는지, 자신의 처지를 얼마나 모르는지 알 수 있다. 사실 운드워트의 손아귀를 벗어났다 뿐이지 결코 좋은 상황이 아니었다. 비는 그칠 줄 모르고 내렸다. 이미 흠뻑 젖은 토끼들은 더 이상 비를 느끼지 못했지만, 털이 젖은 탓에 몸이 무지근하고 추위에 덜덜 떨었다. 배 바닥에는 물이 1센티미터도 넘게 괴어 있었다. 바닥에서 떨어져 나온 작은 널 하나가 둥둥 떠다녔다. 난생처음 배를 타 본 터라 몇몇 토끼들은 어리둥절하게 서 있다가 물이 없는 뱃머리나 고물에 몰려 앉았다. 티수딩낭과 스피드웰은 배 한복판에 있는 좁다란 가로대 위에 웅크리고 있었다. 불편한 것은 둘째 치고 숨을 곳 하나 없이 훤히 드러나 있는 상태였다. 배를 조종할 방법도 없고 어느 쪽으로 가고 있는지도 몰랐다. 하지만 이런 문제는 헤이즐, 파이버, 그리고 블랙베리만 고민하고 있을 뿐 다른 토끼들은 아무 생각도 없었다.

빅윅은 기진맥진해서 헤이즐 곁에 털썩 쓰러져 누웠다.

에프라파에서 강까지 빅윅을 버티게 한 불같은 용기는 어느덧 사그라지고 이제는 어깨 상처가 심하게 아파 왔다. 비가 내리고 앞다리가 욱신거렸지만, 바닥에 늘어진 채 그대로 잠들고만 싶었다. 빅윅은 눈을 뜨고 헤이즐을 쳐다보았다.

"그런 일은 두 번 다시 못 하겠어."

"이젠 그럴 필요도 없어."

"정말 아슬아슬했지. 천에 한 번 성공할까 말까 한 모험이었어."

"우리 손자의 손자들에게까지 멋진 모험담으로 전해질 거야. 근데 어깨는 어쩌다가 다쳤니? 상처가 심한 것 같은데?"

"장로회 경찰 토끼랑 맞붙었어."

"뭐라고?"

헤이즐은 '장로회'가 뭔지 몰랐다.

"허프사같이 고약한 놈이었어."

"놈을 때려눕혔어?"

"당연하지. 안 그러면 여기 있지도 못했을 거야. 놈은 달리기를 멈추었을걸. 암튼 헤이즐-라, 우린 암토끼가 생겼어. 이젠 어떡할 거야?"

"나도 모르겠어. 우리한텐 똑똑한 토끼들이 있으니까 가르쳐 주겠지. 그리고 키하르가…… 아니, 키하르는 어디 갔지? 우리가 앉아 있는 이 물건에 대해선 키하르가 잘 아는데."

헤이즐 곁에 웅크리고 있던 댄더라이언은 '똑똑한 토끼'

라는 말에 일어나서 물이 흥건한 곳을 지나 파이버와 블랙베리를 데려왔다.

헤이즐이 말했다.

"앞으로 어떻게 해야 할지 생각하고 있어."

블랙베리가 말했다.

"곧 강가에 도착할 것 같은데 그때까지 기다렸다가 내려서 숨을 곳을 찾아야지. 그 빅윅의 친구들한테서 멀어지면 멀어질수록 좋으니까."

헤이즐이 말했다.

"지금 당장이 문제야. 숨을 곳도 없고 달아날 데도 없잖아. 인간한테 들키기라도 하면 큰일이야."

블랙베리가 말했다.

"인간은 비를 싫어해. 그건 나도 마찬가지지만, 아무튼 비가 오는 동안은 안전할 거야."

그때 블랙베리 바로 뒤에 있던 하이젠슬라이가 흠칫하면서 고개를 들었다.

"저, 말씀 중에 죄송한데요."

하이젠슬라이는 에프라파 지휘관에게 하듯이 말했다.

"새가…… 그 하얀 새가 이쪽으로 오고 있어요."

키하르는 빗속을 뚫고 강줄기를 따라 날아와서 배 가장자리에 내려앉았다. 근처에 있던 암토끼들이 움찔움찔 물러났다.

키하르가 말했다.

"에이즐 씨, 다리 나와. 다리 보여?"

토끼들은 어젯밤 폭풍우가 시작되기 전에 지나온 길을 거슬러 가고 있는 줄은 꿈에도 몰랐다. 강가 산울타리 저편의 길을 지나갈 때 보던 풍경과 지금 보는 풍경은 전혀 딴판이었기 때문이다. 하지만 이제 보니 나흘 전 처음 테스트강에 도착했을 때 건넌 다리가 멀지 않은 곳에 있었다. 다리는 강둑에서 보던 모습이나 지금이나 똑같았기 때문에 금방 알아볼 수 있었다.

키하르가 말했다.

"다리 아래로 지나갈 수 있을지 어떨지 몰라. 그냥 앉아 있으면 안 돼."

다리 양 끝에는 나직한 기둥 두 개가 다리를 떠받치고 있었다. 다리는 아치 모양이 아니었다. 강철로 된 다리 밑부분은 수면과 완벽하게 평행을 이루고 있었는데, 수면과의 거리도 고작 20센티미터밖에 되지 않았다. 그제야 헤이즐은 키하르의 말을 알아들었다. 설령 배가 다리 밑부분에 부딪치지 않는다 해도 잘해야 가까스로 지나갈 수 있을 것이다. 몸을 배 바닥에 찰싹 붙이지 않으면 다리에 부딪쳐서 물에 빠지고 말 것이다. 헤이즐은 당장 흥건히 고인 물을 헤치고 맞은편에 모여 있는 토끼들한테 다가갔다.

"모두 바닥에 엎드려! 납작 엎드리라고! 실버, 호크빗, 모두 다! 물 같은 건 신경 쓰지 마! 너, 그리고 너…… 이름이 뭐지? 아, 블랙카바르지? 모두 엎드리라고 해. 어서."

에프라파 토끼들은 빅윅에게 그랬듯이 헤이즐의 명령에 재깍 따랐다. 키하르는 앉아 있던 자리에서 날아올라 다리의 나무 난간 너머로 사라졌다. 다리 양쪽에 있는 콘크리트 기둥 때문에 강폭이 좁아지면서 다리 아래쪽은 물살이 조금 빨라졌다. 뱃전이 앞을 향한 채 떠내려가던 배가 핑그르르 돌자 방향 감각이 사라지면서 다리는 보이지 않고 강둑이 눈에 들어왔다. 우물쭈물하는 사이, 나뭇가지에서 눈덩이가 굴러떨어지듯이 다리가 시커먼 덩어리처럼 달려들었다. 헤이즐은 바닥에 납작 엎드렸다. 비명 소리가 나면서 토끼 하나가 헤이즐 위로 넘어졌다. 다음 순간 뭔가 세게 부딪쳐 와서 배가 부르르 흔들리더니 거칠게 나아가기 시작했다. 곧 삐걱이는 소리가 둔탁하게 울렸다. 사방이 어두워지면서 바로 위에 천장이 나타났다. 한순간 헤이즐은 굴속에 들어온 기분이었다. 곧이어 천장이 사라지고, 배는 계속 미끄러져 내려가고, 키하르의 목소리가 들려왔다. 토끼들은 다리를 지나 계속 떠내려갔다.

헤이즐한테 엎어진 토끼는 에이콘이었다. 다리에 부딪쳐 날아온 것이다. 에이콘은 멍해 보였지만 크게 다친 것 같지는 않았다.

"내가 굼떠서 그랬어, 헤이즐-라. 에프라파에 가서 훈련 좀 받아야 할까 봐."

"거기 가면 살아남지도 못할걸. 저쪽에 너 말고도 운 나쁜 친구가 또 있다."

암토끼 하나가 바닥에 괸 물을 피하려다 강철로 된 다리 밑부분에 등을 찧은 모양이었다. 부상을 당한 게 분명했지만 얼마나 심한지는 알 수 없었다. 헤이즐은 하이젠슬라이가 그 곁에 있는 것을 보고 자기가 도와줄 일이 없는 바에야 둘이 그대로 놔두는 게 좋겠다고 생각했다. 헤이즐은 꾀죄죄한 몰골로 덜덜 떨고 있는 친구들을 둘러보고 나서, 뱃전에서 말끔하고 활기찬 모습으로 앉아 있는 키하르를 보았다.

"강둑으로 돌아가야겠어, 키하르. 어떻게 하면 되지? 토끼들은 이런 거랑 안 맞아."

"배 못 세워. 하지만 또 다리 있어. 다리가 막아."

이젠 기다리는 수밖에 없었다. 계속 흘러가다가 두 번째 강굽이가 나타났는데, 여기서부터 강은 서쪽으로 흘러갔다. 물살이 느려지지 않아서 배는 강 한복판에서 빙글빙글 돌며 강굽이를 돌아갔다. 토끼들은 에이콘과 암토끼가 다친 일에 잔뜩 겁을 먹고는 바닥에 괸 물에 몸을 반쯤 담근 채 측은하게 엎드려 있었다. 헤이즐은 살짝 솟은 뱃머리로 올라가 앞을 내다보았다.

강폭이 넓어지면서 물살도 느려졌다. 배도 더 천천히 떠내려갔다. 이편 강둑은 높다랗고 나무가 빽빽하게 우거져 있었지만, 저편 강둑은 나직하고 훤히 트여 있었다. 워터십다운의 잘 깎인 풀밭처럼 고른 풀밭이 펼쳐져 있었다. 헤이즐은 배가 물살에서 벗어나 그쪽 강둑에 닿았으면 했다. 그러나 배는 강 한복판으로 조용히 흘러갔다. 풀밭이 있는 강둑을 지나자 양쪽 둑에 나무들이 서 있었다. 하류 쪽에 키하르가 말한 다리가 나타났다.

그것은 오래된 짙은 색 벽돌 다리였다. 다리는 담쟁이덩굴과 쥐오줌풀과 담자색 해란초로 뒤덮여 있었다. 이번 다리는 나직한 아치 네 개로 이루어져 있었다. 배수로 역할을 하는 아치였는데, 수면과 아치 사이가 30센티미터밖에 되지 않았다. 그 틈새로 하류 쪽에서 가느다란 햇빛이 들이비쳤다. 상류에서 떠내려온 나뭇조각이나 해초 따위가 미끈한 다릿기둥에 달라붙어 있다가 조금씩 떨어져 나가 다리 밑으로 흘러갔다.

배는 떠내려가다가 다리에서 멈출 게 뻔했다. 다리가 가까워지자 헤이즐은 도로 납작 엎드렸다. 하지만 이번에는 그럴 필요가 없었다. 뱃전이 가운데 두 아치에 살짝 부딪치더니 그대로 걸려서 멈췄다. 배는 더 이상 나아가지 못했다.

토끼들은 15분 동안 800미터나 되는 거리를 떠내려왔다.

헤이즐은 앞발을 뱃전에 올린 채 신중하게 상류 쪽을 바라보았다. 배와 수면이 만나는 흘수선을 따라 잔물결이 퍼져 나갔다. 강둑은 훌쩍 뛰어서 닿기엔 먼 데다 가팔랐다. 헤이즐은 돌아서서 위쪽을 쳐다보았다. 벽돌 다리는 중간에 튀어나온 부분이 있긴 했지만 난간까지 깎아지른 듯 가팔랐다. 그런 곳은 도저히 올라갈 수 없었다.

헤이즐은 고물에 고정되어 있는 가로대 쪽으로 가며 물었다.

"블랙베리, 이제 어떻게 하지? 네가 여기 타라고 했잖아. 내릴 땐 어떻게 해야 돼?"

"나도 모르겠어, 헤이즐-라. 온갖 궁리를 다 해 봤지만 이번엔 안 되겠어. 헤엄쳐야 할까 봐."

실버가 끼어들었다.

"헤엄? 헤엄치는 건 싫어. 그리 멀진 않지만 강둑 좀 봐. 기어 올라가기도 전에 물살에 떠내려가고 말걸. 그랬다간 다리 밑에 있는 저 구멍으로 휩쓸려 들어가겠지."

헤이즐은 아치와 수면 틈새로 하류 쪽을 내다보려고 했지만 잘 보이지 않았다. 컴컴한 터널은 길지 않은 것이 배 길이쯤 되어 보였다. 물은 잔잔했다. 장애물도 없고 수면과 아치 사이에는 머리 하나쯤 들어갈 공간이 있어서 헤엄도 칠 수 있을 것 같았다. 하지만 틈이 너무나 좁아서 다리 너머에 무엇이 있는지 보이지 않았다. 터널 속은 어두침침했다. 물, 푸른 이파리들, 물에 어른어른 비치는 잎 그림자들, 떨어지는 빗방울, 회색의 수직선들처럼 보이는 이상한 물체, 보이는 것이라곤 그것뿐이었다. 빗방울 소리가 음울하게 메아리쳤다. 다리 밑에서 울리는 금속성 소리는 땅속에서 듣던 소리와 전혀 달라 불안했다.

헤이즐은 블랙베리와 실버한테 돌아갔다.

"진짜 곤란하게 됐군. 이대로 있을 수도 없고 나갈 방법도 없고."

키하르가 다리 난간 위에 나타나더니, 날개를 퍼덕여 빗방울을 털고 뱃전에 내려앉았다.

"배는 여기서 끝나. 기다리지 마."

헤이즐이 물었다.

"그럼 강둑까지 어떻게 가?"

키하르가 깜짝 놀라며 말했다.

"개 헤엄, 쥐 헤엄. 헤엄 못 쳐?"

"짧은 거리라면 헤엄칠 수 있어. 하지만 강둑이 너무 가팔라. 물살에 떠밀려 이 굴속으로 떠내려갈 거야. 다리 너머에 뭐가 있는지도 모르는데."

"괜찮아. 그냥 나가면 돼."

헤이즐은 난감했다. 이 말을 어떻게 이해해야 할까? 키하르는 토끼가 아니다. 큰 물이 뭔지는 모르지만 이 강보다는 더 클 테고 키하르는 거기에 익숙할 것이다. 키하르는 말을 많이 하지 않는 데다 토끼어를 잘 모르는 탓에 아주 단순한 말만 썼다. 키하르는 토끼들이 자기 목숨을 구해 주었기 때문에 도와주고는 있지만, 내심 날 줄도 모르고 겁 많고 힘없고 한곳에만 붙박여 사는 동물이라고 토끼를 무시하고 있었다. 키하르는 토끼의 입장에서 강물을 생각한 끝에 그런 말을 한 걸까? 다리를 지나면 물살이 빠르지 않고 토끼들이 쉽게 올라갈 수 있는 완만한 둑이 나타난다는 뜻일까? 아무래도 지나친 기대 같았다. 아니면 키하르는 단순히 급한 마음에 자기한테 별로 어렵지 않은 일이니 우리도 한번 해 보라고 한 걸까? 그게 더 그럴듯했다. 누구 하나가 강물로 뛰어들어 물살에 떠내려가 본다면? 그렇다 해도 그가 돌아와서 알려 주지 않는다면 남은 토끼들이 무슨 수로 알겠는가?

헤이즐은 초조하게 주위를 살폈다. 실버는 빅윅의 어깨 상처를 핥아 주고 있었다. 블랙베리는 잔뜩 긴장한 채 안절

604

부절못하며 가로대를 오르락내리락할 뿐 뾰족한 수를 못 찾고 있는 듯했다.

헤이즐이 여전히 머뭇거리자 키하르가 소리를 꽥 질렀다.

"카악! 젠장, 토끼들은 안 돼. 나 하는 거 잘 봐."

키하르는 고물 위에서 어설프게 뛰어내렸다. 배와 컴컴한 아치 입구 사이에는 공간이 없었다. 키하르는 물오리처럼 몸을 낮춘 채 다리 밑으로 헤엄쳐 들어가 사라졌다. 헤이즐은 키하르의 모습을 눈으로 쫓았으나 처음에는 아무것도 보이지 않았다. 잠시 뒤 저 끝에서 빛을 등진 키하르의 검은 형체가 나타났다. 키하르는 밝은 곳으로 떠내려가 옆으로 돌더니 어디론가 사라졌다.

블랙베리가 이빨을 딱딱 맞부딪치며 말했다.

"그래서 뭐 어쨌다고? 키하르야 물에서 날아오를 수도 있고 물갈퀴로 헤엄칠 수도 있어. 우리처럼 털 속까지 젖어 덜덜 떨고 몸이 갑절이나 무거워진 건 아니잖아."

키하르가 다리 난간에 다시 나타났다.

"이제 가 봐."

하지만 가엾은 헤이즐은 여전히 망설였다. 다리가 다시 쑤셔 왔다. 게다가 다른 토끼도 아닌 빅윅이 지칠 대로 지쳐 의식을 반쯤 잃은 채 이 절박한 모험에 아무런 역할도 못 하고 있는 모습을 보니 한 줌 남은 용기마저 사라졌다. 헤이즐은 물에 뛰어들 용기가 없었다. 이렇게 끔찍한 상황은 감당하기에 버거웠다. 헤이즐이 판자에 미끄러져 비틀거리다가 일어나 보니 파이버가 옆에 와 있었다.

파이버가 조용히 말했다.

"내가 갈게, 헤이즐. 괜찮을 것 같아."

파이버가 앞발을 뱃전에 올려놓았다. 그 순간 토끼들은 일제히 얼어붙은 듯 굳어 버렸다. 암토끼 하나가 물이 고인 바닥을 발로 굴렀다. 위쪽에서 발소리와 인간의 목소리, 그리고 하얀 막대기 타는 냄새가 다가오고 있었다.

키하르는 날아가 버렸다. 누구 하나 움직이지 않았다. 발소리가 가까워지고 목소리가 커졌다. 사람들이 다리 위에, 산울타리 높이만큼도 떨어지지 않은 곳에 와 있었다. 토끼들은 모두 도망치거나 땅속으로 숨고 싶은 본능에 사로잡혔다. 헤이즐은 하이젠슬라이가 자기를 바라보자, 마지막 힘을 짜내어 가만히 있으라는 눈빛을 보냈다. 말소리, 인간의 땀 냄새, 가죽 냄새, 하얀 막대기 타는 냄새, 욱신거리는 다리, 바로 귓가에서 웅웅거리는 축축한 터널, 이 모든 것이 언젠가 겪었던 일이었다. 인간들이 어떻게 그냥 지나치겠는가? 반드시 헤이즐을 찾아낼 것이다. 헤이즐은 다친 채 그들의 발치에 쓰러져 있다. 이제 인간들이 헤이즐을 붙잡으러 오고 있다.

소리와 냄새가 차츰 멀어지고, 쿵쿵거리는 발소리도 작아졌다. 인간들이 난간 아래는 쳐다보지도 않고 지나간 것이다. 인간들이 사라졌다.

헤이즐은 정신을 차리고 말했다.

"결정했어. 모두 헤엄쳐야 해. 블루벨, 넌 물토끼라고 했지? 날 따라와."

헤이즐은 가로대에 올라가 뱃전으로 갔다. 하지만 헤이즐을 따라온 토끼는 핍킨이었다. 핍킨은 움찔거리며 오들오들 떨면서 말했다.

"빨리, 헤이즐-라. 나도 따라갈 거야. 빨리 뛰어들어."

헤이즐은 눈을 꼭 감고 강물로 뛰어들었다.

엔본강에서처럼 대번에 한기가 파고들었다. 그러나 그보다 더 괴로운 것은 물살이었다. 헤이즐은 세찬 바람처럼 강하면서도 유연하고 소리 없는 힘에 끌려가고 있었다. 발 디딜 곳 없는 춥고 숨 막히는 터널을 무기력하게 떠내려가고 있었다. 공포에 사로잡힌 채 물장구를 치고, 허우적거리며 고개를 쳐들어 숨을 한 번 쉬고, 물 밑의 거칠거칠한 벽돌을 잡으려다가 놓치고 다시 물살에 휩쓸려 갔다. 갑자기 물살이 느려지더니 터널이 사라지고 컴컴하던 것이 환해지면서 나뭇잎과 하늘이 나타났다. 여전히 허우적거리는 동안 딱딱한 물체에 부딪쳐 퉁겨 나갔다 다시 뭔가에 부딪치더니 다음 순간 부드러운 땅이 느껴졌다. 헤이즐은 허둥지둥 앞으로 나아가다가 자신이 진흙탕 속을 힘겹게 나아가고 있음을 깨달았다. 질퍽질퍽한 강둑으로 나온 것이다. 헤이즐은 잠시 숨을 헐떡이며 누워 있다가 얼굴을 닦고 눈을 떴다. 가장 먼저 눈에 들어온 것은 핍킨이 진흙투성이가 된 채 1미터쯤 떨어진 곳으로 올라오는 모습이었다.

헤이즐은 조금 전의 두려움도 모두 잊고 환희와 자신감에 가득 차서 핍킨에게 기어가 함께 덤불숲으로 들어갔다. 헤이즐은 아무 말도 하지 않았다. 핍킨 또한 헤이즐이 말하기를 기대하지 않는 눈치였다. 둘은 보랏빛 부처꽃 수풀 그늘에 앉아 강을 바라보았다.

강물은 다리를 빠져나와 다시 흘러갔다. 양쪽 강둑은 나무와 수풀이 빽빽이 우거져 있었다. 헤이즐과 핍킨이 있는 곳은 늪 같은 곳으로, 어디까지가 강이고 어디서부터 숲이 시작되는지 구분이 잘 안 되었다. 고운 모래흙과 진흙이 깔린 얕은 물 안팎으로 물풀들이 군데군데 떼 지어 자랐다. 두 토끼는 질척한 땅에 길게 팬 자국을 남기며 기슭 쪽으로 나아갔다. 맞은편 강둑 쪽 다리에서부터 이쪽 강둑 조금 아래쪽까지 가느다란 쇠막대 창살이 비스듬히 쳐져 있었다. 풀 베는 철에 위쪽 낚시 구역에서 뒤엉킨 물풀들이 떠내려와 이 창살에 걸리면, 방수 장화를 신은 사람들이 긁어모아다가 비료를 만들기 위해 쌓아 두곤 했다. 왼쪽 강둑의 나무들 사이에는 이렇게 해서 생긴 퇴비가 산처럼 쌓여 있었다. 그곳은 썩는 냄새가 코를 찌르고 눅눅하며 사방이 막혀 있었다.

헤이즐은 고약한 냄새가 나는 한적한 장소를 흐뭇하게 둘러보며 말했다.

"고마운 키하르! 키하르를 믿길 잘했어!"

그때 또 한 토끼가 다리 아래로 헤엄쳐 나왔다. 거미줄에 걸린 파리처럼 물살에 휩쓸려 버둥거리는 모습을 보자, 헤이즐과 핍킨은 두려움에 사로잡혔다. 토끼들은 다른 토끼가 위험에 빠진 것을 보면 자기도 위험에 빠진 것처럼 괴로워한다. 그 토끼는 쇠창살에 닿자, 그것을 따라 조금 떠내려오다가 강바닥을 딛고 진흙탕에서 나왔다. 블랙카바르였다. 블랙카바르는 모로 누운 채 헤이즐과 핍킨이 다가가도 눈치채지 못하는 듯했다. 하지만 조금 있으니 콜록거리며 물을 토해 내고는 일어나 앉았다.

헤이즐이 물었다.

"괜찮아?"

"네. 오늘 밤에 할 일이 많습니까? 너무 피곤해서요."

"아니, 없어. 쉬어도 좋아. 그런데 왜 스스로 모험에 뛰어들었지? 우리가 물에 빠져 죽었을지도 모르는데."

"명령을 내리신 줄 알았습니다."

"그랬군! 음, 그런 점에서라면 우리 무리는 좀 제멋대로라는 걸 알게 될 거야. 네가 뛰어들 때 누가 또 뛰어들 것 같던?"

"다들 좀 겁을 먹은 듯합니다. 이해하세요."

헤이즐은 안절부절못했다.

"이해는 하지만 무슨 일이 일어날지 모른다고. 저러고 있다가 산 상태에 빠질지도 몰라. 인간이 나타날 수도 있고. 우리가 무사히 도착했다는 걸 알려 줄 수만 있다면……."

"방법이 있을 것 같은데요. 제 생각엔 강둑을 넘어가기만 하면 될 것 같습니다. 제가 갈까요?"

헤이즐은 당황했다. 헤이즐이 알기론 블랙카바르는 에프라파에서 죽을 고생을 한 포로였으며 분명 아우슬라도 아닌 데다 방금 전까지만 해도 지칠 대로 지쳤다고 했다. 그런데도 목숨을 걸고 나서겠다니.

"같이 가자. 흘라오-루, 넌 여기서 잘 지켜보고 있어. 운이 좋으면 모두 이리로 올 거야. 그러면 네가 도와줘."

헤이즐과 블랙카바르는 빗물이 떨어지는 덤불숲을 헤치고 나아갔다. 가파른 강둑 위에 풀길이 나 있었다. 두 토끼는 강둑에 올라 길섶의 긴 풀 속에 숨어 조심스럽게 내다보았다. 풀길에는 아무도 없고 소리나 냄새도 나지 않았다. 토끼들은 풀길을 건너 상류 쪽 다리에 도착했다. 이곳 강둑은 깎아지른 듯이 가파르고 2미터쯤 아래로 강이 흘렀다. 블랙카바르가 주저 없이 강둑을 내려가자, 헤이즐이 천천히 따라 내려갔다. 다리 바로 위쪽, 그러니까 다리와 상류 쪽 가시나무 덤불 사이에 풀로 덮인 바위가 튀어나와 있었다. 거기서 1미터쯤 떨어진 곳에 떼배가 덩굴이 우거진 다리 기둥에 기대어 있었다.

헤이즐이 큰 소리로 말했다.

"실버! 파이버! 모두 물로 뛰어들라고 해. 다리 아래쪽은 안전해. 되도록 암토끼들부터 보내. 시간이 없어. 인간들이 언제 또 올지 몰라."

그러나 멍하니 정신을 놓고 있는 암토끼들을 부추겨서 물에 뛰어들게 하기가 쉽지 않았다. 실버는 암토끼들을 하나씩 붙잡고 설득했다. 댄더라이언은 강둑에 서 있는 헤이즐을 보는 순간, 얼른 뱃머리로 가서 물로 뛰어들었다. 스피드웰이 그 뒤를 따랐고, 파이버도 뛰어내리려는데 실버가 막았다.

실버가 말했다.

"헤이즐! 수토끼들이 다 가 버리고 암토끼들만 남으면 자기들끼리 아무것도 못 할 거야."

헤이즐이 대답하기도 전에 블랙카바르가 말했다.

"슬라일리 말이라면 들을 겁니다. 슬라일리 대장이 시켜야 할 것 같습니다."

빅윅은 첫 번째 다리를 지날 때 누워 있던 곳에 그대로 있었다. 잠이 든 것 같았는데 실버가 코를 비벼 대자 고개를 들고 멍한 눈으로 주위를 둘러보았다.

"아, 실버구나. 어깨 상처가 아무래도 골칫거리가 될 것 같아. 게다가 너무 추워. 헤이즐은 어디 있지?"

실버가 설명해 주었다. 빅윅이 힘들게 몸을 일으킬 때 보니 어깨에서 아직도 피가 흐르고 있었다. 빅윅은 절뚝거리며 가로대로 가서 그 위에 올라섰다.

"하이젠슬라이, 어차피 젖은 몸이니 다들 당장 물로 뛰어들라고 해요. 한 마리씩 차례로, 알겠소? 그래야 헤엄칠 때 서로 붙잡거나 할퀴지 않을 거요."

블랙카바르의 짐작과 달리 암토끼들이 모두 물로 뛰어드는 데는 한참 걸렸다. 토끼들이야 열이라는 숫자를 모르지만, 아무튼 암토끼는 모두 열 마리였는데, 빅윅이 참을성 있게 다그쳐도 한두 마리만 물에 뛰어들 뿐 서너 마리는 기진맥진한 나머지 그대로 주저앉아 있거나 멍하니 강물만 바라보다가 다른 토끼들에게 차례를 내주었다. 빅윅은 에이콘, 호크빗, 블루벨더러 암토끼 한 마리씩을 맡아 물로 뛰어들게 했다. 부상당한 암토끼 스레이욘로사는 상태가 몹시 나빠서 블랙베리와 티수딘낭이 앞뒤에서 보살피며 함께 건넜다.

어둠이 깔리면서 비가 그쳤다. 헤이즐과 블랙카바르는 다리 아래쪽 강둑으로 돌아갔다. 천둥구름이 동쪽으로 옮겨 가자 하늘이 개고 무겁게 짓누르던 공기도 걷혔다. 하지만 푹 인레가 지나서야 빅윅이 실버와 파이버의 부축을 받으며 강가로 올라왔다. 빅윅은 죽을힘을 다해 둥둥 떠내려오다가 쇠창살에 닿자, 몸을 뒤집어 죽은 물고기처럼 배를 위로 내놓았다. 그렇게 얕은 물까지 와서 실버의 도움으로 물 밖으로 나왔다. 헤이즐을 비롯한 몇몇 토끼들이 빅윅을 맞았지만, 빅윅은 예전의 그 못된 성질머리를 부리면서 윽박질렀다.

"저리들 비켜! 헤이즐, 난 이제 자야겠어. 못 자게 했다간 알아서 해!"

헤이즐은 눈을 휘둥그렇게 뜨고 쳐다보는 블랙카바르에게 말했다.

"보다시피 우린 이렇게 지내. 너도 곧 익숙해질 거야. 자, 마른자리를 찾아서 우리도 눈을 붙이자고."

덤불숲 사이의 마른자리마다 지쳐서 잠든 토끼들로 꽉 찼다. 헤이즐 일행은 한참을 찾아다닌 끝에 쓰러진 나무줄기를 발견했는데, 아랫부분에 껍질이 벗겨져 패어 있었다. 토끼들은 잔가지와 나뭇잎 속으로 파고 들어가 매끈하게 파인 홈 속에 자리를 잡았다. 그러고는 체온으로 훈훈해진 그 속에서 이내 잠이 들었다.

40
귀 로

히커리 부인, 히커리 부인, 문 앞에 늑대가 와 있습니다.
하얀 이를 번뜩이고 혀를 무시무시하게 날름거립니다!
히커리 부인이 말했다. "아니, 이 거짓말쟁이!"
그러나 문 앞에는 정말로 굶주린 늑대가 와 있었다.

월터 드 라 메어, 〈히커리 부인〉

이튿날 아침 헤이즐은 일어나자마자 밤사이 스레이욘로사가 죽었다는 소식을 들었다. 티수딘낭은 몹시 괴로워했다. 스레이욘로사를 표적반 암토끼들 가운데 꽤 강단 있고 분별 있는 토끼로 꼽아 같이 탈출하자고 설득한 장본인이었기 때문이다. 티수딘낭은 스레이욘로사와 함께 다리를 지난 뒤 스레이욘로사를 부축하여 강둑으로 올라와 덤불숲에서 몸을 맞대고 자면서 다음 날이면 괜찮아지기를 바랐다. 하지만 아침에 일어나 보니 스레이욘로사가 보이지 않았다. 여기저기 찾아다니다가 하류 쪽 갈대밭에서 죽어 있는 스레이욘로사를 발견했다. 그 가엾은 암토끼는 죽을 때를 안 동물이 으레 그러듯이 잠자리를 빠져나가 죽음을 맞은 것이다.

스레이욘로사가 죽었다는 소식에 헤이즐은 우울해졌다. 에프라파에서 운드워트와 정면으로 싸우지 않고 암토끼들을 데리고 도망쳐 나올 수 있었던 것은 그야말로 행운이었다. 작전은 훌륭했지만 폭풍우가 몰아치는 데다 에프라파 토끼들이 워낙 철두철미해서 하마터면 실패로 돌아갈 뻔했다. 빅윅과 실버가 용감무쌍한 활약을 펼쳤지만 키하르가 없었다면 도저히 성공할 수 없었을 것이다. 이제 키하르는 떠날 테고, 빅윅은 부상당했으며, 헤이즐 자신도 다리 때문에 고생하고 있었다. 암토끼들까지 돌보면서 툭 트인 땅을 여행하려면 워터십 다운을 떠나올 때만큼 빠르고 수월하게 돌아가긴 힘들 것이다. 마음 같아서는 빅윅이 기운을 차리고 암토끼들이 자신감을 되찾고 들판 생활에 익숙해질 때까지 여기서 쉬고 싶었다. 하지만 여기는 도저히 지낼 만한 곳이 아니었다. 몸을 숨길 데는 많지만 습기가 너무 많았다. 게다가 몹시 번잡한 도로가 가까이에 있었다. 날이 밝자마자 조금 떨어진 곳에서 흐루두두 지나가는 소리가 들려왔다. 소음이 계속되자 암토끼들은 깜짝깜짝 놀라며 불안해했다. 거기다 엎친 데 덮친 격으로 스레이욘로사까지 죽은 것이다. 암토끼들은 소음과 진동 때문에 불안해서 풀도 못 뜯고 자꾸만 하류로 내려가 스레이욘로사의 시체를 보며, 이 낯설고 위험한 곳에 대해 저희들끼리 소곤거렸다.

헤이즐이 블랙베리에게 조언을 구하자, 블랙베리는 인간

들이 곧 배를 발견할 것이라고 했다. 그러면 인간에게 들키는 것은 시간문제라고 덧붙였다. 그 말에 헤이즐은 당장 이곳을 떠나 편히 쉴 만한 곳을 찾기로 했다. 소리와 냄새로 짐작하건대 이 늪지대는 하류 쪽으로 길게 뻗어 있었다. 도로는 남쪽으로 나 있으니 토끼들이 갈 곳은 다리 건너 북쪽뿐이었다. 어쨌거나 그쪽은 워터십 다운이 있는 방향이기도 했다.

헤이즐은 빅윅을 데리고 강둑을 기어올라 풀길로 들어섰다. 곧바로 키하르가 눈에 띄었는데, 다리 근처 솔송나무 덤불에서 민달팽이를 잡아먹고 있었다. 토끼들은 말없이 다가가 근처에서 풀을 뜯었다.

잠시 뒤 키하르가 입을 열었다.

"에이즐 씨, 이제 엄마 토끼 얻었어. 다 잘됐지?"

"그래. 네가 없었으면 도저히 못 했을 거야. 어젯밤에 제때 나타나 빅윅을 구했다면서?"

"덩치 큰 토끼, 못된 토끼가 덤볐어. 머리도 좋아."

"그래. 하지만 혼쭐이 났을 거야."

"그래그래, 에이즐 씨, 인간 곧 와. 이제 어떡해?"

"우린 마을로 돌아가야 해. 돌아갈 수만 있다면."

"난 다 끝났어. 큰 물 찾아가."

"다시 만날 수 있을까, 키하르?"

"언덕으로 돌아가? 너희 거기 있어?"

"응, 그래야지. 이 많은 수를 데리고 가려면 힘들겠지만. 에프라파 추적대도 피해야 할 테고."

"거기 있어. 나중에 겨울 오면 춥고 큰 물에 폭풍 불어. 새들 많이 떠나. 그럼 나 너희 있는 데 올게."

빅윅이 말했다.

"꼭 돌아올 거지, 키하르? 널 기다릴게. 어젯밤처럼 불쑥 찾아오라고."

"그래그래, 갑자기 쑥 나타나 엄마 토끼랑 아기 토끼들 깜짝 놀라. 작은 픽빅들 다 도망가."

키하르는 날개를 둥글게 구부리고 날아올랐다. 그러고는 난간을 넘어 상류 쪽으로 날아갔다. 그러더니 왼쪽으로 원을 그리며 돌아서 풀길로 돌아와 토끼들 바로 위로 스치듯 지나갔다. 키하르는 캬악캬악 울음소리를 남기고 남쪽으로 사라졌다. 헤이즐과 빅윅은 나무들 너머로 키하르가 사라지는 모습을 지켜보았다.

빅윅이 말했다.

"오, 거대한 흰 새여, 멀리 날아가라. 저 친구를 보면 나도 날 수 있을 것 같은 느낌이 들어. 큰 물이라! 나도 한번 봤으면!"

키하르가 날아간 쪽을 하염없이 바라보다가 헤이즐은 길 끝, 풀밭이 경사를 이루어 도로와 이어진 곳에서 작은 집을 발견했다. 인간 하나가 숨을 죽이고서 산울타리에 기대어 토끼들을 유심히 살피고 있었다. 헤이즐은 발을 구른 뒤 잽싸게 늪지의 덤불숲으로 튀어 들어갔다. 빅윅도 바로 뒤따라갔다.

빅윅이 말했다.

"저 인간이 무슨 생각 하고 있는지 알아? 채소밭을 걱정하는 거야."

"알아. 이 친구들이 근처에 채소밭이 있는 줄 알면 절대로 그냥 지나가지 않을걸. 당장 여길 떠나야 해."

곧 토끼들은 공원을 가로질러 북쪽으로 나아갔다. 얼마 못 가서 빅윅은 긴 여행이 무리라는 사실을 깨달았다. 상처가 깊어서 어깨 근육을 많이 쓸 수 없었다. 헤이즐도 다리를 절었다. 암토끼들은 기꺼운 마음으로 고분고분 따랐지만 흘레실 생활에 익숙지 못했다. 무척 힘든 시간이었다.

다음 날부터 며칠 동안 계속된 화창한 날씨 속에서 블랙카바르는 자신의 가치를 거듭거듭 증명해 보였다. 그리하여 헤이즐은 함께 산전수전 겪은 동료들 못지않게 차츰 블랙카바르를 믿고 의지하게 되었다. 블랙카바르가 그렇게 탁월한 능력을 갖고 있을 줄은 아무도 생각지 못했다. 빅윅이 에프라파에서 블랙카바르를 꼭 데리고 나오겠다고 결심한 이유는 순전히 운드워트에게 무자비하게 학대받는 것이 불쌍해서였다. 하지만 온갖 굴욕과 핍박을 받으면서도 무너지지 않았다는 사실만 보아도 블랙카바르가 보통 토끼가 아님을 알 수 있었다. 살아온 이력부터가 보통 토끼하고는 달랐다. 블랙카바르의 어미는 에프라파 출신이 아니었다. 운드워트 장군의 습격을 받은 너틀리 숲 마을에서 잡혀 온 포로였다. 블랙카바르의 어미는 에프라파에서 표적반 대장 토끼를 만나 짝을 지은 뒤로는 다른 토끼와 짝을 짓지 않았다. 아비인 표적반 대장 토끼는 정찰 나갔다가 죽

617

었다. 블랙카바르는 그런 아비를 자랑스럽게 여기며 나중에 자라서 아우슬라 장교가 되겠다고 결심했다. 그러면서도 어미한테서 에프라파에 대한 반감을 물려받은 터라 에프라파에 필요 이상의 충성은 하지 않겠다고 생각하고 있었다. 블랙카바르가 오른쪽 앞발 표적반에 견습 사관으로 들어갔을 때, 맬로 대장은 블랙카바르의 용기와 인내력을 칭찬하면서도 그가 자존심 강하고 매사에 초연한 성격임을 알아차렸다. 처빌 대장이 맡은 왼쪽 엉덩이 표적반에 부지휘관이 필요하게 되었을 때, 장로회는 블랙카바르를 제치고 애빈스를 임명했다. 블랙카바르는 자신의 능력을 잘 알고 있었다. 그래서 포로 출신 어머니를 둔 탓에 장로회에서 자기를 거부했다고 확신했다. 그런 부당한 처우에 불만을 품고 있던 차에 하이젠슬라이를 만났다. 블랙카바르는 하이젠슬라이와 친구가 되자, 오른쪽 앞발 표적반의 불만 많은 암토끼들에게 조언을 해 주었다. 블랙카바르는 일단 암토끼들에게 장로회에 가서 에프라파를 떠나게 해 달라고 요청하라고 했다. 장로회의 허락을 받으면 암토끼들이 블랙카바르와 함께 가게 해 달라고 부탁하기로 했다. 하지만 그 요구가 거절당하자 블랙카바르는 탈출을 계획했다. 처음에는 암토끼들을 데리고 탈출하려고 했다. 하지만 빅윅이 그랬듯이 탈출의 위험성과 불확실성 때문에 신경이 극도로 곤두선 나머지 결국 포기하고 혼자 탈출하려다가 캠피언에게 잡히고 말았다. 블랙카바르는 장로회의 처벌을 받는 동안 활달한 기질이 꺾였고, 빅윅이 충격받을 만큼 비참한 몰골을 한 불쌍한 토끼가 되어 버렸다. 하지만 흐라카 도랑에서 빅윅의 귓속말을 듣는 순간 블랙카바르의 기백이 되살아났다. 다른 토끼들 같으면 쉽지 않았겠지만, 블랙카바르는 모든 것을 걸고 다시 한 번 시도했다. 그리고 이제 자유의 몸이 되어 이 태평스러운 토끼들과 함께 지내게 되자, 에프라파에서 훈련받은 기술을 살려 이들에게 보탬이 되어야겠다고 마음먹었다. 블랙카바르는 시키는 대로 충실히 따르면서도 위험을 살피는 일이나 정찰에 관해서는 서슴지 않고 의견을 말했다. 좋은 의견이라면 누구 말이든 기꺼이 받아들이는 헤이즐은 블랙카바르의 말에도 귀를 기울였다. 그리고 그 따뜻한 마음과 꾸밈없는 열정 때문에 무리하지 않도록 충고하는 일은 블랙카바르가 존경하고 있는 빅윅한테 맡겼다.

이삼 일간 숨을 곳을 찾아 몇 번이고 멈추면서 조심스럽게 천천히 여행한 끝에, 어느 날 오후 느지막이 시저스 벨트가 보이는 곳에 이르렀다. 지난번보다 서쪽이었는데 근처 두두룩한 둔덕에 작은 잡목숲이 있었다. 토끼들은 지쳐 있었다. 하이젠슬라이가 빅윅에게 "약속한 대로 저녁마다 실플레이를 하네요." 했듯이 그날 저녁에도 풀을 뜯었다. 그리고 나자 블루벨과 스피드웰이 나무 밑 마른땅에다 임시 굴을 파서 하루 이틀 머무는 게 좋겠다고 했다. 헤이즐은 선뜻 그러자고 했지만 파이버는 꺼림칙해했다.

"헤이즐-라, 쉬어야 한다는 건 알지만 왠지 내키지 않아. 왜 그런지 생각해 봐야겠어."

"난 아무래도 괜찮아. 하지만 이번에는 네가 뭐라고 해도 다들 꿈쩍 안 할 거야. 암토끼들 가운데 한둘은 키하르 말마따나 엄마 될 준비가 됐어. 그래서 블루벨이랑 여러 친구들이 굳이 굴을 파겠다고 나오는 거야. 그 정도는 괜찮지 않을까? '땅속에 있는 토끼는 안전하다.'는 말도 있잖아."

"네 말이 맞을지도 몰라. 빌더릴 말이야, 정말 아름다워. 난 빌더릴하고 좀 더 친해지고 싶어. 하긴, 날이면 날마다 여행만 하는 건 자연스러운 일이 아니지."

하지만 잠시 뒤 블랙카바르가 댄더라이언과 함께 정찰하고 돌아오더니 강력히 반대했다.

"헤이즐-라, 여기 있으면 안 돼요. 대정찰대라면 이런 곳에서는 절대로 야영을 하지 않아요. 여긴 여우가 사는 지역입니다. 어둡기 전에 다른 곳으로 가야 돼요."

빅윅은 오후 내내 어깨 통증에 시달리느라 기분이 가라앉고 찌무룩했다. 그래서인지 블랙카바르가 똑똑한 척하느라고 남을 괴롭히는 것처럼 느껴졌다. 블랙카바르 말대로라면 아무리 피곤해도 에프라파 기준에 맞는 안전한 곳을 찾아가야 한다. 그래 봤자 이 잡목숲보다 더 위험하지도 덜 위험하지도 않고 비슷비슷할 것이다. 그리고 블랙카바르는 애당초 있지도 않은 여우한테서 모두를 구한 영리한 토끼가 될 것이다. 빅윅은 블랙카바르의 에프라파식 정찰 기술이 지긋지긋했다. 그런 허세는 더 이상 못 부리게 해야 한다.

빅윅은 날카롭게 말했다.

"어차피 구릉에는 여우가 있게 마련이야. 그런데 왜 하필 이곳은 안 된다는 거지?"

블랙카바르도 빅윅 못지않게 임기응변을 중요하게 여겼
지만 바보 같은 대답을 하고 말았다.

"정확히 왜냐고는 말씀드리기 힘듭니다. 여우가 산다는
느낌이 확 와닿긴 했지만, 딱히 왜 그런지는 설명하기 어려
운데요."

빅윅이 비아냥거렸다.

"옳아, 느낌이라! 흐라카를 봤나? 냄새가 났어? 아니면
독버섯 아래 앉아 노래하던 초록색 쥐가 알려 주던가?"

블랙카바르는 가슴이 아팠다. 빅윅하고만은 말다툼을 벌
이고 싶지 않았다.

블랙카바르의 대답에 에프라파 말투가 심하게 섞였다.

"제가 바보라고 생각하시는군요. 그래요, 냄새도 흐라카
도 없었수다. 하지만 분명히 이곳은 여우가 다니는 길이라
고 생각합니다. 정찰을 다닐 때면 우린······."

빅윅이 댄더라이언에게 물었다.

"넌 뭔가 보거나 냄새를 맡았어?"

"어······ 글쎄, 잘 모르겠어. 정찰은 블랙카바르가 전문이
잖아. 내 생각은 어떠냐고 묻길래······."

빅윅이 말을 잘랐다.

"밤새 이러고 있을 순 없어. 블랙카바르, 우린 이번 초여
름에 너만큼 정찰 경험 없이도 들판이든 히스 덤불숲이든,
숲이든 구릉이든 온갖 곳을 며칠씩 다녔지만 아무도 죽지
않았어."

블랙카바르는 사과하듯이 말했다.

"전 굴 파는 것에 반대할 뿐입니다. 얕은 굴은 눈에 잘 띄고, 땅 파는 소리가 멀리까지 들리잖습니까."

빅윅이 대꾸하기도 전에 헤이즐이 입을 열었다.

"그만해. 이 친구를 괴롭히려고 에프라파에서 데려온 건 아니잖아. 이봐, 블랙카바르, 이 문제는 내가 결정하는 게 좋겠어. 네 말대로 여기는 위험할지도 몰라. 하지만 어차피 마을에 도착하기 전까지는 늘 위험할 거야. 지금은 다들 너무 지쳤으니까 하루 이틀쯤 쉬어 가는 게 좋겠어. 그러고 나면 훨씬 기운을 차리게 될 테니까."

해가 떨어지자마자 곧 얕은 굴들이 충분히 마련되었고, 하룻밤을 땅속에서 지내고 나자 모두 한결 기운을 차렸다. 헤이즐이 예상한 대로 짝짓기가 이루어졌고, 한두 번인가 싸움이 있긴 했지만 누가 다칠 정도는 아니었다. 저녁 무렵이 되자 휴일같이 여유로운 분위기가 감돌았다. 헤이즐도 다리가 튼튼해졌고, 빅윅은 에프라파에서 떠나온 이후 그 어느 때보다 원기 왕성했다. 이틀 전만 해도 여위고 초췌하던 암토끼들도 털에서 윤기가 흐르기 시작했다.

이튿날 아침에는 동이 트고 한참 지나서야 실플레이가 시작되었다. 가벼운 바람이 토끼 굴이 있는 잡목숲 북쪽 둔덕으로 불어오자, 블루벨은 바람에서 토끼 냄새가 난다고 했다.

"홀리가 우리를 위해 턱 쥐샘을 누르고 있는 거야, 헤이즐-라. 아침 바람에 묻어온 토끼의 재채기가 고향을 그리는 마음에 불을 지르는구나."

헤이즐이 맞장구쳤다.

"다들 치커리밭에 앉아 통통한 암토끼를 목이 빠져라 기다리고 있겠군."

"그럼 안 되지. 암토끼라면 거기도 둘이나 있잖아."

"다 상자 암토끼잖아. 지금쯤 동작도 빨라지고 강해졌겠지만, 아무리 그래도 우리처럼 되지는 못해. 클로버만 해도 실플레이할 때 굴에서 멀리 가지 않으려고 하잖아. 우리처럼 빨리 뛰지 못하니까. 이 에프라파 암토끼들도 평생 보초들에 둘러싸여 살았어. 그래도 지금은 감시가 없어지니까 즐겁게 여기저기 돌아다니고 있다고. 저기 둔덕 아래 있는 두 암토끼만 봐도 그래. 자신이 있으니까…… 오, 프리스님!"

그때 개처럼 생긴 황갈색 동물이 구름 사이로 햇빛이 나오듯이 소리 없이 위쪽 호두나무 수풀에서 불쑥 튀어나왔다. 그러고는 두 암토끼 사이에 내려서더니 그중 하나의 목을 덥석 물고 눈 깜짝할 사이에 둔덕으로 올라갔다. 바람의 방향이 바뀌자 지독한 여우 냄새가 풀밭에 확 퍼졌다. 비탈에 있던 토끼들은 일제히 발을 구르고 꼬리를 흔들며 잽싸게 숨었다.

헤이즐과 블루벨이 뛰어든 수풀에 블랙카바르가 웅크리고 있었다. 이 에프라파 토끼는 덤덤하고 초연한 표정이었다.

"가엾은 친구. 표적반 생활을 하면서 본능이 무뎌진 탓이지요. 바람 부는 쪽 덤불숲 아래 앉아 풀을 뜯다니! 헤이즐-라, 신경 쓰지 마세요, 이런 일도 있는 법이지요. 제가 한 말씀 드릴게요. 다행히 홈바가 두 놈이 아니라면 니-프리스까진 도망칠 시간이 있어요. 저 홈바는 한동안 사냥을 하지 않을 테니까요. 빨리 이곳을 벗어나야 합니다."

헤이즐은 그러겠다고 하고는 토끼들을 모았다. 토끼 일행은 흩어져서 움직이긴 했지만 익어 가는 밀밭 가장자리를 따라 빠르게 북동쪽으로 나아갔다. 아무도 죽은 암토끼 이야기는 꺼내지 않았다. 1킬로미터도 넘게 가서야 헤이즐과 빅윅은 발길을 멈추고 뒤처진 토끼가 없는지 확인했다.

블랙카바르와 하이젠슬라이가 다가오자 빅윅이 말했다.

"블랙카바르, 네 경고를 무시하는 바람에 이렇게 됐다."

"경고라뇨? 무슨 말인지 통 모르겠습니다."

"여우가 있을 거라고 했잖아."

"기억이 안 나는데요. 그런 일이 있을 줄 누가 알았겠습니까? 어쨌거나 암토끼 한둘 없어진 게 뭐 그리 대수입니까?"

빅윅은 깜짝 놀라 블랙카바르를 바라보았다. 블랙카바르는 자기가 경고하지 않았느냐고 따지기는커녕 빅윅이 더 이상 대꾸하지 못하는 것에도 전혀 신경 쓰지 않고 풀을 뜯기 시작했다. 빅윅은 어리둥절한 채 조금 떨어진 곳으로 가서 헤이즐과 하이젠슬라이와 함께 풀을 뜯었다.

잠시 뒤 빅윅이 물었다.

"저 친구 왜 저러는 거야? 이틀 전에 우리한테 여우가 나타날 가능성이 높다고 경고했잖아. 내가 못되게 굴었지."

하이젠슬라이가 말했다.

"에프라파에서는 의견을 냈다가 거절당하면 다른 토끼는 물론이고 의견을 낸 토끼도 그 사실을 금방 잊어버려요. 블랙카바르는 헤이즐이 내린 결정만 기억할 거예요. 그 결정이 옳든 틀리든 상관하지 않아요. 자신은 충고를 한 적이 없으니까요."

"그럴 만도 하군. 에프라파! 개가 이끄는 개미 떼! 하지만 여긴 에프라파가 아니잖소. 저 친구는 정말 우리한테 경고한 일을 잊어버렸을까요?"

"아마 그럴 거예요. 하지만 정말이든 아니든 블랙카바르는 자기가 당신에게 경고했다는 사실을 인정하지도 않을 거고, 당신한테서 자기가 옳았다는 사과도 들으려 하지 않을 거예요. 굴속에다 흐라카를 누는 한이 있더라도 말이에요."

"당신도 에프라파 출신이잖소. 당신도 그렇게 생각해요?"

"난 암토끼예요."

*

오후로 접어든 지 얼마 안 돼 시저스 벨트가 눈에 들어왔다. 댄더라이언이 인레의 검은 토끼 이야기를 들려준 장소를 빅윅이 가장 먼저 알아보았다.

빅윅이 헤이즐에게 말했다.

"그때 그 여우였어. 틀림없어. 여우가 나타날 수 있다는 걸 충분히 생각했어야 했는데……."

헤이즐이 말했다.

"이봐, 우린 너한테 큰 빚을 졌어. 너도 잘 알잖아. 암토 끼들은 엘-어라이라가 널 보내서 자기들을 에프라파에서 구해 냈다고 믿어. 너 아니었으면 아무도 못 했을 거라고 생각한다고. 오늘 아침 일은 우리 둘 다 책임이 있어. 하지 만 한 친구도 잃지 않고 무사히 마을로 돌아가리라고는 생 각도 안 했어. 사실 둘을 잃긴 했지만, 그만하면 생각보다 적은 거야. 조금만 힘을 내면 오늘 밤 안으로 벌집에 갈 수 있어. 빅윅, 홈바 일은 잊어버리자고. 이제 와서 돌이킬 수 도 없잖아. 그리고…… 아니, 저게 누구야?"

눈앞에는 노간주나무와 찔레나무 덤불숲이 있고, 덤불숲 바닥에는 열매가 붉게 익어 가는 브리오니아 덩굴과 쐐기 풀이 뒤엉켜 자라고 있었다. 덤불을 헤치고 나갈 길을 찾느 라 멈춰 서 있는데, 긴 풀숲에서 덩치 큰 토끼 넷이 나타나 헤이즐 일행을 굽어보았다. 조금 뒤에서 올라오던 암토끼 가 발을 구르고는 홱 돌아서서 달아나려고 했다. 블랙카바 르가 잽싸게 붙잡는 소리가 들렸다.

한 토끼가 말했다.

"이봐, 슬라일리, 대답 좀 해 보지 그래? 내가 누군가?"

잠시 침묵이 흘렀다. 이윽고 헤이즐이 입을 열었다.

"표적이 있는 걸 보니 에프라파 토끼들이군. 저 녀석이 운드워트야?"

블랙카바르가 바로 옆에서 대답했다.

"아니오, 캠피언 대장입니다."

"아하, 캠피언, 네 이야기는 들었다. 우리를 해칠 작정인지 어쩐지는 모르지만, 우릴 건드리지 않는 게 좋을 거다. 우린 이제 에프라파와 아무 상관 없어."

캠피언 대장이 말했다.

"너희는 그렇게 생각할지 몰라도 간단히 끝날 문제가 아니란 걸 알게 될 거다. 저 뒤에 있는 암토끼들은 우리가 데려가야겠어. 너희도 모두."

그사이 에이콘과 실버가 비탈을 올라왔고, 티수딘낭이 그 뒤를 따라왔다. 실버는 에프라파 토끼들을 보자마자 재빨리 티수딘낭에게 뭐라고 소곤거렸다. 그러자 티수딘낭은 살그머니 우엉 틈새로 내려갔다.

실버가 헤이즐한테 다가와서 조용히 말했다.

"헤이즐, 하얀 새를 부르러 보냈어."

그 속임수는 효과가 있었다. 캠피언은 불안하게 하늘을 살폈고, 또 다른 정찰대 토끼는 숨어 있던 덤불 쪽을 힐끔 바라보았다.

헤이즐이 캠피언에게 말했다.

"바보 같은 소리군. 우린 수가 많아. 다른 녀석들이 숨어 있지 않는 이상 수적으로는 우리하고 상대가 안 될걸."

캠피언은 주춤했다. 사실 평생 처음으로 경솔한 행동을 한 것이다. 아까만 해도 헤이즐과 빅윅 단둘에다 그 뒤로 블랙카바르와 암토끼 하나만 따라오고 있었다. 캠피언은 장로회 앞에 내세울 만한 성과를 올리고 싶은 마음에 성급하게 그들이 일행의 전부라고 단정 지었다. 에프라파 토끼들은 굴 밖에 나오면 항상 모여 다니기 때문에 한참 뒤에서 다른 토끼들이 슬렁슬렁 따라오리라고는 생각도 못했던 것이다. 그래서 증오해 마지않는 슬라일리와 블랙카바르, 그리고 그들과 한패인 절름발이 토끼를 처치해 버리고 암토끼를 에프라파로 데리고 돌아갈 절호의 기회라고 여겼다. 그 정도 일이라면 식은 죽 먹기였다. 또 상대가 싸우지도 않고 순순히 항복할지도 모르는 일이었다. 그렇다면 숨어서 기회를 노리느니 정면 대결이 낫겠다고 결론을 내렸다. 하지만 토끼들이 하나둘씩 늘어나자 캠피언은 실수했다는 것을 깨달았다.

캠피언이 말했다.

"우리 편도 만만치 않을걸. 암토끼들을 여기 놔둬. 너희는 가도 좋다. 안 그러면 다 죽을 줄 알아."

헤이즐이 말했다.

"좋아. 숨어 있는 정찰대원들을 다 나오라고 하면 네 말대로 하지."

이제 꽤 많은 토끼들이 비탈을 올라왔다. 캠피언과 부하 토끼들은 묵묵히 서서 바라보기만 했다.

이윽고 헤이즐이 말했다.

"그 자리에 가만히 있는 게 좋을걸. 우리를 막으려 들었다간 무사하지 못할 거야. 실버랑 블랙베리는 암토끼들을 데리고 먼저 가. 우리도 곧 뒤따라갈 테니."

블랙카바르가 귓속말을 했다.

"헤이즐-라, 한 놈도 남김없이 처치해야 합니다. 돌아가서 장군에게 보고하면 안 됩니다."

헤이즐도 그 생각을 하고 있었다. 하지만 정찰대를 처치한다는 것은 처절한 싸움 끝에 에프라파 토끼 네 마리를 갈가리 찢어 버린다는 얘기인데, 도저히 그럴 마음이 내키지 않았다. 빅윅이 그랬듯이 헤이즐도 왠지 캠피언에게 호감이 갔다. 게다가 싸움이 일어나면 헤이즐 쪽에도 피해가 있을 것이다. 몇몇은 목숨을 잃거나 부상당할 것이 틀림없었다. 또 오늘 밤 안으로 벌집에 도착하기 힘들뿐더러 가는 길에 핏자국을 남기게 된다. 싸우기 싫은 것도 있지만, 그런 점 때문에 치명적인 사고가 일어날지도 몰랐다.

헤이즐은 단호히 말했다.

"아니, 그냥 둘 거야."

블랙카바르는 입을 다물었다. 헤이즐 일행은 암토끼들이 수풀 사이로 사라지는 동안 캠피언을 지켜보았다.

헤이즐이 말했다.

"자, 정찰대를 데리고 우리가 왔던 길로 되돌아가. 아무 말 말고 어서 가."

캠피언과 정찰대는 언덕을 내려갔다. 헤이즐은 그들이 순순히 돌아가자 마음을 놓고 다른 토끼들과 함께 실버와 암토끼들이 간 쪽으로 걸음을 재촉했다.

일단 시저스 벨트를 지나자 나아가는 속도가 훨씬 빨라졌다. 하루하고도 반나절을 쉬고 난 덕분에 암토끼들은 기운을 차렸다. 오늘 밤 안으로 긴 여행이 끝난다는 기대와, 여우와 정찰대를 피했다는 사실에 힘이 나서 더욱 열성적으로 따라왔다. 속도가 조금 느려지는 이유는 단 하나 블랙카바르 때문이었다. 블랙카바르는 불안한 듯 자꾸만 뒤쪽에서 맴돌았다. 마침내 늦은 오후쯤 되자 헤이즐은 블랙카바르한테 길을 앞질러 가서 해 뜨는 쪽에 너도밤나무 숲이 있는지 찾아보고 오라고 했다. 잠시 뒤 블랙카바르가 달려와서 보고했다.

"헤이즐-라, 그 숲에 가까이 가 봤더니 숲 바로 밖에 있는 짧은 풀밭에서 토끼 둘이 놀고 있었습니다."

"내가 가서 보지. 댄더라이언, 같이 가자."

헤이즐은 언덕 오솔길 오른쪽으로 달려 내려가다가 하마터면 너도밤나무 숲을 그냥 지나칠 뻔했다. 노란 나뭇잎 한두 개와 청동빛이 살짝 감도는 초록빛 나뭇가지가 눈에 들어왔다. 다음 순간 벅손과 스트로베리가 풀밭을 달려오는 모습이 보였다.

벅손이 소리쳤다.

"헤이즐-라! 댄더라이언! 어떻게 된 거야? 다른 녀석들은? 암토끼는 데려왔어? 다들 괜찮아?"

"곧 올 거야. 암토끼도 많이 데려왔고 다들 무사해. 여기는 블랙카바르. 에프라파 친구야."

스트로베리가 말했다.

"어서 와. 아, 헤이즐-라, 너희가 떠난 뒤로 저녁마다 숲가에 나와서 기다렸어. 홀리랑 박스우드도 잘 지내고 있어.

지금 마을에 있어. 놀라지 마! 클로버가 아기를 가졌어. 굉장하지?"

헤이즐이 말했다.

"잘됐다, 첫아기로구나. 맙소사, 정말이지 별일을 다 겪었어. 얼마나 대단했는지 다 얘기해 줄게. 아, 조금만 기다려. 어서 나머지 토끼들을 데리러 가자고."

해 질 무렵까지 토끼 스무 마리 모두 너도밤나무 숲을 올라와 마을에 도착했다. 언덕 아래 들판에는 벌써 땅거미가 내렸고, 토끼들은 긴 그림자들 사이에서 저녁 이슬에 젖은 풀을 뜯었다. 그러고 나서 벌집에 모여 앉자, 오랫동안 애타게 기다려 온 친구들에게 헤이즐과 빅윅이 모험담을 들려주었다.

한편 에프라파 대정찰대는 뛰어난 기술과 규율을 발휘해 시저스 벨트부터 줄곧 헤이즐 일행의 뒤를 밟았다. 그러고는 모두 굴속에 들어가는 것을 확인하고 나서 동쪽으로 반원을 그리며 빙 둘러 갔다가 에프라파로 출발했다. 캠피언은 탁 트인 곳에서도 밤을 지낼 장소를 찾는 데 명수였다. 그는 밤 동안 쉬었다가 새벽이 되면 5킬로미터를 전진해서 다음 날 저녁까지는 에프라파에 도착하기로 계획을 세웠다.

41

로스비 우프와 페어리 와그도그 이야기

저 악한 배신자들을 사정없이 벌하소서. 해만 지면 돌아와서
개처럼 짖어 대며 성 안을 여기저기 쏘다닙니다.
그러나 야훼여, 당신은 그들에게 코웃음 치고 뭇 백성을 비웃으십니다.

시편 59장

무더운 계절이 찾아왔다. 하루에 몇 시간씩 움직이는 것
이라곤 햇빛밖에 없는 것 같은 뜨겁고 고요한 여름날이 계
속되었다. 나른히 졸고 있는 언덕 위로 하늘, 해, 구름, 바람
이 깨어났다. 너도밤나무잎은 빛깔이 점점 짙어지고, 토끼
들이 풀을 뜯은 자리에 새 풀이 자라났다. 토끼 마을은 번
성하고 있었고, 헤이즐은 둔덕에 앉아 자기들이 얻은 축복
을 헤아려 보기도 했다. 땅 위에서나 땅속에서나 토끼들은
규칙적으로 먹고 자고 굴을 파는 조용하고 평화로운 일상
에 자연스럽게 젖어 들었다. 굴길과 굴이 몇 개 더 만들어
졌다. 암토끼들은 난생처음으로 굴 파기를 해 보면서 무척

즐거워했다. 하이젠슬라이와 티수딘낭은 헤이즐에게, 에프라파에서 굴 파기만 할 수 있었어도 그렇게 불행하고 절망스럽진 않았을 거라고 말하기도 했다. 클로버와 헤이스택도 굴 파기를 잘했으며, 자기들이 판 굴에서 마을의 첫 아기 토끼를 낳을 거라고 자랑했다. 블랙카바르와 홀리는 둘도 없는 친구가 되었다. 두 토끼는 정찰과 추적에 대해 수없이 의견을 나누고, 딱히 필요하진 않지만 재미 삼아 정찰대를 만들기도 했다. 어느 날 새벽엔 실버를 꼬드겨서 1.5킬로미터는 족히 떨어진 킹스클레어의 변두리에 갔다가 돌아와 장난으로 채소밭 서리를 한 이야기를 들려주기도 했다. 블랙카바르는 귀를 찢기는 벌을 받은 탓에 귀가 잘 안 들렸다. 하지만 홀리는 블랙카바르가 귀신같이 이상한 낌새를 알아차리고 거기서부터 결론을 이끌어 낼 줄 알며 자유자재로 모습을 감출 줄도 안다는 사실을 알게 되었다.

수토끼 열여섯 마리와 암토끼 열 마리는 행복한 마을을 꾸려 갔다. 간혹 말다툼이 있기도 했지만 심각하지는 않았다. 블루벨 말마따나 불만이 있는 토끼는 언제고 에프라파로 돌아가면 그만이었다. 더구나 함께했던 그 모든 고생을 떠올려 보면 큰 싸움이 날 만큼 대단한 일은 아무것도 없었다. 암토끼들이 느끼는 평온함이 모두에게 퍼져 나갔고, 그리하여 어느 날 저녁에 헤이즐은 족장 토끼 노릇을 하는 자신이 아무래도 사기꾼 같다고까지 했다. 마을에는 아무 문제도 없고 해결해야 할 다툼도 없다면서.

홀리가 물었다.

"겨울 준비 생각해 봤어?"

해 지기 한 시간 전쯤, 수토끼 네댓 마리가 클로버, 하이젠슬라이, 빌더릴과 함께 숲 서쪽에서 햇빛을 받으며 풀을 뜯고 있었다. 날씨는 아직도 덥고 언덕은 너무도 조용해서 800미터쯤 떨어진 캐논 히스 농장에서 말이 풀 뜯는 소리가 들릴 정도였다. 아직 겨울을 걱정할 때는 아니었다.

헤이즐이 말했다.

"올겨울은 다른 때보다 훨씬 더 추울 거야. 하지만 흙이 부슬부슬하고 나무뿌리가 깊이 뻗어 있기 때문에 겨울이 오기 전에 굴을 깊이 팔 수 있을 거야. 서리를 피하려면 더 깊이 들어가야 할 것 같아. 바람은 말이지, 굴 입구 몇 개만 막아 버리면 따뜻하게 잘 수 있어. 겨울에는 풀이 적긴 하지만 누군가 기분 전환 삼아 홀리를 따라 나가 행운을 걸고 채소나 당근을 훔쳐 올 수도 있잖아. 엘릴을 조심해야 될 때이긴 하지만. 굴속에서 밥-스톤스 놀이를 하거나 이따금 옛날얘기를 듣는 것도 참 즐거울 것 같아."

블루벨이 말했다.

"지금 듣는 건 어때? 야, 댄더라이언, '배를 놓칠 뻔한 이야기' 말이야. 그거 해 봐."

"아, '운드워트 물먹인 이야기'? 그건 빅윅이 해야지. 내가 주제넘게 나설 수야 없지. 이런 저녁에는 겨울을 생각해 보는 것도 괜찮겠다. 이 이야기는 나도 듣기만 하고 한 번도 하지 않았어. 그러니 아는 친구도 있고 모르는 친구도 있을 거야. 로스비 우프와 페어리 와그도그 이야기야."

파이버가 말했다.

"어서 해 봐. 마음껏 부풀려서 재미있게."

댄더라이언이 이야기를 시작했다.

"덩치가 큰 토끼도 있고 작은 토끼도 있었지. 또 엘-어라이라도 있었고. 엘-어라이라의 멋진 새 수염에 얼음이 끼었어. 마을 굴길은 위쪽이고 아래쪽이고 할 것 없이 꽁꽁 얼어붙어 발을 다칠 정도였고, 잎이 모두 떨어진 고요한 숲에서는 울새들이 서로 '이건 내 땅이야. 너는 너네 땅에 가서 굶든지 말든지 해.'라며 아옹다옹했지.

어느 날 저녁, 프리스 님이 푸른 하늘에서 거대하고 붉은 모습으로 가라앉을 때였어. 엘-어라이라와 랍스커틀은 땅속에서 긴긴 밤을 보내기 전에 얼어붙은 풀밭을 절룩절룩 돌아다니며 덜덜 떨면서 풀을 뜯어 먹었지. 풀은 건초처럼 쉽게 부스러지고 맛도 없었어. 엘-어라이라와 랍스커틀은 배가 고팠지만, 그 형편없는 먹이를 너무 오랫동안 먹어 와서 넌더리가 났어. 랍스커틀이 참다 못해 위험하더라도 들판을 건너가 마을 언저리에 있는 큰 채소밭을 습격하자고 했어.

그 채소밭은 마을에서 가장 컸어. 거기서 일하는 농부는 밭 끄트머리에 있는 집에서 살면서 엄청나게 많은 채소를 거두어 흐루두두에 싣고 어디론가 사라지곤 했지. 농부는 토끼들이 들어올 수 없게 밭 주위에 철망을 쳐 두었어. 물론 엘-어라이라는 마음만 먹으면 밭에 들어갈 수 있었어. 그래도 위험하긴 했어. 농부는 총으로 곧잘 비둘기나 어치를 잡아서 걸어 두곤 했거든.

엘-어라이라는 생각에 잠겨 말했어.

'총만 위험한 게 아니야. 그 빌어먹을 로스비 우프도 조심해야 해.'

로스비 우프는 농부의 개였어. 인간의 손을 핥아 본 짐승 가운데 가장 불쾌하고 심술궂고 구역질 나는 놈이었지. 덩치가 크고 북슬북슬한 털이 눈까지 뒤덮고 있었는데, 농부의 명령에 따라 채소밭을 지켰지. 특히 밤에 말이야. 물론 로스비 우프는 채소를 먹지 않았어. 그러니 굶주린 동물들이 이따금씩 양상추나 당근을 먹으러 오면 잠자코 눈감아 줘도 되겠건만, 그런 일은 절대로 없었어. 놈은 보통 저녁부터 다음 날 새벽까지 채소밭 언저리를 어슬렁거리며 돌아다녔지. 남자 어른이나 사내아이들이 밭에 못 들어오게 하는 것도 모자라 쥐, 굴토끼, 산토끼, 생쥐, 두더지 할 것 없이 눈에 띄는 동물은 무조건 죽이려고 덤볐지. 그놈은 침입자의 냄새나 기척을 느끼는 순간 컹컹 짖어 대며 난리 법석을 떠는데, 이렇게 바보같이 떠드는 소리에 토끼들은 잽싸게 달아나곤 했어. 주인이 로스비 우프를 훌륭한 쥐잡이로 여기고 툭하면 쥐 잡는 기술이 얼마나 뛰어난지, 얼마나 훌륭한 개인지 자랑하고 다니는 바람에 로스비 우프는 눈꼴실 정도로 자만심에 넘쳤어. 자기가 세계 최고의 쥐잡이인 줄 착각했지. 그놈은 날고기를 많이 먹었는데, 배가 고파야 열심히 돌아다니기 때문에 저녁때는 많이 먹지 못했지. 놈이 다가오면 고기 냄새로 금방 알 수 있었어. 그렇다

해도 놈이 있는 한 채소밭은 위험한 곳이었지.

랍스커틀이 말했어.

'한 번만 로스비 우프와 부딪쳐 봅시다. 엘-어라이라 님과 저라면 녀석을 따돌릴 수 있을 겁니다.'

엘-어라이라와 랍스커틀은 들판을 지나 채소밭 근처로 다가갔어. 채소밭에 도착해 보니 농부가 불붙은 하얀 막대기를 문 채 서리 맞은 양배추를 한 고랑 한 고랑 베어 내고 있었어. 로스비 우프는 그 옆에서 꼬리를 흔들며 우스꽝스럽게 껑충껑충 뛰어다녔지. 얼마 뒤 농부는 수레 같은 것에다 양배추를 가득 싣고서 집 쪽으로 밀고 갔어. 그 뒤로 몇 번 왔다 갔다 하면서 양배추를 전부 집 앞에 옮기고는 양배추를 다시 집 안에 들여놓았어.

랍스커틀이 물었어.

'뭐 하는 거죠?'

'오늘 밤 사이 얼음이 녹으면 내일 흐루두두에 싣고 갈 모양이다.'

'얼음이 빠지면 훨씬 맛있겠다, 그렇죠? 집 안에 있는 양배추를 훔칠 수 있으면 좋을 텐데. 뭐, 그런 건 접어 두죠. 이제 우리가 나설 때예요. 농부가 바쁜 틈을 타서 우리는 이쪽 구석에서 시작해 볼까요.'

하지만 토끼들은 양배추밭에 들어서기가 무섭게 로스비 우프가 냄새를 맡고 미친 듯이 짖어 대며 달려오는 바람에 간신히 도망쳤지.

로스비 우프가 소리쳤어.

'더러운 좀팽이들이 가, 감히! 가, 감히 여기가 어, 어디라고 기어 들어와? 어, 어서 꺼져 버려! 꺼져! 꺼지라고!'

엘-어라이라는 고생만 실컷 하고 빈손으로 허둥지둥 돌아오며 투덜거렸어.

'괘씸한 짐승 같으니! 생각할수록 화가 나는군! 어떻게 해야 할지는 아직 모르겠지만, 프리스 님과 인레에 맹세하건대, 얼음이 다 녹기 전에 저 집에 있는 양배추를 몽땅 먹어 치워서 저놈 코를 납작하게 해 주고 말리라!'

랍스커틀이 말렸어.

'주인님, 그런 말씀 마십시오. 지금까지 숱한 어려움도 이겨 냈는데 그깟 양배추 한 통에 귀한 목숨을 내던져서야 되겠습니까?'

'흠, 일단 기회를 보는 거야. 기회만 생기면 당장…….'

이튿날 오후 랍스커틀은 길가 둔덕 꼭대기에서 코를 킁킁거리며 돌아다니다가 흐루두두를 보았어. 흐루두두 뒤에는 문이 달려 있었는데, 어쩐 일인지 그 문이 열린 채 흔들리고 있었어. 그 안에는 농부가 때때로 밭에다 놔두는 자루 같은 것들이 들어 있었지. 그런데 흐루두두가 앞을 지나갈 때 자루 하나가 툭 떨어지지 않겠어? 흐루두두가 가고 나자 랍스커틀은 먹을 것이 들어 있을까 해서 길가로 내려가 냄새를 맡아 보았어. 하지만 실망스럽게도 자루 속에는 고기 같은 것밖에 없었어. 나중에 랍스커틀은 엘-어라이라에게 그 이야기를 들려주었지.

'고기라고? 아직 거기 있을까?'

'제가 어찌 알겠습니까? 고기는 기분 나빠요.'

'날 따라와, 어서.'

길에 가 보니 고기는 그대로 있었어. 엘-어라이라는 랍스커틀과 함께 자루를 끌고 도랑가로 가서 파묻었어.

랍스커틀이 물었어.

'어디에 쓰려고 그러시죠?'

'아직 모르겠다. 하지만 쥐 새끼들이 파먹지만 않으면 요긴하게 쓰일 데가 있을 거다. 이제 굴로 가자. 날이 어두워지고 있어.'

두 토끼는 굴로 돌아가려다가 도랑에서 시커멓고 낡은 흐루두두 바퀴 껍데기를 발견했어. 너희도 봤으면 알겠지만 꼭 엄청 큰 버섯처럼 생겼어. 매끄럽고 질기면서도 우리 발바닥처럼 폭신하고 잘 구부러져. 냄새가 고약하고, 먹을 수도 없어.

그걸 보자마자 엘-어라이라가 말했어.

'이것 좀 뜯어 가야겠다. 쓸 데가 있어.'

랍스커틀은 엘-어라이라가 미치지 않았나 싶기도 했지만 시키는 대로 따랐어. 바퀴 껍데기는 많이 삭아 있어서 얼마 뒤엔 토끼 머리통만 한 조각을 떼어 낼 수 있었지. 고약한 맛이 났지만 엘-어라이라는 조심스럽게 마을로 가져갔어. 그러고는 그날 밤 늦도록 그 껍데기를 조금씩 뜯어냈지. 이튿날 아침 실플레이를 하고 나서도 그 일을 계속했어. 니-프리스가 되자 엘-어라이라는 랍스커틀을 깨워서 밖으로 나오게 한 뒤 그 바퀴 껍데기를 내놓았어.

'뭐 같아 보이냐? 냄새는 신경 쓰지 말고 무엇처럼 보이는지만 말해 봐.'

랍스커틀은 이렇게 말했어.

'까만 개 코 같습니다. 축축하지는 않지만요.'

'좋았어!'

엘-어라이라는 이렇게 말하고는 굴로 내려가 잠을 잤어.

그날 밤도 맑지만 추운 날씨였어. 반달이 떴는데, 다들 굴속에서 추위를 피하고 있는 푸 인레에 엘-어라이라는 랍스커틀더러 따라 나오라고 했어. 그 까만 개 코를 물고 가면서 더러운 것이 눈에 띄는 족족 그것을 밀어 넣었지. 그 중엔……."

헤이즐이 말을 잘랐다.

"그런 건 그냥 넘어가고 빨리 다음 이야기나 해 봐."

"나중에는 랍스커틀도 멀찍이 떨어져서 따라갈 정도였지. 하지만 엘-어라이라는 숨을 참아 가며 그것을 물고 가서는 고기 자루를 묻어 둔 곳에 이르렀어.

엘-어라이라가 명령했어.

'파내라! 어서.'

둘이서 고기 자루를 파내자 종이로 된 자루가 찢어졌어. 그 바람에 브리오니아 덩굴 줄기처럼 줄줄이 이어진 고깃덩어리가 나타났지. 랍스커틀은 가엾게도 고깃덩이를 끌고 가서 채소밭 가장자리에 갖다 놓으라는 명령을 받았어. 랍스커틀은 힘들게 끌고 가서는 고기를 내려놓자마자 안도의 한숨을 쉬었지.

'자, 이제 앞쪽으로 돌아가자.'

집 앞에 가 보니 농부는 나가고 없었어. 집이 온통 깜깜한 데다 농부가 조금 전에 대문을 지나간 냄새가 났거든. 집 앞에는 꽃밭이 있었는데, 그 꽃밭 뒤쪽으로 널빤지를 촘촘히 댄 높다란 울타리가 채소밭을 둘러싸고 있고, 울타리 끝에는 월계수 덤불이 있었지. 울타리 바로 뒤쪽에는 부엌으로 통하는 뒷문이 있었고.

엘-어라이라와 랍스커틀은 소리 없이 꽃밭을 지나 울타리 틈으로 들여다보았어. 로스비 우프는 말똥말똥 깬 채 추위에 떨며 자갈길에 앉아 있었어. 거리가 워낙 가까워서 그 개가 달빛에 눈을 깜박이는 것까지 보였지. 부엌문은 닫혀 있었지만, 근처 벽을 따라가다 보니 배수구 위에 벽돌이 빠진 구멍이 있었어. 부엌 바닥이 벽돌로 되어 있어서, 농부가 거친 빗자루로 바닥을 쓸고 물청소를 한 다음엔 그 구멍으로 물을 흘려 보내곤 했지. 구멍은 찬 바람이 들어오지 않게 낡은 헝겊으로 막아 놓았어.

잠시 뒤 엘-어라이라가 나직하게 말했어.

'로스비 우프! 오, 로스비 우프!'

로스비 우프는 벌떡 일어나 앉아 털을 곤두세우며 주위를 두리번거렸어.

'누구지? 누구야?'

'오, 로스비 우프!'

엘-어라이라는 울타리 너머에 쭈그리고 앉아 말했어.

'가장 운 좋고 축복받은 개, 로스비 우프여! 네게 상을 주

러 왔노라! 세상에서 가장 기쁜 소식을 가져왔노라!'

'뭐라고? 누구야? 어디서 누굴 속이려는 수작이야?'

'속인다고? 아, 그대는 나를 모르겠구나. 어떻게 알겠느냐? 충실하고 훌륭한 사냥개여, 잘 들어라. 나는 동방의 위대한 개의 정령이자 드립슬러버 여왕의 사신인 페어리 와그도그이니라. 여왕님의 궁전은 머나먼 동쪽 나라에 있지. 아, 로스비 우프여, 그대도 여왕님의 나라를, 그 경이로운 왕국을 본다면 얼마나 좋을까! 모래벌판에 썩은 고기가 널려 있다! 배설물도! 하수구가 열려 있는 건 물론이지! 아, 그곳에 간다면 그대는 기뻐서 날뛰며 사방을 들쑤시고 다니리라!'

로스비 우프는 일어나서 가만히 주위를 둘러보았어. 누가 그런 소리를 내는지 알 수 없지만 의심스러웠지.

엘-어라이라가 말했어.

'그대가 훌륭한 쥐잡이라는 명성이 여왕님의 귀에까지 전해졌노라. 세상에서 제일가는 쥐잡이인 그대에게 경의를 표하노라. 내가 온 것도 그 때문이다. 가엾게도 어리둥절한 모양이구나! 당연히 당황스럽겠지. 가까이 오라, 로스비 우프여! 울타리로 다가와서 내가 누구인지 알아볼지어다!'

로스비 우프가 울타리로 다가오자 엘-어라이라는 재빨리 고무 코를 울타리 틈으로 밀어 넣고 꼼지락거렸어. 로스비 우프는 바싹 다가와서 킁킁 냄새를 맡았지.

엘-어라이라가 속삭였어.

'뛰어난 쥐잡이여, 나 페어리 와그도그는 그대에게 상을

642

주러 왔노라!'

로스비 우프는 침을 질질 흘리고 자갈길에 온통 오줌을
지리며 외쳤어.

'오, 페어리 와그도그시여! 아, 정말로 우아하시군요! 역
시 지체 높으신 분이라 다르군요! 지금 이 냄새가 정말로
썩은 고양이 냄새 맞나요? 썩은 낙타 냄새도 은은히 풍기
는군요! 아, 멋진 동쪽 나라!'"

(빅윅이 "대체 '낙타'가 뭐야?" 하고 물었다.

댄더라이언이 대답했다.

"나도 몰라. 이야기에 나오니까 그런 동물이 있나 보다
하는 거야.")

"엘-어라이라가 말했어.

'복되고 복된 개여! 드립슬러버 여왕님께서 친히 그대를
만나 보고 싶어 하시니라. 하지만 아직은, 아직은 때가 아
니다. 그러려면 우선 그대가 그만한 자격이 있는지 증명해
야 하느니라. 나는 그대를 시험하고 확인하러 왔다. 잘 들
어라, 로스비 우프. 채소밭 저쪽 가장자리에 가면 줄줄이
매달린 고깃덩어리가 있을 것이다. 진짜 고기이니라. 우리
는 개의 정령이지만, 그대처럼 고귀하고 용감한 자에게는
진짜 선물을 가져다주느니라. 당장 가서 고기를 먹어라. 집
은 내가 지켜 줄 테니 안심하고 다녀오너라. 이는 그대의
믿음을 시험하기 위함이다.'

로스비 우프는 춥고 배가 고파서 죽을 지경이었지만 망설
였어. 주인이 자기를 믿고 집을 비운 줄 알고 있었으니까.

엘-어라이라가 말했어.

'아, 그렇다면 됐노라. 이만 가 보겠다. 옆 마을에도 어떤 개가……'

로스비 우프가 다급하게 외쳤어.

'아, 아닙니다. 페어리 와그도그 님, 가지 마십시오! 정령님을 믿습니다! 당장 가겠습니다! 이 집을 꼭 지켜 주십시오!'

'걱정 마라, 충견이여. 위대하신 여왕님만 믿고 가거라!'

로스비 우프가 달빛 속에서 경중경중 뛰어가자, 엘-어라이라는 그 모습이 보이지 않을 때까지 지켜보았어.

랍스커틀이 물었어.

'이제 집 안으로 들어가실 겁니까, 주인님? 그럼 서둘러야겠어요.'

'그럴 순 없지. 어떻게 한 입으로 두말할 수 있겠느냐? 부끄러운 줄 알아라, 랍스커틀! 우린 집을 지켜야 해.'

둘은 묵묵히 기다렸고, 한참 뒤에 로스비 우프가 입맛을 다시며 돌아왔어. 개는 킁킁거리며 울타리로 다가왔지.

엘-어라이라가 말했어.

'정직한 친구여, 쥐를 잡을 때처럼 대번에 고기를 찾았구나. 집은 안전하니 걱정하지 마라. 이제 잘 들어라. 나는 돌아가서 여왕님께 모든 것을 말씀드릴 것이다. 오늘 밤 네가 여왕님의 사신을 믿어 충성심을 증명하면, 여왕님께서 친히 그대를 불러 상을 주신다고 했노라. 내일 밤 여왕님께서 북쪽 나라 늑대 축제에 가시는 길에 특별히 그대를 만나러 이

곳을 지나실 것이다. 준비하고 있을지어다, 로스비 우프!'

'오, 페어리 와그도그 님! 여왕님 앞에 나아가 엎드릴 수 있다면 얼마나 기쁠까요! 겸손하게 땅바닥을 뒹굴겠나이다! 여왕님의 종이 되겠나이다! 어떤 비천한 일도 마다하지 않겠나이다! 제가 진실한 개임을 보여 드리겠나이다!'

'그대의 말을 의심하지 않노라. 그럼 잘 있어라. 내가 돌아올 때까지 느긋이 기다리라!'

엘-어라이라는 고무 코를 울타리 틈에서 빼내고는 소리 없이 사라졌어.

이튿날 밤은 훨씬 더 추웠어. 엘-어라이라도 마음의 준비를 단단히 하고 들판으로 나섰지. 엘-어라이라와 랍스커틀은 전날 밤에 채소밭 밖에다 묻어 놓은 코를 한동안 찾아다녔지. 그러고는 농부가 없는 것을 확인하고 살금살금 앞뜰로 들어가 울타리에 다가갔어. 로스비 우프는 하얀 입김을 뿜어내며 뒷문 앞에서 초조하게 왔다 갔다 했어. 엘-어라이라가 말을 걸자마자 로스비 우프는 두 앞발 사이에 고개를 조아리며 기뻐서 낑낑거렸어.

엘-어라이라가 고무 코 뒤에서 말했어.

'로스비 우프여, 여왕님이 충성스러운 신하들과 정령 포스트위들과 스니프바텀을 거느리고 이곳에 오신다. 이제 이렇게 하라. 그대는 이 마을의 네거리를 아느냐?'

로스비 우프가 낑낑거렸어.

'그럼요, 그럼요! 알다마다요! 아, 페어리 와그도그 님, 제가 얼마나 비천해질 수 있는지 보여 드리겠나이다.'

'좋다. 자, 복 받은 개여, 네거리에서 여왕님을 기다리라. 여왕님께서는 밤의 날개를 타고 오시리라. 먼 길을 오고 계시니 참고 기다리라. 기다리기만 하면 된다. 여왕님을 실망시키지 않으면 큰 축복을 받으리라.'

'실망시킨다고요? 그럴 리가 있겠습니까? 길바닥의 벌레처럼 꼼짝 않고 기다리겠습니다. 오, 페어리 와그도그 님, 저는 여왕님께 구걸하는 거지입니다. 여왕님 앞에서는 비렁뱅이며 천치입니다.'

'맞는 말이다, 훌륭하구나. 어서 가거라!'

로스비 우프가 자리를 뜨자마자 엘-어라이라와 랍스커틀은 재빨리 울타리 끝에 있는 월계수 덤불을 지나 부엌 뒷문으로 갔어. 엘-어라이라는 하수구 윗구멍을 막고 있는 헝겊을 물어서 뺀 뒤 부엌으로 들어갔어.

부엌은 지금 우리가 있는 곳만큼이나 따뜻했고, 한쪽 구석엔 이튿날 아침에 흐루두두에 싣고 갈 양배추, 양상추, 방풍나물 따위가 산더미처럼 쌓여 있었어. 얼었던 채소가 녹으면서 군침이 도는 냄새가 진동했어. 엘-어라이라와 랍스커틀은 그동안 얼어붙은 풀과 나무껍질만 먹고 살았던 터라 허겁지겁 달려들었어.

엘-어라이라는 한입 가득 채소를 우물거리면서 말했어.

'충실한 개여, 잘했노라. 그 개는 여왕을 기다리면서 오히려 감지덕지하고 있겠지? 랍스커틀, 방풍나물 좀 더 먹게.'

한편 네거리에서는 로스비 우프가 추위에 떨면서도 귀를

쫑긋 세우고 드립슬러버 여왕을 기다렸어. 한참 뒤에 발소리가 들렸어. 개의 발소리가 아니라 인간의 발소리였어. 소리가 가까워지자 주인의 발소리임을 알아차렸지. 로스비 우프는 워낙 멍청해서 주인이 다가올 때까지 숨거나 달아나지도 않고 그 자리에 앉아 있었지.

'아니, 로스비 우프, 여기서 뭐 하는 거냐?'

로스비 우프는 어리벙벙한 표정으로 코를 킁킁거렸어. 주인은 어리둥절했지. 하지만 곧 이렇게 말했어.

'허어, 기특한 녀석. 날 마중 나왔구나? 아이구, 착해라! 자, 집으로 가자.'

로스비 우프는 슬쩍 도망치려 했지만, 주인이 목줄을 잡더니 주머니에서 줄을 꺼내 묶어서 집으로 끌고 왔지.

농부와 개가 집에 오자 엘-어라이라는 깜짝 놀랐어. 양배추를 먹느라 정신이 없어서 문고리가 달그락거릴 때까지 아무 소리도 듣지 못한 거야. 농부가 로스비 우프를 끌고 집 안에 들어서는 순간 두 토끼는 아슬아슬하게 바구니 더미 뒤에 숨었어. 로스비 우프는 풀이 죽어서 잠자코 있었고 토끼 냄새도 맡지 못했어. 물론 장작불 냄새와 채소 냄새가 온통 뒤섞여 있었던 탓도 있지. 로스비 우프는 깔개에 엎드려 있고, 농부는 술 같은 것을 만들었어.

엘-어라이라는 구멍으로 빠져나갈 기회만 엿보았어. 하지만 의자에 앉아 술을 마시며 하얀 막대기를 뻐끔거리던 농부가 갑자기 주위를 둘러보더니 벌떡 일어났어. 구멍에서 찬 바람이 들어오는 것을 알아차린 거야. 농부는 자루를 집어 들더니 구멍을 꽁꽁 틀어막았어. 그러고는 술을 다 마시고 나자 벽난로에 석탄을 더 넣은 다음, 로스비 우프는 부엌에 두고 자러 갔지. 밖에서 재우기에는 날씨가 너무 춥다고 여긴 모양이야.

로스비 우프는 처음에는 문을 긁으며 낑낑거리다가 이내 벽난로 앞 깔개에 와서 드러누웠어. 엘-어라이라는 살금살금 벽을 따라가다가 개수대 아래 구석에 있는 큰 금속 상자 뒤에 숨었어. 종이와 낡은 자루도 쌓여 있어서 로스비 우프의 눈에 띄지 않을 게 확실했지. 랍스커틀이 뒤따라오자마자 엘-어라이라가 나직이 속삭였어.

'오, 로스비 우프여!'

로스비 우프는 벌떡 일어났어.

'페어리 와그도그 님! 정령님 맞습니까?'

'그렇다. 실망이 크겠구나. 여왕님을 못 만났다면서.'

'아아, 그렇답니다.'

로스비 우프는 네거리에서 있었던 일을 설명했어.

'괜찮다. 실망하지 말지어다. 여왕님께서 오시지 않은 이유가 있노라. 위험이, 크나큰 위험이 있다는 소식을 듣고 다행히 먼저 피하셨노라. 나도 위험을 무릅쓰고 그대에게 경고하러 왔느니라. 나 같은 친구를 두었으니 그대는 참으로 운이 좋구나. 그렇지 않았다면 그대의 주인은 죽음의 역병에 걸렸을 터인데.'

로스비 우프가 소리쳤어.

'역병이라고요? 그게 무슨 말씀입니까, 정령님?'

'동쪽의 여러 동물 왕국에는 요정과 정령이 많이 사느니라. 나같이 착한 정령도 있지만 천벌을 받을 사악한 적들도 있지. 그중에서도 가장 사악한 정령은 하멜린의 저주를받은 수마트라의 거인이라는 거대한 쥐의 정령이니라. 고귀하신 여왕님께 대놓고 맞서지는 못하고 남몰래 독과 질병을 퍼뜨리지. 그대가 여왕님을 맞으러 간 뒤 곧 그 사악한 정령이 질병을 품은 괘씸한 쥐 악귀들을 구름 사이로 내려 보냈다는 소식이 전해졌느니라. 나는 즉시 여왕님께 알렸느니라. 그리고 그대에게도 알려 주려고 남아 있었지. 그악귀들이 코앞에 와 있는 지금 역병이 내리면 네가 아니라네 주인이 죽음을 당하리라. 어쩌면 나도 피할 수 없을 것이다. 그대만이 주인을 구할 수 있다. 나는 할 수 없느니라.'

로스비 우프가 소리쳤어.

'아니, 어떻게 그런 일이! 시간이 없습니다! 제가 어떻게해야 합니까?'

'질병은 주문에 따라 퍼지느니라. 하지만 피와 살이 있는 개가 목청껏 짖어 대며 집 주위를 네 바퀴 돌면 주문이깨지고 질병은 힘을 쓰지 못한다. 아아, 이럴 수가! 깜빡했구나! 그대는 밖으로 나갈 수 없는 몸. 이를 어찌하면 좋을까? 모든 것이 끝났구나.'

'아니, 아닙니다! 제가 구해 드리겠습니다, 페어리 와그도그 님과 주인님을요. 저한테 맡겨 주십시오!'

로스비 우프는 컹컹 짖기 시작했어. 죽은 자들조차 벌떡 일어날 만큼 큰 소리로 짖었지. 창문이 흔들렸어. 벽난로 속에서 석탄이 굴러떨어졌어. 이 층에서 농부가 고함을 지르며 욕하는 소리가 들렸어. 그래도 로스비 우프는 짖어 댔지. 농부가 쿵쿵거리며 아래층으로 내려왔어. 창문을 벌 컥 열고 도둑이 들었나 귀를 기울였지만 아무 소리도 들리 지 않았어. 아무도 없었기 때문이기도 하고 개 짖는 소리가 너무 시끄러운 탓도 있었지. 마침내 농부는 총을 들고 문을 활짝 열어젖히고는 무슨 일인지 살펴보려고 조심스럽게 밖 으로 나왔어. 그 순간 로스비 우프가 황소처럼 울부짖으며 쏜살같이 튀어나가 집 주위를 돌았어. 농부는 문을 열어 놓 은 채 뒤쫓아 뛰어갔지.

엘-어라이라가 말했어.

'가자! 타타르 족의 화살보다 더 빨리! 어서!'

엘-어라이라와 랍스커틀은 번개같이 월계수 덤불을 지 나 채소밭으로 뛰어들었지. 들판에 들어가서야 잠시 멈추 어 섰어. 뒤쪽에서는 '이리 오지 못해, 이 망할 녀석!' 하는 성난 고함 소리에 섞여 컹컹 짖는 소리가 들려왔어.

엘-어라이라가 말했어.

'훌륭한 친구야. 주인을 구했잖아. 우리 모두를 구한 거 지. 이제 굴로 돌아가서 늘어지게 자자.'

로스비 우프는 위대한 개 여왕을 기다리던 밤을 평생토 록 잊지 못했어. 사실 실망은 했지만 그쯤은 아무것도 아니 라고 생각했지. 사악한 쥐의 정령한테서 주인과 페어리 와 그도그를 구한 자신의 훌륭한 행동을 두고두고 회상하는 기쁨에 비하면 말이야."

42

해 질 무렵에 들려온 소식

신들이 그 행위를 부당하다고 여기고 싫어한다는 사실을 증명할 수 있느냐?
네, 그렇습니다, 소크라테스. 신들이 제 말을 듣기만 한다면요.

플라톤, 〈에우티프론〉

댄더라이언은 이야기를 마치고 나자 에이콘과 교대하기로 한 사실이 생각났다. 보초 서는 곳은 숲 동쪽 모퉁이 근처로 마을과 조금 떨어져 있었다. 헤이즐은 박스우드와 스피드웰이 굴 파기 작업을 잘하고 있는지 보려고 댄더라이언과 함께 둔덕 아래를 지나갔다. 새 굴로 들어가려는 순간 풀밭에서 작은 동물이 종종거리며 돌아다니는 것을 보았다. 언젠가 황조롱이의 공격에서 구해 준 들쥐였다. 그 쥐가 무사히 살아 있는 게 반가워서 헤이즐은 말을 걸어 보려고 돌아섰다. 들쥐는 헤이즐을 알아보고 똑바로 앉더니 앞발로 얼굴을 닦으며 재잘재잘 떠들어 댔다.

"좋은 날, 더운 날. 좋아요? 먹을 거 많고 따뜻해. 언덕 아래 추수. 옥수수 가지러 가지만 멀어요. 너도 갔다, 오래 안 있고 다시 왔다, 그치요?"

"응, 여럿이 가서 원하던 걸 찾아왔어. 이제 아주 돌아온 거야."

"잘됐다. 이제 토끼 많아서 풀 짧아요."

근처에서 빅윅이 블랙카바르와 함께 깡충깡충 뛰어다니며 풀을 뜯다가 말했다.

"풀이 짧은 게 저하고 무슨 상관이야? 먹지도 않으면서."

들쥐는 빅윅을 몹시 짜증 나게 만드는 말투로 말했다.

"지나다니기 좋지 않아요? 빨리 달릴 수 있어요. 그치만 짧은 풀은 씨가 없어. 여기 마을 있고, 오늘 새 토끼 왔어요. 마을 더 생겨. 새 토끼들은 친구?"

"그래그래, 다 친구야."

빅윅이 헤이즐을 돌아보며 말했다.

"헤이즐, 앞으로 태어날 아기 토끼들에 대해 할 얘기가 있어. 아기 토끼들이 땅 위로 나올 때 말이야……."

그러나 헤이즐은 그 자리에서 꼼짝 않고 들쥐를 뚫어지게 바라보았다.

"가만있어 봐, 빅윅. 이봐, 또 다른 마을이 어쨌다고? 어디에 토끼 마을이 생긴단 말이야?"

들쥐는 깜짝 놀랐다.

"몰라요? 친구 아냐?"

"네가 말해 줘서 알았어. 새 토끼니 새 마을이 곧 생긴다느니, 그게 다 무슨 소리야?"

헤이즐은 다급하게 캐물었다.

들쥐는 안절부절못하더니 쥐들이 원래 그러듯이 상대가 듣고 싶어 할 말만 골라서 했다.

"마을 아닐지 몰라요. 여기 토끼들 많아요. 다 내 친구. 다른 토끼 없어요. 다른 토끼 필요 없어요."

"다른 토끼라니 누구?"

헤이즐이 다그쳤다.

"아네요, 없어요. 다른 토끼 아네요. 곧 다른 토끼 안 와요, 여기는 다 내 친구, 나 구해 주었는데, 올빼미 만나면?"

들쥐는 횡설수설했다.

헤이즐은 잠시 생각해 보았지만 도무지 이해할 수 없었다.

빅윅이 말했다.

"이봐, 헤이즐, 불쌍한 녀석 괴롭히지 말고 이리 와 봐. 할 말 있다니까."

헤이즐은 들은 척도 하지 않았다. 그저 들쥐에게 바싹 다가가서 고개를 숙이고 조용하면서도 단호하게 말했다.

"넌 우리가 친구라고 입버릇처럼 말했지. 그렇다면 말해 봐. 겁내지 말고 다른 토끼들이 온다는 게 무슨 뜻인지 말해 봐."

쥐는 어쩔 줄 몰라 하더니 입을 열었다.

"내가 본 건 아니고요, 우리 형이 멧새한테 들었는데, 새 토끼들, 토끼들이 많이많이 아침 쪽에서 숲으로 온다고. 헛소리일지도 몰라요. 이거 틀리면 쥐 싫어하고 친구 안 할 거죠?"

"아니, 괜찮아. 걱정 마. 다시 한 번 말해 봐. 멧새가 새 토끼들이 어디서 온다고 했다고?"

"해 뜨는 쪽에서. 나 본 거 아네요."

"고마워. 큰 도움이 됐어."

헤이즐은 친구들에게로 돌아섰다.

"빅윅, 어떻게 생각해?"

"별거 아냐. 풀숲에 떠도는 헛소문이야. 저 쪼끄만 녀석들은 아무 말이나 지껄이고 하루에도 다섯 번씩 말을 바꾸니까. 푸 인레에 다시 물어봐. 또 딴소리할걸."

"네 말이 맞다면 내 생각은 틀린 거니까 잊어버리면 그만이야. 하지만 확실히 알아봐야겠어. 누가 알아보고 와야 해. 내가 직접 가고 싶지만 이 다리로는 빨리 달릴 수가 없어."

"어쨌든 오늘 밤은 그냥 넘어가자. 나중에……."

헤이즐은 단호하게 다시 말했다.

"누가 알아보고 와야 한다니까. 뛰어난 정찰대여야 돼. 블랙카바르, 홀리 좀 불러 주겠어?"

"나 여기 있어."

홀리는 헤이즐이 말하는 사이에 벌써 둔덕마루로 올라와 있었다.

"무슨 일이야?"

"해 뜨는 언덕 쪽에 낯선 토끼들이 나타났다는 소문이 있어. 자세히 알아봐야 할 것 같아. 블랙카바르랑 같이 그쪽으로 가서, 그러니까 숲 꼭대기에 가서 무슨 일인지 알아봐 줄래?"

"물론이지. 토끼들이 있으면 데리고 와야겠지? 몇 마리쯤은 더 있어도 괜찮을 것 같은데."

"어떤 토끼냐에 따라 다르지. 그게 궁금하다는 거야. 당장 가, 홀리. 알았지? 아무것도 모르고 있으려니 불안해."

홀리와 블랙카바르가 출발하자마자 스피드웰이 굴에서 나왔다. 스피드웰이 어찌나 의기양양하고 흥분된 표정이던지 모두 일제히 스피드웰을 바라보았다. 스피드웰은 더욱 보란 듯이 헤이즐 앞에 앉아 말없이 주위를 둘러보았다.

헤이즐이 물었다.

"굴은 다 팠어?"

"지금 굴이 문제야? 그 얘기를 하러 온 게 아니야. 클로버가 아기 토끼를 낳았어. 모두 좋아, 건강해. 수토끼 셋, 암토끼 셋이래."

헤이즐이 말했다.

"너도밤나무에 올라가서 노래라도 불러야겠다. 모두한테 알려 줘! 하지만 다들 우르르 몰려가서 클로버를 귀찮게 하지 말라고 일러둬."

빅윅이 말했다.

"그럴 필요 없을걸. 누가 다시 아기 토끼가 되고 싶겠어? 아기 토끼를 구경하고 싶지도 않을걸? 눈도 안 보이고 귀도 안 들리고 털도 없잖아."

헤이즐이 말했다.

"암토끼들은 보고 싶어 할지도 몰라. 모두 들떠 있잖아. 그러다 클로버가 불안해져서 아기 토끼를 먹어 버리거나 죽이면 큰일이야."

빅윅은 헤이즐과 함께 둔덕에서 풀을 뜯으며 말했다.

"이제야 좀 토끼답게 사는 것 같다, 그렇지? 진짜 대단한 여름이었어! 난 자꾸만 에프라파로 돌아가는 꿈을 꿔. 뭐, 시간이 지나면 괜찮아지겠지. 거기서 한 가지 얻은 교훈은 마을이 눈에 띄지 않도록 하는 게 중요하다는 거야. 마을이 커지면 그 문제를 생각해야 돼. 우린 에프라파보다 잘할 거야. 마을이 웬만큼 커지면 토끼들한테 다른 곳으로 이주하라고 권해야지."

"그래도 넌 가면 안 돼. 안 그러면 키하르더러 도로 잡아 오라고 할 거야. 네가 훌륭한 아우슬라를 만들어 주었으면 해."

"그건 나도 손꼽아 기다리는 일이야. 젊은 토끼들을 모아 농장 고양이들을 헛간에서 쫓아내면 재미있겠지? 그런 날이 올 거야. 근데 이 풀은 철조망에 붙은 말털처럼 너무 말라비틀어지지 않았냐? 저 아래 벌판으로 내려가 볼까? 너, 나, 파이버 셋이서만. 옥수수를 거두고 난 뒤니까 주워 먹을 게 많을 거야. 조금 있으면 밭을 태우겠지만 아직은 괜찮아."

"아니, 조금 기다려 봐. 홀리랑 블랙카바르가 오면 뭐라고 하나 들어 봐야지."

"오래 기다릴 필요도 없겠다. 벌써 오고 있는걸. 그것도 탁 트인 길로 곧장 달려오는데! 숨지도 않고 말이야. 왜 저렇게 쏜살같이 뛰어오지?"

"안 좋은 일인가 본데."

헤이즐은 다가오는 토끼들을 뚫어지게 바라보며 말했다.

그림자가 길게 드리워진 숲에 홀리와 블랙카바르가 쫓기듯이 죽을힘을 다해 뛰어오고 있었다. 둔덕에 가까워지면 속도를 늦출 줄 알았는데 그대로 굴속으로 들어갈 것처럼 빨리 뛰어왔다. 홀리가 간신히 멈춰 서더니 주위를 둘러보며 발을 두 번 굴렀다. 블랙카바르는 가장 가까운 굴로 사라졌다. 발 구르는 소리에 땅 위에 나와 있던 토끼들은 모두 숨을 곳을 찾아 뛰었다.

헤이즐은 풀밭을 지나오는 핍킨과 호크빗을 밀치고 나가며 소리쳤다.

"이봐, 잠깐만. 홀리, 왜 그래? 언덕이 무너져라 발만 구르지 말고 말을 해 봐. 무슨 일이야?"

홀리가 헉헉거리며 말했다.

"굴을 막아! 모두 땅속으로 내려 보내! 시간이 없어."

홀리의 눈에 흰자위가 보이고 입에서 거품이 흘러나와 턱을 적셨다.

"인간이야, 뭐야? 보이지도 않고 소리도 냄새도 없잖아. 뜻 모를 소리만 하지 말고 무슨 일인지 설명을 해 봐, 이 친구야."

"빨리 말할게. 그 숲에 에프라파 토끼들이 쫙 깔렸어."

"에프라파? 도망온 토끼들이 있단 말이야?"

"아니, 도망친 토끼들이 아니야. 캠피언이 있어. 우린 캠피언과 딱 마주쳤어. 블랙카바르가 얼굴을 아는 놈도 서넛 있었지. 운드워트도 온 것 같아. 우릴 잡으러 온 거야. 틀림없어."

"정찰대보다 많은 거 확실해?"

"확실해. 냄새도 나고 소리도 들렸어. 저 아래 골짜기야. 그렇게 많은 토끼들이 뭘 하고 있나 궁금해서 내려갔다가 캠피언과 딱 마주친 거야. 우리도 그놈을 보고 그놈도 우리를 봤어. 그 순간 난 어떻게 된 일인지 깨닫고 그대로 도망쳐 온 거야. 쫓아오지도 않더라고. 명령이 없어서 그랬을 거야. 놈들이 오려면 얼마나 걸릴까?"

그때 블랙카바르가 블랙베리와 실버를 데리고 굴 밖으로 나왔다.

"당장 떠나야 합니다. 그럼 놈들이 오기 전에 꽤 멀리까지 도망갈 수 있을 겁니다."

헤이즐은 주위를 둘러보았다.

"떠나고 싶으면 떠나. 난 안 가. 이 마을은 우리가 만들었어. 오늘에 이르기까지 우리가 무슨 일을 겪었는지는 프리스 님만이 아시지. 이제 와서 떠날 수는 없어."

빅윅이 말했다.

"나도 안 가. 인레의 검은 토끼한테 가야 한다면 에프라파 놈도 한둘쯤 데리고 가겠어."

짧은 침묵이 흘렀다.

658

헤이즐이 입을 열었다.

"굴을 막자는 의견이 옳아. 그게 가장 좋은 방법이야. 굴을 꽁꽁 막자. 그러면 놈들은 굴을 파내야 해. 우리 마을은 깊어. 둔덕 아래 있는 데다 나무뿌리가 뒤덮고 있지. 그 많은 토끼들이 언덕에 있다 보면 곧 엘릴이 몰려들지 않겠어? 결국 포기할 수밖에 없을 거야."

블랙카바르가 말했다.

"그건 에프라파 토끼들을 몰라서 하시는 말씀입니다. 우리 어머닌 종종 너틀리 숲에서 일어난 일을 들려주곤 하셨지요. 지금 도망가는 게 좋습니다."

"갈 테면 가. 말리진 않겠어. 난 이 마을을 떠나지 않아. 여긴 내 마을이야."

헤이즐은 아기 토끼를 밴 하이젠슬라이가 가까운 굴 입구에 앉아 귀 기울이고 있는 것을 보았다.

"하이젠슬라이가 얼마나 갈 수 있을 것 같아? 또 클로버는? 그냥 내버려 두고 갈 거야, 어쩔 거야?"

스트로베리가 말했다.

"그래, 못 가. 엘-어라이라가 우리를 보호해 줄 거야. 안 그런다 해도 난 절대로 에프라파로 돌아가지 않아."

헤이즐이 결단을 내렸다.

"굴을 막자."

해가 지는 동안 토끼들은 굴길에서 흙을 긁어 팠다. 날씨가 뜨거워서 흙이 딱딱하게 말라 있었다. 흙을 파내기도 힘들고, 파낸 흙도 너무 마르고 부슬부슬해서 굴을 막기가 쉽지 않았다. 블랙베리는 벌집 안에서부터 막아 나가자고 했다. 벌집으로 들어오는 굴길의 천장과 벽을 무너뜨려서 입구를 막자는 것이다. 결국 숲으로 나 있는 굴길 하나만 남기고 다 막았다. 그 굴길은 키하르가 잠자리로 썼던 자리로, 입구에는 아직 똥덩어리가 널려 있었다. 헤이즐은 그곳을 지나다가 문득 운드워트는 키하르가 떠난 줄 모를 거라는 생각이 들었다. 그래서 키하르가 남긴 오물들을 있는 대로 긁어모아 여기저기 뿌려 놓았다. 그러고는 굴 입구를 막는 일이 계속되는 동안 둔덕에 웅크리고 앉아 어두워지는 동쪽 지평선을 바라보았다.

헤이즐은 몹시 서글펐다. 아니, 사실 절망적이었다. 다른 토끼들 앞에서는 꿋꿋하게 큰소리쳤지만, 에프라파 토끼들에 맞서 마을을 지키는 것이 얼마나 가망 없는 일인지 너무도 잘 알고 있었다. 에프라파 토끼들은 헤이즐네 마을에서 어떻게 대응해 올지 알고 있었다. 입구를 꽁꽁 막아 봤자 마을을 뚫고 들어올 방법이 분명 있을 것이다. 엘릴이 나타나서 그들이 도망칠 가능성도 거의 없었다. 천의 적은 대개 배를 채우려고 토끼를 사냥한다. 담비나 여우는 대개 토끼 한 마리를 잡으면, 다시 배가 고파질 때까지는 사냥에 나서지 않는다. 게다가 에프라파 토끼들은 죽음을 많이 보아 온 탓에 큰 충격을 받지 않을 것이다. 운드워트 장군은 목적을 이룰 때까지 버틸 것이다. 예상치 못한 재해가 일어나기 전에는 아무도 그들을 막을 수 없다.

내가 직접 운드워트를 찾아가 담판을 짓는다면? 운드워

트를 설득할 만한 방법이 없을까? 너틀리 숲에서는 어쨌는지 모르지만 에프라파 토끼들이라도 빅윅, 홀리, 실버 같은 토끼들을 상대로 끝까지 싸우자면 꽤 많은 토끼를 잃을 수밖에 없다. 운드워트도 그 점을 알고 있을 것이다. 어쩌면 지금이라도 운드워트를 설득해서 새로운 계획, 두 마을에 모두 이로운 계획을 받아들이게 할 수 있을지 모른다.

헤이즐은 비장하게 생각했다.

'그럴지도 몰라. 가능성이 있어. 아무래도 이런 일은 족장 토끼가 나서야겠지. 저 잔인한 짐승은 믿을 만한 놈이 못될 테니 나 혼자 가야 해.'

헤이즐은 벌집으로 돌아가 빅윅을 찾았다.

"운드워트 장군을 찾아가서 담판을 지을 거야. 내가 돌아올 때까지 네가 족장을 맡아 줘. 부탁해."

"아니, 헤이즐, 잠깐만 기다려. 위험하……."

"금방 올 거야. 운드워트한테 앞으로 어쩔 건지 물어보고만 올게."

곧 헤이즐은 절름거리며 둔덕을 내려가 이따금 걸음을 멈추고 에프라파 정찰대가 있는지 살펴보면서 오솔길로 갔다.

43

대정찰

오, 병사들이여, 세계가 무엇이냐?
그것은 바로 나다.
나는, 이 그치지 않는 눈발,
이 북녘 하늘, 병사들이여, 우리가 뚫고 지나는
이 고독 그것은 나다.

월터 드 라 메어, 〈나폴레옹〉

빗속에 떼배가 강으로 떠내려갔을 때 운드워트 장군의
권위도 어느 정도 함께 떠내려가 버렸다. 운드워트는 헤이
즐 일행이 나무들 너머로 날아갔다 해도 그렇게 드러내 놓
고 망연자실하지 않았을 것이다. 그 전까지만 해도 운드워
트는 두려워할 만한 적으로 떡 버티고 있었다. 지휘관들은
예기치 않았던 키하르의 공격에 사기가 떨어져 있었지만
운드워트는 아니었다. 그러기는커녕 추적을 계속했으며 도
망자들의 퇴로를 막는 작전을 펼쳤다. 교활하고 노련한 운
드워트는 널다리 옆에 숨어 있다가 키하르한테 덤벼들어
상처를 입히는 데 성공할 뻔하기도 했다. 그러고는 기껏 키

662

하르가 도와주기 힘든 곳으로 도망자들을 몰아넣었는데, 이들이 갑자기 생각지도 못한 꾀를 써서 달아나는 바람에 운드워트는 닭 쫓던 개 지붕 쳐다보는 신세가 되고 말았다. 빗속을 뚫고 에프라파로 돌아가는 길에 운드워트는 지휘관 하나가 다른 토끼에게 '산'이라고 수군대는 소리를 들었다. 슬라일리, 블랙카바르, 왼쪽 엉덩이 표적반 암토끼들이 도망쳤다. 운드워트가 직접 나서서 막았지만 보기 좋게 실패하고 만 것이다.

그날 밤 운드워트는 거의 뜬눈으로 지새우며 어떻게 해야 좋을지 궁리했다. 그러고는 이튿날 장로회를 소집했다. 운드워트는 슬라일리를 이길 만한 강한 선발대가 아니고서는 강가를 수색해 봤자 소용없다고 했다. 그렇게 강한 선발대를 꾸리려면 지휘관 서넛과 많은 아우슬라를 데려가야 한다. 하지만 마을을 비운 사이에 문제가 생길 수도 있다. 또 탈출하려는 토끼가 나타날지 모른다. 슬라일리를 아예 찾지 못할 수도 있다. 흔적도 남아 있지 않은 데다 어디서부터 찾아야 할지도 모르기 때문이다. 만일 슬라일리를 찾지 못하고 돌아온다면 꼴이 더 우스워진다.

운드워트가 말했다.

"우리는 이미 웃음거리가 되었네. 그 점은 분명해. 표적반 토끼들이 뭐라고 수군거리는지는 버베인이 말해 줄 거야. 캠피언이 하얀 새한테 쫓겨 도랑으로 도망친 일이며 슬라일리가 하늘에서 벼락을 불러온 일, 그 밖에도 프리스 님만이 아실 일들이지."

663

늙은 장로 스노우드롭이 말했다.

"가장 좋은 건 이 사건을 덮어 두는 겁니다. 떠들게 내버려 둡시다. 어차피 기억력이 나쁘니까."

운드워트가 말했다.

"해 볼 만한 방법이 한 가지 있네. 슬라일리와 그 무리가 지나간 곳을 알고 있어. 맬로 대장이 여우한테 당하기 직전에 정찰대를 이끌고 추적하던 곳이지. 한 번 지나간 곳이니 조만간에 다시 그리로 지나갈 거야."

그라운드슬이 말했다.

"하지만 장군님, 그들과 싸울 만큼 많은 토끼를 이끌고 나가 있기는 힘듭니다. 그러려면 굴을 파고 한동안 거기서 지내야 합니다."

운드워트가 대답했다.

"그 말은 맞네. 추후 통보가 있을 때까지 그곳에 정찰대를 주둔시킬 걸세. 굴을 파고 사는 거야. 이틀에 한 번씩 교대해. 슬라일리를 발견하면 몰래 감시하며 추적한다. 놈이 암토끼들을 데리고 어디로 갔는지 알기만 하면 놈을 처리할 수 있을 거야. 그리고 이것 하나는 분명히 말해 두겠네."

운드워트는 그 옅은 색깔의 부리부리한 눈으로 주위를 둘러보며 말을 맺었다.

"놈이 있는 곳을 알아내기만 하면 나는 어떤 고생이라도 할 각오가 되어 있어. 슬라일리 그놈한테 내 손으로 죽여 주겠다고 말해 놨지. 놈은 잊었을지 모르지만 나는 잊지 않았어."

운드워트는 첫 정찰대를 이끌고 그라운드슬을 따라 맬로가 북쪽에서 내려오는 낯선 토끼들의 흔적을 발견한 지점으로 갔다. 그러고는 시저스 벨트 언저리의 관목숲에다 얕은 굴을 파고 기다렸다. 이틀이 지나자 희망은 점점 사그라들었다. 버베인이 운드워트와 교대했다. 버베인은 이틀 뒤 캠피언과 교대했다. 그즈음 아우슬라 대장들 사이에서는 장군이 강박관념에 사로잡혀 있다는 이야기가 은밀히 오갔다. 증세가 더 심해지기 전에 그만두게 할 방법을 찾아야 한다고들 했다. 다음 날 저녁 장로회 모임에서 이틀 뒤에 정찰을 중단하자는 의견이 나왔다. 운드워트는 이를 드러내고 으르렁거리며 좀 더 두고 보자고 했다. 논쟁이 시작되자 운드워트는 그 어느 때보다도 강한 반대에 부닥쳤다. 한창 논쟁이 벌어지고 있는데, 운드워트가 보기에 극적이리만치 적절한 순간에 지칠 대로 지친 캠피언과 정찰대가 돌아와 운드워트가 말한 바로 그곳에서 슬라일리와 그 일행을 만났다고 보고했다. 정찰대는 슬라일리 일행을 마을까지 미행했는데, 먼 거리이긴 하지만 수색하는 데 시간을 들이지 않아도 되므로 공격해 볼 만하다고 했다. 그 토끼 마을은 별로 크지 않은 데다 기습할 수도 있다는 것이었다.

그 소식 덕분에 반대는 더 이상 없었고, 운드워트는 장로회와 아우슬라 양쪽을 다시 확실히 장악하게 되었다. 몇몇 지휘관들은 당장 출발하자고 했지만, 이제 추종자와 적이 분명해진 이상 운드워트는 서두르지 않고 착실히 준비했다. 캠피언이 슬라일리, 블랙카바르를 비롯해 모든 토끼들과 정면으로 마주쳤다고 하니, 그들이 경계심을 풀 때까지 조금 기다리기로 했다. 그뿐 아니라 워터십 다운으로 가는 길을 정찰하고 원정대를 조직할 시간이 필요했다. 운드워트는 되도록 하루 만에 그 토끼 마을에 도착할 생각이었다. 그래야 원정대가 오고 있다는 소문을 막을 수 있었다. 운드워트는 하루 만에 먼 길을 가고도 싸울 기력이 남아 있을지 확인하기 위해 캠피언과 지휘관 둘을 데리고 6킬로미터쯤 떨어진 워터십 다운의 동쪽 구릉까지 갔다. 그곳에 이르자마자 운드워트는 냄새나 모습을 들키지 않고 너도밤나무 숲까지 접근할 방법을 대번에 알아냈다. 그곳은 에프라파처럼 바람이 서쪽으로 불었다. 일단 저녁에 도착하여 캐논 히스 다운 남쪽 골짜기에 모여 쉰다. 그다음 땅거미가 지고 슬라일리와 그 무리가 땅속으로 들어가면 곧바로 언덕마루로 올라가 마을을 공격하는 것이다. 운이 좋으면 불시에 덮칠 수 있다. 점령지에서 안전하게 밤을 보내고 이튿날 운드워트와 버베인은 에프라파로 돌아간다. 나머지는 캠피언의 지휘 아래 하루쯤 더 쉬고 나서 암토끼들과 포로들을 끌고 돌아오면 된다. 사흘이면 모든 것이 끝난다.

토끼들은 너무 많이 데려가지 않는 게 좋다. 장거리 행군을 하고 나서 곧바로 전투에 들어갈 만큼 튼튼하지 않은 토끼는 거추장스러울 뿐이다. 결국 모든 것이 기동력에 달려 있다. 행군이 느려질수록 위험이 커지며, 낙오자가 있으면 엘릴이 따라붙기 쉬운 데다 다른 토끼들까지 의기소침해진다. 운드워트는 지도력이 아주 중요한 열쇠가 되리라는 사실을 잘 알고 있었다. 토끼들은 저마다 장군과 긴밀한 유대감을 느껴야 한다. 거기다 스스로 선택된 토끼라고 느낀다면 상황은 더욱 유리해질 것이다.

토끼들을 선발하는 일은 신중에 신중을 기했다. 스물여섯인가 스물일곱 마리쯤 되는 토끼들 가운데 절반은 아우슬라이고 나머지는 각 표적반 지휘관이 추천한, 장래가 촉망되는 젊은 토끼였다. 운드워트는 경쟁의 효과를 믿고 있던 터라 포상받을 기회가 많다고 알렸다. 캠피언과 처빌은 열심히 정찰 훈련을 나갔고, 아침 실플레이 때 격투와 전투 훈련이 이루어졌다. 원정대 토끼들은 보초 근무에서 면제되었고 아무 때나 실플레이를 해도 되었다.

8월 어느 맑은 날, 동이 트기도 전에 원정대는 무리를 지어 강기슭과 산울타리를 따라 북쪽으로 출발했다. 시저스 벨트에 도착하기 전에 그라운드슬의 부대가 노련한 담비와 1년생 담비한테 공격을 받았다. 뒤에서 비명 소리가 들리자, 운드워트는 단숨에 달려가 노련한 담비에게 덤벼들어 날카로운 이빨로 물고 갈고리 발톱을 세운 뒷다리로 힘차게 후려갈겼다. 늙은 담비는 앞다리에서 어깨까지 쭉 찢긴 채 도망가 버렸고, 어린 담비도 뒤따라갔다.

운드워트는 그라운드슬에게 말했다.

"이 정도는 혼자 해결해야 돼. 담비는 위험한 동물이 아니야. 그만 가지."

니-프리스가 조금 지나서 운드워트는 뒤처진 토끼들을 데리고 가려고 왔던 길을 되짚어갔다. 세 마리 가운데 하

667

나가 유리 조각에 다쳤다. 운드워트는 피를 멎게 하고 나서 세 토끼를 각자 무리로 데려다주었다. 그런 다음 모두에게 잠시 쉬면서 풀을 뜯으라고 명령하고는 망을 보았다. 몹시 더운 날씨라서 몇몇 토끼는 기진맥진해했다. 운드워트는 그런 토끼들만 따로 모아서 자기가 데리고 다녔다.

이른 저녁, 댄더라이언이 로스비 우프 이야기를 시작한 바로 그때, 에프라파 토끼들은 캐논 히스 농장 동쪽에 있는 돼지우리를 빙 둘러서 캐논 히스 다운의 남쪽 골짜기로 접어들었다. 많은 토끼들이 지쳐 있었고, 운드워트에 대한 굉장한 존경심을 품고 있으면서도 마을에서 너무 멀리 왔다는 불안감을 떨치지 못했다. 에프라파 토끼들은 명령에 따라 수풀에 숨어 풀을 뜯거나 쉬면서 해가 지기를 기다렸다.

노랑턱멧새와 들쥐 몇 마리가 돌아다닐 뿐 골짜기는 황량했다. 몇몇 토끼들은 긴 풀 속에서 잠이 들었다. 골짜기에 그림자가 드리워질 무렵 캠피언이 뛰어오더니 골짜기 위쪽에서 홀리, 블랙카바르와 마주쳤다고 보고했다.

운드워트는 기분이 나빴다.

"대체 왜 여기까지 싸돌아다니는 거야? 죽여 버리지 그랬나? 이제 기습은 불가능하게 됐군."

"죄송합니다, 장군님. 너무 갑작스럽게 당한 일인 데다 놈들이 너무 빨랐습니다. 장군님께서 어떻게 생각하실지 몰라서 추적은 하지 않았습니다."

"하든 말든 별 차이는 없어. 어차피 놈들이 뭘 하겠어. 우리가 온 줄 알았으니 손 놓고 있진 않겠지만."

운드워트는 토끼들 사이를 돌아다니며 살펴보고 격려하면서 이 상황에 대해 곰곰이 생각했다. 한 가지는 분명했다. 이젠 슬라일리와 그 무리가 방심한 틈을 타서 공격하기는 틀렸다. 하지만 놈들이 벌써부터 겁을 먹고 싸움을 포기하지는 않을까? 수토끼들이 목숨을 건지기 위해 암토끼들을 내놓을 수도 있다. 아니면 벌써 도망가고 있을지도 모른다. 그렇다면 당연히 지금 당장 추적해서 잡아야 한다. 상대는 팔팔하지만 이쪽 토끼들은 지쳐 있어서 멀리까지 추적하기 힘들기 때문이다. 당장 상황을 알아보기 위해 운드워트는 근처에서 풀을 뜯고 있는 목 표적반의 젊은 토끼 쪽으로 돌아섰다.

"이름이 시슬이지?"

"네, 시슬입니다, 장군님."

"그래, 잘됐다. 캠피언 대장을 찾아서 지금 당장 저 위쪽 노간주나무 있는 데로 오라고 일러. 어딘지 알겠나? 너도 같이 오너라. 서둘러. 시간이 없어."

운드워트는 캠피언과 시슬이 오자마자 언덕마루로 데려갔다. 너도밤나무 숲은 어떤 상황인지 살펴볼 셈이었다. 적들이 달아나고 있다면 시슬을 보내 그라운드슬과 버베인더러 당장 토끼를 모두 이끌고 추적하라고 명령할 것이다. 그러지 않을 경우에는 어떻게 공격하면 효과적일지 알아볼 셈이었다.

운드워트 일행은 골짜기 위쪽 오솔길에 이르자 눈을 찌르는 저녁 햇살 때문에 조심스럽게 나아갔다. 가벼운 서풍에 토끼 냄새가 실려 왔다.

운드워트가 말했다.

"도망친다 해도 멀리는 못 갔을 거다. 그런데 도망간 것 같지는 않군. 아무래도 마을 안에 있는 것 같다."

그때 풀밭에서 토끼 한 마리가 나타나 오솔길 한복판에 곧추앉았다. 그 토끼는 잠시 가만히 있더니 이윽고 운드워트 쪽으로 다가왔다. 다리를 절고 있었으며 잔뜩 긴장한 채 결연한 표정을 짓고 있었다.

절름발이 토끼가 말했다.

"당신이 운드워트 장군이지요? 당신과 이야기하러 왔습니다."

운드워트가 물었다.

"슬라일리가 보냈나?"

"난 슬라일리의 친구입니다. 당신이 왜 이곳에 왔는지, 또 무엇을 바라는지 알고 싶습니다."

"너도 비 오던 날 강기슭에 있었나?"

"그렇습니다."

"그때 마무리 짓지 못한 일을 이제 매듭지을 작정이다. 너희를 쳐부수러 왔다."

"쉽지 않을걸요. 지금보다 적은 토끼를 데리고 돌아가게 될 겁니다. 서로 타협하는 게 좋습니다."

"좋아. 그렇다면 타협 조건은 이렇다. 너희는 에프라파에서 도망친 암토끼들을 모두 내놓고, 반역자 슬라일리와 블랙카바르를 우리 아우슬라에 넘긴다."

"그럴 순 없습니다. 당신 의견과 전혀 다르지만 서로에게 이로운 제안을 하겠습니다. 토끼는 귀도 두 개고 눈도 두 개고 콧구멍도 두 개입니다. 우리 두 마을도 그렇게 되어야 합니다. 싸우지 않고 함께 살아가야지요. 우리 마을과 에프라파 사이에 새 마을을 만들어서 양쪽 출신 토끼들이 모여 살게 합시다. 당신한테도 손해가 아니라 이득입니다. 양쪽 다 이익이지요. 지금 당신네 마을 토끼들은 불행합니다. 그런데도 당신은 억누르는 일밖에 할 수가 없습니다. 하지만 이 계획대로 하면 달라질 겁니다. 토끼들은 어차피 적이 많습니다. 그러니 우리끼리 적이 되어서는 안 됩니다. 자유롭고 독립적인 두 마을의 짝짓기…… 어떻습니까?"

그 순간 석양에 물든 워터십 다운에서 운드워트 장군은 스스로 생각하듯이 자신이 앞날을 내다보는 비범한 지도자인지, 아니면 해적의 용기와 교활함을 가진 폭군에 지나지 않는지 판가름할 중요한 순간을 맞이했다. 맥박이 한 번 뛰는 동안, 절름발이 토끼가 제시한 미래상이 눈앞에 환하게 펼쳐졌다. 운드워트는 그것을 이해하고 의미를 깨달았다. 하지만 곧 그 생각을 떨쳐 버렸다. 해가 구름 속에 잠기자 언덕마루의 오솔길이 또렷이 눈에 들어오면서, 그 길 끝에 있을 너도밤나무 숲과 그토록 전력을 기울여 준비한 복수극이 생각났다.

"그런 헛소리나 듣고 있을 시간 없다. 너희는 우리와 타협할 처지가 아니다. 더 이야기할 것도 없다. 시슬, 버베인 대장한테 모두 데리고 당장 올라오라고 해."

캠피언이 물었다.

"이 토끼는 어떻게 할까요? 죽일까요?"

"아니, 우리한테 물어보러 왔으니 답을 가지고 가야지. 가서 슬라일리한테 전해라. 내가 너희 마을에 도착할 때 슬라일리와 블랙카바르와 암토끼들이 나와서 기다리고 있지 않으면, 내일 니-프리스까지 수토끼들의 목을 다 찢어 놓겠다고."

절름발이 토끼가 뭐라고 대꾸하려 했지만, 운드워트는 이미 돌아서서 캠피언에게 작전 지시를 내리고 있었다. 절름발이 토끼가 돌아서 가는 모습에 누구 하나 눈길조차 주지 않았다.

44

엘-어라이라가 보낸 메시지

나서서 싸우지도 못하고 끝없이 기다리기만 하자니
더 이상 견딜 수 없을 지경이었다.
밤이고 낮이고 위에서 들려오는 곡괭이질 소리에 시달리며,
동굴이 무너지고 온갖 무시무시한 일이 일어나는 꿈을 꾸었다.
그들은 극도의 '농성(籠城) 심리'에 시달리고 있었다.

로빈 페튼, 〈십자군 성〉

스피드웰이 말했다.

"헤이즐-라, 놈들이 이젠 땅을 안 파. 입구 쪽에 아무도 없나 봐."

깜깜한 벌집 속에서 헤이즐은 나무뿌리 사이에 웅크리고 있는 토끼 서너 마리를 밀치고 스피드웰에게 다가갔다. 스피드웰은 높직한 턱에 앉아 위에서 나는 소리를 듣고 있었다. 에프라파 토끼들은 땅거미가 질 무렵 너도밤나무 숲에 도착하자마자 둔덕과 숲을 돌아다니며 마을의 크기와 굴 입구의 위치를 조사했다. 그들은 이렇게 좁은 지역에 굴 입구가 많은 것을 보고 놀랐다. 에프라파에서는 많은 토끼들

이 아주 적은 수의 입구만 사용하기 때문이다. 처음에는 땅속에 아주 많은 토끼들이 숨어 있는 줄 알았다. 사방이 트이고 덤불도 없는 조용한 너도밤나무 숲도 어딘지 미심쩍어서 적이 숨어 있지 않을까 걱정하며 숲 바깥에서만 맴돌았다. 운드워트는 토끼들을 안심시켜 주어야 했다. 그래서 제대로 조직된 마을이라면 필요한 만큼만 굴길을 팔 텐데 이렇게 많이 파 놓은 걸 보면 바보들인 게 틀림없다고 했다. 이 얼간이들은 곧 실수했음을 깨달을 것이다. 굴길이 모두 뚫려 버리면 마을을 지킬 방법이 없어지니까. 하얀 새의 배설물이 숲에 흩어져 있긴 했지만 분명 오래된 것이었다. 새가 가까이 있는 기미는 전혀 없었다. 그런데도 에프라파 토끼들은 줄곧 신중하게 주위를 살폈다. 갑자기 언덕에서 댕기물새가 우는 바람에 토끼 한두 마리가 놀라서 달아났다가 지휘관에게 붙들려 오기도 했다. 폭풍 속에서 슬라일리를 위해 싸웠던 새 이야기가 에프라파 토끼들에게 고스란히 전해져 새를 무서워하고 있었다.

운드워트는 캠피언에게 보초를 세우고 정찰을 돌라고 지시하고, 버베인과 그라운드슬에게는 막힌 굴을 뚫으라고 명령했다. 그라운드슬은 둔덕 쪽을 맡고 버베인은 나무뿌리들 사이로 구멍이 나 있는 숲으로 들어갔다. 막혀 있지 않은 굴은 금방 찾았다. 귀를 기울여 보아도 아무 소리도 들리지 않았다. 버베인은 적과 직접 싸우는 일보다는 포로 다루는 일을 주로 해 왔던 터라 부하 둘에게 굴로 내려가라고 명령했다. 훤히 뚫려 있는데도 소리 하나 들리지 않는 걸 보니, 불쑥 쳐들어가면 단번에 마을 한복판까지 점령할 수 있을 것도 같았다. 버베인의 명령을 받은 불쌍한 토끼들은 굴길이 넓어지는 곳에서 실버와 벅손과 맞닥뜨렸다. 그들은 흠씬 얻어맞고 물어뜯긴 뒤에야 간신히 밖으로 도망쳐 나왔다. 그 모습을 보고 사기가 꺾인 버베인 부대는 마지못해 땅을 파기는 했지만 달이 뜨기 전까지 별 진전이 없었다.

둔덕 쪽에서 일하던 그라운드슬은 직접 모범을 보여야겠다고 생각하고 앞장서서 부슬부슬한 굴길의 흙을 파냈다. 여름날 버터에 달라붙은 파리처럼 진득하게 흙을 파헤치는데 블랙카바르가 불쑥 나타나 목에 앞니를 박았다. 그라운드슬은 몸무게를 이용해 상대를 짓누르지도 못하고 비명을 지르며 발버둥 쳤다. 블랙카바르는 끈질기게 물고 늘어졌고, 에프라파 지휘관들이 다 그렇듯이 덩치 좋은 그라운드슬은 블랙카바르를 질질 끌고 나아가다가 겨우 뿌리쳤다. 블랙카바르는 입에 문 털을 내뱉고 나서 발톱을 세우고 달려들었다. 하지만 그라운드슬은 이미 사라지고 없었다. 더 심한 부상을 입지 않은 것만도 다행이었다.

운드워트는 막힌 굴길을 뚫고 들어가 마을을 점령하는 것이 몹시 어려운 일임을 확실히 깨달았다. 굴 몇 개를 파헤쳐서 동시에 공격해 들어간다면 성공할 가능성이 높지만, 남들이 당하는 것을 보고 난 병사들이 용감히 따라 줄지 의심스러웠다. 운드워트는 기습할 기회를 잃고 마을의 방어를 뚫고 들어갈 경우에 대해 충분히 생각해 보지 않았음을 깨달았다. 지금이라도 생각해야만 했다. 달이 떠오르자 운드워트는 캠피언을 불러 그 문제를 의논했다.

캠피언은 적이 굶주림을 견디다 못해 제 발로 나올 때까지 기다리자고 했다. 날이 따뜻하고 건조해서 이쪽 토끼들은 이삼 일쯤은 거뜬히 밖에서 지낼 수 있었다. 하지만 조바심이 난 운드워트는 퇴짜를 놓았다. 낮에 하얀 새가 나타날지도 몰라서 불안했던 것이다. 날이 밝기 전까지는 굴속에 진입해야 했다. 그런 남모르는 불안은 둘째 치고라도 전투를 해서 승리로 이끌어야만 위신이 선다고 생각했다. 아우슬라를 끌고 온 것도 다 이 토끼들을 때려눕히고 쳐부수기 위한 것이다. 포위 공격을 하면 위신이 땅에 떨어질 것이다. 게다가 되도록 빨리 에프라파로 돌아가고 싶었다. 군부 권력자들이 으레 그렇듯이 운드워트도 자기 뒤에서 무슨 음모가 진행되고 있지 않을까 늘 불안했다.

"내 기억으로는 우리가 너틀리 숲 마을의 주요 부분을 점령하고 전투가 거의 끝났을 때, 적 몇 놈이 작은 굴에 숨어서 버텼던 일이 있었다. 난 놈들을 처리하라고 지시하고는 포로들을 끌고 에프라파로 돌아갔지. 그때 누가 어떻게 처리했는지 아나?"

캠피언이 말했다.

"맬로 대장이 지휘했습니다. 맬로 대장은 죽었지만 그 전투에 참가했던 병사들이 있을 겁니다. 제가 곧 찾아오겠습니다."

캠피언은 몸집이 크고 건장한 아우슬라 보초 래그워트를

676

데리고 돌아왔다. 래그워트는 처음에는 장군이 뭘 묻고 있는지 얼른 이해하지 못했다. 그러다가 마침내 1년도 더 전에 맬로 대장 밑에 있을 때 굴을 곧게 파 들어가라는 명령을 받았다고 했다. 결국 굴이 무너지면서 숨어 있는 토끼들 속으로 떨어졌고 그들과 싸워서 이겼다는 것이다.

"그래, 그 방법밖에 없겠군."

운드워트는 캠피언에게 말했다.

"모두가 교대로 땅을 파면 새벽이 되기 전에 굴속으로 진입할 수 있어. 보초들 두셋 정도만 세우고 당장 작업을 시작해."

잠시 뒤 벌집에 있던 헤이즐 무리는 위에서 흙을 파헤치는 소리를 들었다. 얼마 안 있어 두 군데서 땅을 파 들어오고 있음을 알 수 있었다. 한쪽은 벌집의 북쪽 끝으로, 얽힌 나무뿌리가 천장을 뒤덮고 있는 곳이었다. 그곳은 단단한 뿌리가 얽혀 있어서 무척 튼튼했다. 또 한 군데는 벌집 한가운데로, 남쪽 끝과 가까웠다. 남쪽 끝에는 흙 기둥이 줄지어 서 있어서 공간이 칸칸이 나뉘고 굴길이 나 있었다. 이 굴길들 너머로 속굴 몇 개가 있었다. 그중 하나에는 클로버가 풀과 나뭇잎을 쌓아 흙을 덮은 다음 배에서 뽑은 털을 깔아 놓고서, 갓 태어난 새끼들을 데리고 자고 있었다.

헤이즐이 말했다.

"흠, 에프라파 녀석들 고생 좀 하겠군. 잘된 일이야. 발톱이 무뎌지고 일이 끝나기도 전에 나가떨어질걸. 블랙베리, 어떻게 생각해?"

677

"나는 걱정이야. 북쪽 끝을 뚫고 들어오기는 힘들 거야. 천장도 두껍고 뿌리 때문에 시간이 많이 걸리겠지. 하지만 이쪽은 쉬워. 금방 파고 들어올걸. 그러면 천장이 무너지겠지. 어떻게 막아야 좋을지 나도 모르겠어."

헤이즐은 블랙베리가 떨고 있는 것이 느껴졌다. 땅 파는 소리가 계속되면서 공포가 굴 전체에 퍼지는 것이 느껴졌다.

빌더릴이 티수딘낭에게 속삭였다.

"우리를 에프라파로 다시 데려가겠지. 에프라파 경찰이……"

하이젠슬라이가 말을 잘랐다.

"조용히 좀 해. 수토끼들도 가만히 있는데 우리가 지레 겁먹을 게 뭐 있니? 난 평생 에프라파에서 사느니 지금 이렇게 있는 게 좋아."

그것은 용감한 말이었고, 하이젠슬라이의 진심은 헤이즐한테만 전해진 것이 아니었다. 빅윅도 에프라파에서 하이젠슬라이에게 높은 구릉에 있는 마을 이야기를 들려주고 탈출은 분명히 성공할 거라고 안심시켜 주던 일이 떠올랐다. 어둠 속에서 빅윅이 헤이즐의 어깨를 쿡 찌르더니 굴 한쪽 구석으로 데리고 갔다.

"헤이즐, 우린 아직 끝나지 않았어. 그렇게 호락호락 끝나진 않는다고. 천장이 무너지면 놈들은 모두 이쪽으로 내려오겠지. 그럼 우리는 뒤쪽에 있는 속굴로 들어가서 굴길을 막아 버리는 거야. 놈들도 어쩌지 못할 거라고."

"흠, 그러면 좀 더 버틸 수는 있겠지. 하지만 일단 여기로 들어오면 속굴 정도는 금방 부수고 들어올 거야."

"들어오는 순간 나를 만나게 될걸. 내 옆엔 한둘쯤 더 있 겠지. 놈들을 순순히 집으로 돌려보낼 순 없어."

헤이즐은 빅윅이 사실은 에프라파 토끼들의 공격을 기 다리고 있음을 깨닫고 착잡한 질투심을 느꼈다. 빅윅은 자 신이 잘 싸운다는 사실을 알고 있고 또 그 사실을 유감없이 보여 줄 작정이었다. 다른 것은 생각하지 않았다. 이길 가 능성이 없다는 사실 따위는 중요하지 않았다. 흙 파는 소리 가 또렷이 들려올수록 빅윅은 어떻게 하면 자기 목숨을 가 장 비싸게 팔 수 있을까만 생각했다. 하지만 달리 할 일도 없지 않은가? 빅윅의 제안에 따라 바쁘게 움직이다 보면 소리 없이 마을을 가득 채운 공포를 조금이나마 떨쳐 버릴 수 있을지도 모른다.

"네 말이 맞아, 빅윅. 그럼 조촐한 환영회를 준비해 볼까. 실버랑 다른 친구들한테 네 생각을 말하고 작업을 시작하 자."

빅윅이 실버와 홀리에게 계획을 이야기하는 동안 헤이즐 은 스피드웰을 벌집 북쪽 끝으로 보내 흙 파는 소리를 들어 보고 일이 얼마나 진척됐는지 보고하라고 지시했다. 사실 헤이즐은 벌집 북쪽 끝이든 한가운데든 어느 쪽이 무너지 나 마찬가지라고 생각했다. 하지만 다른 토끼들 앞에서는 의연하게 대처하는 모습을 보여 주어야 했다.

홀리가 말했다.

"이 벽을 무너뜨려서 굴길을 막을 수는 없어, 빅윅. 이쪽 끝 천장은 이 벽들이 받쳐 주고 있잖아."

빅윅이 말했다.

"나도 알아. 뒤쪽에 있는 속굴 벽을 무너뜨릴 거야. 우리 가 다 같이 들어가려면 어차피 속굴도 넓혀야 돼. 그러고 나서 무너진 흙으로 기둥 사이를 메우는 거야. 당장 시작하 자."

에프라파에서 돌아온 뒤로 빅윅의 위치는 매우 높아졌 다. 빅윅이 활기차게 나서자 다른 토끼들도 애써 두려움을 떨치고 빅윅이 시키는 대로 벌집 남쪽 끝에 있는 속굴을 넓 혔다. 그러고는 굴길에 흙을 쌓아 기둥이 늘어선 복도를 단 단한 벽으로 메웠다. 잠깐 쉬는 시간에 스피드웰이 달려와 북쪽 끝에서 땅 파는 소리가 그쳤다고 보고했다. 헤이즐은 그리로 가서 스피드웰 곁에 앉아 한동안 귀를 기울였다. 아 무 소리도 들리지 않았다. 헤이즐은 다시 벅손이 지키고 있 는 굴길로 갔다. 그곳은 '키하르의 굴길'로, 유일하게 뚫려 있는 곳이었다.

헤이즐이 말했다.

"무슨 일이 있었는지 알아? 놈들이 북쪽 끝은 온통 너도 밤나무 뿌리로 뒤덮여 있다는 것을 알아차리고 포기했어. 이제 다른 쪽에 달라붙겠지."

"그러겠군."

벅손은 그렇게 대꾸하고는 조금 있다가 말했다.

"헛간에서 쥐 떼 만난 일 기억나? 그때 우린 무사히 빠져

680

나왔지. 하지만 이번에는 안 될 것 같아. 지금까지 고생한 걸 생각하면 슬픈 일이지."

"아니야, 우린 이겨 낼 수 있어."

헤이즐은 애써 자신 있게 말했다. 하지만 이곳에 계속 있다가는 더 이상 태연한 척하지 못할 것 같았다. 점잖고 솔직한 친구 벅손은 내일 니-프리스쯤이면 어디에 있게 될까? 내가 지금껏 애써서 친구들을 이끌고 온 곳은 어디인가? 우리는 결국 운드워트 장군 손에 죽기 위해 황무지를 지나고, 철사 덫을 피하고, 폭풍우와 큰 강을 지나왔던가? 이렇게 죽을 수는 없다. 우리가 지혜롭게 헤쳐 온 길이 이런 데서 끝나서는 안 된다. 그러나 운드워트를 어떻게 막는단 말인가? 우리를 구할 수 있는 것은 무엇일까? 아무것도 없다. 바깥에 있는 에프라파 토끼들에게 무시무시한 날벼락이라도 떨어지지 않는 다음에야. 하지만 그럴 가능성은 없다. 헤이즐은 벅손을 두고 돌아섰다.

사각, 사각, 사각. 머리 위에서 흙 파는 소리가 들렸다. 헤이즐은 어두컴컴한 벌집을 가로질러 가다가 한 토끼가 새로 쌓은 벽 앞에 가만히 웅크리고 있는 것을 알아차렸다. 헤이즐은 걸음을 멈추고 냄새를 맡았다. 파이버였다.

헤이즐이 건성으로 물었다.

"일 안 해?"

"응, 소리를 듣고 있어."

"땅 파는 소리?"

"아니, 그런 소리가 아냐. 무슨 소리인지 잘 모르지만 들으려고 애쓰고 있어. 다른 토끼들은 듣지 못하는 소리. 나한테도 들리지 않아. 하지만 가까워. 깊어. 나뭇잎이 떠내려가고 깊어. 나, 떠나고 있어, 헤이즐…… 떠나."

파이버의 목소리가 몽롱해지면서 점점 느려졌다.

"떨어진다. 추워. 추워."

어두운 굴의 공기가 숨이 막힐 듯 답답했다. 헤이즐은 축 늘어진 파이버를 코로 밀어 보았다.

파이버가 중얼거렸다.

"추워. 너무…… 너무…… 너무…… 너무 추워!"

긴 침묵이 흘렀다. 이윽고 헤이즐이 말했다.

"파이버? 파이버? 내 말 들리니?"

갑자기 파이버가 무시무시한 소리를 질렀다. 그 소리에 모두가 겁에 질려 펄쩍 뛰었다. 어떤 토끼도 낸 적 없고, 어떤 토끼도 낼 수 없는 소리였다. 전혀 토끼답지 않은 낮은 소리였다. 벽 너머에서 일하던 토끼들이 웅크린 채 벌벌 떨었다. 어디선가 암토끼가 비명을 질렀다.

파이버가 소리쳤다.

"이 더러운 놈들. 어떻게, 어떻게 너희가 감히? 나가, 나가! 나가, 나가!"

빅윅이 흙더미에서 불쑥 튀어나와 헉헉거리며 말했다.

"제발 그만두라고 해! 이러다간 다들 미쳐 버리겠어!"

헤이즐은 부들부들 떨면서 파이버의 옆구리를 꽉 잡았다.

"정신 차려! 파이버, 정신 차려!"

하지만 파이버는 깊은 무의식 상태에 빠져 있었다.

헤이즐의 마음속에 푸른 나뭇가지들이 휘청거리는 광경이 떠올랐다. 나뭇가지가 도리깨질하듯이 아래위로 흔들렸다. 뭔가가 있었다. 나뭇가지들 사이로 뭔가 언뜻 보였다. 무얼까? 물이 느껴졌다. 그리고 공포. 한순간 새벽 강가에서 숲속의 개 짖는 소리와 아우성치는 어치 소리에 귀를 기울이고 있는 한 무리의 토끼들이 또렷이 떠올랐다.

"내가 너라면 니-프리스까지 기다리지 않아. 지금 가야 해. 사실 너희도 가야 한다고 봐. 숲속에 큰 개가 돌아다니고 있어. 큰 개가 돌아다니고 있다고."

바람이 불었다. 무수한 나뭇잎이 흔들렸다. 강은 사라졌다. 헤이즐은 컴컴한 벌집 안에서 꼼짝 않고 누워 있는 파이버를 사이에 두고 빅윅을 마주 보고 있었다. 흙 파는 소리가 더 크고 가깝게 들려왔다.

헤이즐이 말했다.

"빅윅, 당장 내 말대로 해 줘. 시간이 없어. 댄더라이언이랑 블랙베리를 데리고 키하르의 굴길 밑으로 와 줘. 빨리!"

굴길 밑에는 벅손이 여전히 제자리를 지키고 있었다. 파이버의 고함 소리에도 꼼짝하지 않았지만, 숨이 가빠지고 심장이 빠르게 뛰고 있었다. 벅손과 세 토끼는 말없이 헤이즐 주위로 모여들었다.

헤이즐이 말했다.

"나한테 계획이 있어. 잘되면 운드워트를 영원히 끝장낼 수 있을 거야. 하지만 설명할 시간이 없어. 한시가 급해. 댄더라이언이랑 블랙베리는 나랑 같이 가자. 이 굴길로 곧장 올라가서 숲을 지나 언덕으로 나가. 그러고는 북쪽으로 가서 들판으로 내려가. 무슨 일이 있어도 멈추지 마. 난 너희보다 달리기가 늦을 거야. 언덕 기슭에 있는 철나무* 옆에서 기다려 줘."

블랙베리가 말했다.

"헤이즐……."

헤이즐이 빅윅을 돌아보며 말했다.

"우리가 떠나는 즉시 넌 이 굴길을 막고 네가 만든 벽 뒤로 모두 숨으라고 해. 놈들이 쳐들어오면 버티는 데까지 버텨 줘. 절대로 항복하지 마. 엘-어라이라가 살아날 방법을 가르쳐 줬어."

빅윅이 물었다.

"대체 어디 가려는 거야?"

"농장으로. 또 한 번 밧줄을 끊으러. 너희 둘은 날 따라와. 언덕 기슭에 도착할 때까지 절대로 멈추면 안 돼. 밖에서 놈들을 만나더라도 싸우지 말고 그냥 달리기만 해."

헤이즐은 더 이상은 말하지 않고 굴길을 올라가 숲으로 달려갔다. 블랙베리와 댄더라이언이 그 뒤를 바짝 쫓아갔다.

---

* **철나무** 전신주를 가리킴. -옮긴이

45
다시 너트행어 농장으로

약탈을 시작하라! 전쟁을 시작하라.
셰익스피어, 〈줄리어스 시저〉

그때 운드워트는 둔덕 아래 탁 트인 풀밭에 나와 자정이 지난 무렵의 어룽더룽한 노란 달빛 속에서 시슬과 래그워트를 마주하고 있었다.

"소리나 엿들으라고 너희들을 그 굴길에 세워 둔 게 아니야. 도망 나오는 놈을 잡으라고 세워 둔 거지. 무슨 일이 있어도 자리를 뜨지 말도록. 당장 돌아가."

시슬이 불만스럽게 말했다.

"정말입니다, 장군님. 저 안엔 토끼가 아닌 다른 동물이 있습니다. 저희 둘 다 분명히 들었다고요."

"냄새도 맡았나?"

"아닙니다. 발자국도 배설물도 없습니다. 하지만 그 소리는 토끼 소리가 아니었습니다."

땅을 파다 말고 모여든 몇몇 토끼가 이야기를 듣고 있다가 수군거리기 시작했다.

"놈들한테는 맬로 대장을 죽인 흄바가 있어. 우리 형이 그 자리에 있다가 봤대."

"번갯불로 변하는 커다란 새도 있었어."

"강에서는 어떤 동물이 놈들을 데려가 주었어."

"그냥 돌아가면 안 될까?"

"그만두지 못해!"

운드워트가 소리를 버럭 지르며 토끼들에게 다가갔다.

"누가 그따위 소릴 지껄이나? 네놈이 했나? 좋다, 돌아가라. 당장 돌아가라고. 저쪽이 에프라파다, 저쪽으로 가면 돼."

지적받은 토끼는 움직이지 않았다. 운드워트는 천천히 주위를 돌아보았다.

"좋다. 돌아가고 싶은 놈들은 어서 가라. 꽤나 먼 길인데 지휘관도 없이 잘 가 보라고. 우린 모두 땅을 파느라 바쁘니까. 버베인 대장과 그라운드슬 대장은 나를 따라오게. 시슬은 캠피언 대장을 불러오고. 래그워트 넌 그 굴길 입구로 가서 무슨 일이 있어도 자리를 뜨지 말도록."

곧 땅 파는 작업이 다시 시작되었다. 운드워트가 예상한 것보다 더 깊이 팠지만 아직 무너질 기미는 보이지 않았다. 하지만 조금만 더 파 내려가면 빈 공간이 나타날 것 같

686

왔다.

운드워트가 말했다.

"계속해. 이제 조금만 더 파면 된다."

캠피언이 와서 토끼 셋이 언덕을 내려가 북쪽으로 도망쳤는데, 그중 하나는 그 절름발이 토끼인 듯하며, 뒤쫓아 가려다가 시슬이 전한 명령을 받고 그냥 돌아왔다고 보고했다.

운드워트가 말했다.

"상관없어. 내버려 둬. 세 놈쯤은 없어져도 돼. 아니, 왜 또 왔나?"

운드워트는 옆에 와 있는 래그워트를 보고 날카롭게 물었다.

"이번엔 무슨 일이야?"

"열려 있는 굴길 말입니다. 허물어지긴 했는데 안에서 막혀 있습니다."

"그렇다면 너도 쓸모 있는 일을 할 수 있겠군. 그 뿌리를 파내. 아니, 그것 말이야, 이 멍청아."

땅파기가 계속되는 동안 어느덧 동쪽 하늘에서는 첫 빛줄기가 비쳐 오기 시작했다.

*

언덕 기슭에 있는 넓은 들판은 추수가 끝났지만, 짚단은 아직 태워지지 않은 채 시커먼 그루터기 위로 줄지어 서 있었다. 억센 줄기와 마디풀, 별봄맞이꽃, 꼬리풀, 삼색제비

687

꽃 따위의 잡초들 위에 서 있는 짚단은 누르스름한 달빛을 받아 흐릿하게 보였다. 짚단들을 제외하면 밭은 언덕처럼 훤히 트여 있었다.

전신주가 있는 산사나무와 산딸기나무 숲을 빠져나오자 헤이즐이 입을 열었다.

"앞으로 어떻게 해야 할지 잘 알겠지?"

댄더라이언이 말했다.

"너무 어려운 일 아냐? 그래도 시도는 해 봐야겠지. 마을을 구하려면 그 방법밖에 없으니까."

"그럼, 어서 가자. 가는 길은 쉬워. 이제 추수가 끝났으니 거리가 반으로 줄어든 거나 마찬가지야. 숨을 데 찾지 말고 그냥 달려. 하지만 나를 너무 떨어뜨려 놓지는 마. 힘껏 달려 보긴 할 테니까."

토끼들은 댄더라이언을 앞장세우고 들판을 지나갔다. 도중에 메추라기 네 마리가 화들짝 놀라 서쪽 산울타리로 날아가서 그 너머 들판에 내려앉은 것 말고는 별다른 일이 없었다. 잠시 뒤 도로에 이르자 헤이즐은 가까운 둔덕 위 산울타리에 멈춰 섰다.

"블랙베리, 넌 여기서 기다려. 꼼짝 말고 엎드려 있어. 때가 되더라도 너무 빨리 뛰쳐나오지 마. 넌 우리 가운데 머리가 가장 좋아. 머리를 써. 계속 머리를 써서 행동해야 해. 언덕으로 돌아가면 키하르의 굴길로 들어가서 상황이 안전해질 때까지 가만히 있어. 어떻게 해야 되는지 확실히 알겠지?"

"응, 알았어. 그런데 여기서부터 철나무까지 쉬지 않고 뛰어야 할 것 같은데. 숨을 데가 하나도 없잖아."

"그래, 어쩔 수 없어. 정 안 되겠으면 산울타리로 들어갔다 나왔다 하면서 요령껏 피해 봐. 너 하고 싶은 대로 해. 지금 여기 앉아서 궁리할 시간 없어. 무조건 마을로 돌아와야 돼. 모든 게 너한테 달려 있어."

블랙베리는 가시나무 밑동의 담쟁이덩굴과 이끼 속에 숨었다. 나머지 두 토끼는 길을 건너 좁은 길 옆에 있는 헛간 쪽으로 올라갔다.

헛간을 지나 산울타리로 가면서 헤이즐이 말했다.

"저기엔 맛있는 뿌리들이 많은데 시간이 없는 게 안타까워. 이번 일만 끝나면 쥐도 새도 모르게 서리하러 와야겠다."

"그런 날이 왔음 좋겠다. 곧장 길을 따라 올라갈 거야? 고양이는 어떡하고?"

"이게 가장 빠른 길이야. 지금은 빨리 가는 게 가장 중요해."

그 무렵 동이 터 오면서 종달새 몇 마리가 하늘로 날아올랐다. 느릅나무들이 둥그렇게 모여 서 있는 곳에 다가가자, 다시금 머리 위에서 서걱거리는 소리가 들리고 노랗게 물든 나뭇잎이 팔랑거리며 도랑 언저리로 떨어졌다. 토끼들은 비탈 꼭대기에 이르러 눈앞에 있는 헛간과 뜰을 바라보았다. 사방에서 새들의 노랫소리가 들려오고 느릅나무 우듬지에선 당까마귀가 울고 있었지만, 땅 위에는 참새 한 마리 돌아다니지 않았다. 앞쪽으로 농가가 있고 뜰 안쪽에 개집이 있었다. 개는 보이지 않았지만 개집 지붕 고리에 묶인 줄이 바닥으로 내려와 밀짚 깔린 개집 속으로 들어가 있었다.

헤이즐이 말했다.

"때맞춰 왔구나. 놈은 아직 자고 있어. 자, 댄더라이언, 실수하면 안 돼. 저기 개집 맞은편 풀밭에 엎드려 있어. 내가 줄을 갉아서 끊으면 줄이 툭 떨어질 거야. 개가 아프거나 귀머거리가 아니라면 그 소리에 깨겠지. 어쩌면 그 전에 깰 수도 있지만 그건 내가 알아서 조심할게. 넌 놈을 유인해서 도로까지 데려가. 넌 빨리 달리잖아. 개가 널 계속 쫓아갈 수 있게 신경 써. 산울타리를 이용해도 좋지만 개는 줄을 끌고 다닌다는 걸 잊지 마. 블랙베리가 있는 데까지 유인해. 그게 가장 중요해."

댄더라이언이 풀밭 언저리에 숨으면서 말했다.

"헤이즐-라, 우리가 다시 만나게 되면 최고의 이야깃거리가 될 거야."

"그 이야기를 들려줄 토끼는 바로 너이고 말이야."

헤이즐은 해 뜨는 쪽으로 빙 둘러 가서 농가 벽에 닿았다. 그러고는 벽을 따라 좁은 꽃밭을 들락거리며 조심스럽게 깡충깡충 뛰어갔다. 협죽초꽃, 재, 소똥, 개, 고양이, 닭, 고여 있는 물 냄새 등 온갖 냄새가 어지럽게 밀려들었다. 헤이즐은 목재 방부용 기름과 썩은 밀짚 냄새가 풍기는 개집 뒤로 갔다. 개집에는 밀짚 반 단이 세워져 있었다. 개의 잠자리에 깔아 줄 깨끗한 밀짚으로, 맑은 날이 계속되고 있어서 그냥 밖에 내놓은 모양이었다. 헤이즐로서는 행운이었다. 그러지 않아도 개집 지붕에 어떻게 올라가나 걱정하고 있던 참이었다. 헤이즐은 짚단을 타고 올라갔다. 펠트 천이 덮인 지붕에 이슬 젖은 낡은 담요 쪼가리가 걸쳐 있었다. 헤이즐은 곧추앉아 냄새를 맡으며 담요 쪼가리에 앞발을 올려놓았다. 미끄럽지 않았다. 헤이즐은 지붕 위로 몸을 끌어 올렸다.

방금 이 소리가 들렸을까? 타르와 밀짚과 뜰에서 나는 냄새에 섞여 내 냄새도 강하게 풍길까? 헤이즐은 아래쪽에서 움직이는 기척이 있으면 당장이라도 뛸 준비를 하고 기다렸다. 아무 소리도 없었다. 무시무시한 개 냄새가 신경 하나하나에 대고 '도망가, 도망가.' 하고 외치며 공포스럽게 옥죄어 들어왔지만, 헤이즐은 밧줄 고리 쪽으로 살금살금 나아갔다. 발이 살짝 미끄러지자 그대로 멈추어 섰다. 여전히 아무런 기척이 없었다. 헤이즐은 웅크리고 앉아 굵은 줄을 갉기 시작했다.

일은 생각보다 쉬웠다. 굵기는 떼배의 밧줄만 했지만 갉기가 훨씬 쉬웠다. 떼배 밧줄은 비에 흠뻑 젖은 데다 잘 휘어지고 미끄럽고 질겼다. 하지만 개 줄은 겉만 이슬에 젖어 있을 뿐 속은 말라 있고 약했다. 금세 깨끗한 밧줄 속이 드러났다. 끌 같은 앞니로 조금씩 갉아 가자 마른 가닥들이 툭툭 끊어지는 것이 느껴졌다. 개 줄은 벌써 절반쯤 끊겼다.

바로 그때 아래쪽에서 덩치 큰 개가 움직이는 것이 느껴졌다. 개는 기지개를 쭉 켜고 몸을 부르르 떨더니 하품을 했다. 줄이 조금 움직이면서 밀짚이 바스락거렸다. 고약한 냄새가 물큰 피어올랐다.

'이젠 놈이 소리를 들어도 상관없어. 이 줄을 빨리 끊기만 하면 돼. 놈이 줄을 잡아당길 때 끊어지게만 해 놓으면, 놈은 댄더라이언한테 달려들 거야.'

헤이즐은 줄을 끊다가 잠시 한숨 돌리며 댄더라이언이 기다리고 있는 쪽을 바라보았다. 순간 눈이 휘둥그레진 채 그대로 얼어붙고 말았다. 댄더라이언 뒤쪽 풀밭에 가슴 털이 하얀 고양이가 눈을 동그랗게 뜨고 꼬리를 흔들며 웅크리고 있었다. 고양이는 헤이즐과 댄더라이언을 보았다. 고양이는 댄더라이언에게 조금 더 가까이 다가갔다. 댄더라이언은 헤이즐이 시킨 대로 가만히 앉아 개집만 열심히 바라보고 있었다. 고양이가 금방이라도 뛰어오를 듯이 몸을 긴장시켰다.

헤이즐은 자기도 모르게 지붕 위에서 발을 굴렀다. 두 번 발을 구른 다음 땅바닥으로 뛰어내려 도망치려고 돌아섰다. 댄더라이언은 즉각 풀밭에서 뛰어나와 자갈길로 달려갔다. 그와 동시에 고양이도 펄쩍 뛰어 댄더라이언이 웅크리고 있던 자리를 덮쳤다. 개는 컹컹 짖으며 밖으로 튀어나오더니 댄더라이언을 보자마자 줄을 끌어당기며 뛰쳐나가려고 했다. 줄이 팽팽해지더니 실처럼 가늘게 남은 부분이 뚝 끊어졌다. 개집이 왈칵 당겨져 앞으로 기울더니 쿵 하고 뒤로 넘어졌다. 헤이즐은 균형을 잃은 채 담요에 매달려 있다가 발 디딜 곳을 잃고 지붕 언저리로 떨어졌다. 다친 다리 쪽으로 쿵 하고 떨어져 누운 채 발길질을 해 댔다. 개는 사라지고 없었다.

헤이즐은 발길질을 멈추고 가만히 누워 있었다. 뒷다리 쪽에 심한 통증이 느껴졌지만 움직이지 못할 정도는 아니었다. 뜰 건너편 창고 밑에 숨을 만한 곳이 있다는 사실이 떠올랐다. 조금만 가면 창고 밑에 숨어 도랑 쪽으로 갈 수 있을 것이다. 헤이즐은 앞발을 짚고 일어났다.

그때 무언가 옆구리를 후려치더니 헤이즐을 꽉 내리눌렀다. 등이 찌르르 아팠다. 뒷다리를 힘껏 내질렀지만 아무것도 없었다. 헤이즐은 고개를 돌렸다. 고양이가 헤이즐 몸 위로 올라타고 있었다. 고양이 수염이 귀를 스쳤다. 햇빛을 받아 동공이 가늘게 수축된 커다란 초록색 눈이 헤이즐을 노려보고 있었다.

고양이가 빈정거렸다.

"뛸 수 있어? 못 뛸걸."

46

불굴의 전사 빅윅

여러분, 맹공격이 시작되었습니다. 어디 누가
더 오래 공격하는지 두고 봅시다.

웰링턴 공작(워털루에서)

그라운드슬은 가파른 통로를 기어 올라와 구덩이 위쪽에
있는 운드워트에게 갔다.

"다 팠습니다, 장군님. 이제 누가 내려가기만 하면 바로
무너질 겁니다."

"밑에 뭐가 있는지 아나? 굴길인가, 굴인가?"

"분명히 굴입니다. 아주 넓은 것 같습니다."

"몇 놈이나 있는 것 같나?"

"아무 소리도 안 납니다. 우리가 들어가면 공격하려고 숨
죽이고 있는지도 모르지요."

"지금까지는 이렇다 할 공격이 없었지. 한심한 놈들. 굴

속에 꽁꽁 숨어 있기나 하고, 몇 놈은 밤을 타 도망이나 치고. 금방 해치울 수 있을 게다."

"하지만 장군님……."

운드워트는 그라운드슬을 바라보며 다음 말을 기다렸다.

"하지만…… 그 동물이 공격해 올 겁니다. 뭔지는 모르지만 말입니다. 래그워트는 허튼 상상을 할 토끼가 아닙니다. 오히려 그런 쪽으론 둔감하지요."

그라운드슬은 운드워트가 잠자코 있자 덧붙여 말했다.

"만일에 대비하자는 뜻입니다."

마침내 운드워트가 입을 열었다.

"흠, 만약 어떤 동물이란 게 있다면 그놈도 나 역시 동물이라는 걸 알게 될 거야."

운드워트는 캠피언과 버베인이 여러 토끼들과 함께 기다리고 있는 둔덕으로 나왔다.

"이제 힘든 일은 다 끝났다. 저 아래쪽 일만 끝나면 곧바로 암토끼들을 데리고 에프라파로 돌아갈 것이다. 작전은 다음과 같다. 내가 천장을 무너뜨리고 아래쪽 굴로 들어가겠다. 셋만 나를 따른다. 너무 북적거리면 헷갈려서 우리끼리 싸우게 될지도 모르니까. 버베인, 둘을 데리고 내 뒤를 따르라. 문제가 생기면 우리가 해결한다. 그라운드슬은 이 통로에 대기하고 있도록. 알겠나? 명령이 있을 때까지 뛰어들지 말라. 우리가 위치와 상황을 제대로 파악하게 되면 몇 마리 더 들여보내라고 하겠다."

아우슬라 토끼들은 운드워트를 신뢰했다. 운드워트가

마치 민들레를 찾으러 가듯 태연하게 앞장서서 적진 깊숙
이 들어가겠다고 하자 지휘관들의 사기도 하늘로 치솟았
다. 싸우지 않고도 항복을 받아 낼 수 있을 것 같았다. 너틀
리 숲의 마지막 공격에서도 장군이 굴에 들어가 토끼 세 마
리를 죽이고 나자 더 이상 맞서겠다고 나서는 자가 없었다.
그 전날 바깥쪽 굴길에서 격렬한 싸움이 있긴 했지만.

운드워트가 말했다.

"좋다. 이제 모두 제자리를 지키도록. 캠피언, 자네가 잘
단속하게. 그리고 우리가 안에서 막힌 굴길 하나를 뚫는 즉
시 그쪽을 점령하게. 모두 여기 모여 있다가 내가 신호를
보내면 재빨리 들여보내고."

캠피언이 말했다.

"무운을 빕니다, 장군님."

운드워트는 귀를 납작 붙이고서 굴로 뛰어 들어가 통로
를 타고 내려갔다. 무슨 소리가 들릴까 하고 머뭇거리지 않
기로 했다. 단숨에 쳐들어가기로 한 이상 무슨 소리가 나든
말든 상관없었다. 주춤거리는 기색을 보인다거나 버베인
에게 머뭇거릴 틈을 주지 않는 게 더 중요했다. 그리고 아
래쪽에 적이 있다면 운드워트가 다가오는 소리를 듣고 준
비할 틈을 주지 말아야 한다. 아래쪽에 굴길이나 굴이 있을
것이다. 다짜고짜 싸움부터 할 수도 있고, 주위를 둘러보고
위치를 파악할 시간이 있을 수도 있다. 어느 쪽이든 상관없
었다. 중요한 건 적을 찾아내 죽이는 일이다.

운드워트는 통로 끝에 닿았다. 그라운드슬 말대로 웅덩

이에 긴 살얼음처럼 얇디얇은 백토와 자갈과 부슬부슬한 흙이 깔려 있었다. 앞발로 긁어 보았다. 약간 눅눅한 흙은 잠시 그대로 있더니 곧 무너져 내렸다. 부서져 내리는 흙과 함께 운드워트도 밑으로 뛰어내렸다.

운드워트는 자기 키만 한 높이 아래로 떨어지자 그곳이 굴임을 깨달았다. 내려서자마자 뒷다리로 걷어차고는 바로 앞으로 뛰어나갔다. 버베인이 뒤따라오도록 자리를 내주고 등 뒤에서 공격을 받기 전에 얼른 벽을 등지고 돌아서기 위해서였다. 부드러운 흙더미가 닿자 굴에 연결된 막힌 굴길 끝이 틀림없다고 생각하며 돌아섰다. 곧 버베인이 다가왔다. 누군지는 모르지만 그다음 토끼는 곤란을 겪고 있는 듯했다. 흙더미 속에서 버둥거리는 소리가 들렸다.

운드워트가 날카롭게 말했다.

"이쪽이다."

묵직한 체중에 힘이 센 고참 토끼 선더가 비틀거리며 곁으로 왔다.

운드워트가 물었다.

"무슨 일인가?"

"아무것도 아닙니다. 죽은 토끼가 있어서 잠시 놀랐을 뿐입니다."

"죽은 토끼? 죽은 게 확실해? 어디 있나?"

"저깁니다, 통로 옆에."

운드워트는 재빨리 다가갔다. 통로에서 떨어진 흙과 자갈 더미 건너편에 수토끼가 꼼짝 않고 누워 있었다. 운드워트는 냄새를 맡고 코로 눌러 보았다.

"죽은 지 얼마 안 됐군. 몸은 식었지만 굳진 않았어. 자넨 어떻게 생각하나, 버베인? 토끼는 굴속에서 죽지 않는데."

"아주 작은 수토끼군요. 아마 우리랑 싸우는 걸 반대하고 나섰다가 다른 토끼들한테 죽임을 당했는지도 모르죠."

"아니, 그건 아냐. 몸에 상처 하나 없어. 아무튼 내버려 둬. 우린 할 일이 있으니까. 이렇게 작은 놈은 살았든 죽었든 별 상관 없어."

운드워트는 코를 킁킁거리며 벽을 따라갔다. 막힌 굴길 입구 두 개를 지나 굵은 뿌리들 사이로 탁 트인 곳에서 걸음을 멈추었다. 에프라파 장로회 굴보다 훨씬 더 큰 굴이었다. 공격해 올 기미가 안 보이자 당장 토끼들을 더 불러들여 이 공간을 유리하게 활용하기로 했다. 운드워트는 재빨리 아까 들어온 통로 밑으로 갔다. 뒷다리로 서서 앞발을 허물어진 입구에 간신히 걸쳤다.

"그라운드슬!"

위에서 그라운드슬이 대답했다.

"네, 장군님."

"내려와. 넷을 더 데리고. 이쪽으로 뛰어 내려와."

운드워트는 살짝 비켜 주며 말했다.

"바닥에 죽은 토끼가 있다. 놈들 중 하나다."

운드워트는 적이 언제든지 공격해 오리라 예상했지만 주위는 조용하기만 했다. 운드워트가 답답한 공기 냄새를 맡으며 귀를 기울이는 동안 토끼 다섯 마리가 하나씩 굴로 내려왔다. 운드워트는 그라운드슬을 동쪽 벽에 있는 막힌 두 굴길로 데려갔다.

"되도록 빨리 이 굴길을 뚫어라. 그리고 토끼 둘을 보내서 저쪽 나무뿌리 뒤에 뭐가 있는지 알아봐. 적이 공격해오면 자네가 당장 합세하도록."

그라운드슬이 부하들에게 지시를 내리고 있는데 버베인이 말했다.

"벽이 이상합니다. 대부분은 한 번도 판 적이 없는 단단한 흙으로 되어 있는데 한두 군데에 부드러운 흙이 쌓여 있습니다. 원래는 굴길이었는데 아주 최근에, 아마도 엊저녁쯤에 막아서 벽으로 만든 것 같습니다."

운드워트와 버베인은 조심스럽게 벌집의 남쪽 벽을 따라가면서 발톱으로 긁고 귀를 기울여 보았다.

"자네 말이 맞는 것 같군. 안쪽에서 무슨 기척이 있었나?"

"네, 바로 이 근처입니다."

"이 부드러운 흙더미를 무너뜨려야겠군. 토끼 둘을 붙여. 내 짐작대로 벽 뒤에 슬라일리가 있다면 곧 일이 터지겠지. 놈이 우리한테 달려들면 바로 우리 뜻대로 되는 거야."

선더와 시슬이 흙을 파기 시작하자 운드워트는 뒤에 웅크리고 앉아 조용히 기다렸다.

*

벌집 천장이 무너지기 전부터 빅윅은 에프라파 토끼들이

남쪽 벽의 부드러운 흙더미 부분을 찾아내는 것이 시간문
제임을 알고 있었다. 머지않아 거기를 뚫고 들어올 것이다.
그러면 싸워야 한다. 아마도 운드워트와 정면으로 싸워야
할 것이다. 운드워트가 바짝 다가와서 몸무게를 이용해 덤
비면 이길 가망이 거의 없다. 어떻게든 운드워트를 기습해
서 처음부터 부상을 입혀야 한다. 하지만 어떻게?

빅윅은 홀리와 의논했다.

홀리가 말했다.

"곤란하게도 이 마을은 방어를 고려해서 만들지 않았어.
스레아라가 그러던데 예전 마을에서는 방어용으로 슬랙 런
을 파 놓았다더군. 비상시에 적의 발밑에 숨어 있다가 불쑥
튀어나와 공격하는 거지."

빅윅이 외쳤다.

"바로 그거야! 좋은 생각이야! 이 막힌 굴길 바닥을 파고
들어가서 숨어 있을게. 네가 흙으로 덮어 줘. 이 근처는 흙
이 워낙 많이 파헤쳐져 있어서 눈에 안 띌 거야. 위험하긴
하지만 가만히 서서 운드워트 같은 놈을 상대하는 것보다
는 나아."

"놈들이 다른 쪽에서 뚫고 들어오면?"

"이쪽으로 오도록 네가 유인해. 벽 뒤쪽에서 놈들 소리가
나면 너도 소리를 내. 내가 숨어 있는 곳 바로 위에서 긁거
나 파헤치는 소리를 내라고. 무슨 짓을 해서라도 놈들의 주
의를 끌어. 자, 땅 파는 것 좀 도와줘. 실버, 너는 지금 당장
모두 벌집에서 나오게 한 다음 이 벽을 완전히 막아 버려."

핍킨이 말했다.

"빅윅, 파이버가 안 일어나. 아직도 벌집 한복판에 누워 있어. 어떻게 하지?"

"지금은 어쩔 수 없어. 안됐지만 두고 가야 해."

핍킨이 외쳤다.

"아, 빅윅, 나도 파이버랑 같이 있을게! 나 하나쯤은 없어도 되니까 내가 파이버를……."

홀리는 애써 상냥하게 말했다.

"흘라오-루, 파이버만 잃고 이 시련에서 벗어난다면, 프리스 님이 우릴 위해 싸워 주신 걸 거야. 미안하지만 안 돼. 더 말하지 마. 우린 네가 필요해, 누구라도 필요하다고. 실버, 핍킨도 다른 친구들이랑 같이 데려가 줘."

그리하여 운드워트가 벌집 천장에서 뛰어내릴 즈음, 빅윅은 이미 클로버의 굴에서 멀지 않은 남쪽 벽 안쪽 흙 속에 숨어 있었다.

*

선더는 부러진 뿌리 조각에 이빨을 박고 잡아당겼다. 순식간에 흙이 무너지면서 입구가 드러났다. 더 이상 벽은 없었다. 두두룩한 흙더미가 굴길을 반쯤 막고 있을 뿐이었다. 조용히 기다리고 있던 운드워트는 흙더미 저편에서 상당히 많은 토끼들의 냄새와 기척을 알아차렸다. 이제는 그들이 넓은 굴로 뛰쳐나와서 공격해 왔으면 싶었다. 하지만 적들은 전혀 움직이지 않았다.

운드워트는 싸움에 임할 때 세심하게 계산하지 않았다. 인간이나 늑대처럼 큰 동물은 보통 자기편과 상대편의 수를 파악하고 그에 따라 싸울지 말지와 어떻게 싸울지를 결정한다. 하지만 운드워트는 그럴 필요를 한 번도 느끼지 못했다. 지금까지 전투 경험을 통해 배운 것은, 싸우고 싶어 하는 상대와 내키진 않지만 어쩔 수 없이 싸우는 상대가 있다는 것뿐이다. 운드워트는 혼자서 싸워 많은 토끼들을 휘어잡은 적이 여러 번 있었다. 몇 안 되는 충성스러운 지휘관들의 도움으로 거대한 마을을 손아귀에 넣기도 했다. 운드워트는 지금 부하들이 대부분 밖에 있다는 사실을 염두에 두지도 않았고, 생각했더라도 문제가 되지 않는다고 여겼을 것이다. 자기 곁에 있는 토끼 수가 벽 너머에 있는 토끼들보다 적으며, 그라운드슬이 굴길을 뚫어야만 여기서 빠져나갈 수 있다는 생각은 하지도 않았다. 그런 조건 따위는 전사들한테 대수롭지 않았다. 중요한 것은 잔인성과 공격성이었다. 운드워트가 아는 것은 벽 너머에 있는 적들이 자기를 두려워하고 있으며, 그런 점에서 자신이 유리하다는 사실이었다.

운드워트가 말했다.

"그라운드슬, 굴길을 뚫는 대로 캠피언에게 모두 내려 보내라고 해. 너희는 날 따라와. 모두 내려오기 전에 우리 손으로 이 일을 끝내 놓자고."

운드워트는 그라운드슬이 굴 북쪽 끝 나무뿌리들 사이를 뒤지고 있는 토끼 둘을 데려올 때까지만 기다렸다. 그러고는 버베인이 뒤따르는 가운데 흙더미를 기어올라 좁은 굴길로 밀고 들어갔다. 어둠 속에서 암토끼 수토끼 한 무리의 냄새와 함께 바스락거리는 소리가 났다. 앞쪽에 수토끼 둘이 있었는데, 운드워트가 무너진 흙더미를 헤치고 나아가자 뒤로 물러났다. 운드워트가 앞으로 몸을 날리는데 갑자기 발 아래 흙이 움직였다. 다음 순간 토끼 하나가 발치의 흙 속에서 튀어나와 운드워트의 왼쪽 앞다리를 힘껏 물었다.

운드워트는 몸무게를 이용하여 거의 모든 싸움에서 이겨 왔다. 토끼들은 운드워트를 막지 못했고 한번 깔리면 일어나지 못했다. 이번에도 운드워트는 몸으로 밀어붙였지만 뒷다리가 부슬부슬 무너지는 흙을 딛고 있는 탓에 제대로 힘을 받지 못했다. 뒷다리로 곧추서면서 보니, 발밑에 있는 적은 제 몸통만 한 구덩이 속에 웅크리고 있었다. 운드워트가 발을 휘두르자 발톱이 적의 등과 엉덩이를 깊게 할퀴고 지나가는 것이 느껴졌다. 다음 순간 상대 토끼는 운드워트의 어깨 밑을 문 채 뒷다리를 구덩이 벽에 대고 몸을 위로 솟구쳤다. 앞발이 모두 땅에서 떨어진 운드워트는 흙더미 위로 내던져졌다. 세차게 발길질을 했지만 적은 이미 어깨를 놓고 멀찍이 떨어져 있었다.

운드워트는 일어섰다. 왼쪽 앞다리 안쪽에서 피가 흐르는 것이 느껴졌다. 힘줄이 상해서 그쪽 다리에는 체중을 온전히 실을 수가 없었다. 하지만 운드워트의 발톱에도 자기 것이 아닌 피가 묻어 있었다.

버베인이 뒤에서 물었다.

"괜찮습니까, 장군님?"

"당연히 괜찮지, 이 멍청아. 바짝 붙어서 따라와."

앞쪽에서 상대 토끼의 목소리가 들렸다.

"언젠가 나더러 잘 보이라고 했지, 장군. 이만하면 훌륭하지 않은가?"

"언젠가 널 내 손으로 죽이겠다고 했지. 이제 하얀 새는 없다, 슬라일리."

운드워트는 한 발 더 가까이 다가섰다.

빅윅은 일부러 약올리고 있었다. 운드워트가 달려들면 다시 한 번 물어뜯을 속셈이었다. 하지만 땅바닥에 찰싹 엎드려 기다리는 동안 영리한 운드워트가 그런 꼬임에 넘어오지 않으리란 사실을 깨달았다. 늘 새로운 상황에 재빠르게 대처하는 운드워트답게 그 역시 땅바닥에 몸을 붙이고 천천히 다가왔다. 겁에 질린 빅윅은 운드워트의 기척에 귀를 기울이다가 공격할 만한 거리까지 다가오는 발소리를 들었다. 빅윅은 본능적으로 물러나면서도 그 발소리가 이상하다는 것을 느꼈다.

'그래, 왼쪽 앞다리를 끌고 있어. 그쪽 다리를 제대로 못 쓰는 거야.'

빅윅은 오른쪽 옆구리를 드러내면서 운드워트의 왼쪽을 공격했다.

빅윅의 발톱이 운드워트의 다리를 비스듬히 찢었다. 하지만 빅윅이 물러나기 전에 운드워트가 빅윅을 덮치더니 곧이어 이빨로 오른쪽 귀를 물었다. 빅윅은 납작 깔린 채 비명을 지르며 몸부림쳤다. 운드워트는 적이 무기력하게 공포에 떨고 있음을 느끼자 귀를 놓고는 목덜미를 찢으려고 몸을 일으켰다. 한순간 거대한 운드워트가 굴길을 가로막고 쓰러진 빅윅을 굽어보며 우뚝 서 있었다. 하지만 다음 순간 다친 앞다리가 휘청하면서 비틀비틀 벽에 부딪혔다. 그 틈을 타서 빅윅이 운드워트의 얼굴을 두 차례 후려쳤다. 세 번째 공격은 운드워트가 뒤로 펄쩍 물러나는 바람에 수염만 스쳤다. 흙더미 위에서 거친 숨소리가 또렷이 들려왔다. 빅윅은 등과 귀에서 피를 철철 흘리면서도 용감하게 한 발짝도 물러나지 않았다. 어느 순간 위쪽에 웅크리고 있는 운드워트의 검은 형체가 희미하게 드러났다. 무너진 벌집 천장으로 첫새벽 빛이 스며들고 있었다.

47

하늘도 숨을 죽이다

늙은 황소가 고개를 숙이고 나에게 다가온다.
그러나 나는 움찔하지 않았다. ······
나는 황소에게 다가갔다. 오히려 움찔한 것은 황소였다.

플로라 톰프슨, 〈종달새가 날아오르다〉

헤이즐이 발을 구르자 댄더라이언은 본능적으로 풀밭에서 펄쩍 뛰어나왔다. 굴이라도 있었다면 당장 그리로 뛰어들었을 것이다. 댄더라이언은 아주 짧은 순간 자갈길을 살펴보았다. 그때 개가 달려오자 획 돌아서 창고 쪽으로 달렸다. 하지만 곧 창고 밑에 숨어서는 안 된다는 사실을 깨달았다. 그렇게 되면 개는 쫓아오다가 말 것이다. 인간이 개를 도로 불러들이기 십상이니까. 어서 뜰을 빠져나가 개를 도로로 유인해야 했다. 댄더라이언은 방향을 바꿔 느릅나무 쪽으로 뛰었다.

개는 뜻밖에도 바짝 뒤쫓아 왔다. 개의 거친 숨소리와 발

밑에서 자갈 퉁겨 나가는 소리가 들려왔다.

'놈은 너무 빨라! 이러다간 붙잡히겠어!'

개는 금방이라도 댄더라이언을 덮쳐 나뒹굴게 한 다음 등을 물어 숨통을 끊어 놓고 말 것이다. 댄더라이언은 산토끼들이 따라잡힐 듯 말 듯한 순간이면 민첩하게 돌아서 오던 길을 되짚어가는 방법으로 개를 따돌린다는 사실을 알고 있었다.

댄더라이언은 필사적으로 생각했다.

'나도 그렇게 해야 돼. 하지만 놈이 나를 쫓아 길을 오르락내리락하는 동안 인간이 나타나서 부르면 어떡하지? 아니면 놈이 쫓아올 수 없게 산울타리로 들어가야 하는데, 그랬다가는 모든 계획이 실패로 돌아가고 말 거야.'

댄더라이언은 둔덕을 넘어 외양간 쪽으로 내려갔다. 헤이즐에게 지시를 받았을 때에는 개가 쫓아오도록 앞장서서 달리면 되겠거니 했다. 하지만 지금은 오로지 살기 위해서 뛰었고, 오래 못 버티는 줄 알면서도 죽을힘을 다해 달렸다.

실제로 댄더라이언이 외양간까지 300미터가량을 뛰는 데는 30초도 안 걸렸다. 하지만 외양간 입구에 있는 밀짚 더미에 이르렀을 때는 그 시간이 영원처럼 느껴졌다. 헤이즐이랑 농가 뜰에 있었던 것이 까마득한 옛일 같았다. 평생 동안 등 뒤에서 쫓아오는 개의 숨결을 느끼며 공포에 질린 채 달려온 것 같았다. 외양간 문 안쪽에서 큼직한 쥐가 쪼르르 지나가자 개가 잠시 멈춰 섰다. 댄더라이언은 그 틈에 가까운 헛간에 들어가 다짜고짜 짚 더미 아래쪽 두 짚단 사이로 뛰어들었다. 짚단 사이가 좁아서 어렵사리 몸을 돌려야 했다. 개가 곧 뒤쫓아 와 낑낑거리며 짚단 아래쪽을 따라 냄새를 맡으면서 미친 듯이 긁어 대고 지푸라기가 날리도록 짚단을 헤집었다.

바로 옆에 있는 짚단에서 젊은 쥐가 말했다.

"가만있어. 금방 가. 개는 고양이랑 달라."

댄더라이언은 흰자위를 드러내며 헐떡거렸다.

"그게 문제야. 개는 날 쫓아와야 돼. 한시가 급하단 말이야."

쥐가 어리둥절해서 물었다.

"뭐? 무슨 소리?"

댄더라이언은 대답도 없이 다른 짚 더미로 옮겨 가서 잠시 마음을 다잡고는 다시 뛰쳐나가 뜰을 가로질러 반대편 헛간으로 달렸다. 문이 열려 있어서 곧장 헛간으로 들어가 판자로 둘러쳐진 뒤쪽으로 갔다. 판자 끝이 부서져 생긴 틈으로 빠져나와 들판으로 나왔다. 개가 뒤따라와서 판자 틈으로 고개를 내밀고 몸을 밀어 대며 격렬하게 짖어 댔다. 헐거워진 판자가 차츰 뚜껑처럼 위로 젖혀지면서 개가 빠져나왔다.

댄더라이언은 탁 트인 들판을 지나 도로 옆 산울타리로 달려갔다. 속도가 느려지는 것이 느껴졌지만, 그건 개도 마찬가지였다. 댄더라이언은 산울타리 가운데 무성한 곳을 뚫고 지나가 도로를 건넜다. 저편 둔덕에서 블랙베리가 댄더라이언을 보고 달려왔다. 댄더라이언은 지칠 대로 지쳐 도랑 속으로 들어갔다. 개는 6미터도 안 떨어진 산울타리 뒤쪽에서 뚫고 나올 곳을 찾지 못해 헤매고 있었다.

댄더라이언이 숨을 몰아쉬며 말했다.

"생각보다 훨씬 빨라. 하지만 나 때문에 힘이 많이 빠졌어. 난 더 못 해. 어디 가서 숨어야겠어. 난 할 만큼 했어."

블랙베리는 잔뜩 겁을 먹은 표정이었다.

"프리스 님, 도와주소서! 난 도저히 못 할 거야!"

댄더라이언이 재촉했다.

"어서 가, 놈이 흥미를 잃기 전에. 나도 곧 따라가서 도울게."

블랙베리는 천천히 도로로 뛰어나가 곧추앉았다. 개는 블랙베리를 보고 컹컹 짖어 대며 온몸에 힘을 실어 산울타리로 돌진했지만 뚫고 나오지 못했다. 양쪽 도롯가에는 산울타리에서 도로로 나올 수 있는 출입문이 마주 보고 서 있었다. 블랙베리는 천천히 도로를 따라 자기 쪽 출입문으로 다가갔다. 건너편 산울타리 뒤에 있던 개도 블랙베리와 평행선을 이루며 쫓아왔다. 블랙베리는 개가 자기 쪽 출입문을 보고 뛰어가는 것을 확인하자 곧바로 돌아서서 둔덕을 올라갔다. 그러고는 그루터기만 남은 들판으로 가서 개가 다시 나타나기를 기다렸다.

한참이 지났다. 드디어 개가 출입문을 지나 도로를 건너 들판으로 나왔지만 블랙베리에게는 아무런 관심도 보이지 않았다. 개는 둔덕 기슭을 따라 킁킁거리며 다니기도 하고, 들메추라기를 보고 경중경중 쫓아가기도 하고, 참소리쟁이 풀숲을 헤집고 돌아다니기도 했다. 블랙베리는 겁에 질린 나머지 한동안 꼼짝도 못 했다. 그러다가 될 대로 되라는 심정으로 모르는 척하면서 개 쪽으로 천천히 뛰어갔다. 개는 당장 쫓아오더니 이내 흥미를 잃은 듯 다시 땅에 코를 박고 킁킁거리며 돌아다녔다. 블랙베리가 어쩔 줄 몰라하고 있는데, 드디어 개가 끊어진 목줄을 질질 끌며 밭으로 들어왔다. 개는 줄줄이 늘어선 짚단 옆을 슬렁슬렁 돌아다니며 찍찍거리는 소리나 바스락거리는 소리가 날 때마다 짚단을 덮치곤 했다. 블랙베리는 밀짚단 뒤에 숨어서 나란히 개를 따라갔다. 그렇게 해서 언덕 기슭까지 절반이 남은 지점인 전신주에 이르렀다. 거기서 댄더라이언이 블랙베리를 따라잡았다.

"너무 느려, 블랙베리! 빨리 가야 해. 빅윅이 죽었을지도 몰라."

"느리긴 하지만 언덕 쪽으로 가고 있잖아. 처음부터 개가 나를 쫓아오질 않았다고. 우리가……."

"개가 빠르게 언덕으로 뛰어 올라오지 않으면 기습 공격이 안 돼. 자, 나랑 함께 유인해 보자. 일단 개 앞으로 나가야 해."

두 토끼는 재빨리 밭을 지나 나무들 쪽으로 다가갔다. 그러고는 돌아서서 개가 훤히 볼 수 있도록 앞쪽을 가로질러 갔다. 개도 이번에는 당장 쫓아왔고, 두 토끼가 언덕 기슭 덤불숲에 도착했을 무렵 개하고의 거리는 10미터도 채 안 되었다. 언덕을 오를 때 개가 딱총나무 덤불을 헤치며 쫓아

오는 소리가 들렸다. 개는 컹 하고 짖고는, 숨지도 않고 달아나는 토끼들을 쫓아 가파른 언덕을 오르기 시작했다.

*

피가 빅윅의 목을 타고 앞다리로 흘러내렸다. 빅윅은 흙더미 위에 웅크리고 있는 운드워트가 언제라도 덤벼들리라 예상하며 잠시도 눈을 떼지 않고 지켜보았다. 뒤에서 누군가 움직이는 기척이 들렸지만, 굴길이 좁아서 뒤를 돌아보지 못했다. 어차피 위험해서 돌아볼 상황도 아니었다.

"다들 괜찮아?"

홀리가 대답했다.

"응, 괜찮아. 빅윅, 이제 나랑 교대하자. 넌 쉬어야 해."

빅윅이 헐떡거리며 말했다.

"안 돼. 내 옆으로 지나갈 자리가 없어. 더구나 내가 물러서면 저놈이 따라올 거야. 그러면 굴 안을 마음대로 휘젓고 다니게 돼. 나한테 맡겨 둬. 내가 알아서 할게."

빅윅은 이렇게 좁은 굴길에서는 자기 시체도 큰 장애물이 될 거라고 생각했다. 에프라파 토끼들은 시체를 끌어내거나 그 주위의 땅을 파서 돌아가야 할 테니까 시간을 더 끌 수 있었다. 뒤쪽 굴에서 블루벨이 암토끼들에게 이야기를 들려주는 소리가 들렸다.

빅윅은 생각했다.

'그래, 잘하고 있어. 암토끼들을 행복하게 해 줘. 여기 있는 내 몫까지.'

"그러자 엘-어라이라가 여우에게 말했어.

'여우 냄새가 나는 걸 보니 넌 여우일지도 모르지만, 난 물속에서 네 미래를 점칠 수 있다.'"

운드워트가 갑자기 입을 열었다.

"슬라일리, 왜 목숨을 버리려고 하나? 지금이라도 마음만 먹으면 팔팔한 토끼를 하나씩 들여보내 너와 싸우게 할 수도 있어. 하지만 넌 죽이기가 아깝다. 에프라파로 가자. 네가 원한다면 어떤 표적반의 대장이라도 시켜 주마. 약속한다."

빅윅이 대답했다.

"실플레이 흐라카, 우 엠블리어라."

"여우가 대답했어.

'하하, 점을 친다고? 그럼 물속에 뭐가 보이는가, 친구여? 투실투실 살찐 토끼들이 풀밭에서 뛰어다니는 모습이지, 그렇지?'"

운드워트가 말했다.

"좋아. 하지만 기억해라, 슬라일리. 너만 원한다면 언제든지 이 쓸데없는 짓을 그만둘 수 있다는 걸."

"엘-어라이라가 대답했어.

'아니, 물속에 보이는 건 살찐 토끼가 아니야. 우리의 적이 날쌘 사냥개들한테 쫓겨서 죽어라고 도망치는 광경이지.'"

빅윅은 자기가 죽든 살든 이 굴길 안에서는 큰 장애물이라는 사실을 운드워트도 잘 알고 있음을 깨달았다.

'놈은 내 발로 나가기를 바라는군. 하지만 내가 여기서 갈 곳은 에프라파가 아니라 인레다.'

갑자기 운드워트가 앞으로 몸을 날려 나무에서 떨어지는 가지처럼 빅윅의 정면에 내려섰다. 운드워트는 발톱을 쓰지 않았다. 엄청난 몸무게를 이용해 가슴으로 빅윅의 가슴을 힘껏 밀었다. 둘은 상대의 어깨를 물어뜯었다. 빅윅은 자기가 천천히 밀려나는 것이 느껴졌다. 그 엄청난 힘을 당해 낼 수가 없었다. 발톱을 바짝 세운 뒷다리가 밀리면서 바닥에 긴 고랑이 패었다. 곧 온몸이 뒤쪽 굴로 밀려 들어갈 것이다. 빅윅은 물고 있던 운드워트의 어깨도 놓고 마치 짐을 나르기 위해 힘을 쓰는 말처럼 고개를 떨군 채 어떻게든 버티려고 마지막 힘을 짜내었다. 그래도 자꾸만 밀리고 있었다. 어느 순간 아주 서서히, 그 무시무시한 힘이 줄어들기 시작했다. 빅윅은 발톱을 세워 단단히 버티고 섰다. 빅윅의 등에 이빨을 박고 있던 운드워트는 숨이 막혀서 코를 쿵쿵거렸다. 빅윅은 모르고 있었지만, 아까 빅윅의 발길질에 운드워트의 코가 찢어진 것이다. 운드워트는 콧속이 피로 홍건한 데다 입은 빅윅을 물고 있었던 탓에 숨 쉬기가 곤란했다. 다음 순간 운드워트는 물고 있던 빅윅을 놓았다. 빅윅은 완전히 녹초가 되어 그 자리에 뻗어 버렸다. 곧 일어나려 했지만 현기증이 몰려오면서 나뭇잎이 가득 찬 도랑에서 데굴데굴 구르는 느낌이 들었다. 빅윅은 눈을 감았다. 잠시 아무 소리도 나지 않더니, 긴 풀밭에서 파이버가 했던 말이 귓가에 또렷이 들려왔다.

"나보다 네가 더 죽음에 가까워. 나보다 네가 더 죽음에 가깝다고."

"철사 덫!"

빅윅은 비명을 질렀다. 그러고는 벌떡 일어나 눈을 떴다. 굴길은 텅 비어 있었다. 운드워트는 사라지고 없었다.

*

운드워트는 새벽 빛이 희미하게 비쳐 드는 벌집으로 기어 나왔다. 난생처음 느껴 보는 지독한 피로감이 몰려왔다. 버베인과 선더가 어쩔 줄 몰라 하는 표정으로 바라보고 있었다. 운드워트는 엉덩이를 깔고 앉아 앞발로 얼굴을 닦았다.

"슬라일리는 더 이상 골치를 썩이지 못할 거야. 버베인, 들어가서 놈을 끝장내 버려. 제 발로 기어 나오진 않을 테니까."

"저보고 슬라일리와 싸우라는 말씀이십니까, 장군님?"

"잠시만 상대하고 있어. 다들 불러다가 한두 군데 파서 이 벽을 무너뜨려라. 그때 되면 다시 오겠다."

버베인은 있을 수 없는 일이 벌어진 것을 깨달았다. 장군이 최악의 상황에 몰린 것이다. 장군은 지금 다른 토끼들이 모르도록 이 일을 덮어 두라고 말하고 있는 것이다.

버베인은 생각했다.

'대체 이게 어떻게 된 거지? 분명한 건 처음 에프라파에서 둘이 만났을 때부터 슬라일리가 우세했던 거야. 그러니

714

빨리 돌아갈수록 좋아.'

버베인은 운드워트의 옅은 눈동자와 마주치자 한순간 머뭇거리더니 흙더미로 기어 올라갔다. 운드워트는 그라운드슬에게 뚫어 놓으라고 지시한 동쪽 벽 아래쪽 두 굴길로 절뚝거리며 다가갔다. 두 굴길 모두 입구가 뚫려 있고, 땅을 파는 토끼들은 보이지 않을 만큼 깊숙이 들어가 있었다. 운드워트가 다가가자 그라운드슬은 굴길 안으로 물러나 튀어 나온 뿌리에 발톱을 닦았다.

운드워트가 물었다.

"어떻게 돼 가고 있나?"

"이 굴길은 뚫렸지만 저쪽은 아무래도 더 있어야 할 것 같습니다. 단단히 막혀 있거든요."

"하나면 돼. 밖에 있는 우리 편이 내려올 수 있기만 하면 되니까. 더 불러다가 저쪽 끝 벽을 무너뜨리게."

운드워트가 굴길로 올라가려는데 버베인이 옆에 와 있었다. 순간 운드워트는 버베인이 슬라일리를 죽였다고 보고하러 온 줄 알았다. 하지만 다시 보니 그게 아니었다.

"저…… 저…… 제 눈에 모래가 들어가서요. 모래만 빼면 다시 가 보겠습니다."

운드워트는 잠자코 벌집 한구석으로 갔다. 버베인이 따라왔다.

운드워트가 버베인의 귀에 대고 말했다.

"겁쟁이 놈. 내 권위가 끝장나고 반나절만 지나 봐, 네놈이 어떻게 되어 있을지. 넌 에프라파에서 가장 악명 높은 지휘관 아니었나? 그놈은 죽여야 해."

운드워트는 다시 흙더미로 기어올랐다. 그러다가 동작을 멈추었다. 버베인과 시슬은 뒤에서 목을 빼고 내다보다가 왜 그런지 알았다. 슬라일리가 굴길을 기어와 흙더미 바로 밑에 웅크리고 있었다. 텁수룩한 머리털에 온통 피가 엉겨 있고 귀는 반쯤 찢겨 늘어져 있었다. 빅윅은 가쁜 숨을 몰아쉬었다.

"여기서 날 밀어내는 건 훨씬 더 힘들걸, 장군."

운드워트는 놀랍게도 자신이 겁을 먹고 있음을 깨닫고는 무지근한 피로를 느꼈다. 다시는 슬라일리와 싸우고 싶지 않았다. 운드워트는 인정하기 괴롭지만 자신이 공격하지 못하리라는 사실을 잘 알고 있었다. 그러면 누구일까? 누가 슬라일리를 상대할 수 있을까? 아무도 없다. 다른 방법으로 들어갈 수밖에 없다. 그렇게 되면 운드워트가 왜 이쪽 길을 포기하게 됐는지 다들 알아 버릴 것이다.

"슬라일리, 우리는 이리로 들어오는 굴길을 뚫었다. 이제 곧 우리 병사들이 네 군데서 이 벽을 무너뜨릴 것이다. 이제 그만 나오지 그래?"

슬라일리는 가쁜 숨을 몰아쉬면서도, 나직하지만 더없이 또렷하게 대답했다.

"우리 족장 토끼가 나더러 이 굴길을 지키라고 했으니, 다른 지시가 내려질 때까지 여기서 한 발짝도 물러나지 않겠다."

"족장 토끼?"

버베인이 눈이 휘둥그레져서 물었다.

지금까지 운드워트도 지휘관들도 슬라일리가 이 마을 족장 토끼라고 믿어 의심치 않았다. 하지만 슬라일리의 말을 듣는 순간 금방 납득이 갔다. 슬라일리의 말은 사실인 것 같았다. 그리고 슬라일리가 족장 토끼가 아니라면 어딘가 가까이에 더 강한 토끼가 있다는 이야기였다. 슬라일리보다 강한 토끼, 그 토끼는 어디 있을까? 지금 이 순간 무엇을 하고 있을까?

운드워트는 뒤에 있던 시슬이 사라진 것을 알아차렸다.

"그 젊은 친구 어디 갔나?"

버베인이 대답했다.

"도망친 것 같습니다, 장군님."

"막았어야지. 잡아 와."

그러나 잠시 뒤에 나타난 것은 그라운드슬이었다.

"죄송합니다, 장군님. 시슬은 굴길로 올라가 버렸습니다. 전 장군님께서 내보내신 줄 알았습니다. 그러지 않았다면 뭐 하러 올라가는지 물었을 겁니다. 제 부하 한둘도 그 녀석과 함께 간 것 같습니다. 무슨 일인지 저도 모르겠습니다."

"지금부터 자네가 할 일을 가르쳐 주지. 따라와."

운드워트는 이제 어떻게 해야 할지 알았다. 밖에 있는 부하들을 모두 땅속으로 내려 보내 벽 사이의 막힌 굴길을 모조리 뚫게 해야 한다. 슬라일리는 지금 있는 곳에 내버려 두고, 놈에 대해서는 되도록 말을 안 하는 편이 낫다.

더 이상 좁은 굴길에서 싸워서는 안 되며, 무시무시한 족장 토끼가 나타나면 널찍한 굴로 끌어내어 사방에서 공격해야 한다.

운드워트는 다시 돌아서서 굴을 가로질러 가려다가 그 자리에 멈춰 서서 뭔가를 응시했다. 뚫린 천장으로 비쳐 드는 희미한 빛을 받으며 한 토끼가 서 있었다. 에프라파 토끼는 아니고 모르는 토끼였다. 몸집이 아주 작았는데, 처음 땅 위로 나와 본 새끼 토끼처럼 눈이 휘둥그레진 채 자기가 어디에 있는지 전혀 모르겠다는 듯 열심히 주위를 두리번거리고 있었다. 토끼는 떨리는 앞발을 들어 더듬더듬 얼굴을 쓸었다. 순간 운드워트의 기억 속에서 오래전의 어떤 느낌이 불현듯 스치고 지나갔다. 채소밭에 있는 축축한 양배추 냄새, 오래전에 잊혀지고 사라져 버린 한가롭고 포근한 장소.

"저놈은 대체 누구냐?"

그라운드슬이 대답했다.

"저, 저기 누워 있던 토끼인가 봅니다, 장군님. 아까는 죽은 것 같았는데 말입니다."

"아, 그놈이야? 버베인, 자네 표적반에 들어가면 되겠군. 저 정도면 자네도 상대할 수 있지 않을까. 어서 해 보지."

운드워트가 빈정거리자, 버베인은 장군의 말이 진심인지 아닌지 가늠하기 힘들어 머뭇거렸다.

"빨리 끝내고 와."

버베인은 천천히 굴을 가로질러 갔다. 아무리 버베인이

라도 경멸 섞인 조롱에 끽소리 못 하고 자기 몸집의 절반밖에 안 되는, 산 상태에 빠진 토끼를 죽이는 일은 마뜩치 않았다. 작은 토끼는 도망치거나 방어하려 들지도 않고 커다란 눈망울로 가만히 버베인을 쳐다보기만 했다. 그 눈빛은 괴로움에 차 있었지만 결코 패자나 희생양의 눈빛은 아니었다. 그 눈길 앞에서 버베인은 엉거주춤 멈추어 섰고, 둘은 한동안 희미한 빛 속에서 서로를 뚫어지게 바라보았다. 이윽고 그 이상한 토끼는 조금도 두려워하지 않고 아주 조용히 말했다.

"넌 참 안됐구나. 하지만 우리를 탓하진 마. 너희가 우리를 죽이러 온 거니까."

"탓한다고? 무엇 때문에 탓해?"

"너희의 죽음을 말이야. 정말이지 너희가 죽는다는 게 안타까워."

버베인은 포로들이 죽기 전에 저주를 퍼붓거나 협박하는 것을 수없이 보아 왔다. 개중에는 폭풍우 속에서 빅윅이 운드워트에게 퍼부은 저주처럼 버베인에게 초자연적인 복수를 하겠다고 저주하는 놈도 적지 않았다. 버베인이 그런 말에 눈 하나 깜짝했다면 오늘날 아우슬라파 우두머리에 오르지도 못했을 것이다. 사실 버베인은 그런 끔찍한 처지에 놓인 토끼가 어떤 악담을 퍼붓더라도 아무렇지 않게 비아냥거릴 수 있었다. 하지만 살육전을 기대하며 긴 밤을 보낸 끝에 처음으로 본 적의 눈을, 이 불가사의한 적의 눈을 바라보고 있노라니 공포가 엄습해 왔다. 마치 숨을 곳 하나 없는 땅에 내리는 매서운 눈발처럼 부드러우면서도 매몰찬 작은 토끼의 말에 두려움이 와락 밀려들었다. 그늘진 낯선 굴 구석구석마다 악의에 찬 유령들이 수군거리고 있는 듯하고, 몇 달 전 에프라파 도랑에서 죽어 간 토끼들의 목소리가 되살아났다.

버베인은 소리를 질렀다.

"날 내버려 둬! 날 놓아줘! 날 놓아 달라고!"

버베인은 비틀거리며 뚫린 굴길을 찾아 올라갔다. 굴길 꼭대기에는 운드워트가 있고, 그 앞에는 땅을 파던 그라운드슬의 부하가 눈이 하얗게 뒤집어진 채 부들부들 떨면서 이렇게 말하고 있었다.

"오, 장군님, 이 굴의 족장 토끼는 산토끼보다 크답니다. 그리고 이상한 동물 소리까지⋯⋯."

"닥쳐! 당장 날 따라와, 어서."

운드워트는 햇빛에 눈을 깜박이며 둔덕으로 나갔다. 여기저기 풀밭에 흩어져 있던 토끼들이 잔뜩 겁에 질린 눈으로 운드워트를 바라보았다. 몇몇 토끼는 눈앞에 있는 토끼가 정말 운드워트 장군인지 의심스러워하고 있었다. 장군의 코와 한쪽 눈꺼풀은 찢어지고, 얼굴은 온통 피투성이였다. 장군은 왼쪽 앞다리를 질질 끌면서 이리 비틀 저리 비틀 둔덕에서 내려왔다. 운드워트는 탁 트인 풀밭으로 나와 주위를 휘둘러보았다.

"자, 이제 마지막 일만 남았다. 오래 걸리지 않을 거다. 저 아래에 벽 같은 것이 있다."

운드워트는 사방에서 두려움과 거부감을 느끼고 말을 멈추었다. 래그워트를 보니 눈을 피해 버린다. 두 토끼가 슬금슬금 풀밭 가장자리로 물러난다.

운드워트는 그들을 불러 세웠다.

"지금 뭐 하고 있는 건가?"

한 토끼가 대답했다.

"아무것도 아닙니다. 저희는 그저……."

그때 캠피언 대장이 숲 모퉁이를 돌아 쏜살같이 뛰어왔다. 그 너머 탁 트인 언덕에서 외마디 비명 소리가 들렸다. 동시에 낯선 토끼 두 마리가 둔덕을 뛰어올라 숲으로 들어가서 막힌 굴길들 가운데 하나로 사라졌다.

캠피언이 발을 구르며 외쳤다.

"도망가! 살고 싶으면 빨리 도망가!"

캠피언은 그들을 지나 언덕 너머로 사라졌다. 에프라파 토끼들은 그 말이 무슨 뜻인지, 어디로 도망쳐야 할지도 모른 채 이리저리 흩어졌다. 다섯은 뚫린 굴길로 뛰어들고 몇몇은 숲으로 뛰어들었다. 하지만 토끼들이 채 달아나기도 전에 시커먼 개가 뛰어들어 닭장에 들어온 여우처럼 입을 쩍쩍 벌리며 이리저리 토끼들을 쫓아다녔다.

운드워트만이 그 자리를 떠나지 않았다. 부하들이 모두 뿔뿔이 흩어져 달아나는데도 운드워트는 털을 곤두세우고 피투성이 송곳니와 발톱을 드러낸 채 으르렁거렸다. 개는 거친 풀밭에서 갑자기 운드워트와 딱 마주치자 움찔했다. 그러나 곧 운드워트에게 덤벼들었다. 아우슬라 토끼들은 정신없이 도망을 치고, 운드워트는 분노에 가득 차서 고함을 질렀다.

"돌아와, 이 멍청이들아! 개는 위험하지 않아! 와서 싸워!"

48

흐루두두를 타고 온 여신

근심 걱정 없던 젊은 시절, 농장에서 살던 시절.
헛간들 사이에서 이름을 날리고 행복한 뜰에서 노래 불렀네.
젊기만 한 태양 아래서 ……

딜런 토머스, 〈양치류가 자라는 언덕〉

루시가 눈을 떠 보니 방이 환했다. 커튼이 쳐 있지 않아 루시가 베개 위에서 고개를 움직일 때마다 여닫이창에서 반사된 햇빛이 나타났다 사라졌다 했다. 느릅나무에서 산비둘기가 울었다. 그러나 루시를 깨운 건 다른 소리였다. 세면대에서 물이 빠져나가듯 꿈이 사라질 즈음 날카로운 소리가 들려왔다. 개 짖는 소리였는지도 모른다. 그러나 지금은 유리창에서 햇빛이 반짝이고 산비둘기 소리만 들릴 뿐 사방은 고요했다. 마치 어떤 그림을 그릴지 모르는 상태에서 커다란 도화지에 첫 붓질을 하는 듯한 기분이 들었다. 화창한 아침이었다. 지금쯤 버섯이 나왔을까? 지금 일어나서 들판에 나가 볼까? 아직 날씨가 건조하고 뜨거워서 버섯이 잘 자랄 만한 때가 아니었다. 버섯은 검은딸기와 비슷하다. 비가 한번 내려야 잘 자란다. 곧 비가 내리고 등에 하얀 십자 무늬가 있는 큰 거미들이 산울타리에 나타날 것이다. 언젠가 루시가 선생님에게 보여 드리려고 거미를 성냥갑에 담아 스쿨버스에 탔을 때 제인 퍼콕이 버스 뒷자리로 도망가 버린 일도 있었다.

거미, 버스에 탄 거미,
바보 같은 제인 때문에 소동이 일어났네,
거미는 선생님 앞에서 시험을 치렀네.

이제는 햇빛이 눈에 비쳐 들지 않았다. 해가 더 높이 떠오른 것이다. 오늘은 무슨 일이 일어날까? 목요일이니까 뉴버리에 장이 설 것이다. 아빠는 장에 가시겠지. 의사 선생님은 엄마를 보러 오실 것이다. 코에 꽉 끼는 우스꽝스러운 안경을 쓰고서 말이다. 그래서 의사 선생님 콧등 양 언저리에는 늘 안경 자국이 있다. 바쁘지 않으면 엄마와 이야기도 나누시겠지. 처음 볼 때는 약간 우스꽝스럽지만 알고 나면 참 좋은 분이다.

갑자기 날카로운 소리가 다시 한 번 들렸다. 그 소리는 깨끗한 바닥에 뭔가 엎질러진 것처럼 이른 아침의 정적을 찢었다. 겁에 질려 필사적으로 내지르는 비명 소리였다. 루시는 침대에서 팔짝 뛰어내려 창가로 달려갔다. 뭔지 몰라도 바로 창밖에서 나는 소리였다. 루시는 숨 막힐 정도로 배를 창턱에 걸친 채 다리를 대롱거리며 몸을 한껏 내밀었다. 고양이 탭이 창 아래 개집 옆에 있었다. 뭔가를 잡고 있었는데, 그렇게 비명을 지르는 것으로 보아 쥐인 것 같았다.

"탭! 탭! 뭘 잡았니?"

날카로운 루시의 목소리에 고양이는 고개를 들었다가 도로 먹이를 내려다보았다. 쥐가 아니라 토끼가 개집 옆에 모로 누워 있었다. 상태가 상당히 나빠 보였다. 토끼는 마구 발버둥을 치더니 다시 한 번 비명을 질렀다.

루시는 잠옷 바람으로 계단을 뛰어내려가 현관문을 열었다. 그러고는 허둥지둥 자갈길을 뛰어 꽃밭을 지나갔다. 개집에 가 보니 앞발로 토끼의 목을 내리누르고 있던 고양이가 고개를 들고 루시에게 으르렁거렸다.

"탭, 저리 가! 못된 것! 어서 놓아줘!"

루시는 귀를 찰싹 붙이고 할퀴려 드는 고양이를 탁탁 때렸다. 루시가 다시 손을 쳐들자 고양이는 그르렁거리며 1미터쯤 달아나다가 멈추어 서서 부루퉁하게 돌아보았다. 루시는 토끼를 안아 올렸다. 토끼는 잠시 버둥거리다가 바짝 긴장한 채 루시의 품에 안겼다.

"가만, 가만히 있어. 해치지 않을 테니까."

루시는 토끼를 안고 집으로 들어왔다.

"그게 뭐냐?"

루시의 아버지가 저벅저벅 장화 소리를 내며 다가왔다.

"아니, 너 맨발이잖니! 그리고 대체 그건 뭐냐?"

루시는 변명하듯이 말했다.

"토끼예요."

"게다가 잠옷 바람이라니. 그러다 독감이라도 걸리면 어쩔래. 그건 뭐 할 거냐?"

"기르려고요."

"안 돼!"

"아, 아빠. 귀엽잖아요."

"아무 쓸모도 없어. 토끼장에 넣어 봤자 금방 죽을 거야. 야생 토끼는 못 키운다. 게다가 토끼장에서 나오면 온갖 못된 짓을 다 할 거야."

"다쳤어요. 고양이한테 잡혔다고요."

"고양이는 제 할 일을 한 거야. 끝까지 맡겨 뒀어야 하는데."

"의사 선생님한테 보여 드릴 거예요."

"토끼 같은 게 아니라도 의사 선생님은 바쁘신 분이야. 이리 다오."

루시는 울기 시작했다. 루시는 어릴 때부터 농장에서 살았기 때문에 아버지가 하는 말이 모두 다 옳다는 것을 알고 있었다. 하지만 잔인하게 토끼를 죽인다고 생각하니 속상했다. 사실 루시는 그 토끼를 살려서 어떻게 해야겠다는 생각은 없었다. 그저 의사에게 보이고 싶을 뿐이었다. 루시는 의사 선생님이 자기를 썩 괜찮은 시골 소녀로 생각한다는 것을 알고 있었다. 루시가 방울새 알이나 잼 단지 속에서 날아다니는 작은멋쟁이나비나 오렌지 껍질처럼 보이는

726

곰팡이 등을 찾아서 보여 주면, 의사 선생님은 그것들을 진지하게 보아 주고 말할 때에도 어른을 대하듯이 말해 주었다. 다친 토끼를 보여 주면서 어떻게 하면 좋겠느냐고 의논하는 일은 무척 어른스러울 것이다. 하지만 아버지가 허락을 할지 안 할지 모르겠다.

"의사 선생님한테 보여 드리기만 할게요. 정말이지 나쁜 짓 못 하게 할게요. 의사 선생님하고 얘기하는 게 좋단 말이에요."

루시의 아버지는 자기 딸이 의사와 친하게 지내는 것을 은근히 자랑스러워했다. 루시는 총명한 아이였다. 다들 루시가 중학교에 충분히 갈 수 있을 거라고들 했다. 의사 선생님도 루시가 가져오는 것들을 보면 상당히 똑똑한 아이인 것 같다는 말을 한두 번 했다. 그런데 이번에는 피 흘리는 토끼다. 어차피 토끼를 풀어 놓지만 않는다면 별 탈은 없을 것이다.

아버지가 말했다.

"철없이 굴지 말고 할 일을 해야지. 옷 입고 와서 토끼는 헛간에 있는 낡은 새장에 넣어 둬라. 네가 사랑앵무 키우던 새장 말이야."

루시는 울음을 그치고서 토끼를 안고 위층으로 올라갔다. 토끼는 옷장 서랍에 넣어 두고 옷을 입은 다음 새장을 가지러 나갔다. 돌아오는 길에 개집 뒤에 있는 밀짚을 가져오려고 걸음을 멈추었다. 아버지가 헛간에서 나오며 물었다.

"밥 못 봤니?"

"개집에 없어요?"

"줄을 끊고 도망갔나 보다. 줄이 낡은 건 알았지만 녀석이 끊을 줄은 몰랐구나. 어쨌든 오늘 아침엔 뉴버리에 다녀오마. 녀석이 돌아오면 잘 묶어 둬라."

"제가 찾아볼게요. 이제 엄마한테 아침 갖다 드려야겠어요."

"그래, 착하다. 네 엄만 금방 건강해질 거다."

애덤스 의사 선생님은 10시가 조금 넘어서 도착했다. 루시는 여느 때보다 늦게 침대를 정리하고 방 청소를 했다. 좁은 길 꼭대기에 있는 느릅나무 아래서 차가 멈추는 소리가 들렸다. 루시는 왜 오늘은 집 앞까지 차를 몰고 오지 않는지 궁금해하며 마중을 나갔다. 의사 선생님은 차에서 내려 뒷짐을 지고 서서 좁은 길을 내려다보다가 루시를 보고는 늘 그렇듯 쑥스러움이 담긴 무뚝뚝한 말투로 불렀다.

"어…… 루시야."

의사 선생님은 코안경을 벗어 양복 조끼 주머니에 넣었다.

"저거 너희 개냐?"

래브라도 개가 줄을 질질 끌면서 올라오고 있었다. 지친 기색이 뚜렷했다. 루시는 개 줄을 붙들었다.

"줄을 끊고 나갔어요. 무척 걱정했는데."

개는 애덤스 선생님 신발에 코를 대고 킁킁거렸다.

"싸움을 한 모양이다. 뭐가 코를 심하게 할퀴었어. 다리도 물린 것 같고."

"무엇일까요, 선생님?"

"글쎄, 큰 쥐인 것 같기도 하고 담비인 것 같기도 하고. 뭔가에게 덤벼들었다가 한바탕 싸웠나 본데."

"오늘 아침에 토끼가 생겼어요. 살아 있는 들토끼예요. 고양이한테 잡혀 있었는데 다친 거 같아요. 한번 봐 주실래요?"

"글쎄, 케인 부인부터 봐야 할 것 같구나."

루시는 의사 선생님이 '너네 엄마'라고 하지 않아서 좋았다.

"그러고 나서 시간이 있으면 한번 보자."

20분 뒤 애덤스 의사 선생님이 루시가 숨죽여 안고 있는 토끼를 두 손가락 끝으로 여기저기 살며시 눌러 보았다.

"큰 문제는 없는 것 같구나. 부러진 데도 없고. 뒷다리가 좀 이상하지만 예전에 다친 건지 이젠 다 나았어. 처음처럼 멀쩡하진 않겠지만. 고양이가 여기를 할퀴었지만 별거 아니야. 조금 있으면 괜찮아질 거다."

"그래도 기를 수는 없겠죠, 선생님? 우리에다 말이에요."

"그럼, 안 되지. 야생 토끼는 우리에 갇혀서는 못 살아. 갇혀 있으면 금방 죽는단다. 이 불쌍한 녀석을 놓아주는 게 어떻겠니? 잡아먹을 생각이 없다면 말이다."

루시는 쿡 웃었다.

"하지만 이 근처에다 풀어 주면 아빠가 화내실 거예요. 토끼는 한 마리만 있어도 금방 백 마리로 불어난다고 하시거든요."

애덤스 선생님은 얄팍한 회중시계를 꺼내더니 원시라서

멀찍이 두고 보며 말했다.

"그럼 이렇게 하자. 난 이제 콜 헨리에 사는 할머니를 보러 가야 해. 괜찮다면 너도 나랑 같이 차를 타고 가다가 구릉에다 토끼를 풀어 주자. 해 지기 전에 집에 데려다주마."

루시는 팔짝팔짝 뛰었다.

"엄마한테 여쭤 보고 올게요."

애덤스 선생님은 헤어 워런 다운과 워터십 다운 사이에 차를 세웠다.

"여기가 좋겠다. 여기다 풀어 주면 말썽 부리지 못할 거야."

루시는 도로에서 벗어나 동쪽으로 조금 걸어가서 토끼를 놓아주었다. 토끼는 30초쯤 멍하니 있더니 잽싸게 풀밭으로 도망쳤다.

애덤스 선생님이 말했다.

"역시 저 다리가 좀 이상하구나. 하지만 오래오래 잘살 거야. 들장미 덤불에서 나고 자란 브러 여우*니까."

* 브러 여우 『리머스 아저씨』에 나오는 주인공 가운데 하나. -옮긴이

49

돌아온 헤이즐

우리 둘은 운 좋은 놈들이다.
우리의 소중한 우정은
맹서나 서약으로 다질 필요가 없다.
더욱 강한 것으로 긴밀히 묶여 있으니.

로버트 그레이브스, 〈퓨질리어 연대의 두 병사〉

운드워트는 마지막 순간에 정말로 미치광이 같은 짓을 했지만, 그 일이 헛된 것만은 아니었다. 운드워트가 개와 맞서 싸우지 않았다면 그날 아침 워터십 다운에서는 더 많은 토끼가 죽었을 것이다. 댄더라이언과 블랙베리를 쫓아온 개가 어찌나 소리도 없이 재빠르게 언덕을 올라왔던지, 긴 밤을 보내고 덤불 아래서 졸던 보초 토끼는 도망치려는 순간 붙잡혀 그대로 죽임을 당했다. 개는 운드워트와 싸우고 나서 한동안 둔덕과 풀밭을 뒤지고 돌아다니면서 덤불이나 잡초 무더기만 보아도 컹컹 짖으며 달려들었다. 하지만 그즈음 에프라파 토끼들은 뿔뿔이 흩어져 꼭꼭 숨어 있었다. 더욱이 개는 운드워트한테 물리고 할퀴어진 탓에 싸움을 꺼려하는 기색이 뚜렷했다. 결국 그 전날 유리 조각에 다친 토끼를 잡아 죽이고 나서야 왔던 길을 따라 언덕 너머로 사라졌다.

이제 에프라파 토끼들이 다시 공격해 오는 일이란 있을 수 없었다. 모두 제 목숨 하나 구하기도 바빴다. 지도자도 사라졌다. 에프라파 토끼들은 이 마을 토끼들이 개를 풀어 놓았다고 굳게 믿었다. 그 수수께끼에 싸인 여우나 하얀 새와 마찬가지였다. 상상력이라곤 눈곱만치도 없는 래그워트조차 땅속에 있을 때 그 동물의 소리를 듣지 않았던가. 그리하여 캠피언이 쐐기풀밭에 웅크리고 앉아 버베인을 비롯한 네댓 토끼더러 이 위험한 마을에서 너무 오래 있었으니 당장 떠나야 한다고 하자, 모두 몸서리치며 고개를 끄덕였다.

캠피언이 아니었다면 아무도 에프라파에 돌아가지 못했을 것이다. 사실 캠피언의 뛰어난 정찰 기술에도 불구하고 워터십 다운에 왔던 토끼의 절반도 에프라파로 돌아가지 못했다. 서넛은 너무 멀리 도망가 버려서 찾을 수도 없었다. 그들이 어떻게 되었는지는 아무도 알지 못했다. 니-프리스가 되기 한참 전, 고작 토끼 열네댓 마리가 캠피언과 함께 그 전날 지나온 긴 여행길에 다시 올랐다. 하지만 밤이 오기 전에 에프라파까지 갈 만한 힘이 없었다. 곧 그들은 피로와 의기소침보다 더 큰 적과 맞닥뜨려야 했다. 나쁜 소식은 빨리 퍼지는 법이다. 그 무서운 운드워트 장군과 에프라파 아우슬라들이 워터십 다운에서 참패했고, 살아남은 토끼들은 비참한 몰골로 방심한 채 터덜터덜 남쪽으로 가고 있다는 소문이 시저스 벨트와 그 너머까지 쫙 퍼졌다. 그러자 담비, 여우, 심지어는 근처 농장의 고양이까지 천의 적들이 모여들기 시작했다. 걸음을 멈출 때마다 토끼들이 하나씩 사라졌고, 어떻게 사라졌는지조차 아무도 알지 못했다. 버베인도 그렇게 사라졌다. 처음부터 버베인에게는 아무것도 남아 있지 않았다. 사실 장군도 없는데 에프라파로 돌아갈 이유가 없었다.

그 모든 공포와 시련 속에서도 캠피언은 침착하게 경계를 늦추지 않았고, 살아남은 토끼를 한데 모으고 상황을 미리 예측하고 행동했으며, 지친 토끼들이 계속 나아갈 수 있도록 용기를 북돋아 주었다. 다음 날 오후, 오른쪽 앞다리 표적반이 실플레이를 할 때 캠피언이 띄엄띄엄 흩어져 따라오는 토끼 일고여덟 마리를 데리고 경비선을 넘어 절뚝거리며 나타났다. 캠피언은 금방이라도 쓰러질 것 같은 상태여서, 어떤 재난이 있었는지 장로회에 보고하지도 못했다.

개가 나타났을 때 그라운드슬, 시슬, 그리고 다른 토끼 셋만이 제 정신을 갖고 뚫린 굴길로 도망쳤다. 벌집에 들어서자마자 그라운드슬과 나머지 토끼들은 파이버에게 항복했지만, 파이버는 여전히 몽롱한 상태에 빠져 정신을 차리지 못한 채 무슨 일이 일어나는지도 모르고 있었다. 에프라파 토끼들이 한동안 굴속에 웅크리고 앉아 개가 사냥하는

733

소리를 듣고 난 뒤에야, 파이버는 정신을 차리고 빅윅이 쓰러져 있는 굴길 앞으로 가서 홀리와 실버에게 포위 공격이 끝났다고 알렸다. 그러자 너도나도 힘을 모아 막힌 남쪽 벽을 뚫었다. 그때 우연찮게 블루벨이 벌집에 가장 먼저 들어가게 되었는데, 그 뒤로 오랫동안 블루벨은 에프라파 포로들을 이끌고 온 파이버 대장 흉내를 냈다. 블루벨의 표현을 빌리자면 파이버는 "털갈이하는 까마귀들에 둘러싸인 참새 같았다."라고 했다.

그 당시에는 누구도 에프라파 토끼들에게 신경 쓸 여유가 없었다. 마을 토끼들은 오로지 헤이즐과 빅윅 걱정뿐이었다. 빅윅은 곧 죽을 것 같았다. 대여섯 군데나 피를 흘리면서 눈을 감은 채로 자신이 지키던 굴길에 그대로 누워 있었다. 하이젠슬라이가 에프라파 토끼들은 패배했고 마을도 무사하다고 말해 주어도 빅윅은 아무런 반응도 보이지 않았다. 얼마 뒤 토끼들은 조심스럽게 그 굴길을 넓혔다. 암토끼들은 교대로 빅윅 곁에서 상처를 핥아 주면서 낮고 불규칙한 숨소리에 귀를 기울였다.

그 전에 블랙베리와 댄더라이언은 허술하게 막혀 있던 키하르의 굴길을 뚫고 들어와 자기들이 겪은 일을 들려주었다. 하지만 개가 줄을 끊고 뛰쳐나간 뒤 헤이즐이 어떻게 되었는지는 전혀 몰랐다. 오후로 접어들자 모두 최악의 상황을 걱정했다. 결국 불안과 괴로움을 견디다 못한 핍킨이 너트행어 농장에 가 보겠다고 고집을 부렸다. 파이버가 기다렸다는 듯이 함께 가겠다고 나섰다. 둘은 숲을 나와 북쪽으로 갔다. 얼마 안 가서 파이버는 개밋둑에 올라가 주위를 살펴보다가 서쪽 고지대에서 다가오는 토끼를 발견했다. 핍킨과 파이버가 뛰어가 보니 헤이즐이었다. 파이버는 헤이즐을 맞으러 가고, 핍킨은 곧바로 벌집으로 달려가 기쁜 소식을 알렸다.

헤이즐은 마을 토끼들과 그라운드슬에게서 그동안 있었던 일을 모두 듣고 나자 곧바로 홀리에게 토끼 두셋을 데리고 가서 에프라파 토끼들이 정말로 사라졌는지 확인하라고 했다. 그러고 나서 빅윅이 누워 있는 굴길로 들어갔다. 헤이즐이 다가가자 하이젠슬라이가 고개를 들었다.

"조금 전에 깨어났어요, 헤이즐-라. 당신을 찾더군요. 그리고 귀가 몹시 아프다고 했어요."

헤이즐은 피가 엉겨 붙은 빅윅의 머리털에 코를 비볐다. 텁수룩하던 털이 피로 딱딱하게 굳어서 헤이즐의 코를 찔렀다.

"네가 해냈어, 빅윅. 놈들은 모두 도망갔어."

빅윅은 한동안 움직이지 않았다. 그러다가 눈을 뜨고 고개를 들어 뺨을 부풀리며 곁에 있는 두 토끼의 냄새를 맡았다. 빅윅이 아무 말도 안 하자, 헤이즐은 자기 말을 듣지 못한 게 아닌가 싶었다.

이윽고 빅윅이 조그맣게 말했다.

"운드워트 해치웠어?"

"그래. 실플레이하는 거 도와줄게. 그러고 나면 한결 기운이 날 거야. 밖에 나가면 네 몸을 더 깨끗이 닦아 줄 수도 있고. 자, 나가자. 햇살에 나뭇잎들이 빛나는 멋진 오후야."

빅윅은 일어나서 엉망진창이 된 벌집으로 비틀거리며 나왔다. 그러고는 털썩 쓰러져 잠시 쉬더니 다시 일어나 키하르 굴길 아래까지 왔다.

"난 놈한테 죽은 줄 알았어. 이제 싸움은 안 할 거야. 할 만큼 했어. 그리고 너…… 네 계획이 성공했구나, 헤이즐-라. 그렇지? 훌륭해. 어떤 거였는지 말해 줘. 농장에서는 어떻게 돌아온 거야?"

"인간이 흐루두두로 태워다 줬어. 거의 마을 앞까지."

"그리고 나머지 거리는 날아왔겠지? 불타는 하얀 막대기를 물고서 말이야. 자, 이젠 사실대로 말해 봐. 아니, 왜 그래요, 하이젠슬라이?"

하이젠슬라이가 빅윅을 뚫어지게 쳐다보며 말했다.

"아! 아!"

"왜 그래요?"

"정말이에요!"

"뭐가요?"

"정말로 흐루두두를 타고 왔어요. 그 모습을 봤어요. 에프라파에서 당신 굴에 같이 있었던 밤에요. 기억나요?"

"기억나요. 그때 내가 한 말도 기억나지. 파이버한테 얘기해 보라고 했지요. 그러고 보니 좋은 생각이네. 가서 파이버한테 얘기하자. 헤이즐-라, 파이버가 네 말을 믿으면 나도 믿어 줄게."

50

그리고 마지막

또 하나 고백하건대, 나는 장군의 부당한 간섭이 그들의 행복에
해를 끼치기는커녕 그들이 서로를 더 잘 알고 애정을 키우도록
만들어 줌으로써 오히려 도움이 되었다고 확신합니다.
그래서 그 일도 당사자들이 알아서 해결하도록 내버려 두고 있습니다.

제인 오스틴, 〈노스행어 대저택〉

6주쯤 지난 10월 중순, 맑고 쾌청한 저녁이었다. 너도밤
나무잎이 아직 남아 있고 햇살도 따스했지만, 드넓은 언덕
에는 어딘지 허전한 느낌이 커져만 갔다. 꽃은 점점 줄어
들었다. 풀밭에는 드문드문 노란 양지꽃이 보이고, 버석거
리는 갈색 꿀풀 덤불에 때늦은 실잔대나 보랏빛 꽃들이 피
어 있기는 했지만, 눈에 보이는 식물은 대개 씨앗을 맺고
있었다. 숲가를 따라 자란 으아리는 향기롭던 꽃들이 노인
의 수염처럼 변해서 연기가 피어오르는 것처럼 보였다. 벌
레 소리도 줄어들어 이따금씩만 들렸다. 수많은 동물이 우
글거리는 정글 같던 드넓은 긴 풀밭은 텅 비어 버리고, 8월

에 무수했던 벌레들 가운데 남아 있는 것이라곤 허둥거리는 딱정벌레나 둔해진 거미 한 마리 정도뿐이었다. 각다귀들은 여전히 허공에서 춤추고 있지만 각다귀를 쫓던 칼새는 사라지고, 하늘에 메아리치던 날카로운 칼새 울음소리 대신 화살나무 꼭대기에서 재재거리는 울새 소리가 들려왔다. 언덕 아래 들판은 추수가 끝나 있었다. 벌써 갈아 놓은 밭도 있었는데, 매끈한 밭고랑이 햇빛에 희미하게 빛나는 것이 언덕마루에서도 보였다. 하늘도 물처럼 투명하게 비어 있었다. 7월에는 짙푸른 하늘이 초록빛 나무들 위로 내려와 있었는데, 이제 그 푸른 하늘이 엷어지면서 끝없이 높아졌다. 더욱 짧아진 해는 서리가 내릴 것을 예고하면서 덤불 가득 열린 들장미 열매처럼 선홍빛을 띤 채 천천히 나른하게 가라앉았다. 남쪽에서 바람이 불어오자 예전에는 부드럽게 살랑이던 너도밤나무잎들이 빨갛고 노랗게 물든 채 서걱거렸다. 지금은 조용한 이별의 시간, 겨울을 버텨 내지 못할 것들은 모두 떠나는 시간이었다.

많은 인간들이 겨울을 좋아한다고 하지만, 그것은 사실 겨울이 와도 힘들 게 없기 때문이다. 인간은 겨울이 와도 식량 걱정이 없다. 불과 따뜻한 옷이 있다. 인간은 아무리 혹독한 겨울이 와도 안락하게 지낼 수 있으며, 그로 인해 자신들이 영리하다는 사실을 더욱 뿌듯하게 실감하게 된다. 하지만 가난한 사람들처럼 새들과 동물들은 겨울이 고통스럽다. 야생 동물이 대개 그렇듯 토끼도 겨울나기가 힘들다. 물론 토끼는 먹이를 전혀 구할 수 없는 경우가 드물기 때문에 그나마 운이 좋은 편이다. 하지만 토끼도 눈이 많이 내리면 며칠씩 굴에 갇혀서 펠릿만 씹기도 한다. 겨울에는 병에 걸리기 쉽고, 추위 때문에 체력도 많이 떨어진다. 그러나 굴은 따스하고 아늑하며 여럿이 모여 있을 때는 더 그렇다. 겨울에는 늦여름이나 가을보다 짝짓기가 활발하며, 2월부터 암토끼는 가장 활발한 번식력을 자랑한다. 맑은 날에는 실플레이도 즐긴다. 모험을 좋아하는 토끼들은 밭 서리를 나선다. 그리고 굴속에서 이야기도 듣고 밥-스톤스 같은 놀이도 한다. 토끼에게 겨울은 중세 사람들의 겨울과 같다. 힘들긴 하지만 재치를 발휘해서 견딜 수도 있고 전혀 낙이 없는 것도 아닌 그런 계절이다.

너도밤나무 숲 서쪽에 헤이즐과 파이버가 홀리, 실버, 그라운드슬과 함께 저녁 햇살을 쬐며 앉아 있었다. 에프라파 토끼들도 마을에서 함께 살게 되었고, 처음에는 미움과 의심을 받기도 했지만 순조롭게 마을에 정착했다. 그렇게 된 데에는 헤이즐의 단호한 의지가 가장 컸다.

포위 공격이 있던 밤부터 파이버는 혼자 있을 때가 많았다. 벌집에 있을 때나 아침저녁 실플레이 때에도 말없이 뭔가 골똘히 생각하곤 했다. 하지만 아무도 그것을 싫어하지는 않았다. 블루벨 말마따나 '파이버는 너무도 다정하고 친근하게 저 너머에 있는 뭔가를 바라보기' 때문에 다들 나름대로는 파이버가 예전보다 더 신비한 세계의 파동에 지배받고 있음을 알고 있었다. 그 신비한 세계란, 파이버가 6월 말에 헤이즐과 언덕 기슭에서 함께 지낼 때 이야기한 적이 있던 저 너머의 세상이었다. 어느 저녁, 파이버만 빼고 모두가 벌집에서 이야기를 들을 때, 빅윅은 에프라파 토끼들한테 승리한 날 밤에 자기보다 파이버가 더 큰 대가를 치렀다고 말하기도 했다. 그래도 파이버는 자기 짝인 빌더릴한테는 헌신적인 애정을 쏟았고, 빌더릴도 헤이즐 못지않게 파이버를 이해하게 되었다.

너도밤나무 숲 바로 바깥에서는 하이젠슬라이의 아기 토끼 네 마리가 풀밭에서 놀고 있었다. 아기 토끼들은 이레 전쯤에 처음으로 땅 위로 나와 풀을 뜯었다. 하이젠슬라이가 두 번째 아기를 가졌다면 아기 토끼들 스스로 놀게 내버려두었을 것이다. 하지만 지금 하이젠슬라이는 가까이서 풀을 뜯으며 아기 토끼들이 노는 모습을 지켜보다가 이따금 힘센녀석이 다른 형제들을 괴롭힐 때면 가서 혼내 주었다.

홀리가 말했다.

"귀여운 녀석들이지? 아기 토끼가 더 많았으면 좋겠어."

헤이즐이 말했다.

"겨울이 끝날 때까지는 너무 기대하지 마. 물론 몇 마리는 더 생기겠지만."

"세상에 안 되는 일이란 없는 것 같다니까. 가을에 암토끼 세 마리가 아기 토끼를 낳았어. 그런 일 들어 본 적 있어? 프리스 님은 토끼들이 한여름에 짝짓기를 하도록 만들지 않으셨는데."

"클로버는 잘 모르겠어. 상자 토끼라서 아무 때나 아기를 가질 수 있는 건지도 몰라. 하이젠슬라이와 빌더릴이 한여름에 아기 토끼를 가진 건 에프라파에서 토끼답게 자연스럽게 살지 못했기 때문이야. 아무튼 에프라파 암토끼 가운데 아기 토끼를 낳은 건 그 둘뿐이야."

실버가 말했다.

"프리스 님이 정하신 걸로 따진다면, 토끼들이 한여름에 싸움을 하는 것도 안 될 일이지. 싸우고 피 흘리고……. 지금까지 있었던 일은 모두 토끼답지 않아. 다 운드워트 탓이지. 운드워트같이 토끼답지 않고 이상한 놈도 없을 거야."

홀리가 말했다.

"빅윅이 운드워트더러 전혀 토끼 같지 않다고 한 건 맞는 말이야. 놈은 싸움꾼이었지. 들쥐나 개처럼 사나운. 놈은 도망가는 것보다 싸우는 게 더 안전하다고 느꼈기 때문에 싸운 거야. 용감하기는 했지. 하지만 그건 토끼답지가 않아. 결국 그것 때문에 최후를 맞이한 거고. 놈은 프리스 님께서 어떤 토끼한테도 허락하지 않은 일을 하려고 했어. 할 수만 있었다면 엘릴처럼 사냥도 했을걸."

그라운드슬이 말을 가로막았다.

"장군은 죽지 않았어."

다른 토끼들은 조용해졌다.

그라운드슬이 열렬히 말했다.

"장군은 달리기를 멈추지 않았어. 시체 봤어? 못 봤겠지. 누가 봤어? 아무도 못 봤잖아. 그 누구도 장군을 죽이지 못해. 장군은 토끼를 더 큰 존재로 만들어 주었어. 더 용감하고, 더 노련하고, 더 영리하게. 우린 그 대가를 치렀지. 목숨을 바친 토끼도 있고. 우리에게는 에프라파 토끼라는 자부심이 있었어. 허둥지둥 꽁무니를 빼지 않는 토끼는 우리가 처음이었어. 엘릴도 우리를 두려워했지. 그게 다 운드워트 장군 덕분이야. 그 누구도 아닌 바로 운드워트 장군 말이야. 우리는 장군한테 턱없이 모자라는 부하들이었지. 틀림없이 장군은 어딘가에서 다른 마을을 세우고 있을 거야. 에프라파 지휘관들은 영원히 장군을 잊지 못할 거야."

"나도 한마디 하겠는데……."

실버가 입을 열자 헤이즐이 가로막았다.

"그라운드슬, 네가 부족했다고 말하지 마. 너는 토끼가 할 수 있는 것을, 아니 그 이상을 장군을 위해 바쳤어. 우리도 너한테서 얼마나 많이 배웠는데! 에프라파는 캠피언의 지휘 아래 잘 지내고 있다고 들었어. 예전과 많이 달라졌는데도 말이야. 그리고…… 내가 보기엔 이 마을도 봄이 오면 토끼가 너무 많아질 것 같아. 그래서 젊은 토끼 몇몇한테 이곳과 에프라파 사이에 새 마을을 만들라고 할 거야. 캠피언도 아마 우리 마을 젊은 토끼들과 함께 살 토끼들을 보내겠다고 할 거야. 이 계획을 맡아서 시작할 토끼는 바로 너야."

홀리가 물었다.

"캠피언이 선뜻 그러겠다고 할까?"

"키하르만 오면 쉬워."

토끼들은 숲 북동쪽에 있는 굴 쪽으로 돌아서 깡충깡충 뛰어갔다.

"머지않아 큰 물에 폭풍이 시작되면 나타날 거야. 키하르
만 있으면 네가 철나무까지 갔다 오는 것만큼이나 빨리 캠
피언에게 그 소식을 전할 수 있어."

실버가 말했다.

"프리스 님께 맹세컨대, 키하르가 오면 누가 가장 좋아할
지 난 알아! 별로 멀지 않은 곳에 있는 누구지."

동쪽 숲가에 이르니, 아직 해가 비치는 탁 트인 풀밭에서
하이젠슬라이의 아기 토끼들보다는 몸집이 큰 어린 토끼
세 마리가 웅크리고 앉아, 코에서부터 엉덩이까지 상처투
성이이고 귀가 늘어진 덩치 큰 백전노장의 이야기에 귀를
기울이고 있었다. 그것은 다름 아닌 빅윅으로, 아주 자유롭
고 허물없는 아우슬라 대장이었다. 어린 토끼들은 클로버
가 낳은 수토끼들인데 제법 똘망똘망해 보였다.

빅윅이 말했다.

"아니, 안 돼, 안 돼, 안 돼. 아이고, 내 날개랑 부리야, 그
럼 안 된다니까! 너, 이름이…… 그래, 스케이비어스, 내가
고양이다. 네가 밭에서 양상추를 아삭아삭 먹는 모습을 봤
어. 자, 그럼 내가 어떻게 할까? 꼬리를 흔들며 길 한복판으
로 걸어오나? 응, 그래?"

어린 토끼가 말했다.

"대장님, 전 고양이를 한 번도 못 봤는걸요."

용맹한 대장은 인정했다.

"그래, 못 봤겠지. 음, 고양이는 긴 꼬리가 달린 무서운
놈이야. 온몸이 털로 덮여 있고 빳빳한 수염이 나 있고 싸

울 때는 사납고 심술궂은 소리를 내지. 아주 교활하고. 알겠어?"

"아, 알겠습니다."

어린 토끼는 이렇게 대답하고는 잠시 뒤 공손하게 물었다.

"저…… 대장님 꼬리는 어디 있어요?"

다른 토끼 하나가 말했다.

"폭풍우 속에서 싸운 이야기 해 주세요, 네? 그 물 터널 얘기도요."

그러자 가차없는 훈련관이 말했다.

"그래, 나중에. 자, 내가 고양이다, 알겠나? 난 햇빛 속에서 졸고 있다, 알겠나? 그리고 너희들은 지나가는 거다, 알겠나? 그러자……."

실버가 말했다.

"저 꼬마 녀석들이 빅윅을 놀리고 있군. 하지만 저희 대장을 위해서라면 뭐든지 하려고 들 거야."

홀리와 그라운드슬은 땅속으로 들어가고, 실버와 헤이즐은 햇볕이 드는 곳으로 나왔다.

헤이즐이 말했다.

"우리 모두 그럴 거야. 그날 빅윅이 아니었으면 개가 왔어도 늦었을 거야. 운드워트와 그 무리는 땅 위에 없었을 테니까. 벌써 땅속에 들어가서 하고 싶은 대로 다 했겠지."

실버가 말했다.

"빅윅이 운드워트를 이겼어. 개가 도착하기도 전에 이겨 버렸다고. 난 아까 그 점을 말해 두고 싶었어. 말 안 해도 다들 알겠지만."

헤이즐이 말했다.

"언덕 아래쪽에 만드는 겨울 굴은 잘돼 가고 있는지 궁금
하군. 날씨가 추워지면 새 굴이 필요할 거야. 벌집은 천장
에 난 구멍 때문에 안 돼. 언젠가는 자연히 막히겠지만, 그
전까지는 상당히 골칫거리야."

"마침 굴 파는 친구들이 오는군."

핍킨과 블루벨이 암토끼 서넛과 함께 언덕마루로 올라
왔다.

블루벨이 말했다.

"아하, 아하, 오, 헤이즐-라. 아늑한 굴이 완성됐어. 딱정
벌레도 지렁이도 민달팽이도 없어. 눈이 오면 우린 거기에
들어가서……."

헤이즐이 말했다.

"너희들이 수고가 많았구나. 정말 수고했어. 굴 입구는
잘 숨겨져 있겠지?"

블루벨이 말했다.

"에프라파하고 똑같아. 실은 너한테 보여 주려고 하나 들
고 올라왔어. 안 보이지, 응? 그래…… 이 정도라고. 아니,
저기 꼬맹이들하고 빅윅 할아버지 좀 봐. 빅윅이 에프라파
에 가면 어느 표적반에 넣어야 할지 헷갈릴 거야, 안 그래?
온갖 표적이 다 있잖아."

핍킨이 말했다.

"헤이즐-라, 우리랑 해 지는 쪽으로 가자. 날이 어두워지

기 전에 햇살 좀 쬐려고 일부러 일찍 올라왔어."

헤이즐은 상냥하게 말했다.

"좋아. 실버랑 난 방금 갔다 왔지만 다시 가도 괜찮아."

실버가 말했다.

"키하르를 발견했던 구덩이에 가 보자. 거기는 바람이 안 들 거야. 키하르가 우리한테 욕을 해 대면서 부리로 쪼려 했던 거 기억나?"

블루벨이 말했다.

"우리가 갖다준 지렁이는? 절대로 잊지 말라고."

구덩이로 다가가다 보니 그 안에 누가 있는 것 같았다. 다른 토끼들도 같은 생각을 한 게 틀림없었다.

실버가 말했다.

"쟤들이 눈치채지 못하게 어디까지 다가갈 수 있는지 보자. 진짜 캠피언 식으로⋯⋯. 가자."

토끼들은 북쪽에서 부는 바람을 안고 살금살금 다가갔다. 구덩이 가장자리에서 살짝 들여다보니 빌더릴과 아기 토끼 네 마리가 햇살을 쬐며 누워 있었다. 어미 토끼가 이야기를 들려주고 있었다.

"그렇게 해서 엘-어라이라는 백성들을 이끌고 강을 건넌 다음, 어둠 속에서 쓸쓸하고 황량한 땅을 지나갔단다. 겁먹은 토끼도 있었어. 하지만 엘-어라이라는 길을 알고 있기 때문에 다음 날 아침에는 싱싱하고 맛있는 풀이 있는 아름다운 들판으로 백성들을 무사히 데려갔지. 거기에는 마을이 있었어. 마법에 걸린 마을이었지. 그 마을 토끼들은 사악한 마법에 걸려 있었어. 반짝이는 목줄을 걸고 다니고, 새처럼 노래하고, 날아다니는 토끼도 있었지. 겉보기엔 나무랄 데 없었지만, 마음은 어둡고 공포에 질려 있었어.

그러자 엘-어라이라의 백성들이 말했어.

'아, 저들이 바로 무지개 왕자의 훌륭한 토끼들이구나. 저들도 마치 무지개 왕자 같아. 우리도 저기서 살면 왕자가 될 거야.'"

빌더릴은 고개를 들어 구덩이 밖에 있는 토끼들을 보고는 이야기를 잠시 멈추었다가 계속했다.

"그런데 프리스 님이 랍스커틀의 꿈에 나타나 그 마을은 마법에 걸렸다고 알려 주었어. 랍스커틀은 마법의 근원이 묻힌 곳을 찾으려고 땅을 팠어. 땅을 깊게 파도 쉽사리 나타나지 않았지만, 마침내 사악한 마법의 근원을 찾아서 끄집어냈어. 토끼들은 모두 달아났고, 마법의 근원은 거대한 쥐로 변해 엘-어라이라에게 달려들었어. 엘-어라이라는 쥐와 맞붙어 엎치락뒤치락 싸우다가, 마침내 발로 쥐를 꼼짝 못 하게 누르게 되었지. 그러자 쥐는 크고 하얀 새로 변해서 엘-어라이라에게 축복을 내려 주었어."

헤이즐이 소곤거렸다.

"아는 이야기인 것 같은데 어디서 들었는지 생각이 안 나."

블루벨은 곧추앉아서 뒷다리로 목을 긁었다. 아기 토끼들은 그 소리에 돌아보더니 곧 구덩이 한쪽으로 구르듯이 달려 나와 "헤이즐-라! 헤이즐-라!" 하고 새된 소리로 부르면서 헤이즐에게 우르르 달려들었다.

헤이즐은 아기 토끼들을 밀어내며 말했다.

"얘들아, 잠깐만. 난 너희 같은 깡패들이랑 싸우러 온 게
아니다! 이야기를 마저 들어야지."

아기 토끼 하나가 말했다.

"저기 말 탄 인간이 오고 있어요, 헤이즐-라. 숲속으로
숨어야 하지 않나요?"

헤이즐이 물었다.

"어떻게 알았지? 아무 소리도 안 들리는데."

실버가 귀를 쫑긋거리며 말했다.

"나도 그래."

아기 토끼는 어리둥절한 표정이었다.

"어떻게 된 건지는 모르지만 제 말이 분명히 맞아요."

토끼들은 붉은 해가 기우는 동안 잠시 기다렸다. 결국 빌
더릴이 이야기를 계속하려는 순간, 말발굽 소리가 나더니
서쪽에서 말 탄 인간이 나타나 캐논 히스 다운 쪽으로 한가
로이 말을 몰았다.

실버가 말했다.

"우릴 귀찮게 하진 않을 거야. 도망칠 필요 없어. 그냥 지
나갈 거야. 그런데 저렇게 멀리서 나는 소리를 듣다니, 스
레아르 넌 참 신기하구나."

빌더릴이 말했다.

"애는 늘 그래요. 지난번에는 꿈에서 보았다면서 강이 어
떻게 생겼는지 말해 주었어요. 파이버의 핏줄이라서 그런

748

가 봐요. 파이버의 핏줄이 아니라면 그럴 수가 없죠."

헤이즐이 말했다.

"파이버의 핏줄? 흠, 파이버의 핏줄이 있는 한 우린 안전할 거야. 그런데 여기도 쌀쌀해지는 것 같지 않아? 자, 내려가서 따뜻한 굴 안에서 이야기를 마저 듣자. 저기 둔덕에 파이버가 있다. 저기까지 누가 먼저 가나 시합할까?"

몇 분 뒤 언덕에는 토끼 한 마리 보이지 않았다. 해는 레이들 힐 아래로 가라앉았고, 어두워지는 동쪽 하늘에 가을철 별들이 나타나기 시작했다. 페르세우스자리, 황소자리, 카시오페이아자리, 희미한 물고기자리, 커다란 정방형의 페가수스자리. 바람이 불자 마른 너도밤나무잎들이 도랑과 구덩이를 메우고 바람에 실려 드넓은 풀밭으로 날아갔다. 땅속에서는 이야기가 계속되고 있었다.

에필로그

그는 시간의 흐름을 깊이 들여다보고,
가장 용감한 자들의 제자가 되었다.
그는 오래 살아남았다.
하지만 우리 둘에겐 어느새 추악한 나이가 찾아왔고
지친 나머지 행동과 멀어지게 되었다.

셰익스피어, 〈끝이 좋으면 다 좋다〉

그는 내 꿈의 일부였고 나 역시 그의 꿈의 일부였다.

루이스 캐롤, 〈거울 나라의 앨리스〉

"그래서 결국 어떻게 되었나요?"

헤이즐과 그 친구들의 모험을 쭉 따라오다가 마지막에는 워터십 다운으로 돌아온 독자가 이렇게 물었다. 지혜로운 록클리 씨는 야생 토끼들이 2~3년쯤 산다고 했다. 그는 토끼에 대해서라면 모르는 게 없다. 아무튼 헤이즐은 그보다 오래 살았다. 헤이즐은 여름을 몇 번이나 났고, 봄에서 겨울, 겨울에서 봄의 변화를 너무도 잘 알게 되었다. 그 사이에 일일이 다 기억할 수도 없을 만큼 많은 젊은 토끼들을 보았다. 그리고 이따금 햇살 좋은 저녁에 너도밤나무 옆에서 이야기를 들을 때면 그 이야기가 자기 이야기인지 아니면 오래전에 살았던 다른 영웅 토끼의 이야기인지 헷갈렸다.

마을은 번성했고, 워터십 다운의 토끼와 에프라파 토끼가 반반씩 모여 시저스 벨트에 세운 마을도 차츰 자리를 잡아 갔다. 헤이즐이 친구들을 구하기 위해 목숨을 걸고 혼자 운드워트 장군을 만났던 그 끔찍한 저녁에 처음 상상했던 마을이 현실로 나타난 것이다. 그라운드슬이 그 마을의 첫 족장 토끼가 되었고, 그 곁에는 조언을 해 주는 스트로베리와 벅손이 있었다. 그라운드슬은 누구에게도 표적을 새기지 않았고 아주 가끔씩만 대정찰을 시켰다. 캠피언은 기꺼이 에프라파 토끼들을 보내 주었고, 첫 이주 토끼들은 애빈스 대장이 이끌었다. 애빈스는 합리적으로 행동하여 임무를 훌륭히 마쳤다.

운드워트 장군은 두 번 다시 나타나지 않았다. 그러나 그라운드슬의 말대로 아무도 시체를 보지 못했기 때문에, 그 비범한 토끼는 어딘가로 떠나 거칠게 살아가면서 예전보다 더욱 재치 있게 엘릴을 물리치고 있는지도 몰랐다. 몇몇 토끼들이 키하르에게 언덕들을 날아다니며 운드워트를 찾아봐 달라고 부탁하자 키하르는 이렇게 거절했다.

"그 망할 토끼. 나 안 봐. 보고 싶지 않아."

오랜 시간이 지나자 워터십 다운에 사는 토끼들은 자기나 자기 짝이 에프라파 토끼의 후예인지 아닌지 알지도 못했고 굳이 알려고 들지도 않았다. 헤이즐은 그것이 흐뭇했다. 그리고 마을에는 언덕 너머 어딘가에 거대한 토끼가 혼자 살고 있으며, 그 토끼는 엘릴을 생쥐처럼 몰아대고 이따금 하늘에서 실플레이를 한다는 전설이 생겨났다. 언제든 큰 위험이 닥쳐오면, 그 토끼는 자신의 이름에 경의를 표한 토끼들을 위해 싸우러 돌아올 것이라고 했다. 어미 토끼들은 아기 토끼가 말을 듣지 않을 때면 검은 토끼의 사촌인 운드워트 장군이 잡아갈 거라고 겁을 주곤 했다. 운드워트가 남긴 자취들은 이러했으며, 어쩌면 운드워트 자신이 알았다 해도 그다지 기분 나빠하지는 않았을 것이다.

몇 해 뒤 봄인지 모르지만 싸늘한 바람이 몰아치는 3월 어느 아침, 헤이즐은 자기 굴에서 꾸벅꾸벅 졸고 있었다. 요즘 들어 굴에서 지내는 시간이 많아졌다. 추위를 많이 타는 데다 예전처럼 냄새를 잘 맡거나 뛰지도 못하기 때문이었다. 비와 딱총나무꽃이 나오는 어지러운 꿈을 꾸다가 깨어나 보니 토끼 하나가 옆에 조용히 앉아 있었다. 젊은 수토끼가 조언을 구하러 온 모양이었다. 원칙대로라면 바깥 굴길을 지키는 보초는 헤이즐한테 물어보고 방문객을 들여보내야 했다. 하지만 헤이즐은 상관없다고 생각했다. 그러고는 고개를 들고 물었다.

"나와 이야기하러 왔는가?"

낯선 토끼가 대답했다.

"그래, 그래서 왔지. 날 알아보겠는가?"

"음, 물론이지."

헤이즐은 이름이 금방 생각나기를 바라며 대답했다. 그때 어둠 속에서 낯선 토끼의 귀가 희미하게 은빛으로 반짝였다.

헤이즐이 말했다.

"네, 주인님. 누구신지 압니다."

그 토끼가 말했다.

"넌 지쳐 있으니 내가 너에게 뭔가 해 주마. 내 아우슬라에 들어올 뜻이 있는지 물어보러 왔다. 네가 와 준다면 우리도 기쁠 것이고, 너도 좋아할 것이다. 너만 괜찮다면 당장 떠나자."

두 토끼는 젊은 보초 앞을 지나 밖으로 나왔지만, 보초 눈에는 낯선 토끼가 보이지 않는 것 같았다. 햇살이 눈부시게 빛나고, 쌀쌀한 날씨인데도 수토끼와 암토끼 몇 마리가 실플레이를 나와서 바람을 피하며 봄 새싹을 뜯고 있었다. 헤이즐은 더 이상 몸이 필요 없을 것 같아서 도랑가에 남겨 놓고는, 잠시 멈추어 서서 풀밭 위의 토끼들을 지켜보았다. 그리고 자신의 기운이 끝없이 빠져나가 그 토끼들의 윤기 흐르는 젊은 육체와 건강한 감각 기관 속으로 흘러 들어가는 놀라운 느낌에 익숙해지려 애썼다.

함께 가던 토끼가 말했다.

"저들은 걱정할 필요 없네. 모두 잘 지낼 거야. 수천의 토끼들도 모두. 날 따라오면 무슨 뜻인지 알게 될 걸세."

그 토끼는 힘차게 뛰어 한 번에 둔덕 꼭대기에 올라섰다. 헤이즐도 뒤를 따랐다. 둘은 함께 첫 앵초꽃이 피기 시작하는 숲을 가볍게 달려 내려갔다.

　1972년, 『워터십 다운』이 처음 나왔을 때 영국의 한 비평가는 "기쁨으로 떨리는 가슴을 안고 위대한 걸작이 출현했음을 알린다."라고 찬사를 보냈다. 그 뒤로 40여 년의 세월이 흘렀지만 『워터십 다운』은 지금까지도 『반지의 제왕』에 버금가는 높은 작품성으로 사랑을 받으며, 고전으로 확고히 자리 잡고 있다.

　『워터십 다운』은 잉글랜드 남부 구릉 지대를 배경으로 펼쳐지는 흥미진진한 토끼들의 모험담이다. 여기에 등장하는 토끼들은 이솝 우화처럼 의인화된 동물이 아니라 실제로 자연에서 살아가는 토끼들이다. 작가가 밝혔듯이 이 작품에 나오는 토끼들은 "먹는 것, 살아남는 것, 교미하는 것 외에는 거의 관심이 없다. 이런 동기만이 주인공들을 움직인다." 작가는 토끼의 생태에 관한 독보적인 연구서인 록클리의 『토끼의 사생활』을 참고하여 토끼 사회, 먹고 자는 등의 일상생활, 굴 파기 습성 들에 대해 철저히 연구했으며, 동물 문학의 대가인 시튼의 영향을 받아 동물을 인간화하지 않고 동물 그 자체를 관찰하고 이해하려 애썼다.

사실에 기반한 생생한 묘사 덕분에 독자는 책을 집어 든 순간부터 자기도 모르게 토끼들의 세계로 빨려 들어가게 된다. 고작 반경 몇 킬로미터의 좁은 지역이 드넓은 딴 세상으로 느껴지고 토끼들 하나하나가 눈에 보이듯이 생생하게 그려지면서, 그들의 모험담이 장대한 서사시처럼 펼쳐진다. 작가는 철저한 사실성을 바탕으로 토끼어, 토끼 신화, 관습과 여러 유형의 토끼 사회들을 만들어 내어 새로운 세계를 탄생시켰다. 이것이야말로 톨킨의 말처럼 '존재하지 않지만 존재하는, 불가능한 것을 믿을 수밖에 없게 하는' 판타지이다. 『워터십 다운』이 동물 판타지의 역사에 한 획을 그으며 걸작의 반열에 오른 것은 결코 우연이 아니다.

이 작품에는 인간의 자만심과 이기주의에 대한 경고가 담겨 있다. 샌들포드 토끼 마을이 파괴되는 과정에서 단적으로 드러나듯이 인간의 이기심이 동물들에게 얼마나 큰 재앙이 되고 있는지 생생히 보여 준다. 또 작품 곳곳에는 만물의 영장이라고 하는 인간의 자만심과 허영심을 토끼의 생태와 비교하면서 통렬하게 풍자하는 대목이 나온다. 『워터십 다운』을 통해 토끼들의 세계로 들어간 독자라면 누구나 과연 인간이 동물보다 우월한 존재인지, 지구의 지배자로 군림하는 것이 온당한지 의문을 던지면서, 토끼는 물론 지구상의 모든 생명체는 인간과 더불어 살아가는 동반자이며 존중받아야 할 대상임을 깨닫게 될 것이다.

이런 메시지와 더불어 아름다운 자연 묘사 역시 이 작품의 빼놓을 수 없는 매력이다. 애덤스의 취미는 시골길을 산책하는 것이라고 한다. 그래서인지 감상적인 찬사가 아니라 깊은 애정을 가지고 오랫동안 자연을 관찰한 사람만이 쓸 수 있는 정확하고 섬세한 묘사가 감탄을 자아낸다.

하지만 이 작품이 오랜 세월 동안 어른 아이 모두의 사랑을 받으며 베스트셀러로 자리 잡은 이유는 무엇보다도 흥미진진한 모험 이야기라는 점에 있다. 고대부터 이어져 내려오는 영웅 이야기들은 대개 '탈출-방황-귀가-새로운 도전-위기-승리'라는 서사 구조를 가지는데, 『워터십 다운』 역시 이런 기본 틀에 충실한 작품인 만큼 큰 흡인력을 발휘한다. 중간중간에 나오는 엘-어라이라의 신화도 그 자체로 재미있을 뿐 아니라 풍부한 의미를 담고 있으며 리처드 애덤스가 탁월한 이야기꾼임을 유감없이 보여 준다.

『워터십 다운』의 재미는 끝까지 긴장감을 놓지 못하게 만드는 탄탄한 구성에 있다. 작품 전체도 꽉 짜인 기승전결의 구조를 가지고 있을 뿐 아니라 각 부도 탄탄한 구성을 보여 준다. 그리스 비극 『아가멤논』의 대사로 시작되는 1장부터 마지막 장과 에필로그에 이르기까지 각 장 앞머리에 인용되는 짧은 글은 전주곡처럼 각 장의 분위기를 예고해 주면서 독자들을 빨아들인다. 새로운 보금자리를 찾기까지의 과정을 그린 1부, 새로운 보금자리를 만들고 암토끼를 얻기 위해 모색하는 과정인 2부, 에프라파를 극적으로 탈출하는 3부와 운드워트와 마지막 결전을 벌이는 4부까지 숨 돌릴 틈 없는 긴박함으로 잠시도 책을 내려놓지 못하게 만든다.

이렇듯 탄탄한 구성과 더불어 가장 큰 매력은 등장인물들이다. 주인공들은 분명 토끼이고 철저히 토끼답게 그려져 있지만, 독자는 어느새 토끼들과 함께 웃고 울게 된다. 저마다 뚜렷한 개성을 가진 토끼들을 통해 자신과 주위 사람을 되돌아보게 되고, 진정한 우정과 용기, 끈끈한 동료애와 진정한 지도자상에 대해 생각하게 된다. 새로운 보금자리를 찾기 위해, 살아남기 위해 온갖 시련을 극복하면서 여행하는 토끼들이 우리 인간과 크게 다르지 않다는 느낌마저 든다.

헤이즐은 겉보기에는 특출난 점이 없다. 몸집이 크다거나 싸움을 잘한다거나 머리가 비상한 것도 아니다. 하지만 남의 의견에 귀 기울일 줄 아는 겸손함과 합리적이고 상식적인 판단력, 약한 자를 돌볼 줄 아는 동정심과 연민, 용기, 결단력을 갖추고 있고, 그런 자질을 통해 훌륭한 지도자로 성장해 나간다. 빅윅은 거칠고 다혈질이지만 불의를 보면 참지 못하고 의리 있고 투지에 넘치는 전사이다. 특히 3부와 4부에서 빅윅의 활약은 헤이즐에 버금갈 정도로 강렬한 인상을 남긴다. 파이버는 예언자로서 마을이 위기에 빠질 때마다 결정적인 역할을 하며, 이 세상과 저 세상을 잇는 역할을 한다. 가장 큰 악역을 맡고 있는 운드워트조차 나름대로 매력 있는 인물로 그려지며 무조건 배척당하지 않는다. 이렇듯 토끼들의 성격이 복합적으로 그려져 있고 구성과 긴밀히 연결되어 이야기에 생동감을 부여한다는 점은 뛰어난 문학 작품에서만 볼 수 있는 미덕이다.

이 작품은 인간 사회에 대한 알레고리로도 읽힌다. 헤이즐의 마을은 개성과 다양성이 존중되고, 구성원의 동의를 거쳐 지도자를 뽑는 민주적이고 이상적인 사회이다. 에프라파는 개인의 자유를 압살하는 전체주의를 상징하고, 카우슬립의 마을은 토끼 본연의 건강한 생명력을 잃어버린 퇴폐적인 사회를, 헤이즐의 고향 샌들포드 마을은 서열이 분명한 계급 사회를 상징한다. 그중에서도 헤이즐의 마을과 가장 첨예한 대결을 펼치는 에프라파는 비판적으로 표현되긴 하지만 토끼 사회, 아니 인간 사회에서 나올 수 있는 하나의 전형으로 묘사되고 있어서 작품의 깊이를 더해 준다.

워터십 마을과 카우슬립 마을의 비교도 대단히 흥미롭다. 작가는 두 마을을 비교함으로써 단순히 정치적인 알레고리를 넘어 인간과 사회의 관계, 전통과 신화의 의미, 가치 있는 삶이란 무엇인가에 대해 의미심장한 질문을 던진다. 토끼족의 영웅 엘-어라이라의 신화를 믿지 않는 카우슬립네 마을은 전통으로부터 자유로워지기보다는 토끼의 정체성을 부정함으로써 타락한다. 현실의 모순에 눈감고 허위와 기만에 사로잡힌 이들은 삶의 의지를 부정하고 죽음을 찬양함으로써 건강한 생명력을 잃고 거짓된 삶을 살

758

아갈 수밖에 없다. 반면 헤이즐이 이끄는 토끼들은 토끼족의 정신적 지주인 엘-어라이라를 기리며 토끼로서의 자긍심을 잊지 않고 그 신화에 담긴 지혜와 풍부한 자양분에 기대어 이상적인 사회를 만들어 나간다. 인류와 신화, 전통과 사회에 대한 작가의 관점이 잘 드러나는 대목이다.

이 책을 처음 만났을 때의 기쁨은 지금도 잊을 수가 없다. 하지만 이렇게 훌륭한 작품을 번역하는 과정은 행복하지만은 않았다. 오히려 그만큼 힘들고 고통스러운 시간이기도 했다. 세상에 나오게 된 지금도 가슴은 설레지만 아쉬움이 많이 남는다. 이 책이 부디 많은 이들에게 소중하고 의미 있는 작품으로 남았으면 하는 욕심을 내 본다.

햇살과나무꾼

워터십 다운

2003년 5월 15일 1판 1쇄
2015년 4월 15일 1판 10쇄
2019년 1월 2일 2판 1쇄
2023년 3월 31일 2판 3쇄

지은이	리처드 애덤스
옮긴이	햇살과나무꾼
편집	아동청소년문학팀
디자인	홍경민
제작	박홍기
마케팅	이병규, 이민정, 최다은, 강효원
홍보	조민희
인쇄	천일문화사
제책	J&D바인텍

펴낸이	강맑실
펴낸곳	(주)사계절출판사
등록	제406-2003-034호
주소	(10881) 경기도 파주시 회동길 252
전화	031)955-8588, 8558
전송	마케팅부 031)955-8595 편집부 031)955-8596
홈페이지	www.sakyejul.net
전자우편	literature@sakyejul.com
블로그	blog.naver.com/skjmail
페이스북	facebook.com/sakyejul
트위터	twitter.com/sakyejul

ISBN 979-11-6094-423-5 03840